Melania G. Mazzucco
Das Turmzimmer

Melania G. Mazzucco

Das Turmzimmer

Roman

Aus dem Italienischen von
Gesa Schröder

Piper
München Zürich

Die Originalausgabe erschien 1998 unter dem Titel »La camera di Baltus« bei Baldini&Castoldu in Mailand.

Von Melania G. Mazzucco liegt im Piper Verlag außerdem vor:
Der Kuß der Medusa (Serie Piper 3063)

ISBN 3-492-04141-8

Gesetzt aus der Stempel-Garamond und der Della Robbia
Satz: Uwe Steffen, München
Druck und Bindung: Friedrich Pustet, Regensburg
Printed in Germany

Der eine lebt in seinem Jetzt und ahnt nicht, daß man die Zeit umdrehen kann wie das Farbband einer Schreibmaschine. Wer aber im Vergangenen gräbt, kann begreifen, daß zwischen Vergangenheit und Zukunft nur der Bruchteil eines Augenblicks liegt.
Eugenio Montale

Die Zeit bringt Burgen zum Einsturz,
aber festigt die Worte.
Jorge Luis Borges

Hin und wieder blättert etwas ab, ein Profil, die Schleppe eines Kleides, eine Lanze, ein Bein, eine Hand, und der zerbröckelte Mörtel fällt zu Boden wie Konfetti. Die Farben weichen zurück. Sie verkrusten, reißen, lösen sich; der kostbare Lapislazuli schwindet dahin, das Weiß und das Zinnoberrot werden schwarz, der Azurrit wird grünlich, die durch die Feuchtigkeit zersetzten Temperafarben verkleben mit dem Staub, der Putz reißt, wölbt sich und fällt ab. Die zerfressenen Umrisse der Körper und Köpfe werden ausgelöscht wie von der Flut überspülte Spuren im Sand. Die Figuren, die einmal einen Sinn, eine Geschichte, einen Namen hatten, verflüchtigen sich. Zurück bleiben nur schweigende Schatten. Sie werden eins mit der Wand – ihrem unbeweglichen Träger, der eigentlichen Materie. Wildkräuter wachsen in den Rissen der Mauer, Schimmel und Salze haften daran wie Algen und Muscheln an den Rümpfen untergegangener Schiffe. Die Fresken versinken in der Zeit. In der Finsternis saugt die Dunkelheit sie auf und nimmt sie wieder in Besitz. Doch im schwankenden Licht einer Lampe scheinen jene Relikte, jene Schatten sich zu bewegen. Die verblichenen Figuren, stets im Begriff, ihre Existenz aufzugeben, unauflöslich mit dem Untergrund verwachsen, tauchen wieder auf. Die staubige und rauhe Haut des Putzes, der mineralische Widerhall ihrer Unternehmungen und ihrer Worte, der Lichtreflex auf einer Pupille rufen ihre so zerbrechliche, so provisorische Existenz in Erinnerung. Und von Szene zu Szene, von Geste zu Geste beginnt dann wieder die Geschichte von Frauen und Männern, von Freiheit und Einsamkeit, von Visionen und Finsternis – Harmonie und Mißklang, Linie und Kreis, Stillstand und Bewegung.

Ostwand

In der Finsternis tanzen

I

In unwiderstehlicher Weise, ohne Widerstand leisten zu können, weder mit dem Willen noch mit dem Verstand, aus einer nicht genau bestimmbaren Höhe in die Tiefe fallen, die ihn ruft. An dem Punkt, an dem er sich befindet, und in der Stellung, die er einnimmt, beherrscht ihn – auch wenn er nicht nach unten blickt und die Augen schließt – das grauenhafte und zugleich berauschende Gefühl, hinabgezogen zu werden und zu stürzen – er, ein Wesen aus Fleisch, aus Materie – durch die transparente, noch ungeschaffene, trügerische Luft. Es ist nicht wie das Kreisen der Taube, die sich ihm nähert, erstaunt über seine Existenz in der bewegungslosen Luft, und auch nicht wie das in leichten Spiralen Zu-Boden-Gleiten ihrer weißen Feder. Es ist ein langsames Versinken in der Leere, begleitet von Gefühlen der Ohnmacht: vergeblich nach einem Halt suchen und keinen finden, sich lösen, Kreise drehen, während die Erde, immer dunkler, näher kommt. Dann schreit er – und je mehr er schreit und klagt, um so stärker schwankt der Käfig, dessen Inhalt er ist, und alles beginnt von neuem.

Er hängt im leeren Raum in einer Höhe von etwa hundert Metern. Unter ihm, aber so tief unten, daß er es gar nicht zu erkennen vermag, fließt das Rinnsal des fast ausgedörrten Flusses. Der Eisenkäfig hat die ungewöhnliche Form einer runden Voliere, mit einem Durchmesser von fünfzig und einer Höhe von neunzig Zentimetern. Er kann nicht zur gleichen Zeit Beine, Arme und Rücken strecken. Er kann nur aufgeplustert dasitzen, wie ein Vogel auf der Stange. Hin und wieder muß er jedoch einen verkrampften Muskel lockern, ein Bein strecken, einen weniger schwärenden Teil seiner Haut der Sonne aussetzen – und die seltsame Voliere, die durch eine dünne Metallkette mit dem Turm verbunden ist, zittert, schwankt, dreht sich um sich selbst, scheint sich jeden Augenblick von der Winde lösen zu wollen, um krachend abzustürzen. Es riecht nach Rost. Er sagt sich immer wieder, daß er sich nicht rühren darf, und wenn es ihm gelingt, völlig bewegungslos zu bleiben, wird all dies ein Ende haben.

Das zurückgeworfene Licht verwischt die Umrisse. Zwischen den hellen Staubwolken, dem grünlichen Ausschlag, der die Stelle der Wälder einnimmt, und der ununterbrochenen Linie der Hügel, die den Horizont beschließt, ist die Landschaft ein verschwommener, geblendeter Farbfleck. Die Entfernung hebt die Dimensionen auf. Doch nicht die Entfernung hindert ihn am Sehen, sondern das Brennen der Lider, die schwer auf den Augen liegen wie glühende Lamellen, und die Schwäche wegen des leeren Magens, der brennende Durst, der diffuse Schmerz in den Gelenken, am Hals, in den Knöcheln. Die Eisenbleche, auf denen die Füße einen festen Halt zu finden suchen, schneiden in die Haut, und bei jeder Bewegung schaukelt der Käfig, dreht sich an der Kette wie eine Schraube.

Die Hitze wird unerträglich. Der Käfig spendet keinen Schatten. Das Faltenhemd aus feinem Leinen klebt am Fleisch, die Seide der Strümpfe glüht. Wo der Stoff ihn nicht schützt, ist die Haut entzündet und zeigt schmerzhafte Bläschen. Es brennt. Sein ganzes Denken gilt den Augen und den Händen. Denn die einen wie die anderen braucht er. Sie muß er so gut wie möglich gegen die Sonne schützen. Er zerreißt die Ärmel, verbindet sich die Augen und wickelt, was vom Hemd noch übrig ist, wie einen Turban um den Kopf. Die Hände bandagiert er mit langen Stoffstreifen. Dort unten auf der Straße, die dem Fluß folgt, sind einige Menschen auf der Höhe des verlassenen Wachturms stehengeblieben und zeigen in seine Richtung. Sie haben ihn gesehen. Sein Erscheinen löst Überraschung, Verwirrung, Angst aus.

Nachdem sie ihn kurz bemitleidet haben, entfernen sie sich eilig, die einen gehen über die Brücke, die anderen auf die Burg zu. Er bleibt allein dort oben, in der Sonne und doch im Dunkeln, im Nichts hängend.

Der Käfig ist immer leer gewesen, solange sie denken kann. Ein Gebilde aus rostigem Eisen, das kein Gefangener je verdient hat. Doch als sie heute wie jeden Morgen den Blick zu dem zylindrischen Turm hob, der ihrem geheimen Garten die Sonne stiehlt, hat sie voller Erstaunen gesehen, daß nun doch jemand in der wunderlichen, grausamen Voliere ist – die eher Mahnung sein als einen Inhalt haben sollte. Ein Mann, der in dem winzigen Raum, den er zur Verfügung hat, gezwungen ist, sich ständig zu bewegen, rastlos, unruhig. Ein Mann, der sich bald krümmt, bald aufwölbt, der bald auf den Knien hockt und sich dann wieder auf den Rücken dreht. Ein Mann, der, als sie ihn zum erstenmal sah, ein weißes Hemd und Strümpfe aus Atlasseide trug – einer karminrot, der andere cremefarben, wie es die Mode will. Und aus dem jetzt ein bandagierter, zerlumpter, halbnackter Fremdling geworden ist, mit einem exotischen Turban auf dem Kopf.

Wer ist der Mann im Käfig? fragt sie den Statthalter. Der Gast, den Tristano erwartete, antwortet er seelenruhig. Er ist gestern angekommen. Empfängt man so einen Gast? fragt sie verwundert. So wurde es mir befohlen, erklärt der Statthalter achselzuckend. Der Himmel ist klar, nicht eine Wolke zieht über den Horizont. Sie fragt, wie lange der Mann im Käfig bleiben werde. Solange es Tristano beliebt, antwortet der Statthalter. Sie denkt, daß die erbarmungslose Sommersonne auf dem unbedeckten Kopf ihn töten wird. Wenn es regnen würde, gewiß, dann könnte er vielleicht gerettet werden. Sie blickt forschend in den kristallklaren Himmel, an dem sich nicht einmal in der Ferne eine Wolke zusammenballt.

Schon donnert es, und der Himmel gerät in Unordnung. Die ersten Tropfen fallen ganz unerwartet in den heißesten Mittagsstunden. Gefolgt von ihren Frauen, die vergeblich versuchen, sie mit einem gewachsten Tuch zu schützen, eilt sie zum Laubengang. Wie seltsam, es war ein so klarer Tag. Doch dann ist das Licht plötzlich dämmerig geworden, die Knechte laufen zu den Ställen, um die Pferde zu beruhigen, und der Sturm peitscht die Blätter der Kastanien. Im Käfig rüttelt der Mann mit den Händen an den Stangen, schreit, schaukelt, fliegt, lacht, läßt sich vom Regen die Lippen befeuchten.

2

Die Atmosphäre ist elektrisch aufgeladen, die Vorankündigung eines Gewitters. Dunkel und schwer treiben die Wolken auf ihn zu, ziehen über den schwülen Himmel. An der Krümmung des Horizonts verwandeln gelbliche Blitze den Himmel knisternd in eine Intarsie. Kilometerweit nur kahles Land – noch nicht die Hügel der Langhe, noch nicht die Berge, noch nicht die Peripherie: es ist eine undefinierbare gewellte Landschaft, in der Zeiten und Welten aufeinanderstoßen, Türme und siebengeschossige Wohnblocks, Burgruinen und Industrieanlagen, Fabriken und Bauernhäuser, Sandwege und futuristische Brückenkonstruktionen. Es ist Samstag abend. Auf den Straßen flitzen angriffslustige, mit aufgedrehten jungen Leuten vollgestopfte Autos vorbei, die ihn mit Fernlicht blenden oder mit einem Hupkonzert überholen. Er irrt durch versprengte Vororte, vorbei an Häusern, aus denen das sinnlose Gestammel des Fernsehens dröhnt, vorbei an Weinbergen, nebelverhangenen Tälern, Lichtern von Restaurants und Dorfkneipen, in denen lethargische Alte Karten spielen und Jugendliche sie mit Videogames terrorisieren, an

Neonleuchtreklamen und Diskotheken in Betonschuppen. Verschanzt in seinem BMW 318 Coupé, der noch eingefahren werden muß, fröstelnd wegen der Klimaanlage, in einer schwülen Nacht voller Himmelserscheinungen. Jetzt kennt er schon die Verkehrsschilder. Kilometerlang nichts, dann die Tankstelle, rund um die Uhr geöffnet, und die leider vertraute Karaoke-Bar Las Vegas mit ihrem unverwechselbaren Geruch nach Bier, Fritten und Tennisschuhen. Eine einzige Beleidigung, dieses Lokal. Vor allem für einen Mozart-Liebhaber, der moderne Musik ablehnt (wobei für ihn alles modern ist, was nach Honegger und Alban Berg kommt), der im Autoradio Figaros Warnungen hört. *Öffnet ein wenig die Augen, ihr unvorsichtigen, dummen Männer. Schaut euch diese Frauen an, schaut nur, wie sie sind. Es sind Hexen, die mit ihrem Zauber uns leiden lassen. Sirenen, die mit ihrem Gesang uns ertrinken lassen. Kometen, die durch ihren Glanz uns das Augenlicht rauben.* Ein abstoßendes Lokal. Gräßlich das Gebäude, gräßlich die Musik, vom Basisrhythmus zerhackt und durch unmusikalische Dauergäste verunstaltet. Gräßlich das brutale Licht, die Ausstattung mit Resopal, die Plastikstühle, die Besucher – eine Epiphanie des modernen Grauens. Und doch ist Bastia del Garbo von Las Vegas nur knappe sieben Kilometer entfernt. Vom Turm aus sieht man in klaren Nächten auf dem Dach erbarmungslos den Scheinwerfer kreisen.

Rundherum stockdunkles Land, er ist allein mit den Berliner Philharmonikern, dirigiert von Daniel Barenboim, die sich zum Finale des vierten Aktes aufschwingen. *Ach komm und säume nicht, du schöne Freude* – trällert Susanna, Joan Rodgers, in der Erato-Aufnahme. Wieder hat er ein Zimmer im Hotel Enterprise in Spina Dolceacqua reservieren lassen. Ein langustenfarbenes Vier-Sterne-Hotel, antiseptisch und entsetzlich. Er hat eine Vorliebe für die zweite oder dritte Kategorie, für schäbige und müde Hotels, die bessere Zeiten erlebt und den Geruch der Vergangenheit bewahrt haben. Doch in dieser Gegend gibt es keine solchen Hotels. *Komm, wohin Liebe zum Genuß dich ruft.* Morgen zur Burg, Montag ins Archiv, Mittwoch könnte er schon wieder in Rom sein. *Solang nicht erglänzt am Himmel die nächtliche Fackel, solange die Luft noch dunkel ist und die Welt schweigt.* Nebelbänke wogen ihm entgegen, fluten über den Asphalt. Die Luft steht, unbeweglich. Das Gewitter rückt näher: Jetzt zeichnen die Blitze im Abstand von wenigen Sekunden Spinnengewebe aus Licht in den dunklen Himmel. Es donnert bereits. Der letzte Samstag im September, und der Sommer verweilt noch ein wenig. Wegen dieser Geschichte der Beratung hat er in diesem Jahr noch keinen Tag Urlaub gehabt. Und das 1992, im Jahr des Stiers. Bisher war es ein enttäuschendes, ja geradezu deprimierendes Jahr.

601 Kilometer von Rom entfernt. Noch weiter weg konnten sie ihm wohl keinen Auftrag geben. Immer wieder ist es ein Problem, hier hochzukommen. Es kostet ihn eine Menge Zeit. Da ist schon der Fluß – und dann steigen im Lichtkegel des Fernlichts am Ufer die gedrungenen Umrisse des Wachturms auf. Baufällig. Die Brücke über den Fluß, der vor Nässe glänzende Asphalt, der durchgehende weiße Streifen in der Mitte. Die Burg müßte schon in Sicht sein – wenn nur ein Stückchen Mond da wäre. Er gibt Gas, weil er die Straße kennt und es eilig hat, ins Bett zu fallen und Schlaf nachzuholen; der Zeiger des Tachos pendelt um hundertvierzig, und Susanna singt – *hier lachen die Blümlein, und das Gras ist frisch* ... Ein unwirkliches Blitzlicht. Eine dunkle Form – ein Mensch. Kommt auf das Auto zu. Ja, kommt auf ihn zu, kommt, k...

Die Zeit dehnt sich – bleibt stehen. Auf seiner Uhr dauert alles weniger als eine Sekunde. 00.00. Doch das ist eine in feste Einheiten unterteilte Zeit, seine Zeit hat sich jetzt ins Unendliche verlängert. Die Person sieht ihn und springt nicht zur Seite – bleibt vielmehr, vom Licht geblendet, mitten auf der Straße stehen. Er versucht, dem Körper auszuweichen. Lenkt – die Hände ans Steuer geklammert –, bremst, die Räder schlittern auf dem Asphalt, unter den Gummireifen sprühen Funken, er kracht gegen die Betonbrüstung der Brücke, das Blech wird zerdrückt, der weiße Airbag bläst sich auf – alles ist weiß vor seinen Augen –, das Auto prallt zurück, überschlägt sich, rutscht auf dem Dach noch hundert Meter weiter, hinterläßt roten Rauch aus Funken, rutscht die Böschung hinunter und kommt wenige Meter vor dem Fluß zum Stehen. Die Welt steht Kopf – ein Himmel aus Teer, Steinen und Benzin – das Stereoradio im Delirium – er hat Zeit zum Denken – vielleicht habe ich sie erwischt, verdammt, warum ist sie nicht zur Seite gegangen? Es war eine Frau, eine Frau – er verliert das Bewußtsein, und übrig bleiben nur die Grillen und das Schweigen und das hohe Trällern von Joan Rodgers. *Zu Freunden der Liebe hier alles verlockt. Komm, mein Liebster, zwischen diese verborgenen Büsche. Ich will bekränzen die Stirn dir mit Rosen.*

Schmerz. Benommenheit. Im Mund der süßliche Geschmack von Blut. Die Unterlippe zerbissen. Die Augenbraue gerissen, Blut rinnt durch die Haare – er steht auf dem Kopf, der Kopf drückt gegen das Blechdach des Autos. Schürfwunden auf den Armen, Blutflecken auf Hemd und Seidenkrawatte. Es ist eine Krawatte von Hermès, verdammt. Rot mit dunklen Nadelstreifen. Die Scheiben zersprungen, der Kotflügel zertrümmert – Splitter unter dem zerfetzten Hemd. Das Auto wird wohl Schrott sein. Er hatte es vor drei Monaten gekauft, auf Raten. Es hatte vierzig Millionen Lire gekostet. Er konnte es sich nicht leisten, doch es schien ihm dem Mann angemessen zu sein, dem er gleichen wollte oder der er zu sein glaubte, und er hatte keinen Moment gezögert. Es galt, auf jeden Fall wie der letzte Nachfahr eines Geschlechts glücklicher Sterblicher zu leben, in Ordnung und Schönheit, im Luxus, in der Ruhe, in der Wollust. Baudelaire, L'invitation au voyage. Er kann sich keine Gedanken über die Schäden machen, auch nicht über die vierzig Millionen. Du hast eine Frau getötet, Arsenio Ventura, und bist selbst wahrscheinlich im Koma – oder kurz davor –, und diese schäbigen, schmerzenden Momente sind die letzten deines Lebens. Er sieht rot. Einer der Scheinwerfer ist noch an und strahlt ein gewalttätiges weißes Licht in die Nacht, streift das trübe Wasser des Flusses. Welch ein Frieden. Cherubino flüstert im Wald der Intrigen – *du Launenhafte, du Boshafte, ich weiß schon, warum du hier bist*. Das Autoradio funktioniert noch, erst jetzt bemerkt er, wie laut es ist. Benommen. Er muß aus der zerstörten Hülle des Autos heraus. Denn unten am Fluß wird niemand das Auto sehen. Niemand wird ihm zu Hilfe kommen. Es war eine Frau. Er hat sie nur für einen kurzen Augenblick gesehen, einen winzigen Bruchteil der Zeit, und doch hat er sie ganz deutlich gesehen. Sie war schwarz gekleidet, ein schwarzer Fleck in der Dunkelheit. Er hat sich sogar noch gefragt, wohin zum Teufel sie wollte, zu Fuß, auf so einer Straße. Verwirrt. Ihr helles Gesicht – von einer unnatürlichen Blässe. Eine Frau, und du hast sie getötet.

Augen. Die Augen jener Frau hinter dem zersprungenen Fensterrahmen. Glänzend, golden, bernsteinfarben. Sie sind so nah an seinen Augen, daß es ihn schmerzt, sie anzusehen. Sie muß auf dem Gras knien, dort draußen. Ihre Hände – kühl, naß – legen sich auf seinen Mund. Ihre Hände sind naß von Blut. Von seinem oder von ihrem: das könnte er jetzt nicht sagen. Überall ist Blut, und er sieht immer noch rot. Warum? Warum bist du mir entgegengekommen? Sie packt ihn unter den Achseln, zwängt sich durch das, was von der Tür übriggeblieben ist. Er läßt sich ziehen – leicht und leblos wie eine Puppe. Als er auf der Kiesböschung liegt, verhallt die Musik. Ende der Kassette. Das Band rauscht. Die Umschaltautomatik. Gleich wird das Duettino des ersten Akts wieder beginnen. Auf den Steinen, benommen, mit Schmerzen. Vielleicht sollte er versuchen aufzustehen. Es gelingt ihm, schwankend. Die Frau ist wenige Schritte von ihm entfernt und rührt sich nicht. Sie ist barfuß. Sie preßt die rechte Hand an die Hüfte, genau da, wo er glaubt, sie mit der Schnauze des BMW erwischt zu haben. Sie zittert, als fließe elektrischer Strom durch ihren Körper. Ein biegsamer und graziler Körper – auf den sich das Auto stürzt. Bumm.

Sie ist in einem Zustand der Verwirrung. Sie muß unter Schock stehen. Einen Krankenwagen, vielleicht ist weiter vorn eine Notrufsäule. Hätte er doch ein Handy. Aber nein, du verweigerst dich den Bequemlichkeiten der modernen Zeit. Du bist ein leicht anachronistischer Mensch, Ventura. Unter Schock. Ich muß ins Krankenhaus und mich untersuchen lassen. Röntgenbilder, Computertomographie – sie müssen mich völlig durchleuchten. Vielleicht ist etwas gebrochen. Vielleicht habe ich eine Gehirnerschütterung. Vielleicht hat sie eine Gehirnerschütterung. Wieso ist sie nicht tot? Vielleicht habe ich sie gar nicht erwischt. Seine Kehle ist trocken, seine Knochen wie zerschlagen, sein Magen ein einziger Brei. Aus der Augenbraue läuft immer noch Blut auf seine Seidenkrawatte. Er kann nicht sprechen. Auch die Frau spricht nicht. Sie sieht ihn an, lächelnd mit einer verstörten Starrheit, die ihn gleichermaßen beängstigt und beruhigt. Dann bemerkt er ihr Kleid. Sie trägt kein Kleid, das passend für einen Septembersamstagabend wäre – einen ländlichen, schwülen Samstag in der Provinz. Nein, sie trägt ein Abendkleid. Lang, tief ausgeschnitten, mit dünnen Trägern – zwei schwarze Fäden auf der weißen Haut. Immer noch zitternd lehnt sie sich gegen den Blechhaufen des Autos. Der aufgeschlitzte Reifen dreht sich weiter.

Die Umrisse des Kastells von Bastia del Garbo beherrschen das Tal vom Gipfel eines steilen Hügels aus. Mächtige, dunkle Ziegelsteinmauern, Schwalbenschwanzzinnen und vier Ecktürme – ein kleiner zylindrischer Turm, ein viereckiger Wachturm, ein Festungsturm und ein gekappter Hauptturm, baufälliger, an mehreren Stellen völlig zerfallen, doch drinnen ragt eine dünne, hohe, metallische Silhouette empor: ein Kran, an dem ein Stahlseil hängt. Der Mittelteil des Gebäudes befindet sich im Bau – genauer gesagt, im Umbau: Er verströmt schon den Geruch von Fälschung, Neogotik, Kulisse.

Auf dem Burghof ist er stehengeblieben, das Herz in der Kehle. Noch benommen und wie zerschlagen, aber vielleicht nur mit den Nerven am Ende. Es regnet in Strömen, und das Wasser durchweicht sein zerrissenes Hemd. Die Kühlung auf den Schrammen und den Wunden bedeutet eine angenehme Erleichterung und Linderung, die das heftige Gewitter wieder zunichte macht. Er hält der Frau die Jacke über den Kopf, um sie zu schützen. Ihre Haare hängen triefend über Stirn und Wange. Es ist alles nicht wahr. Es müssen seine Phantasien gewesen sein. Der BMW ist am Flußufer geblieben. Er hat nicht den Krankenwagen gerufen und auch nicht die Polizei. Der Burghof ist völlig zugestellt durch Berge von Ziegelsteinen, verbogene, verrostete Träger, Stangen für das Gerüst, das noch aufgestellt werden soll. Der Bagger. Die Blechbaracke für die Gerätschaften. Der umgekippte, qualmende BMW, die Räder, die sich noch in der Luft drehen, der kompakte Motorblock, der hinausgeschleudert wurde. Bolzen, Gelenke und Ventile waren rundherum auf das Gras und die Steine der Uferböschung geflogen.

Wütendes Hundegekläff empfängt sie, und in der Dunkelheit scheinen sich bedrohliche, verschwommene Silhouetten auf sie zu stürzen und sie packen zu wollen – doch Stacheldrahtrollen und das Drahtgitter, das die Burg umzäunt, halten sie zurück. Die Frau sagt leise etwas zu den Hunden, die knurren, winseln und – unglaublich – verstummen. Er ist zu verwirrt, um sie zu fragen, warum sie zum Kastell gegangen sind und warum die Hunde sie zu kennen scheinen. Diese verfluchten Hunde haben oft genug versucht, ihm in die Waden zu beißen. Er folgt ihr über die knarrende Brücke. In das Prasseln des Regens und das Aufklatschen des Wassers in den Regenrinnen nistet sich in Abständen von zwanzig Sekunden das grausame Geräusch, verursacht von unvorsichtigen Mücken, die dem von den Arbeitern am Gesims angebrachten Gerät zu nahe kommen und einen tödlichen Stromschlag erleiden. Eine zweifellos barbarische Methode, um das Problem der Insekten zu lösen. Im Regenschutz unter dem Torbogen. Er schüttelt seine klatschnasse Jacke aus. Die Frau lehnt sich mit ihrem ganzen Gewicht gegen das Portal. Gehorsame Hunde, die in der Dunkelheit kauernd auf sie warteten, springen ihr nun entgegen, begrüßen sie freudig, lecken ihr die Hände. Im Atrium schlägt ihnen ein kalter Luftstrom entgegen, vermischt mit dem muffigen Geruch nach feuchtem Zement und Spinnweben. Erst jetzt wird ihm klar, daß sie hier wohnt – es ist Luisa Sanacore, die Frau, die das Fresko entdeckt hat. Im Sommer war sie fort, und jetzt ist sie zurückgekommen.

In seinem Kopf herrscht klebrige Verwirrung. Seine Wahrnehmung ist verzerrt. Als wäre er betrunken. Als sei alles ein Traum gewesen. Die Brücke, der Aufprall gegen das Geländer, die Welt auf dem Kopf. Und was nachher geschehen ist. Der Traum eines Menschen unter Schock, zerschlagen und verstört. Doch abgerissene feine Haare – in hellem Kastanienbraun mit einem Stich ins Blonde –

hängen an den Knöpfen seines Hemds, und sein Speichel hat einen unbekannten Geschmack. Sein Schwanz preßt sich noch gegen den Hosenstoff und will nicht an seinen Platz zurückkehren. Die Frau in dem dunklen Abgrund zitterte und schien sich nicht mehr auf den Beinen halten zu können. Sie lehnte sich gegen das umgekippte Wrack des BMW. Neben ihnen stieg aus dem noch heißen Motorblock eine dünne Rauchsäule auf. Die Dinge, die nicht mehr funktionieren, Wecker Radios Computer Autos, nehmen ein spöttisches und zugleich feindliches Aussehen an, und der zertrümmerte Motor schien sie zu verhöhnen – ihre schmerzenden Knochen, ihre Angst, ihre Verwirrung, schien alles zu verhöhnen. Er hat sie umarmt, oder sie hat ihn umarmt. Jedenfalls war er plötzlich mit seinem Mund in ihren Haaren, und ihre Lippen lagen an seinem zerrissenen Hemd, beide fest aneinandergedrückt, unsicher schwankend neben einem Wust aus versengten Drähten, Sicherungen, ölverschmierten Schläuchen, fettglänzenden Bolzen, neben der Benzinpumpe, die von einer Schicht aus Fett und Staub wie mit Samt überzogen war, den schlammbespritzten Chromteilen der Stoßstangen, dem aufgeschlitzten Reifen. Die elektrischen Entladungen kamen immer näher. Der Himmel war durch orangefarbene Streifen taghell erleuchtet, und in der Luft lag – vermengt mit dem beißenden Aroma des Benzins und der stehenden Feuchtigkeit – ein Geruch nach Gewitter, Verbranntem und Meteoren.

Es war eine endlose Schlacht aus Reißverschlüssen und Bissen, aus Lippen und Knöpfen, Zähnen und Fingernägeln, schrillen Kontrasten und überraschenden Analogien – die Kälte der Karosserie und die Hitze ihrer Haut, die Biegsamkeit ihrer Glieder und die Starrheit des Metalls, die Sprödigkeit des bei jedem Stoß nachgebenden und sich biegenden Blechs, ihr Widerstand gegen jeden Stoß und jeden Druck, die sich dehnenden Öffnungen ihres Körpers und die undurchdringliche Oberfläche des Metalls, der rauhe Asphalt und ihre glitschige Feuchtigkeit, aber auch der rasierte Streifen auf ihrer Scham, hell und rechteckig wie die weißen Streifen auf der Straße, die gleichermaßen Sicht und Griffigkeit leiten, die glänzenden Speichelinseln auf ihrer Brust wie die wassergleichen Luftspiegelungen auf dem von der Sonne erhitzten Teer, ihre Gesäßbacken, rund wie die Scheinwerfer – eine ätherische Narkose, die leider unvermittelt endete. Da hat es zu regnen begonnen.

3

Ein Gerassel von Winden, Riegeln und Ketten sagt ihm, daß der Käfig langsam an den Turm herangezogen wird. Er schenkt dem Geschehen keinerlei Aufmerksamkeit. Seine Glieder sind derart verkrampft, daß er sich ohnehin nicht bewegen könnte, und er will sich keiner Hoffnung mehr hingeben – die Enttäuschung wäre unerträglich. Einen Tag und eine Nacht lang ist er dort oben gewesen und hat schon auf alles verzichtet, was ihm von seiner Würde noch geblieben ist. Er hat geweint, um Verzeihung gebeten, um einen Schluck Wasser gefleht und um ein Stück Brot, sei es auch ein harter Kanten. Wenn es ein böser Traum war, hervorgerufen von ungenügend gegorenem Wein, dann würde er in Casale aufwachen, in seinem weichen Bett, unter einer Federdecke, und nicht allein. Doch der Käfig schaukelt und legt sich schräg, wenn er sich bewegt, und er hockt hier oben, auf den Fersen kauernd – wie jener Berberlöwe, der in der Burg von Casale vor Kälte verendet ist. Wenn sein ganzes Leben ein Traum gewesen ist, dann würde er die Augen in einem steinernen Haus am Rand einer schattigen Schlucht im Tal von Sorano öffnen, und alles müßte erst noch beginnen. Wenn nur diese seltsamen letzten Tage ein Traum waren, so würde er, benommen von den Nachwehen eines Gelages, zwischen den weißen Körpern seiner Geliebten und den Goldbarren aufwachen, die er mit seiner Arbeit verdient hatte. Waren nur diese letzten bitteren Stunden ein Traum, würde er auf dem Rücken eines Esels erwachen, in unbequemer Haltung auf dem Weg zu den zerklüfteten Hügeln von Bastia, wohin ihn der Wille der Palaiologen geschickt hatte. Er wollte nicht abreisen, wollte die Stadt, den Hof, die Werkstatt, die halbfertigen Arbeiten nicht verlassen, aber er hatte sich nicht weigern können. Ein Befehl. Er würde auf dem Burghof vom Esel steigen, und der Statthalter würde ihn nicht in den Turm führen. Kommt, Meister, hatte er statt dessen gesagt, Ihr werdet sehen, wie hart das Leben eines Bösewichts ist, der bei unserem Herrn in Ungnade gefallen ist.

Verrostete Gittertore, quietschende Klinken, er folgte einem Soldaten, der eine Fackel trug, in einer Wolke aus Rauch und Traurigkeit. Er drehte sich um, und sein Herz zog sich ihm zusammen, als er bemerkte, daß hinter ihnen das Tor mit dem Schlüssel verschlossen wurde. Vorsichtsmaßnahmen, dachte er. Sie stiegen in den Turm hinauf, über eine steile Wendeltreppe. Auf den Treppenabsätzen dösten Wächter mit feindlichen Mienen. Geräusche von Füßen, die auf dem Boden trampelten, als wollten sie eine Botschaft in unbekannter Verschlüsselung übermitteln. Er stellte sich vor, daß sie sagten: Der Meister der Liebe ist da – und er erschauerte. Im ersten Stock waren leere, dunkle Zellen, die Decke hing drohend über dem staubigen Boden, aus den Wänden trat Feuchtigkeit, Lager aus schmutzigem Stroh, Nischen für die Folter des Tropfens, verrostete Instrumente – weiter hinauf. Im zweiten Geschoß Gestank von Exkrementen, Schimmelpilz und Kakerlaken: Im rötlichen Licht der Fackel waren Ketten und Eisenkugeln der an den Knöcheln gefesselten abgezehrten Gefangenen zu erkennen. Welche Verbrechen haben diese Männer begangen, daß ihnen solch ein grausames Schicksal beschieden ist? Warum hat unser aller Herrgott aufgehört, sie zu lieben? Warum, Enrico – fragte ihn immer wieder eine schwache innere Stimme, aufdringlich und lästig wie das Gewissen –, warum hat unser aller Herrgott aufgehört, dich zu lieben? Nicht denken, nicht jetzt. Es ist nichts Schlimmes. Alles wird sich aufklären. Je höher sie stiegen, je näher sie der Turmspitze kamen, um so enger wurden die Zellen – bis man schließlich sogar ohne Zellen auskam. Mit massiven Ketten an der Wand befestigt, hängen dort schwankende Eisenkäfige, innen und außen mit Blech verkleidet, zwei Meter breit und etwas höher als ein Mann, mit furchtbaren Schließvorrichtungen. Doch der ungewöhnlichste Käfig, der Stolz des Kastells, auch Jungfrau genannt, weil er noch nie einen Mann empfangen hat, war der Außenkäfig. Sein Begleiter öffnete ihn mit dem Getöse von rasselndem Eisen.

Enrico hatte ähnliche Käfige in Casale gesehen: Markgräfin Maria liebte aus einer kindlichen Laune heraus exotische wilde Tiere, die sie sich aus Armenien und aus den Wäldern ihres in die Hand der Osmanen gefallenen Landes schicken ließ, um sie dann zu vergessen und an Kälte und Heimweh in den Gärten der Burg sterben zu lassen. Er hatte viele Stunden vor diesen Käfigen verbracht, um die Giraffe aus Bagdad zu zeichnen, den Elefanten und den Leoparden des Sultans von Tunis, die Mähne und den Quastenschwanz des Berberlöwen, das gefleckte Fell der Zibetkatze. Doch hier, in der Burg von Bastia, können keine exotischen Tiere sein. Wozu dienen also diese Käfige? Er begriff zu spät, daß er nicht hier hinaufgeführt worden war, um Raubtiere zu zeichnen. Denn genau in diesem Eisenkäfig wird der Meister der Liebe eingesperrt und allein gelassen, ohne eine Erklärung, ohne ein Wort. Ohne einen Prozeß und ohne ein Verbrechen.

Traum, Alptraum oder Wirklichkeit, der Käfig wird an den Turm herangezogen, und hinter den Stangen, hinter einer Horde erregter Hunde, die ihn anbellen, steht der Burgherr von Garbo: Tristano Boccadiferro persönlich. Er sagt, er sei soeben aus Casale zurückgekehrt, doch vielleicht ist er die ganze Zeit hier gewesen. Enrico hockt kraftlos auf den Blechen, abgemagert, trostlos und niedergeschlagen, und blickt forschend und ohne Hoffnung auf diesen Mann, den er sogar einst kannte, in einem anderen Leben. Hauptmann Boccadiferro ist empört (er tut, als sei er empört) über die Behandlung, die seine gedankenlosen Diener dem Meister haben angedeihen lassen, und befiehlt, ihn freizulassen. Enrico fällt im Turm zu Boden, landet zwischen den Tatzen der Hunde. Es ist ihm, als fliege er noch durch das Nichts, in einer Höhe von hundert Metern. Feuchte Schnauzen auf der brennenden Haut, spitze Zähne in den Wunden. Tristano verscheucht die Hunde, peitscht den Soldaten aus, der ihn eingesperrt hat, schürft ihm die Gesichtshaut auf. Enrico schließt halb die Augen und wendet den Blick ab. Der Hauptmann stößt Drohungen aus und wütet weiter auf dem Gesicht des Statthalters, der die Vorwürfe anhört, ohne mit der Wimper zu zucken. Es war ein unverzeihlicher Fehler. Ihr habt ihn wie einen Verschwörer behandelt! Dieser Mann ist ein hochberühmter Künstler! Der berühmte Maler, den mir der Markgraf empfohlen hat… MEIN Maler, ruft er aus, als wäre Enrico eines seiner Fohlen oder einer seiner berüchtigten Windhunde. Und schon entfernt sich Tristano, geht mit schnellem Schritt, heftig und stürmisch wie stets. Enrico hat Mühe, ihm zu folgen, denn er fühlt sich wie zusammengestaucht, und ihm ist, als müßten seine Knochen brechen und in Stücke zerfallen wie verrostete Schwerter.

Mein hochverehrter Gast, Meister – verkündet Tristano –, ein gutes Mahl wird die bösen Gedanken verjagen. Es gibt heute abend Fasan, Hase, Taube und weißes Kalbfleisch, er werde sehen, daß das Wild in Bastia del Garbo vorzüglich sei, der Wein tadellos. Er werde sehen, daß ihm eine Werkstatt bereitgestellt und sein Arbeitsgerät schon dort untergebracht wurde – er werde seine Truhen und seinen Farbenkasten dort finden: niemand hat sie angerührt. Er hat ihm eine Wohnung zugewiesen – drei große Zimmer, die auf der einen Seite zum Innenhof und auf der anderen auf das grüne Tal gehen, durch das der Fluß fließt: große Fenster, viel Grün, mit einem Blick über Hügel und Horizonte, so weit das Auge reicht. Vielleicht ist sie nicht so behaglich wie sein Palast in Casale, aber er soll nicht behaupten können, daß Hauptmann Boccadiferro seine Gäste nicht ehre. Der Meister ist gekommen, um zu malen, und er wird malen. Er solle sich sofort wieder an die Arbeit machen. Man erwarte sich viel von ihm. Die Malereien in der Burgkapelle sind ruiniert, und die Signora wünscht ein religiöses Motiv, vor dem sie beten kann. Eine Grablegung Christi mit der weinenden Jungfrau – so schnell wie möglich. Der Vertrag ist bereits aufgesetzt, und Enrico ist zum erstenmal seit Beginn seiner Tätigkeit gezwungen zu unterschreiben, ohne über die Bedingungen diskutieren zu können. Er wird fünfzig Dukaten für jeden Tag Verspätung zahlen. Er verpflichtet sich, »ad dipingendum bene, diligenter et fideliter, melius quo poterit…«

»… libravit«, schreibt schließlich Tristanos Buchhalter in das Rechnungsbuch, »magistro Enrico Zucharelo Ottoboni Soraniensi, pictori, pro factura duarum ymaginum Virginis, quarum una positura in capella domini et alia in ecclesia sancti Florentii prope Forcas, ut per notam instrumenti… receptam sub anno domini 1492, die 17 mensis julii…« Die Bezahlung ist akzeptabel. Wenn man bedenkt, daß er als Gefangener empfangen wurde, so wird er jetzt immerhin geehrt, wie es ihm zusteht. Doch die erste Arbeit, die er in Bastia del Garbo ausführt, hat nichts Religiöses. Es ist eine Mappa mundi, eine Weltkarte für Tristano, denn die Welt fasziniert ihn – die ganze Welt, die christliche wie die barbarische. Solange er in der Burg weilt – während des Sommers –, unterhält Tristano ihn mit seinen Geschichten über Huren und Fleischeslust; er nimmt ihn auf seine denkwürdigen Jagden mit, leiht ihm Armbrust, Bogen und einen ausgezeichneten Spürhund mit

Namen Spiritello; er lehrt ihn, unter seinen Bluthunden den sanften Zerberos und den wilden Mohammed zu erkennen, er schätzt ihn als Gesprächspartner und zeigt ihm seine Pferde (sie sind sein Lieblingsthema); er preist seine ungarischen Hengste und seine arabischen Fohlen. Ja, er verspricht sogar, ihm früher oder später ein Tier zu schenken. Aber Enrico hat seine Lehren gezogen: Bei der ersten unbedachten Geste oder beim ersten leichtsinnigen Wort, das er äußert, wird der eiserne Käfig der Palaiologen ihn auf lange Zeit beherbergen – und dann vielleicht für immer.

Lange, apathische Tage eines ausgedörrten und staubigen Sommers, die er teils im Hof, teils in den stillen Salons und in der von der Sonne gepeinigten Landschaft verbummelt. Er sitzt im Schatten einer Birke, um der Hitze zu entrinnen, stundenlang, bewegungslos, und träumt von seiner Vergangenheit und von sich selbst. Oder er läuft umher, langsam, ohne etwas zu betrachten. Die unbekannten Formen der Gebäude und der Anlagen, die Menschen, die ihn umgeben, ja selbst die Landschaft, nichts erweckt Verlangen in ihm – und ohne Verlangen war Enrico nie in der Lage zu malen. Er verliebte sich in alle Gegenstände und in alle Themen, die ihm in Auftrag gegeben wurden, und malte mit der gleichen Liebe eine Hochzeitstruhe, eine Fahne oder ein Totenbanner. Doch jetzt nimmt er schon seit Wochen keinen Stift zur Hand. Tristano hat ihm befohlen, das Geschirr der Pferde für ihn zu malen; aber er hat es nicht ausgeführt, und das Zaumzeug aus feinem Córdobaleder hängt nutzlos an den Balken der Werkstatt. Seine Farbenkiste ist noch geschlossen wie am Tag seiner Ankunft – als sie unsanft vom Wagen geladen wurde. Brutale Langeweile befällt ihn, eine schweigende Verzweiflung, die Todesgedanken Gestalt gibt.

Dann und wann kommt ihm das Gesicht seines Meisters in den Sinn. Es ist das Gesicht eines müden und unzufriedenen Mannes, der das Glück nah und fern gesucht und nie gefunden hat. Ach, Meister, du hättest mich nicht lehren sollen, Wände zu bemalen, sondern zu schweigen, immer zu lächeln und blind zu werden. Sein Meister war ein Freskenmaler, nicht ohne Talent, aber ohne Ausbildung, Kultur und ohne Genie. Er konnte sehen, und alles Neue, das ihn in den Werken anderer beeindruckte, vermochte er auf irgendeine Weise in seine eigenen einzubauen, mit dem Ergebnis, daß sie archaischer und stümperhafter wirkten, als sie waren. Bei ihm hatte er im Alter von sieben Jahren zu arbeiten begonnen, und bei ihm war er geblieben, bis er nichts mehr lernen konnte. Dann hatte Ottobono – so hieß sein Meister – ihm gesagt COR MAGIS TIBI SIENA PANDIT. (Siena wird dir das Herz weiten.) Er hatte ihn nach Siena begleitet, ihn in die Werkstätten der berühmtesten Meister der Stadt geführt und sie überzeugt, ihn zu sich zu nehmen. Zu den Meistern hatte er nur beiläufig gesagt: Mir scheint, der Junge hat einige Qualitäten. Kein Lob, kein Kompliment: Enrico hatte erst Jahre später begriffen, daß Ottobono stolz auf ihn war und daß er ihm kein größeres Geschenk machen konnte, als ihn zu verlassen. Sie hatten sich an der Porta Romana verabschiedet und waren einander nie wieder begegnet. Enrico war damals zwölf Jahre alt, und Ottobono war sein Vater.

Ottobono hatte auch im Norden gearbeitet, viele Jahre vor der Geburt des Sohnes. Es war keine erfolgreiche Reise. Bei seiner Rückkehr war er unzufriedener und ärmer als beim Aufbruch. Bleib du in der Sonne, brummte er, dort oben ist die Kunst der guten Malerei noch nicht angekommen, und man spricht barbarisch. Enrico hat nicht auf ihn gehört. Ach, warum ist nur am Hof der Palaiologen gestrandet? Er war nur gekommen, um rasch ein Kinderporträt zu malen. Die Markgräfin aber war der Meinung, daß es keinem anderen Maler gelungen war, ihrem kränklichen Giangiorgio so viel Anmut zu verleihen, und hatte zu ihm gesagt: Bleibt hier, ich werde Euch reich belohnen. Warum hatte er angenommen? Warum hatte er alle Gelegenheiten verstreichen lassen, die sich ihm boten, um sich einen Ruf aufzubauen? Jetzt war er hier, eine schöne Belohnung hatte er bekommen. Als Zündholzverkäufer hätte er mehr Erfolg gehabt. Manchmal wünschte er sich, er hätte nie zu malen gelernt.

Er kann nichts anderes tun als spazierengehen, und seine Schritte führen ihn entweder an das Flußufer oder an den Waldrand, zum Kloster oder zum Galgenberg Le Forche, denn dies ist sein Reich, und nur zwei Meilen mißt seine Freiheit. Er hätte sich für die Leichen interessieren können, die manchmal tagelang auf der Richtstätte blieben, oder für den Friedhof, auf dem sie vergraben wurden. Man hätte sie ihm umstandslos zur Verfügung gestellt. Zu anderen Zeiten hatte er die Geheimnisse der menschlichen Anatomie zu ergründen versucht, hatte Muskeln, Sehnen und Schädel untersuchen wollen und eigenhändig die Leichen von an Fieber gestorbenen Kindern, von erstochenen Männern und im Kindbett verschiedenen Frauen enthäutet. Zu anderen Zeiten hätte er eine Menge Dukaten bezahlt, um sich diese Toten zu verschaffen. Wenn der Höfling Enrico auch ein leichtfertiger Mann war, so war er doch kein leichtfertiger Maler: Er war besessen von Naturstudien, ein aufmerksamer Beobachter aller Formen der Tiere, Bäume, Blumen, Pflanzen, vor allem des menschlichen Körpers. Die Muskelmechanismen, das Netzwerk der Venen, die lineare Architektur der Knochen faszinierten ihn nicht weniger als die weibliche Schönheit, die auf jenen Knochen, Venen und Muskeln erblühen konnte – und deren raffinierte Frisuren, herrliche Haartrachten, Profile, lange Pelzschleppen, Gewänder und Ornamentborten er in raschen Strichen auf Pergament bannte: Schönheiten, die wie ein Traum verflogen waren und an die er sich nur sehnsüchtig erinnern kann, wenn er am Abend auf seiner Laute spielt und jede Note, jede Tabulatur eine von ihnen zum Leben erweckt – das kurze Aufblitzen eines Lächelns, ein plötzliches Gelächter, eine hartnäckige Röte auf der Wange. Doch seit er in Bastia ist, könnte er einzig und allein seine Verzweiflung und sein Elend malen, und dafür hat er keine Farben.

Die Bewohner der Burg: Tiere und Menschen. Tiere jeder Art – Katzen, Wiesel, Vögel, sogar ein Chamäleon, das Tristano in einer großen Holzschachtel verwahrt; vor allem aber Hunde, denen Tristano erlaubt, sich in den Salons herumzutreiben (wo sie ihren wilden Geruch und weniger flüchtige Zeichen ihrer Anwesenheit hinterlassen), und Pferde, auf deren Rücken er in sein Studierzimmer im Wachturm reitet, um den Tieren – wenn er melancholischer Stimmung ist – durch das Fenster die Landschaft zu zeigen. Die Menschen: Freie, Diener und Gefangene. Die Freien: Tristanos Statthalter und der Verwalter – knochig, geizig, mit einem Kneifer auf der Nase. Die Diener: unzählige, Hunderte, und Enrico wird es nie lernen, sie auseinanderzuhalten, mit Ausnahme von zwei ansehnlichen Exemplaren: der Slawonier und die Schwarze Frau, ein schönes Weib, schwarz wie Ebenholz, die Tristano auf irgendeinem Markt gekauft hat und die – wie es scheint – seine Konkubine war. Die Gefangenen: viele – wie viele, könnte er nicht sagen –, eingekerkert in dem zylindrischen hohen Turm ohne Fenster, der sich an der Nordseite der Burg erhebt, abgetrennt vom Hauptgebäude, auf das er jedoch seinen beängstigenden Schatten wirft. Die Jünglinge: Tristanos Page (ein schmächtiger Junge mit großen levantinischen Augen und feurigem Blick), die Knappen, der Mönch – geschmeidig und von sanftem Lächeln, doch niemand weiß, warum er in der Burg lebt und wie er es mit seinem Gewand vereinbart. Die Frauen. Gefangene: keine. Dienerinnen: die schon genannte Schwarze und häßliche Küchenmägde mit Schnurrbart und durch viele Schwangerschaften aus der Form geratenen Hüften. Freie: die Kammerzofe der Signora, die diesem Titel zum Trotz eine Frau von unbestimmbarem Alter ist, mit griechischen Augen, die in einer schwachsinnigen Starrheit verweilen, und die Signora selbst, Tristanos

Schwägerin – die aber nur ein Schatten ist, ein flüchtiges Gespenst, und nie begegnet Enrico ihr an den langen Sommertagen. Es gibt also keine Frau, die seinen lebhaften ästhetischen Sinn beflügeln und sein Modell werden könnte. Wie soll er also malen? Ein Künstler braucht Modelle aus Fleisch, aus Wirklichkeit. Der Gram steigert sich von Tag zu Tag.

Und auch die Umgebung der Burg verheißt keine Ablenkung. Am Flußufer gibt es ein bettelarmes Dominikanerkloster – bäuerliche Mönche, die sich der Käseherstellung und der Landwirtschaft widmen. Ein Friedhof. Der Galgen, an dem oft eilige Hinrichtungen abgehalten werden. Das Dorf, eine halbe Stunde Fußmarsch – vierzig einfache Seelen oder wenig mehr. Eine herbe Landschaft mit undurchdringlichen, von Hirschen und Wölfen bevölkerten Wäldern, mit Dornengestrüpp, Weidenhainen und Heideflächen, in denen er sich nur verirren kann. Er darf gehen, wohin er will, so wurde ihm beschieden: vorausgesetzt, er kehrt vor Sonnenuntergang zur Burg zurück – zur Stunde, zu der die Tore geschlossen und die Zugbrücke eingeholt wird –, vorausgesetzt, er ist in Begleitung des Slawoniers. Ein etwa dreißigjähriger Apoll mit markanten Wangenknochen und einem Mund wie eine Wunde. Enrico sieht ihn lange an, versinkt in seinen Augen, die die dunkle Farbe von Blättern haben, aber der Mann versteht nicht und wird ihn nicht trösten, heute nacht nicht und nie.

Nachdem Tristano ihm den Auftrag erteilt hat, die beiden Madonnen und das Zaumzeug seiner Streitrösser, die Wappen und die Jagdszenen im Empfangssaal des Gebäudes (dem Waffensaal) im Rahmen einer Neugestaltung der Burg zu malen (die er befohlen hat und die die Palaiologen gebilligt haben – und die leider auch den offiziellen Grund für Enricos Anwesenheit geliefert hat), reist der Burgherr ab und mit ihm all seine Diener, die Familienangehörigen, die Knappen und der Sekretär. Tristanos Frau Leonarda wohnt nicht in der

Burg von Bastia del Garbo, sondern am Palaiologenhof: Sie ist die Erzieherin der Kinder von Maria Branković, und am Hof hat Enrico sie kennengelernt. Schließlich hat er fast vier Jahre dort gelebt. Er hat sie porträtiert und prächtige Festgewänder für sie entworfen. Sie ist eine anmutige Frau, aber ohne jeden Zauber: Vielleicht sagt man deshalb dem Hauptmann unzählige Konkubinen und eine Schwäche für Kurtisanen nach. So bleibt Enrico allein in der riesigen Burg zurück, um sich dem Herbst zu stellen, allein mit dem Verwalter, dem Pfarrer, dem Pagen, der Kammerzofe und der unsichtbaren Alma.

In dieser militärischen Welt, die einen ländlichen Geruch nach Erde, Wein und Soldaten verbreitet, unter diesen Barbaren mit der spröden Sprache lebt eine rätselhafte und beunruhigende Frau. Eine Aristokratin aus einer der mächtigsten Familien der Markgrafschaft, die aber auf alles verzichtet und ihre Welt auf eine Burg und einen Garten von der Größe eines Lakens beschränkt hat und dort von nichts und niemandem lebt. Die Unendlichkeit der Welt trägt sie in ihren Augen. Man nennt sie die Göttliche, die Reine: Alma. Enrico ist müßig, von Sehnsucht zerfleischt, und versucht, die Liebe zur Malerei wiederzufinden, die ihm nicht in sein Unglück gefolgt ist. Er geht auf dem Land spazieren und betrachtet ohne Leidenschaft Blumen, Pflanzen, Insekten, flinke Schattenrisse von Hirschen, Hasen und Pferden, anspruchslosere Umrisse von Schweinen, Eseln und Rindern, Bauerngesichter und flüchtige Wolkenformationen, unbeständig wie seine Zukunft. Man spricht oft von diesem seltsamen Einsiedlerwesen, das eine Frau gewesen sein soll, die vor einigen Jahren in der Burg von Bastia Zuflucht gesucht hat, um sich von der Welt zurückzuziehen und sich der Wahrheit zu nähern, die viele Gott nennen. Diese seltsame Frau verkehrt mit den himmlischen Sphären, mit den Sternen, den Winden, dem Hagel, der Dürre, dem Regen und den Sternschnuppen. Man schreibt ihr die übermenschliche Fähigkeit zu, im menschlichen Herzen zu lesen und dessen Schwächen und Sünden zu erkennen. Aber obwohl er schon vor mehreren Wochen nach Bastia del Garbo gebracht wurde, ist Enrico ihr noch nicht begegnet. Und doch wohnten sie am gleichen Ort, gingen durch die gleichen Korridore, durch die gleichen hallenden Säle und die gleichen Höfe, betrachteten aus dem Fenster die gleiche Hügel- und Waldlandschaft mit den staubigen, in der Sonne gleißenden Kiesstraßen. Enrico hatte sogar gewagt, in den Garten einzudringen, in dem sie – zur Herstellung von Sirup, Drogen und Konfitüren – Heilpflanzen und Ingwer, Kümmel, Safran, Tamarinde und andere seltsame Sämereien zog: Doch nicht einmal in ihrem geheimen Garten konnte er sie je überraschen.

Im Zollhäuschen, in dem er manchmal einkehrt, um sich zu stärken, durstig, schlammbespritzt, von Bremsen und Mücken zerstochen, nach einem Streifzug, der sich mehr als vorgesehen in die Länge gezogen hat, nennt der für die Einziehung des Zolls zuständige Mann – ein oft betrunkener Hitzkopf – sie vulgär die Hure Gottes: Den Stammkunden macht er auf obszöne Weise die Ekstasen, Besessenheiten, Wallungen, Krämpfe, Lähmungen und Ohnmachtsanfälle vor, die ihr tyrannischer Bräutigam ihr zur Belohnung für die Opfer spendet, die sie in seinem Namen darbringt. Kalter Schweiß bricht ihr aus, die Hände zittern, sie erstarrt, stöhnt und verliert die Sinne: Ist das nicht eine Sprache, die du gut kennst, Meister der Liebe? Schenkt man ihrer Kammerzofe Glauben, so durchwandert die Signora oft das Reich der Toten und wird von Satan gepeinigt, der sie mit grausigen Erscheinungen verfolgt, indem er sich in einen Mann, eine Spinne, einen Wolf oder einen Hund verwandelt und sich zuweilen in seiner eigenen unförmigen und erschreckenden Gestalt zeigt: Dann klettert er an die Decke, dringt durch Wände, steigt aus dem Untergrund auf, greift sie an oder sucht sie mit Drohungen und Beleidigungen heim, hängt sich an die Dachbalken und stößt Pfeiftöne aus, begleitet von schaurigem Gebrüll, Gezisch und Getöse. Mach mich mit ihm bekannt, mit diesem Satan – scherzt Enrico bissig –, vielleicht würde er mich mehr schätzen als mein eigener Fürst.

Er stellt sich Alma vor wie eine anmutige, aber reizlose Leonarda, obendrein vertrocknet im Witwenstand und durch das asketische Leben, das hier oben zu führen ihr Wunsch ist. Man erzählt sich, daß sie sommers wie winters ein Gewand aus grober Wolle trägt, ein Büßerhemd und einen eisernen Gürtel um die Taille; daß sie sich mit langen Fastenzeiten kasteit, daß sie es ablehnt, sich von Tieren und unreinen Käseprodukten zu ernähren und nur Brot, Wasser, Wurzeln, bittere Kräuter und Pflanzensud zu sich nimmt: Sie behauptet, daß die Erneuerung des Lebens nur die Kette des Todes sei und daß sich also auch in den Tieren das göttliche Prinzip verbergen könne. Sie glaubt, daß die Dinge eine Seele haben und also eine geheime Intelligenz. Sie glaubt, daß auch Bäume, Pflanzen, Steine, Dinge ein Bewußtsein ihrer selbst haben, ein Bewußtsein des Bösen – also der Existenz. Sie behauptet, die Nöte der Steine, die Stimme des Wassers, die Tränen der Gewitterstürme zu kennen. Aber Enrico lacht über diese Einbildungen; er ist überzeugt, daß die Erkenntnis des Schmerzes und des Vergnügens, das Bewußtsein des Guten und des Bösen eine zufällige Ausnahme in der Maschinerie der Welt sind, ein Vorrecht der Organe und des Bluts. Alles übrige liegt jenseits von Freud und Leid der Menschen, und damit erklärt sich für ihn die Entfernung jener ersten Triebkraft, die auch Gott genannt wird, von ihnen. Man erzählt sich, daß Alma sich demütige und kasteie, indem sie die Gefangenen des Turms versorge, als wäre sie ihre Dienerin, und indem sie die widerwärtigsten Handlungen vollziehe, etwa das Trinken des Wassers, in dem sie ihre Wunden gewaschen hat. Doch Enrico ist sich sicher, daß es sich nur um erbauliche Legenden handelt: Als er selbst hungernd und dürstend im Eisenkäfig schmachtete, hat sich die göttliche Alma nicht nur nicht für ihn gedemütigt, sondern ihm nicht einmal Worte des Trostes zukommen lassen. Und wenn der Mönch ihn darauf hinweist, daß der Regen an jenem Tage ganz unerwartet und unerklärlicherweise gefallen sei und daß eben sie ihn heraufbeschworen habe, dann antwortet er, daß niemand wisse, wie die Wolken ziehen und aus welchen Dämpfen sie entstehen. Die Vernunft lehrt, daß es ebenso wahrscheinlich ist, daß es die Gebete der Menschen waren wie das Niesen eines Riesen.

Je mehr Zeit vergeht, um so intensiver malt er sich im Geiste ihr Porträt: eine nicht mehr junge, durch Entbehrungen entkräftete, kränkliche und bigotte Frau, die ihm nicht nur Abneigung, sondern sogar Wut einflößt. Denn auch Menschen wie sie waren schuld daran, daß die Luft von Casale mit Weihrauch vergiftet wurde und daß Markgraf Bonifatius (der einst ein freigebiger Mäzen war und Enricos Talent, seine Scherze, seine Lieder und seine Malerei schätzte) – er, ein Mann des Krieges und ein Soldat –, sich in Begriffe wie Moral, Mäßigung, Verzicht, Pflicht und Sünde hineinzusteigern begann: Er, der Epen über die Ritterabenteuer seines eisernen Geschlechts in Auftrag gab, begann, kleine Werke über Beichte, Taufe und Konzile zu verfassen. Auch Menschen wie sie waren schuld, daß Enrico als lebendes Beispiel der moralischen Verderbtheit in diesen Zeiten angesehen und verbannt wurde und alles verlor; auch durch ihre Schuld ist er hier, um seinen verlorenen Tagen und seiner Freiheit nachzutrauern.

Und aus Wut und Verachtung kehrt ihm so der Wunsch zu malen wieder, und er malt für die private Andacht dieser verbissenen Betschwester einen Christus, so schön, so markant und lockig wie der kleine Soldat, den er als Modell genommen hat (dessen gekreuzigter Körper eher Sinnlichkeit und Bedauern auslöst als Gebete), und eine junge Muttergottes, die so verführerisch ist wie eine Prostituierte, so schön wie seine früheren Freundinnen. Mit der Zeichenkohle auf dem Blatt innehaltend, versucht er bei geschlossenen Augen, nicht ohne Mühe, deren verflogene Grazie heraufzubeschwören. Er kleidet sie in einen Umhang aus blauem Brokat, läßt aus ihren Augen keine Träne hervorquellen, sondern malt sie, wie sie dem jungen sterbenden Christus eine kleine nackte Brust entgegenstreckt. Er bittet die Kammerzofe, der Signora mitzuteilen, daß das bestellte Bild fertig sei und sie kommen könne, wann sie wolle, um es sich in seiner Werkstatt anzusehen: Der Maler stehe zu ihrer Verfügung, erwarte ihr Urteil und sei bereit, das Gemälde nach ihrem Willen zu verändern. Sie aber kommt nicht, sondern läßt sich das Bild in ihre Räume bringen. Sie wird empört sein und mich rufen lassen, um Veränderungen zu verlangen, denkt Enrico – aber nichts dergleichen geschieht. Im Gegenteil, als er am folgenden Sonntag in die Burgkapelle geht, stellt er mit Erstaunen fest, daß sein Gemälde der Madonna mit der nackten Brust hinter dem Altar hängt und schlanke, weiße Kerzen davor leuchten.

Eines Abends spaziert er kurz vor Sonnenuntergang – wie immer gefolgt von seinem Schatten, dem schweigenden Slawonier – durch die Landschaft, unterhalb der Bastionen: Im quadratischen Turm ist ihre Wohnstatt, im obersten Geschoß schon von Lichtern erhellt. Die Signora steht am Fenster. Trotz der Entfernung erkennt Enrico ganz deutlich das Schimmern ihrer marmorfarbenen Haut und ihre langen, weißen Hände. Sie ist einmal jung gewesen, vor einiger Zeit, aber sie scheint ihm noch von einer verzehrenden Schönheit zu sein, auch wenn ihre Schönheit verblüht ist oder im Begriff zu verblühen. Vielleicht gerade deshalb: Der Verrat der Zeit macht diese Schönheit noch kostbarer. Sie steht – im Leben wie auch jetzt – über einem Abgrund. Sie trägt etwas Glühendes, Ungewöhnliches und Schmerzliches in sich.

Während ringsum das Land von der Dunkelheit verschluckt wird, bleibt Enrico lange auf dem Pfad stehen, um sie zu betrachten, und prägt sich die weichen Linien mit ihrer blassen und flüchtigen Eleganz und den strahlenden Glanz ihrer langen Haare ein – bis sie sich entfernt und jemand geräuschvoll die Fensterflügel schließt.

4

Die Schritte hallen in einer Stille, die an Kathedralen, Kloster, Museen gemahnt. Im Innern des Gebäudes ist jedes Geräusch verstummt, auch das beschwörende Rauschen des Regens auf den Blättern. Im Südflügel herrscht ein Geruch nach frischer Farbe und Terpentin vor, doch auf dem Weg zu ihren Zimmern verflüchtigt sich nach und nach jede Spur von Instandhaltungsbemühungen. Sie durchqueren ein Labyrinth riesiger Räume voller Ziegelsteine, Mörtelsäcke und Kalkschutt; sie gehen durch einen Garten. Ein grüner Zipfel, ein Viereck aus Gestrüpp und verdorrten Bäumen. Auf dem Rasen hat Luisa Hortensien und Akeleien gepflanzt, aber es ist zuviel Sonne da oder zuwenig, und die Blumen sind nicht angewachsen. Die hohen Mauern, die den Garten umgeben, machen jede Sicht auf das Tal unmöglich. Man sieht lediglich die Überreste des zylindrischen Turms, über dem drohend der Kran hängt, und ein Stück Himmel mit Dunststreifen, zwischen denen ein verirrter Satellit blinkt. Sein einziger Wunsch ist es, sich auf einem Bett auszustrecken. Doch mittlerweile wird es unmöglich sein zu schlafen, und er ist nicht mehr müde. Sie gehen durch einen engen Korridor wie durch einen Uterus, der dann nach links abknickt. Arsenio hat die Orientierung verloren. Er tastet sich voran. Noch einmal Flure, niedrige Türen, steile Treppen. Schließlich gibt ihm der Duft von Räucherstäbchen das Gefühl, ein bewohntes Zimmer betreten zu haben. Das durch ein kleines Fenster dringende Licht erleuchtet einen ungewöhnlichen Raum, der einer Schiffskajüte oder einer Gefängniszelle gleicht. Oder auch dem geheimen Labor eines Alchimisten.

Flakons, Glasfläschchen, Präzisionswaagen, ein mit einem Teelöffel verklebter Kerzenstumpf. Überall Wachs – Teiche, Klumpen, Tropfsteine. Ein Bett mit elegantem schmiedeeisernem Kopfteil – mit zerwühlten Laken. Kandelaber aus vergangener Zeit, ein moderner Bergmannshelm mit eingebauter Lampe. Den haben mir die Arbeiter geschenkt, sagt sie, damit kann ich mich auch im Dunkeln zurechtfinden. Ach ja, der Strom ist abgeschaltet. Nervenkrieg mit den Eigentümern. Zwielichtige Manipulationsversuche. Arsenio setzt sich den Helm auf, und die Lampe verbreitet ein erbarmungsloses Licht auf ihrem Gesicht: Ihre Lider sind gerötet, die Haut ist blutleer. Unter ihren Augen liegen dunkle Schatten. Sie ist schön gewesen. In gewisser Weise ist sie es noch immer. Doch sie erträgt seinen Blick nicht und bittet, das Licht woandershin zu richten.

Sie hat sicher nicht damit gerechnet, mit einem Mann zurückzukommen: Verlegen bückt sie sich, um eine Bluse und ein Paar Strümpfe vom Boden aufzuheben, sie schließt Schubladen und Bücher, sammelt Zigarettenstummel und halbvolle Weingläser ein, in denen schwarze Ascheflocken schwimmen. Mit der Fußspitze schiebt sie einen Stapel vollgekritzelter medizinischer Rezepte, eine Feile und eine elastische Binde unter den Sessel. Diese Frau ist auf unwiderstehliche Weise dem Chaos verfallen. Ihr Reich ist eine Sammlung von Materialien und Ablagerungen: eine explodierte Ordnung. Für einen Moment ist er versucht, sie zu fragen, was passiert sei. Warum sie wenige Stunden zuvor zum Fluß hinuntergegangen und dem ersten Auto entgegengelaufen sei, das vorbeikam. Er fragt sie nicht. Er wird sie nie etwas fragen. Die Worte werden zu Ketten, verknüpfen sich zu einem Netz aus Erklärungen, verborgenen Motiven und Vorwänden, in dem man sich schließlich verfängt. Er nicht. Jetzt, wo die Erregung von ihm abfällt und die Spannung nachläßt, melden sich die schmerzenden Knochen wieder. Jede Geste, jede Umarmung, jede Bewegung schmerzt – selbst das Atmen. Er wird sich nicht röntgen lassen. Er wird es ertragen. Er ist dabei, die auf Luisas Haut verstreuten Tätowierungen zu studieren. Auf dem Knöchel eine Fledermaus, auf der Brust eine Rose, ein Drache auf dem Puls, wie um das blaue Aderngeflecht zu verstecken. Das Gewitter hat die Schwüle nicht vertrieben, er würde gern den Ventilator anstellen. Ach ja, er funktioniert nicht: kein Strom. Drückende Hitze, und das einzige Fenster des Zimmers ist geschlossen. Weil sie immer fröstelt. Seit Jahren liegt ihre Körpertemperatur über siebenunddreißig Grad. Sie glüht, aber es ist eine Hitze, die in einem Eintagsfieber verpufft und nur kalte Schauer hinterläßt. Arsenio macht es sich auf dem Bett bequem. Er zieht sie an sich und lehnt sein Gesicht gegen ihren Schoß. Ihr schmächtiger Körper ist ihm seltsam vertraut.

Seit vier Jahren wohnt Luisa in der Burg, im Schatten des orangefarbenen Krans, zwischen behauenen Steinen und Staubwolken. Allein. Nachts, wenn alle fort sind, ist kein Laut zu hören. Sie kann Geräusche nicht mehr ertragen. In ihrem Kopf hat jemand die Lautstärkeempfindlichkeit höher gestellt. Sie hört alles mit Verstärker, mit Stereoeffekt. Der tiefste Ton wird grell wie ein Schrillen oder betäubend wie eine Explosion. Sie war nicht mehr in der Lage, in der Stadt zu leben, in einem Mietshaus mit Kindern, Fahrstühlen, Büros mit ratternden Druckern. Die künstlichen Klänge rütteln an ihren Nerven. Das Läuten des Telephons. Das Fernsehen. Das Radio. Ganz zu schweigen von Hupen, Motorengedröhne, scheppernden Straßenbahnen, Zügen und U-Bahn-Wagen. Aber vielleicht sind ihr vor allem die Stimmen der anderen unerträglich geworden. Sie hat ein fast körperliches Bedürfnis nach Stille. In Bastia del Garbo begegnete sie vor Beginn der Restaurierungsarbeiten tagelang niemandem, hörte tagelang keinen Ton. Als begonnen wurde, zu bohren, zu hämmern, zu schleifen, mußte sie sich Ohrenstöpsel aus Schaumgummi kaufen.

Es ist ein auf die Grundbedürfnisse reduziertes Leben. Alles kann vernachlässigt werden. Im Laufe der Zeit sind die Freundschaften weniger geworden, haben sich die Bindungen gelockert. Verwandtschaften, Verpflichtungen, Erinnerungen: alles ist verblaßt. Zerstört – annulliert durch Jahre voller Anmaßung, Unverständnis, Lügen. Am Ende ist sie wirklich allein geblieben. Wer weiß, ob es das war, was sie wirklich wollte. Sie ist wie diese Räume – ein Universum aus Holz, leicht entzündbar, mit einem Streichholz würde alles verbrennen. Früher einmal gehörte ihr die Burg. Aber vielleicht sind Menschen wie sie nicht für Besitz bestimmt – nur für Verlust. Sie hat es nie vermocht, etwas zu halten, weder Menschen noch Dinge – und Geld schon gar nicht. Sie war gezwungen, zu verkaufen, und hätte sich doch gewünscht, es nie tun zu müssen. Nachdem sie jahrelang in Hotelzimmern gelebt hatte, in provisorischen Räumen eines provisorischen Lebens, hatte sie zwischen diesen feuchten und muffigen Mauern einen Hafen gefunden – die Endstation. Von hier wollte sie nicht mehr weg. Sie fühlte sich sicher. Aber es ist, als müsse sie eine Lawine auf dem abschüssigen Hang eines Berges aufhalten – als müsse sie den Ozean mit einem kleinen Eimer ausschöpfen: Es ist unmöglich, sich dem entgegenzusetzen und Widerstand zu leisten. Es gibt Kräfte, die in Einklang mit der eigenen Zeit stehen, und andere, die es nicht tun. Ihre taten es nicht. Sie war nicht richtig geeicht; sie hielt, was allen als wichtig erschien, für banal, und das, was allen als banal erschien, für wichtig. Mit dem Ergebnis, daß sie am Ende weder die banalen noch die wichtigen Dinge um sich vereinte.

Die Burg hatte eine GmbH gekauft – die ZIEM. Sie ist im Tourismus tätig, im Baugewerbe und auf dem Immobiliensektor. Sie hat ihren Sitz in Liechtenstein, kauft Gesellschaften, die andere aufkaufen, die wieder andere kontrollieren. Ein Labyrinth. Der Hauptgesellschafter hinter den Strohmännern ist jedenfalls Postumo Drago. Ein Mann, der nicht in der Lage ist, unparteiisch zu urteilen. Er war es, der ihr erlaubt hat zu bleiben, obwohl sie sich beim Verkauf verpflichtet hatte, innerhalb von drei Monaten auszuziehen. Aber er ist auch eine unsichere Mischung aus einem Kardinal, einem neureichen Trimalchio und einem kolonialistischen General, der vom verlorenen Paradies träumt, sich eine kleine Insel in der Nähe von Rhodos gekauft hat und unterdessen von Mailand aus mit den Gesellschaften und dem Leben der anderen Geschäfte macht. Im besten Falle würde die ZIEM die Burg in ein Hotel de charme verwandeln – in einen zukünftigen Sitz für globale Konferenzen, Hochzeitsreisen, Literaturpreisverleihungen und Schachturniere. In der schlimmsten Version würde sie parzelliert und in Miniapartments mit Minieigentum aufgeteilt werden. Aber vielleicht wird es zu dem Frevel nicht kommen – es sei denn über Berufungen, Schiebereien, nachträgliche Duldung und falsche Gutachten, lauter durchaus mögliche Eventualitäten. Wegen der Fresken, die sie entdeckt hat, ist die Burg unter Denkmalschutz gestellt worden, und das wird die Kapitalisierung der Investition verhindern. Sie hat ein nicht kommerzialisierbares Gut an die ZIEM verkauft. Als die Decke zusammengebrochen war und sie im Baltuszimmer das Fresko gefunden hatte, war sie zunächst erschrocken. Dann hatte sie sich gefreut. Doch jetzt scheint es ihr bei genauerer Überlegung ein untrügliches Zeichen zu sein. Ihr war die Welt auf den Kopf gefallen.

Es war im vergangenen Sommer geschehen. Die Bauarbeiten an der Burg waren schon seit einiger Zeit im Gange, mit dem Getöse von Spitzhacken und Schleifmaschinen.

In den Salons wimmelte es von Restauratoren und Ingenieuren, die über Statik, Kalkhinterspritzungen, Vakuum-Volltränkung, einsickerndes Flußwasser und kapillares Aufsteigen der Mauerfeuchte diskutierten. Ihr gefiel das Baltuszimmer, und obwohl es ihr untersagt war, es zu betreten – und erst recht es zu bewohnen –, ging sie abends, wenn sie allein war, zum Lesen dort hinauf. Sie las am Fenster. Hinter den Scheiben ahnte sie die gewellte Linie des Horizonts und fahles Mondlicht, das auf den Hügeln lag. Seltsam war, daß sie gerade die Decke betrachtete, sie ansah, als sie einen Geruch von Staub wahrnahm und den dumpfen Schlag. Sie behauptet nicht, sie zum Fallen gebracht zu haben, nein. Kein Gabelverbiegen durch einen Blick. Aber die Decke des Zimmers war ihr buchstäblich auf den Kopf gestürzt. Auf dem Boden lag ein Rautenmuster aus Putzstücken, groß wie Kacheln. Wie ein Meteoritenregen.

Wer weiß, aus welcher Eingebung heraus sie es getan hatte. Sie nahm die Leiter und eine Taschenlampe und kletterte auf den Dachboden, in das baufällige Gebälk. Dann bemerkte sie vor sich ein leises Flattern. Im Dunkeln war es, als bewegten sich die Schatten. Es schien ein Fries zu sein. Der Fries eines Freskos. Vielleicht das, was von einem später geänderten Entwurf übriggeblieben war. Nur ein Fragment. Sie berührte die Wand mit den Fingerspitzen. Der rauhe Putz, der samtene Schimmel auf den Farben. Verblichene Farben. Hellgrün. Und Gold. Nachgedunkeltes Blattgold. Es schien sehr alt zu sein. Doch das Fresko an den Wänden des Baltuszimmers war klassizistisch, vom Beginn des 19. Jahrhunderts. Vielleicht war es nur eine optische Täuschung. Stockflecken auf der Wand, die im Dunkeln die geschwungenen Formen einer Malerei annahmen. Es war finstere Nacht, und sie war bedrückt, weil sie soeben erfahren hatte, was die Leute von der ZIEM mit der Burg planten: Die Nachricht hatte ein Gefühl von Ohnmacht und dumpfer Trauer in ihr ausgelöst. Es hätte ihr gefallen, wenn da drunter wirklich ein Fresko wäre. Aber die Burg Bastia del Garbo war gegen Ende des 15. Jahrhunderts zerstört und mehrfach auf- und umgebaut worden, zum letzten Male in napoleonischer Zeit. In gewissem Sinne war sie eine Fälschung.

Etwas hatte sich aus der Dunkelheit auf sie gestürzt. Sie sah es zu spät und konnte sich nicht mehr wehren. Ein Schlagen pelziger Flügel, ein weicher greifender Körper, der sich an ihre Haare klammerte. Es war kein Gespenst, nur ein Vampir. Sie riß sich die vorwitzige Fledermaus vom Kopf und schleuderte sie so weit wie möglich von sich. Dann leuchtete sie die Wand mit der Taschenlampe aus und entdeckte eine schwarze pulsierende Wolke, genau über sich. Sie hatte die Tiere geweckt und erschreckt, und sie schlugen wie wild mit den Flügeln. Sie stellte die Taschenlampe besser ein, um mehr Licht zu bekommen. Die Wand war dunkel, moosbedeckt, mit ungleichmäßiger Oberfläche; doch hier und da, wo der Putz sich gelöst hatte, war ganz deutlich ein Fries von ermatteter Eleganz zu erkennen. Es stammte nicht aus Baltus' Zeit. Mit der Taschenlampe zwischen den Zähnen folgte sie der schwindenden Spur jenes Frieses, der in unsicherer Balance wie Spinnengewebe an der Wand hing: Ein empfindlicher und doch hartnäckiger Faden zog sich über die ganze Wand, lief auf der anderen weiter und auf der nächsten auch, wahrscheinlich der obere Teil eines noch unsichtbaren Freskos, das die Wände des Zimmers schmückte – da unten. Am nächsten Tag benachrichtigte sie das Amt für Denkmalpflege. Im Baltuszimmer ist hinter den Malereien aus dem 19. Jahrhundert etwas verborgen. Sie hatte gesagt: Rundherum auf den vier Wänden verläuft ein zarter Fries, eingerahmt von einer feinen Borte aus gewundenen Efeuzweigen, verflochten mit Blüten.

Die Burg gehörte der Familie ihres Mannes, den Morand di Beauregard. Von Vittorio hatte sie einen gewaltigen Bernhardiner mit Namen Schneewittchen, eine Menge Schulden, viele Laster und die Burg Bastia del Garbo geerbt. Ihre Ehe war glücklich gewesen – aber keine Liebesheirat. Sie waren Komplizen, Freunde. Vielleicht sollten sich alle Ehen, damit sie gelingen – und dauern –, auf weniger vergängliche Voraussetzungen als die Liebe gründen. Damals kamen sie nie zur Burg. Sie lebten im Ausland oder in Mailand und hatten noch nicht einmal mit dem Gedanken gespielt, sich auf das verlassene Gut zurückzuziehen – so weit weg von allem. Und außerdem gab es für Luisa nur ein Land – das sonnige Land von Resina. Die Landschaft von Bastia kam ihr traurig, eintönig, melancholisch vor. Ihre Familie besaß eine Villa an den Hängen des Vesuvs, inmitten eines riesigen, von einer bröckelnden Mauer umgebenen Parks, in dem einst Myrte, Buchsbaum, Zitrusfrüchte und Rosmarin gediehen. Im Laufe der Zeit hatte ihre Familie die Legende genährt, die örtliche Unterwelt habe sie mit Sabotage und Brandstiftung verjagt. Sie hatten es auf die Villa abgesehen – eingekeilt in einer Zone rascher Bauexpansion. Sie wollten auch das Land. Die Sanacore besaßen Hunderte von Hektar Aprikosenhaine und Gärten in Resina. Die Stadt wuchs, und sie hatten jenes unproduktive Land, ein grüner Fleck zwischen den Häusern. Man wollte auf dem Grundstück bauen. Die Aprikosenkulturen sind tatsächlich verbrannt, und ihre Familie hatte auf die Ferien in der Villa verzichtet. Resina existierte nicht mehr. Es hatte sogar den Namen gewechselt, Ende 1969. Es heißt jetzt Ercolano. Als der Name von der Landkarte verschwand, begriff sie, daß etwas entzweigegangen war. Nach Vittorios Tod war sie dorthin zurückgekehrt: Aber nichts, mit Ausnahme der begrabenen antiken Stadt, war noch wiederzuerkennen, alles war verwandelt – und nichts erinnerte sie mehr an das, was sie erlebt hatte. Alles öde, gräßlich, ohne jeden Reiz. Abgesehen von der allerdings modernisierten und auch unkenntlich gemachten Kirche, der baufälligen Grundschule und ein paar ums Überleben kämpfenden Lädchen war nichts mehr da von den Orten und Plätzen, die sie kannte. Im Laufe der Jahre hatte man alle Flächen gefüllt, und die alten Wohnhäuschen waren abgerissen beziehungsweise zu etwas anderem geworden. Sie wuchsen wie Krebszellen, vervielfachten und verwandelten sich, und an ihrer Stelle reihten sich jetzt Ansammlungen von Gebäuden aneinander, und das gleiche Schicksal, wenn nicht ein schlimmeres, war den landwirtschaftlichen Ländereien und den Zitronen- und Aprikosenhainen widerfahren – sie waren verschwunden, waren Wohnblöcken, Industriehallen, Speichern, namenlosen Straßen, Gebäuden ohne Hausnummer, Müllabladeplätzen und Lagerschuppen gewichen. Vielleicht geschieht den Orten das gleiche wie den Menschen. Sie verwandeln sich, ändern Zeichen und Ziele. Zuweilen sterben sie. Wechseln von einer Realität in die andere, werden Straßen der Seele, der Vergangenheit oder der Zukunft, nicht aber der Gegenwart. Der Erinnerung, der Phantasie.

Sie war im Frühjahr 1989 nach Bastia del Garbo gekommen. Im Dorf hatte man sofort ein festes Bild von ihr. Die Leute halten sie für verrückt und besuchen sie ungern, und sei es nur, um die Gasflaschen zu bringen. Eine Frau, die allein lebt, an so einem Ort. Aber sie lebt nicht wirklich allein. Die Burg ist bewohnt, doch ihre Bewohner sind wie sie – sie machen den anderen Angst. Ungeziefer, Fledermäuse, Katzen, Spinnen, auch Mäuse. Wegen des Ungeziefers hat die ZIEM mehrmals Kammerjäger geschickt: vergebens. Die Mäuse sind wie sie – sie wollen nicht gehen, wollen das Feld nicht räumen für die Leute von der ZIEM. Sie verstecken sich, hocken in den Mauerritzen: Um sie auszurotten, muß man intelligenter sein als sie, und das gelingt nicht immer. Dann die Vögel. Die Raben. Die Tauben nisten im Baltus-Turm, in den Spalten zwischen den Ziegelsteinen. Dann sind da noch ihre Hunde. Sie halten gut Wache. Drei oder vier Prozesse laufen der Hunde wegen. Sie haben irgendwelche Idioten gebissen, die in der Umgebung herumschnüffelten. Sie konnte es sich nicht leisten, ihre Burg, die an die hundert Fenster und nur zwanzig Meter Umgebungsmauer hat, einbruchsicher zu machen oder eine mit der Polizeiwache verbundene Alarmanlage einbauen zu lassen. Die Opfer der Bisse haben sie angezeigt und fordern Schadensersatz. Arsenio hat Angst vor ihren Hunden, das hat sie sofort gesehen. Sie dagegen hat nur vor den Menschen Angst. Die Tiere geben dir das zurück, was sie von dir bekommen, sie sind der Spiegel deiner Gedanken: Wenn du Angst hast, haben sie Angst; wenn du sie liebst, lieben sie dich. Bei den Menschen ist es nicht so.

Luisa Sanacores Finger spielen mit dem kratzigen Ansatz seines Bartes. Seit langem herrscht auf dem Bett ein lückenhaftes Schweigen. Die Fäden des Gesprächs sind zerrissen. Es gäbe viele, zu viele Dinge zu sagen, nicht wahr, Arsenio? Ein ganzes Leben geht Luisa Sanacores Erscheinen voraus. Aber es wäre unmöglich, vierzig Jahre in wenigen Minuten zusammenzufassen, und es würde zu nichts führen. Du hast lange Zeit ohne sie gelebt: Offensichtlich war sie dir nicht bestimmt, und du bedurftest ihrer nicht. Außerdem, was könnte Luisa denn interessieren? Wieviel du verdienst? Mehr, als man braucht, um zu leben, und weniger, als man braucht, um gut zu leben. Dein Familienstand? Du bist geschieden. Was einen typischen Zug deines Charakters enthüllt: Du gibst deine Fehler zu. Du bist im Zeichen des Stiers geboren. Das gilt als Indiz für einen entschlossenen und konkreten Charakter. Man hat dir den Namen Arsenio gegeben. Das bedeutet angeblich: männlich. Du hast deinen – anmaßenden und leeren – Namen gehaßt, aber letzten Endes paßt er vielleicht zu dir. Es scheint, als habest du seit zartester Kindheit eine sichere künstlerische Ader und eine gewisse Tendenz zum Humor gezeigt. Du warst von dem manischen Wunsch beherrscht, sofort deine Ziele zu erreichen, und von der übertriebenen Furcht, sie nie erreichen zu können. Auch weil du Mühe hast, sie zu erkennen, diese Ziele. Du bist in der Überzeugung aufgewachsen, daß du es zu etwas bringen würdest. Daß du große Dinge erreichen würdest. Aber du hast noch nicht erkannt, welcher Art diese großen Dinge sind, und es bleibt dir immer weniger Zeit, um sie zu vollbringen. Vor einigen Jahren hättest du gedacht, daß dieses Sachverständigengutachten die große Gelegenheit für dich wäre, dir einen Namen zu machen. Jetzt empfindest du es nur als anstrengende Last. Und du weißt nicht, wie du dich der Sache entledigen kannst. Du warst ein glänzender Student, ein bißchen Falschspielerei war dabei. Mit zweiundzwanzig hast du dein Examen in Geschichte der modernen Kunst gemacht, doch du hast immer die Verzögerungstaktik und den spitzfindigen Geist deiner Vorfahren aus den Maremmen eingesetzt, um deine Mängel zu übertünchen. Große Dinge ... Du beschäftigst dich mit zweitrangigen Werken für Sammler und Antiquitätenhändler, mit verstümmelten Fresken auf den Mauern von Provinzkirchen. Du untersuchst für erdbebengeschädigte Bergdörfer Passionen und Himmelfahrten armseliger Freskenmaler, die von den vitalen Strömungen der Malerei und dem großen Geldfluß abgeschnitten waren. Aber du hast keine Berufung zur Randfigur. Du bist der geborene Höfling. Dein Vater sagte, du tätest gut daran, denen, die Schaden anrichten können, nicht zu helfen, doch weise Ratschläge hast du schon immer gescheut und stets die Freundschaft derer gesucht, die mehr zählen als du. Trotzdem treibt das Schiff deiner Karriere in der Flaute und wartet auf einen kleinen Windstoß – auf den Zephir, der dich dem Ruhm, dem Reichtum, dem Glück entgegenfliegen läßt. Du bist ein falsches Versprechen. Versprechen nicht zu halten ist im übrigen einer deiner charakteristischen Züge. Am liebsten würdest du gar nichts tun. Eine reiche Frau wie Luisa heiraten und unbeschwert und fröhlich leben, ohne Pflichten und ohne Mühe. Du wirst es ihr nie verzeihen können, so ein Leben fortgeworfen zu haben. Das Amt für Denkmalpflege bezahlt dich dafür, Gutachten über Kunstwerke anzufertigen. Du kaufst Gemälde auf den Auktionen von Sotheby's und bei der Finarte, aber sie sind nicht für dich – du kannst sie dir nicht leisten. Sie sind für die Industriellen, denen du rätst, sie an sich zu reißen. Du hast Postumo Drago, dem Hauptgesellschafter der ZIEM, geraten, Soutine und de Staël, Vangi und De Pisis, Manzù, Haring und Pomodoro zu erstehen. Du füllst seine Galerie mit Aktdarstellungen, weiblichen natürlich. Göttliche Akte aus dem 17. Jahrhundert, akademische Akte aus dem 19. Jahrhundert, kubistische Akte, Akte aus Styropor, rostigen Nägeln, Plexiglas, Akte in Öl oder Acryl. Akte von zweideutigen Frauen mit schweren und monumentalen Gliedern, nostalgische Akte, makabre Akte – Puppen, Nymphen, Megären –, die das vulgäre Leben der Modelle, ihre aus Kampf und Raub bestehende Existenz erkennen lassen, Akte, in denen eine träge Resignation dem Leben gegenüber durchschimmert, Akte von unverdorbenen Frauen mit leichtem, grazilem, rosenfarbenem Fleisch, sprirituelle Akte, die – und dieser Gedanke gefällt dir – ihr ähneln.

Auf die Moral pfeifst du, doch wenn es nötig ist, bist zu bereit, sie anderen zu predigen. Wenn Luisa wüßte, welche edlen Worte du benutzt hast, um Drago zu überreden, sich an der Restaurierung des Freskos zu beteiligen … »Sie tragen eine Verantwortung und haben Pflichten gegenüber dem Andenken dieses Landes, das Ihnen, wie Sie sagen, so sehr am Herzen liegt. Verwandeln Sie diese Verantwortung in ein Verdienst, wie es vor fünfhundert Jahren diejenigen taten, denen damals – wie jetzt Ihnen – die Sorge um die Regierung und das öffentliche Wohl in die Hände gelegt war – oder auch nur um das eigene Vermögen und die eigenen emsigen Unternehmungen.« Er hat gelächelt, war erfreut über den Vergleich. Er hat ein – fast spöttisches – gewinnendes, schlaues Lächeln. Für diesen Piraten stellst du die Sammlung zusammen, die du selbst gern hättest: Wie alle Ratgeber voller Illusionen hoffst du, ihn zu verändern, zu beeinflussen oder auch nur, vermittelt durch ihn, das Leben zu leben, das du nicht leben kannst. Aber Drago ist zielstrebig. Für ihn ist es wie die Eröffnung eines Bankkontos oder die Hinterlegung von Juwelen in einem Tresor.

Was tust du sonst noch, um zu leben? Du organisierst Ausstellungen, über die man spricht. Du organisierst sie, damit man darüber spricht. Um zwanzig Seiten in einem Katalog zu schreiben. Um deinen Namen auf dem Plakat zu lesen. Man lädt dich zu Vernissagen und Festen ein, stellt dich Hunderten von Leuten vor – aber du kannst dir ihre Namen nie merken. Viele können lesen und schreiben, scheinen über ein gewisses Selbstbewußtsein zu verfügen, über ein vages Bewußtsein des Universums und über eine Reihe als natürlich bezeichneter Gefühle. In geistiger Hinsicht existieren sie nicht. Moralisch gesehen sind sie ein Sammelsurium von Gedanken anderer, von Vorurteilen und Klischees. Aber du tust so, als merktest du es nicht. Du drückst Hände, deutest Lächeln an – sehr erfreut, wiederholst du, Arsenio Ventura. Erinnern Sie sich an mich? Ich bin Ar-se-nio Ven-tu-ra, wir sind uns schon einmal begegnet. Aber die Leute haben in der Zwischenzeit Dutzende von anderen Arsenio Venturas getroffen – die nicht schlechter und nicht besser sind als du. Vielleicht sogar identisch mit dir. Du mühst dich ab, um ihre Aufmerksamkeit zu erbetteln – ihr Wohlwollen. Du lebst in einer Welt ohne Bedürfnisse, in einer Welt der befriedigten Bedürfnisse. Du verkehrst in den Lokalen, die en vogue sind, speist zu Abend mit Ministern, unterhältst ihre Frauen mit deinen Scherzen. Du vergötterst die Frauen, und sie vergöttern dich. Auf dir liegt der Abglanz der faszinierenden Dinge, mit denen du dich beschäftigst, als wärest du selbst ein Meister der Renaissance. Es ist schon vorgekommen, daß du Staatsoberhäupter, die Italien einen Besuch abstatteten, in die Nationalgalerie begleitet und Königinnen und First Ladys die Geheimnisse der kaiserlichen Wohnräume erklärt hast. Man nennt dich einen sympathischen, unerschöpflichen Mann, aber du selbst suchst nicht unbedingt deine eigene Gesellschaft. Allein mit dir, langweilst du dich. Und außerdem verspürst du seit einiger Zeit ein unbezähmbares Unbehagen dir selbst gegenüber. Als Junge, aufgewachsen zwischen Büchern, fühltest du dich fremd in der Welt, die dich umgab, unfähig, zeitgleich mit dir selbst und deinem Alter zu sein – an dem du nur Vulgarität, Ignoranz, Bestechlichkeit und ein fast metaphysisches Grauen wahrnahmst und dessen Schönheit, Vitalität und Energie zu erfassen du unfähig warst und vielleicht noch immer bist. Du wolltest dich von deiner Zeit scheiden lassen, und indem du dich nur mit Gemälden und Malerei beschäftigtest, glaubtest du, es sei dir gelungen. Du glaubtest, anders zu sein. Besser. Menschen wie Drago leben in einer Welt, in der die Bereitschaft, sich zu verausgaben und zu verschleißen, als eine positive Eigenschaft angesehen wird, in der die Waren, die sie umgeben, produziert werden, um sich zu zeigen, zu beeindrucken, begehrt und verschlissen zu werden, um dann ersetzt werden zu können – du dagegen lebst in einer Welt, die auf dem entgegengesetzten Prinzip beruht. Du wolltest in einem parallelen und unabhängigen, kurzum besseren Universum agieren, in dem die Dinge, da sie keinerlei effektive Funktion haben, frei sind von dem sklavischen Zwang, nützlich zu sein. In den vom Menschen geschaffenen Werken liegt ein verzehrender Wille für Dauer und Ewigkeit, gegen den Prozeß des Werdens, der jede Statue, jedes Bild und jedes Fresko dazu bringt, irgendwann den letzten Tag zu erleben. Die Dimension des Vergessens ist ebenso mächtig, wie die sich ihm entgegenstellenden Waffen schwach sind. Mit der Zeit hast du erkannt, daß all dies nicht genügte, um dich anders oder gar besser zu machen. Du gehörst einer widersprüchlichen Generation an, die um so mehr zum Scheitern verurteilt ist, je weniger sie besiegt wird. Einige deiner Freunde haben Restaurants eröffnet oder Umschlagplätze für exotisches Kunsthandwerk; andere sind Börsenmakler geworden oder Gefangene des Staates. Wieder andere sind Journalisten, und einer ist Bürgermeister geworden. Luisa gelingt es nicht, sich einer falschen Welt anzupassen, Werten, an die sie nicht glaubt, aber sie hat den Weg der sicheren Niederlage gewählt. Ihre Haut ist verwüstet von blauen Flecken. Ach, Sanacore: du weißt zuviel über sie. Aber du, Arsenio, was bist du geworden?

5

Bastia del Garbo. Die Festung in den Büschen. Bastita in Garbeanis heißt es in den Dokumenten des 12. Jahrhunderts: Mittellateinisch »garbus« bedeutet »Gebüsch«. Die Hauptattraktion des kleinen Kastells von Bastia del Garbo, das im Laufe der Jahrhunderte mehrfach umgebaut wurde und heute zusammengestückelt wirkt, war – wie Lajolo im Vorwort zum vom Credito Derthonese herausgegebenen Band »Burgen der Wilden Langa« schreibt – das »Baltuszimmer« im zweiten Stock des rechteckigen Turms, mit Dekorationen vom Beginn des 19. Jahrhunderts und reicher plastischer und malerischer Ornamentik.

Bevor man die alten Fresken freilegte, waren die Wände mit einem kostbaren Marmorsockel versehen, darüber konnte man Stuck und Statuen von Putten, Engeln und Amoretten als Kerzenhalter, ein Auge aus Marmor, das vom Türsturz aus das Zimmer überwachte, im Mittelstreifen allegorische Fresken in klassizistischem Stil, ein Werk des savoyischen Malers Joseph Chantel, einem Schüler Davids, von mittelmäßiger Qualität und lediglich historisch-dokumentarischem Wert bewundern.

Das Baltuszimmer ist ganz und gar nicht so, wie man sich eine ehemalige Militärpräfektur vorstellt. Es ist still und intim, gleicht eher einer Bibliothek oder dem Studierzimmer eines Schriftstellers. Die drei Innenwände empfangen reichlich Licht aus den großen gotischen Fenstern der Außenwand. Für gewöhnlich nehmen Zimmer mit Fresken (in den berühmtesten Burgen und Schlössern wie auch in den unbekannteren) den Namen des Meisters an, der sie geschaffen hat, oder den des Eigentümers, öfter noch den des gemalten Sujets. Doch Baltus ist weder der Besitzer noch der Maler, noch das Thema des Freskos. Diese Abweichung hatte sofort Neugier erregt. BALTUS. Man wußte kaum etwas über ihn. Fast nichts. Er war ein junger Offizier in den Diensten des republikanischen französischen Heers. Er kam während des Alpenkriegs nach Italien; doch ist es nicht möglich, anhand der wenigen Dokumente den genauen Zeitpunkt zu bestimmen. Zwischen 1792 und 1796. Es war ein langer Krieg. In vier Jahren machte das Piemont 100 000 Männer mobil und verlor 40 000 von ihnen: Tote, Verletzte, Verstümmelte, Kranke. Ein zermürbender Grabenkrieg, der auf den Bergfestungen und den Eselspfaden der Seealpen geführt wurde, auf 1900 Meter Höhe, zwischen dem sardischen Heer, das auf dem Kamm Quartier bezogen hatte, und den Franzosen im Tal. Auf der einen Seite die Piemonteser, in Provinzregimentern rekrutierte Soldaten unter der Führung von siebzigjährigen Generälen, verwirrten Geistern und wackeren Verteidigern des Ancien régime; auf der anderen Seite die Franzosen, Freiwillige, die die Republik und die Ideen der Revolution verteidigen wollten, hungrig, barfuß, bewaffnet mit alten Gewehren von 1777, die oft Ladehemmung hatten, aber in der Überzahl und geführt von fünfundzwanzig-, dreißigjährigen Generälen. Dennoch rückten die Franzosen aufgrund interner Zwistigkeiten nicht vor, die Front stagnierte. Vier Jahre lang blieb der linke Außenflügel der Armée d'Italie bei Barcelonnette stehen, zwei Jahre lang auf dem Colle di Tenda. Der Italienkrieg schien eine Nebenrolle auf dem militärischen Schachbrett Europa zu spielen: Die großen Schlachten wurden im Norden mit den Rheinarmeen ausgetragen. Napoleon erkannte jedoch, daß gerade die bislang vernachlässigte italienische Front das Eingangstor zum Habsburgerreich werden konnte. Er übernahm das Kommando der Armée d'Italie am 26. März 1796 und beendete den Feldzug in wenigen Wochen: Am 28. April wurde der Waffenstillstand von Cherasco unterzeichnet. Österreich hatte einen Verbündeten verloren und sah sich mit dem Feind in der Poebene konfrontiert. Hannibal hat die Alpen bezwungen, sagte Napoleon, und wir haben sie umgangen. Genauso war es, mit einem Überraschungsmanöver: Die Sarden erwarteten ihn auf den Alpen, und er durchstieß die Front von den Apenninen her, die die Piemonteser – ein folgenschwerer Leichtsinn – ohne Garnisonen gelassen hatten. Dadurch spaltete er die Piemonteser unwiderruflich von ihren österreichischen Verbündeten, marschierte an Savona vorbei, erreichte in wenigen Tagen Mondovì, Ceva und Alba und zwang den König von Sardinien, einen Waffenstillstand mit härtesten Bedingungen zu unterzeichnen.

Baltus war Stabsoffizier. Er tritt als »Feldadjutant« des Generals Stengel auf. Der Begriff ist relativ allgemein. Feldadjutanten erfüllten vielerlei Aufgaben und hatten weder einen bestimmten Status noch genaue Pflichten. Sie konnten Verbindungsoffiziere, Landvermesser, politische Agenten, Heeressprecher, Kundschafter oder Sekretäre sein. Baltus wurde im Verlauf der letzten Zusammenstöße zwischen dem sich zurückziehenden piemontesischen Heer und der vorrückenden französischen Armee bei den Stadttoren von Alba am 24. April 1796 schwer verletzt. Das französische Heer verfügte über mittelmäßige Lazarette und wenige Ärzte. Baltus hatte das Bewußtsein verloren und war in einem hoffnungslosen Zustand. Man konnte ihn weder heilen noch auf ihn warten. Nach dem Waffenstillstand mit dem Piemont rückten die Franzosen bereits in Richtung Lombardei vor. Sie marschierten den Tanaro hinab, und die Reise erwies sich für den Verletzten sogleich als unmöglich. Man mußte ihn zurücklassen.

Die Burg von Bastia del Garbo war wenige Tage zuvor beschlagnahmt worden. Dorthin wurde Baltus in den letzten Apriltagen 1796 gebracht – im Sterben liegend. Er war durch zahlreiche Säbelhiebe verletzt worden, und eine Kugel hatte ihm den Oberschenkel zerschmettert. Was in der Folge geschah, ist nicht ganz klar. Nach einigen Quellen starb Baltus an seinen Verletzungen; anderen zufolge genas er und nahm an den weiteren Etappen des Italienfeldzugs teil. Im französischen Heer trugen mehrere Offiziere den Namen Baltus. Ein livländischer Baltus nahm 1798 am Ägyptenfeldzug teil, arbeitete gemeinsam mit Joseph Sulkowski an der Abfassung eines französisch-arabischen Wörterbuchs und führte später gemeinsam mit de Sacy, Rouyer und Desgenettes Experimente mit Cannabis durch. Ein Baltus aus Pouilly, Basile-Guy-Marie-Victor, elsässischer Baron, war schon 1792 in der Nordarmee gewesen, später bei Austerlitz; sein Name ist im Arc de

Triomphe auf der Place d'Étoile in Paris eingraviert. Der Baltus von Bastia del Garbo wird von den Quellen einfach als »baltisch« definiert. Als er dort eintraf, war er dreißig Jahre alt. Die lokale Überlieferung besagt, daß er hier gestorben ist. Es ist nicht einfach festzustellen, warum das Turmzimmer den Namen dieses Fremdlings angenommen hat. Seitdem wird es jedoch in allen Dokumenten als Baltuszimmer bezeichnet.

Ende 1798 floh der König von Sardinien, und das Piemont wurde von Frankreich militärisch besetzt. Weniger als drei Jahre später kam es zum Anschluß des Piemont an Frankreich, und das Gebiet von Bastia del Garbo wurde Teil des Departements Tanaro. Die Burg von Bastia wurde Militärpräfektur. Der französische Staat finanzierte die Restaurierungsarbeiten beim Wiederaufbau der Burg; zwischen 1803 und 1809 trafen Joseph Chantel für die Freskenmalerei und André Saint-Yvelin für die Stuckarbeiten aus Paris ein. Wände wurden eingerissen, Säle umgestaltet, Geheimgänge zugemauert. Baltus hat das »Baltuszimmer« wahrscheinlich nie gesehen und lag schon irgendwo in der Umgebung begraben. Es wäre besser gewesen, wenn er in das Zimmer, das seinen Namen tragen sollte, nicht zum Sterben gekommen wäre, sondern zur Wiedergeburt. Auf jeden Fall wurde das Zimmer, in dem er im Zustand der Bewußtlosigkeit zurückblieb, um dem Tod zu begegnen, zum »Baltuszimmer« und hat ihn überlebt. Jetzt wurde die Dekoration – um das ältere Fresko freizulegen – jedoch abgenommen, verpackt und in die Labors des Zentralen Restaurierungsinstituts geschickt. Ubi maior, Baltus ...

Auf der Suche nach Hinweisen zur Geschichte der Burg, für den Fall, daß ein Zeuge aus anderen Zeiten das Fresko des Meisters gesehen hatte, war Arsenio die in der Provinz liegenden muffigen Bibliotheken und Archive abgefahren. Hatte Bücher durchgeblättert, die meist für seine

Recherchen unergiebig waren, deren Faszination er sich aber nicht entziehen konnte, bis er schließlich herausfand, daß die Burg, als Baltus in Bastia eintraf (er stellte ihn sich auf der Bahre liegend vor, bandagiert, im Delirium, mit einer Ehreneskorte aus Infanteriesoldaten der Revolutionsarmee), mehr oder weniger ihr heutiges Aussehen hatte. Sie war baufällig. Die Umgebungsmauern brachen nach jedem Platzregen etwas mehr zusammen, die Balken faulten in den Decken, der Hauptflügel des Gebäudes war einsturzgefährdet, Fußböden waren eingesunken, Hunde und Pferde stromerten in den Innenhöfen, Unkraut überwucherte den geheimen Garten. Die Eigentümer hatten nicht genügend Geld, um die Burg angemessen instandzuhalten oder gar zu restaurieren, und hatten sich Jahr um Jahr auf immer kleineren Raum zurückgezogen. Zu jener Zeit hatten sie sich darauf beschränkt, den Piano nobile und den zweiten Stock des quadratischen Turms zu bewohnen. Und genau dort befindet sich jetzt das Baltuszimmer.

In der zweiten Hälfte des 18. Jahrhunderts gehörte die Burg einer Nebenlinie der Familie Morand di Beauregard, die sie jedoch – genau wie heute – hatte verfallen lassen. Nachdem sie jahrzehntelang nicht genutzt worden war, ließ sich 1789 Marchese Tiberio mit seiner jungen Frau Carlotta dort nieder. Die Eheleute lebten das spartanische Leben des Landadels: Landrente, Jagd, Pferde und eine Burg, die buchstäblich in Stücke zerfiel. Dann brach der Krieg aus. Das Piemont wurde von Frankreich angegriffen: Eine der Fronten war weniger als dreißig Meilen von Bastia entfernt. Tiberio wurde einberufen. Er geriet bei der Schlacht von Montenotte in Gefangenschaft, dann verlor sich jede Spur von ihm.

Am Abend des 23. April 1796 stürmten Franzosen die Burg. Sie schlugen dort das Hauptquartier ihres Generalstabs auf. Carlotta versuchte vergeblich, zunächst die

Besetzung und dann die Plünderung zu verhindern. Sie haßte die Revolutionsarmee: Sie war eine Aristokratin, dem König von Sardinien und Gott zutiefst ergeben, durch dessen Willen der Souverän herrschte, und außerdem savoyisch – ihr Land war seit Jahren von den Franzosen besetzt. Nun war sie gezwungen, sich im Morgenrock im Salon zu zeigen. Sie protestierte mit Würde und einem gewissen Mut. Sie appellierte an die Menschlichkeit und die Gerechtigkeit des Generals und bat darum, daß die Soldaten ihr Respekt entgegenbrächten. Haben sie Euch ein Unrecht angetan? erkundigt sich der General. Nein, flüstert sie erschrocken. Sie bittet darum, daß nicht nur sie, sondern auch die Burg und das Dorf Respekt erfahren. Da mischt sich der Bürger Kommissar ein. Wir respektieren jeden. Es gehört zu den Prinzipien der französischen Nation, allen Gutes zu erweisen, doch wir ziehen die Armen den Reichen vor, und wenn Eigentum verletzt werden muß, dann nehmen wir den Besitz der Reichen. Bürger Kommissar, antwortet sie zitternd, das Eigentum ist heilig. Die Burg wird geplündert. Das gleiche geschieht mit dem Dorf. Die Franzosen nehmen sich die historische Einrichtung der Burgkapelle. Es verschwanden die Tafelbilder aus dem 15. Jahrhundert, die geschnitzten Kruzifixe, sogar die Glasfenster. Aus den Räumen der Burg verschwanden die letzten Glanzstücke: Wandteppiche, Waffen, Gemälde.

Carlotta erlebte eine bittere Zeit. Sie gab dem Stab Unterkunft. Sie mußte der siegreichen Armee tausend Rationen Zwieback, tausend Rationen Fleisch, zweitausend Flaschen Wein aushändigen, die die Bauern von Bastia mit ihrem Wissen in den unterirdischen Gewölben der Burg versteckt hatten. Außerdem Geld, Pferde, Kühe, Schafe und Hühner, praktisch alles, was sie besaß. Dem traurigsten Schauspiel aber mußte Carlotta vom Fenster aus beiwohnen: Durch Wolken von Staub und Rauch, der aus den einige Tage zuvor in Brand gesteckten und nun zu Asche gewordenen Hütten von Bastia aufstieg, zog auf der Straße ein endloser Zug von zerlumpten und barfüßigen Soldaten. Die Gefangenen.

Dann kam Baltus. Oder das, was von ihm übrig war. Ein verbundener Körper auf einer Bahre. Ein in blutige Verbände gehüllter Kopf. Die Franzosen gaben Befehl, den Offizier in der Burg unterzubringen. Baltus brauchte ärztliche Versorgung und Ruhe. Baltus hatte versucht, das Leben von General Stengel zu retten. Baltus hatte sich für die Revolution geopfert. Baltus war ein Held. Aus christlicher Barmherzigkeit und aus einem tiefverwurzelten Ehrgefühl heraus ließ Madame di Beauregard den Feind kurieren.

Beim Fall der Franzosen 1799 tauchte Tiberio wieder auf. Doch mit Ausnahme des kurzen Intermezzos, das er in Bastia del Garbo mit der wiedergefundenen Frau verbrachte, zwischen dem Sieg von Suworow (1799) und der Wiedereroberung Norditaliens durch Napoleon (1800), war er immer in der Fremde und sah seine von den neuen Herren Italiens umgebaute und restaurierte Burg nicht. Er zog von einem Krieg zum anderen, stets im Dienste seines vertriebenen Königs und dessen Verbündeter. Er hätte in die Heimat zurückkehren können, wollte die französische Verwaltung sich doch mit der Aristokratie aussöhnen, und am napoleonischen Hof in Turin wimmelte es von den besten Namen des savoyischen Adels. Aber Tiberio kehrte nicht heim. Er starb 1812 als Held im Kampf gegen Napoleon, auf der Seite der Russen. Vielleicht war er auf der Flucht. Wovor? Vielleicht vor seiner Frau Carlotta. Vielleicht vor seinem eigenen Leben.

Arsenio hatte versucht, sich Baltus vorzustellen, wie er in dem hellen Turmzimmer die Augen öffnete. Wahrscheinlich fragte er sich, wo er war und wer die junge Frau war, die ihm Erleichterung und zugleich Schmerzen bereitete, wenn sie den Verband von seinen Wunden löste und ihm die Stirn kühlte. Und ob es Haß oder Barmherzigkeit war, was er in ihren blauen Augen las. Aber Arsenios Phantasie blieb immer in dieser Anfangsszene stecken. Baltus öffnete die Augen. Dann war da nur noch die Dunkelheit der Dokumente und seiner Vorstellungskraft.

6

Objekt. Protokoll-Nr.	*123049*
Urheber:	*unbekannt*
Thema:	*unbekannt*
Technik:	*Fresko* *partielle Secco- und Tempera-übermalungen*
Maße:	*12x4 m; 8x4 m; 12x4 m; 8x4 m*
Standort:	*Baltuszimmer; zweiter Stock des quadratischen Hauptturms des Kastells Bastia del Garbo*
Erhaltungszustand:	*mittelmäßig; das Fresko zeigt jedoch zahlreiche Verstümmelungen, Hacklöcher, einige Teile sind verlorengegangen*
Datierung:	*unbekannt*
andere Elemente:	*das Fresko erstreckt sich über die vier Wände des Baltuszimmers, auf einer Gesamtfläche von 160 qm*

1) Ostwand
Flächenanteil des Freskos: 100%
(Länge 12 Meter, Höhe 4 Meter)
Drei Gruppen von Malereien, unterteilt durch dekorative Elemente.

2) Nordwand
Flächenanteil des Freskos: 40%
(Länge 8 Meter, Höhe 4 Meter)
Die Fläche wird durch eine Tür (nach dem Entstehungszeitpunkt der Fresken eingebaut, die an der Stelle zerstört wurden) und durch einen großen Kamin unterbrochen, auf dem das Wappen des Hauses Savoyen abgetragen ist, in dessen Mitte das Banner der Morand di Beauregard zu erkennen ist.
Ein beträchtlicher Teil des das Fresko tragenden Putzes ist in früheren Zeiten abgenommen worden, und die Darstellung weist infolgedessen irreversiblen Abrieb und Verstümmelungen auf.
Eine Szene + Fragmente.

3) Südwand
Flächenanteil des Freskos: 30%
(Länge 8 Meter, Höhe 4 Meter)
Die großen gotischen Fenster, die die Flächen der Wandmalerei einrahmen, reduzieren den für die Malerei bestimmten Platz.
Eine Szene.

4) Westwand
Flächenanteil des Freskos: 40%
(Länge 12 Meter, Höhe 4 Meter)
Eine einzige Komposition.

Das Werk ist von hoher Qualität. Bezüglich der Datierung tendiere ich dazu, den Zeitraum zwischen der zweiten Hälfte des 15. Jahrhunderts und dem Beginn des 16. Jahrhunderts anzusetzen. Ich behalte mir vor, Ausführungstechnik und Malstil noch eingehender zu analysieren. Doch bereits bei einer ersten Betrachtung läßt sich feststellen, daß es sich nicht um ein »Serienprodukt«, um die eilige Arbeit einer Werkstatt handelt. Mit Ausnahme einiger Pflanzen und Details an der Kleidung ist nicht mit Schablonen gearbeitet worden.

Der Künstler ist kein Freskenmaler aus der Provinz, und sein Stil weist keine Analogien mit dem im 15. Jahrhundert und in der Folgezeit in diesem Gebiet gängigen Stil auf. Daraus möchte ich schließen, daß es sich um einen auswärtigen Meister handelt, der sich für kurze Zeit in Bastia del Garbo aufgehalten und keinen Einfluß auf die lokalen Maler gehabt hat.

Es handelt sich um einen Maler, der auf fabulierende Weise die letzten höfischen und ritterlichen Reminiszenzen der internationalen Gotik mit den fortgeschrittensten Errungenschaften der Renaissance- oder Pseudorenaissancekultur miteinander verbindet und zu einzigartigen Ergebnissen gelangt.

Eine erste Inaugenscheinnahme erlaubt es weder, mit Sicherheit die dargestellten Personen zu identifizieren, noch zu klären, was das »Thema« oder das Sujet des Werkes war. Es handelt sich um – historische? realistische? mythologische? – Szenen, die untereinander keinerlei Verbindung zu haben scheinen.

Prof. Paolo Lajolo
Leiter des Amtes für Denkmalpflege, etc. 12. Mai 1992

Das ist das Fresko. Immer noch nur das. Die Poesie des Geheimnisses verknüpft mit der Prosa der in Angriff zu nehmenden technischen Fragen: Kompetenz und Konjektur, Kultur und Handfertigkeit, Regel und Experiment, Theorie und Praxis, Wissenschaft und Handwerk. Im Vertrag werden die Leistungen des Dr. Arsenio Ventura bezeichnet als: *»Historische Analyse, Koordinierung der Untersuchungen und Vorschlag der neuen Anordnung und Unterbringung des Werks«* – Klarheit der bürokratischen Sprache. Während er sich zum tausendsten Male fragte, ob er ein ähnliches Fresko kennt – auf das Stil, Schule, Epoche, Künstler zurückgeführt werden könnten –, studiert er nicht ohne Leidenschaft die Temperaturdiagramme und die vom Haarhygrometer auf rosa Papier aufgezeichneten Gitternetze, die Röntgenaufnahmen, das Aßmannsche Psychrometer und die Polaroidphotos des Freskos von Chantel. Das klassizistische Fresko. Er müßte entscheiden, was damit zu geschehen habe und wo es untergebracht werden solle. Noch vor wenigen Stunden war er der Meinung, daß das ehemalige Baltuszimmer mit dem Marmor, den Fresken und Stuckarbeiten wunderbar im sogenannten Saal des Windes untergebracht werden könnte. Wo Luisa Sanacore lebt. Es ist das Eckzimmer und hat die gleichen Maße wie das Originalzimmer. Doch jetzt sucht er bereits nach Einwänden. Dein Zimmer, Sanacore, ist perfekt für dich.

Durch die Fenster strömt gleißendes Licht auf den Fußboden des Baltuszimmers. Die Piaget zeigt immer noch 00.00 an – sie ist kaputtgegangen, gestern bei dem Unfall. Es muß ungefähr elf sein, vielleicht auch später. Welch eine Stille. Sanacore ist verschwunden. Soll er feige ihre Abwesenheit ausnutzen und grußlos fortgehen? Was machst du? hat er sie argwöhnisch gefragt, als er im Morgengrauen wach wurde und sie im Sessel hocken sah, mit aufgerissenen Augen und trotz der Hitze vor Kälte zitternd. Komm her, schlafen wir noch ein wenig. Ich kann nicht schlafen. Sanacore kam ihm unnatürlich nervös vor. Besorgt, angespannt, ruhelos. Sie ist aufgestanden, und im Dunkeln hat er sie schemenhaft am Schreibtisch hantieren sehen. Sie hat eine Schublade geöffnet. Hat aufgeregt darin herumgewühlt. Sie suchte etwas und fand es nicht. Sie warf etwas auf den Boden. Als er die Augen wieder aufmachte, war es schon heller Morgen, und sie war nicht da. Sie hat ihn aus der Bahn geworfen. Vom Kurs abgebracht.

Ach, vergiß Sanacore. Versuch, sie dir aus dem Kopf zu schlagen. Du bist zum Arbeiten hergekommen und nicht, um dir das unsinnige Leben einer Frau aufzuladen, die du nicht einmal kennst. Das Fresko. Du weißt immer noch nicht, wer es gemalt hat. Du hast weder Intuition noch Genie bewiesen. Kein einziger Name ist dir in den Sinn gekommen. Der Künstler. Vielleicht kenne ich ihn, vielleicht nicht. Vielleicht ist er bis heute unserer Aufmerksamkeit entgangen, verborgen hinter einer allgemeinen Bezeichnung. Einer der namenlosen Meister, die zum Teil wunderschöne Werke hinterlassen haben, wie der Meister von '87 oder der Griselda-Meister, dessen Katalog durch dieses Fresko anwachsen könnte. Er hat sich lange Zeit Meister des Lächelns nennen lassen, Meister der Verklärung, Meister des Orangenbaums oder des Todes: Und jetzt ist er – des Schweigens und der Ungenauigkeit überdrüssig – gekommen, um einzuklagen, was ihm zusteht. Eine ganze Gruppe namenloser Werke. Oder vielleicht – im Gegenteil – ist es ein Name ohne Werke, eines jener faszinierenden Phantome, die durch die Kunstgeschichte geistern. Einer jener Künstler, die zu ihrer Zeit einen gewissen Ruf genossen – wie Francesco Alfei, Bugatto Zanetto, Giacomo Vismara oder der Desaparecido Galasso, dem Vasari in der ersten Auflage seiner Viten eine ganze Biographie widmete –, gepriesene, in Sonetten, Epitaphen, Biographien gefeierte Künstler, von denen wir aber kein einziges Bild kennen; aus irgendeinem Grund hat keines ihrer Werke überdauert, sie sind deshalb Rätsel, Leerstellen, Romangestalten. Ein Name im Melderegister der Kunstgeschichte, und nun ist das Werk gekommen, um ihn zu suchen.

Du weißt immer noch nicht, was das Fresko darstellt. Verblichene und verlorene Larven. Unbeständige Schatten. Intensive und heftige Bilder, die dich von Anfang an in die packende Atmosphäre eines großen Romans geworfen haben. Ich habe immer noch nicht den Sinn erfaßt, den Schlüssel, den roten Faden. Den Dingen einen Namen geben. Den Gestalten. Der Name der Frau in der Mitte der Ostwand. Schmächtig. Nah. Schneeweiße Hände, lange, schmale Finger, schlank, Haar wie Dukatengold. Eine hermetische Frauengestalt, rührend wegen des kläglichen Zustands, in dem sie sich mir darbietet – mir entgegenkommt, verletzt durch einen tiefen Riß, der sich in ihr Fleisch einzuschneiden scheint und ihren Körper in zwei Hälften teilt. Ihre Haut ist von einem verzehrenden Farbton. Schmale bernsteinfarbene Augen, hervorstechend. Wer weiß, wohin Luisa gegangen ist. Wäre sie mit ihm in das Zimmer gekommen, so hätte er ihr gesagt, daß Baltus' Wunde – die seine Phantasie nicht wegzuschieben vermag – und die Wunde jener Frau, der er keinen Namen zu geben vermag, ihn heute nacht hierhergelockt und es ihm möglich gemacht haben, sie zu treffen. Sie so zu treffen.

Hinter den Fenstern, die auf das Tal gehen, teilt ihm ein blutroter Lichtschein mit, daß die Sonne sich verschleiert hat; es wird wieder ein schwüler Tag werden. Sanacore läßt sich nicht blicken. Aus dem dünnen Nebel taucht eine Landschaft auf, die vielleicht einmal sanft war, aber nun irgendwie feindlich geworden ist. Der hügelige Horizont ist betonverseucht. Der strudelige Fluß (der Tanaro) strömt parallel zum Asphaltfluß einer irrealen Straße, mit zahllosen Fahrstreifen, im Stil einer Autobahnkreuzung in Los Angeles, aber völlig leer – über die nur ein Lastzug von der Länge eines Eisenbahnwaggons mit Überschallgeschwindigkeit rast. Eine eingefrorene Welt aus Asphalt und Teer, in der sich die unwiderstehliche Häßlichkeit des Anorganischen einnistet. Wer weiß, wie Bastia del Garbo zur Zeit von Baltus war. Er kann jene Welt nicht heraufbeschwören. Sie ist zu weit entfernt, entlegen, verloren. Zweihundert Jahre trennen sie: der Abgrund der Zeit. Und doch sind Sanacore aus einem noch dunkleren Teil jenes Abgrunds eines Nachts die verwaschenen Schatten eines Frieses erschienen, die einander auf den Wänden eines Dachbodens jagen.

Er durchstreift die Räume der Burg – rissige Mauern, Stockflecken, die Arabesken auf die Wände malen. Dieser Ort hat im Laufe seiner jahrhundertelangen Existenz schmerzliche Widrigkeiten erlitten und mehrfach die Nutzungsbestimmung gewechselt: Das Kastell war Grenzdomäne, Kaserne für Offiziere und Dragoner, Kerker, dann gar nichts. Zufluchtsort für eine Frau, die Geräusche und vielleicht das Leben fürchtet. Es hatte viele Eigentümer – zweitgeborene und illegitime Söhne des Hauses der Palaiologen, aufstrebende Feldherren, Barone aus dem Neuadel, Revolutionsoffiziere und napoleonische Beamte, verarmte Adlige, und am Ende der achtziger Jahre hat es sich schließlich der ZIEM ergeben. Die Burg wurde bombardiert, verwüstet, erobert, verkauft, gekauft und ist immer noch da. Festung, Kaserne, Kerker: ein Ort, an den man kam, um zu kämpfen, um eine Schuld und ein Urteil abzusitzen, und oft – wie es vielleicht bei Baltus der Fall war –, um zu sterben. Die dunklen Ziegelsteine des Hauptturms erzählen von Leiden, zerstörtem Leben, Scheitern, verlorenen Illusionen.

Er beschließt, sofort zu gehen. Er wird sich morgen melden, nein, übermorgen – vielleicht nächste Woche. Ein bißchen Geheimnistuerei schadet nicht. Sicherheitsabstand zu Sanacore, die zwischen zerkratzten Wänden lebt, deren Schatten vergangenen Glanzes sie gleichgültig beobachten. Eher als in die Frauen verliebt er sich mittlerweile in sein eigenes Verlangen. Er hat nicht die geringste Absicht, sich zu sehr auf Sanacore einzulassen oder eine reale – vergängliche, greifbare, Verschleiß, Zersetzung und Ruin ausgesetzte – Beziehung zu ihr aufzubauen. Frauen verlangen hoffnungslos lange Gespräche, zermürbende Abende in kostspieligen Restaurants, gymnastische fleischliche Vereinigungen, die im Laufe der Wochen immer weniger denkwürdig werden: Sie zerdrücken dich mit Schuldgefühlen, verfolgen dich mit Drohanrufen, Weinanfällen, Szenen und Gewissensbissen. Er hängt zu sehr an seiner Freiheit. Er hat sie sich teuer zurück erkauft: Beim letzten Mal hat es ihn eine Wohnung, die Hälfte der Gemälde, die Hälfte der Bücher, eine Million Lire Alimente im Monat und eine unverschämte Rechnung des Anwalts gekostet, der ihn vor Gericht vertreten hatte.

Schöner sind die Lieben, die schon zu Ende sind, denen man nachtrauern kann; aber während ihres Verlaufs bedeuten sie vor allem einen Aufwand an Zeit, an Intelligenz, an allem – und zusätzlich einen tragischen, banalen Verlust an Leichtigkeit und Ironie. Eine Begegnung, die wie ein Blitz einschlägt – wie die mit Sanacore –, darf sich nicht in Alltagsriten verschleißen, in Gewohnheit und Zuneigung verpuffen und die übliche Schleimspur aus Groll und Unglück hinterlassen, die die unerbittliche Krönung aller menschlichen Beziehungen zu sein scheint. Nach Bastia del Garbo ist er zum Arbeiten gekommen, nur deshalb. Er sucht nichts, und auch Luisa wüßte nichts mit einem Mann wie ihm anzufangen, der in einer geschlossenen Welt lebt, geschlossen wie die vier Wände des Baltuszimmers: einer Welt, in der Anfang und Ende miteinander verschmelzen und in der die Zeit nicht läuft, oder wenn, dann rückwärts, eine abstrakte Welt aus Fresken und Zuschreibungen, der Kunst und der Schönheit geweiht. Sie lebt dagegen in einer anderen Welt, in der die Schönheit – auch ihre eigene – seit jeher einen anderen Wert hat. Es ist spät geworden. Er erschaudert beim Anblick des schrottreifen, auf dem Dach liegenden BMW, die Räder in der Luft, hundert Meter weiter unten, zwischen den Brennesseln der Böschung. Er hört beunruhigt das Getrappel der Hunde, die seinen fremden Geruch wittern. Aber sie suchen nicht ihn. Vielleicht Luisa. Während er eilig die Treppen hinuntergeht, betrachtet er die unregelmäßigen Formen der Burgmauern mit einer Mischung aus Unruhe und Respekt: Das Kastell beginnt ihm zu gefallen, wie alle alten Gegenstände, Steine, Gemälde, einfach aufgrund der Tatsache, daß sie überlebt haben.

Er ist schon im Begriff zu verschwinden, als er sie plötzlich sieht. Sanacore sitzt in der Loggia, im Schatten des orangefarbenen Krans, eine Zigarette zwischen den Lippen. Sie bemerkt ihn nicht. Ihr Blick irrt über die Dinge, ohne irgendwo haften zu bleiben. Ein entlegener Blick – fern. Sie macht eine Bewegung, deren Bedeutung er nicht erfaßt: Sie schlingt die Arme heftig um ihren Körper, ganz lange. Dann drückt sie auf dem Handrücken die Zigarette aus.

7

Die Kerze ist erloschen, aber das erste Morgenlicht fällt auf den Bogen Papier auf dem Schreibtisch. Er unterzeichnet den Brief: ENRICO ZUCCARELLI DI OTTOBONO DA SORANO – PICTOR. Er bläst über die Tinte, damit sie schneller trocknet. Der Brief soll in wenigen Stunden mit dem Kurier hinausgehen. Schon morgen wird der Markgraf ihn in Händen halten. »Ich bitte nicht darum, zurückkehren zu dürfen. Ich bin nicht, wer ich war, ich bin nicht der, den du einmal kanntest. Von jenem Mann ist nur dieser Schatten geblieben. Du hast mich ans Ende der Welt geschickt, und in diesem Land verdorre ich. Ich ertrage das Klima nicht, und die Einsamkeit ziemt sich nicht für mich. Laß mich gehen. Das Opfer meines Talents wird deinen gerechten Zorn nicht besänftigen und die Wunde nicht lindern. Wenn du mein Talent je bewundert hast, so wisse, daß es verfliegt. Ohne Übung, unfruchtbar und ausgetrocknet, versiegt die Ader meiner Kunst. Auch habe ich hier keine Kopien oder Vorbilder zur Verfügung, um Anregung und Nahrung zu finden. Ich kann nicht mehr malen, Herr. Ich muß kämpfen, um ein Gesicht zu zeichnen, aber es wird so wenig erfreulich wie mein Schicksal, und wenn ich es mir ansehe, schäme ich mich, es gezeichnet zu haben. Die Vergangenheit entfernt sich. Seit fünf Monaten lebe ich jetzt schon hier. Wozu an die ruchlosen Kameraden erinnern, an die schändlichen Gesellen, das einfache und lockere Leben, das ich führte? Wäre ich ein Fürst, lebte ich als Fürst, aber ich bin ein Maler. Wozu nützt dir mein Ruin? Du verurteilst meine obszönen Malereien, aber ich will einfach nur wieder malen. Doch ich finde niemanden, dem ich meine Zeichnungen zeigen kann, keine Augen, die in der Lage wären, sie zu verstehen. Wie kann ich so malen und Freude daran haben? Werke zu malen, die von niemandem betrachtet werden: Das ist wie in der Finsternis tanzen. Und doch liebtest du mich einst. Ich war nicht der niedrigste unter deinen Meistern. Ich selbst blühte auf, aber es war ein Strohfeuer, eine kurzlebige Flamme. Laß mich gehen, und nie mehr wird mein Name deine Ohren verletzen. Ich büße für meine Kunst, aber meine Kunst stirbt.«

Er drückt den Ring mit seinem Monogramm EZS in den weichen Siegellack, schließt den Umschlag. Hinter dem Fenster ballt sich dichter Nebel zusammen. Es ist eine Welt, die die Anwesenheit von Menschen nicht kennt. Es gibt keine Häuser und keine Tiere: nur Hügel, Bäume, Wälder und einen Fluß, der still durch die Dunstschwaden fließt. Von hier oben erscheinen die Handlungen der Menschen, ihre Mißerfolge ohne Bedeutung. Alles ist so schnell entschwunden. Er hatte alles, und jetzt zeichnet er finster und allein, skizziert, radiert, korrigiert, koloriert Formen mit vor Kälte steifen Fingern und ist nie zufrieden – vielleicht wird er in diesem fremden Land sterben, ohne sich selbst je wiedergefunden zu haben. Ohne auch nur begriffen zu haben, ob er aus einem Paradies oder aus einer Hölle der Erscheinungen vertrieben wurde; und auch nicht, warum ihm dies widerfahren ist und ob es ihm je gelohnt wird.

Keine Stimme hatte sich in Casale zu seiner Verteidigung erhoben: Seine bedeutenden Förderer haben ihn schon vergessen. Auch Markgräfin Maria, seine ihm zugetane Beschützerin, hat ihm nicht helfen wollen oder können. Die demütigenden Bittschriften, die er fast täglich an seine alten Auftraggeber schickte, wurden nie gelesen – und wenn gelesen, so doch nicht in Betracht gezogen oder sogleich in den Papierkorb geworfen. Es wäre weiser, die Vergangenheit zu vergessen, zu versuchen, das Wohlwollen zu nutzen, das ihm Boccadiferro entgegenbringt, und den Hauptmann zu überreden, sich für ihn zu verwenden. Aber Tristano zieht durch Italien, von einem Ort zum anderen, mit irgendwelchen Unternehmungen oder Gewalttaten oder Betrügereien befaßt, und Gott weiß, wann er nach Bastia zurückkehrt. Es ist sinnlos, sich von ihm Hilfe zu erwarten. Sinnlos. Er nimmt den Brief, der ihn eine schlaflose Nacht gekostet hat, und wirft ihn in den Kamin. Dann steht er auf, stochert mit dem Feuerhaken, bis das Papier brennt. Die Glocke schlägt zur zweiten Stunde, und das Wissen, daß sie in kurzer Zeit hier sein wird, reißt ihn aus seiner Lähmung. Nun gut, du wirst sie würdig empfangen, Meister.

Er stellt den Sessel auf das Podest, richtet die Staffelei aus und vergewissert sich, daß die Blätter aus Barchentpapier, die er vorbereitet hat, weich und glatt sind. Damit sie einen würdigen Untergrund für ihre Gestalt abgeben, hat er sie mit den gefälligsten Farben getönt: Teufelskirsche, Byssus, Aprikose, Indigo – hellrot, aschfarben. Er bestreicht das aprikosenfarbene Blatt mit einem in Leinsamenöl getränkten kleinen Spachtel: Das ist die Farbe, der er gewählt hat, und darauf wird er sie zeichnen. Er vergewissert sich, daß die Gänsekiele tadellos gespitzt und fein sind. Er überprüft, ob die Tinte im Fläschchen flüssig ist. Er füllt ein Schälchen mit Wasser. Alles muß in Ordnung sein, wenn Alma kommt. Die Kohlestifte, aufgereiht wie Schwefelhölzer. Die Federn – aus Silber, Messing und Blei. Die Federkiele. Alles ist bereit. Er bläst mit dem Blasebalg in den Kamin und füttert die Flamme mit prasselndem Reisig. Er richtet die Staffelei so zum Fenster aus, daß das Licht von links auf das Blatt fällt. Er öffnet den Deckel des Farbenkastens. Warum verspätest du dich, meine Signora? Seit Monaten warte ich darauf, daß an diesem Tag die Sonne aufgeht.

Man sagt, er habe sie mit seiner Musik angezogen. Er ist ein geschickter Lautenspieler, der Meister Enrico, und seine Lieder erfüllen die Salons von Bastia mit ungewohnter Heiterkeit. Nach dem Abendessen unterhält er die Burgbewohner mit einem Konzert. Er legt die Tabulaturen auf das Notenpult, der Page blättert um, und er spielt, singt und bemüht sich, zu vergessen, daß er nicht aus freiem Willen zu ihnen gekommen ist. Sie lauschen ihm schweigend, spenden kräftig Beifall. Er hat sie erobert. Sie beschäftigen sich mit Karten- und Würfelspiel, mit Schach und Blinde Kuh, sie lesen Romane, sprechen über Philosophie und Astrologie, planen Hirtenspiele für den kommenden Frühling. Der Meister, so berichtet der Page Alma voller Bewunderung, ist ein vollendeter Edelmann. Er stellt ihnen Rätselfragen, Aufgaben und Scharaden. Freunde, sagt mir, was braucht man, um den Blick zu schärfen? Und sie antworten naiv: eine Brille. Fencheldämpfe. Und er, bemüht, sie mit einem schönen Denkspruch zu unterhalten, antwortet: aber nein, den Neid! Gibt es vielleicht etwas auf der Welt, Freunde, was die Gegenstände mehr vergrößert und den Blick stärker anregt als der Neid? Andere Male schöpft er aus seinem vergangenen Vagantenleben, einer sprudelnden Quelle für Anekdoten, Legenden und Lügengeschichten. Er erzählt. Von den Turnieren und den Jagden, an denen er teilgenommen hat, in jenen Jahren, da er im Kreise der besten Gesellschaft Italiens gelebt hat. Von Gelehrten, Poeten und Musikern, die ihn mit ihrer Freundschaft geehrt haben. Von den Palaiologenkindern Guglielmo und Giangiorgio, die er auf den Knien geschaukelt hat und mit denen er auf allen vieren durch die Gärten der Burg von Pontestura gekrochen ist. Von dem Hof, für den er Gewänder, Paramente und Dekorationen entworfen hat. Ach, wie schade, daß es Werke sind, die nur für eine bestimmte Gelegenheit entstanden sind und mit ihrem Anlaß untergehen, aber vielleicht wird doch etwas bleiben von dem, was er gemalt hat: Wappen, Banner, Ornamente, Wagen, Maskeraden, Teller. Vielleicht wird jemand die Medaillen anfertigen lassen, an denen er arbeitete, als er nach Bastia aufbrechen mußte ...

Auch die asketische Alma gestattet sich einen so nichtigen Zeitvertreib wie die Musik. Sie nimmt auf ihrem Thron in der dunklen Ecke des Salons Platz, würdevoll und vergänglich wie eine Ikone. Ihr Blick liegt wie gebannt auf seinen Händen, die die Saiten der Laute zupfen. Es ist eine Verabredung, die keiner von beiden je getroffen hat. Deshalb spielt Enrico mit Glut, trotz der vor Kälte erstarrten Finger, er spielt für die weißen Wände, die er mit Fresken bedecken soll, mit denen zu beginnen er jedoch kein Verlangen hat, er spielt für sich selbst, um nicht an Melancholie zu sterben – aber er spielt vor allem für sie, und er spielt besser, wenn er weiß, daß sie ihm zuhört.

Alma trägt keineswegs die Lumpen einer Einsiedlerin. Sie kleidet sich mit der höchsten Eleganz der Frauen ihres Ranges, und sie kleidet sich immer schwarz. Sie sitzt stundenlang, ohne die hohe Rückenlehne zu berühren, die Hände im Schoß, unbeweglich in der dunklen Ecke des Salons – ohne jedoch ihre glühenden Augen von ihm zu wenden. Wochenlang hat sie sich nicht dazu herabgelassen, sich mit einem Wort an ihn zu wenden, und wenn er versuchte, eine Hommage an sie zu richten, wurde er abgewiesen. Doch dann hat sie ihn eines Morgens unter der Loggia dabei überrascht, wie er den Bluthund Mohammed malte, ist hinter ihm stehen geblieben und hat verstohlen die Zeichnung betrachtet. Meister, hat sie ihn plötzlich gefragt, warum ist das Böse so unendlich viel faszinierender als das Gute? Überrascht hat sich Enrico zu ihr umgedreht, und sie – die schon bereute, ihn angesprochen zu haben – hat sich mit schnellen Schritten in Richtung Tristanos Turm entfernt. Madonna, hätte er ihr antworten wollen, weil es der Weg des Übermaßes ist, der zum Palast der Weisheit führt.

Hauptmann Boccadiferro, sagte Alma ihm ein paar Tage später, beklagt sich, weil Ihr die Gerüste noch nicht aufgestellt habt. Bei seiner Rückkehr wünscht er, die Fresken im Waffensaal fertiggestellt zu sehen. Ihr kennt ihn vielleicht nicht – fügte sie hinzu, ohne zu lächeln –, aber ich bitte Euch, mir zu glauben, daß Ihr gut daran tätet, die Verpflichtungen einzuhalten, die Ihr übernommen habt. Woran mangelt es Euch, damit Ihr Euch wieder an die Arbeit machen könnt? Braucht Ihr Gold für die Waffen der Jäger? Ihr werdet so viel Gold bekommen, wie Ihr wollt. Und Lapislazuli für das Ultramarin, und Sankt-Johannes-Weiß für das Inkarnat, und Mennige, Zinnober, Malachit, grüne Erde, Amethyst – selbst die aufwendigsten Farben und die besten Pinsel. Ihr werdet alles bekommen. Ihr müßt es nur verlangen. Aber Enrico hatte weder Waffen noch Jäger gemalt: Die Wände waren noch immer weiß und sein Geist leer. Woran es mir mangelt? Ja, seht Ihr, Madonna, erkühnte er sich und erwachte wieder zum Leben, ich würde Gefallen daran finden, Euch zu malen. Oh, ja, ihre seltsamen bernsteinfarbenen Augen malen. Ihre weißen Hände. Ihre langen goldenen Haare. Sie befand ihn für sehr dumm und sehr anmaßend und ließ ihn mitten auf dem verschneiten Hof stehen. Aber er beobachtete – während er spielte – aufmerksam ihre Züge und skizzierte nachts, im schemenhaften Licht der Flamme, ihr Profil auf Pergament.

Alma liebt die Malerei nicht. Die klassische Mythologie und die biblischen Erzählungen haben sie gelehrt, der Macht des

Blickes zu mißtrauen. Enrico dürfte die Geschichten über Narzissus kennen, über Lots Frau und die Medusa. Die alten Philosophen brandmarkten die trügerischen Verführungen der Malerei, die sich schuldig machte, den Betrachter irrezuführen und ihn Täuschung und Wirklichkeit verwechseln zu lassen; die Kirchenväter verurteilten die von den Bildern ausgelösten Gefühle. Aber im Grunde verurteilten sie die Macht der Darstellung: die Arbeit des Künstlers. Außerdem verabscheut Alma unter allen Künsten die Malerei, weil die Malerei vor allem ein DING ist. Die Malerei hat nicht nur mit Materie zu tun, preist sie nicht nur und vervielfältigt sie unendliche Male – Körper, Formen, Steine des Anstoßes –, sondern sie ist selbst Materie. Die Poesie kann von dem Papier absehen, auf das sie geschrieben wird, sie kann auch nur »logos« sein – und die Musik, dieses Wunder der Mathematik und des Zeichens, kann göttliche Harmonie werden, kann ohne das Instrument auskommen, auf dem sie gespielt wird: Doch die Malerei ist der Bildträger, auf dem sie entsteht, ist die mit Farben getränkte Tafel, ist die Farbe, die sie erstrahlen läßt, ist der Sand und der Kalk, ist die Mauer, auf der gleichzeitig Putz und Form aufgetragen werden. Die Malerei ist also Materie, und die Materie hält das göttliche, geistige Prinzip gefangen. Die Materie ist das Böse. Und nur wer sich von der Materie befreit, kann das Göttliche entdecken, das er in sich trägt. In gewisser Weise gibt Enrico ihr recht. Er hat immer den materiellen Aspekt seiner Tätigkeit vernachlässigt und die Ausführung seinen Gehilfen überlassen. Es waren die Gesellen, die für ihn die Farben anrieben, die Knochen aufkochten, die Tafeln schliffen. Sie bereiteten den Rohputz auf der Wand vor, pausten die Figuren mit Kohlestaub durch und ritzten die Umrisse ein; sie legten sich auf die unbequemen Gerüste und färbten die Decken mit den schweren Pinseln ein, die ihnen die Handgelenke ausrenkten und an den Sehnen zerrten. Er beschränkte sich darauf, zu entwerfen und die Kartons zu zeichnen. Ich bin kein Anstreicher. So verteidigte er sich jetzt, im Glauben, ihr zu gefallen, doch statt dessen fand er ihre Mißbilligung. Es gibt keine Malerei ohne Materie, wiederholte Alma, und keine Kunst ohne Körper. Er, Meister Enrico, solle sich an die Geschichte von Orpheus erinnern. Der Mann, der die wilden Tiere verstummen ließ, wurde durch sich selbst verraten. Ihrer Auffassung nach verherrlicht diese Geschichte die uneingeschränkte Macht der Kunst, aber sie zeigt auch die Schwäche des Künstlers, der unfähig ist, in sich selbst die Verwandlung zu bewirken, die ihm außerhalb seiner selbst gelingt: Der Abstieg in die Unterwelt, die Einweihung in jene Gefilde hat ihn nicht die Beherrschung der Leidenschaften gelehrt, und das Pulsieren des Lebens vernichtet ihn.

Ratlos erklärte ihr Enrico, daß er gern ihre Züge verewigen würde, da sie in seinem Werk nicht fehlen durfte. Wie oft hatte er sie gebeten, für ihn Modell zu sitzen, und ebensooft hatte sie es barsch abgelehnt. Er hatte ihr arglistig geschmeichelt, indem er sagte, daß er eines Tages Holzschnitte machen könnte, die nach ihrem Tode unter den Gläubigen verteilt würden. Ihre Gestalt inmitten der Landschaften ihrer Visionen. So würden weder sie noch die Visionen in Vergessenheit geraten. Und währenddessen blickte er ihr mit höfischer Keckheit in die Augen und sagte ihr Worte, die ihr niemand je gesagt hatte. Die langsame Zersetzung der Materie schmälert nicht die Schönheit, sondern vervielfacht sie. Die Zeichen der Zeit gehören der Kategorie des Erhabenen an: Erhaben sind die Risse, die Flecken, der Verfall. Und auf dem Antlitz einer Frau sind auch die Schatten erhaben. Ihr seid für mich die Schönheit selbst.

Die Schönheit, die Schönheit, das ist es, wovon er besessen ist. Eine Xylographie – beharrte er, honigsüß. Oder ein Porträt. Er nannte ihr zahllose Mägde Gottes seiner Kenntnis, die sich in den falschen Hüllen der heiligen Lucia, der heiligen Agnes, der heiligen Agatha, der heiligen Cäcilia abbilden ließen. Was ist daran Sünde? Selbst der heilige Lukas war ein Maler. Für ihn hat das Wort Sünde seinen Sinn verloren und verschmilzt schließlich mit dem Vergehen. Und ohne Todsünden wie Hochmut, Müßiggang und sicherlich auch Prunksucht wäre die Kunst nie entstanden. Aber ich, erklärte Alma, bin nicht wie jene Frauen, ich verdiene kein Porträt. Enrico bat sie, seinem Pinselstrich zu vertrauen. Er male nach der Natur. Ein oder zwei Sitzungen würden ihm genügen. Eine schnell ausgeführte Skizze, mit Feder und Tusche. Es wird Euch keine Mühe kosten. Nur hierherkommen, wenn Licht ist, und für mich Modell sitzen. Nein, antwortet sie.

Doch sie kam und sah sich in der Werkstatt um, in der Enrico die Vorlagen für den Waffensaal zeichnet. Riesige kolorierte Vorlagen hängen an den Wänden, mit einem Dorn durchlöchert, damit der Kohlestaub durch die Löcher dringen und sich auf den weichen Putz legen kann. Überall war die Unordnung eben erst angefangener Dinge. Der Meister in der Verbannung, ohne Werkstatt und ohne Gesellen, war gezwungen, alle Arbeiten selbst zu tun: Während sie sich am starken Duft der Farben berauschte, durchstöberte er einen Kübel, in dem die Küchenmagd die Knochen der Hühner und des Hammels für ihn sammelt, die bei Tisch übrigbleiben. Alma richtet einen neutralen und stechenden Blick auf ihn. Enrico wirft den zu stark abgenagten Hammelknochen wieder fort, wählt den Flügel eines Kapauns und legt ihn ins Feuer. Alma atmet den Geruch der Knochen ein, die auf dem Feuer gebrannt werden. Sie begründet ihre Besuche mit der Notwendigkeit zu überwachen, was Enrico für Tristano schafft, die Skizzen für den Wald, der sich auf den Wänden des Waffensaals ausbreitet, in dem Tristano Boccadiferros Jagd endlich begonnen hat und wo der Rosenritter schon dem Wildschwein nachsetzt. Enrico zieht die aschfarben gewordenen Knochen aus dem Feuer, legt sie auf der Porphyrplatte ab, und während sie seine Vorlagen betrachtet, zermahlt er die Knochen geduldig, schwitzt, trocknet sich die Stirn mit einem Lappen, zieht sich die Weste aus, dann das Hemd, steht schließlich mit nacktem Oberkörper vor ihr.

Er zeichnet Ritter, Spieße, Lanzen, Hunde mit langgezogener melancholischer Schnauze, von Pferdehufen zertrampelte Blütenblätter, Falken im Sack unter ihren Kappen, Rosenbüsche. Die Vorlagen sind schön, mit dem ihr zugedachten feinen Pinsel gemalt, und Alma wird nicht müde, sie zu betrachten, über das Papier zu streichen, das rauhe Aufkräuseln der Farben zu berühren. Dieser Mann wäre ein großer Künstler, wenn sein Malen nur einem anderen Zweck diente als lediglich seiner Eitelkeit. Aber die Eitelkeit, Signora, schadet der Kunst weniger als die guten Absichten.

Er hat eine kleine Tafel aus Buchsbaum vorbereitet, sie mit klarem Wasser gewaschen und stundenlang mit Sepiaschale geschliffen. Nun ist die Tafel trocken. Er nimmt das Pulver eines Knochens, benetzt es immer wieder mit Speichel, verarbeitet es zum Kreidegrund für die Tafel und bittet sie noch einmal, für ihn Modell zu sitzen. Sein Stift wird sanft sein, ganz leicht über die Tafel laufen, damit die Linien nur eben zu sehen sind. Nein, antwortet sie und zuckt mit den Schultern. Enrico kann nichts tun, um ihr Interesse zu wecken, obwohl er keine Geste und kein Wort unversucht läßt. Denn diese seltsame Frau hat ihn in ihren Bann gezogen.

Meister, ermahnt ihn der Verwalter, diese Zeichnung, die in Eurem Kopf entsteht, gefällt mir nicht. Er rät ihm, das Wohlwollen der Signora nicht zu mißbrauchen und es ihr nicht an Respekt fehlen zu lassen. Alma Galateo da Monforte ist eine Solaro, und vielleicht kennt der Meister die Solaros nicht, ein Geschlecht von Kriegern, die von unvorstellbarer Arroganz sind, daran gewöhnt, daß man ihnen gehorcht und ihnen weder widerspricht noch sie verhöhnt. Diese Leute könnten es als unehrenhaft für die Signora ansehen, die die Reinheit auf ihre Fahnen geschrieben hat, wenn ein Maler ihr Liebeslieder singt – ist er anderer Meinung? Sie hat es mir nicht verboten, antwortet Enrico lächelnd. Er läßt sich nicht einschüchtern. Auch durch die schaurigsten Geschichten nicht. Einst, so hat ihm der Verwalter gesagt, war da ein Vikar, der sich Alma gegenüber zu viele Freiheiten herausnahm. Der Vater erfuhr davon. Er war im Krieg, und da er nicht eingreifen konnte, bat er Tristano, Gerechtigkeit walten zu lassen. Der ließ sich nicht lange bitten. Der Vikar verschwand. Monate später tauchte er in einem Kloster wieder auf. Man hatte ihn kastriert. Tristano ließ die Geschlechtsteile einbalsamieren und verwahrte sie in einer Vitrine. Als die Schwägerin heiratete, waren die Hoden sein Hochzeitsgeschenk. Man sagt, den Rest habe er für sich behalten. Die Berichte über die Unternehmungen von Almas Verwandten belustigen Enrico: Statt ihn von ihr zu entfernen, bringen sie ihn ihr nur noch näher. Er hat Mitleid mit Alma, die von Barbaren umgeben ist wie er. Hätte er einen anderen Charakter, so wäre er nicht in der Verbannung. Und man hätte ihn nicht Meister der Liebe genannt. Es gibt keine Frau, die ihn nicht interessiert. Und es gibt keine Frau, die sich nicht durch sein Interesse geschmeichelt fühlen könnte: Für keine Frau sei es unehrenhaft, Gegenstand der Phantasie eines Künstlers zu sein. In Rom mag er ja ein Künstler sein, antwortet ihm der Verwalter – aber hier ist er nichts weiter als ein Handwerker, ein Maurer, ein Gerber, das wisse er sehr gut, Enrico. Doch Alma, die ihre Diener bedient und sich nicht um die Welt kümmert, hat Eure Lebensauffassung umgestoßen. Er solle sich keine Illusionen machen, antwortet ihm der Verwalter. Madonna Alma ist nicht anders als ihre Verwandten. Wenn sie nicht in der Welt lebt, dann ist es so, weil sie mit Gott lebt, aber sie beansprucht deshalb nicht weniger Vorrechte.

Doch als Enrico sie zu fragen wagte, wie sie mit so viel Sicherheit behaupten könne, daß Gott – bei allem, was er mit der Sorge um die Zukunft der Menschheit zu tun habe – die Zeit finde, zu einer Frau zu sprechen, sagte sie: Wer weiß denn, was unmöglich ist? Wo Grenze und Ende Gottes liegen? Wer weiß, was unsere Träume sind? Wer kennt alles, was Gott erschafft? Alles ist viel größer als jener schemenhafte Schimmer, den du nur eben ahnst. Aber kann denn, unterbrach er sie überrascht, kann die feste Überzeugung, daß etwas ist, es sein machen? Alle Dichter glauben es – antwortete Alma –, und dieser Glaube kann Berge versetzen: Doch viele sind nicht fähig, an irgend etwas – was es auch sei – zu glauben.

Sie ist gekommen. Hin und wieder taucht Enrico die silberne Feder in die Tinte und zieht eine Linie über das Blatt. Hinter ihm beobachtet ihn die Kammerfrau mit Wohlgefallen. Enrico dreht sich nie um, blickt nur nach vorn. Sein Modell sitzt auf einer schmalen Bank. Um ihr die Sitzung weniger unbequem zu machen, hat er ihr ein scharlachfarbenes Kissen gereicht. Es ist eine endlose, zermürbende Sitzung. Die Sonne steigt hinter den Hügeln auf, das Licht tanzt auf den dunklen Ziegelsteinen der Wand und wird von Almas Gesicht zurückgeworfen, das jetzt ein weißer und wehrloser Fleck ist. Die Luft riecht nach Glut, nach gebrannten Knochen, nach Färberwaid, Erden und Ultramarin. Seit einiger Zeit hält er den Blick starr auf sie gerichtet, ohne auch nur die Hand auf dem Blatt zu bewegen. Alma senkt nie den Blick und erwidert den seinen seit Stunden. Aus den bernsteinfarbenen Augen gleitet hin und wieder eine Träne auf die Wange. Enrico ignoriert sie, und auch sie ignoriert sie, als beträfe diese Schwäche sie nicht.

Nicht wie zu einem Liebestreffen ist sie gekommen, Alma. Sie ist nicht gekommen, wie er sie gebeten hatte, duftend nach Schwertlilie und Bernstein oder arabischem Weihrauch, mit frisch aufgehellten blonden Haaren; sie ist nicht in ihrem elegantesten Kleid gekommen, einer Simarre aus schwarzer Damastseide mit weißen Samtärmeln und einer langen Schleppe, mit dem Pelz, dem bis auf die Schultern hängenden Schleier und mit auf der Stirn gescheiteltem Haar, das mit einer dreireihigen Perlenschnur verflochten ist. Sie ist barfuß gekommen, einen formlosen Hanfleinensack am Leib, mit unbedecktem Haupt. Auf ihrem Rücken wogt nicht mehr der lange, glänzende Seidenzopf. Heute morgen, während Enrico auf sie wartete, den Sessel zurechtstellte und den Schatten beobachtete, der sich hinter den Gefängnisturm zurückzog, kam der Page in die Werkstatt gelaufen: Gleichmütig hat er ihm berichtet, daß die Signora sich heute nacht in der Küche die Haare abgeschnitten habe, mit einem Tranchiermesser, fast bist zur Wurzel ausgemerzt. Als der Page eintrat, saß sie mit blutendem Kopf vor dem Kamin: Dorthinein hatte sie die Haare geworfen. Sie brannten knisternd, es war gräßlich: Sie verströmten den wilden Geruch von Haut und geröstetem Fleisch.

Enrico wollte seinen Augen nicht glauben. Ach, Signora, hat er gemurmelt, warum habt Ihr das getan? Sie hat gelächelt. Alma bewohnt ihren Körper nicht mehr, so wie sie ihre Zeit nicht mehr bewohnt. Was hatte er denn erwartet: daß sie kommen würde, um ihrer Eitelkeit Genüge zu tun? Seit Jahren sieht sie nicht mehr in den Spiegel. Sie hatte einst eine edle, geschmeidige Figur und elfenbeinfarbene Haut. Das war der Kerker, in den ihr Bräutigam sie geworfen hatte, um sie noch stärker zu foltern, den er mit allen Versuchungen ausgestattet hatte, damit es ihr schwieriger sein sollte, sich dessen zu entledigen. Aber der Herr dieser Welt hat keinerlei Macht über sie. Sie hat stets den Blick unter die undurchsichtige Oberfläche der Dinge gerichtet, hinter ihre Hülle, wo die Absichten, die geheimen Gedanken, das Böse siedeln. Die Körper sind eine Täuschung, ein zerbrechlicher Schild für unsere Schuld. Das Fleisch ist das Vehikel der Materie und die Materie des Bösen. Meister, sagt sie lächelnd zu ihm, ich habe heute nacht den vergänglichen Teil von mir zerstört. Dummer Anstreicher, wenn du in den Dingen nur den Schein siehst, wie wirst du dann ein Meister werden können? Sind es die Augen des Geistes oder deine Sinne, die deine Hände bewegen? Du kannst nicht sehen. Alles, was du wahrnimmst, obwohl es dir das Äußere zu sein scheint, ist im Innern, in der Vorstellung, von der diese Welt nichts als ein blasser Schatten ist.

Sie hätte dem Maler nicht erlauben dürfen, sie anzusprechen, und sie hätte nicht in seine Werkstatt kommen dürfen. Sie hätte nicht zulassen dürfen, daß er hin und wieder zu ihr trat, ihr Gesicht zum Licht drehte und sie dabei mit seinen farbbefleckten Fingern streifte. Dieser frivole und rationale Mann sucht weder die Wahrheit noch die Vision, ihm genügt die Welt, in der er lebt. Sie ist überzeugt, daß er eine Inkarnation von Satanael ist. Seine gelungenste Verwandlung. Seine gelungenste Versuchung. Bisher ist niemand gekommen, um sie auf die Probe zu stellen. Sie hatte gehandelt, und niemand hatte sich ihr widersetzt. Ihr Wunsch nach Einsamkeit war getadelt, aber respektiert worden. Die Kirchenoberen hatten sich nie für sie interessiert, sie nie aufgefordert, einem regulären Orden beizutreten; ihre mächtige Familie hatte es ihr ermöglicht, für sich allein zu entscheiden. Ihre unerbittliche Askese, ihre Visionen, denen niemand eine heilige Bedeutung zu geben vermag, ohne sie zu verzerren, ihre fanatische Strenge, ihre radikalen, leicht manichäischen Überzeugungen haben weder Skandal noch Besorgnis ausgelöst, wie sie es hätten tun sollen. Niemand hatte sie – eine alleinstehende und nicht einmal reiche Frau – daran gehindert, so zu leben, wie sie wollte. Auch nicht Tristano. Alma hatte den einzigen Bräutigam gewählt, dem sogar Tristano Respekt zollte. Ihr Bräutigam kam oft: unerwartet, niemals im Schlaf oder im Dunkeln – er kommt, wenn ihr Geist klar ist und die Intensität ihrer Gedanken im Zenit steht, mit einem Windhauch, der den Staub vom Boden aufwirbelt. Er steigt in sie hinab – Rauch, der aus der kalten Glut des Feuers kommt, Wolfszahn, der das Fleisch zerreißt, Biß, der das Herz bluten läßt. Er kommt, verwüstet sie, durchquert sie, rüttelt sie und läßt sie für Stunden empfindungsunfähig zurück, leblos, erfüllt von seinem Wort.

Doch jetzt ist jemand gekommen. Jemand mit einer einschmeichelnden Stimme, der – sei er sich dessen bewußt oder nicht, sei es, daß er es nach einem bestimmten Plan oder vielmehr aus einer Leichtigkeit heraus tut – Gift aus den Lippen tropfen läßt. Jemand, der keine Angst vor ihren flammenden Worten und ihren Verwünschungen hat und sich auch nicht durch ihren beispielhaften Verzicht beeindrucken läßt. Heute beklagt er die Verwüstung ihres Kopfes, doch selbst das hat ihm nicht das Lächeln zu nehmen vermocht, und er blickt sie an wie zuvor, vielleicht sogar mit noch größerer Glut. Weil sie das Wunder, ihn zu erleuchten, nicht vollbringen kann. Sie hat keinerlei Macht über ihn, weil Enrico an nichts glaubt, nicht einmal an die Hölle. Er denkt, das Leben sei keine Strafe, sondern eine Belohnung. Vergänglich, aber doch immerhin eine Auszeichnung, die sich jeder Mensch verdienen muß. Er glaubt, der Mensch habe ein großes Schicksal, und ein großes Schicksal, so glaubt er, hätte auch er gehabt, wenn er nicht in Bastia Schiffbruch erlitten hätte. Ein Werk. Ein Werk, das noch nicht aus ihm hervorgetreten ist, das aber in ihm ist – versteckt – wie eine Perle in der Auster, wie ein Stein in der Niere eines Kranken. Die Hölle ist für ihn das Fehlen einer Zukunft, ist diese neblige und stehende Gegenwart, das Schwächerwerden der Überzeugungen, der Ideen, des Vertrauens in das Leben und mehr noch in das eigene Talent. Die Hölle ist, in sich ein glühendes Magma aus Hypothesen, Ideen und Gefühlen brodeln zu spüren und nichts davon ausdrücken zu können; diese Hypothesen, Ideen und Gefühle sich verfinstern, verwelken, untergehen und sich auflösen zu sehen, ohne daß sie je ans Licht getreten wären. Die Hölle ist die Vergeudung der eigenen Tage, ist die Mittelmäßigkeit der eigenen dem Zerfall anheimgegebenen Seele. Die Hölle ist diese träge Abwesenheit von Zeit. Die Zeit, antwortete sie ihm, ist das Exil vom Sein und von der Ewigkeit. Die Verbannung. Der Richtungsverlust. Die Verletzbarkeit und die Sehnsucht nach einem Verlangen, das dazu bestimmt ist, sich selbst zu verfehlen. Es ist nur ein Tanz in der Finsternis, ein Tanz, in dem Epochen, Hoffnungen, Wahnsinn zerbröckeln.

Er hat ihren verletzten Kopf mit dem Haar des Pinsels gestreichelt. Ich werde Euch auch so zeichnen. Vor allem so, Signora. Er hat sie sich auf eine Bank setzen lassen und war lange Zeit unfähig anzufangen. Er begreift nicht, warum sie ihre Schönheit so sehr hat kasteien wollen, und ob sie es getan hat, um ihn oder sich selbst zu strafen. Mehrmals hält er inne, um wie verzaubert jenes tranchierte Haupt und den blonden Flaum zu betrachten, der ihre Stirn umrahmt. Alma sitzt seit sieben Stunden für ihn. Sie hat sich kein einziges Mal bewegt, wohingegen er die Arbeit mehrfach unterbrochen hat: um sich an einer Scheibe geröstetem Brot mit geschmolzenem Speck zu stärken, um einen Kelch Wein zu trinken. Er bietet auch ihr Brot und Wein an, doch sie lehnt beides ab. Es ist vielleicht einer ihrer Fastentage. Enrico hält inne, um sich auszuruhen oder um nachzudenken, um die Sitzbank zu verschieben, um ihr Gesicht zu neigen und ihre Hände zu richten, die er schön sichtbar, auf den Knien gefaltet haben will. Ein weiches Gesicht, samtene Haut und eiskalte Hände, wie aus Marmor, wenn er sie mit den Fingern berührt. Oft unterbricht er die Arbeit unter dem Vorwand, ihre Hände neu zu ordnen, und hält sie zwischen den seinen. Aus Furcht, ihr könnte kalt sein, barfuß und wenig bekleidet, wie sie ist, hat er ihr seinen Umhang aus Eichhörnchenfell umgelegt, und sie hat es nicht abgelehnt. Einen Augenblick lang hat er ihre Schultern gestreift: Sie ist ganz mager, Alma, ihre Knochen treten unter der Haut hervor. Ihre Haut hat die Farbe von reinstem Alabaster. Diese Frau ist wie eine Statue aus Marmor. Er hat ihr den Umhang mit einer goldenen Fibel am Hals geschlossen und mußte sich beherrschen, um sich nicht zu bücken und ihr in diesen Hals zu beißen. Unbeweglich auf der Bank, blickt Alma ihn an, fordert ihn heraus, und zwischen ihnen ist eine unverwundbare Intimität. Seit Stunden fällt kein einziges Wort. Enrico läßt die Alma seines Geistes und die Alma seines Verlangens auf dem Blatt erscheinen, und es ist diese Alma, die auf dem

Schemel sitzt, mit einem Männerumhang und ausgerissenen Haaren.

Er zeichnet, zeichnet, zeichnet, und ihre Züge wachsen allmählich. Er zieht die Linien immer wieder nach, um die Schatten heraufzubeschwören, korrigiert, radiert, drückt fester auf an den dunkleren Enden, zeichnet die Falten ihres Gewands immer wieder neu, preßt die Feder so stark, daß sie kreischt und ächzt, bis er sie absetzt und eine Tintenspur über das Papier läuft; er zieht wieder ihre Lippen nach und verwischt die Linie, geht wieder mit der Feder in die Tiefe der Falten, und die Feder gräbt sich ein und ächzt, streift leicht über das Papier oder drückt fest auf, er reibt mit der Faust oder bläst, um eine Aschenflocke zu vertreiben, die aus dem Kamin gekommen ist. Das Licht wird immer fahler, ihre Stirn ist jetzt im Schatten, ebenso die Wange und die Schultern und die Hände, die er gefaltet auf das grobe Hanfleinen gelegt hat. Auch er muß nun im Schatten sein – im Dunkeln ahnt Alma nur die Hand, die Formen und Gedanken auf ein Blatt zeichnet, das sie nicht sehen kann. Er will nicht aufhören, er will sich nicht ablenken und zündet nicht einmal die Lampe an. Er tritt immer näher an das Blatt heran, weil er die Linien nicht mehr unterscheiden kann, schiebt die Staffelei vor und kommt immer näher zu ihr. Sie sind nur noch einen Hauch voneinander entfernt. Die Staffelei zwischen ihnen. Er hat eine ruhige Hand, seine Bewegungen sind sicher. Er würde die Sitzung am liebsten nie abbrechen, er hat sich noch nicht sattgesehen an ihr, hat sich noch nicht all ihrer Linien und Formen bemächtigt, doch im Zimmer herrscht mittlerweile völlige Dunkelheit, und er kann sein Modell kaum noch erkennen – nur hin und wieder das bernsteinfarbene Leuchten ihrer Augen. Jede Linie, die er in das Blatt ritzt, ist wie ein Schritt auf sie zu: Und am Ende, als er die Silberfeder beiseite legt und das Tintenfaß zustöpselt, als sie sich erschöpft auf der Bank entspannt und die Augen schließt, lächelt er – denn er weiß, daß er sie heute besessen hat.

8

Es ist eine Herausforderung. Das überquellende und unberechenbare Epos, das aus den Wänden des Baltuszimmers hervorgetreten ist – ein Epos, das sich weder etikettieren noch erkennen läßt –, ruft ihn. Es zieht ihn an sich. In jener Burg ohne Gedächtnis, in jenem Zimmer, in das ein Mann zum Sterben kam, der ihm eine bessere Version von sich selbst zu sein scheint, ein junger Mann, der sich zwei Tage vor dem Waffenstillstand für die Revolution geopfert hatte – in jenem Zimmer hat sein Leben eine unerwartete Beschleunigung erfahren und ihn gezwungen, sich endlich mit sich selbst, mit seinem eigenen Talent auseinanderzusetzen. Auf diese Herausforderung versucht er zu reagieren. Während die jungen Restauratorinnen mit dem maschinellen Ballen arbeiten und ihn neugierig beobachten, stellt sich Arsenio dem Fresko: Mit baumelnden Beinen auf dem Gerüst im Baltuszimmer sitzend, in den Dämpfen von leicht entzündbaren Lösungsmitteln und Terpentinersatz, notiert er sich einige Eindrücke: a) der Abendhimmel mit dem Lichtstreifen am Horizont in Feld 1 der Ostwand scheint aus dem Scheiterhaufen eines Häretikers von Sassetta zu stammen / b) der Flug der umherirrenden Schwalben aus der Versuchung des heiligen Antonius durch den Teufel vom Meister der Observanz. Und doch wächst in ihm eine vergiftende Überzeugung der Unangemessenheit.

Vielleicht versteht er das Fresko nicht. Vielleicht hat er es einfach nur zu eilig, alles zu verstehen, zu wissen, zu erklären. Seine Ergebnislosigkeit trägt ihm schon die ersten Verweise ein. Auf der einen Seite der Denkmalpfleger, die ZIEM, die Bank, die auf das Gutachten drängen; auf der anderen Seite Luisa, die ihm vorwirft, seine Aufgabe nicht ernst zu nehmen, die ihn – nicht einmal allzu versteckt – anklagt, sich überhaupt nicht anzustrengen. Wenn du nur weniger oberflächlich wärst. Wenn du wirklich lieben würdest, was du tust. Bei einem ihrer häufigen Wortwechsel hat sie sogar gewagt, ihm zu sagen, daß er die Kunst nicht liebe. Er liebe nur den Umkreis der Kunst. Deren Zauber und Prestige auf ihn zurückstrahle. Doch es ist nicht dein Zauber und nicht dein Prestige. Du bist ein Nekrophiler. Du lebst vom Tod der anderen und vermagst nur die Kadaver deiner Phantasien zu lieben. Du bist ein Vampir. Du lebst von den Tränen und dem Blut anderer. Du willst dich nicht kompromittieren. Du beugst dich nicht über die Dinge. Du hast zuviel Angst, dich zu verschleißen und zu verlieren. Doch wenn du dich nicht verlierst, wirst du dich nicht finden, und am Ende wirst du weder Wahrheit noch Erkenntnis finden. Besitzen bedeutet besessen werden und also verändert werden. Es gibt keine Gabe ohne Verschmelzung, es gibt keine Liebe ohne Verlust, es gibt keine Erkenntnis ohne Vergeudung. Du haßt alle, die etwas besitzen. Die eigenen Ideen, den eigenen Körper, das eigene Unglück, den eigenen Beruf oder das eigene Geld, sich selbst oder vielleicht auch nur die eigene Gegenwart. Du lebst von Hypothesen, und das genügt dir. Der Schöpferische akzeptiert das Risiko – er setzt sich dem Scheitern aus, der Katastrophe. Aber du? Du flatterst von einer Idee zur anderen, von einem Projekt zum nächsten und hast nicht den Mut, dich irgendwo zu engagieren. Du verstehst die Künstler nicht. Du haßt sie.

Vielleicht hat sie recht. Ein Wissenschaftler aus dem 15. Jahrhundert, seinen Namen hat er vergessen, wollte herausbekommen, wie die menschliche Stimme funktioniert und vor allem woher sie kommt, und hatte deshalb versucht, an einer Leiche den Ton des Kehlkopfs zu reproduzieren, indem er Luft in die Stimmbänder blies. Er wollte beweisen, daß die Stimme lediglich die Organe durchläuft und sie in Schwingungen versetzt. Er sezierte eine Leiche, führte ein Rohr in die Kehle ein, blies nur leicht, und schon gab die Leiche einen engelsgleichen, erstaunlichen Ton von sich. Er erinnerte sich nicht mehr, ob es dem Wissenschaftler gelungen war, seine Hypothese empirisch zu beweisen. Doch er wußte, daß Leonardo da Vinci – als er versuchte zu begreifen, auf welche Weise die Fistula der Luftröhre die Stimme erzeugt – sich in einem entsprechenden Versuch einer Gans oder eines Schwans bediente. Leonardo wollte beweisen, daß ein Schwan oder eine Gans auch nach dem Tod Töne von sich geben kann. Diese leicht makabren Experimente besaßen für ihn eine tiefempfundene Poesie: Im Grunde versuchten sie nur auf die Frage zu antworten, die auch ihn bedrängte, die ungelöste Frage der Kunst, ihren Ursprung, ihr Geheimnis zu entdecken. Als er Luisa von den Experimenten der beiden Wissenschaftler erzählte, hatte sie gesagt, daß die Tatsache, daß die Stimme die Organe durchlaufe, ohne die Mitarbeit der Leiche zu erfordern, wahrscheinlich das Gegenteil von dem bedeute, was die beiden Wissenschaftler glaubten, daß nämlich die Worte oder der Gesang nicht aus unseren beschränkten Organen kommen, sondern von woandersher, daß sie uns durchlaufen und wir sie lediglich weitergeben. Er hat ihr widersprochen. Manchmal ermüden ihn Luisas irrationale Erleuchtungen und ihre ausufernden Reden ohne einen roten Faden. Er glaubt nicht an den göttlichen Ursprung der unsichtbaren Dinge. Er glaubt nur an das, was sich kontrollieren, überprüfen, modifizieren läßt. Er sucht die Wahrheit: Deshalb hat er sich entschieden, Wissenschaftler zu werden, nicht Künstler, Maler oder Dichter. Viele Künstler glauben heute irrtümlicherweise, daß es ihre Aufgabe sei, den materiellen Ursprung der Dinge zu ignorieren. Aber hinter den Farben sind die Pigmente, hinter der Hitze die Gesetze der Thermodynamik, hinter den Gefühlen die chemischen Verbindungen der Moleküle, hinter dem Tod die Machenschaften der Viren und Keime, hinter der Musik ist die mathematische Sprache der Noten, hinter der Stimme sind die Lungen, die Stimmbänder und der Kehlkopf, der wie ein Ventil funktioniert und nichts anderes ist als ein edler Schließmuskel. Er ist sich bewußt, daß all dies das Problem der Kunst weder erschöpft noch löst, aber es umschreibt es zumindest. Er bewundert und fürchtet die Künstler. Die Kunst riecht nach Gewitter, Verbranntem und Meteoren.

Der Meister also. Ihn muß er finden, seine Vermutungen wissenschaftlich beweisen. Seit Monaten fragt er sich, wann er wohl nach Bastia gekommen war. Wenige Kilometer von der Burg entfernt lag der winzige Friedhof des Dorfes mit einer verlassenen kleinen Kapelle – die Kapelle San Fiorenzo delle Forche. Ein Gemälde an der Wand hatte ihn neugierig gemacht. Eine Hölle: ein Drache, so grün wie eine Eidechse, im Begriff, die Sünder zu verschlingen – aber es war nur noch ein Schatten auf der Wand. Eine volkstümliche Malerei, grobschlächtig und gewöhnlich, das Gegenteil der Malerei im Baltuszimmer – und doch so nah in Raum und Zeit. Die eine gebildet, raffiniert, dekadent – die andere erdverbunden, grob, banal. Aber er hatte bemerkt, daß einige Details – Blätter, Büsche, ein Umhang – mit derselben Schablone hergestellt worden waren wie die in Bastia. Er hatte die Hypothese aufgestellt, daß der Meister seine Vorlagen zurückgelassen hatte und daß diese von einem seiner Gehilfen für die kleine Kapelle benutzt worden waren. Die Hölle war auf das Jahr 1493 datiert. Also um 1493 herum hätte das Fresko schon gemalt sein müssen. Der Meister dürfte nicht viel eher eingetroffen sein – sonst hätte sich seine Anwesenheit in den Dokumenten der Zeit niedergeschlagen. Wann er Bastia wieder verlassen hatte, wußte er ungefähr: 1497 war alles fertig. Er hatte immer die Gewißheit gehabt, daß der Meister sehr lange in der Burg geblieben war. Oder daß er zweimal dort gewesen war.

Als die Restauratoren während der Voruntersuchungen die Giornate, die Tagewerke des Meisters, rekonstruiert hatten, war es für Arsenio gewesen, als sähe er ihn bei der Arbeit. Der Meister hatte anfangs sorgfältig gearbeitet, kleine Flächen an der Wand umrandet – die noch während desselben Tages mit Farben zu bedecken waren, solange der Putz noch feucht war. Dann immer lustloser. Immer größere Giornate. Gerüststreifen wie riesige Inseln. Die Tag für Tag gemalten Flächen wurden immer größer, zu groß. Als hätte ihn nach und nach eine unerwartete Eile ergriffen, fertig zu werden, als hätte er das Interesse an dem, was er tat, verloren. Als wäre ihm vorzeitig die Liebe dazu abhanden gekommen. Von einer Wand zur anderen, langsam. Und plötzlich Eile, Pfuscherei, grobe Flächen. Dann jedoch wieder Giornate voller Geduld und Sorgfalt, winzige Giornate, unglaublich kleine, auf der ganzen Westseite, ziseliert bis in die wahnsinnigsten Details, fast wie ein Wandteppich aus Körpern und Farben, in der Gesamtansicht sogar kaum zu entziffern. Und schließlich – ungewöhnlich für ein Fresko – zahlreiche Übermalungen, die bei den Röntgenaufnahmen zutage gekommen sind, Varianten und Retuschen auf der wahrscheinlich zuerst bearbeiteten Wand, der Ostwand. Insgesamt: eine unglaubliche Menge an Arbeitstagen. Aber die Giornate zu zählen führt zu nichts. Der Meister konnte Monate oder Jahre an dem Zimmer gearbeitet haben.

Es war nicht nur eine Frage der Giornate. Etwas im Stil der Malerei, in der Thematik, auch in der Farbe, sagte ihm, daß der Meister sich in der Zwischenzeit grundlegend verändert und daß er nicht ohne Unterbrechung gearbeitet hatte. Zu Beginn hatte er angenommen, die stilistischen Unterschiede seien auf die Mitarbeit der Werkstatt oder eines Gehilfen zurückzuführen. Doch es war die Hand des Meisters. An den Wänden hatte er stets den Eindruck, einen tiefen Bruch ablesen zu können. In Stil, Epoche und Reife. Auch in der Wahl der Themen hatte es eine gewisse Umwälzung gegeben. Der Meister schien die Geschichten auf den Wänden aus Gründen der Assoziation oder Opposition, der Nähe oder Asymmetrie nebeneinander gesetzt zu haben. Er arbeitete nach einem Text, nach einer noch nicht identifizierten (wahrscheinlich literarischen) Quelle. Er selbst war anfangs auf einen relativ unbekannten französischen Ritterroman gekommen. Da die obere Szene an der Ostwand ihn an das Tafelbild von Liberale da Verona im Metropolitan Museum of Art in New York erinnerte, die »Szene aus einer Novelle«, die vielleicht vom Huon de Bordeaux inspiriert war, hatte er den ganzen Huon noch einmal gelesen, nur um schließlich zu entdecken, daß er nichts mit der Geschichte des Meisters zu tun hatte. Auf jeden Fall hatte der Meister anfangs Geschichten von Liebe und Liebespaaren gemalt und dabei mit den Kombinationen des Verlangens gespielt – widerspenstige Frauen und verliebte Männer und umgekehrt, Halbwüchsige und Erwachsene, Liebende und Vergewaltiger –, während sich schließlich seine Welt nahezu auf den Kopf gestellt und seine Malerei sich verändert hatte.

Doch seine Recherchen hatten nicht die erhofften Früchte eingetragen. Er hatte den Herbst in Archiven verbracht. Es ist schwierig, Zugang zu so alten Dokumenten zu bekommen, unmöglich, sie zu konsultieren, ohne vergessene paläographische Kenntnisse aufzufrischen. Mit geröteten Augen, die Nase in schwer zu entziffernden Seiten, hatte er sich wochenlang, monatelang bemüht, hieroglyphische Schriften, höchstpersönliche Rechtschreibungen, experimentelle Kompromisse zwischen Dialekt und Latein, turbulente syntaktische Verdrehungen, Anakoluthe, Brachylogien und konzeptuelle Synkopen zu entziffern. Die Zeit des Meisters war in der kollektiven Erinnerung zerbröckelt und hatte sich aufgelöst: Seine Spuren in der Zeit sind verraucht wie der Schwefel der Phlegräischen Felder und haben einen gelblichen, in alle Winde verstreuten Staub hinterlassen. Einen Staub aus Reflexionen und Mutmaßungen. Hypnotisch. Zu viele Dokumente existieren nicht mehr, zerstört durch Kriege, Motten, mangelnde Pflege und Gleichgültigkeit; es existieren nicht mehr die Karten des 15. Jahrhunderts, die die alten, heute verschwundenen Kunstschätze und Baudenkmäler verzeichneten, und auch viele der Burgen mit Fresken, die zu wesentlich bequemeren Landvillen geworden waren. Er hatte nur herausgefunden, was er schon vermutete. Daß das Fresko nicht lange Zeit zu sehen gewesen war und auch deshalb den Ruin überlebt hatte, dem die anderen Räume der Burg zum Opfer gefallen waren. Das Baltuszimmer (damals hieß es das »zweite Zimmer«) war 1499 für unbetretbar erklärt worden, aufgrund der eingebrochenen Balken des zerschossenen Daches, und schon 1552 – mitten in der Gegenreformation – wurden die Wände weiß übertüncht. Die Wandmalereien wurden als »unmoralisch und unangebracht für einen Empfangssaal« beurteilt.

Bei der Verfolgung des störrischen Schattens des Meisters war er – oft in Begleitung einer irreredenden Luisa, bei der irgendwelche Psychopharmaka Schwindelanfälle mit Delirium auslösten – durch Kirchen und Burgen, Patrizierpaläste, Residenzen und Landvillen gezogen, auf der Suche nach Malereien der Region, die auf den Beginn der neunziger Jahre des 15. Jahrhunderts datiert waren. Als sie mit ihrem schrottreifen 2 CV die Kirchen der Provinz abklapperten, um gemeinsam das Phantom des Meisters zu verfolgen, hatte er erstmals das Gefühl, etwas Gemeinsames mit ihr zu haben – zu viel, vielleicht. Die eine oder andere Malerei wies vage Ähnlichkeiten mit der aus Bastia auf. Aber es war nur ein Eindruck, der einer genaueren Analyse nicht standhielt. Eine ornamentale Girlande, Frucht einer reichen Phantasie, ein dekoratives Motiv – aber es waren meist konventionelle Motive, die sich zu Hunderten in den vom klassischen Geschmack inspirierten Werken fanden. Der Meister war dort nicht gewesen. Er hatte nichts anderes gemalt. Als wäre er nie aus der Burg herausgekommen. Eine Erleuchtung: Vielleicht konnte er nicht aus der Burg heraus.

Der Meister, den er verfolgte, wollte sich nicht finden lassen: Unter den Hunderten, Tausenden von gemalten Werken aus dem letzten Jahrzehnt des 15. Jahrhunderts hatte er im ganzen italienischen Raum kein einziges gefunden, das diesem wirklich glich und von dem man hätte sagen können, es stamme von derselben Hand. Hier und da die vage Bewegung eines Tuches, die er schon auf einer Altartafel gesehen hatte, ein faseriger Wolkenzug, der etwas Vertrautes hatte, ein Umhang aus einem leuchtenden und kompakten Schwarz, eingefallene Mauern, eine sumpfige und geheimnisvolle Landschaft. Zu wenig, um eine Entwicklungslinie, eine Geschichte, ein Schicksal zu rekonstruieren. Widersprüchliche Elemente, die auf eine Schule, aber ebenso auf eine andere verweisen konnten, ohne daß Prioritäten und Verwandtschaften auszumachen waren. Arsenio hat seinen Meister in den ikonographischen Repertoires, den Biographien von Künstlern und berühmten Architekten, den Listen von Malern gesucht. Er hat nichts gefunden.

Vergeblich strengt er sich an, sich den Meister vorzustellen. Er sucht sein Gesicht unter den abgebildeten Gestalten, und keines scheint ihm das seine zu sein. Was für ein Gesicht könnte ein Mann haben, der so ein Werk geschaffen hat? Er will keinen Fehler begehen. Keine genialen Hypothesen aufstellen, keine improvisierten Heurekas. Er nimmt sich ein Beispiel an den Restauratoren: Die Voruntersuchungen sind der Schlüssel für den endgültigen Eingriff. Ein leichtfertiges Vorgehen am Anfang bringt alles in Gefahr. Doch jetzt sind die Analysen beendet – sowohl die globalen als auch die Detailuntersuchungen. Sowohl diejenigen, die eine vertikale Interpretation des Werkes erlauben, als auch die für die horizontale. Stratigraphien, Übersichten, Mikrophotographien, Streiflichtaufnahmen und Vergrößerungen, spaltenweise Zahlen und chemische Formeln – basisches Bleikarbonat und Quecksilbersulfid, proteinhaltige Chloride und basisches Kupferkarbonat, grüne Erde und gelber Ocker und Kalziumkarbonat... Hunderte von Seiten, Informationen, deren er sich bedienen sollte – doch das Fresko ist ihm ferner als damals, als er nach Bastia del Garbo kam, um es zum erstenmal zu sehen. Er weiß, daß er nichts weiß. Da wird ihm bewußt, warum es nicht klappt. Er hat alles falsch gemacht. Die Methode. Die Methode ist falsch. Er ist hier unten, Hunderte von Jahren von seinem Gegenstand entfernt. Das Werk ist schon da, aber er kann es nicht SEHEN. Er kann nur versuchen, das zu entziffern, was er findet, und die Schritte rückwärts gehen, die derjenige, der ihm wieder einmal zuvorgekommen ist, schon vollzogen hat. Er und der andere sind dazu bestimmt, einander nie zu treffen. Doch gleichzeitig sind sie dazu bestimmt, ein und dieselbe Person zu sein. Sein Beruf fordert von ihm einen mentalen Prozeß deduktiver Natur. Er hat eine Reihe von Elementen. Spuren. Abdrücke. Indizien. Er hat alle Informationen, die er haben will. Er hat sogar im Historischen Archiv von Alba die erste und bislang einzige Erwähnung des Freskos aufgestöbert.

Die Beschreibung ist Teil der gnadenlosen Bestandsaufnahme der Güter von Tristano Boccadiferro, Feudalherr der Burg Bastia del Garbo, Ende des 15. Jahrhunderts, verfaßt vom neuen Nutznießer der Burg. Nach einer endlosen Liste von Wandteppichen mit mythologischen und ritterlichen Themen, gearbeitet aus Goldfaden, Wolle und Seide, von antiken Teppichen und große Tapisserien mit Darstellungen von Hirschen, Raubtieren, Vögeln, Wild und Jägern, wird ganz allgemein von einem *»Werk eines ymaginator, enthaltend zahlreiche Helden und Damengestalten«* gesprochen. Da ist es. 1497 existierte das Fresko. Wenn seine Idee von der Schablone oder den Vorlagen richtig ist, die ein Gehilfe in der Forche-Kapelle am Galgenberg verwendet hat, dann ist das Fresko zwischen 1492/93 und 1497 gemalt worden. Er hat also mit fast absoluter Präzision das Entstehungsdatum und den Namen des Auftraggebers. Er hat Chromatographien, Holographien, Spektrographien, chemische Formeln von Pigmenten und Sporen zur Verfügung. All das, was von der Kunst bleibt, wenn nichts mehr bleibt. Er hat eine grenzenlose Menge an Papier zur Verfügung, er könnte Tage, Monate, Jahre damit verbringen, ohne je den richtigen Weg zu finden. Hunderte von Verträgen, aufgesetzt zwischen Dutzenden von Burgherren und Schnitzern, Klempnern, Zimmerleuten, Gärtnern – unter denen auch ein Vertrag mit einem Maler sein könnte. Trockene notarielle Dokumente und Urkunden, Grundbuchauszüge, Schatzkammerzahlungen, Eigentumswechsel, Listen, Geburtenregister, Todesfälle, Prozeßakten, geschönte und nebulöse Biographien. All das, was vom Leben bleibt, wenn nichts mehr bleibt.

Nichts, eben. Den Rest, ALLES, wird er selbst rekonstruieren müssen. Oder sich vorstellen. Einen mentalen, detektivischen Prozeß in Gang setzen. Um zu wissen, WAS der Meister gemalt hat, was seine Figuren bedeuten, WER jene Männer und Frauen sind, die seine Phantasie bevölkerten, WARUM er eine Geschichte, ein Bild anstelle eines anderen gewählt hat, warum diese Geste, diesen Ausschnitt, diesen Blick, diese Farbe, diesen Gegenstand und so weiter – um das Werk in gewisser Weise zu lieben, hat er keine andere Wahl, als die Herausforderung anzunehmen, die sich ihm stellt. Er muß seine Vorbehalte und seinen Standort aufgeben, hier, zu Füßen des Werks, und entfernt. Er muß sich seiner Disziplin unterwerfen, sich seine innere Logik zu eigen machen, diese Wände mit den Augen des Meisters sehen, sich die Probleme stellen, die jener sich gestellt hat, die gleichen Schwierigkeiten in Angriff nehmen, die gleichen Niederlagen, vielleicht sogar die gleichen Erfahrungen. ER muß der Künstler werden.

9

Der Frühling brachte ihm ein Geschenk, oder vielleicht zwei. Tristano gab ihm einen großen Freskenzyklus in Auftrag, den er auf den Wänden seines Studierzimmers ausführen sollte, und Alma brachte ihm ein Buch. In Wirklichkeit kam zuerst das Buch und dann das Zimmer, aber sie wurden schnell zu einer einzigen Sache. Sie markierten den Beginn eines fieberhaften und unwiederholbaren Zeitabschnitts, der zu schnell verstrich: Er dauerte nicht einmal bis zum Sommer und verbrannte in einer Feuersbrunst in der Pfingstnacht. Der Page Antar teilte ihm mit, daß Alma ihn in ihren Gemächern erwarte. Nehmt, Meister, sagte sie und reichte ihm einen ledergebundenen Band. Hier findet Ihr alle Geschichten der Welt – und sicherlich auch die Geschichte, die Ihr sucht. Es gehört Euch, ich schenke es Euch. Für mich, Signora?

Eine beneidenswerte Bibliothek hatte Alma einst besessen. Ihre gelehrten Freunde hatten sie gut beraten. Aber sie hatte die Bücher auf einer Auktion verkauft, und längst entzündeten sie die Phantasie anderer Leser. Ein einziges nur hatte sie behalten, von diesem hatte sie sich nicht zu trennen vermocht. Es war eine prachtvolle Ausgabe, vom Gebrauch verschlissen, ohne Abbildungen und ohne Erklärungen. Ohne

Moral und ohne Zensur. Sie verwahrte das Buch in ihrer Hochzeitstruhe, zwischen Hemden und Laken, und verbot es eher sich selbst als allen anderen. Sie hat es nie wieder aufgeschlagen, doch in jener Nacht hatte sie es genommen und ans Feuer gehalten. »Wisse jedoch, nicht vor meinem Leben / fand meine Liebe zu dir ein Ende. / Ich muß zweifach des Lichtes entbehren. / Nicht ein Gerücht, mein Ende zu künden, soll kommen zu dir: / Ich selbst, damit du nicht zweifelst, / will gegenwärtig mich zeigen, / daß am entseelten Leib die grausamen Augen du weidest ...« Sogleich schloß sie es wieder und atmete seinen Geruch von Staub, Skandal und Vergangenheit ein.

Vielleicht bildete Alma sich ein, sie könne Enrico verändern, ihn verbessern oder auch nur ihrem Wunschbild annähern. Vielleicht machte sie sich aber auch keine Illusionen mehr. Vielleicht brauchte sie nur einen Feind. Wir brauchen den Feind – unseres Gewissens, unserer Träume, unseres Willens, unseres Schicksals –, und sie hatte seit langem keinen mehr. Deshalb ging sie seiner Gesellschaft nicht aus dem Weg, sondern suchte sie sogar, sei es auch nur für eine flüchtige Begegnung im Korridor, auch wenn Enrico sich eilig verabschiedet, wie von einer Dame bei Hof, der er pflichtschuldigst seine Aufwartung macht und die anschließend wieder aus seinem Leben verschwindet; er verabschiedet sich mit einer Verbeugung und einigen Höflichkeitsfloskeln. Doch wenn er sich in seiner Werkstatt einschloß und noch seine unbedeutendsten Skizzen sorgsam hütete, wenn er zwischen den Feldern oder im Wald verschwand, erwartete sie ihn in der zwielichtigen Stunde vor dem Sonnenuntergang, wenn die Schatten die Umrisse der Hügel verschlucken und die weiße Straße durch den Gegensatz blendet. Und da Enrico seine Rückkehr zur Burg hinauszögerte und immer häufiger – Verwirrung stiftend – erst nach Sonnenuntergang zurückkam, der Fackel des Slawoniers folgend, die in der Dämmerung vor ihm her tanzt, ertappt sie sich dabei, daß sie die Sonnenbahn beobachtet, um zu wissen, ob der Tag enden wird, ohne daß sie sein freches Lächeln gesehen oder einen seiner Scherze gehört hat. Enrico kann sie nicht sehen, aber vom Turmfenster aus beobachtet sie die sich am Fluß entlangschlängelnde weiße Straße und die leere Brücke.

Manchmal kommt Enrico gar nicht zurück. Sie wartet, bis die Kerze im Leuchter schmilzt und die Dunkelheit die Umrisse der Dinge verschlingt. Dann ruft sie die Kammerfrau und läßt sich beim Ausziehen helfen. Sie bläst die Flamme aus, und die Dunkelheit wird umfassend. Wenn das Licht verschwunden ist, herrscht eine knisternde Stille im Kastell. Am Fluß ist das Hufgeklapper von den Pferden der Soldaten zu hören. Die auf dem Bollwerk kauernden Wachen flüstern. Tristanos Bluthunde, Windhunde, Spürhunde und Jagdhunde bellen. Auf dem Dachboden flattern die Fledermäuse, trippeln die Ratten. Jemand geht und verliert sich vielleicht in der Finsternis, in der alles erlaubt ist. Die Stimmen ihrer Frauen verhallen, der Atem der Kammerfrau, die zu ihren Füßen schläft, wird schwer. Dann füllen sich die vertrauten Gegenstände mit einem neuen, geheimen und zuckenden Leben, und es ist schwierig, die Schatten im Zaum zu halten. Aus dem beißenden Kerzenrauch steigen Prozessionen von Spinnen empor und tragen den Kadaver eines Engels, der mit gebrochenen Flügeln auf Glasscherben liegt. Auf dem Fußboden sprießen rosafarbene, unförmige Lilien, die Tau absondern. Und hinter dem dunklen Fenster tauchen die goldenen und diamantenen Minarette einer Stadt auf, um sie in bessere, hellere oder nur verführerische Welten zu locken. Lange Zeit hatte sie zu niemandem über all dies gesprochen, da sie fürchtete, ein böser Geist könnte sich ihrer bemächtigt haben. Sie legt sich unter die Decken, aber der Schlaf will nicht kommen, die Welt schließt sich nicht, verschlingt nicht ihre Schatten – und stundenlang, bis der Tag hinter den stoffbespannten Fenstern zurückkehrt, ist da ein unermüdliches Wimmeln von Körpern, Stimmen, Drohungen und Versuchungen. Sie weiß nicht einmal mehr, wann es begonnen hat. Vor vielen Jahren. Und nach und nach hat jene unwirkliche Wirklichkeit die andere überwältigt. Nicht einmal der Meister ist gegen die Verwandlung gefeit. Manchmal – wenn er Laute spielt oder malt oder am Flußufer durch den Schnee geht und sie ihn zu lange ansieht – löst sich sein fester Körper auf und wird zu einem gefräßigen Wurm, verzweigt sich in faserige Wurzeln, die in ihr wachsen, ein Krebs aus Logik, Zweifel und Blut. Der sie wirklich und wahrhaftig zerfleischt. Dann verbirgt sie ihr Gesicht in den Händen, und manchmal weint sie.

In der Morgendämmerung weckt sie das Klingeln der kleinen Glöckchen, die sie dem Wiesel als Halsband umgehängt hat. Sein struppiges Fell und das Pochen seines winzigen Herzens pressen sich gegen ihr Hemd. Es ist der einzige enge Kontakt zu einem Lebewesen, den sie sich je gestattet hat. Feucht ist die Schnauze des Wiesels, und seine Zunge ist kühl. Manchmal läßt sie sich das Gesicht lecken. Dann schnellt jene rote Zunge über ihre Wangen, über ihre Lippen. Jetzt, wo die Kälte wütet, steckt sie es sich oft unter das Hemd, und der kleine Körper pocht auf ihrer Haut.

Enrico erwacht viel später. Nie vor der vierten Stunde, berichten die Diener dem Pagen Antar empört, und Antar berichtet es ihr. Enrico erledigt die Korrespondenz, geht spazieren und schlemmt. Er arbeitet wenig, oft sogar erst dann, wenn auf die Wände des Waffensaals kein Licht mehr fällt und die Kerzen seine Vorlagen nicht ausreichend beleuchten. Er wird blind werden durch diese seine Art, beim falschen Licht zu arbeiten, aber er ist jung, und der Gedanke an körperlichen Verfall und Alter streift ihn nicht im mindesten. Er gibt sogar das aus, was er nicht besitzt. Wenn er einmal reich gewesen ist, wird er es nicht lange sein. Doch wenn sie ihn besorgt darauf hinweist, antwortet er lächelnd, daß ein Künstler nie arm ist. Er macht Bestellungen und Einkäufe für seine neuen Freunde in Bastia, für die Soldaten und die Gesellen. Wer auch immer ihn um ein Darlehen oder sonst um Hilfe bittet, geht nicht leer aus. Er bestellt Edelsteine für die Farben, Federn für ausgefallenen Kopfputz, aber auch Stoffe und Samt bei den durchreisenden Kaufleuten. Er erhält Post. Von seinen Freunden, Schülern, Poeten und Gelehrten, denen er immer melancholischere Selbstporträts schickt; aber im Verlauf der Monate sind die Briefe seltener geworden, seine Antworten dafür – in einer starrsinnigen und ohnmächtigen Reaktion – länger. Er schreibt auch ihr. In einer fragwürdigen Rechtschreibung. Episteln, die sich um die Verherrlichung der vollkommenen Liebe drehen. Alma schickt sie ihm mit unverletztem Siegel zurück. Da kommt er auf die Idee, auf etwas zu schreiben, was nicht entsiegelt werden muß. Er schreibt die eindeutigsten Verse seiner Lieder auf Aprikosen- und Pfirsichkerne und reiht sie zu einer Kette auf, die er ihr dann zum Geschenk macht.

Doch vor allem verdirbt der Meister die Sitten. Die Frauen sagen, daß er nachts behende wie eine Katze auf das Bollwerk klettere und sich an einem Seil herabhangele. Andere behaupten, daß er das Kastell nicht einmal verlasse: Er dringt in die Gemächer aller ein, und keine Tür bleibt ihm verschlossen. Seine nächtlichen Spaziergänge sind Anlaß zu vielerlei Spekulationen geworden. Man sagt jetzt, daß sein Ruf als frivoler und unmoralischer Mensch wohlverdient war und daß aus einer unerbittlichen, spitzfindigen Logik heraus vielleicht auch die Verbannung verdient ist, die ihn hierhergebracht hat. Der Meister leugnet, mit einem lügnerischen Lächeln. Ihm liegt daran, klarzustellen, daß seine Sitten sich von seinen Zeichnungen unterscheiden und daß sein Leben äußerst ehrenhaft ist. Meine Werke, erklärt er mit zweideutigem Lächeln, sind Frucht der Phantasie und nehmen sich mehr heraus, als ich selbst mir je herausnähme. Mißtraut ihnen, Signora: Ein Bild ist kein Indiz für das Herz. Aber sie glaubt ihm nicht. Wer ein Bild malt, Enrico, wer eine Geschichte erzählt, der erzählt die Welt, die auch ihn selbst umfaßt, den gedankenlosen Schöpfer; und während er Wolken, Straßen,

Ozeane zeichnet, begegnet er im Spiegelbild jener Welten auch seinem eigenen, sie erschaffenden Blick.

Die jüngeren Soldaten der Wachabteilungen sitzen ihm Modell. Er wählt sie aus, während er durch die rauchigen Unterkünfte geht und ihnen lange in die Augen sieht. Er wählt diejenigen, die seine Anspielungen verstehen. Soldaten mit Milchbärten, die sich stundenlang in der Werkstatt aufhalten und wiederkommen, sobald sie können. Er hat einige Gehilfen eingestellt, um die Fresken in den Sälen anzufertigen. Eben den Windeln entwachsene Kinder, einen muskulösen Soldaten als Gesellen, einen knapp sechzehnjährigen Novizen als Gehilfen. Doch der Meister umwirbt auch die Küchenfrau, die Mägde, die Schwarze Frau, sogar den Pagen, der ihm ergeben ist und jetzt mehr ihm zu dienen scheint als Alma oder Tristano: Er umwirbt jedes Geschöpf, in dem er Harmonie und eine Spur der Schönheit des Kosmos zu erkennen meint. Also alle, denn der Meister glaubt fest an die Ausstrahlung des Allereinzigen und vermag sich gleichzeitig mit einer unvollkommenen Spiegelung zu begnügen. Es gibt keine regelhafte Schönheit, die mich verliebt macht, sagt er, es gibt keine Maße, Regeln und Normen, sondern tausenderlei Gründe, warum ich mich immer wieder verliebe. Wenn ein Mädchen unter meinem Blick errötet, verliebe ich mich, und es ist ihre Schüchternheit, die mich erobert; wenn eine frech ist und mich mit einem Lächeln herausfordert, verliebe ich mich, weil sie nicht schüchtern ist und ich davon träumen kann, wie sie sich bewegen wird, wenn sie mit mir im Bett liegt. Wenn sie mich hochfahrend und zornig zurückweist, verliebe ich mich, weil ich denke, daß sie es zum Schein tut, damit ich sie um so mehr schätze, wenn ich sie endlich besitze; ich verliebe mich, wenn sie naiv und unwissend ist, weil ich sie in allem unterweisen werde; und wenn sie gebildet ist, weil sie Dinge weiß, die ich nicht weiß; ich verliebe mich, wenn sie meine Bilder liebt, weil sie mich versteht – aber auch, wenn sie meine Malerei kritisiert und mißbilligt, weil ich es dann besser machen muß. Wenn sie vor mir flieht, werde ich ihr folgen. Wenn sie mich aufsucht, werde ich sie nehmen. Ich liebe kleine Frauen und auch Frauen, die größer sind als ich, die duftenden und eleganten Frauen, aber auch die vom Lande, die völlig bar jeder Eleganz sind, weil ich mir vorstellen kann, wie schön sie sein werden, wenn sie auch noch gut gekleidet sind; die Frauen, die Jünglingen gleichen, weil sie den Vorteil, kein Mann zu sein, mit dem Vorteil verbinden, wie einer zu wirken, und die Frauen, die sich in allem von Männern unterscheiden, weil sie mich nicht daran hindern, mich unvollständig zu fühlen. Ich liebe sie alle und will alle für mich. Enrico umwirbt auch Alma. Mit der ihrem Namen zustehenden Ehrerbietung, aber weder mit geringerer Beharrlichkeit noch mit größerer Vorsicht.

Der alte Verwalter erkennt an, daß der Meister viele Qualitäten besitzt; daß er von klarer Intelligenz und scharfem Geist ist; er erkennt an, daß seine Sprüche und Scherze sich durch Witz und unbefangene Keckheit auszeichnen; er gibt zu, daß man sich seiner melodischen Stimme nur schwer entziehen kann; daß er jedes Musikinstrument zu spielen und seine Freunde zu erfreuen weiß, daß die Natur ihm leider einen so schönen Körper gegeben hat, daß einige ihn wegen der Harmonie und der Proportionen sogar als wunderbar bezeichnen. Er hat ein entwaffnendes Lächeln, eine ehrliche und kantige Nase, breite Schultern – all dies im Verein mit ansteckender Fröhlichkeit und natürlicher Liebenswürdigkeit in der Konversation, mit der er selbst Steine zum Lächeln zu bringen und Trübsinnige zu trösten vermag. Kurzum, er könnte der vollkommene Höfling sein, und sicherlich hat ihn Markgräfin Maria Branković aus diesen Gründen vier Jahre lang bei sich in Casale behalten: Und aus ebendiesen Gründen wird der Markgraf ihn fortgeschickt haben. Der Meister ist ein Mann voller Anziehungskraft, schön und unvorsichtig: also eine Bedrohung für die Sicherheit des Kastells, der Signora, aller.

Ein Wort würde genügen, um ihn zu verlieren, eine Vertraulichkeit. Ein Geflüster. Schon laufen Gerüchte um, die nicht mehr zu bändigen sind. Es ist nicht zu übersehen, was vor sich geht. Die Signora verläßt fast nicht mehr ihr Zimmer, sie wird krank und bestraft sich, erlegt sich unsagbare Leiden auf, über die man nur mit gedämpfter Stimme spricht; der Meister hat seine Stimmung gewechselt, und eine unvorsichtige Bosheit funkelt in seinen Augen. Man wird sagen müssen, daß er ihr Gewalt angetan hat. Eines Nachts werden Männer kommen, die niemand kennt und die von Tristano Geld erhalten haben, und sie werden ihn im Schlaf überraschen, ihm eine Lanze in die Seite stoßen, ihn tot in den Fluß werfen. Und wenn alles vergessen ist, wird Tristano kommen, wird Alma in den geheimen Garten zerren und ihr Herz mit dem Dolch zerteilen. Das ist der Lauf der Welt.

Doch als Tristano in das Kastell zurückkehrt, bestraft er den unwürdigen Gast keineswegs, und sie beobachtet ihn weiter vom Turmfenster aus. Sie sieht ihn auf der Höhe der Brücke auftauchen – vorher verbirgt ihn das Gebüsch ihrem Blick: Zuerst kommt sein Hut, etwas schief auf den dunklen Haaren, dann die grellen und immer unterschiedlichen Farben seiner Beinkleider. Schließlich er selbst, der stehenbleibt, um die sich im Fluß spiegelnden Schatten zu betrachten, einen seltsam geformten Stein aufzuheben, einer gebeugten Wäscherin am Ufer zuzulächeln, das Reitpferd eines vorbeikommenden Soldaten zu bewundern. Enrico, der die Epiphanien dieser Welt leidenschaftlich liebt und dem nichts verboten zu sein scheint. Doch selbst er vermag ihr nicht dorthin zu folgen, wo sie versinkt. Manchmal hatte sie dem Wunsch nachgegeben, ihm wirklich mit allen Farben und Details zu erzählen, was sie sieht. Also, sagte der Meister zweifelnd, handelt es sich nun um Träume, Visionen oder Vergiftungserscheinungen? Immer scherzt er, Enrico. Nicht einmal den Tod nimmt er ernst. Das Bild, das ich mir vom Jenseits gemacht hatte, bevor ich Euch kennenlernte, war sehr verkürzt, Signora – sagte er lächelnd. Er stellte es sich als einen himmlischen Garten vor, überquellend von Orangenbäumen, Blumen, Hasen und kleinen Wäldchen, in dem die weißgekleideten Seraphim den Neuankömmlingen entgegengehen, Freunde einander umarmen, wenn sie sich nach langer Trennung wiedertreffen, in dem man seine Mutter, seinen Schutzengel, seine Freundinnen wiederfindet und das himmlische Leben dort einsetzt, wo das irdische unterbrochen wurde, wie in dem vertrauenerweckenden Paradies des Meisters Giovanni di Paolo. Etwas sehr Vertrautes und keineswegs Unwahrscheinliches: eine bessere Kopie des Alltags. Doch die anderen Welten, in die Ihr vorgedrungen seid, gleichen dem nicht. Dort erwarten uns keine Orangenhaine, und man tut dort nichts anderes als zu leben – die Unmöglichkeit des Sterbens zu leben.

Enrico löst sich im weißlichen Licht des am Straßenrand aufgeschütteten Schnees auf. Es ist sehr spät, und sie ist unendlich müde. Durch die Einsamkeit dieser letzten Tage hat sie jedes Zeitgefühl, durch das Fasten ihre Kräfte und durch die Kälte die Wahrnehmung ihres Körpers verloren. Seit Wochen tobt schlechtes Wetter über Bastia. Der Himmel ist eine gleißende Verwüstung, der Frühling eine Schlacht zwischen faserigen Wolken und sumpfigen Wasserlachen. Es hat wochenlang geregnet und gehagelt. Der Hagel hat die Stoffbespannung der Fenster zerrissen, harte Körner, groß wie Eicheln, wüteten auf der Fensterbank. Seit sechs Tagen erfrieren die Keime unter einem verspäteten und feindlichen Schnee: Es wird eine katastrophale Ernte geben, dieses Jahr. Irgend jemand hat die Meteore vernachlässigt, und die Meteore rächen sich. Der verlassene Wachturm steuert durch die Strömung des Flusses. Sternenstille. Die Leere dehnt sich aus.

Sie spürt sich selbst nicht mehr, es sei denn als reinen Gedanken. Ihr Fleisch ist empfindungsloser Marmor, ihre

Augen sind geöffnet, ohne etwas zu sehen. Über ihr ist nicht die massive Balkendecke des Zimmers, sondern eine blendende Helle. In ihren Pupillen spiegelt sich eine Art weißer Watte. Sie scheint sich vom Boden zu erheben und in einem Nichts zu schweben, das weder Raum noch Zeit ist und das der Ewigkeit gleicht. Sie wüßte nicht zu sagen, wie lange sie in diesem schwerelosen und glücklichen Schwebezustand bleibt: Dann wird sie gerufen, und sie erhebt sich mit größter Leichtigkeit. Ob im Körper oder außerhalb, das weiß Gott. Sive in corpore sive extra, Deus scit – sie folgt der Stimme, dringt in eine unbekannte Landschaft ein, geht durch einen dunklen Korridor und gelangt zu einem überfrorenen Sumpf, wo gesichtslose Schatten umgehen (die furchterregenden Dämonen des Unterschiedslosen) und wo nackte Körper aus dem Eis auftauchen. An den verdorrten Bäumen hängen nackte Körper, und nackte Körper sind überall. Einige zwischen Eisschollen eingeklemmt, zermalmt durch den Druck des erstarrten Wassers; andere auf dem Rücken liegend unter dem Eis, wie das beängstigende Bild eines trügerischen Spiegels. Sie beugt sich über sie und sieht jene unbeweglichen Gesichter, zwischen den Lidern Tränen aus messerscharfem Glas – zerschnittene Augen, blutende Augen.

Du fragst dich, wohin ich dich geführt habe? Dies ist das Land der Schatten, und du – ich habe deinen Namen vergessen –, du bist hier, durch deine Schuld. Du hast an mir gezweifelt, und ich habe dich verlassen. Ausgebreitet in Raum und Zeit – die Füße im Frost, das Gesicht im brennenden, schmelzenden Wachs; ihr Körper wie der Kieselstrand, auf dem die Welle zurückfließt – und in ihren Kopf bricht plötzlich das Feuer ein. Doch etwas bewegt sich: Da erscheint, an ihrem Bett sitzend, Satanael. Es ist Enrico da Sorano. Alma, sagt er. Alma. Er ruft sie, wie es seit Jahrhunderten niemand mehr tut, weil sie auf alles verzichtet hat, zuallererst auf den Namen, der sie an dieses Leben band. Er beugt sich über sie, wie er es damals in der Werkstatt tat, und berührt ihren

Hals mit den Lippen. Und sie kämpft nicht gegen Satanael, vertreibt ihn nicht. Warum hast du mich verlassen? ruft sie in der Eiswüste. Ich habe dich angefleht, und du hast mich verlassen. Frau von geringem Glauben, so wenig, Frau, bedurfte es, daß du mich verleugnetest? Eines samtgekleideten Fremden, einiger Geschichten. Herr, ich bin deine Braut. Nimm mich. Es ist zu spät. Du gehörst mir nicht an. Ich kenne dich nicht mehr. Herr, was wird aus mir werden? Du wirst, antwortet er, unter schwarzen Mäusen und goldenen Spinnen sein.

Man legt sie auf dem Eis nieder. Man entblößt sie. Der Bräutigam betrachtet sie voller Verachtung. Dieser dein Körper wird in der Nacht der Zeiten nicht auferstehen. Dieser dein Körper wird nie Licht sein. Du wirst wieder zu Fleisch werden und wieder zu Fleisch und wieder zu Fleisch, und es wird keine Befreiung aus deiner Gefangenschaft und kein Ende für das Böse geben. Diese deine Nacktheit wird deine ewige Schande sein. Man schiebt sie ins Wasser, und ihr Körper – schwer, unendlich schwer – versinkt. Über ihr schließt sich das Eis. Die Welt bleibt auf der anderen Seite, hinter der durchsichtigen Scheibe: Wenn sie die Augen offenhält, sieht sie noch. Aber was sie sieht, ist furchtbar. Verdorrte Bäume, an denen geschwollene nackte Körper hängen, Spinnen aus Licht, die an unsichtbaren Fäden schaukeln, schwarze Mäuse, die an überlangen, aus dem Eis herausragenden Nasen nagen, und Hände, die sich zu befreien versuchen. Auch sie Gefangene wie die anderen, ein glänzender Fußboden, über den tanzend die Dämonen gleiten. Nacktheit, die man verlacht, ewige Schmach, auf der sich unentwegt die weißen Zähne der Mäuse niederlassen.

Reiner Gedanke aus ewigem Verlust. So weniger Dinge hat es bedurft. Eines Fremden und einiger Geschichten. Alma. Alma. Reiner Gedanke aus vereister Einsamkeit. Die Zeit existiert nicht mehr, hier unten. Kein Friede wird ihr zuteil werden, am Ende. Nur eine Wiederkehr und eine Wiederkehr und eine Wiederkehr – immer tiefer, was wirst du sein, Alma? Während von Wiederkehr zu Wiederkehr, von Sturz zu Sturz das Licht schwächer wird und der göttliche Geist erstirbt, wirst du nicht einmal einen Schimmer davon erkennen, und am Ende wird dir nur das Böse selbst bleiben, du wirst rohe Materie sein, du wirst Fleisch sein, du wirst ein abwesender Körper sein, ohne Gedanken, ohne Seele, ohne Bewußtsein, du wirst ein Riß sein, ein Abgrund. Nie mehr wirst du meine Stimme hören. Du wirst meine Stimme anrufen, aber ich werde nicht mehr kommen. Du in diesem Land aus Larven und Schatten, in dem die Sonne nicht aufgeht. Du nackt, du verloren. Sie treten auf sie, sie gleiten über sie – makabrer Tanz –, sie wird die ganze Ewigkeit haben, um ihre Irrtümer zu beweinen, bis sie nicht einmal mehr wird weinen können.

Die erste Wahrnehmung bei ihrer Rückkehr ist etwas Warmes, das ihr über das Gesicht rollt. Etwas Warmes, das erst nach einigen Augenblicken zu einer Träne wird. Sie spürt die Feuchtigkeit über die Wange laufen und sich zwischen den Haaren verlieren. Sie öffnet die Augen, und es ist schon Morgen. Ein blasser Sonnenstrahl erhellt den Fußboden. Von der Decke läßt sich eine schwarze Spinne in den leeren Raum hinab, an einem verstohlenen Spinnennetz hängend. Sie spürt ihren Körper nicht. Sie spürt den Schmerz nicht. Sie spürt nichts. Und doch ist sie hier, aber statt dessen möchte sie tot sein, um sich dem mitteilen zu können, der weiß. Sie sucht ihn mit dem Denken und mit dem Blick – aber Er, das spürt sie, ist nicht mehr in dieser Welt. Er ist fortgegangen. Dort unten gleiten die tanzenden Dämonen auf dem Eis, das Zimmer ist wie zuvor – die Möbel, die Wandteppiche, die Kohlenpfanne, das Buch, das sie aus der Truhe ausgegraben hat und dessen Seiten ihr Gesicht berühren, die Decken auf ihrem Körper, dort unten – aber er ist fortgegangen. Das Zimmer ist leer. Und doch nimmt sie die Anwesenheit von jemandem wahr, dort draußen. Antar? Aber nein, es ist nicht der leichte Schritt des Sohnes, den sie nicht gehabt hat. Es sind verstohlene Schritte, ein Türenschlagen, jemand, der ein Instrument stimmt, ein Arpeggio spielt, eine Melodie intoniert. Er ist es: Sie erkennt deutlich seine Stimme. Zu Beginn ist es wie ein Zusammenzucken, eine ungewollte und unwiderstehliche Regung der Freude, die sich in ein Lächeln verwandelt, weil sie noch hier ist, weil auch er noch hier ist – doch dann wird es ein heftiger Krampf, der an ihren Gliedern zerrt, ihr den Atem nimmt.

Wie ungastlich ist die Welt, in die Ihr Euch eingeschlossen habt. Ich bin bestürzt, Signora. Im Gegensatz zu dem, was alle denken, besitzt Ihr weder Licht noch Heiterkeit, noch Freude. Ihr seid weder weise noch gerecht. Ihr seid der verzweifeltste Mensch, dem ich je begegnet bin. Diese so bunte Welt ist für Euch eine fremde Wüstenei, in die Ihr gefallen seid durch eine Schuld, die nicht die Eure ist, an der Ihr jedoch teilhabt, deren Folgen Ihr verbüßt. Euer Geld ist ein unerbittlicher Feind, der Euch von der Wirklichkeit entfernt, die Menschen sind böse Materie, die Eure Gefangenschaft verewigen möchte, die Euch in Versuchung führt, die Euch zur Sünde, zum Überfluß und zur Fortpflanzung verleiten will. Das, was allen Freude und Geschenk ist, ist Euch Verdammung, ewige Rückkehr eines Lebens ohne Grazie und ohne Gott. Ich kenne Herrscher, die ein Königreich für einen Erben gäben, und für Euch ist jede Geburt ein Fall, eine Entfernung von der ursprünglichen Einheit, eine Versprengung: die letzte Prüfung – die härteste Strafe. Die Zeit, die für alle das eilige Durchlaufen der Sanduhr ist, das kurze Geschenk, das uns gegönnt ist, ist für Euch Auflösung und Exil – Verschleiß, Versprengung, Agonie. Ihr selbst seid nichts als ein Fragment, das im Begriff steht, noch weiter zu zerbröckeln, um niedrigste und hoffnungslose Materie zu werden – das letzte Stadium, das Nichtsein. Die Erlösungspläne Gottes brauchen den einzelnen nicht, Mann oder Frau, und Ihr habt noch nicht begriffen, an welchem Punkt der Geschichte Ihr gelandet seid, ob am Vorabend der endgültigen Befreiung oder ob Euch im Gegenteil zu Eurer endgültigen Verdammung nichts als ein langes Warten beschieden ist, in dem Ihr von einem Körper in den anderen übergeht, von einem Leben in ein anderes, in Ewigkeit und ohne Licht und ohne Freude. Doch so werdet Ihr am Ende nur an das Leiden glauben. Nur der Schmerz allein hat einen Grund und einen Sinn, während Vergnügen und Genuß Illusion sind, eher noch als Sünde. Und vielleicht wird die ersehnte Freiheit nie kommen, Ihr seid zur ewigen Wiederkehr in die Materie und in den Tod Gottes verdammt. Seht Ihr, ich habe Euch aufmerksam zugehört. Nie habe ich jemanden mit bedingungsloserer und heftigerer Abneigung das Leben fürchten sehen. Wenn Ihr den Mut dazu hättet, würdet Ihr auf der Suche nach Vollkommenheit zur Verleugnung des Lebens selbst gelangen. Im Grunde sucht Ihr nur einen Weg, um zu sterben. Oder vielmehr, als Märtyrer zu sterben. Aber heute ist nicht mehr die Zeit für Märtyrer. Ihr glaubt, Gott das größte Geschenk gemacht zu haben: die Opferung Eures eigenen Opfers. Aber die Opferung Eures Opfers würde bedeuten, das anzunehmen, was Ihr das Böse nennt. Das Leben, Alma.

Er trat zaudernd ins Zimmer. Ihr habt mich gerufen, Signora? Dann dreht er das Buch in den Händen, überrascht. Noch nie hatte er von einer Frau ein Buch erhalten. Später würde er verstehen, daß es nicht gerade ein Buch war, wie er es sich von der reinen Alma erwartet hätte. Als er in seinem Gemach war, öffnete er den Band. Er hatte kein Titelblatt. Di coeptis, adspirate meis primaque ab origine mundi ad mea perpetuum deducite tempora carmen ... (Ihr Götter, gebt Gunst dem Beginnen und leitet mein stetig fließendes Lied vom ersten Ursprung der Welt bis herab zu unseren Tagen). Welch unsagbare Enttäuschung! Das Buch, das Alma ihm geschenkt hat, ist in lateinischer Sprache geschrieben. Erbarmungslos. Enrico hatte keine Schulen besucht, weder Kollegium noch Theologieseminare, und er hatte auch keine Hauslehrer: Er kann lesen, schreiben und mit dem Abakus rechnen, er kennt die Distichen von Cato und die Sprüche von Donatus, aber dann ist er mit seinem Latein am Ende. Seine Bildung hat sich in ungeordneten Schichten angesammelt, sie folgt den Wegen seiner Fragen, Gedanken und Begegnungen, nicht den Fäden des Grammatik- und Sprachunterrichts. Seine Schulbücher waren die Reden seiner Auftraggeber, die Malereien der Meister und die Bestände der Werkstätten, in denen er arbeitete. Die Sammlungen der Modelle, nach denen Bildnisse, Symbole und Embleme zu kopieren waren. Auch wenn er später im Umgang mit Gelehrten und Poeten etwas über jene Symbole und Embleme gelernt hatte. Ja, seine Förderer hatten ihm sogar oft Malereien in Auftrag gegeben, die auf antiken Mythen beruhten: seltsame schwarze Geschichten – »Fabeln« wurden sie genannt. Er, Meister Enrico, war einst ein geschätzter Darsteller von Fabeln, und seine Hochzeitstruhen haben mehr als einen Zensor empört. Ist es möglich, so donnerten sie, daß eine christliche Jungfrau die Tücken der Venus besser kennt als die Taten der Heiligen im Alten Testament? Er antwortete unbekümmert, daß das Schöne nicht mit dem Ehrenhaften harmoniere, auch nicht mit dem Guten. Manchmal jedoch hatte er eine Arbeit erneut machen müssen. Man könnte nicht behaupten, daß er kein kultivierter Mensch war, im Gegenteil – dafür daß er ein Maler ist, fügte manch einer hinzu: Er kann mit jedermann über Astrologie, Alchimie, Mathematik und auch über Mythologie plaudern (er weiß, daß Venus als Attribut die Muschel hat, Jupiter den Blitz, Merkur den Merkurstab, Pan die Sackpfeife und Herkules die Keule). Aber er kann kein Latein, oder zumindest nicht genug, um so ein dickes Buch zu lesen. Jetzt schämt er sich und würde es der gelehrten Alma gegenüber am liebsten nicht zugeben. Doch er ahnt, daß nicht Höflichkeit der Grund für ihr Geschenk war: Dieses Buch, das sie ihm in die Hände gelegt hat, will gelesen werden; es zieht ununterbrochen seinen Blick auf sich.

Er legt es auf das Schreibpult, ins Regal, versteckt es zwischen den Puppen aus Pappmaché, die er für die Töchter der Mägde modelliert, die ihm ihre Gunst schenken. Er steckt es in die hinterste Ecke seiner Farbenkiste, unter das Papier, hinter die Tafeln: nichts zu machen. Almas Buch ruft ihn und hindert ihn daran, es zu vergessen. Ein stummes Buch ist ein totes Buch. Die Bücher geben sich bereitwillig, auch wenn sie selbst niemandem Aufmerksamkeit gewähren. Die Bücher sind wie die Frauen: Sie lassen sich bitten, sie weisen zurück, provozieren – und am Ende kann es sein, daß sie befriedigen. Er blättert darin, und die Worte überschlagen einander, dunkel und feindlich, voller Klänge, Bedeutungen und Welten, von denen er ausgeschlossen ist.

Tristano tauchte Anfang März wieder in Bastia del Garbo auf. Er blieb nur wenige Tage, dann brach er zum vatikanischen Hof auf, wohin die Palaiologen ihn mit einer diplomatischen Mission schickten. Er lehnte es ab, ihn zu empfangen, ließ ihn schmachten und zeigte sich sehr zornig ihm gegenüber. Das war er auch, aber nicht aus den zu erwartenden Gründen. In diesem Winter hatte er ihm wütende Briefe geschrieben und noch im letzten Brief erklärt, daß er höchst erbittert über seine Faulheit war: Er bewies, daß ihm Eifersucht nicht fremd war. Er war eifersüchtig auf Alma. »Wenn Euch für jede Lüge ein Zahn ausfiele«, schrieb er, »so müßtet Ihr schon seit einer geraumen Weile den Mund verschlossen halten. Wißt Ihr, wie oft Ihr mir versprochen habt, den Saal zu malen, und nie habt Ihr etwas gemacht. Wir bezahlen nicht schlecht und geizen auch nicht mit Lob an Euren Werken. Unsere Augen sehen sehr wohl Licht und Schatten, und wir kennen den Grund Eures Säumens. Es scheint, daß Ihr, um anderen zu gefallen, Euch anschickt, mich mit meinen Bildern zu enttäuschen, welches, wenn es denn so wäre, von Übel sein könnte ...« Er begegnete ihm allein auf der Treppe: Tristano im Sattel auf seinem Bucintoro und er mit demütig gesenktem Blick, die Mütze in der Hand. Der Burgherr brachte seinem Meister keine guten Nachrichten: Im Gegenteil – während er nervös den goldenen Ohrlöffel in der Ohrmuschel versenkte, bekräftigte er, daß er gezwungen war, ihn als willkommenen Gast und unausgesprochenen Gefangenen zu behalten. Eines Abends jedoch bat Tristano ihn, in seinem Studierzimmer für ihn zu spielen. Er bemerkte, daß die nackten Wände, zwischen denen er die privaten Stunden – les très belles heures – verbrachte, recht trostlos und die Wandteppiche, die sie bedeckten, eher bescheiden waren. Aus der Mode. Die Welt ändert sich, es ändern sich die Haartrachten und die Pracht der Gewänder, es ändert sich auch die Malweise, und Tristano hat in ganz Italien neue Werke gesehen. Kennt Enrico den neuen Stil? Könnte er modern malen? Enricos Augen leuchten vor Erstaunen. Wie solle er das deuten? erkundigte er sich ungeduldig und mit der Furcht, mißverstanden zu haben. Dieses Zimmer ausmalen. Wenn du ein großer Meister wärest, würde ich dich mit einem großen Geschichtenzyklus beauftragen, aber wer weiß, ob du ein großer Meister bist. Ich habe eine große Idee gehabt, aber wer weiß, ob wir die gleiche Sprache sprechen, ob ich mein Geld nicht aus dem Fenster werfe. Oh, Herr, ich höre, murmelte Enrico.

Aber wirst du fähig sein – stachelte Tristano ihn an –, prachtvolle nackte Frauen zu malen, bei denen ich, wenn ich sie ansehe, das Gefühl habe, Freuden zu genießen, die einen Gott erbleichen lassen würden? Wirst du fähig sein, sie als Jungfrauen und Kurtisanen, als Wilde und als Ehefrauen zu malen, jede von ihnen so wahr, daß ich wollte, sie wäre aus Fleisch, damit ich mich mit ihr vergnügen kann? Wirst du in der Lage sein, mir die Wonnen der Musik zu Gehör zu bringen, wenn du einen Musiker malst, und die Klänge eines

Instruments, das nicht gespielt wird? Und wirst du es erreichen, daß ich mich nach der Kühle des Wassers verzehre, wenn du das Meer malst, das mich nicht benetzt? Und kannst du mich mit einem durchgegangenen Pferd erschrecken und mit der Sonne wärmen und mit dem Eis frieren lassen? Und mich in ferne Länder reisen lassen, zu denen ich nicht aufbreche, und mich märchenhafte Abenteuer bestehen lassen, die ich nicht erlebe? Und Krieger und Kämpfende bewundern, die dem Krieg und meinen Unternehmungen zum Ruhm gereichen? Und mich größer als alle anderen malen, so groß, wie ich groß bin, so gekleidet, wie ich gekleidet bin, so daß alle, die das Zimmer betreten und geradeaus blicken, glauben, eine Kopie meiner selbst zu sehen, und sich wundern, daß ich nicht spreche und nicht atme? Wirst du fähig sein, mich als Stammvater eines harten und an Mühsal gewöhnten Geschlechts zu malen?

Vielleicht täuschten ihn seine Ohren. So sprach doch nicht der ungestüme Tristano, das war nicht seine Rede. Und warum denn ausgerechnet im Turmzimmer? In das Studierzimmer ging Tristano nie, weil es unbequem mit dem Pferd zu erreichen war – und was hätte er denn auch tun sollen, da oben? Er war ein Mann der Tat, schon allein die Vorstellung, sein Hinterteil auf einen Stuhl zu setzen, erniedrigte ihn. Wenn er sich Romane und Gedichte vorlesen lassen wollte, die er schließlich auch liebte, zwang er den Pagen, ihm zu folgen, und Antar trug Sonette und Madrigale vor, während sie am Fluß entlangritten. Und doch war es genau so. Hauptmann Boccadiferro hatte große Pläne für die Zukunft. Eine große Veränderung. Ja, Tristano, ich werde all das tun, sagte er zu ihm. Tristano wird der Stammvater sein, und durch mich wird er unsterblich sein.

Oh, Signora. Ich werde Euch beweisen, daß ich das Vertrauen verdiene, das Ihr in mich gesetzt habt. Vielleicht wird Alma eines Tages durch meine Hand berühmt werden. Alles wird sich dann umkehren. Vielleicht wird eines Tages die Tochter des Pharaos Solaro vor dem Vergessen bewahrt werden, weil ein Mann ohne viele Reichtümer, ein begieriger Künstler sie schnell und leicht auf diese Wände gemalt hat. Vergeßt die eiserne Saat in Eurer Brust und gewährt mir einige Tage Eures Lebens, einen für jede Geschichte des Romans. Jeden Abend eine Geschichte, und dann werde ich Euch um nichts mehr bitten. Ich werde nicht mehr zu Euch sprechen, wie ich es tat und wie ich weiß, daß Ihr wünschtet, daß ich es nicht täte; ich werde Euch nicht mehr ansehen, wie ich Euch ansah, ich werde Euch nicht mehr Euer Haar und nicht mehr Eure Schönheit rauben. Ich werde Euch achten, weil Ihr mich geachtet habt. Ich bitte Euch, mir Euer Buch vorzulesen, Signora.

10

Das Neonlicht wirft einen grünlichen epileptischen Lichtschein auf den Hof der Notfallaufnahme. In der Eile oder aus Nachlässigkeit hat man die Bahre in einer Ecke vergessen: unordentlich, mit verdrehten Rädern, herabhängenden Gurten und dem noch sichtbaren Abdruck von ihr, die darauf gelegen hat. In seinen Ohren dröhnt noch immer – heulend – die Sirene. Zwanzig Minuten des Wartens, während deren alles faserig und finster wird, bis das blinkende Blaulicht auf der Landstraße auftaucht und der weiße Krankenwagen mit laufendem Motor Abgaswolken auf den Burghof pufft. Zwei phlegmatische Träger – und er brüllt vom Fenster aus SCHNELL, KOMMT HOCH, MACHT SCHNELL. Sie steigen langsam die Treppe hinauf, zu langsam. Sie versetzen Luisa Stromstöße, drücken ihr die Sauerstoffmaske aufs Gesicht, laden sie wie ein Bündel auf die Bahre. Er deckt sie mit einem Laken zu, um den blauen Fleck am Hals zu verstecken. Grell, schamlos. Ein blauer Fleck, der sich auf der Haut auszudehnen scheint und von Minute zu Minute länger, breiter, dunkler wird.

Rundherum wimmeln in vegetierender Bewegungslosigkeit, auf den Bänken hängend oder vor der hermetisch verschlossenen Glastür lauernd, die jenes bleierne Fegefeuer von möglicher Rettung oder endgültiger Hölle trennt, zerstörte, an den Rand gedrängte Menschen. Ein Betrunkener im Delirium, ein Schizophrener in akuter Krise, der sich immer wieder gegen die Wand wirft. Und eine endlose Reihe von Vätern, Verwandten, Ehefrauen, Müttern, die pausenlos hin und her gehen und auf Orakelsprüche, Aufrufe, Todesurteile warten. Die Glastür bleibt hartnäckig geschlossen: Seit einer Ewigkeit ist niemand herausgekommen, um Nachrichten anzubieten. Vor der Tür zur Notaufnahme bleibt nur ein Obdachloser – eine verlorene Seele, die von niemandem gerufen wird, nicht einmal vom Tod: so schmutzig, so sehr nach Urin, Schweiß und Dreck stinkend, daß um ihn herum, der verdreht und gekrümmt auf der Bahre liegt, Leere herrscht.

Zusammengekauert auf der Bank kaut Azra wie wild auf einem Kaugummi. Ihr Gesicht drückt weder Sorge noch Müdigkeit aus. Ruhig. Fast gleichgültig. Sie hatte den Krankenwagen gerufen. Ein schmächtiges Mädchen, Azra: dunkel, kurze Haare, als hätte sie eine Notoperation hinter sich. Für ihn verzieht sich ihr düsterer Ausdruck hin und wieder zu einem verstohlenen Lächeln. UNBEFUGTEN IST DER ZUTRITT VERBOTEN – steht in der Mitte der Glastür. Das Mädchen trommelt mit den Fingern auf ihre Knie. Trotz der Kälte dieser Märznacht hat Arsenio das Gefühl zu ersticken. Erst jetzt merkt er, daß er es in der Eile nicht geschafft hat, sich richtig anzuziehen, daß er das Hemd falsch herum übergestreift hat. Deshalb kann er es nicht zuknöpfen, und ein eiskalter Luftzug kriecht unter seinen Mantel. Im barmherzigen Halbdunkel des

Korridors, in eine Lederjacke eingepackt, hat Azra etwas Fremdes. Er fühlt sich von ihr beurteilt – und zwar negativ. Das Vorgefallene scheint sie anzuwidern. Sie scheint zu sagen: Das geschieht euch recht.

Sie war vor wenigen Monaten eingetroffen. Eines Nachts, als er, wie immer unangemeldet, im Kastell auftauchte und auf das übliche Hundegebell, den üblichen zärtlichen und zugleich vorsichtigen Empfang wartete, hatte ihm ein unbekanntes Mädchen geöffnet, mit einem Gewehr im Arm. Er hatte sofort die negative Ausstrahlung einer handfesten Antipathie gespürt. Drago hatte sie Luisa geschickt. Azra sollte ihr Gesellschaft leisten und sich um den Haushalt kümmern. Sie tut weder das eine noch das andere. Sie spricht sehr wenig, in einem lustlosen Englisch, und es stellte sich heraus, daß sie taub ist. In Luisas Zimmer herrscht das gleiche Chaos wie vor ihrer Ankunft, nur daß jetzt zu Luisas Unordnung noch die Unordnung des Mädchens hinzugekommen ist. Sie ist ein Knirps von vierzig Kilo, knochig und kantig, mit einer spitzen Nase. Unhöflich und kratzbürstig. Vielleicht gefällt sie Luisa deshalb so sehr. Azra ist unabhängig und entwurzelt wie sie selbst. Hinter der Eingangstür der Notfallstation, hinter dem Schutzdach, fällt ein dichter Regen im blendenden Lichtschein der Lampen. Es ist das sanfte Geräusch von Sprühregen, der über die Kiefernnadeln gleitet und den ungepflasterten Zufahrtsweg überflutet. Don't worry, Azra, she will make it. Doch sie läßt sich zu keiner Antwort herab und starrt – erschrocken, vielleicht – weiter auf etwas Unsichtbares, dort hinter der staubigen Fensterscheibe.

Zu Luisa kam er immer in der Dunkelheit, nach Feierabend, wenn die Arbeiter den Generator abgestellt hatten und die Burg völlig verlassen war. Um niemandem zu begegnen. Er wollte nicht, daß es sich herumsprach, daß er mit Luisa verkehrte. Er tat es, um sich selbst vor überflüssigen Komplikationen zu schützen. Aber auch, um sie zu schützen. Sanacore flößte dem Denkmalpfleger, den Architekten, den Ingenieuren und Restauratoren Respekt ein – sogar den Gesellschaftern der ZIEM –, und wahrscheinlich hätte die Faszination, die sie auf sie ausübte, gelitten, wenn sie gewußt hätten, daß sie eine Beziehung mit ihm hatte, mit ihm, der als letzter gekommen war, mit dem sogenannten Professor Ventura, der in Wirklichkeit kein Professor war. Und obwohl er behauptete, die akademische Gesellschaft Italiens zu verachten, obwohl er die Klasse der Beinahekollegen mit dem Gift seiner ätzenden Ironie überschüttete, litt seine Eitelkeit darunter, daß er immer noch nur Forschungsaufträge erhielt, während die ersten weißen Haare sich schon in den filmreifen Bart einschlichen, den er unauffällig ungepflegt hielt. Doch er konnte sich nicht beklagen, denn nach vielen Umwegen war es ihm gelungen, sich Zugang zu den richtigen Kreisen zu verschaffen: Sie liebten und verwöhnten ihn, hin und wieder bekam er einen Klaps, damit er den Kopf einzog und auf seinem Platz blieb. Er revanchierte sich mit beißenden Sprüchen und einer kecken Unbefangenheit, die man gern entgegennahm. Aber es fehlte ihm der Glanz. Der Ruhm. Die Weihe. Er wurde geschätzt, in einem begrenzten und elitären Ambiente, aber er schaffte es nicht, seinen Namen in die Zeitung zu bringen. Was fehlt mir, um wirklich nach oben zu kommen? Was? Ich schreibe unmißverständlich und treffend, meine Vorträge sind spritzig, ich habe mit Sicherheit einen Wortschatz von einer Million Wörtern, ich kenne die Materie, ich habe den richtigen Instinkt, um die Enten aufzustöbern, und wittere die Urheberschaft eines Werks mit einem einzigen Blick, ich bin unterhaltsam, bissig, ohne boshaft zu sein, ich kleide mich gut, bei aller Bescheidenheit würde ich sogar sagen, sehr gut, ich habe dunkles, lockiges Haar und verführerische grüne Augen, ich bin beinahe schön, verdammt. Doch seit Jahren saß er fest und kam keinen Schritt voran – im Gegenteil, fast unmerklich begann er zurückzufallen. Aber Luisa Sanacore, Enkelin des Herzogs Ruggieri von Resina, des legendären Kunsthändlers, die Tochter des mythischen Models Susan Monari, einer der schönsten Frauen der fünfziger Jahre, Luisa Sanacore, die alle Brücken zu ihren Kreisen abgebrochen hatte und das mondäne Leben verabscheute, sie war zu seiner Ausstellung gekommen.

Er arbeitete seit Monaten daran. Um sie zu organisieren, hatte er Baltus, das Baltuszimmer und den Meister vernachlässigt – so daß er in den neun Monaten seit Übernahme des Auftrags herzlich wenig zustande gebracht hatte: Baltus lag immer noch im Todeskampf im nach ihm benannten Zimmer, der Meister hatte immer noch keinen Namen, und das Fresko hütete immer noch unangetastet sein Geheimnis. Eine Ausstellung für die Happy few (trotz Tiepolo, Delacroix und Picasso als Leihgaben aus großen Museen) mit dem pompösen Titel ORPHEUS' METAMORPHOSEN. Die Eröffnung hatte Anfang Dezember in einer ehemaligen Spinnerei in Mailand stattgefunden, eine Abendgesellschaft, auf der es von großzügigen adligen Damen, betagten Sammlern, ministeriellen Bonzen und Baronen wimmelte, die er seit Jahren belagerte und die ihn – mit herzlicher Ablehnung und mit Hinweis auf sein noch jugendliches Alter und seine hübsche Banalität – den schönen Arsenio nannten. Aber Luisa Sanacore war gekommen, präsentierte sich mit einem Brillantkollier (später erfuhr er, daß die Steine unecht waren), gewinnendem Lächeln und Schuhen mit galaktischen Absätzen. Und um nicht unbeachtet zu bleiben und sich mit Getöse bemerkbar zu machen, fiel ihr nichts Besseres ein, als einen ihrer Kreislaufzusammenbrüche zu erleiden, mit Schwindel und Realitätsverlust, sich an die Wand hinter der scharlachroten Kordel zu lehnen und so das Alarmsystem auszulösen. Das rote Licht war angegangen, und die Sirenen stießen ihr bedrohliches, gewalttätiges Kreischen aus. Als er sie zaudernd an die Wand gelehnt gesehen hatte, war sein Herz in eine waghalsige Tiefe gestürzt. Das hatte er wirklich nicht erwartet. Sie hier! Sie erträgt keine Menschenmassen, und das künstliche Licht ist ihr zuwider. Und dann auch noch die Sirene. Beglückt und verängstigt hatte er sie mit einem flüchtigen Händedruck begrüßt: Sie aber hatte ihn an sich gezogen und umarmt. Sie kannte alle, und alle kannten sie. Ihre Isolierung hatte sie nur noch begehrter gemacht. Luisa, Liebste – kreischten die alten Schachteln immer wieder und kamen auf sie zu –, wie lange habe ich dich nicht gesehen, willst du die Galerie wieder eröffnen? Wie geht es deiner Mutter? Wie geht es dir? Ach, du siehst gut aus, mein Schatz, du hast dich sehr gut erholt.

Er hätte sagen wollen, daß sie sich absolut nicht erholt hatte und daß sie die bis zum Ellenbogen reichenden Samthandschuhe nicht aus einer Laune heraus und auch nicht der Mode zuliebe trug, sondern um ihre von Ödemen verwüsteten Hände zu verstecken, um die Wunden zu verstecken, die beim Versuch, sich die Haut zu zerfetzen, entstanden sind, und einen verunstaltenden blauen Fleck am Unterarm. Luisa hatte sich jedenfalls mit scheinbarer Natürlichkeit benommen, sie hatte mit allen gesprochen, mit denen sie sprechen mußte, hatte gescherzt und vor allem gelächelt. Ach, das ferne Lächeln der Luisa Sanacore … Sie hatte ihn vielen unbekannten Gesichtern als den vielversprechenden Ventura vorgestellt, ihren lieben Freund. Wochenlang hatte er noch in der Erinnerung an ihr Kommen und im Gedanken an seinen Triumph geschwelgt. Ich muß versteckte Qualitäten besitzen, wenn ich eine Frau wie sie aus ihren himmlischen Gefilden hervorlocken konnte. Aber welche mögen das sein? Sanacore hielt nicht viel von seinen intellektuellen Fähigkeiten und nannte ihn gnadenlos »die Parodie der Schaufensterpuppe eines Dandys«. Sein Aussehen, vielleicht. Wenigstens das.

Luisa ging selten aus. Deshalb hatte sie nicht einmal ein richtiges Auto, nur einen schrottreifen roten 2 CV, zerbeult und verrostet, mit einem wackligen Scheinwerfer und abgefahrenen Reifen, der ohne Benzin in den ehemaligen Reitställen stand. Es kam vor, daß sie Hunderte von Kilometern im Taxi zum Abendessen bei Freunden fuhr (und dafür unglaubliche Geldsummen ausgab, die sie dann mit provisorischen Mitteln wieder hereinholen mußte, indem sie zum tausendstenmal einen alten Ring verpfändete oder die Ruinen des Kastells, das ihr nicht mehr gehörte, einer Filmtruppe zur Verfügung stellte), doch man konnte sie auch mit dem unwahrscheinlichen 2 CV ins Dorf fahren sehen, ohne daß sie sich um die Verblüffung der Bastianer gekümmert hätte. Ein exzentrisches Spektakel: das Auto kurz vor der Verschrottung, der lose hängende Scheinwerfer, zwei kolossale, wilde Hunde ohne Leine, die auf dem Rücksitz herumsprangen, und am Steuer sie, immer sehr elegant, meist schwarz gekleidet, Samthandschuhe bis zum Ellenbogen, dunkle Brille, auch an Regentagen und nach Sonnenuntergang. Man hatte ihr vor zwei oder drei Jahren den Führerschein abgenommen, wegen Trunkenheit am Steuer (in Wirklichkeit Drogenrausch), aber sie erinnerte sich nicht daran, oder sie tat so. Der italienische Staat erinnerte sich an sie im übrigen nur zu den Wahlen und sie sich an den italienischen Staat nur wegen der Prozesse – zivilrechtliche Prozesse wegen der Hunde, gegen die Gesellschafter der ZIEM, die nie zurückgezahlte Kredite einklagen, wegen Führens eines Fahrzeugs im unzurechnungsfähigen Zustand und der infolgedessen verursachten Unfälle, aber auch strafrechtliche Prozesse wegen Handels mit verbotenen Substanzen. Sie hat in ihrem Leben etliche Gesetzesverstöße begangen, sie, die ätherische Sanacore – die ihr Verehrer Postumo Drago trotz allem den »Engel von Bastia« nennt.

Es ist vielleicht nicht sehr schön und auch kein großer Liebesbeweis, aber Arsenio hat sich ganz nüchtern gefragt, ob es gut für ihn sei, wenn seine Beziehung zu Luisa bekannt würde. Er hat das Für und Wider analysiert, hat Erkundigungen eingezogen und ist zu dem Schluß gekommen, daß es eher unvorteilhaft für ihn ist. Möglich, daß es zu Verdruß und Schaden führt. So plant er berechnend und pedantisch alle seine Handlungen, und wenn er nach Bastia kommt, nimmt er sich ein Zimmer im Enterprise und taucht erst bei Nacht im Kastell auf. Das übliche Empfangsgebell der Hunde, ihr nervöses Trappeln, Kratzen und Springen hinter der Tür, bis ihn der Lichtkegel von Sanacores Taschenlampe blendet. Wenn sie sich nur entschließen könnte, sich ein Telephon legen zu lassen, dann wäre das Leben einfacher. Er hat ihr vor einiger Zeit ein Handy gekauft, aber sie hat es noch nicht aktiviert. Sie kam hinunter in die Halle, beunruhigt durch die erregten Hunde – wer ist da? fragte sie. Ich bin es, Arsenio, Sanacore. Machst du mir auf? Sie ließ den Riegel durch das Scharnier gleiten und öffnete das schwere Tor. Das erste, was er von ihr sah, war der metallische Lauf des Jagdgewehrs, das sie unsicher im rechten Arm hielt. Dann ihre mageren, sehnigen Hände, die wie von einem elektrischen Beben erfaßt waren. Um sie herum die gespenstischen Spuren der Anwesenheit Dritter – leere Bierflaschen, zerknülltes Papier, ausgetretene Zigarettenstummel und dieser stehende Geruch von muffigem Kalk. Jedesmal kam sie ihm orientierungsloser vor, als habe man sie mittlerweile wirklich ihres Reiches verwiesen. Plastikplanen, ein Teppich aus Sägemehl, überall rostige Stacheldrahtrollen. Er wartete nicht, bis sie oben in ihrem Zimmer waren, lehnte sich gegen die Mauer des Salons, gegen die er sie unbekümmert drängte, und kam erst zur Ruhe, wenn auch sie stehenblieb.

Vielleicht könnte Luisa ihm bei seiner Karriere behilflich sein. Wenn sie es nur wollte. Im Grunde schaffte sie es nicht wirklich, mit ihren Kreisen zu brechen. Vor vielen Jahren hatte sie sich gegen die Familienzwänge aufgelehnt, gegen die in Mailänder Privatschulen genossene Erziehung, gegen die Hemmungen, gegen alles: Sie hatte begonnen, das adlige und heuchlerische Umfeld ihrer Familie in Empörung zu versetzen, ungeordnete Liebesbeziehungen zur Schau zu stellen und in Lokalitäten der großstädtischen Verdammnis zu verkehren. Bis sie nach Berlin und dann nach London ging, um in besetzten Häusern ihr ganz persönliches Bohemeleben zu führen und die Pfeiler der S-Bahn zu besprühen – sie, die zarte jüngere Tochter eines Diplomaten, Sproß einer alteingesessenen Familie. Aber das Geld für diese Art »Trost« schickte ihr die Mutter.

Polaroidphotos aus der Londoner Zeit, vergraben unter den Ablagerungen auf ihrem Schreibtisch, zeigen sie vor einer stillgelegten Fabrik, wirr, verloren in einem weiten Blumengewand, im damals herrschenden Zigeunerstil. Sie lächelt nie. Ihr feingezeichnetes Gesicht drückt eine chronische, fast bedrohliche Traurigkeit aus. Sie ist weit weg, verschanzt hinter einem wäßrigen Blick, der sich im Nichts verliert. Viele Jahre später waren das adlige und das rebellische Mädchen verschwunden wie die Larven der Jugend: Vom ersten sind ihr unfehlbares Benehmen und die oberflächlichsten Launen geblieben, vom zweiten die Tätowierungen, die Unduldsamkeit und die Launen. Sie hatte versucht, Konventionen und Vorurteile zu zerstören, hatte aber schließlich nur sich selbst zerstört – und die Exzesse, die Unordnung und die in dieser wie in jener Welt erlittenen Niederlagen hatten ihren Körper genauso wie ihren Charakter und ihre Finanzen gezeichnet. Sie lebt zwischen künstlicher Fröhlichkeit und künstlicher Niedergeschlagenheit, zwischen Aufwallungen der Erregung und schlaftrunkener Lähmung, zwischen Schweigen und Allergien – gegen Speisen, Menschen, gegen alles. Obsessionen, Phobien und wochenlanges unfreiwilliges Fasten, weil ihr Magen nicht einmal einen Löffel Joghurt bei sich zu behalten vermag.

Seit Jahren interessiert sie sich für nichts mehr, beugt sich den tyrannischen Forderungen ihres Körpers. Das ist ihr einziges – echtes – Verlangen. Und doch – wenn er sie wiedersieht, nachdem er einige Wochen in der Versenkung verschwunden ist, einem Blendwerk aus frischer Jugend nachjagend (seine Schülerinnen vor allem machen ihn angreifbar), hat Arsenio den deutlichen Eindruck, erwartet worden zu sein. Nicht nur begehrt – wirklich erwartet. Er spürt, daß sie an ihn gedacht, ihn gerufen, vielleicht sogar von ihm geträumt hat. Und er kann ein Frösteln des Unbehagens nicht unterdrücken. Dann scherzt er, lenkt ab. Erfindet Lügen, wiederholt die Lügen, die er schon beim letzten Mal gesagt und wieder vergessen hatte. Er küßt sie, umarmt sie, vögelt sie, so gut er kann, und gleich danach gibt er Klatschgeschichten, Anekdoten und Episoden zum besten, in denen wie ein Wasserzeichen im Hintergrund die anderen Frauen seines Lebens auftauchen. Luisa zeigt sich weder eifersüchtig noch verletzt durch seine sexuellen Aktivitäten – sie gibt vor, sentimentale Komplikationen in der Liebe zu verabscheuen. Sie bemüht sich im Gegenteil, distanziert und abwesend zu erscheinen. Aber er ist zu erfahren. Er weiß, daß er geliebt wird, und ihre Gefühle verwirren ihn – beunruhigen ihn.

Haben Sie die Dame begleitet? Ja? Geben Sie mir bitte die Papiere. Was soll das heißen, Sie haben sie nicht bei sich? Er ist wie benommen, antwortet einsilbig. Ventura, buchstabiert er. Geboren 1953. Wohnsitz in Rom, Via di Monserrato 14. Ja, er war bei ihr im Augenblick der...

Nein, er hat es ihr nicht verschafft. Der Polizist mit einem Walroß-Schnurrbart sieht ihn streng an, als wäre er eines Verbrechens schuldig. In gewisser Weise ist er es. Nein, er ist es ganz und gar. Er krümmt sich, um Zerknirschung zu zeigen. Er verzieht den Mund zu einer reumütigen Miene. Sind Sie der Ehemann von Signora Sanacore? erkundigt sich jener. Für die Polizei und den italienischen Staat haben nur Verwandtschaftsbeziehungen einen positiven Wert. Nein, um Himmels willen, ich bin nicht ihr Mann. Ich bin nur ein Freund, sagt er. Während er diese Worte mit einem deutlichen Nachgeschmack von Verrat ausspricht, hat er ihr Gesicht wieder vor Augen. Sie gefällt ihm, Luisa. Aber er kommt mit ihr nicht klar. Auf kurze idyllische Momente folgt Unverständnis. Sie sehen die Welt von entgegengesetzten Standpunkten aus. Sie gehört zu denen, die abstrakten Begriffen große Wichtigkeit beimessen. Wie Moral, Ehrlichkeit, Rechtschaffenheit. Worte, die für ihn seit der Schulzeit keinerlei Bedeutung mehr haben. Manchmal endet alles im Streit. Er stellt ein Ultimatum und verlangt von ihr, sich behandeln zu lassen, berichtet ihr von der Klinik von Norbert Loimer und seiner ultraschnellen Methode, völlig schmerzlos. Er preist ihr Naltrexon an, die neuen und die alten Therapien – Hypnose, Ketten, Elektroschock. Sie rächt sich, indem sie ihm vorwirft, er habe überhaupt kein Talent, er sei nichts als ein eitler Emporkömmling – oberflächlich, unreif, leer. Er begreift immer noch nicht, warum er sich gewisse Dinge von einer Frau sagen läßt. Absurd. Seine Beziehungen zum schwachen Geschlecht basierten immer auf einer ausdrücklichen Schwerelosigkeit – als drehte er sich im leeren Raum, jenseits der tödlichen Schwere von Gefühl und Ethik. Jederzeit bereit zu jeder Art von Strategie, zu allen Manövern, Lügen, Schmeicheleien, Versprechungen, nur um von einer Frau Liebe, Sex und Unterwerfung zu bekommen. Seine Freundinnen machen ihm Vorwürfe, sagen, er behandle die Frauen ohne Verantwortungsgefühl, beachte sie unverzeihlich wenig, aber ihm scheint es, als beachte er sie eher zuviel, da er an nichts spart, um zu bekommen, was er will, von einer Frau, die will; er spart weder an Zeit noch an Geld. Doch wenn sie seinem Charme und seinen fangarmartigen Umarmungen widerstehen, wenn sie ihn kritisieren oder Gleichgültigkeit demonstrieren, wird er ungeduldig und hört auf, sie zu begehren. Er hat sich immer mit Frauen umgeben, die ihn und sein verkanntes Genie bewundern, und sogar seine Ehefrau, die vielleicht begabter war als er, liebte ihn so – bedingungslos. Doch aus verschiedenen Gründen (Verweigerung von Kindern einer Frau gegenüber, die die Zeit ihrer Fruchtbarkeit sich verkürzen spürte, Vernachlässigung, häufiger Ehebruch, der Frustrationen und Pilzerkrankungen ins Ehebett brachte, und so weiter) ist seine Ehe gescheitert. Wenn er ausnahmsweise eine Frau bewundert, zeigt er es ihr nicht, aus Furcht, ihr zu viel Gunst zu erweisen. Noch heute umgibt er sich gern mit erholsamen, entspannenden Frauen, und Sanacore gehört nicht dazu. Sie ist schockierend wie elektrischer Strom. Sie ist anspruchsvoll und übertrieben – ihre Gefühle laufen auf Hochtouren. Sie ist destruktiv ihm gegenüber wie sich selbst gegenüber.

Halten Sie sich zur Verfügung, weist ihn der Polizist an. Erst jetzt, als er einen Blick auf die Uhr an der tristen Krankenhauswand wirft, merkt er, daß es schon vier Uhr morgens ist. Wie geht es ihr? fragt er die Krankenschwester, die hinter der Glastür auftaucht. Wie soll es ihr schon gehen? brummt sie mit professioneller Teilnahmslosigkeit. Dann huscht sie davon, und er bleibt wie betäubt vor der Glastür zurück, mit Luisas Kleidungsstücken in der Hand, hält das champagnerfarbene Unterkleid, die Strümpfe und die Schuhe mit den galaktischen Absätzen an das Hemd gedrückt. Sie hat mich darum gebeten – wollte er sagen, um sich von dem Felsblock zu befreien, der auf ihm lastet. Sie hat alles vorbereitet. Es war ein Fest. Heute ist ihr Geburtstag. Siebenunddreißig – ein wichtiges Datum, mystisch, würde ich sagen. Wissen Sie, daß in diesem Alter die Genies sterben? Raffael, van Gogh, Puschkin, Rimbaud … Wer den Verlust der göttlichen Unschuld überlebt, wird vielleicht weise. Azra reißt ihm die Strümpfe fast aus der Hand. Er hält starrsinnig den Schuh fest und steckt ihn in die Manteltasche.

Die neuesten Informationen von der Ärztin der Notaufnahme. Er senkt den Kopf, bis er auf die Spitze seiner Schuhe blickt. Wir haben sie an den Haaren herausgezogen. Genau so drückt sie sich aus, und die Banalität ihrer Worte läßt ihn erschauern, mehr als die Gefahr, in der sie schwebte. Ist sie in Lebensgefahr? murmelt er. Wir haben ihr eine Narcan-Spritze gegeben – es geht ihr besser. Aber ihr Herz macht uns Sorgen. Es ist ein zweites Mal stehengeblieben. Die Ärztin, frisch von der Uni, mit den umschatteten Augen derer, die über das Leben anderer wachen, senkt die Stimme, preßt die Akte aus Karton unter den Arm und fragt ihn in schroffem Ton, ob die Signora gewohnheitsmäßig Drogen nehme. Ja, antwortet er. Heroin? Ja. Wie oft, wieviel Gramm – will sie wissen. Wenn man Luisas Behauptungen Glauben schenkt, einmal am Tag, aber Sie wissen ja, wie gewisse Menschen lügen. Sie schwört, daß sie gewisse Pillen nehme, um die Entzugserscheinungen abzuschwächen, und Kokain, um die Wirkung der Pillen abzuschwächen, dann nimmt sie wieder Heroin, um die euphorisierenden Effekte des Kokains abzuschwächen. Ich habe aber den Eindruck, daß vierzehn Stunden ohne alles schon zuviel für sie sind. Morgens ist es am schlimmsten. Er hätte nie gedacht, daß er eines Tages solch eine Kompetenz auf diesem Gebiet würde vorweisen können.

Er weiß jetzt, daß Luisa die silberne Sammlerspritze, die sie in einer Vitrine ausstellt, auf einer Auktion gekauft hat, weil sie anscheinend Bela Lugosi gehörte. Er weiß alles über ihre Apotheke auf der Kaminkonsole. Spritzen, Nadeln, Pfeifen, Goldröhrchen, weiß bestäubte Klingen, Teelöffel, Beutel, rote Tabletten und schwarze. Und wenn man bedenkt, daß er nicht einmal mehr Zigaretten raucht. Er erinnert sich an die Weihnachtsnacht, als sie kurz vor einer Krise stand, weil sie die Tasche mit ihren lebensrettenden Mitteln im Taxi vergessen hatte. Sie waren zusammen bei Freunden ihrer Familie gewesen, mit einer stummen und bösen Azra, die den ganzen Abend den Mund nicht auftat. Wie ein richtiges Paar mit halbwüchsiger Tochter in der Pubertätskrise. Doch sahen sie sich plötzlich durch die Alleen des Lambroparks irren, zur Stunde der christlichen Messe, vom Empfang geflohen, sie funkelnd von echten Perlen und falschen Brillanten, er im Smoking. Sie sprachen Dealer an, verhandelten, deckten Betrug und tödliche Panscherei auf (sie versteht etwas davon, sie ist ein Profi), bis Luisa nach zermürbenden Verhandlungen einem Pusher hinter das kahle Gebüsch folgt, mit den galaktischen Absätzen der Vergelio-Schuhe, die in einem Schlamm aus gebrauchten Präservativen versinken, er ein paar Schritte entfernt, voller Angst, daß der Pusher sie ausrauben oder vergewaltigen will, aber vielleicht begnügt er sich damit, sie zu vergiften. Und dann beginnt eine zweite Wallfahrt, denn in einer Stadt wie Mailand gibt es am Heiligen Abend um Mitternacht keine offene Apotheke, während aus den erleuchteten Kirchen heilige Orgelmusik dringt. Und es wird immer später, es gibt kein Taxi, das bereit wäre, sie ans andere Ende der Stadt zu kutschieren, Luisa tobt, wird immer fahriger, zuerst von Nervosität, dann von Panik gepackt – elektrische Entladungen durchlaufen ihren Körper, prickelnde Venen, vereiste Röhren, Krämpfe, Knochen, die zu zerbröckeln scheinen, Tränen, Schweiß, Schüttelfrost –, und der Apotheker will ihr die Spritze nicht verkaufen, und dann hat er kein Wechselgeld, und am Ende setzt sie sich im Atrium eines Palastes in San Babila, der ganz aus Spiegeln besteht, die überall ihr wildes Bild brechen, auf die Treppenstufen, zieht sich den Rock hoch, löst den schwarzen Strumpf, rollt ihn bis zum Knöchel hinunter, schlägt sich auf das Bein, durchsucht es mit gierigem Blick und stößt schließlich die Nadel in das Fleisch, und als ihr der Schuß in den Kopf gestiegen ist, gibt sie ein Stöhnen der Lust von sich, so absolut und so unbeschreiblich für sie, daß er völlig vernichtet daneben steht. Danach, nicht einmal zwanzig Minuten später, gehen sie – er mürrisch, angewidert und betrogen, sie lächelnd und sanft wie nie, vollkommen befriedigt, wie neugeboren, wieder perfekt geschminkt – zurück auf den Empfang, wo das Fest unerbittlich weitergeht, und sie tanzen wieder umarmt. Niemand stellt Fragen. Alle tun so, als hätten sie nichts gemerkt. Oder vielleicht, was noch schlimmer ist, hat es wirklich niemand begriffen.

Der graumelierte scheinheilige Oberarzt nickt. Eine mörderische Mischung aus reinstem Heroin und Kokain. Bei so einem Körper ist es ein Wunder, daß sie noch am Leben ist. Er macht Arsenio Komplimente, weil er sofort Erste Hilfe geleistet hat. Wo hat er denn gelernt, das Herz zu massieren? Im Kino? Mmh – teilt Arsenio verlegen mit –, manchmal raucht sie es oder schnüffelt es, das Heroin. Um die Venen zu schonen. Nach ein paar Jahren scheint es schwierig zu sein, noch eine Vene zu finden, und das ist ein ernstes Problem für sie. Er hat ziemlich lange gebraucht, um mit den Fingern auf die Venen zu schnipsen, damit sie heraustreten, und mit der Nadel ihren Hals abzusuchen. Das Blut spritzte ihm ins Gesicht. Ihm, der Blut immer gehaßt hat, wie den Schweiß, den Schleim, das Sperma und alle Körperflüssigkeiten – sie kamen ihm immer wie etwas Schmutziges vor. Ihr Blut, das ihm ins Gesicht spritzte. Er glaubte, er hätte die Halsschlagader erwischt. Da sehen Sie, was für ein schönes Geburtstagsgeschenk ich ihr gemacht habe. Das war es, was sie sich wünschte. Sie hat mich darum gebeten. Ich habe es getan. Im Grunde kostete es mich ja nichts. Sie war so aufgeregt – aufgeregter, als wenn sie mich gebeten hätte, sie zu heiraten. Haben Sie Intimverkehr? erkundigt sich der Arzt mit gesenkter Stimme. Was wollen Sie damit sagen? fragt er, mühsam schluckend. Da haben wir's, ich sitze in der Patsche, er weiß nicht, wie er mir sagen soll, daß ich mich angesteckt habe – sein Herz flattert, pocht mit aller Gewalt gegen die Wände des Brustkorbs. Nicht, was Sie denken – beruhigt ihn der Arzt. Nur, Sie sollten bei ihr bleiben. Ich bin so nahe bei ihr – hätte er am liebsten gebrüllt –, ich war in ihr drinnen, in dem Moment.

Ein zielloser Tag, er streunt mit Azra durch die Alleen des Krankenhausparks. Um die noch brennenden Lampen kreisen winzige Mücken. Ein Sonnenstrahl fällt auf die kahlen Beete. Patienten im Bademantel rauchen auf den Bänken. Abgaswolken. Gespenster auf der Suche nach einer Zigarette. Zigeuner auf der Suche nach etwas Geld. Erschöpft lassen Arsenio und Azra sich auf eine Bank fallen, mit Blick auf das Betongebäude, in dem ein Licht nach dem anderen ausgeht. Brüllend zeigt Azra auf ihr Ohr, ergreift einen seiner Finger und zwingt ihn, ihre Ohrmuschel zu berühren. Haven't you realized I can hear you now, Arsenio? schreit sie freudestrahlend. Die Neuigkeit. Das Hörgerät. Luisa hat ihr ein Hörgerät gekauft. Of course I have, antwortet er zerstreut. Es ist ihm völlig egal, ihr Hörgerät. Er hat sie auch nie gefragt, was ihr zugestoßen ist und wieso sie das Gehör verloren hat. Er hat keine Zeit zu verlieren mit einem Mädchen wie Azra. Er wärmt sich die Hände an dem heißen Pappbecher, in dem bräunlicher Milchkaffee schwappt.

Azra gähnt, fröstelt, zieht sich seinen Burberry über die Knie, benutzt ihn zweckentfremdet als Decke. Is she gonna die? fragt sie, und jetzt liest Arsenio Bestürzung in ihren Augen. Angst. Ein verheerendes Schweigen macht sich breit. Zwei Krankenpfleger fahren in die Garage, am Steuer eines riesigen weißen Krankenwagens. Luisa dies? Er antwortet ihr nicht. Azra scheint sich mehr um ihre eigene Zukunft als um Luisas zu sorgen. Drago scheint sie adoptieren zu wollen. Obwohl er nicht der Typ ist, der zu guten Taten fähig wäre. Er wendet den Blick von ihren Ohren ab. Er kann sie nicht ansehen, diese verletzten Ohren. Es muß eine Granate gewesen sein. Azras Hände streifen die seinen. Hände voller Kratzer, Schnitte, Narben, Hornhaut und Blasen. Hände, die Zweige abgerissen, Möbel zerschlagen, Lasten geschleppt haben. Hände, in die sich Glas- und Bleisplitter gegraben haben. Es sind keine Mädchenhände mehr, aber auch noch keine Frauenhände. Azra weiß das, und als sie merkt, daß er ihre Hände betrachtet, versucht sie, sie unter dem Mantel zu verstecken. Er aber macht eine seltsame Geste, fast gegen seinen Willen: Er nimmt ihre Hände zwischen seine und läßt das Mädchen ihren Kopf an seine Schulter legen.

Dann nickt auch Arsenio für einen Moment ein, Zeit genug für einen gräßlichen Traum, eine Geschichte ohne Hand und Fuß: Baltus verfolgt ihn, brüllt bandagiert und blutend »Schmarotzer, Schmarotzer«, bedroht ihn mit einem Säbel, dann verletzt Drago ihn mit den Skalpellen des Restaurators, und der Meister hängt ihn an den Zinnen der Bastion auf. Der Maler sagt ihm immer wieder: »Du verstehst meine Kunst nicht, du verstehst meine Kunst nicht, du bist nur ein Vampir«, schließlich zerrt Arsenio Luisa in den Turm und durchbohrt mit der Spritze die Vene an ihrem Hals, wie er es vor wenigen Stunden tatsächlich getan hat, und während ihm die Zähne herausfallen, rufen alle gleichzeitig: »VAMPIR, VAMPIR, VAMPIR«.

Überall Schläuche, sie hängt an einem Beatmungsgerät. Arsenio kann die Linie ihres Herzschlags auf dem grauen Schirm des Monitors verfolgen. Der Herzschlag beschreibt eine wellenförmige Linie – instabil. Luisa ist ein empfindlicher und geheimnisvoller Mechanismus, den zu verklemmen sich alles verschworen hat und den er heute nacht vielleicht wirklich verklemmt hat. Und vielleicht war er sich des Risikos bewußt. Er kennt alle Visionen Luisas, den Wurm, die Minarette, die diamantenen Städte, er kennt die Gebrauchsanweisungen für ihre Drogen und die kleinsten Signale ihres Körpers – die geheime und doch brutale Sprache: das Zittern ihrer Hände, das Fieber, der Tränenfluß, das Gähnen, die Ankunft der Insekten, die Übelkeit, die Schwäche, die Trägheit – das Vergnügen, die Abwesenheit. Er kennt sie alle und hat sich daran gewöhnt, so wie sie sich an ihre Substanzen gewöhnt hat. Der furchtbare Verdacht taucht in ihm auf, daß Luisa ihm zum Alltag geworden ist. Daß er alles mit ihr teilen könnte. Die Ideen, die Arbeit, die Tage. Er hat den Verdacht, sie zu lieben. Mit ihm geschieht etwas Ähnliches wie mit dem Fresko: Etwas Festes und Widerstandsfähiges löst sich auf. Ein nicht allzu flüchtiges, nicht allzu dickflüssiges, entflammbares, giftiges Lösungsmittel, mit Vorsicht anzuwenden, greift jahrealte Krusten und Schmutz an und löst sie, und unter der ausgetrockneten Patina der Eigenliebe stößt er auf ungeahnte Farben. Einen flackernden Augenblick lang möchte er sich wirklich Sanacores Leben aneignen. Auch wenn sie eine anstrengende Frau ist. Eine Frau, die deine gesamte Aufmerksamkeit, deine ganze Energie und Leidenschaft fordert und dir dafür eine totale Unglücklichkeit gibt. Sie gehört zu jenen desillusionierten und entfernten Geschöpfen, die immer auf der

Flucht sind, die sich nicht lieben lassen wollen und es dir unmöglich machen. Er möchte sich über sie beugen und sie wissen lassen, daß er da ist. Aber sie ist weit weg, hinter einem dicken Glas, versunken in einer unnatürlichen Bewußtlosigkeit, in einer unüberbrückbaren, absoluten Entfernung, und sie nimmt ihn nicht wahr. Es ist dunkel im Zimmer, und er kann sie kaum sehen. Ihre auf dem Kissen ausgebreiteten Haare. Die Elektroden, die ihren Körper mit der Maschine verbinden. Er legt die Stirn an das eiskalte Glas. Er kann das Surren des Elektrokardiogramms hören, aber nicht ihren Atem. Eine schwarze Linie läuft über den Monitor – zeichnet einen zarten und unsicheren Faden. Ihr zarter und unsicherer Körper. Dann drückt er verängstigt den Mund gegen das Glas, das von seinem Atem beschlägt.

II

Durch die Jalousien dringt die Helle des Tages. Es muß schon Morgen sein. Sie öffnet die Lider ein wenig: Auf dem Plastikstuhl sitzt – das Kinn auf der Brust, ungekämmt, mit struppigem und ungepflegtem Bart und dem verstörten Aussehen von einem, der kein Auge zugetan und keine Zeit hatte, sich umzuziehen, so daß die Krawatte mittlerweile ein schlaffer, loser Strick ist – Arsenio. He? flüstert er, he, Luisa … Sie macht eine Bewegung, wie um sich die Decke über das Gesicht zu ziehen, doch dann merkt sie, daß sie den Arm nicht bewegen kann: Man hat ihr eine Nadel in den Puls gesteckt und sie mit einem Pflasterkreuz an der Vene befestigt. Sie deutet ein unsicheres Lächeln an. Er spricht nicht, beschränkt sich darauf, mit seinen Lippen den blauen Fleck an ihrem Hals zu berühren und mit den Fingern die violette Vene, in der die Nadel vom Tropf steckt. Er versucht, unbefangen zu scherzen.

Ich habe ein Desaster angestellt, Sanacore. Er muß sehr böse sein. Er, der Horror vor Nadeln und Spritzen hatte. Und Haß auf Drogen und auf die, die Drogen lieben. Ein Verlierermythos, den er nie geteilt hat. Er liebte nicht einmal als Jugendlicher die Doors und verabscheut sogar Burroughs, den er für einen langweiligen und überschätzten Schriftsteller hält. Sie aber konnte seit Tagen an nichts anderes denken, in einer besorgniserregenden Fixierung. Sie hätte gewünscht, daß die Sache gegenseitig wäre, doch dazu wird sie ihn niemals bringen. Und jetzt schon gar nicht. Arsenios drahtiger Körper, sein borstiger und wilder Kopf sind wie die Demonstration einer frechen, ungestörten Jugend. Er ähnelt dem Mann mit Schild von Sebastiano del Piombo, oder vielleicht von Giorgione. Das Porträt im Wadsworth Athenaeum in Hartford – jener Mann mit lockigem Haar, gerader Nase, dichten Augenbrauen und einem stechenden, messerscharfen Blick war ihr heimliches Männerideal gewesen, zu Zeiten des Lyzeums. Vielleicht ist er es noch immer. Der Körper eines jeden Geschöpfes, Luisa, ist seine Seele – kommt ihr wieder in den Sinn. Das hat Arsenio ihr vor wenigen Stunden gesagt. Ist es der Satz eines Materialisten oder eines Priesters? Eine Feststellung oder ein Urteil? Ein Ratschlag? Ein Vorwurf? Was wollte er damit sagen? Daß die Seele nicht existiert? Oder daß sie sich mit der gleichen Entschlossenheit um ihren Körper kümmern sollte wie um ihre Seele? Oder daß auch er den Dualismus für eine repressive und überholte Philosophie hält? Arsenio spricht mit einer chirurgischen Kühle, sogar wenn er über Gefühle spricht. Vielleicht weil er sie nicht empfindet.

Geh nach Haus, ich fühle mich gut. Sowie der Rausch weg ist, stehe ich auf und gehe. Er erwidert nichts. Er widerspricht ihr nie, wenn er ihre Schwäche ausnutzen könnte. Manchmal würde er Luisa gegenüber gern eine beschützende – ja, sogar rettende – Haltung annehmen.

Aber sie sagt mit einem Lachen, daß sie einen gefährlichen – sogar schädlichen – einem beschützenden Mann vorziehe. Wer wird mich beschützen, sagte sie, gegen den Mann, der mich beschützt? Er bewegt sich nicht und streichelt weiter mit den Fingern Luisas durchlöcherten Puls. Die andere Hand spielt mit der Schnalle ihres Schuhs. Ein zugleich zerbrechlicher und bedrohlicher Schuh, mit dem Absatz, der so spitz ist wie ein Stilett. Wie trostlos, sich in einem kahlen Krankenhaus zu befinden – und der Anblick ihres entblößten, von bläulichen Schnörkeln zermarterten Arms löst verwirrende Visionen in ihm aus. Zerfressene Körper, in denen ein geheimes Leben keimt. Ein Gewirr aus Zellen, in denen Ströme von Mikroben schwimmen. Kristalle aus Blut und Alkaloiden. Luisa unter ihm, ihre Augen, während er ungeschickt mit der Nadel ihren Hals absucht – nicht aufhören nicht aufhören. Ich drücke den Kolben bis zum Ende hinein, entleere den Inhalt völlig in ihr. Er steigt sofort ins Gehirn. Sie stößt ein Stöhnen aus. Ich höre auf – höre auf.

Es müssen noch Analysen gemacht werden, Gegenanalysen, EKGs, Arrhythmien. Ihr Herz ist gestern dreimal stehengeblieben. Schwerlich wird er die aufwühlenden Gefühle vergessen können, die er in dieser Nacht empfunden hat. In einem einzigen Moment vom Genuß in die Vernunft zu stürzen, gegen die Realität zu knallen – auf einen Schlag – und plötzlich auf der Matratze zu sein, und deine Frau wie leblos in den Armen. Luisa versucht aufzustehen, reißt sich den Infusionsschlauch vom Arm. Schluß mit den Nadeln – sie hat genug davon, heute. Die Bettnachbarinnen stöhnen. Sie legt die Hand auf den Puls und tupft mit dem Laken die verletzte Vene ab. Aus der Infusionsnadel tropft die Traubenzuckerlösung, mit der sie versuchen, sie wieder zu beleben, auf den Boden. Die Patientin neben ihr, die bis jetzt in die Lektüre von »Frau und Herz« vertieft war, zieht an der Kordel, um die Krankenschwester zu rufen. Sie seufzt gereizt. Sie hat sich schon bei der Stationsschwester beschwert: Die Frau, die man gestern gebracht hat, na ja, sie hat gehört, daß es eine Geschichte mit Heroin ist, sie hat Angst, daß es ansteckend ist, und... hat darum gebeten, sie in die Abteilung der Infektionskrankheiten zu verlegen. Die Oberschwester hat ihr kein Gehör geschenkt. Schwester!

Unschlüssig hantiert Arsenio am Tropf herum. Die Patientin von »Frau und Herz« sieht ihn forschend an, als wäre er eine Artischocke. Sie weiß nicht, wer dieser Typ ist, der mit einer für das Krankenhausgrau unpassenden Eleganz gekleidet ist. Die Patientin denkt, daß die Männer schon recht seltsam sind: Dieser Typ verabreicht der Geliebten Drogen und ist dann erschrocken, wenn es ihr schlechtgeht. Was ist los? will die Krankenschwester wissen. Was machen Sie denn hier? Sie bemerkt den abgerissenen Tropf. Ich will nach Hause, haucht Luisa. Was ist Ihnen denn in den Kopf gefahren? erwidert die Oberschwester. Dann rüttelt sie Arsenio am Arm. Ein Mann in der Frauenabteilung, außerhalb der Besuchszeit. Gehen Sie sofort hinaus. In Zimmer 213 herrscht jetzt reges Leben. Alle sprechen mit lauter Stimme: die Patientinnen, die Krankenschwester, die Oberschwester, Arsenio, der Stationsarzt und auch Luisa. Ich fühle mich besser, ich habe keine Lust mehr, hierzubleiben. Es ist nichts passiert.

Mit etwas Mühe richtet sie sich zum Sitzen auf und wirft die Laken zur Seite. Dann bemerkt sie, daß sie im Unterkleid ist, errötet und dreht sich schamhaft zum Fenster. Wo sind denn nur ihre Handschuhe? Und das Kleid? Nein, vielleicht hatte sie gar kein Kleid. Sie war ja nackt, als es ihr plötzlich schlechtging. Das kann Arsenio ihr nicht angetan haben. Er kann sie doch nicht nackt weggebracht haben. Ich gehe, teilt sie dem Doktor mit, ich habe nichts am Herzen – ich habe nur falsch dosiert, es war zu konzentriert. Die anderen Patientinnen im Zimmer werden neugierig. Von den Betten am Fenster sehen ein herzkrankes junges Mädchen und eine an ein Sauerstoffgerät angeschlossene ältere Dauerpatientin Arsenio immer wieder voller Leidenschaft an. Er ist ganz entschieden ein schöner Typ. Er hält es nicht aus, daß Luisa mit einem so durchsichtigen Unterkleid, das der Phantasie wirklich nicht viel Raum läßt, durch Zimmer 213 irrt, das so voll wie ein Autobus ist. Er fixiert mit verschleiertem Blick den milchigen Mond, der hinter dem Fenster zwischen den Dächern von Ceva versinkt. Sie findet ihre Strümpfe nicht: Sie läßt sich mit einem Kälteschauer auf das Bett fallen. Er zögert, preßt die Finger auf das abgeschabte Eisen des Bettgestells und reicht ihr dann seinen Mantel. Zieh ihn dir an, sagt er zu ihr.

Es war der Drang, mit den Dingen und ihrem Körper in Kontakt zu kommen. Ihre Vernunft war gefangen, und nicht einmal ihr Körper war frei. Das war es. Sie hat nie an die Welt des Geistes geglaubt, auch nicht an den dunklen Widerhall der Dinge, und sie hat nie geglaubt, daß es Kräuter, Pflanzen oder Pillen gibt, die fähig sind, sie wie Charon überzusetzen an einen anderen Ort. Sie wollte nicht in eine authentische Welt eindringen, sondern eine falsche Welt verlassen. Sie suchte etwas, was ihr die Wirklichkeit zurückgäbe und ihr erlaubte, dort zu leben – jenseits der Notwendigkeit, ihre Handlungen und ihr Leben in Verzauberungen zu hüllen, die sie erträglich machten. Sie ist auf instabile und ungewisse Welten gestoßen, die in ständiger Metamorphose waren – zwischen glitzernden und ausgefransten, prachtvollen und mißgestalteten Welten –, in denen sie sich verloren hat. Der Raum dehnte sich, bis er ganze Sternsysteme umfaßte, und die Zeit zog sich auf einen einzigen Moment zusammen. Schmetterlinge und Blumen von paradiesischer Leichtigkeit und

Flüchtigkeit, Dämonen, unsagbarer Schmutz und die böse Bestie, bis sie sich zersetzt hat, in einem unermeßlichen, unendlichen Rhythmus. Es ist fast zwanzig Jahre her, daß sie damit angefangen hat. Sie erinnert sich noch an das erste Mal. Es war in einer leerstehenden Villa, außerhalb der Saison, auf einem Fest. Doch sie erinnert sich nicht mehr, wo und mit wem sie bei dem anderen ersten Mal war. Wie seltsam. In all diesen Jahren hat sie Beruhigungsmittel zum Schlafen und Aufputschmittel zum Wachbleiben probiert, Meskalin, Rauschpilze, Methadon vom Staat, um schließlich zu entdecken, was sie wirklich und vor allem liebte – Heroin: Sie ist ein meditativer Typ, die Euphorie des Kokains ist nichts für sie, und die Zersetzungen durch das LSD ermüdeten sie. Doch am Ende ist ihr Körper nicht freier als vorher, und ihr Geist ist eine Lüge geworden.

Arsenio wurde wütend, wenn er sich ihre Klassifizierungen der Substanzen anhören mußte, die sie abschätzig Drogen nennt. Für ihn sind sie Paranoia, Schwäche, Manie. Aber Heroin kann man nicht probieren. Mit dem Heroin geht man eine Ehe ein. Für sie ist es die große Liebe gewesen, bis jetzt ihre größte. Sie hat Dinge, denen sie nachtrauert, mit gesichtslosen und namenlosen Männern machen müssen, doch nur wenige haben etwas bedeutet, und keiner hat überdauert. Und der einzige, den sie wirklich gewollt hat, Vittorio, hat sich dafür nicht interessiert, er war schon hoffnungslos dem Heroin verfallen, als sie sich kennenlernten, und ist denn auch an einer Überdosis gestorben (er, ein Morand di Beauregard, Besitzer einer Burg, ist in einer Bahnhofstoilette in Mailand gestorben, das Gesicht in einer Lache aus Urin der Reisenden und seiner eigenen Kotze). Jahrelang hatte er sie nie berührt, und als ihm die Lust dazu kam, war es ihm nicht gelungen, sie zu vögeln. Sie hat ihren ersten Orgasmus in einer Entzugskrise gehabt: Und es sind fast zehn Jahre vergangen, bis sie mit einem Mann ein ebenso intensives Gefühl erlebte. Obwohl Arsenio das vielleicht nicht gern hört, treibt sie sich manchmal nur deshalb ins äußerste Stadium der Krise, weil dann ein Moment kommt, in dem ihr Körper sich von der Vernunft trennt und sie sich dann besessen fühlt – sich selbst entrissen durch etwas so Gewaltiges, das so sehr alle Zellen ihres Körpers, alle Kapillaren, Sehnenscheiden, Venenwände durchdringt, das so verschmolzen ist mit ihr, daß kein Mann, selbst wenn er wollte, es dem gleichtun könnte.

Die Pillen, die jetzt zirkulieren, sind ein Massenprodukt wie so vieles andere. Sie verursachen keinen Schmerz. Sie sind oberflächlich, verstärken ein leeres und falsches Glücksgefühl – deshalb haben sie großen Erfolg. Man bekommt sie problemlos, überall. Sie können zum Alltag werden. Aber für sie ist die Erkenntnis vor allem Eroberung, und nur das Heroin hat immer eine epische Faszination gehabt. Heroin, welch seltsamer Name: von Heros, Held, sagen die Wörterbücher. Weil es eine heroische Wirkung hat, heißt es. Aber vielleicht auch nicht. Weil du es suchen mußt, weil du leiden mußt, um es zu finden – echte, grauenhafte Qualen. Auch das Leben ist so, der Held erreicht nichts, wenn er stehenbleibt, wo er gerade ist. Wenn du endlich bereit bist, ist das Leben nicht bereit. Wie eine Frau – schüchtern, widerspenstig. Du mußt sie in aller Ruhe vorbereiten, mit Geduld, mit Liebe. Sie erwärmen, sie lösen ... Vielleicht ist deshalb in vielen Sprachen der Welt das Heroin weiblichen Geschlechts. Du mußt einen Ritus entfalten. Einen heiligen Ritus. Transsubstantiell. Den Wein in Blut verwandeln, das Pulver in Flüssigkeit – etwas Heiliges. Es ist die einzige Religion, der noch geopfert wird. Und dann die Nadel. Sie unter die Haut treiben, in die eigene Haut. Oder in seine. Sie hatte nichts anderes im Sinn, als es mit ihm zu machen, während sie ein einziger Körper waren. Sie sprach über nichts anderes mehr mit ihm. Auf der Haut suchen, die Nadel in dir werden, die Flüssigkeit, die in dir fließt, und im gleichen Moment du in mir – denn sie wollte sich in seine Venen hineinspritzen, von ihm aufgesogen werden, sich auflösen, verschmelzen, explodieren, eins werden mit der Flüssigkeit, die ihn und sie durchflutet, er und sie, beide, ein und dieselbe Zelle, unendlicher Teil eines Blutstropfens.

Aber Arsenio kann das nicht verstehen. Er ist nicht in das Büro des Museums für Naturgeschichte in London gegangen, um der Wissenschaft sein Skelett zu verkaufen, für hundert Pfund, die sich schnell in Pulver und Rauch aufgelöst haben. Er hat nicht in zwölftausend Fuß Höhe den Ozean überquert, vollgepumpt mit Heroin – ausgestreckt auf einem Sitz der Firstclass –, bewegungslos, die offenen Augen auf die Decke des Flugzeugs gerichtet, die durchsichtig geworden ist – ein neutraler Schirm, hinter dem Planeten, Asteroiden, Meteore, Regen, Wind, Zyklonen vorbeiströmten. Durch die Luft treiben, im leeren Raum, lange Zeit, immer weiter weg, weiter weg, weiter weg, weiter weg, in die Unendlichkeit, außerhalb der Zeit – bis nach und nach die Klänge schrill wurden, die Musik Gewalt wurde, das Blau sich entfärbte, das Licht verschwand, die Lippen trocken waren, der Geschmack im Mund metallisch, und alles verging.

Sie war ausgestiegen – am Boden in jeder Hinsicht –, schweißtriefend und kreidebleich, wollte nur so schnell wie möglich nach Hause – aber jemand hat sie am Arm genommen: Luisa Sanacore? Ja, ja, das bin ich… Kommen Sie mit, folgen Sie uns. Wohin bringen Sie mich? Mein Mann erwartet mich, he, Vittorio, wo bist du, er wird in einer Toilette stecken, zur Abwechslung… Die Menschenmenge strömt durch den Flughafentunnel, er hat nichts gemerkt, verwirrt im eiligen Fluß zum Ausgang, nein, warten Sie, und während ihr Koffer auf dem Förderband kreiste und kreiste – und Vittorio im gleichen Verwirrungszustand war wie sie und mit lauter Stimme, fast brüllend, immer wieder rief, verdammt noch mal, wo steckst du, Luisa? –, während ihr Koffer kreiste und kreiste, wurde sie in ein graues Zimmer geschoben, mit grauen Wänden, keine durchsichtigen Decken mehr, keine kosmischen Bewegungen und keine blauen Bildschirme, nur ein Fußboden in der Farbe des Elends, fest unter den Füßen. Ihre Hände zitterten, und eine Frau mit von Akne verwüstetem Gesicht sagte immer wieder: Zieh dich aus. Warum? Ich will mich nicht ausziehen – aber sie konnte nichts tun und knöpfte sich die Jeans auf, und eine andere Frau sagte zu ihr, zieh dir alles aus, zieh dich aus. Lassen Sie mich gehen ... jammerte sie, und die Frau, genervt von ihrer Ziererei, zog ihr die Unterhosen herunter, und die dritte machte ihr den Büstenhalter auf und sah sich die Tätowierung mit der Rose auf ihrer linken Brust an, und sie ist nackt gewesen, völlig nackt, barfuß auf dem eiskalten Fußboden, mit einer Gänsehaut auf den Armen und vor Kälte harten Brustwarzen – die Frau hat sie die Hände heben lassen, über den Kopf, verschränk sie im Nacken, steh still, und die dritte hat sich Plastikhandschuhe angezogen, und sie hat geflüstert, es muß ein Irrtum vorliegen, ich habe nichts bei mir, wißt ihr, wer ich bin? – und die zweite hat sich Plastikhandschuhe übergestreift, Magenkrämpfe und Übelkeit, es roch nach Gummi, und das graue Zimmer drehte sich – aus den Wänden tropfte Blut – und die Frauen sagten – nur weil sie mit Geld vollgestopft ist, diese Schlampe, glaubt sie, straflos auszugehen, wir wissen, wer du bist, man hat dich reingelegt – und sie brüllte – ich schwör euch, ich habe nichts bei mir, ihr irrt euch – halt die Hände still, und die dritte hat begonnen, vorne zu suchen, und die zweite hinten – hört auf, ich bitte euch, genug – und die erste sah zu, durch ihre dicken Brillengläser, schöne Tätowierungen hast du dir machen lassen, aber tut das nicht weh? – ja, das tut weh, dies hier, das tut weh, hört auf, ich bitte euch – sie suchten und suchten, bis ihre Gesichter Gummimasken wurden und sich auflösten und ihre Nasen zu brennenden Kerzen wurden und ihre Hände zu Messern und sie weiche Knie bekam und sich plötzlich im Büro der Grenzschutzpolizei wiederfand, hinter einem Schreibtisch sitzend, zwischen zwei Polizisten. Sie hatte drei Kilo Heroin in die Tampons gestopft, aber sie hatten am falschen Ort gesucht. Es war im Koffer, den Vittorio kreisen ließ – auf dem Förderband kreisen ließ. Sie haben jeder sechs Jahre bekommen, weil es nicht das erste Mal war. Luisa Sanacore, Enkelin des Herzogs von Resina, und Vittorio Morand di Beauregard – in den internationalen Drogenhandel verwickelt. Es wurde viel darüber gesprochen, damals. Auch die Reichen weinen – so hieß eine Telenovela, und das war zu einem festen Spruch geworden. Sie hat achtzehn Monate im Gefängnis gesessen, aus Liebe zu diesem interkontinentalen Flug in die Unendlichkeit, immer weiter weg, weiter weg, aus der Zeit heraus, ein Flug hinter jeden Horizont. Monate von Lärm, Aufgabe, Entzugskrisen in der Krankenstation, schlaflosen Nächten, Spaziergängen im Hof und Todesparanoia: Seitdem ist sie nie mehr mit dem Flugzeug geflogen, aber wenn sie ihren Paß zurückbekommt, hätte sie Lust, es noch einmal zu tun – ein Mal, nur ein Mal –, dann wird sie sich in der Firstclass ausstrecken, in zwölftausend Fuß Höhe, auf dem Sessel, den Blick an die Decke gerichtet, die Musik im Kopf und in den Venen. Sie hatte es erwartet, oder vielleicht auch nicht, aber welche Bedeutung hat das? Sie hat das Risiko eingehen wollen – nur wegen jenes Interkontinentalflugs an keinen Ort, in der Zeit und außerhalb. Jetzt kann sie an manchen Tagen noch nicht einmal den blauen Himmel sehen. Der Himmel ist zerknittert wie ein Stück Kohlepapier.

Es kommt vor, daß ein schlecht gelaufener Trip nie aufhört, sich bis in alle Ewigkeit verlängert, zerfasert wie ein

Alptraum. An gewissen Tagen wird die Welt ihr unerreichbar – sie geht zwischen den Dingen und spürt sie nicht. Die Speisen haben keinen Geschmack. Essen oder nicht essen ist völlig egal. Sie weiß nicht mehr, was süß oder salzig ist. Sie erinnert sich an den bitteren Geschmack von Kaffee, aber er hat kein Aroma mehr für sie. Die Körper haben keinen Geruch, die Dinge schweben gewichtslos, ohne Schwerkraft, ohne Form. Sie berührt sie und spürt sie nicht. Tausendmal am Tag wiederholt sie die gleiche Bewegung, mit irgendeinem Gegenstand. Einem Stift, einem Apfel, einer Zigarette. Sie schreibt, ißt, raucht, macht das alles weiterhin, aber es ist, als sei eine Eisscholle zwischen ihr und den Dingen. Sie ist von den Dingen getrennt. Die Wirklichkeit hat sich zu einer Kruste verfestigt und sie ausgeschlossen. Sie spürt nicht einmal mehr sich selbst. Ihre Hände gehören ihr nicht, es sind die Hände einer anderen. Manchmal schlingt sie kraftvoll ihre Arme um sich selbst, bis ihr die Luft wegbleibt, und sie weiß nicht, was sie drückt. Spürt nicht ihren Körper, ihr Gewicht, auch nicht ihre weiblichen Formen. Auch nicht den Körper eines Mannes. Deshalb hat sie gewollt, daß Arsenio es tat, gestern – um ihn zu spüren.

Seltsamerweise ist ihr Blick verschleiert, und es gelingt ihr nicht, sich die Strümpfe anzuziehen. Sie hat Angst, sie zu zerreißen – und verdammt noch mal, sie will jetzt nicht weinen, und vor allem nicht vor Arsenio. Aber es ist stärker als sie, etwas Unwiderstehliches brennt ihr in den Augen und schüttelt sie, sie schafft es einfach nicht, die Tränen wieder hinunterzuschlucken, und sie weint tatsächlich. Daß es so enden würde, hat er wirklich nicht gedacht. Es war vielmehr das letzte, was er von einer Frau wie Sanacore erwartet hätte – die schon alle möglichen Katastrophen erlebt hat. Eine Frau, die selbstbewußt mit niederträchtigen und bewaffneten Individuen verhandelt, die im Gefängnis gewesen ist, die nach und nach alles von sich verkauft hat – die Vergangenheit, den Namen, die Erinnerungen, die Juwelen, das Skelett, schließlich sogar ihren Körper –, löst sich mit einem Male ohne Grund in Tränen auf? Er weiß nicht, was er tun soll, und auch nicht, was er sagen soll. Nein, Sanacore, sagt er zaghaft, nicht weinen, ich bitte dich. Warum hat er kein Kleenex oder ein Stofftaschentuch, so ein schönes Leinentaschentuch, wie er es früher immer bei sich trug? Kein Taschentuch, und sie trocknet sich die Augen mit dem Handrücken. Eine so kindliche Geste.

Komm, ich helfe dir, sagt er dann. Er versteht überhaupt nichts mehr und hat die Halsschlagader vergessen, den Herzstillstand, das Warten auf den Krankenwagen, die Nacht im Krankenhaus, die Krankenschwestern. Er weiß nur, daß er im Zimmer 213 auf dem Boden kniet und Luisa den Seidenstrumpf Lycra 15 den über das Bein streift und ihr dafür danken möchte, daß sie eine der letzten Frauen ist, die noch keine Strumpfhosen tragen. Während sie sich die Augen mit dem Handrücken und einem Zipfel des Lakens trocknet, hört sie nicht nur nicht auf zu weinen, sondern fängt sogar an zu schluchzen, das Gesicht zwischen den Haaren versteckt. Ihre Schultern zucken, der Körper zittert, als fließe ein elektrischer Strom hindurch. Die ältere Dauerpatientin dreht sich seufzend zur Wand. Er legt seinen Mund auf ihr Bein, küßt es und steigt bis zum Strumpfende hoch, wo das Gummi die Haut einschnürt. Sie umarmt ihn krampfartig und drückt ihn fest an sich, klammert sich an ihn, als fürchte sie, er wolle sich entfernen und sie allein lassen.

Dann unterzeichnet Luisa Sanacore Morand die Entlassungspapiere. Sie übernimmt jede Verantwortung für das Verlassen des Krankenhauses vor Abschluß der Untersuchungen. Wenn ich an Herzinfarkt sterbe, hattet ihr recht. Sie gehen durch den Korridor, vorbei an Gipsbeinen, Bahren, Krankenschwestern und Besuchern. Luisa hat sich bei ihm eingehakt und stützt sich auf ihn. Er umarmt sie weiter, während sie die fahle Eingangshalle des Krankenhauses durchqueren. Auf dem verlassenen Parkplatz bleiben sie kurz stehen, um die klebrigen und durchsichtigen Reste der Insekten zu betrachten, die zum Sterben auf die Windschutzscheibe gekommen sind.

Jemand hat auf dem Burghof ein Feuer entfacht, auf dem sich seit Tagen kaputte Möbel, alte Zeitungen und Gestrüpp stapelten. Es brennen Zweige, Abfälle, wurmstichige Bretter, Leitersprossen, sogar Lumpen und ein Besen. Sie bleiben vor den Flammen stehen. Sie schlägt ihren Mantelkragen hoch und verbirgt den Mund im Schal. Es riecht nach Laub und Kohle. Sie streckt die Hände zum Feuer hin. Er ist hinter ihr und umfaßt ihre Taille. Sie legt den Kopf zurück, dreht sich aber nicht um. Der Platz ist voller Gerippe von Feuerrädern, nicht explodierten Feuerwerkskörpern, schwarz gewordenen Raketen, verkohlten Fontänen, Geschoßhülsen. Im Wind liegt noch der Geruch von Schießpulver. Die Aschenreste eines pyrotechnischen Geburtstags. Er hatte ihr keinen Geburtstag im Stil des Piedigrotta-Festes schenken können, aber er hatte sein Bestes getan. Vom Turm aus hatten sie mit dem Gewehr geschossen. Die Feuerwerkskörper brachten die Wolken zum Zittern, und in der Luft lag ein Geruch von Schwefel und Verbranntem.

Sie bleiben unendlich lange umarmt vor dem Feuer stehen, in dieser unbequemen und doch so intimen Haltung. Aus dem Holzstapel kriecht vorsichtig eine Spinne auf den Ärmel von Luisas Mantel. Arsenio läßt sich ablenken und folgt ihren Bewegungen, bis sie verschwindet. Die Flammen knistern, Luisas Haare kitzeln ihn an den Lippen, und er denkt an die Spinnen im Baltuszimmer. An die gemalten. Zu Dutzenden durchkreuzen sie immer wieder den Fries auf der Wand – die feine Borte aus gewundenen Efeuzweigen und sich darum rankenden Blüten. Dieser seidene Faden wie ein Spinnengewebe. Diese vertrockneten – beunruhigenden – Spinnen, von winzigen Medaillons gerahmt. Alle Spinnen gleich. Dieselbe Spinne. Diese freche Spinne muß eine Bedeutung haben, die er nicht zu verstehen vermag. Die einzige Spinne, zu der ihm etwas einfällt, ist eine mythologische Spinne. Eine webende Spinne. Arachne: kunstfertige Weberin, die auf ihrem Tuch die Ungerechtigkeiten, die Lügen und die Schuld der Götter abbildet. Arachne, die in eine vertrocknete Spinne verwandelt wurde, weil sie es gewagt hat, mit ihrer Kunst die Göttin Athene herauszufordern. Doch Arachnes Gewebe wurde nicht geringer beurteilt als das ihrer göttlichen Rivalin. Das mußte etwas mit dem Meister zu tun haben. Sein Fries war etwas noch nie Dagewesenes, zu originell im Vergleich zum Diktat seiner Zeit, um nicht eine Allegorie zu enthalten. Einen Schlüssel. Wer ist wirklich Arachne. Was bedeutet ihre Geschichte? Ist die unsterbliche und stolze Weberin vielleicht das Symbol des eitlen Ehrgeizes des Künstlers, der sich erdreistet, mit den Göttern zu wetteifern, deren Macht an sich zu reißen und die ganze Welt neu zu erschaffen? Oder ist sie nicht vielmehr, im Gegenteil – in einer titanischen Interpretation –, das Symbol des Adels des Menschen, den der Gott, der ihn geschaffen hat, nicht besiegen kann? Was ist die Kunst? Unwiderlegbare Anzeige und Anklage der Coelestia crimina, der himmlischen Verbrechen, der Vergehen der Götter? Oder ist sie statt dessen eine überaus zerbrechliche Herausforderung der Vollkommenheit Gottes und ein Zeugnis der subtilen, seidenen, ungewissen Unvollkommenheit des Menschen? Was auch immer die Geschichte der Arachne für die Antike, für die Humanisten des 15. Jahrhunderts, für die Moderne und für ihn bedeutete, der Meister hat sein Fresko eingerahmt wie Arachne ihr

Gewebe. Eine feine Borte, aus gewundenen Efeuzweigen geflochten. Er signierte, indem er sich mit der stolzen und gedemütigten, aber nicht besiegten Weberin identifizierte. Er signierte, indem er sich selbst zu Arachne erklärte.

Der hauchdünne Faden, der wie ein Spinnengewebe in ungewissem Gleichgewicht über die Wände des Zimmers läuft, jene Blüten, jene gewundenen, sich rankenden Zweige eines demütigen und frechen Efeus sagten ihm, daß der Meister mit seiner Arbeit einen nicht nur dekorativen Zweck verfolgte und in den Klassikern das Vorbild und die Kraft fand, es zu sagen. Der Meister sagte jemandem – seinem Auftraggeber? seinem Fürsten? –, was ein Künstler ist oder sein könnte. Er hat sein kostbares und arrogantes Tuch gewebt und die Keckheit besessen, es hoch oben zu malen, so daß alle es sehen können. So antwortet er dem, der ihn bezahlt oder vielleicht demütigt oder kränkt, und fordert ihn heraus, indem er malt, wie er es kann und wie er es vielleicht nie zuvor getan hat. Und nachdem er einmal sein Können gezeigt hat, vielleicht sogar mit einem unvollendeten Werk, unterbricht er die Arbeit und sucht anderswo seine Freiheit.

Es ist ein furchtbarer Tag gewesen. Ihm ist, als habe er eine übermenschliche Anstrengung auf sich genommen. Du mußt müde sein – sagt er zu ihr –, laß uns nicht hier draußen bleiben. Es ist so feucht. Luisa bewegt sich nicht, dann dreht sie sich um und berührt seine Lippen mit einem Kuß. Er geht auf die Lichter der Burg zu. Und während die Flammen über das feuchte Holz zucken, kommt ein Mann vorbei, ohne sie anzusehen, ohne auf irgend etwas zu achten – einer der Arbeiter der Baustelle, wahrscheinlich –, und läßt seine leere Schubkarre den Weg entlangrollen.

Ohne es zu wollen, denkt er wieder an die verschleierte Frau, die der Meister unten rechts gemalt hat, auf der Ostwand im Baltuszimmer, wo der Putz zu Finsternis und

Schatten wird. Er hat jene Figuren heute nachmittag untersucht. Jetzt begreift er blitzartig, daß diese transparente Frau eine tote Frau ist. Eine Frau, die – wenn das möglich ist – noch einmal stirbt und sozusagen von der Finsternis aufgesogen wird. Deshalb scheint diese Figur unvollendet, und ihre Züge sind wie ausgelöscht. Jene Frau wurde gemalt, während sie im Begriff war zu verschwinden – noch einen Schritt, und sie wird ins Nichts stürzen. Gemalte Frau, transparentes Fleisch, Arme, die vergeblich versuchen, einen Mann zu halten, der sich entfernt. Verlassene Frau und ein Mann, der sich auf leisen Pfoten davonmacht. Mit Bedauern oder vielleicht auch nicht. Wie wenig kennst du die Frauen, Arsenio. Du hast nie begriffen, ob ihr Ja ablehnt und ihr Nein zustimmt, du hast nie in ihren Augen zu lesen vermocht. Du folgst ihnen und läufst ihnen nach, und schon beginnst du, dich davonzumachen, auf leisen Pfoten. Du suchst Frauen, die nicht die Arme ausstrecken und dich nicht zurückhalten. Es ist deine Lieblingsszene, die auf der Ostwand. Jene dunkle, in Nebel gehüllte Landschaft, jene Eishöhle, jene dunklen Schatten, die so ungewöhnlich sind für ein Fresko. Fresken sind Feste der Farbe, und dort unten scheint die Wand fast zur Nacht zu werden. Das Fleisch der transparenten Frau, schon vom Schatten aufgesogen, und der leichtfüßige Mann, der in der Finsternis tanzend zum Licht aufsteigt.

12

Stoffbanner wogten in der Lichtung am Fluß, zwischen Weihrauchschwaden und vom Wind aufgewirbeltem Staub. Schwarze Banner, in deren Mitte etwas Weißes gemalt war. Die Sonne war schon seit geraumer Zeit untergegangen, und das Schauspiel hatte im Morgengrauen begonnen. Aus dem Schatten der Bäume ragten bräunliche Türme aus Pappmaché hervor, aufgereiht in einer vorläufigen Ordnung, jederzeit bereit, durcheinanderzurutschen, schwarz bemalte, verstörte Maultiere, Hunderte von weißgekleideten Statisten, jeder mit einer erloschenen Kerze in der Hand. Als Drachen verkleidete Menschen und Fahnenträger – die Jungen aus der Grafschaft – warteten schmerzerfüllt unter den Bäumen auf ihren Einsatz. Mitten in der Gruppe lachte aufgeregt sein Lehrling. Er wußte nichts und wartete auf die letzten Anweisungen. Doch Enrico war ein schlechter Lehrmeister gewesen und hatte ihm nichts beigebracht. Die Fackeln erleuchteten die Nacht, die Schauspieler sangen Psalmen. Von Zeit zu Zeit fanden sich ihre Stimmen zu einem beeindruckenden Chor zusammen. Heute abend wird Christus Zeuge der Laster der Menschen sein, er wird sie bestrafen, wenn sie schließlich sterben, er selbst wird sterben für ihre Erlösung, er wird auferstehen und – erleuchtet durch eine Mandel aus Licht – durch den nächtlichen Himmel von Bastia fliegen.

Am Pfingstsonntag Ende Mai wurde in dem vom Vikar ausgewählten Dorf eine große Zeremonie der gemeinschaftlichen Buße abgehalten. Die Bruderschaften sammelten Gelder und organisierten eine heilige Aufführung, an der alle Einwohner der Umgebung teilnahmen. Es war ein gewaltiges Spektakel, das einen ganzen Tag und auch noch länger dauern konnte: Es erzählte die Geschichte der Welt vom Sündenfall bis zur Erlösung – von Adams und Evas Vertreibung aus dem Paradies bis zur Ausgießung des Heiligen Geistes in Form von Feuerzungen auf die Apostel, die sich fünfzig Tage nach Ostern versammelten –, illustriert durch Szenen und Abschweifungen jeder Art: von der Sintflut zur märchenhaften Geschichte einer in der Gegend verehrten Heiligen, von der apokryphen Reise der Heiligen Drei Könige bis zu den vom jeweiligen Autor erfundenen Abenteuern aus dem sündigen Leben der Magdalena, der Lieblingsheiligen der Gläubigen. Manchmal wurden tausend Jahre in einem Satz zusammengefaßt, manchmal verweilte man stundenlang bei einem einzelnen Ereignis. Alle nahmen teil: Der eine stellte einen Lanzenträger dar, der andere einen Apostel, einer spielte ein Instrument, ein anderer sang, wieder andere wirkten hinter den Kulissen, hatten Kostüme entworfen oder Bühnenmaschinen gebaut. Die Menschen strömten aus dem ganzen Bezirk am Aufführungsort zusammen. An den Tagen vor dem Ereignis wurde ein lebhafter Markt abgehalten, wurde mit Kälbern, Pferden, Stoffen, Eisenwaren, Reliquien gehandelt. Es eilten Gaukler und Jongleure herbei, Geschäftemacher und Huren, Bettler und Possenreißer, Diebe und Geigenspieler, Zigeuner und Verkäufer von kandierten Früchten, Vogelhändler mit sprechenden Amseln, falsche Propheten, die das Ende der Welt verkündeten. Es war das Ereignis des Jahres, und als solches wurde es sorgfältig vorbereitet: Den ganzen Winter über wurde schon davon gesprochen. Alle Maler, Dekorateure, Handwerker der städtischen Zünfte wurden beteiligt. Dieses Jahr hatten die Veranstalter den auswärtigen Meister mit einbezogen. Dieses Jahr war das Bühnenbild unter Enricos Anleitung entstanden, und er hatte die Kulissen gebaut – das Paradies, die Sterne, die Teufel und die Hölle –, er hatte die Bewegungen entwickelt und die dramatischen Effekte einstudiert. Als man es ihm vorgeschlagen hatte, wollte er ablehnen. Es lag ihm nichts daran, Teufel für die Bauern von Bastia zu malen. Er war vollauf damit beschäftigt, die Vorlagen für ein großes Werk zu zeichnen, und er konnte nicht beurteilen, wieviel Zeit er benötigen würde; er verbrachte seine Tage mit Problemen der Perspektive und der Perspektivlosigkeit; er kämpfte darum, Menschen und Geschichten auf dem ihm zur Verfügung stehenden Raum (vier Wände, eine Gesamtoberfläche von hundertsechzig Quadratmetern) zusammenzuzwingen: Er hatte keine Zeit für das Pfingstmysterium. Alma hätte es gern gesehen, daß er für ihr Volk malte. Aber nicht ihretwegen änderte Enrico seine Meinung.

Seltsame Idee, seltsamer Plan, den er sogleich bereute, noch während er dem Handwerker in den Sitz der Bruderschaft des Guten Todes folgte – wo er in einer fensterlosen kleinen Kammer, erdrückt vom Rauch eines Kamins, den einfachsten Vertrag seiner bisherigen Laufbahn unterzeichnete; der eindrucksvolle Anfang ist ihm im Gedächtnis geblieben: »pro oculis inferni faciendi ... (vor den Augen die Hölle erstehen zu lassen ...)«. Er versprach, daß sie bekommen würden, was sie wünschten, und verpflichtete sich, das diesjährige Mysterium LO IUDICIO DE DIO, Das Gottesurteil, zum größten Spektakel zu machen, das sie je gesehen hätten. Nicht nötig – antwortete bescheiden der Schreiber der Bruderschaft. Wichtig war, daß die Feuerzungen des Heiligen Geistes mit echtem Feuer brennen würden, ohne jedoch einen Zuschauer zu töten. Wichtig war, daß Christus sterben und als Heiliger Geist, als Feuerzunge wiederkehren würde. Dann bereute er, es angenommen zu haben. Er hätte sich am liebsten nicht einmal zum Schlafen von seinen Zeichnungen und Vorlagen entfernt, ging kaum aus der Werkstatt und traf auch Alma selten, die ihn jedoch häufig in ihre Gemächer rief, um über den Fortgang des Werks unterrichtet zu werden. Enrico aber vermied es – mit immer neuen Entschuldigungen –, ihr zu gehorchen, und versteckte die kühnsten Entwürfe vor ihr; wenn er das Turmzimmer verließ, verschloß er die Tür unter dem Vorwand, es könnten sich in der Burg Farben- und Bilderdiebe herumtreiben. Er hatte wenig Zeit. Einen Spätfrühling, um ein heidnisches Universum zu malen – voller Ungeheuer, Menschen und Götter; und ein religiöses Universum – voller Ungeheuer, Menschen und mit einem einzigen Gott, dessen Bestimmung es war, zu sterben.

Monatelang hatte er gezeichnet und Unmengen an Zeichenkohle, Pinseln, Bleistiften, Blättern von grobem und von getöntem Papier, Rußschwarz, Bleiweiß, Silber-, Blei-, Messing- und Zinnfedern verbraucht. Nach der Ungeduld, Zerrüttung und Unruhe gerät er in einen Zustand von Leichtigkeit und Abwesenheit, die ihn empfänglich dafür machte, jeden Hauch in sich aufzunehmen. Ein tiefes Vergessen des Körpers und der Zeit. Sein Geist öffnete sich: er war leer, völlig leer. Er zeichnete tagelang, mit einer Geschwindigkeit, die alle für ein Wunder hielten, für unfaßbar, fast magisch. Der geistige Diskurs übertrug sich augenblicklich in Linien und Figuren, Gespenster und Graphik. Der Gedanke wurde Zeichen. Mit quälender Unzufriedenheit, doch mit der unerschöpflichen Fähigkeit, alles zu zerreißen und von vorn zu beginnen, trieb er sich selbst zur Eile an und bannte seine Phantasien auf das Papier: Und erst in dem Augenblick, in dem seine Hand über das Blatt glitt, wußte er, daß er sie eingefangen hatte. Er lief im Turmzimmer auf und ab und untersuchte die Unvollkommenheiten der Wand, fragte sich, welche Figur sich in der Nische ausbreiten könnte, wo die Wand sich krümmte, welche sich der Form des Kamins anpassen könnte, welcher Fluß, welcher Sumpf, welches Ungeheuer sich auf dem Türsturz erheben könnte wie eine Mahnung oder ein Versprechen. Er hob den Blick von den Notizbüchern auf das Pergament, erfand und verband. Er wählte aus und ordnete. Er vergrößerte die Figuren bis zur Unkenntlichkeit und verkleinerte die Welten bis zur Vertrautheit. Seine Hand flog über das Papier. Bald außerhalb, bald innerhalb seiner eigenen Quelle und des Themas, das man von ihm verlangte. Bald als fahler, unbeholfener Illustrator von tausendmal erzählten Geschichten – bald unversehens frei, genial, Herr über die Farben der Welt und über sich selbst.

Er wollte die Frau, die ihm alles gegeben hatte und der er seine Auferstehung zu verdanken meinte, nicht belügen: Aber es gelang ihm nicht, zu bekennen, daß er am Pfingstsonntag, wenn alle mit dem Jüngsten Gericht beschäftigt wären, fliehen würde, was auch immer geschähe. Darüber hatte er Tag für Tag nachgedacht, bis ihm das Malen verhaßt war. Selbst ihr Anblick war ihm verhaßt. Er hätte gewünscht, daß sie für immer ans Bett gefesselt wäre, um ihr nicht mehr begegnen zu müssen. Doch Alma drang bis ins Turmzimmer vor, um die riesigen Vorlagen zu studieren, die er an die Wände gehängt hatte, ging schweigend zwischen den Zeichnungen und Skizzen, den Entwürfen und Ideen umher. Erst da bemerkte Enrico, daß ihrer beider Frühling, dieser Frühling aus Tränen, Verbannung und Geheimnissen, Leben und Farben hatte hervorquellen lassen. Der Meister, Signora, sieht jetzt. Sie lächelte kaum merklich und wandte den Blick ab. Ich muß Euch etwas sagen, was Euch glücklich machen wird, fügte er dann hinzu. Bald werdet Ihr nicht mehr über mich reden hören. Ich werde Euch nicht mehr belästigen. Um die Ernsthaftigkeit seiner Absichten zu bekräftigen, gab er ihr das Buch zurück. Sie wollte es nicht nehmen, aber Enrico bestand darauf. Ich brauche es nicht mehr, sagte er. Mitnehmen würde er es ohnehin nicht. Wohin willst du gehen, Enrico? fragte sie, ohne ihn anzusehen: Sie streichelte den Schlund des grünen höllischen Drachen, der in der Sonne trocknete. Es waren die ersten Worte, die sie seit Monaten an ihn richtete, weil sie das Gelübde abgelegt hatte, keine Nichtigkeiten mehr auszusprechen. So weit weg wie möglich, antwortete er.

Gut, am Tag der Zeremonie wirst du gehen, mein Freund – sagte sie ein paar Wochen später zu ihm. Es ist eine gute Idee. Alle werden beim Mysterium sein, auf dem Kiesbett des Flusses. Alle beschäftigt. Auch die Soldaten. Ein paar Wachen werden übrigbleiben, die werden dich nicht sehen. Du wirst deinen Gehilfen Anweisung geben, damit sie die Maschinerien auch ohne dich in Bewegung setzen können. Du wirst zwei gesattelte Reitpferde am Zollhäuschen finden, dazu dein Gepäck. Der Zollpächter weiß Bescheid. Wenn man bedenkt, daß du den Apennin überqueren mußt, die Jahreszeit aber günstig ist und die Straße in gutem Zustand, dann wirst du nach drei Tagen in Savona und nach einer Woche in Genua sein. Ende Juni ist dort viel Betrieb im Hafen: Es ist die Zeit der Reisen und Abenteuer. Aber steig du nicht auf das erste Schiff, das ablegt. Es gibt eine Galeere mit Namen Zephir. Der Kapitän ist informiert, er wird auf dich warten, wenn du dich verspätest. Sag ihm, daß du in meinem Namen reist. Wenn du angekommen bist, übergib diesen Brief der auf der Rückseite genannten Person. Der Brief ist mit meinem Siegel verschlossen, und du darfst ihn nicht öffnen. Diese Person wird dir helfen. Glaub mir, sie wird dir helfen.

Enrico protestierte erstaunt, sagte, er habe nichts verlangt: Nicht sie hatte ihm die Tür seines Gefängnisses geöffnet. Seinen Käfig hatte er allein geöffnet, und er würde auch ohne ihre Unterstützung aufbrechen. Und außerdem wollte er nicht, daß Tristano sie verdächtigte, ihm geholfen zu haben. Tristano wird dich nicht tadeln, unterbrach sie ihn. Im Gegenteil, er wird dich um so mehr schätzen, denn er würde an deiner Stelle ebenso handeln. Warum tut Ihr das für mich? Alma antwortete nicht. Sie reichte ihm den Brief, wandte ihm den Rücken zu und verschwand mit raschen Schritten im blendenden Licht des Hofs.

Enrico versteckte den Brief zwischen seinen Farben und arbeitete heftiger denn je: Er träumte davon, die Fresken vor seiner Abreise fertigzustellen. Eine Illusion. Pfingsten rückte näher, und er würde sein bedeutendstes Werk verlassen, ohne es vollendet zu haben – nachdem er zwar alles geplant, aber erst wenige Szenen auf die Wand übertragen hatte. Die Besessenheit, mit der er Hunderte von Figuren auf Hunderte von Blättern, Pergamenten und Kartons gezeichnet hatte, sie hatte ihn verlassen, seitdem andere Welten, andere Länder, eine andere Zukunft sich in seinem Geist abzuzeichnen begonnen hatten. Er fühlte sich immer häufiger ausgedörrt, zerstreut, sogar unzufrieden, weil nichts seinen Wünschen zu entsprechen schien – eine Figur blieb starr und plump, eine Armbewegung war unharmonisch, eine Handlung zu unübersichtlich, eine andere gefiel ihm nicht, obwohl sie haargenau so war, wie er sie vorgesehen hatte, er wollte sie verändern und wußte nicht wie, eine Szene, die ihm im Skizzenbuch wirkungsvoll vorkam, verlor im großen Maßstab jede Ausstrahlung und wurde leblos, fern, überflüssig. Er hätte noch einmal ganz von vorn beginnen, hätte ändern und streichen müssen, aber das hätte ihn Wochen und Monate gekostet. Und doch dachte er kein einziges Mal daran, von seinem Plan abzulassen und zu bleiben. Er war Alma dankbar, daß sie seine Wünsche verstanden hatte und ihnen nicht im Wege stand: Er sagte sich, daß er ihr seine Dankbarkeit beweisen müßte. Aber wie? Indem er sich nicht länger mit ihr beschäftigte – nicht länger versuchte, ihr zu begegnen, wo auch immer sie sich versteckte. Enricos Dankbarkeit wurde zu einer ausgedehnten Lehrzeit für ihre endgültige Trennung. Es kostete ihn weniger, als er geglaubt hatte: Nur dann und wann befiel ihn eine bleierne Melancholie, dann lief er im Zimmer umher und starrte die Wände an, kämpfte mit der Trägheit der Materie und seines Willens, beklagte sich, lachte, wurde rasend, verputzte riesige Flächen, die er Tag für Tag mit Schwarz und Blau überzog – und nachts, wenn er in den Hof hinabstieg, spähte er in ihre Gemächer, aus denen kein Lichtschein drang. Hinter den Fenstern seiner Unterkunft stach der Wachturm wie ein schwarzer Fleck auf dem dunklen Grün des Wassers hervor. Er war hingerissen von jenem alten, mächtigen, gebieterischen Turm. Er hätte ihn gern mit in das Fresko aufgenommen, obwohl er nicht wußte, ob als Bild der verlorenen Stadt des Gartens Eden oder des Tartarus, wo die Schatten wohnen. Aber er fand nicht mehr die Zeit dazu.

Wann der Plan begonnen hatte, sich in Almas Geist einen Weg zu bahnen, konnte er nachher nicht mit Gewißheit sagen. Er würde viel Zeit haben, es sich zu fragen. Ihre Gefühle (Verlorenheit, Verlassenheit, Scham, Verzweiflung) waren zu offensichtlich, um nach einer langen Beschreibung zu verlangen. Überflüssig, die Enttäuschung über die Begeisterung herauszukehren, die Enrico bei der Aussicht zeigte, die Fresken aufzugeben, für die sie sich so viel Mühe gemacht hatte, als sie Tristano überredete, sie ihm in Auftrag zu geben; über den Eifer, mit dem er ihre Hilfe annahm und mit offenen Augen träumte, wann immer sie ihn dabei überraschte, wie er die weiße Straße betrachtete, die zum Meer führte. Enttäuschung über seine Leichtigkeit. Sie hatte nicht geglaubt, daß Enrico Bastia vor Abschluß der Arbeiten verlassen würde. Doch er hatte schon die Zeichnungen sortiert (einige wollte er zurücklassen, andere mitnehmen), hatte einen Teil der unvollendeten Arbeit seinen Gehilfen übergeben (nebensächliche Dinge: Bäume, Gebüsch, Tücher, für die er die Schablonen angefertigt hatte, wenig mehr), und war schon längst aufgebrochen, bevor er in der Pfingstnacht tatsächlich auf ihrem Pferd verschwand. Alma glaubte, daß Enrico in diesen Tagen jeden Gedanken und jeden Augenblick ihrem gemeinsamen Werk widmen würde. Doch vielleicht hatte sie seine Liebe zur Malerei überschätzt und seinen Ehrgeiz unterschätzt. Enrico ersehnte Ruhm, kein Meisterwerk. Er war ein widersprüchlicher und unschlüssiger Mann. Er war ein Demokrat, der in der großen politischen republikanischen Schule Sienas aufgewachsen war, und fühlte sich doch auf unwiderstehliche Weise vom Prunk der Höfe angezogen; er ertrug keine Einschränkungen und zeigte eine angeborene Frechheit bis hin zur Anmaßung, und doch war er empfänglich für die Anerkennung durch die Mächtigen und litt unter deren Gleichgültigkeit; er suchte einen Ort, an dem er bleiben konnte, und war doch unfähig zur Seßhaftigkeit; er war ein Mann, der sich mit Intrigen auskannte und der gegen jede Berechnung gefeit war, sinnlich und zerstreut, fröhlich wie kein anderer, aber manchmal hatten sein Geist und seine Fröhlichkeit einen bitteren Nachgeschmack. Er suchte den Beifall eines Königs, den Ruhm, die öffentliche Anerkennung, die er in Bastia nie bekommen würde. Er hatte nicht die Geduld, die Szenen, die er malte, noch einmal zu durchdenken und zu löschen, falls sie mißlungen waren: Er ging mit seinen Figuren so leichtfertig um wie mit ihr. Sie hatte geglaubt, er würde das Geld ablehnen, das sie ihm für die Reise leihen wollte: Enrico wußte, daß sie nichts mehr besaß und daß sie auf Anleihen bei Wucherern zurückgreifen und ihre Juwelen verpfänden müßte. Aber er, der in seinen Schulden ertrank und von Gläubigern verfolgt wurde, nahm die Schatulle mit Dukaten, Wechseln und Schuldscheinen, die sie ihm anbot, mit Freuden an. Danke, sagte er. Er versprach ihr noch nicht einmal, ihr eines Tages alles zurückzugeben. Er wollte nicht zurückkommen.

Alma erwartete ihn hinter den Wolken. Im wörtlichen Sinne – denn Enrico hatte außer dem grünen Drachen, der die Kinder erschrecken und die Erwachsenen verblüffen und für sie auf ewig das Abbild der Hölle darstellen würde, den Himmel und die Wolken gebaut. Wolken, die wirklich fliegen würden: Hinter den Türmen aus Pappmaché standen die imposanten Maschinerien der Kulissenbauer, die mit Drähten, Flaschenzügen und Riemen hantierten. Der Erlöser würde die Bühne der Welt erst am Ende des Mysterienspiels betreten, wenn die Sünden auf der Bühne der Dinge den Sieg davontrugen. Alma war weiß gekleidet und betete kniend zwischen Tauen und Rollen, inmitten der knarrenden Türme aus Holz und Metall. Seit Beginn der Vorstellung hatte Enrico sie überall gesucht, ohne sie zu finden. Er fürchtete schon, er müsse abreisen, ohne sie noch einmal zu sehen. Er erkannte kaum ihre Stimme, ein glühendes und ununterbrochenes Rauschen, das ihn erschauern ließ. Es war ein verzweifeltes Gebet – an irgend jemanden, damit er erscheine. Komm, komm, sagte sie. Wen oder was sie anrief, vermochte er nicht zu deuten. Er war wenige Schritte von ihr entfernt, konnte sie jedoch nicht erreichen. Ein Stapel Flügel und ein Haufen Lanzen und Schilde trennte sie. Als er versuchte, die Lanzen zur Seite zu schieben, verrutschten sie mit Getöse. Alma drehte sich nicht einmal um. Sie war weiß gekleidet, aber auf dem Haupt trug sie nicht die Krone aus gemalten Blumen, die er heute morgen für sie vorbereitet hatte.

Der NEID begann seine drohenden Strophen zu singen, und kurz darauf erklang das Echo des ZORNS und der TRÄGHEIT. Enrico und Alma hörten die vom Wind herbeigetragenen Stimmen der Schauspieler und sahen die Fackeln brennen – Weihrauchschwaden hüllten sie ein –, doch von hier aus konnte man auch das Heulen der Wölfe und der streunenden Hunde hören. Enrico kniete sich auf das feuchte Gras. Im Dunkeln beleuchtete das gelbe Licht der Fackeln die schwarzen Banner der Bruderschaft. In der Mitte der Banner war ein weißer Totenschädel. Unter dem Schädel gekreuzte Knochen. Gute Reise, Meister, viel Glück, sagte Alma, ohne ihn anzusehen. Vom Hof stieg ein gemeinschaftliches Flehen herauf, und ein Aufstöhnen der Überraschung: Der Meister hatte Erscheinungen, Apotheosen und Flüge ersonnen, die diese armen Bauern niemals gesehen hatten. Die Dämonen fliegen mit den Forken in der Hand (von unsichtbaren Fäden gehalten), die Hölle bewegt sich (geschoben von zehn Läufern), und am Ende des Mysteriums wird der Erlöser – damit er auf möglichst spektakuläre und überzeugende Weise auferstehen kann – von den Cherubim auf eine Wolke gelegt. Diese Wolke wird sich mit Hilfe der Kulissenbauer bis zu drei Meter vom Erdbeben erheben, dann wird der auferstandene Christus fliegen, während ein Feuerregen durch die Luft stiebt. Enrico war begeistert von seinem Finale. Er hatte sich immer gefragt, warum Sperlinge und Störche fliegen, die Menschen aber nicht. Ein gescheiterter Traum. Er hatte in seinen Notizbüchern komplizierte Maschinerien gezeichnet, mit Flügeln wie die von Fledermäusen, er hatte das Verhältnis zwischen der Länge der Fledermausflügel und ihrem Gewicht und der Krümmung ihres Brustbeins berechnet, war aber weder zu einem theoretischen noch zu einem experimentellen Ergebnis gekommen: Um den Erlöser fliegen zu lassen, würde er sich eines ganz vulgären Seils bedienen.

Geh fort, Enrico. Du hast deine Arbeit getan, jetzt muß ich die meine tun. Es kam ihm jedoch so vor, als sei es diesmal kein Befehl. Enrico fragte nichts, er wußte nicht, was er wollte. Handeln, in einem gewissen Sinn. Jetzt aufbrechen, wie geplant; heute nacht die Straße gen Süden einschlagen. Aber nicht ohne sie. Ob sie will oder nicht. Den Slawonier hatte er gefragt, ob er ihm bei einer tollkühnen Aktion helfen würde, und dessen Augen hatten geleuchtet. Er war ein Krieger gewesen, bevor die Palaiologen ihn zum Sklaven machten. Worum geht es? Die Frau wegbringen. Wenn sie einverstanden ist, brauchen wir Rückendeckung, weil ihre Verwandten uns verfolgen werden, um uns zu töten. Und wenn sie nicht einverstanden ist, müssen wir sie fesseln, in einen Sack stecken und sie entführen. Ja, hatte der Slawonier geantwortet, gar nicht überrascht. Ich bin bereit. Der Slawonier hatte zwei Stunden lang auf ein Signal von ihm gewartet. Doch gleichzeitig und sogar noch heftiger wollte Enrico nichts. Er wußte, daß sein Plan unvernünftig war, und er hatte nichts getan, um die Flucht mit ihr vorzubereiten – nur zwei Pferde erwarteten ihn bei der Quelle Scura, und der Sack würde leer bleiben. Er würde sie nicht gegen ihren Willen mitnehmen, und auch nicht, wenn sie zugestimmt hätte. Sie waren nahe beieinander, zwischen dem Tauwerk und den Brettern. Ihm schien, als spürte er jenseits des Raums, der sie heute nacht trennte, die Wärme ihrer Finger. Und als ahnte er in der Dunkelheit das Funkeln ihrer Augen.

Du hast gesiegt, sagte Enrico zu ihr – bitter, aber auch gleichgültig. Er sprach Worte, die nicht die seinen waren, die vielmehr aus der Geschichte eines anderen stammten – einer Geschichte, die sie ihm vorgelesen hatte. Du wirst mich Lästigen endlich nicht mehr zu ertragen haben. Ja, feiere frohe Triumphe, stimme eine Siegeshymne an, kränze dich stolz mit einem goldenen Nimbus. Du hast gesiegt, und ich gehe gern von dannen. Freue dich, eisernes Herz! Etwas an meinem Tun wirst du endlich loben müssen, was mich genehm dir macht, wirst bekennen, daß ich es gut getan habe. Enrico suchte zwischen den Lanzen einen Weg. Doch alles war fest, dicht, gleichmäßig, die rostige Oberfläche der Schilde hinterließ auf seinen Fingern einen kaum spürbaren Staub, dunkel wie geronnenes Blut. Er streichelte dieses schuppige Eisen, als wäre es ihr Gesicht. Seine Finger zeichneten im Rost einen erdachten Körper. Das Eisen gab allmählich nach, die Lanzen schoben sich nur eben auseinander, gerade so weit, daß er die Fingerkuppen hindurchstecken konnte. Diese Mauer aus stumpfen Waffen ist so dünn. So wenige Zentimeter trennen uns. Wäre ich ein Krieger, würde ich diesen falschen Zaun, diese falsche Rüstung mit einer Bewegung der Schulter einreißen, ich wäre bei ihr, und sie würde mich nicht zurückstoßen. Sie mußte sich entfernt haben, weil er nichts fand, nichts berührte. Doch dann spürte er überrascht auf der anderen Seite ihre Wärme. Es ist die Innenfläche einer Hand, dieses zarte Papier, das ihn berührt. Es sind ihre Finger, diese sehnigen, durchscheinenden Knochen, die ihn berühren. Es ist nicht warm, und doch schwitzt er, als lodere eine Flamme auf, als atmete er brennende Glut. Geh fort, aber wenn du auf der Spitze des Hügels bist, bleib stehen und betrachte das Ende des Festes, Enrico.

Auf dem Platz rief der Schauspieler: Und ich sehe mich oft an, um mich schön zu sehen, mit der Geliebten lache ich oft, und wenn ich weine, fließe ich über wie der Brunnen im Schlamm. Im Schlamm, im Schlamm, kam es zurück wie ein Echo. Auch sie mußte diese Worte gehört haben. Vielleicht hatte sie sie sogar selbst geschrieben. So erzählte man sich im Kastell. Daß sie in diesem Jahr die Schöpferin des Schauspiels sei. Doch sie ließ seine Hand nicht los. Er hätte sie bitten mögen, mit ihm zu gehen, er wollte es, aber er sagte nichts. Es wäre Narrheit gewesen, und sie hätte darüber gelacht. Oder vielleicht, im Gegenteil, sagte er deshalb nichts, weil er erst jetzt zu begreifen schien, daß Alma ihm heute nacht gefolgt wäre. Wenn die Geschichten, die sie ihm vorgelesen hat, wahr und keine papiernen Träume wären, dann wären die beiden, die einander unablässig Vers für Vers verfolgen, der Mann und die Frau, der Gott und die Göttin, der Fluß und die Nymphe, die tausend Formen und tausend Gestalten annehmen und in den unglaublichsten Weisen zusammenkommen (sie auf der Flucht – er nahe hinter ihr), jetzt stehengeblieben und hätten einander forschend angesehen, so wie sie sich forschend ansehen – sogar in einer Finsternis, in der man nichts erkennen kann, er wäre das zuckende Holzscheit, das im Feuer brennt, sie ein trockenes Gestein, das langsam ins Leben zurückkehrt. Jetzt führen die weißgekleideten Statisten einen verworrenen Tanz auf, die Komparsen reiten auf dem Rücken ihrer Laster dem Tod entgegen.

Du hast mich auf der Wand malen wollen, und ich verzeihe dir. Aber du hast mich nicht verstanden, und es war nicht die Geschichte, in der ich leben sollte. Wisse, Enrico, nicht vor meinem Leben fand meine Liebe für dich ein Ende. Nicht ein Gerücht, mein Ende zu künden, soll kommen zu dir. Ich selbst, damit du nicht zweifelst, will gegenwärtig mich zeigen, daß am entseelten Leib die grausamen Augen du weidest. Eines Tages, wenn die Zeit enden wird, dann werden unsere Leben einander wieder begegnen, frei von Orten und Namen, und wir werden uns dort treffen, wo Gott eine Stunde, einen Augenblick, ein Ganzes seiner Ewigkeit geblieben ist – und dieses Anderswo wird ein Land des Lichts sein, nicht dunkel wie diese Welt, in die Gott seit Jahrhunderten nicht mehr kommt. Aber was sagt Ihr da? scherzte er, unbehaglich. Ihr wißt, ich traue den Versprechungen nicht. Die Toten sind Asche zu Asche, und niemals, niemals, auch nicht zwischen den Schatten der elysischen Felder, im himmlischen Garten der Orangenbäume und Blumen könnte ich Euch wiederfinden. Vielmehr, paßt auf Euch auf, seid glücklich.

Er geht mit schnellem Schritt durch die Dunkelheit. Er ist eine Stunde später als vorgesehen, aber er hat das Ende abwarten wollen. Er läuft Hals über Kopf den Hügel hinunter. Die Talebene hinter ihm ist dunkel. Die Fackeln sind erloschen, desgleichen das Feuerwerk und die Feuerräder mit ihren Lichtern und Farben. Das große Feuer ist in einem Geruch von Harz und kalter Asche erloschen. Auch der Wachturm ist in der Dunkelheit verschwunden, mit seiner einsamen Bewohnerin. Er wird sie nicht wiedersehen. Der von Schluchten und dichtem Wald gesäumte Weg war tückisch und gefährlich – niemand hätte es gewagt, ihn nach Sonnenuntergang zu wählen. Er wird meilenweit auf kein Dorf treffen. Vagabunden könnten ihn überfallen, ihm mit einem Dolchstoß das Leben nehmen, aber sie werden es nicht tun. Bei der Quelle Scura erwartet ihn ein Pferd, wartet der Slawonier mit seinen Kisten, Bildern, Pinseln, Rezeptbüchern. Der Slawonier war sofort zum Aufbruch bereit gewesen, weil er seine Freiheit will, jetzt und sofort, er ist es leid, auf ein Geschenk zu warten, das ihm vielleicht nie gemacht wird. Der Slawonier will wieder kämpfen: Er hat es satt, einem Mann beim Malen von nackten Frauen und Tritonen zuzusehen. Als er ihn allein kommen sieht, weiß er, daß es keine Entführung geben wird. Das hat er geahnt, der Slawonier, und sagt nichts. Sie werden gemeinsam bis zum Meer reiten, dann werden sich ihre Wege trennen. So zog Enrico fort, des Nachts, seiner Zukunft entgegen, bestieg das Pferd, lockerte die Zügel, gab dem Tier einen Peitschenhieb, trieb es mit den Sporen an, und so ritten sie hintereinander her, er und der Slawonier, in der dunklen Nacht – ich bin frei, sagte er sich immer wieder, frei, frei, war es nicht das, nur das, was ich wollte? Aber es gelang ihm nicht, sich aus dem Kopf zu schlagen, was er vom Hügel aus gesehen hatte. Alma, sagte er sich immer wieder, hat mich zu ihrem Begräbnis geladen.

Zehn weißgekleidete Mädchen treten nach vorn, halten eine brennende Kerze hoch, deren Flamme sie mit der hohlen Hand schützen, damit sie nicht verlösche. Bei jedem Schritt löst sich eine Gänsefeder von den an ihren Schultern befestigten Pappflügeln und schwebt auf den Pfad nieder. Die Mädchen lassen eine flüchtige weiße Spur aus Federn und Leichtigkeit hinter sich, der Sommerwind wirbelt die Federn durch die Luft. Hinter den Mädchen kommt der Abt des Klosters mit den Paramenten für wichtige Zeremonien; ihm folgt der Meßdiener mit dem schwarzen Banner, auf dem der weiße Schädel grinst. Dann alle Novizen, denen Tränen aus den Kinderaugen laufen. Und schließlich ganz langsam die Mitglieder der Bruderschaft. Lange schwarze Kapuzen verdecken ihre Gesichter. Sie wirken wie Gespenster des kommenden Todes. Das Publikum steht im Halbkreis um den Wachturm herum. Auf den Zinnen der Burg werden die leuchtenden Feuerräder entzündet, die Enrico für das Fest entworfen hat. Funken steigen aus dem großen Feuer auf, das mit Holz und zerrissenem Papier brennt. Es verbreitet einen Geruch von Harz und verbrannten Worten. Almas Buch brennt, der Lederrücken ist eine verhärtete Kruste, die Seiten kräuseln sich, werden gelb, bis das Feuer sie verschlingt, sie von der Mitte her auffrißt, Feuerringe aus ihnen macht, ihr Nichts enthüllt. Die Kette aus den bemalten Kernen brennt, das Monogramm EZS wird schwarz; die Brokatkleider und die Pelze brennen, die sie ohnehin seit einiger Zeit nicht mehr anlegt; auch die Juwelen brennen, die Goldketten, die Ringe, die Perlen, die Armbänder und die Edelsteine, die schmelzen und schwarz werden und in der Asche gerinnen. Es brennen das Tafelbild, auf dem Alma abgebildet ist. Es brennt ihr längliches Gesicht, ihre schmale Nase, ihre langen Hände. Die Flammen verlieren an Kraft, das Holz ist aufgebraucht, und das Feuer ist ein Haufen grauer Asche geworden. In diesem Augenblick bleibt der Zug der gefiederten Mädchen auf dem Hof stehen. Oh, komm, du seliger Geist. Aus den Maschinerien sprudelt ein Funkenregen – der Heilige Geist riecht nach Feuerwerk und Schießpulver. Alma tritt auf. Sie geht über die Flußbrücke. Alle starren sie an. Einige brennende Funken fallen auf die Wiese und fachen zarte Flämmchen an, die die Feuchtigkeit der Nacht eilig wieder erstickt. Der Abt schwenkt den Weihrauchkessel, und der Geruch des Weihrauchs erreicht sogar Enrico auf dem Hügel.

Alma kniet vor dem erloschenen Feuer. Sie gräbt die Hände in die Asche, füllt ihre Hände. In jener Asche liegt ihrer beider gesamtes Leben, das nun abkühlt und morgen nichts sein wird. Alma hält für einen Augenblick die Asche zwischen den Fingern, führt dann die Hände über ihr Haupt und läßt die Asche fallen. Die schwarzen Banner wogen im Wind. Alma kniet vor dem Abt nieder, und er segnet und salbt sie. Als stände sie an der Schwelle des Todes. Er macht mehrfach mit seiner knochigen Hand das Zeichen des Kreuzes. Ich segne dich, Frau, weil du heute hast sterben wollen. Alma nimmt aus seinen Händen die brennende Kerze und geht auf den Wachturm zu. Sie tritt ein und dreht sich nicht um. Nach einigen Augenblicken dringt der Lichtschein der Kerze durch die Schießscharte. Es ist nur das leichte Zittern einer Flamme. Drei muskulöse Zimmerleute gehen den Pfad entlang, sie schieben eine Karre. Vor dem Tor des Turmes bleiben sie stehen. Eilig laden sie einen Haufen Ziegelsteine ab und stapeln sie in Form einer Pyramide. Eine Tür aus Ziegelsteinen. Die Fugen zwischen den Ziegelsteinen schließen sie mit ungelöschtem Kalk. Es braucht nicht viel, um eine Tür zuzumauern. Die Ziegelsteine haben die warme und freundliche Farbe der Erde. Der Abt segnet den Turm, segnet die Umstehenden und erklärt die Zeremonie für beendet. Heute, am 25. Mai 1493, verließ Alma Galatea da Monforte im Alter von dreiunddreißig Jahren durch den Willen des Heiligen Geistes die Welt und entstarb dem Leben, als lebende Hauptdarstellerin ihres Todes, Gespenst ihrer selbst. Schatten. Niemand bewegt sich. Niemand spricht. Die schwarzen Banner schwanken im Wind. Das Licht der Kerze ermattet hinter der Schießscharte des zweiten Stocks – leuchtet noch einen Augenblick und erstirbt. Enrico wendet dem Turm den Rücken zu und entfernt sich. Von dem ganzen Leben, das er hier oben verbracht hat, mit seinen imaginären Figuren und mit dieser wirklichen Frau, bleibt ihm nur ein zufälliges Bild in den Augen zurück. Am Ende kommt, in der vorrückenden Nacht, im entschwindenden Licht, ein Mann vorbei, ohne auf etwas zu achten – einer der Maurer wahrscheinlich –, und läßt die leere Karre über den Weg rollen.

Nordwand

Seine verlorenen Tage senken sich über ihn
wie ein Nebelschleier

1

Er schaukelt auf dem Sitz Nr. 107 im 23-Uhr-Metroliner hin und her, die rechte Wange gegen die speckige Kopfstütze gelehnt, die nach Zug und nach den fahlen Existenzen anderer riecht. Auf dem Nebensitz rollt eine kleine, schon leere Mineralwasserflasche. Daneben hat er den Corriere fallen lassen, aufgeschlagen auf der Seite der Sensationsnachrichten. Ganz hinten hängt sein dunkelblauer Mantel, steigt wie ein Geist aus der nächtlichen Dunkelheit auf. Hinter der Fensterscheibe versinkt ein anonymer Herbst im Wald. Der Herbst mit seinem zähflüssigen Nebel und seinem kurzen Licht zerstreut das letzte Aufwallen der Gespenster. Das Repertoire der Erinnerungen ist verschlissen: ein abgelaufener Paß, der die Stempel zu vieler Länder über sich hat ergehen lassen. Er ist müde und zufrieden, in einer diffusen allgemeinen Zufriedenheit, aufgrund der raschen privaten und beruflichen Veränderungen dieser letzten Monate: ein Kaleidoskop neuer Dinge, das ihm die Welt, die er hinter sich gelassen hat – mit all ihren Tragödien, Veränderungen, sogar ihren Revolutionen –, unverständlich macht, völlig abgetrennt von seiner Existenz. Das Kastell ist gerichtlich konfisziert worden. Das Baltuszimmer geschlossen. Die Geschichte hat sich festgefahren, er selbst ist auf ein totes Gleis geraten. New York–Washington. Der Meister hat das Fresko verlassen, und er hat seine Spur verloren. Er bricht irgendwohin auf, aus irgendeinem Grund – das Leben geht schließlich weiter: Doch seit einiger Zeit schwebt er um die Dinge herum, an der Peripherie seiner selbst.

Der Zug ruckelt durch verlassene Wälder; Novemberregen peitscht gegen das Blechdach und die verschlossenen Fenster. Vor Arsenio taucht – leicht aufgedunsen, schlau und lächelnd wie immer – das Gesicht von Postumo Drago auf. Er glaubt zu träumen, doch der geheimnisvolle Hauptgesellschafter der ZIEM befindet sich tatsächlich im 23-Uhr-Metroliner New York–Washington; er reist in Gesellschaft von Luisa, die zu dem Passagier von Sitz Nummer 107 hinübersieht – eben zu ihm, Arsenio: Sie sieht ihn mit einem rätselhaften, stechenden Ausdruck an. Um den nackten Hals trägt sie eine Pünktchenkrawatte. Ich hole die Tickets Tickets Tickets, sagt sie, steht auf und entfernt sich zwischen den leeren Sitzen. Es ist dunkel. Der Zug quietscht und kreischt. Quietscht und kreischt. Luisa paßt nicht in seinen Traum, so wenig wie in sein Leben. Schön und reich kommt oft zugleich, ist Ihnen das schon aufgefallen? sagt Drago – genau wie er es früher zu ihm gesagt hat, letztes Jahr, als sie mit einem J&B auf den Erwerb einer nackten Frau anstießen; und er lacht, um ihm zu gefallen, feiger Hofnarr im Palast seines Herrn, den er umschmeichelt und verachtet. Das durften Sie mir nicht antun, Drago, hört er sich jetzt sagen – mein Name in einem Atemzug mit diesem Schweinestall. Welch grauenhafte Werbung. Drago zuckt mit den Achseln, gleichgültig. Wie um einen Alptraum zu unterbrechen, versucht er den lästigen Drago mit einer hysterischen und unbedachten Handbewegung zu verscheuchen. Vergeblich. Tickets Tickets. Ein Schatten beugt sich über ihn. Ein Körper hängt am Metallgestänge des Gepäckfachs, schaukelt leicht bei den ruckenden Bewegungen des Zugs. Eine Pünktchenkrawatte schnürt ihm den Hals ein. Seine Füße baumeln über dem Boden, ohne ihn zu berühren. Er schwankt hin und her. Reglos. Arsenio schreit: Luisa, nein!

Tickets please, wiederholt der Schaffner. Er richtet die Diensttaschenlampe auf ihn. Arsenio öffnet die Augen, ist geblendet. Sein dunkelblauer Mantel, der am Haken hängt, schwankt bei den Stößen des Zugs. Yes, just a minute, stammelt er. Drago sieht ihn wirklich mit diesem geschwollenen Gesicht an: Aber es ist ein Gesicht aus Papier, das ihm aus dem Sensationsnachrichtenteil des Corriere entgegenlächelt. Die Nachricht füllt eine ganze Seite, Erzählungen, Kommentare, Stellungnahmen von Freunden, Verwandten, schützenden Politikern, Richtern, Gegnern. Er hat sich gestern erhängt. Er hat es durch Zufall erfahren, denn hier drüben liest er fast nie italienische Zeitungen: nur weil er Zug fahren mußte. Am Samstag findet in Mantua das Begräbnis statt.

Postumo Drago, 49 Jahre alt, seit fünf Monaten von der Polizei gesucht

DER SCHACHERER POSTUMO DRAGO ERHÄNGT SICH

(Eigener Bericht, Mantua)

Der dringend gesuchte Postumo Drago hat sich das Leben genommen. Er hat sich an einem Deckenbalken in seiner Wohnung in der Via Udine 63 erhängt. Er wurde mit internationalem Haftbefehl gesucht und war vor fünf Monaten untergetaucht. Ein diskreter, reservierter Mann, der – obwohl er weder herausragende Ämter bekleidete noch besondere Funktionen innehatte – als einflußreiche Person galt: in der Welt der Finanziers, Unternehmer, Politiker, Lakaien, die kleinen Scheichs und Intriganten, die in den achtziger Jahren Bedeutung gewonnen hatten.

Es gilt als sicher, daß er der Hauptgesellschafter der in zahlreiche Ermittlungen verwickelten geheimnisumwitterten Immobiliengesellschaft ZIEM war. Denn die Kapitalmehrheit liegt in Händen der Finanzgesellschaft CRESCENT MOON mit Sitz in Luxemburg, die ihrerseits eine Tochter der Phantom-Finanzgesellschaft CHARLIE ist, mit Sitz in Curaçao auf den holländischen Antillen, deren Inhaber wiederum Drago sein soll. Geschickt, entschlußfreudig, immer darauf bedacht, sich politische Bündnisse aufzubauen, war er schon im Jahre 1983 wegen betrügerischen Bankrotts angezeigt, aber wieder entlastet worden.

Der 49jährige Drago hat sich gestern morgen gegen 13 Uhr im Arbeitszimmer seiner Attikuswohnung das Leben genommen. Seine Leiche wurde gegen 15 Uhr von der Putzfrau gefunden. Er hatte seinen Anwalt über seine Absicht informiert, nach Italien zurückzukehren und sich zu stellen. Drago hinterläßt eine zwölfjährige Adoptivtochter, Nayantara.

Seine Tat hat großes Erstaunen ausgelöst. »Ich hätte nie für möglich gehalten, daß er etwas Derartiges tun würde«, ist der Kommentar eines Freundes, der nicht genannt werden möchte, »niemand wußte das Leben mehr zu schätzen als er.« Drago hat keine Botschaft zur Erklärung seiner tragischen Tat hinterlassen.

Der Journalist beschränkt sich in seinem Artikel darauf, die Endgültigkeit und auch die ungewohnte Wortlosigkeit zu betonen, mit der Drago sich aus der Gemeinschaft der Lebenden streichen wollte: keinerlei Hinweis auf sein Privatleben. Es wird erwähnt, daß er untergetaucht war, aber nicht präzisiert, wo, und auch nicht, ob er Schutz oder stillschweigende Duldung genossen hat. Es heißt nur, daß er am 1. November aus heiterem Himmel in seiner Wohnung in Mantua auftauchte. Drago kehrt praktisch schon als Leiche auf die Bühne zurück – als er am Balken seines Arbeitszimmers schaukelnd von seiner Zugehfrau gefunden wird. Heute, bei der Lektüre der vorbereiteten Nachrufe zu seinem Gedenken, der unwahrscheinlichen Biographien, die seine Persönlichkeit zu erfassen versuchen, der malerischen Legenden, die sein Verschwinden wuchern ließ, und aller Nachrichten zum Fall seines ehemaligen Arbeitgebers, rechnete Arsenio damit, auf Luisas Namen zu stoßen, neben dem seinen. Er hat nichts gefunden und weiß nicht, ob er darüber Erleichterung oder eine bittere Gleichgültigkeit empfunden hat.

Denn der Name Luisa Sanacore Morand di Beauregard war der Polizei durchaus bekannt: Ihre Beziehung zu Drago war nicht allzu geheim, und oft war Sanacores Name in den von der Polizei abgehörten Gesprächen gefallen. Drago erwähnte sie seinen Gesprächspartnern gegenüber häufig. Er fragte nach Nachrichten von ihr. Das auf ihren Namen laufende Handy war in der Erwartung abgehört worden, daß der Flüchtige früher oder später seine Geliebte anrufen werde. Das ist nicht geschehen. Sanacore hatte das Gerät immer ausgeschaltet, und die Nummern, die sie anwählte, erwiesen sich als unergiebig für die Ermittlungen. Viele Nummern waren die Anschlüsse von nach halb Europa ausgewanderten jugoslawischen Bürgern, die am häufigsten gewählte Nummer war die eines gewissen Arsenio Ventura, bis dessen Anschluß von der Telephongesellschaft stillgelegt wurde. Mehrfach wurden zwei hartnäckige Polizisten bei Luisa vorstellig, um zu fragen, ob sie über die letzten Ortsveränderungen ihres Freundes Drago informiert sei. Beim Anblick der Uniformen hatte sie eine Nervenkrise. Laßt mich in Ruhe, brüllte sie, ich habe nichts getan. Nein, ich habe nie mehr etwas von Drago gehört.

Alle mobilen Güter des Verstorbenen (Wertpapiere, Gemälde und die Aktsammlung) wie auch die Immobilien (Ländereien, Villen), seine Gesellschaften und das Kastell von Bastia mit seinen Fresken sind gerichtlich beschlagnahmt worden. Das Baltuszimmer wird geschlossen bleiben. Der Staub der Gegenwart lagert sich auf dem Staub von gestern ab, und in dieser feuchten Herbstnacht stellt Arsenio sich vor, daß die Arbeit unterbrochen bleibt: Die Geschichte der Wandmalereien und des Meisters wird kein Ende haben, wird eine chaotische und formlose Skizze bleiben. Der Name Drago verschwindet innerhalb von zwei Tagen aus den Zeitungen, und als man ihn an einem windigen Novembermorgen zu Grabe trägt, kommen gerade eben die engsten Verwandten, die Hausangestellten und ein paar Freunde. Arsenio hat nicht einmal ein Telegramm geschickt – sein Name soll nicht mit Dragos Namen in Verbindung gebracht werden. Auch Luisa ist nicht gekommen.

2

Dabei hatte Drago seine letzten Stunden mit ihr verlebt. Er kam abends, im Dunkeln und bei Regen. Er hatte sich vom Taxi auf der Landstraße absetzen lassen, auf der Höhe der Brücke, und war zu Fuß auf die Lichter des Kastells zugegangen, durch Schlamm und Löcher stolpernd. Es regnete in Strömen, er suchte unter einem schwarzen Regenschirm Schutz, schleifte mühsam einen Hartschalenkoffer auf Rädern hinter sich her. Sie sah ihn im fahlen Lichtschimmer auftauchen, mit den Füßen in den faulenden Blättern auf dem Vorplatz versinkend, mit einem düsteren Regenschirm, einem Zweireiher und Pünktchenkrawatte. Er wirkte wie ein Gespenst. Ciao, sagte er und lächelte. Luisa war im Morgenrock heruntergekommen, um ihm zu öffnen. Sie war absolut nicht in Form. Ich störe dich nur für eine Nacht – versicherte er höflich. Es ist dein Haus, sagte sie.

Er, Drago, hatte noch immer viele Freunde, aber er fand es nicht sehr geschmackvoll, sie in solch einer unangenehmen Angelegenheit zu belästigen. Wohin hätte er sonst gehen können? Er war gestern nach Italien zurückgekehrt. Seine letzte Adresse war eine heruntergekommene Pension in einem verrufenen Viertel der Altstadt von Genua. Keine Segeljacht, keine Garçonnière mit elegantem Mobiliar: Rissige Mauern empfingen ihn und ein dreckiger gelber Teppich vor dem Bett, das so durchgelegen war, daß es eher einer Hängematte glich. Er wollte mit jemandem sprechen. Er wollte mit ihr sprechen. Seit Monaten redete er nur mit den Wänden seiner Hotelzimmer, sprach mit Telephonhörern, mit stummen Faxgeräten, mit Kellnern vom Dodekanes, die ihm gleichgültig begegneten. Er wollte nichts anderes als die angenehme Stimme seiner Frau hören und hatte statt dessen die langsam tropfenden Stunden gezählt, allein und fröstelnd im Zimmer Nr. 6. Ein schmutziges und gräßliches Zimmer, in dem er sich wünschte, daß sie zu ihm käme und neben ihm schliefe. Er hatte Angstzustände bekommen, und in jenem Zimmer, in dem es keine Spur von menschlicher Wärme gab, war er versucht zu weinen, seine arme Mutter herbeizurufen. Er wußte nicht, wohin er sonst hätte gehen können. Er schien der gesunde Träger eines ansteckenden Virus zu sein. Interpol war ihm auf den Fersen: Er hatte Italien verlassen müssen und in seinem ägäischen Paradies Zuflucht gesucht, bis er auch die Sandstrände von Rhodos aufgeben und Hals über Kopf nach Italien zurück mußte. Aber er wollte Verwandte, Anwälte und Freunde nicht kompromittieren.

Er trocknete sich die Nase mit dem Taschentuch. Regen tropfte durch ein Loch im Schirm auf sein Gesicht. Das Gesicht eines Menschen verrät die Werte, an die der Träger des Gesichts glaubt, und die, an die er nicht glaubt, seine Größe und seine Vulgarität; es verrät die Gedanken, die er gehabt, und die Dinge, denen er Bedeutung beigemessen hat, seine Schuld und die Gespenster, die in seinem

Geist hausen. Dieser abgemagerte, fast kahlköpfige Mann in seinem absurden dunkelblauen Zweireiher, ein mittelgroßer Samsonite-Koffer als einziges Gepäck, hatte ein derart nacktes Gesicht, daß man darin nur den Erdrutsch lesen konnte, der alles mitgerissen hatte: Es hatte keinen Wert, keinen Gedanken, keinen Wunsch. Es war tot. Der Regen lief ihm über die Stirn und rann über die beschlagenen Brillengläser und die Nase. Luisa hatte rote Augen. In ihrem Blick glänzte ein leicht halluzinatorisches Licht. Komm rein, sagte sie tonlos, du wirst ganz naß.

Sie entschuldigte sich, weil sich ihre Zimmer in einem Zustand extremer Unordnung befanden – vernachlässigt, verstaubt, denn sie kümmerte sich zur Zeit nicht darum, und Azra auch nicht. Er kannte sie ja, Azra. Sie entschuldigte sich auch, weil der Ofen aus war: Es war irgend etwas mit der Anlage passiert, und sie hatte noch keinen Handwerker gerufen. Langweile ich dich? Nein, entschuldige, murmelte er, ich höre dir zu. Sie riet ihm, mit Pullover, Strümpfen und zwei Decken zu schlafen, wenn es ihm nichts ausmache. Ich war nicht auf der Suche nach einem Hotel, Luisa, ich wollte ... Ja, lachte sie, mit jemandem sprechen. Seit Monaten lebte Drago in Hotels. Er hatte genug von Hotelzimmern, von den leeren Schränken, in denen melancholisch die nackten Bügel hängen, von den überflüssigen Schreibtischen, den ungenutzten Schubladen – all jenen Möbeln, deren Bestimmung es ist, nie etwas anderes zu enthalten als ihre staubige Leere. Die Hotelzimmer rochen nach Einsamkeit und Gleichgültigkeit. Wenn du duschen möchtest, sagte Luisa, ohne ihm zuzuhören – heißes Wasser ist da; aber paß auf, es spritzt in alle Richtungen, fügte sie hinzu und gab ihm ein Handtuch, das das aggressive und lederne Aussehen von Wäsche hatte, die keinen Weichspüler kennt. Ich würde gern eine Pizza essen, seufzte er.

Das tut mir leid, antwortete Luisa, das Essen ist schon fertig. Drago schwieg enttäuscht, und nachdem sie hinausgegangen war, blieb er lange reglos stehen. Luisas Zimmer war Krankenhaus, Speisekammer, Keller und Abstellraum geworden – so beherbergte es neben ihrer Niederlage, ihrer Flucht und Einsamkeit auch eine Kiste Kartoffeln, zahllose leere Weinflaschen, gebrauchte Spritzen, blutbefleckte Wattebäusche und einen Wäscheständer, auf dem ein Mädchenbüstenhalter wegen der Feuchtigkeit nicht trocknet. Doch Drago lächelte – denn vielleicht zum ersten Mal, seit er vor fünf Monaten Italien verlassen hatte, vielleicht sogar seit noch längerer Zeit, fühlte er sich zu Hause.

You've changed! kreischte Azra und sprang ihm fast an den Hals, als sie ihm in der Küche begegnete. Drago hatte wirklich keine Ähnlichkeit mehr mit dem Mann, den sie kannte, und auch nicht mit dem, der in den Zeitungen und im Fernsehen gelandet war: ein Mann im T-Shirt, sonnengebräunt, lässig und lächelnd, weniger glatzköpfig als in Wirklichkeit, an den Mast einer Segeljacht gelehnt – weder jung noch gut gebaut, fand Azra, aber ein zäher Typ, der etwas Anziehendes hatte und für den sie eine heftige Verehrung hegte. Seit Arsenios Zeiten war er, abgesehen von der Polizei, der erste fremde Mensch, der einen Fuß in die Burg setzte. Doch sogar Luisa gegenüber benahm er sich nicht mehr wie früher. Er schien ein Bittsteller zu sein, ein Eindringling, der sich bewußt war, im Wege zu stehen, eine Last zu sein – ein Bettler. Er hatte sich nicht umgezogen: Er trug noch den dunkelblauen Zweireiher und die Pünktchenkrawatte, als wäre er soeben aus dem Flugzeug gestiegen, zurück von einer wichtigen Geschäftsreise – aber in den Augen hatte er den vorsichtigen und resignierten Ausdruck, den Schuldige haben, wenn sie verhaftet werden.

Sie saßen um den Tisch herum, an dem Azra ihm zu Ehren anstelle der verblichenen japanischen Sets eine saubere Tischdecke aufgelegt hatte, und schwiegen. Azra vor Aufregung über seine Rückkehr, Luisa aus Müdigkeit, Drago, um einen Gefühlsausbruch zurückzuhalten. Das Telephon läutete in der Tasche von Azras Jeans. Drago fuhr vom Stuhl auf, in einer Reflexbewegung. Dieser vibrierende und leicht feindliche Klang war in den letzten Monaten für ihn zum Symbol der Verfolgung geworden. Durch das Telephon erreichten ihn nur noch schlechte Nachrichten. Luisa hatte sich nicht einmal bewegt. Es ist für mich, sagte Azra.

Ein Abendessen wie von Verschwörern, in einer sintflutartigen Nacht, in einem eiskalten Zimmer, im Dunkeln wie während einer Ausgangssperre, nur leicht erhellt durch eine Glühbirne, die verwaist am Kabel hängt, ohne Lampenschirm, der zerbrochen ist und noch nicht ersetzt wurde. Die Wohnung schien Tag für Tag weiter zu zerfallen. Die Dinge sind unsere Identität, ohne sie sind wir nichts – und hier war alles zufällig, anonym geworden. Im Zeitungsständer hatten blutrünstige Comichefte und die neuesten Ausgaben von FAHRRADSPORT die Kunstzeitschriften und BELL'ITALIA verdrängt. Im Korridor stand auf dem obersten Treppenabsatz ein Rennrad mit schlammverkrusteten Reifen. Kolossale Hunde von unbestimmbarer Rasse, denen früher die bewohnten Zimmer versperrt waren, lungerten jetzt sabbernd auf den antiken Sesseln herum und rollten sich auf Luisas wunderbaren Teppichen zusammen, wo sie Büschel von Haaren hinterließen. Drago hatte den Eindruck, daß die Behausung langsam den Boden unter den Füßen verlor.

Sie waren nervös und unzufrieden. Jedes Auto, das auf der Landstraße vorbeiflitzt, ist ein Polizeiwagen, jedes quietschende Bremsen das Signal zum Überfall, jedes Klirren eine Vorankündigung der Handschellen. Ein Abendessen, das Luisas apathischer Art der Ernährung würdig war. Mehrfach aufgetautes, tiefgefrorenes passiertes Gemüse; Omelett mit Zucchinis, von Azra zubereitet, völlig zerkocht. Vielleicht war es wegen des elenden, faden Gemüsepürees, vielleicht wegen Dragos Kommen, vielleicht wegen des kaputten Ofens, vielleicht wegen einiger Gramm zuwenig, vielleicht weil auch heute wieder ein überflüssiger Tag gewesen war: Auf einmal fing Luisa, während sie mit dem Löffel im flüssigen Gemüse rührte, ganz unerwartet an zu weinen. Zu Anfang tropften vereinzelte Tränen auf den Teller, dann verbarg sie das Gesicht in dem Stück Haushaltspapier, das als Serviette diente. Drago war überrascht. Entschuldigt bitte, sagte Luisa, stand auf und schniefte, entschuldigt mich. Sie hörten sie durch die Nebenzimmer gehen und die Tür schließen.

Seit Monaten war sie in einem Zustand der Schwäche und Entkräftung: Sie hatte sich aus dem Leben entlassen. Sie schlief den ganzen Tag und dachte nur daran, sich zu besorgen, was sie brauchte: ein durch Dragos Abwesenheit und das Ausbleiben seiner Darlehen erschwertes Unternehmen. Sie verbrachte ihre Tage im Bett, rollte sich Zigaretten aus Tabak, nippte an ihren Stoffvorräten, wartete auf die Wirkung und weinte. Vor allem weinte sie. Sie konnte nicht einmal mehr gehen: Ein bodenloser Abgrund verschlang sie, und sie begann zu fallen, zu fallen, endlos zu fallen. Aber auch die Fluchten waren ohne Freude. Sie glitt aus einer Realität, die sie haßte, in eine, in der alles sie haßte, sogar die Laken, die sie in Brand steckten und ihre Haut versengten, sogar die Mauern, die auf sie einstürzten und sie erstickten. Azra wußte nicht, wie sie ihr lieber war: mit Schüttelfrost, Krämpfen und Durchfall, wenn sie in Entzugskrise, aber bei Bewußtsein und entschlossen war, wieder wie früher zu werden (als sie die Dosierung zu mischen und zu berechnen verstand), oder wenn sie wie gelähmt im Bett lag, versunken in einer monströsen Realität, die sie zum Schreien und zum Weinen brachte.

Manchmal begann sie zusammenhanglose Monologe, die unerbittlich in einem Weinanfall endeten und in Plänen von Veränderung, Flucht, Umzug in andere Provinzen, Regionen, Staaten, Kontinente. Azra begann es langweilig zu werden, die Abende zu Haus zu vergeuden, an der Seite einer verwirrten und abwesenden Luisa. Sie träumte davon, daß Drago kommen und sie nach Mantua mitnehmen würde, wie er es versprochen hatte.

Häufig wählte Luisa in den Momenten der düstersten Trostlosigkeit Arsenios Telephonnummer. Vielleicht war jenes Schweigen, jenes Warten, jener stumme Dialog die erste Liebeserklärung, die sie in ihrem Leben hatte formulieren können: Doch er hatte nie abgenommen, wahrscheinlich war er umgezogen, und die Nummer, die sie nachts wählt, klingelte ins Leere. Aber er verschwand nicht. Selbst wenn sie in einem Feuerrad aus Licht versank, wiegte sie sich mit seinem flimmernden Bild in den Schlaf, das in jenen Momenten strahlend wurde, fast blendend. Aber sie hatte aufgehört, seinen Namen zu nennen, und eines Morgens gab sie Azra die Jadeohrringe – das einzige Geschenk, das sie je von ihm bekommen hat. Dann holte sie die Schachtel hervor, in dem sie die wenigen Briefe Arsenios verwahrte, und zerriß einen nach dem anderen. Triumphierend warf sie sie in den Müllsack. Am nächsten Tag bereute sie es schon und schickte Azra zur Müllabfuhr, wo man ihr trocken mitteilte, daß der Müll der Gemeinde Bastia del Garbo bereits bei der Müllverbrennungsanlage abgeliefert worden war: zu spät. Sie verbrachte Wochen mit dem Versuch, jene Briefe aus dem Gedächtnis wieder aufzuschreiben. Manchmal, während ihr Geist in eisige, ungastliche Welten abglitt, erinnerte sie sich plötzlich an alles – Hunderte von verknüpften Sätzen, die klare Bedeutungen annahmen. Aber ihr Arm schien unendlich weit weg zu sein, als lägen unüberbrückbare Entfernungen dazwischen, und es gelang ihr weder, den Stift in die Hand zu nehmen, noch ihn zwischen den Fingern zu halten. Sie betrachtete Stift und Finger, hatte alle Worte klar im Kopf, konnte sie aber nicht aufschreiben und auch nicht festhalten, und dann verflüssigten sich die Worte, setzten sich zu neuen Gruppen zusammen, zu einer lockeren Musik, in der die Töne sich auflösten oder kreischend anhielten, und das dauerte Minuten, eine Ewigkeit, bis inmitten der Vibrationen der echte Satz von Arsenio wieder auftauchte. Sie lächelte, erleuchtet, wiederholte den edlen Satz, um ihn daran zu hindern, wieder zu verschwinden, sich wieder aufzulösen und zu einem plötzlichen Schweigen zu zerfallen, und jenen aus einer schon weit entfernten Vergangenheit wieder aufgetauchten Satz schrieb sie einmal, zweimal, tausendmal auf die Linien, die sie vor Augen hatte, während sie wehmütig dachte, daß Arsenio nicht vermocht hatte, aus ihr sein Werk zu machen, weil er sie nicht ausreichend geliebt hatte – doch als ihre Hand dann wirklich den Stift umfaßte und das Papier wieder deutliche Formen annahm, waren die beflügelten Worte zerstoben, und sie konnte sich nicht mehr erinnern.

Don't worry, sagte Azra zu Drago nach einem endlosen Schweigen, it's not your fault. Es ist eine Phase, in der Luisa … Geht es ihr nicht gut? fragte Drago, er vermochte seine Besorgnis nicht zu verbergen. She's crazy, war Azras Kommentar. Drago sagte nichts, und sie schwiegen wieder. Sie schwiegen während des Omeletts, das Drago an den Tellerrand schob, auch wenn es ihm leid tat, Azra zu kränken; sie schwiegen nach dem Essen, während sie im Küchenschrank nach den Gummihandschuhen suchte. Es war fast ein Jahr vergangen, seit er Azra geholt hatte. Er war ihr an einem ähnlichen Abend wie dem heutigen begegnet – Regen, Wind, Nebel. Vom nassen Asphalt stiegen Dunstschwaden auf. Die Dinge hätten anders laufen können – für ihn, für Luisa und auch für Azra. Es tat ihm leid, daß alles schiefgegangen war. Er betrachtete sie fast mit Zärtlichkeit, während sie lustlos den Wasserhahn aufdrehte und das Wasser über das schmutzige Geschirr laufen ließ. Im Sommer '92 hatten Freunde von ihm eine humanitäre Organisation gegründet und Freiwillige gesucht, die Flüchtlinge aus dem ehemaligen Jugoslawien aufnehmen würden, die vor dem Völkermord flohen, und er hatte sich dazu bereit erklärt. Wer weiß, warum er es getan hatte. Vielleicht weil dieser Krieg ihm mehr Grauen als andere bereitete, dieser Krieg, der einen mittelalterlichen und barbarischen Geruch – die Belagerung von Städten wie Dubrovnik, Mostar, Sarajevo, die auf Entbehrungen anderer Jahrhunderte zurückgeworfen wurden, ohne Strom und Wasser, eine antike Belagerung mit den Requisiten Hunger, Finsternis und Tod – mit einem grausig modernen Geruch von Rationalität, Logik, systematischer Ausrottung verband. Indem er einer Geflohenen Unterkunft und Verpflegung anbot, hatte er Luisa etwas Gesellschaft verschaffen wollen – eine Köchin, Krankenschwester, Freundin. Er ertrug die Vorstellung nicht, daß sie dort in jenen kalten Räumen nachts allein war. Man machte ihm Vorschläge. Er wollte Referenzen. Hunderte von zerstörten Leben, gegen deren Verwüstung er kein Mittel wußte, zogen an ihm vorüber.

Er wählte eine gewisse AZRA PEHID aus, die Witwe eines Bauunternehmers aus Sarajevo. In den Informationen zur Bewerberin hieß es, sie sei fünfundvierzig Jahre alt und biete sich als Kellnerin, Krankenschwester, Altenpflegerin an – sie wolle ein neues Leben in Italien beginnen, weit weg von der Stadt, in der ihr serbischer Lebensgefährte ihretwegen und wegen ihrer Familie, die er aufgenommen hatte, von den Serben ermordet worden war. Vielleicht hatte Drago vor, ihr dabei zu helfen, eines Tages ein besseres Leben zu führen, vielleicht stellte er sich vor, seiner eigenen Witwe zu helfen, vielleicht dachte er nur an Luisa und suchte jemanden, der bei ihr bliebe, wenn er in das blaue Auto stieg und sie allein ließ – eine wohlerzogene Frau, kultiviert und gebildet wie sie selbst. Aber als er diese perfekte Frau im Flüchtlingslager abholen wollte, das in einer Grundschule am Stadtrand von Triest eingerichtet worden war, fand er im Büro keine Witwe seines glücklosen adriatischen Zwillingsbruders vor. Ein junges Mädchen, ein undefinierbares Wesen von ungewissem Alter, eingepackt in eine Soldatenuniform, die zu groß war für sie, für ihn, oder was auch immer dieses Wesen sein mochte, fixierte ihn mit einem seltsamen Lächeln. In ihren pechschwarzen Augen leuchtete eine Überzeugung, eine Entschlossenheit, eine Kühnheit, die an Verzweiflung grenzte. Mister Drago? sagte sie. Ja, antwortete er, überrascht. Ich gehöre dir, sagte Azra, ich gehöre dir. Genau so sagte sie es, ich gehöre dir, und Drago war sprachlos. Er nickte, ließ seinen Chauffeur die Autotür öffnen, und eine halbe Stunde später waren sie auf dem Weg nach Bastia del Garbo.

3

Im Halbdunkel strich Drago ihr mit den Fingerspitzen über den Rücken. Sie hatten das Kofferradio angestellt, leise, den Sender Radio Dee Jay. Seit Stunden wurde Musik für junge Leute übertragen, die nach Krawall, Zukunft und Jugend klang. Hin und wieder küßte er ihren Nacken. Luisa war der letzte Zipfel seiner alten Existenz, hatte die Katastrophe überlebt, die sein Leben umgeworfen hatte. Als er fortging, hatte er das Notizbuch verbrannt, den Adressenspeicher auf dem PC gelöscht. Er hatte die kompromittierenden Nummern von allzu bedeutenden Freunden, von Banken und Phantomfirmen vernichtet, aber auch die Nummern von knospenden Mädchen mit Mannequinfiguren, arbeitslosen, eisigen Schönheiten, Gefährtinnen heiterer Stunden – Erinnerungen, die ihm heute aus dem Leben eines anderen zu stammen scheinen. In Ventimiglia war er erstmals seit Jahren völlig allein gewesen, wie ein Illegaler, der über die Grenze gekommen ist und nicht weiß, was ihn auf der anderen Seite erwartet. Während das Taxi über die Autobahn raste, sah er aus dem Fenster und versuchte, an Luisa zu denken. Seltsamerweise gelang es ihm nicht, sich von all den Jahren, die er mit ihr gelebt hatte, auch nur eine Episode ins Gedächtnis zu rufen. Alles, was ihm von der blonden Luisa blieb, waren zerhackte, pornographische Momentaufnahmen. Eine schöne, schweigsame Frau, mandelförmige hellnußbraune Augen, knabenhafter Körper, Parfüm von Arpège. Eine Tätowierung auf der linken Brust: eine Rose in flammender Farbe – wie ein Zeichen, eine Warnung, eine Schwelle. Dann tauchten im Verlaufe der Kilometer Splitter der Vergangenheit auf, ohne chronologische Ordnung. Sie im Bett, eine Perlenkette um den Hals. Verschrumpelte Orchideen in einer Kristallvase – sie mit Samthandschuhen bis zu den Ellenbogen. Die erste Begegnung: sofort nach dem Kauf des Kastells. Er kommt nach Bastia wegen eines Lokaltermins mit den Ingenieuren und Architekten, die den Umbau leiten. Voller Vorurteile gegen sie. Sie ist die Hure, die versprochen hatte zu gehen und die immer noch nicht ihre widerlichen Möbel weggeschafft hat. Die Gerissene, die sich krank stellt, um den Auszug zu verschieben und Gastfreundschaft und kostenlose Unterkunft herauszuschinden. Er war gekommen, um ihr einen Vergleich vorzuschlagen und sie so schnell wie möglich auszuquartieren. Mit Geld, denkt er, kann er die Geschichte klären. Luisa läßt sich nicht blicken. Ein Typ, der sich als ihr Bediensteter vorstellt, teilt der Gruppe mit, daß die Signora sie zum Abendessen einlade.

Sie hat einen Tisch im Hof decken lassen, im Fackelschein. Sie erwartet sie in der Loggia. Das erste, was er an ihr bemerkt: die langen Haare, die offen auf die Schultern fallen und mit einem schwarzen Samtband verflochten sind. Sie wirkt auf ihn wie eine engelgleiche Kreatur. Ein märchenhaftes Abendessen. Kerzenleuchter, Keramik, Silberbesteck, hundertjähriger Wein, Kellner in Livree, Dutzende von Gängen. Er ist überrascht, denn er weiß mit absoluter Sicherheit (seine Leute in der Bank haben weit über das Erlaubte hinaus in ihren Konten herumgeschnüffelt), daß ihr das Geld aus dem Verkauf der Burg kaum gereicht hat, um die Schulden zu bezahlen, die sie in den vergangenen Jahren gemeinsam mit ihrem Mann angehäuft hatte und die – eher als ihre Unannehmlichkeiten mit der Justiz – der Grund waren, warum sie Mailand verlassen mußte. Er hat viele Frauen kennengelernt, aber keine von ihnen zeigt Sanacores erlesene Eleganz und Schlichtheit. Sicher ist das ein Familienerbe, aber er möchte lieber glauben, daß gewisse Gaben den geheimen Zonen der Seele angehören und ihre Natur enthüllen. Durch seine ausgiebigen Studien zum Wesen der Schönheit hat er begriffen, daß Schönheit Unvollkommenheit, Einzigartigkeit, Harmonie der Teile ist – nicht ihre Summe. Luisa war nicht schön, entweder war sie es nicht mehr, oder sie war es nie gewesen. Aber sie hatte ihm die Sprache verschlagen, und er hatte sein Anliegen nicht hervorgebracht: Er war stumm geblieben, versunken, abseits und hatte beredte Blicke schweifen lassen. Er war sich darüber im klaren, daß Luisa ihn hatte verführen wollen. Vielleicht sogar demütigen. Sie hatte die Hierarchie wiederherstellen wollen: Wer einmal reich war, wird niemals wirklich arm, weil er weiß, daß das, was wirklich zählt, nicht das Geld ist, sondern die Umgebung – doch aufgrund einer konzeptionellen Wechselseitigkeit ist die Umkehrung genauso wahr: Wer arm gewesen ist, wird nie wirklich reich sein, auch dann nicht, wenn sein Geld es ihm eines Tages möglich macht, einen ganzen Kontinent zu kaufen; er wird immer die Aura des Elends mit sich herumschleppen – die Laster, die Naivität, die kurzsichtige Gerissenheit. Aber das war ihm egal. Absichten verdienen keine Schuldgefühle. Als sie ihn begrüßt, teilt sie ihm kühl mit, daß sie ihre Zimmer in der nächsten Woche räumen wird. Er verabschiedet sich mit einem eiligen Händedruck. Am nächsten Tag kommt er wieder, und sie erwartet ihn: Sie empfängt ihn bereits im Bett, nackt unter dem Laken, mit einer Perlenkette um den Hals.

Die Grenze ist jetzt weit weg, Asphalt und Autobahn – Luisa, Straßenschilder, die mit jedem Kilometer verkünden, daß die Entfernung abnimmt, Luisa, grüne Schilder, Luisa. Love deluxe von Sade, Seite A, auf dem Boden verstreute Kleider, Schuhe mit galaktischen, hauchdünnen Absätzen, Strümpfe mit Seidenreflexen, die soll sie nie ablegen, bittet er, Parfüms, deren Herkunft er erraten soll. Chanel? Lancôme? Und solange er nicht errät, mit welcher Essenz ihre Haut getränkt ist, läßt sie sich nicht berühren. Seite B. Cacharel? Opium? Magie noire? Am Ende ist nur das noch übrig. Namen, die nicht einmal eine Saison überdauern, Parfüms, die verdunsten. Es sind Erinnerungen, die ihm keinerlei Freude bereiten – im Gegenteil, seltsamerweise verletzen sie ihn.

Er fühlte sich wie Robinson Crusoe, der beim Schiffbruch sein gesamtes Vermögen verloren hat: Sein zwar geräumiger unverformbarer Samsonite-Koffer enthielt denn auch neben einer Pistole Beretta, Kaliber 9,21 (ordnungsgemäß gemeldet und mit Patronen versehen), nur schmutzige Unterwäsche, schmutzige Hemden, schmutzige Anzüge. Es war, als hätte sich seine Vergangenheit auf einen unbenutzbaren Haufen schmutzigen Stoffs reduziert, das keine Seife, keine Waschmaschinentrommel wieder weiß machen konnte. Dieser Stoffhaufen lag da, hingeworfen, vor Luisas Schrank, wie ein Mahnmal und eine Drohung. Nicht schmutziger als sein Gewissen. Luisa mußte ihm einen Pyjama leihen, einen Bademantel, sogar die Einwegrasierklingen, mit denen sie das Heroin glättete. Warum hast du mich nie angerufen? fragte sie plötzlich. Ich wollte dich nicht in Schwierigkeiten bringen, Luisa. Du hast nichts damit zu tun, ich wollte dich nicht hineinziehen. Ich wußte nicht, wo du warst, sagte sie, mit einer leicht brüchigen Stimme, du hättest auch tot sein können. Ich habe es für dich getan, Luisa.

Er sah, wie sie eine Nembutal ohne Wasser schluckte, zu existieren aufhörte, ausgestreckt auf dem Bett lag und – ihm zugewandt – an ihm vorbei das Fenster mit den heruntergelassenen Rolläden betrachtete, durch die ein zaghafter Streifen Licht drang. Die Angst, der Kummer um Luisa waren das erste echte Gefühl, das er seit Monaten empfand. Seit seine Sekretärin ihm die Nachricht überbrachte, hatte er nichts anderes getan, als an sich selbst zu denken, einzig und allein an sich, daran, wie er sich verteidigen könnte, wie er von sich ablenken, wie er diffamieren, verdunkeln könnte, wen er verkaufen sollte, um sich zu retten. Die Welt hatte sich auf ein Nichts reduziert. Er war nicht in der Lage, die Worte der anderen anzuhören, nicht einmal ihre Argumente. Aber vielleicht war er immer so gewesen. Im Grunde hatte er sich nie um einen Menschen gekümmert. Er hätte sich gern um sie gekümmert. Wirklich. Seit er ein sogenannter erfolgreicher Mann geworden war, hatte er immer gefürchtet, daß die Gefühle, die er in einer Frau auslöste, vielleicht nicht ihm, sondern seinem Geld, seinen Beziehungen, seinen Gefälligkeiten galten, und er hatte deshalb begonnen, nur mit Frauen zu verkehren, denen auch er nur Geld, Beziehungen, Gefälligkeiten gab. Aber heute nacht war Luisa für ihn eine Erlösungsverheißung.

Denn als Drago bei Luisa Zuflucht suchte, war er zwar ein verwirrter, gejagter und müder Schiffbrüchiger, aber er hatte absolut nicht vor zu sterben. Er war ein Spieler: Er wußte, daß man viel verlieren kann, bevor man die Bank sprengt. Er hatte viel anzubieten und hätte über den Preis seiner Rettung verhandeln können. Er ging mit ihr ins Bett in jenem verwüsteten Zimmer, und während er sie ansah – unter ihm, reglos und mit geschlossenen Augen –, wurde ihm mit absoluter Klarheit bewußt, daß er es schaffen würde. Die Moral der Gesellschaft ist die Moral des Erfolgs. Zwei mehr oder weniger betrügerische Bankrotte werden hingenommen und vergessen, wenn auf den zweiten eine Periode des Wohlstands folgt. Der Erfolg modifiziert die Vergangenheit. Auch diesmal würde er auferstehen, und sie würden ihm verzeihen. Aber ihr hatten sie nicht verziehen: Sie konnten ihr nicht die Gleichgültigkeit verzeihen, mit der sie die ihnen wichtigen, nahezu heiligen Werte ansah – Geld, Arbeit, Ehe, Familie. Wenn sie kämen, um ihn zu verhaften, würde er sich willig ergeben – ja, in gewisser Weise hoffte er, daß sie es tun würden. Er war bereit, seine Frau, seine Tochter, seine Kompagnons, seine Freunde, sich selbst zu verkaufen, wenn sie ihm einen Ausweg anbieten würden. Luisa, sagte er zu ihr, wir kommen da heraus. Er begehrte nichts anderes als sie. Das ganze Universum, das er vor Luisas Zimmertür, das er in Mantua, in den Büroräumen der ZIEM und auf den Wellen des Mittelmeers gelassen hatte, schien ihm lächerlich und unbedeutend zu sein. Sie war seine Gegenwart und sein Leben, wieviel Zeit hatte er gebraucht, um das zu begreifen?

Er hatte ihr nie besonders viel bieten können, er mit all seinen Verwicklungen, mit den Aktiengesellschaften, der Inflation, der Rezession, der Abwertung, der Frau, der Tochter, dem Bankrott, dem Ärger mit dem Finanzamt. Nur die Brosamen des Lebens – aber die besten: der

Urlaub in Alinnia, ein Ort, an dem sie, die so empfindlich war, nicht den geringsten Lärm ertragen mußte, abgesehen vom Rollen der Brandung; die Abendessen bei Kerzenschein, aber er aß allein, denn Luisa kann nichts mehr schmecken; diese Zimmer, die sie so sehr liebt, und eine Wohnung, in der er sich selten mit ihr traf und aus der er am liebsten nie fortgehen würde. Er wäre am liebsten für immer im Schlafzimmer der Attikawohnung in Mantua geblieben, in dem völlig schwarzen Zimmer, mit ihr, um über Nichtigkeiten zu reden, über den Regen, der gestern nacht gefallen ist, über die Kamelie, die nicht mehr blüht, um ihre blauen Adern zu küssen, die sich in der Armbeuge kreuzen, um zu lachen, wenn sie lachte, oder um plötzlich nicht mehr zu lachen, wenn er schon in ihr war, oder sie in ihm, und die Laken unterdessen immer kälter wurden und die Nacht immer dunkler – aber schließlich war seine Wohnung anderswo, und früher oder später mußte er aufstehen, sich anziehen und nach Hause oder zum Flughafen oder sonstwohin gehen, und während er sich Socken und Hose anzog, auf der Suche nach dem Gürtel herumhüpfte und die modernen Zeiten verfluchte, in denen keine Schuhlöffel mehr benutzt werden, wandte er den Blick nicht von ihr. Und sie war im Bett geblieben und sah ihn mit einer unergründlichen Mischung aus Müdigkeit und Erfüllung, aus Dankbarkeit und Unbefriedigtsein, aus Zuneigung und Gleichgültigkeit an, was, wie er wußte, genau das Gefühl war, das sie für ihn empfand, und mittlerweile war sie aufgestanden, zog sich langsam und sorgfältig an, die hauchdünnen Strümpfe, das enge Kleid, den Foulard, und er brachte sie nie zur Tür (er schickte ihr den Chauffeur mit dem Auto, das war schon viel), und sie entfernte sich und sagte: Ciao. Nur ciao, und das letzte Bild, das ihm von ihr blieb, war jenes zerstreute und abwesende Lächeln, vielleicht nicht einmal an ihn gerichtet, mit dem sie ihn ansah, bis sie aus seinem Blickfeld verschwand.

Und dann tauchte sie wieder in ihr Leben wie er in seines, und diese Leben werden einander nie begegnen, und alles, was sie jahrelang vereint hatte, war gerade das gemeinsame Wissen um das Fehlen einer Perspektive und einer Zukunft.

Wie spät mochte es sein? Drei? Vier? In der Dunkelheit leuchtete die aufglimmende Asche von Luisas Zigarette. Seltsame Gespräche haben sie geführt, die beiden. Nächtliche Gespräche, von Drogen berauscht und ein wenig albern. Luisas Worte sind zusammenhanglos und unlogisch, dann fragt sie ihn plötzlich nach seinem größten Wunsch, und er fährt zusammen. Lange bleibt er stumm, dann sagt er, daß er vor vielen Jahren im Begriff stand, ins Seminar zu gehen und Priester zu werden, daß er vielleicht besser daran getan hätte, der Pflicht des Guten zu folgen. Zum Wohle anderer wirken: das hatte er zu tun geglaubt, als er mit dem politischen Engagement begann – denn an viele idealistische Schlachten erinnerte er sich noch, obwohl sie mittlerweile in einem zähflüssigen Nebel wie von Pech verschwommen sind. Aber das, wendet Luisa ein, ist ein Nachtrauern, es ist kein Wunsch. Da spricht Drago einen Wunsch aus, den niemand, nirgendwo, erfüllen könnte. Ich würde gern – flüstert er –, ich würde gern unschuldig sein.

Wie sie es war, oder wie er heute nacht glauben wollte, daß sie es war. Sein Engel, Luisa. Deshalb war er zu ihr gekommen. Es war fast Tag, und Drago war froh darüber. Seine Ehefrau hatte kurz nach Beginn seiner Schwierigkeiten die Scheidung eingereicht. Sie würde in weniger als drei Jahren die einvernehmliche Scheidung bekommen. Er könnte nach Rhodos ziehen, wo er viele Freunde hatte, sich ein Feriendorf kaufen und von der Rendite leben. Ins tiefe Wasser der Ägäis eintauchen, auf seiner Jacht segeln, unter der brennenden Sonne eines ewigen Frühlings. Meer, Burgen aus weißen Steinen, Frauen mit dunklen Augen. Er könnte Luisa heiraten und ihr vielleicht einen Sohn machen. Er war sicher, daß der Sohn, der ihm in zwanzig Ehejahren nicht geschenkt wurde, ihm von ihr geboren werden würde. Er war schließlich erst sechzehn Jahre alt gewesen, als alles begonnen hatte, Sohn eines Mädchens vom Lande und eines unbekannten Vaters, Postumo – keine Geschichte und keine Familie –, und doch hatte er es geschafft, hatte Bankkonten in aller Welt, und er würde nicht lange genug leben, um das Geld auszugeben, das man ihm anvertraut hatte. Die Welt hatte er erobert, wenn auch nur stellvertretend: Er hatte vom Reichtum gekostet – der in Wahrheit nichts als eine große Chimäre ist. Wenn die Häuser, die Dinge, die Frauen einmal gekauft waren, was blieb dann noch? Er dagegen würde mehr haben. Er würde mit einem Engel leben, in seinem privaten Paradies. Ja, er würde sie alle verblüffen: Er würde neu geboren werden. Den Namen hatte er schon, den hatte er in diesen Monaten der Umherirrens gefunden. Er würde als Roberto Calligari leben.

Die Hindernisse, die sich zwischen ihn und seine Zukunft stellten, schienen ihm unbedeutend zu sein. Das Gefängnis schreckte ihn nicht. Es würden Tage der Demütigung, der Niederlage auf ihn zukommen, er würde wie eine Puppe in jenem Spiel sein, drei Bälle für einen Groschen, das in seiner Jugend auf den fröhlichen Jahrmärkten der fünfziger Jahre in Mode war. Letztendlich würde er jedoch eine lange Haft vermeiden können: Wenn er gesagt hatte, was er sagen mußte, und verkauft hatte, wen er verkaufen mußte, würde er herauskommen, und zwar für immer. Im Gefängnis würde er mit Männern aus dem Volk sprechen, mit den Armen und den Enterbten, die er zu lieben glaubte und die er nicht mehr kannte. Er würde ein Buch lesen. Seit mindestens dreißig Jahren hatte er keines mehr gelesen. Ins Gefängnis werde ich mir den Letzten Mohikaner mitnehmen. Und Luisas Probleme? Lösbar mit einer guten ärztlichen Behandlung – schlimmstenfalls mit der Hilfe eines Psychotherapeuten. Das Gewissen? Damit würde er zu leben lernen. Er hatte niemanden getötet. Diebstahl liegt in der Natur des Eigentums selbst. Die Griechen hatten für die Händler und die Diebe ein und denselben Gott: einen schönen geflügelten Gott, Hermes, der sogar Zeus' Bote war. Um seinen ägäischen Traum zu realisieren, brauchte er jedoch Luisas Zustimmung. Und hier wurde alles kompliziert. Denn er war sich keineswegs sicher, ob Luisa ihm würde folgen wollen, nach Rhodos gehen und ihm vielleicht den Sohn schenken, der seine Auferstehung besiegeln würde. Sie liebte ihre Zerstörung. Sie arbeitete seit Jahren daran. Nie hatte sie sie gegen einen Mann eingetauscht. Jetzt war sie aufgewacht und drückte seinen Arm. Sie blieben liegen und lauschten dem Regen, bis durch die Fensterläden ein Faden aus Licht auf die Laken glitt.

Wir kommen da heraus, Luisa – sagte er und berührte ihren Mund mit seinen Lippen. In fünfzig Jahren habe ich nur eines begriffen. Daß sowohl in der Geschichte der Völker wie in der Geschichte der Individuen keine Handlung existiert, die – so edel und revolutionär sie auch sein mag – in der Lage wäre, zur Erlösung zu führen, Erlösung in dem Sinne, daß von einem bestimmten Zeitpunkt an eine andere Geschichte begonnen wird (die wahre die palingenetische Geschichte), in der alles klar und sauber sein und den höchsten und tiefgründigsten Bestrebungen des Menschen entspricht. Auch diesmal wird es nicht so sein. Es ist nie so. Die Gewißheit der Nichtexistenz der Erlösung, die Unmöglichkeit, Ideen, Gefühle, Gedanken, Handlungen zu erkaufen, hatte ihm jede Angst genommen und ihm gestattet, so zu leben, wie er gelebt hatte. Doch heute morgen, während er an die kommenden Tage dachte, behauptete er, daß man dennoch, trotz dieser

Gewißheit, so leben mußte, als ob die Erlösung immer möglich sei – für alle und für jeden einzelnen.

Er beschloß, sich zu stellen, weil er es eilig hatte, neu anzufangen. Er wollte am liebsten, daß dieser Tag nur einen Moment dauerte. Am liebsten wäre er schon am nächsten Tag aufgewacht. Aber es war erst sieben. Ich werde mit einer mittleren Strafe davonkommen, sagte er zu ihr. So wichtig war er schließlich auch nicht. Ich wollte, daß aus mir etwas wird, und am Ende bin ich eine Kontonummer irgendeiner ausländischen Bank geworden. Er hatte einen Traum, er wollte Bürgermeister in der Stadt werden, in deren von Moskitos verseuchten Gassen er nach dem Krieg arm und hungerleidend gelebt hatte; die Stadt hatte sich verändert, Italien hatte sich verändert, war zu Wohlstand gekommen, auch er war verändert, hatte den Wohlstand und sogar den Reichtum erobert, doch seinem Traum war er nicht nur nicht näher gekommen, er hatte ihn sogar aus den Augen verloren. Es ist nicht wichtig, sagte Luisa. Die Menschen haben manchmal einen Traum und verfehlen ihn. Aber wer keinen hat, dem entgeht manchmal sogar das Fehlen eines Traums.

Sie versprach, ihm zu helfen. Luisa hatte ihm noch nie etwas versprochen, er wußte, daß er sich auf sie verlassen konnte: In diesen Stunden hatten sie sich einander in ihrer brennenden und totalen Niederlage gezeigt. Sie hatten die Schwelle überschritten, die einen engen Vertrauten, dem man sich zeigen kann, wie man ist, von allen anderen trennt; zwischen ihnen herrschte die leicht schamlose Vertrautheit eines Mannes und einer Frau, die sich – nachdem sie einander lange geliebt haben – nun fast nicht mehr lieben. Aber ihnen war die Liebe erlassen worden. Komm mit mir, Luisa. Ich schaffe es sonst nicht. Luisa schloß den Wasserhahn. Ja, Postumo, ich begleite dich nach Mantua. Wirst du bei mir bleiben, Luisa? Ja. Ja. Azra rief aus dem Nebenzimmer: Come on, please! Das Frühstück ist fertig. Ich liebe dich, sagte er zu ihr. Worte, die so abgegriffen waren, daß sie ihm hätten peinlich sein müssen. Aber er hatte sie noch nie ausgesprochen. Das freut mich, sagte sie. Drago spürte etwas wie einen Wespenstich in der Kehle und gab sich vor Rührung noch eine Blöße. Würdest du mich heiraten? fragte er, während er das Hemd und den blauen Zweireiher anzog, die Pünktchenkrawatte umband. Luisa schwieg nachdenklich. Sie zog sich Mantel und Schuhe an – aber, so bemerkte Drago erstaunt, ohne Strümpfe noch sonst irgendein Kleidungsstück angelegt zu haben – und öffnete die Tür. Ich möchte dir jetzt nicht antworten, sagte sie und wandte ihm den Rücken zu.

Kekskrümel, Kaffeespritzer, Azra, die an ihrem Hörgerät hantiert und dann Radio Dee Jay anstellt. Drago hätte gern etwas zu dem Mädchen gesagt, aber es gelang ihm nicht. Die schmächtige Azra starrte ihn mit feuchten Augen an. If you marry Luisa, it doesn't bother, sagte sie kauend. You, Drago, meinte sie vertraulich, you can tell a long way off you're a real man. Was willst du damit sagen? fragte Drago. Azra konnte es nicht erklären, sie war an große Worte und große Erklärungen nicht gewöhnt. Sie sagte ihm nur, daß ein Mann das Gegenteil von einer Frau sei – mit einem Wort, Eier und Mumm. Drago war verwirrt. Die Worte des Mädchens brannten in ihm, Luisa zuckerte den Kaffee und reichte ihn ihm lächelnd. Was ist das, fragte sich Drago, die Parodie meiner Vergangenheit, ein häuslicher Vorgeschmack auf meine Zukunft? Er sah sie lange an: Er war überzeugt, daß er, wenn sie bei ihm bliebe, da herauskommen würde. Sie war eine so reine – so absolute Frau. When are you gonna be back? Drago fuhr Azra durch die Haare und bemerkte, daß sie gewachsen waren. Sie sah nicht mehr aus wie ein Skin. Bald, Azra, sagte er. Sehr bald.

Später fragte sich Azra oft, ob Drago in dem Moment schon den Beschluß gefaßt hatte. Er war ein Mann, der daran gewöhnt war, alle zu belügen – vor allem sich selbst. Er hatte nicht nur Luisa getäuscht, das war schon schlimm, sondern er hatte auch sie getäuscht, und das war unverzeihlich, denn sie hätte ihn immer und auf jeden Fall verteidigt. Doch sie hatte die beiden an dem Morgen genau beobachtet, hatte zugesehen, wie sie um Viertel nach acht den Burghof überquerten und mit Luisas schrottreifem rotem 2 CV abfuhren – mit dem zerbeulten linken Scheinwerfer und einem mit Klebeband befestigten Kotflügel, mit dem knatternden Auspuff und den verblichenen prähistorischen Aufklebern: No nukes, peace, make love not war, joint free. Drago hatte eine ironische Bemerkung über die kokettierende Eleganz des Gefährts gemacht, das er sein Taxi zum Zuchthaus nannte. Er hatte einen blauen Fiat Thema erwartet und fuhr nun ins Gefängnis und in die Freiheit mit einem jugendlichen, fröhlichen, frechen Auto, das auf die Jahre und die Mode pfiff. Er trug eine Brille mit eckigem Metallgestell und war Azra sehr kahl vorgekommen. Er hatte sich mit einem Kuß auf slawische Art von ihr verabschiedet – sie entschuldigte sich wegen der Pizza, sie hätte ihm ja eine bei PIZZA PIZZA in Canelli holen können, die machten sie gut, echte neapolitanische Pizza, mit Basilikum und frischen Tomaten, wie leid ihr das tue. Es ist nicht wichtig, sagte Drago, es ist nicht wichtig. Er hatte sich von dem riesigen Hund Schneewittchen verabschiedet, der ihm freudig die schlammverschmutzten Pfoten auf den dunkelblauen Anzug gelegt hatte. Die so große Luisa und er, der auch nicht gerade winzig war, hatten sich mit Mühe in den 2 CV gezwängt. Luisa mußte etwas Lustiges gesagt haben, denn während der 2 CV im Rückwärtsgang die Allee bis zur Landstraße fuhr, wo sie dann abbogen und verschwanden, hatte sie die beiden lachen sehen. Sie waren fröhlich und wirkten glücklich.

Ihrer Meinung nach war es echt. An jenem Novembermorgen, als Luisa ihn nach Mantua begleitete, wollte Drago leben.

4

Es hatte alles begonnen, als er Arsenio Ventura begegnet war. Monatelang hatte Drago sich immer wieder gesagt, daß jener bissige und rationale Mann die Pechsträhne eingeleitet hatte: Er war ein Bote des Neids der Götter. Seit die Entdeckung der Fresken im Baltuszimmer öffentlich bekanntgegeben wurde, hatten viele Zeitungen und Fachzeitschriften ausführlich darüber berichtet. Das Echo des Ereignisses, das zu Beginn nur die Fachkreise beschäftigte (und zudem noch in negativer Weise, da sich sofort Stimmen erhoben, die das Baltuszimmer als eine spektakuläre Fälschung bezeichneten, angezettelt von Professor Lajolo und dem aufstrebenden Ventura), hatte jedoch schon bald Bestätigung von angesehener Seite erfahren und immer weitere Kreise gezogen. Im Amt für Denkmalpflege riefen Wissenschaftler der größten Universitäten an, Museumsdirektoren, Forscher und Studenten auf der Suche nach einem Dissertationsthema. EINE DER BEDEUTENDSTEN ENTDECKUNGEN DER LETZTEN DREISSIG JAHRE.

Drago ließ sich von seiner Sekretärin eine Pressemappe zusammenstellen und blätterte oft darin. Die Welt der Kunst war in Aufruhr: Es trafen Angebote für Beratungen, Gutachten, Veröffentlichungen, Kataloge, Photoausstellungen ein – und als unvermeidlicher Tribut wurde immer wieder die Visage des neunmalklugen Arsenio Ventura neben den Fresken abgebildet. Ventura trat im Fernsehen auf, sprach im Radio, veröffentlichte in Kunstzeitschriften. Drago hatte einen Bekanntheitsgrad erworben und eine Aufmerksamkeit auf sich gezogen, auf die er gern verzichtet hätte. Die Wahrheit ist, daß er, als er das Kastell kaufte, nie auf die Idee gekommen wäre, daß die Gemäuer dieser ehemaligen Gendarmerie einen Kunstschatz enthalten könnten. Er hatte kommerzielle Pläne mit der Burg: Die Fresken zwangen ihn, sein Vorhaben zu ändern. Man sprach viel über die Ergebnisse der Gutachten; es hieß sogar, der Meister sei ein Genie gewesen. Äußerst problematisch schien es jedoch, festzulegen, was die Malerei darstellte und wie sie gedeutet werden könnte. Schon gab es Meinungsverschiedenheiten.

Die einen sprachen von einer ungewöhnlichen Fähigkeit, eine Balance zwischen Gotik und Klassik herzustellen. Andere lobten den unerbittlichen Realismus in der Porträtkunst des Meisters, die einen die schon romantische Sensibilität für die märchenhafte Schönheit der Landschaft, die anderen die interessante figurative Autonomie. Erste Essays wurden geschrieben, in denen sich schöne Prosa mit einer gewissen konzeptuellen Allgemeinheit verband – und Drago, der die Fresken nicht vor Augen hatte, konnte sich nur schwer zurechtfinden. »Eine überraschende, verwirrende Malerei«, erklärte Ventura in einem pathetischen Interview. Und erläuterte etwas näher in einem anderen: »Malerei, in der phantastischer Schwung und formale Strenge, Lyrismus und Konkretismus, Heidnisches und Mystisches nebeneinander bestehen, in der die Perspektive nicht dazu dient, den Raum zu konstruieren, sondern durch die Leere Schwindelgefühle heraufzubeschwören, in der die Zeichnung die Formen nicht modelliert, sondern auflöst, in der das Licht nicht enthüllt, sondern verbrennt und verschlingt.« Und schließlich: »Malerei, die sich jeder Struktur verweigert, fragmentarisch, launisch, Malerei aus Empfindungen, Schaudern und Verzauberungen.« Allerhand.

Ventura schien ein Trapezkünstler des Wortes zu sein: Man wünschte sich, daß er einen Fehlschritt täte, aber man folgte ihm mit angehaltenem Atem. Dieser unheilstiftende Jongleur schwang sich zur Formulierung komplexer Theorien über die »Zeitperspektive« empor und erklärte, daß »die Vorstellung, die wir uns von der Vergangenheit machen können, immer nur annähernd, mutmaßlich, hypothetisch und romanhaft ist: Der Brand der Bibliothek von Alexandria ist die Allegorie der Vergänglichkeit des Wissens. Die Kenntnis der Vergangenheit ist durch den Verlust zu vieler Dokumente verfälscht. Die Zeit modifiziert die Perspektive und konstruiert in gewissem Sinne die Erinnerung: Jede Entdeckung erlaubt uns, dem unendlichen Puzzle des Wissens ein neues Steinchen hinzuzufügen. Vielleicht wird es uns nie gelingen, endgültige und abgesicherte Antworten zu dem Fresko und seinem Künstler zu geben, aber es ist nicht gesagt, daß dies ein Verlust ist. Die Kunst kann nur durch die Kunst erklärt werden. Und das ist alles.«

Geschwätz. Er wollte die Malereien sehen. Je mehr der Fall anwuchs und ihn ausschloß, ihn an den Rand eines Geschehens drängte, das doch von ihm ausgegangen war, um so mehr wünschte er, sich seinen Besitz wieder anzueignen. Seit Beginn der Restaurierung war er nie gekommen, um sich das Fresko anzusehen, und bereute das jetzt. Ende Mai organisierte er zwischen zwei Sitzungen ein Treffen mit Ventura und ließ sich vom Chauffeur nach Bastia del Garbo bringen. Der Fiat Thema setzte ihn auf dem Burghof ab. Fieberhaftes Getöse empfing ihn. Elektriker, Arbeiter, Zimmerleute, Maurer, Fliesenleger. Werkzeuge, Maschinen, Dosen mit unbekannten Etiketten, Pinsel, Haarhygrometer, Ballen, Lappen, Gips und Petroleumäther. Im Baltuszimmer traf er Ventura, der auf ihn wartete. Es waren nur noch knapp sechs Monate bis zur Übergabe der Arbeiten.

Ventura kam ihm müde vor, irgendwie verbraucht. Er antwortete, das sei gut möglich: Forschen ist eine Anstrengung, die das Gehirn verschleißt und die Seele nie ruhen läßt. Das große Unternehmen besteht aus zahllosen Kleinigkeiten – und die sind auf die Dauer erdrückend. Drago sah sich um und gab zu, daß die Malereien ihm verbessert vorkamen. Er liebte die Kunstwerke mehr nach dem Lifting, das ihre leuchtenden Farben besser zur Geltung brachte. Ventura, ein Hedonist, den als Auktionsberater gewählt zu haben – trotz aller Ratschläge des Denkmalpflegers Lajolo – er schon bereute, antwortete verächtlich, daß Fresken nicht in der Waschmaschine gewaschen werden und daß ein Meister aus dem 15. Jahrhundert kein Andy Warhol mit Popfarben sei. Drago besaß die beneidenswerte Gabe, jedem Ausrutscher unerschrocken entgegenzutreten, und ging auf die Kränkung nicht ein, sondern nickte. Man hatte sich für eine sanfte Restaurierungslinie entschieden. Die Eingriffe würden erkennbar bleiben. Restaurierung ist keine Fälschung. Keine Kopie eines alten Werkes.

Zeigen Sie mir diese verdammten Malereien, Ventura. Der gab ihm den Rat, in einigen Wochen wiederzukommen. Es war noch zu früh. Bisher waren nur die Figuren auf der Ostwand gereinigt worden. Aber Drago fühlte sich durch eine seltsame Eile bedrängt, als ahnte er, daß er ein weiteres Mal nicht in jenes Zimmer kommen werde, und wollte sie sofort sehen.

Die restaurierte Ostwand setzte dem opaken Aussehen der anderen lebhafte Farben entgegen. Drago war beeindruckt von den Hauptfiguren, die sich genau in der Mitte der Komposition befanden. Die Größe und die besondere Position legten den Gedanken nahe, daß die Szene eine besondere Bedeutung hatte. Hier konnte er – so erklärte Ventura leidenschaftlich – eine apokalyptische, geheimnisvolle, zerfressene Landschaft in einer von meteorischen Dämpfen verschleierten, schwebenden, verdünnten

Atmosphäre betrachten. Etwas Drückendes, Unvorhergesehenes ist über diesen Winkel der Welt hereingebrochen. Eine Verheerung, ein Sturm, eine Niederlage. Über dem Gewässer schwebt ein lichter Nebel, der sich auflöst und mit dem Horizont verschmilzt. Flimmernd wie in einer Luftspiegelung scheinen im Hintergrund die Fialen und Dachreiter, die Wehr- und Glockentürme einer versunkenen und verlorenen Stadt aufzutauchen. Im Vordergrund hebt sich dagegen die verfallene Mauer eines Gebäudes ab, das einmal ein Tempel gewesen sein muß. In der Mitte konnte er einen schwarzgekleideten Mann sehen, neben ihm eine weißgekleidete Frau mit rätselhaftem Lächeln auf den Lippen. Der Himmel ist dunkel, von bläulichen Streifen zerrissen. Doch da flammt ein Streifen von Licht auf.

Wer sind die beiden? fragt Drago und zeigt auf den Mann und die Frau. Es scheinen keine typischen Freskofiguren zu sein, weder Feldherren noch Prinzessinnen, noch mythologische Gestalten. Vielmehr irgendein beliebiger Mann und eine beliebige Frau, zwei Zeitgenossen in einer echten, realistischen, hoffnungslosen Landschaft. Wenn die Restaurierung beendet ist, werden Sie feststellen können, widersprach Ventura, daß zahlreiche Figuren dieser Fresken eine Bekleidung tragen, die aus der Zeit des Künstlers stammt. Das bedeutet nicht, daß sie keine Helden oder mythologischen Figuren sind. In der Kunst wie im Theater drückt der Anachronismus der Kleidung nicht nur die Mischung der Epochen, sondern vor allem die Überzeugung aus, daß alles, was die Menschheit betrifft, zeitgenössisch ist. Drago merkte an, daß der Mann und die Frau sich auf der gleichen Höhe wie der Betrachter befanden und eine mimetische Größe hatten – so daß sie im Halbdunkel und aus der Ferne betrachtet wie echte Personen wirken mußten: Sie trugen Kleidung von der Art, wie sie wohl auch die Bekannten des Malers getragen haben. Seiner Meinung nach waren die beiden Zeitgenossen des Meisters und folglich nichts anderes als sie selbst. Ein bißchen wie die Pariser im Déjeuner sur l'herbe von Manet, haben Sie das vor Augen? konnte er sich nicht verkneifen zu sagen, um seine akademische Bildung zu zeigen. Der Mann muß der Auftraggeber sein, also Tristano Boccadiferro, mit seiner Braut. Ventura sagte, daß er das nicht glaube.

Bisher waren Thema und Sujet des Freskos noch nicht identifiziert worden. Die Malereien des Meisters waren nicht didaktisch und auch nicht im eigentlichen Sinne beschreibend. Anspielend vielmehr. Vorspielend. Die halluzinatorische Vergrößerung der Details schließlich führte zu einer gewissen Verzerrung der Hierarchie der Komposition. Vielleicht war es möglich, die Bedeutung zu erahnen. Er hatte den Eindruck, es mit einem Werk (Fresko) zu tun zu haben, das von einem anderen Werk (Epos, Prosa oder Poesie) lebt – das ein anderes Werk »reflektiert«, welches seinerseits andere Werke spiegelt: als wäre eine Kette von Spiegelungen, von Reflexen bis ins Unendliche in Bewegung geraten, in der der Ausgangspunkt untergegangen und nicht mehr faßbar sei. Eine schwindelerregende Instabilität tut sich auf – der Schwindel des Abgrunds. Der seiner Meinung nach auch den Maler ergriffen hat. Die Abgründe par excellence sind das Meer, der Himmel, die Schlucht und die Hölle. Das Fresko war aber nun nichts als eine Abfolge von uferlosen Meeren, Gewässern, Teichen, Horizonten, Himmeln, Erdspalten, Schluchten, Höhlen, tiefen Tälern, Höhen (Türmen) und Höllen aus Nacht und Blut. Man brauchte sich nur die Ostwand anzusehen, die überraschendste von allen. Sie war auf drei Ebenen angeordnet, die ineinander versanken. Der Sumpf unter der Stadt und die Nacht (die Hölle? die Unterwelt?) unter dem Sumpf. Als ob hinter jedem Gewässer, jedem Meer, Teich, Spalt ein weiteres noch tieferes Meer, ein noch tieferer Teich, ein noch tieferer Spalt war oder sein mußte –

eine größere, fremdere und reichere Welt unter der Oberfläche, ein Abgrund unter jedem Fundament und jeder Grundmauer. Aber es gibt keinen Ausgangspunkt, an dem der Fall, die Bewegung begonnen hat oder entsprungen ist. Das Universum dieses Freskos hat keinen Mittelpunkt. Es ist, als ob das Zentrum überall sei und die Peripherie an keinem Ort. Als ob es unmöglich sei, einen Punkt zu fixieren, und die Folge ein dahintreibendes Zeichen sei, eine unendliche narrative Dezentralisierung. Hier lagen die Faszination und der Zauber des Freskos, aber auch seine Schwierigkeit: Es war, als ob – gerade wie die flüchtenden und ewig eilenden Figuren, die der Meister auf der Wand festzuhalten versuchte – sich auch das Ganze nicht fassen ließ. Deshalb wirkte es – obwohl es figurativ gesehen konservativ und sogar archaisierend im Vergleich zu seiner Zeit war – so modern und löste ein Gefühl von Schwindel, Instabilität und Unbehagen aus.

Die Restauratoren nahmen die Arbeit an der Nordwand auf, die an jenem Tag durch die Gerüste und ein grünes Gitternetz, undurchdringlich wie Spinnengewebe, verdeckt war. Drago konnte es nicht sehen. Ventura sagte, es stelle das Bankett eines Königs dar. Ähnlich wie das Bankett des Herodes von Matteo di Giovanni in der Hyde Collection von Glenn Falls – aber es war nicht das Bankett des Herodes. Er sagte ihm, daß die kleineren Ausmaße der erhaltenen Figuren und der Szene, die von ihnen erzählt, sowie der große schwarze Raum, von dem sie sich abheben, ihn zu der Hypothese veranlaßt hatten, der Meister habe die Wand ursprünglich mit weiteren Gestalten füllen wollen, so daß sie von monsterhaften, strafenden Erscheinungen wimmeln würde. Es ist möglich, daß die Nordwand, die dunkelste im Saal, als Kontrast zur Nachbarwand negative Helden beherbergen sollte. Die Antihelden? Aber die Wand war verändert worden: Ein zweiter Kamin und eine zweite Tür waren eingebaut worden. Vielleicht war sie nicht zufällig zerstört worden, sondern weil sie dem Auftraggeber nicht gefiel, der die Kompositionen wenig passend für ein Studierzimmer fand: für einen Ort, der im Grunde repräsentative Funktionen hatte. Die Menschen des 15. Jahrhunderts hatten eine ganz andere Auffassung von Intimität. Das Studierzimmer war sicher kein Ort der Sammlung und des Nachdenkens. Es war schade, daß Drago die Wand nicht sehen konnte: Die Nordwand hätte ihm gefallen. Ich werde sie nächstes Mal sehen, sagte Drago.

Warum haben Sie dieses Kastell gekauft? fragte Ventura plötzlich. Es ist zu Baltus' Zeiten rekonstruiert worden, es gibt keinen einzigen ursprünglichen Stein in diesem Gemäuer. Es war schon immer mein Traum, sagte Drago, seit meiner Kindheit. Ich habe Jahre damit verbracht, alles zu lesen, was diese Burg betraf. Ich habe viele Geschichten gelesen, über die Palaiologen, die Gonzaga, die Morand di Beauregard. Viele Geschichten – hätte er hinzufügen müssen –, aber nicht die, die er suchte. Die war nicht geschrieben worden. Ja, aber aus welchem Grund interessierte Sie das Kastell so sehr? Wegen Tristano, antwortete Drago und wandte den Blick ab. Er wollte nicht über die wahren Gründe sprechen, die ihn dazu getrieben hatten, einen beachtlichen Teil seines Vermögens auszugeben und das schlechteste Geschäft seiner Karriere abzuschließen, indem er eine nachgebaute Ruine kaufte, die ihm nur Kosten verursacht hatte und nie ein Investitions- oder gar Spekulationsobjekt werden würde. Tristano? Ventura sagte, daß er nie über den Hauptmann Boccadiferro nachgedacht habe. Er hatte sich überhaupt nicht für diese blutrünstige und grausame Feldherrengestalt interessiert. Ich habe Tristano immer bewundert. Hier in der Gegend ist er eine Legende geworden. Man erzählt sich Märchen über seine Reichtümer, die viele immer noch nicht für verloren halten. Er war ein unendlich reicher Mann, als er vernichtet wurde. Er wurde vernichtet, weil er reich war. Man hat ihm Verrat vorgeworfen, aber haben Sie sich je gefragt, was Verraten bedeutet, Dr. Ventura? Verraten bedeutet Übergabe. Man warf ihm vor, er habe jemanden übergeben wollen. Wie Judas Christus. Wollen Sie wissen, wen er ausliefern wollte?

5

Sie wollten sich seiner entledigen, weil er zu mächtig geworden war. Tristano hatte in der ganzen Welt gekämpft – in der damals bekannten Welt, meine ich: Europa und Randbereiche. Ich erinnere Sie daran, daß die Palaiologen, die mittlerweile italianisierten Markgrafen von Monferrato, Byzantiner waren und über das Oströmische Reich geherrscht hatten. Sie waren von der zweiten Hälfte des 13. Jahrhunderts an bis zum Fall des Reiches im Jahre 1453 an der Macht. Sie waren also die letzten. Sie waren mit einem Staatsstreich an die Macht gekommen, hatten dann aber mit den legitimen Dynastien verwandtschaftliche Bande geknüpft – mit den Komnenen, den Angelos. Auch die Frau des Palaiologen Bonifatius, Maria, entstammte dem balkanischen Adel und kaiserlichen Fehltritten. Sie war die Tochter von Angelina Arniti und Stefan Branković, der seinerseits Sohn des später durch die osmanischen Türken abgesetzten Despoten von Serbien Georg Branković und Irene Cantacuzeno war. Sein Onkel Costantino Arniti war ein Komnene. Sie waren also ein Hof von Entmachteten, die den Mythos ihrer Vergangenheit kultivierten. Ein Geschlecht von Kriegern, denen die ritterlichen Ideale dazu dienten, immer unwahrscheinlichere Ansprüche zu veredeln: Ihr Reichtum war jenseits des Meeres geblieben, in fernen Ländern, und dort mußten sie ihm nachjagen. Wenn man über ein Kaiserreich geherrscht hat, ist es schwierig, sich mit einer Markgrafschaft zufriedenzugeben, so reich sie auch an unbezwingbaren Burgen und lieblichen Hügeln sein mochte. Wie viele Träume und enttäuschte Ambitionen mögen die gefallenen Herrschaften ausgebrütet haben.

Anfang 1493 war der König von Frankreich, Karl VIII., dreiundzwanzig Jahre alt, hatte unausgegorene ritterliche Anwandlungen und den Wunsch, als bedeutender Souverän in die Geschichte einzugehen. Er wollte seinem Reich weitere hinzufügen, doch man hoffte, daß er nicht wirklich in Italien einfallen wollte. Um sein Interesse von der italienischen Halbinsel abzulenken, versuchte man, ihm die Rechte auf den Thron von Byzanz zu verschaffen: Man hoffte, daß er – durch diese Rechte gestärkt – einen Kreuzzug ausrufen, Byzanz zurückerobern und die Muselmanen vertreiben würde, so wie es im Jahr zuvor die Aragonier mit den Mauren in Spanien gemacht hatten. Diejenigen, die von einem neuen Kreuzzug gegen die Ungläubigen träumten, hielten den Krieg in Italien nur für eine Verzögerung, eine Behinderung, die die Aufgabe, Byzanz für den Westen zurückzuerobern, zum Scheitern gebracht hätte. In gewissem Sinne war es auch so: Und während das Osmanische Reich noch vierhundert Jahre überlebte, hat das Abendland jene Verzögerung nie aufholen können.

Ein Hindernis für den Kreuzzug war ausgerechnet der Fürst der Christenheit. Der Papst hatte eine wichtige Geisel in Rom: Sultan Djem, Bruder des Sultans Bajasid. Nach dem Tod des Vaters Mohammed II. hatte Djem intrigiert, um die Macht an sich zu reißen. Es kam zu einem Bürgerkrieg. Djem wurde besiegt, floh nach Rhodos und stellte sich 1482 Pierre d'Aubusson, dem Großmeister des Johanniterordens von Jerusalem. Sie kennen sicherlich die Hospitaliter: Es war ein Ritterorden, zum Teil Verteidiger des Christentums, zum Teil Geschäftemacher wie die berühmteren Tempelritter. Es ist eine sehr komplizierte Geschichte, und ich will mich nicht in Einzelheiten verlieren. Kurzum, Djem bot dem Großmeister für seinen Orden 45 000 Dukaten und exklusive Handelsabkommen im Land der Hohen Pforte an, wenn er dort unten wieder an die Macht kommen würde. Dafür sollte er dem Sultan von Ägypten übergeben werden oder dem ungarischen König Matthias Corvinus – einem erbitterten Feind Bajasids. Der schlaue Fuchs d'Aubusson ließ sich von Djem eine Blankovollmacht ausstellen, um mit Bajasid zu verhandeln. Doch der Großmeister verriet Djem und einigte sich mit dem Sieger. Djem hatte es nicht begriffen und war plötzlich Gefangener geworden.

Wie soll man das Verhalten des Großmeisters beurteilen? Geschäftemacherei? Zynismus? Staatsräson? Der Papst, ein äußerst feiner Diplomat, schrieb ihm: »Was Ihr getan habt, billigen Wir weder, noch mißbilligen Wir es. Ihr wißt, was für Euren Schutz und Euer Wohl das Beste ist.« Der Großmeister handelte im Interesse der abendländischen Gemeinschaft, und durch die Opferung einer einzigen Schachfigur (Djem) hatte er vom Sultan einen dauerhaften Frieden erhalten. Jeder an seiner Stelle hätte das gleiche getan. Obwohl das Schicksal jenes Mannes in ihren Händen lag, waren damals alle (Christen, Mohammedaner, Johanniterritter, Ungarn, Savoyer, Palaiologen) vom Gegenteil überzeugt: daß nämlich Djem die Macht hatte, über das Schicksal des Osmanischen Reichs und also über das ihre zu entscheiden. Djems Gefangenschaft war in jenen Tagen gleichbedeutend mit Frieden, seine Person könnte ein Königreich wert sein. Was ist das Leben eines einzelnen angesichts der Geschichte? Was gilt die elende Existenz eines Menschen gegenüber dem Interesse der gesamten Christenheit?

Auf Rhodos wurde der ahnungslose Djem auf dem Schatzschiff, einer Kogge aus Jerusalem, eingeschifft und begann eine Reise der Initiation in die Mysterien des Abendlandes. Er glaubte, in Richtung Ägypten zu segeln, wo ihn Frau und Kinder erwarteten, aber er durchquerte das Mittelmeer in entgegengesetzter Richtung; sie brachten ihn nach Adrianopolis, dann nach Kos, er kreuzte vor Sizilien, sah Messina, passierte die Meerenge und ging in Nizza an Land. In Nizza wartete er monatelang. Man sagte ihm, daß eine mörderische Pest herrsche und man vor der Ansteckungsgefahr fliehen müsse. Man sagte ihm, daß die europäischen Herrscher Vereinbarungen über seine Reise trafen, aber die europäischen Herrscher wußten nichts von seinem Aufenthalt in Frankreich. Die Ritter hinderten ihn an jeder Kontaktaufnahme mit der Außenwelt, und die Gesandten aus seinem Gefolge, die er mit Botschaften zu Matthias Corvinus und dem König von Frankreich geschickt hatte, kehrten nie zurück. Schritt für Schritt nahmen sie ihm alle ihm ergebenen Männer. Er setzte die Reise fort in dem Glauben, nach Ungarn zu galoppieren, und passierte mitten im Winter den Colle di Tenda, preschte hinab in die verschneite Ebene und ritt tagelang durch das Nichts: Er vollführte nur eine lange, verschlungene Rundreise von Burg zu Burg, durch das Piemont und Savoyen, bis sich seine Spuren verloren und er verschwand, vom Schweigen verschluckt. Schließlich verbannte man ihn nach Bourganeuf, einer verlorenen Gegend in der »Langue d'Auvergne«. Man sperrte ihn in ein Kastell, dann in ein anderes. Im tiefsten Frankreich verbrachte er einige Jahre, bis der Großmeister d'Aubusson, der ihn schon einmal verraten hatte, ihn noch einmal verriet. Das erste Mal war es wegen des Friedens der Christenheit und – so sagen böse Zungen – wegen des Geldes. Beim zweiten Mal war es wegen der roten Kardinalskappe. Er lieferte ihn dem Papst aus. Djem traf 1489 in Rom ein. Bajasid, der den lebenden Bruder mehr als jeden anderen Feind fürchtete, erbot sich, dem Papst einen Tribut zu zahlen, damit dieser ihn als Gefangenen behielt: 40000 Dukaten im Jahr. Im Gegenzug sollte der Papst Frieden mit den Türken wahren, den offiziellen Feinden der Kirche, und die Geisel gefangenhalten, ohne sie je an einen anderen Fürsten auszuliefern. Der Papst akzeptierte. In den langen Jahren der Haft hatte Djem versucht, seine Flucht zu organisieren, hatte Pläne geschmiedet, die Mutter und seine Freunde um Hilfe gebeten und am Ende resigniert. In Rom wurde er zu einer exotischen Kuriosität, die den Besuchern gezeigt werden konnte. Er posierte für die Hofmaler. Pinturicchio porträtierte ihn relativ naturgetreu: Noch heute ist Djem in den vatikanischen Räumen gefangen, im Borgia-Saal – im Disput der heiligen Katharina ist er der Mann mit dem Turban auf einem weißen Pferd.

Tristano Boccadiferro hielt sich 1493 lange in Rom auf. Am Hof des Papstes lebte noch ein König ohne Thron, Andreas, Herr über die Morea und Despot von Serbien: Er war ein Palaiologe. Tristano kannte ihn, und er kannte auch Djem, da er zur Zeit der Belagerung der Ungläubigen auf Rhodos gewesen war: Er kämpfte mit Benvenuto San Giorgio und Pierre d'Aubusson. Tristano hatte das Glück (oder das Unglück, da diese im Grunde zufällige Episode sein Leben verändern sollte), Djem ein zweites Mal zu treffen: Als der glücklose Sultan unter großer Geheimhaltung seine Initiationsreise nach Europa unternahm, weilte er auch in Cuneo, zwanzig Meilen von der Burg Bastia del Garbo entfernt. 1493 schickten die Palaiologen Tristano nach Rom. Meiner Meinung nach, weil sie Djem in ihre Gewalt bekommen wollten. Im Auftrag der Franzosen oder zunächst für sich selbst. Vielleicht wollten sie die Geisel an die Franzosen verkaufen und sie für die Eroberung des Oströmischen Reichs gewinnen, unter Verzicht auf ihre Erbfolgeansprüche und um für ihr kleines Reich eine neue Rolle im Gleichgewicht der Welt auszuhandeln. Der Plan eines Visionärs.

Sie glauben, daß nur das möglich ist, was geschieht? Daß eine unausweichliche Notwendigkeit in dem liegt, was geschehen ist und geschehen mußte? Der Weg der Geschichte, Dr. Ventura, ist nicht die Flugbahn einer Pistolenkugel: Er ist eine ständige Umleitung. Die Gegenwart ist immer ein gewundener Pfad, der beginnt, ohne daß man sich dessen bewußt wird, und nirgendwohin zu führen scheint. Karl VIII. träumte von Byzanz nicht weniger als von Neapel. Byzanz und nicht Neapel war sein Endziel: Doch da er nun einmal beginnen mußte, zog er nach Italien. Andreas Palaiologos war bereit, ihm seine Erbfolgeansprüche zu verkaufen – gegen eine Handvoll Dukaten, ein militärisches Kommando und Serbien. Aber mittlerweile war der Mechanismus in Bewegung geraten, und Karl war schon auf dem Marsch durch die Landstriche Italiens. Er hätte gen Osten ziehen können, und wenn er es nicht tat, so war es aufgrund einer Reihe von ungünstigen Begleitumständen für uns Italiener. Wenn Tristano – wer auch immer ihn schickte – zu Djem vorgedrungen wäre und die Rechtsansprüche der Thronanwärter wieder zusammengeführt hätte, dann hätte Karl VIII. vielleicht nicht den Italienfeldzug, sondern den Kreuzzug nach Byzanz unternommen. Er hätte den Orient erobert, und das Abendland hätte die Muselmanen ausgeschaltet, hätte sie wieder hinter die Grenzen der Geographie und des Geistes zurückgetrieben. Oder sie hätten sich vielmehr, wie immer, wenn eine Kultur endgültig durch eine andere besiegt wird, durchdringen lassen: Es wäre zu einer fruchtbringenden Rassen- und Kulturmischung gekommen, viel fruchtbarer, als es in Wirklichkeit geschah, mit diesem eisernen Vorhang, der unter Opferung des Balkans den Kontinent vor weiteren Invasionen geschützt hatte. Italien wäre ein freies Land geblieben, ein Land von Kämpfern, Heiligen, Malern, Dichtern, Händlern und Seefahrern – und wer weiß, vielleicht würden wir noch heute in einer goldenen Renaissance leben und nicht in diesem bleiernen Untergang wie in einer Provinz des Kaiserreichs. Wir alle sind die Palaiologen des Jahres 2000 geworden.

Aber etwas ging schief, und die Geschichte wurde umgeleitet. Die Palaiologen bleiben auf immer und ewig Vasallen mächtigerer Staaten und eroberten kein Reich zurück – im Gegenteil, am Ende verloren sie auch das winzige Reich, das sie besaßen. Italien wurde überfallen und unterworfen: Es verlor für Jahrhunderte die Freiheit und für immer die Würde. Djem wurde von den französischen Siegern dem Papst ausgeliefert und Tristano von den Palaiologen fallengelassen. Als er sich verloren sah, versuchte er vergebens, sich einen Schutzbrief zu verschaffen, und zog sich in diese Räume zurück. Alle wollten seinen Tod. Die Feinde der Palaiologen noch mehr als die Palaiologen selbst. Sie belagerten ihn monatelang in diesem Gemäuer, aber er ließ sich nicht einnehmen. Wissen Sie, was mit ihm passiert wäre, wenn sie ihn lebend gefangen hätten? Sie hätten ihn von der Burgmauer geworfen wie den Hauptmann Bramafam oder enthauptet wie den Adligen Scarampi – zwei weitere glücklose Rebellen, die in dieser Gegend Burgen besaßen. Viele haben über Djem geschrieben, und doch kennt man nicht einmal seinen wahren Namen: Die Franzosen nannten ihn Zizim, die Florentiner Gemin, die Venezianer Gem oder Zen, die Cuneer Giaume, andere Cem, Jem, Ziem, Zinzimi, Zyzymi, Gien oder Dschjem – ich habe dreizehn verschiedene Weisen gezählt, um ein und denselben Mann zu benennen. Als zwei Jahre später der französische König den wahnwitzigen Plan übernahm und beschloß, die Idee zu verwirklichen, erkannte niemand an, daß sie von Tristano stammte. Niemand hat dem Visionär Boccadiferro je Gerechtigkeit widerfahren lassen.

Er war ein Mörder, soweit ich weiß, sagte Ventura. Ein Sadist. Tja, vielleicht ist er gerade deshalb erwählt worden – und vielleicht suchte er Djem, nicht um ihn zu befreien, sondern um ihn zu töten. Vielleicht hatte er den Plan verraten, den er selbst ersonnen hatte. Das ist nicht ausgeschlossen. Aber Sie müssen bedenken, daß Ende des 15. Jahrhunderts auch Gaben als Qualitäten angesehen wurden, die uns beschränkten Bürgern vom Ende des Jahrtausends zensurbedürftig erscheinen. Die Moral ist genauso relativ wie die Schönheit, und nichts altert schneller als ein System aus Regeln und Tabus. Zu Tristanos Zeiten verzieh man Vergehen, die Geschicklichkeit und Selbstbeherrschung verlangten, und schätzte einen scharfen Verstand, eine fruchtbare Vorstellungskraft, Kenntnis der menschlichen Natur, Täuschung und Grausamkeit nicht geringer als Intelligenz. Und Tristano war vielleicht ein Mörder, aber er war auch ein großartiger Stratege, ein Genie der Politik, ein Liebhaber der Kunst. Vielleicht hatte nicht er den Meister nach Bastia del Garbo gerufen, aber er war es, der ihm die Möglichkeit gab, das Fresko zu malen. Vergessen Sie das nicht.

Drago wollte erklären, was während der Belagerung der Palaiologen geschah, als die Sekretärin, die im Fiat Thema gewartet hatte, ins Baltuszimmer stürmte. Drago erinnerte sich genau an die Szene: Die Sekretärin, aschfahl, war in der Geschichte aufgetaucht wie eine verirrte Pistolenkugel, die ein falsches Ziel getroffen hat. Und die Geschichte seines Lebens war umgeleitet worden. Doktor, sagte die Sekretärin, während sie nähertrat, etwas Furchtbares ist passiert. Kommen Sie bitte, ich muß mit Ihnen sprechen. Ja, nachher, nachher, siehst du nicht, daß ich mit Professor Ventura beschäftigt bin? Doktor, murmelte sie, ich muß sofort mit Ihnen sprechen. Sie sagte ihm etwas ins Ohr. Drago erblaßte. Es wird schon alles in Ordnung kommen, Sie werden sehen, flüsterte die Sekretärin. Aber er wußte, daß es nur der Blitz war, der den Himmel in Brand setzte, und daß bald der Donnerschlag dröhnen würde. Ventura sah ihn an und wartete noch auf das Ende der Geschichte. Djem als Geisel des Königs von Frankreich, der ihn für seinen Kreuzzug benutzen will; Tristano, Visionär, verratener Verräter, in seiner Burg belagerter Mörder. Und dann? Ich muß gehen, jetzt gleich, sagte Drago und gab ihm die Hand. Ich werde bald wiederkommen, und dann werde ich Ihnen erzählen, wie die lange Belagerung von Hauptmann Boccadiferro ausging. Er warf einen letzten Blick auf das leere Zimmer: Nur die gemalten Gestalten auf den Wänden verweilten neben ihm. Wenn sie hätten gehen können, dann hätten auch sie ihn verlassen.

6

Ein paar Depeschen, ein paar Geheimberichte, ein paar vertrauliche Mitteilungen, die den Fürsten, Kardinälen und Männern der Waffe in der Umgebung Ihrer Majestät, des französischen Königs, zu Ohren oder Augen gekommen waren, mußten geheime Informationen über Tristano Boccadiferro enthalten haben – denn sein strahlender Stern verdunkelte sich plötzlich. Der Hauptmann war ein zu schlauer und zu intelligenter Mann, um nicht durch kaum merkliche Zeichen – ein rasches Wechseln von Blicken, ein angehaltener Atem, ein Zittern der Hände des Königs – zu ahnen, daß seine Dienste nicht mehr willkommen und seine Männer in Verdacht geraten waren. Eine Wolke aus Argwohn umgab ihn; schlimmer noch, es war Angst. Sie fürchteten ihn: und verdoppelten die Aufmerksamkeiten und das Lächeln.

Er war von den Palaiologen an den Hof von Frankreich mit dem Auftrag gesandt worden, den französischen Kartographen dabei zu helfen, eine Karte der Straßen Norditaliens zu erstellen und den Marschällen die logistischen Bequemlichkeiten des Monferrato zu erläutern, wo das Heer im Laufe eines möglichen Italienfeldzugs würde haltmachen müssen: und das alles, um den König zu überreden, in der Markgrafschaft zu verweilen und dort mit Costantino Arniti über die Bedingungen für die Wiedereroberung des Orients zu verhandeln. Dieser sollte dem König beweisen, daß Sultan Djem, der angeblich aus Rom geflohen war, statt dessen in seiner Macht war. Doch unter einem Vorwand wurde ihm der Auftrag wieder abgenommen. Tristano blieb einige Wochen am Königshof – untätig, umgeben von schönen Französinnen und von Musikern, die eindeutig die Aufgabe hatten, ihn abzulenken. An einem Oktobermorgen wurde er plötzlich nach Casale zurückgerufen – ohne seine Männer, wie es im Brief ausdrücklich hieß –, geladen zu einem geheimen Gespräch mit dem Markgrafen. Die Anklagen versteckten sich hinter einer Reihe von Komplimenten und Schmeicheleien über den Wert seines Wirkens, das als abgeschlossen angesehen werden konnte, weil Karl Italien und nur Italien wollte: Der Italienfeldzug würde also auf jeden Fall stattfinden, und die Palaiologen würden ihn unterstützen und auch finanzieren.

Aber Tristano spürte jene Anklagen, und wenn sie hätten formuliert werden können, wären sie mißgünstig und schwerwiegend gewesen. Sie hätten ihm Verschwörung und Verrat vorgeworfen: die Entführung der Geisel des verhaßten spanischen Papstes geplant und in der Zwischenzeit heimlich die aragonischen Spitzel über den katastrophalen finanziellen Zustand des französischen Hofs und die Kriegspläne von M. de La Trémoille unterrichtet zu haben – über die Neuheiten der Artillerie, über die ihr Heer verfügte, die Schwachpunkte der Zitadellen, in denen sie haltmachen würden, die Schwachpunkte des Königs (sein geringes Gehirn, seine Lust am Prassen, seine Trägheit), seine schwärmerische Überzeugung, von Gott auserwählt zu sein, was ihn nicht aufhalten, sondern vielmehr sein Eingreifen in italienische Belange in unmittelbare Nähe rücken würde. Informationen, die Tristano im übrigen – in dem doppelten und dreifachen Spiel, zu dem er durch die absolute Geheimhaltung seines Plans gezwungen war, in dem manchmal sogar er selbst sich nur schwer zurechtfand – falsch und entstellt weitergab, wie es in seiner Natur als diplomatischer und denkender Krieger lag, der eher mit dem Gehirn kämpfte als mit dem Arm. Offiziell – und das war eine wesentlich entehrendere Anklage für einen Adligen seines Rangs – wurde ihm vorgeworfen, das Gold seiner Herren für persönliche Interessen verwendet zu haben. Tristano begriff, daß der Plan, an dem er seit jeher arbeitete, gescheitert war.

Das Schlimmste befürchtend, legte er sich ins Bett und stellte sich krank. Er verschob die Abreise nach Casale, schickte dem Markgrafen einen ärztlichen Bericht, der besagte, daß Blut im Urin ihn zu einer langen Ruhezeit zwang und ihm verbot, eine Reise zu unternehmen. Gleichzeitig schickte er zahllose höchst geheime Sendschreiben an den Vatikan, in denen er der Kirche verlockende Informationen sowie seine Dienste gegen die Stelle eines Befehlshabers im überaus mächtigen päpstlichen Heer anbot. Er schrieb sogar an den Sultan, teilte ihm mit, daß jemand seinen Bruder Djem in seine Gewalt bekommen wollte – den der Papst sicherlich an die Franzosen ausliefern würde, wenn die Franzosen ihm auch nur aus der Ferne drohen würden. Doch da die Antwort seiner möglichen Retter auf sich warten ließ und die Situation am französischen Hof immer brenzliger wurde (er hatte das Gefühl, an die Öffnung eines Kanonenrohrs gefesselt sein), beschloß er, in die Heimat zurückzukehren. Er schlug nicht die Straße des Monginevro ein, wo die Kundschafter der Palaiologen ihn hätten verhaften und töten können, ohne Aufsehen zu erregen, sondern nahm unwegsame und wenig begangene Pfade. Er ritt mit lockeren Zügeln, gefolgt von seinen treuesten Männern und seinen bewaffneten Abteilungen, und suchte an einem regnerischen Novemberabend zwischen den hohen Mauern des Kastells Bastia del Garbo Zuflucht.

Er hatte nicht geplant, auf seinem Lehen haltzumachen, das im Territorium des Markgrafen lag. Doch sollten sie ihn suchen, bevor er die Frage geregelt hätte und zu den Waffen im Dienste der Gegner des Königs von Frankreich übergehen könnte, dann hätten sie ihm schon ein regelrechtes Heer entgegenstellen müssen, um ihn aus jener gut befestigten Burg herauszuscheuchen, in der tonnenweise Salpeter und Schwefel für die machtvollen Bombarden lagerte (die Wirklichkeit erwies sich zu seinem Unglück als erheblich anders). Und genau das, so hoffte er, würden die Markgrafen angesichts des nahenden Winters nicht tun; außerdem sind militärische Operationen teuer, und die – durch die Ausgaben des griechischen Hofstaats, den Maria bei ihrer Heirat mit in den Norden gebracht hatte – ausgebluteten Palaiologen konnten es sich nicht leisten, Soldaten zu besolden, um einen ungehorsamen Feldherrn aus seiner Höhle zu jagen. Niemals würde Tristano Boccadiferro sich freiwillig ergeben, um ein Schnellverfahren zu bekommen und einen schmählichen Tod zu erleiden. Ein Mann der Waffe kämpft, und er würde kämpfen. Er ließ sich weder von Trompetern noch von Herolden ankündigen: Er traf bei Nacht ein und hatte seine Mühe, damit die Wachen ihn erkannten, die ihn hindern wollten, in seine Burg einzureiten.

Er kam in einem verschlafenen Bastia an – das nach der Ernte schon im Winterschlaf versunken war. Er versuchte, seine Gedanken zu ordnen: Er mußte diejenigen, für die er noch nicht arbeitete, von der Aufrichtigkeit seiner Absichten überzeugen, und diejenigen, für die er nicht mehr arbeitete, von der Ehrenhaftigkeit seines Verhaltens. Er war nicht ganz ohne Mittel und Hoffnung. Er war ein erschöpfter, erfahrener, aber noch kräftiger Krieger, den das Streitertum in den Reihen der religiösen Ritterorden zu einem gescheiten und skrupellosen Diplomaten gemacht hatte. Tristano stammte aus einem ehrenvollen Geschlecht: Sein Großvater, dessen

Namen er trug, war ein berühmter Feldherr gewesen, ein berüchtigter Brandschatzer und mörderischer bewaffneter Arm der Macht – dem Markgraf Giangiacomo zur anteiligen Belohnung für seine Dienste das Lehen Bastia und den Titel »Sire von Garbo« verliehen hatte, wie aus einem vom Notar Vurulfo de' Vorulpis beurkundeten Dokument hervorgeht. Als der wilde Feldherr die Waffen ablegte, hatten die Palaiologen für ihn den Ort gefunden, an dem er in Frieden und Ehren altern konnte: Sie hatten ihm die Mautrechte für die Straße gewährt, die durch das Tal führte, die landwirtschaftlichen Renten und die Burg von Bastia, Grenzposten am Ausgang einer am Rande, aber doch in der Nähe der großen Straßen des Nordens und des Apenninenpasses gelegenen Straße – ein Standort, der bedeutender war als viele andere, weil er wie ein Keil im Territorium der Gegner, der Savoyer, lag. Die Palaiologen herrschten über ein zerbrechliches Reich, dem eine wirkliche geographische und territoriale Einheit fehlte: Sie mußten den Feudalherren vertrauen, denen sie die in anderen Reichen verstreuten Inseln übergaben. In seinem winzigen Feudalbesitz, den er nach seinen eigenen Gesetzen regierte, hatte sich der alte Feldherr offensichtlich nicht viele Freunde gemacht, da seine Zeitgenossen ihn als »spurcus homo et nequam, de stercore ad tyrannidem evectus« (»schmutzigen und wertlosen Mann, der aus dem Kot zur Tyrannei aufgestiegen war«) bezeichneten.

Aufgewachsen in den Jahren, in denen Italien in einem trägen Frieden erstickte, sein Vater Percivalle mit dem Titel des Kammerherrn des Markgrafen Guglielmo ein faules Leben bei Hof führte und seine älteren Brüder den Herren von Monferrato als Pagen und Knappen dienten, brannte der jüngste Sohn Tristano darauf, einem Glaubensorden beizutreten und das Gelübde abzulegen. Aber nicht um eine behäbige Kirchenkarriere im Schatten des Vatikans einzuschlagen, sondern um als Paladin zu leben und mit der Waffe in der Hand die Heiligen Stätten und die Vorposten des Christentums im Orient gegen die wachsende Bedrohung des Islam zu verteidigen. Er wurde ein streitbarer Ritter des Hospitaliterordens der Johanniter von Jerusalem und brach nach Rhodos auf. Innerhalb von fünfzehn Jahren wurde Ritter Tristano dank seines Talents als Händler und Schmuggler über die Maßen reich.

Seine Brüder waren unterdessen durch die Klinge oder an Gift gestorben, und um die Familie vor dem Aussterben zu retten, verzichtete Tristano – scheinbar ungern, aber vielleicht auch aufgrund eines eigenen verborgenen Plans – im nicht mehr jugendlichen Alter von fünfunddreißig Jahren darauf, die feierlichen Gelübde der Armut, der Keuschheit und des Gehorsams abzulegen. Er verzichtete auf das schöne Kreuzfahrergewand und kehrte nach Italien zurück. Dort begann er eine zweite Karriere als Mann der Waffe und bewies seine Begabung als Stratege: Er nahm an jedem Scharmützel teil, auf jedem Feld, auf jeder Lichtung und jedem Hügel Italiens und Europas, wo es nur irgendeinen Zusammenstoß gab, wobei er immer seine Haut rettete und nur wenige Männer verlor, deren Leben ihm völlig gleichgültig, deren Zahl und Kraft ihm aber wichtig waren. Im Krieg pflegte man Gefangene zu nehmen und zu verhandeln. Er hatte Krieg geführt – und, häufiger noch, Zeit gewonnen – für die Markgrafen von Monferrato, für die Gonzaga von Mantua, für den allerchristlichsten König von Frankreich und auch für das Haus Aragonien von Kastilien im Kampf gegen die Ungläubigen von Al-Andalus. Aus Granada hatte er vor weniger als zwei Jahren eine königliche Kriegsbeute und einen kriegsversehrten treuen Pagen mitgebracht. Doch die Zeiten änderten sich schnell. Nach dem Tod Lorenzos des Prächtigen zerfiel das Gleichgewicht. In Italien gärte es: Große Ereignisse standen bevor, ein echter Krieg, und Tristano fand sich nicht mit der Vorstellung ab, daß man ihn hinderte, daran teilzunehmen, auf welcher Seite auch immer.

Er rechnete darauf, am nächsten Feldzug Karls VIII. teilzunehmen, der wegen der unseligen Folgen für die Geschichte des Vaterlands, aber auch wegen seines Protagonisten berüchtigt werden sollte. Blitzschneller Sieger, Liebling der italischen Massen, messianischer Führer, sodann zaudernder, unvorsichtiger Souverän, der ein paar Jahre später infolge einer lächerlichen Kopfverletzung bei einem Stoß gegen einen Türrahmen sterben sollte – er, der so kleinwüchsig und alles andere als eine Riese war; und der so reich, so ruhmvoll war, Herr über so prächtige Paläste –, an einem widerlichen und schändlichen, schmucklosen und übelriechenden Ort sterben mußte: Denn sein hartes Schicksal traf ihn ausgerechnet in dem Moment, als er durch eine Latrine ging, um den Höflingen beim Ballspiel im Burggraben zuzusehen. Unendlich ist die Macht Gottes.

Boccadiferro hatte viele Freunde, sowohl unter denen, die die Invasion des Mannes der Göttlichen Vorsehung behinderten, als auch unter denen, die sie vorantrieben und organisierten – des Mannes, der mit seinem Charisma und dem göttlichen Auftrag wieder Ordnung in die italienischen Unruhen bringen sollte. Er konnte nicht glauben, aus solch einem Unternehmen ausgeschlossen worden zu sein. Der große Plan war gescheitert. Karl würde nach Italien kommen und es unterwerfen. Die Palaiologen stellten ihm die Edelsteine des Familienschatzes, Ländereien, Burgen, Brücken, Straßen, Zelte und auch einige Soldaten zur Verfügung. Und er wurde an den Tod verkauft. Er fragte sich, wodurch er verloren hatte. Übermäßige Habgier? Nein, sicher nicht. Die Gelder, ja, die er im Auftrag der Markgrafen von Monferrato hätte aushändigen sollen, die aber beim französischen König, der knapp bei Kasse war, nie angekommen waren. Gelder, die verschwunden waren, um den Erfordernissen seiner Männer Genüge zu tun. Denn Tristano hatte Leute im Sold, die sich auflehnten und zu Verrätern wurden, wenn er sie nicht bezahlte, deren Treue er sich nur sichern konnte, wenn er sie besser bezahlte, als seine Gegner es tun würden – und so hatte er sich jener Gelder bedient. Unvorsichtigkeit? Nein,

Tristano hatte keinen falschen Schritt getan: Nur drei Personen kannten den Plan. Maßloser Ehrgeiz? Vielleicht. Tristano träumte davon, Berater eines Kaisers zu werden – und nicht eines dummen, mächtigen Königs.

Es war Nacht, als er nach Bastia kam, schweißgebadet und staubbedeckt. Er hatte sich vorgestellt, an den bequemen kleinen Hof zurückzukehren, den er verlassen hatte, und fand Unordnung und Abtrünnige vor. Seine rechtmäßige Gattin, die von seiner mißlichen Lage wußte, hatte sich gehütet, zu ihm zu kommen, und er, der unbequeme Ritter ohne Orden und ohne Heilige, der unbequeme Krieger ohne Sohn und ohne Frau, verfolgt vom Zorn der Palaiologen und der Franzosen, hatte vor sich nur die Berge und hinter sich den Fluß. All seine Pläne, seine Eroberungen, seine Ziele und Träume verflogen, und der Mond trug die leblose Nutzlosigkeit seines Lichts wie ein besiegtes Banner. Die Soldaten, denen er befahl, niemandem seine Ankunft zu melden, waren ratlos, erschrocken und fürchteten, gegen ihren Willen in irgendein Abenteuer getrieben zu werden. Wie lange konnte er seine Anwesenheit versteckt halten? Wie lange? Ich will schlafen! schrie er wütend und riß sich den schlammbespritzten Pelz vom Leib. Herzlich willkommen, mein Herr – flüsterte Antar, sein Page. Der Sarazene kam ihm verändert vor: Er hatte schulterlanges Haar in der ungewohnten Farbe reifen Korns und kleidete sich elegant wie im Serail. Er befahl ihm, sich sofort die Haare zu schneiden, die ihm ein unschickliches, weibisches Aussehen verliehen. Der Page kannte die Wutanfälle seines Herrn und nickte eilfertig.

Er führte ihn schweigend ins Obergeschoß. Der Anblick seines Besitztums wandelte jedoch Boccadiferros finstere Laune. Er schritt durch die großen, bequemen, von Kaminen beheizten Räume. Die Brandschatzungen, Streifzüge und Plünderungen im jüngsten Feldzug in Andalusien zum Schaden der Mauren von Cádiz, Almería und Granada und die häufig durch persönlich geführte Verhandlungen angehäuften Gelder hatten es ihm ermöglicht, sich Tapisserien, Silber, Schatztruhen voller Kameen, antiker Münzen und Edelsteine, Teppiche und intarsiengeschmückte Möbel, goldene Kandelaber, bemalte Vasen, Majoliken, Scudelle, Crespine, gewölbte Kelche, Albarellos anzueignen. Er zeigte sie gern den bedeutenden Gästen, die auf dem Weg zum Hof von Casale in der Burg haltmachten, aber heute beschränkte er sich darauf, sie sich selbst zu zeigen und sich daran zu erfreuen. Die Palaiologen hatten diese düstere Ritterburg umgestalten lassen und hatten ihm, um die kahlen Wände zu schmücken, die Phantasie eines überaus fähigen Meisters geschenkt (so hatte Bonifatius ihm versichert), der während seiner Abwesenheit nunmehr die Arbeit fertiggestellt und die Wände des Turms mit mythologischen Geschichten überzogen haben dürfte. »Wie es im Palast der Gonzaga zu sehen ist«, hatte ihm der anmutige Enrico versprochen und ihn damit gelockt, da er die Gonzaga und insbesondere Rodolfo bewunderte, dem er nacheiferte und in dessen Diensten er gelernt hatte, wie man eine Schlacht gewinnt, einen Krieg verliert, aber nicht die Macht. Er hatte ihn mit der Laute erfreut, jener Maler, und eine Zeitlang hatte Tristano in der Wildnis von Bastia einen Hauch von Hofleben genossen. Doch die Hunde, die der Meister im Waffensaal gemalt hatte, gefielen ihm nicht. Es waren nachdenkliche schwarze Hunde, eher Dämonen als Hunde. Und überall stieß er auf Spuren unvollendeter Arbeit, Gerüste und Abdeckungen voller Spinnweben; an den Wänden des Studierzimmers im Turm fand er nicht die heroischen und feierlichen Gestalten, die er sich vorgestellt hatte, fand keine geordnete Geschichte, wie ihm versprochen worden war, sondern einen brodelnden Farbenwirbel, in dem er sich nicht zurechtfand. Seltsame und bizarre Figuren waren wie aus einer Laune heraus auf dem Putz hinterlassen worden. Einige waren Frauen von verführerischem Aussehen und nicht allzu bekleidet – aber seine schlechte Laune verging nicht. Beunruhigende Figuren, in ätzenden und heftigen Farben gemalt – oder, noch schlimmer, noch gar nicht gemalt, provisorisch schwarz gestrichene Wände. Das Werk war offensichtlich abgebrochen worden: eine Wand schwarz, die andere halb fertig, die Köpfe gezeichnet, aber ohne Farben, eine andere gelöscht und neu verputzt, mehrfach übermalt. Ein Knäuel aus Figuren, die er ansehen mußte, bis er voller Ärger dem Pagen befahl, die Vorhänge des Baldachins um seinen müden Körper zuzuziehen. Denn aufgrund der unvollendeten Arbeiten in seinem Zimmer mußte er vorübergehend im Studierzimmer Unterkunft nehmen.

Die Idee, Enrico da Sorano mit einem Vertrag an sich zu binden und ihm einen Freskenzyklus in Auftrag zu geben, stammte nicht von ihm, aber Tristano hatte es vergessen, und niemand hätte ihn je vom Gegenteil überzeugt. Heute nacht aber hätte er Alma gern Vorwürfe gemacht, daß sie ihn überredet hatte, jenen Schurken in Dienst zu nehmen, der behauptete, ein Pictor famosissimus zu sein. Seine Schwägerin konnte so gut überreden. Mit ihrem Geschwätz wäre sie fähig gewesen, Gold in Kot zu verwandeln, wenn man sie ungestraft reden ließ. Und mit ihrem Schweigen gab sie gar Befehle. Wie hatte er nur auf sie hören und dem verfluchten Enrico da Sorano erlauben können, sein Studierzimmer zu verschandeln? Was ist das für ein Zeug? brüllte er, und niemand konnte ihm eine Erklärung geben. Und die Geschichten, die Geschichten, die er ihm versprochen hatte? Wo begann die Erzählung? Wo hörte sie auf? Wohin mußte man sehen? Der Kopf drehte sich ihm, in diesem Labyrinth. Es ist alles eine einzige Unordnung, ein Durcheinander. Er verstand sie nicht, diese Malerei. Das Auge konnte das Bild nicht im ganzen erfassen – es springt von einem Punkt zum anderen, wird weggezerrt, überrannt. Dieses Universum hat keinen Mittelpunkt, ist nur eine ununterbrochene Abfolge von Bildern, die durch eine unkontrollierbare Kraft gegen- und ineinander geschleudert werden, die den ganzen phantastischen Reichtum in Splitter und endlose Bruchstücke auflöst. Ich werde eine moderne Malerei machen, hatte Enrico ihm versprochen. Wenn das modern ist, verstehe ich es nicht, und es gefällt mir nicht.

Von allen Gestalten des Freskos beunruhigt eine ihn insbesondere. Zwischen Hügeln und nächtlichen Tälern, in einer nur vom unheimlichen Lichtschein der Feuersbrunst in einem brennenden Palast erleuchteten Landschaft hatte ein Gemetzel stattgefunden. Schafe wurden von einem Mann abgestochen, der durch die dunkle Landschaft läuft. Seine eleganten Beinkleider, die Gamaschen aus vergoldetem Metall, einige Insignien, die er trägt, lassen ihn als einen Mann von hohem Rang erkennen, vielleicht ein König. Aber er war nicht eigentlich, oder nicht nur, ein Mann. Es war ein Mann, der im Begriff stand, sich in einen Wolf zu verwandeln: Vom Wolf hatte er schon die spitze Schnauze und die hervorstehenden Schneidezähne, und zu Fell werden die Kleider an den Unterarmen, die noch nicht, aber doch schon beinahe, Pfoten sind – und Mann oder vielmehr König ist der ganze Rest, während das unheimliche Blitzen, der gierige und wilde Ausdruck, der in seinen Augen leuchtet, der einen wie der anderen Natur angehören könnte. Die Arme des Wolfs triefen von Blut.

Doch während der brennende Palast ein mit akribischer Geduld rekonstruiertes klassisches Gebäude war und vielen anderen Gebäuden aus der römischen und der Kaiserzeit ähnelte (die in der modernen Malerei sehr beliebt waren und an die Tristano sich zu gewöhnen begann), so war das nächtliche Panorama von einer beeindruckenden Ausdruckskraft, und die grausige Figur war mit einem ungewohnten visionären Irrealismus gemalt, so daß allein das Wissen, daß jene Person (jenes Ding?) über die Wand des Studierzimmers lief – oder galoppierte –, ihm den Schlaf raubte. Das Blut, das das Ungeheuer auf der Flucht durch die nächtliche Landschaft hinterließ, bildete eine lange, leuchtende, phosphoreszierende Spur. Blut, mit rotem Mennige gemalt, eine fast materielle Spur, die von der Wand auf den Fußboden zu tropfen schien und auf die Hände des Betrachters. Wer ist das? fragte er den Pagen, bevor er die Figur von einem Wandteppich bedecken ließ. Antar antwortete: ein Mörder. Er hatte geplant, eine bedeutende, zu bedeutende Person zu ermorden. Wer? stöhnte Tristano. Ich erinnere mich nicht, antwortete der Page. Ruft mir den Meister herbei, er soll sofort kommen, schreit Tristano. Morgen wird er es übertünchen, neu verputzen und das Fresko von vorn anfangen, denn dieses entspricht nicht unseren Abmachungen. Mein Herr, murmelte der Page bestürzt, Meister Enrico wohnt nicht mehr in der Burg. Was soll das heißen? tobte Tristano wütend. Der Meister war abgereist. Äh, ja, er war plötzlich verschwunden, von einem Tag zum andern. Ja, genauso war es, der Maler, der den Auftrag hatte, ihm die Burg angenehm zu machen, in der er sein friedvolles Alter verbringen wollte, war geflohen, ohne seinen Verpflichtungen nachzukommen. Der Page wußte nicht, wo er war: Enrico hatte sich vor einigen Monaten in Luft aufgelöst.

Die schlechten Nachrichten ließen nicht auf sich warten. Eine Hungersnot trieb die Bauern zu lautstarken Protesten, und wegen der nicht mehr zu unterdrückenden Gerüchte über seine Rebellion waren die Zehnten nicht bezahlt worden: Die Kassen der Burg waren erschreckend leer, ausgerechnet jetzt, wo Tristano Geld brauchte, um sich seine Rettung zu erkaufen. Darüber hinaus teilte ihm Antar mit, daß heute nacht einer seiner Männer aus den Pferdeställen fortgeritten war. Man hatte ihn in Richtung Casale galoppieren sehen. Tristano war verraten worden, und bald würde man seinen Unterschlupf kennen. Es blieb ihm nicht viel Zeit zum Handeln. Seine Männer warteten zudem schon seit einem Monat auf ihren Sold und zeigten erste Anzeichen von Unwillen. Das Scheitern seines großen Traums, die Wut, das anstrengende Nachdenken über eine verzweifelte

Flucht nach wochenlangem, pausenlosem Ritt, die Winde im Magen, die Machtlosigkeit und Müdigkeit verursachten Blähungen und übelriechende Rülpser, gefolgt von einem heftigen Fieberanfall. Sein Blick verschleierte sich, und er brach ohnmächtig auf dem Fußboden zusammen. Seine Beine waren geschwollen, wie leblos, rissen auf, und aus den Rissen trat eine gelbliche Flüssigkeit aus, die nach Säure und Urin roch.

Seine getreuen Anhänger beugten sich über das vom Schlaganfall gezeichnete Gesicht und glaubten, er sei verloren. Die Diener mußten ihn ins Bett tragen, wo er tagelang im Delirium lag und phantasierte, er sei ermordet worden. Er wälzte sich von einer Seite auf die andere und versuchte, dem Würgegriff des Feindes zu entkommen, der sich an ihn klammerte, ihm Lenden und Magen zerdrückte, seinen linken Arm lähmte und die Beine entzündete. Vergebens waren die starken Einläufe und auch die Abführmittel; ebenso wirkungslos erwiesen sich die Breiumschläge des Drogisten und die Aderlässe. Dutzende von Blutegeln saugten an seinen Venen und starben am Gift. Der unter höchster Geheimhaltung gerufene Arzt erklärte, ein grausames Übel habe ihn befallen: kurzum, er schwebe zwischen Leben und Tod. Gicht. Ein heftiger Gichtanfall. Er schlug vor, ihm die Beinen zu amputieren, um dem zuvorzukommen, was ihm der unaufhaltsame Beginn von Brand zu sein schien. Tristano lachte und brüllte. Amputation! Niemals. Ohne Beine sterben, gelähmt im Bett, ein Feldherr, der nichts kannte als Reiten, Laufen, Segeln, Kämpfen! Er mußte so schnell wie möglich aufbrechen und war nun ans Bett gefesselt. Tristano betrachtete voller Angst die sich auf dem Verband ausbreitenden Flecken. Sein prächtiges bemaltes Zimmer wollte niemand mehr betreten: Sein kranker Körper verströmte einen Geruch nach Fäulnis und Todeskampf.

Das Gerücht verbreitete sich rasch: Boccadiferro stirbt. Und damit begann eine weitere schweigende Blutung. Alle verließen den todkranken Feldherrn: einer bei Morgengrauen, der andere bei Nacht, die einen mit der Ausstattung des Waffensaals, andere mit den Edelsteinen, die er in der Alcazaba von Almería geraubt hatte, und einer gepanzert in der rostigen Rüstung des furchtbaren Großvaters. Als erster ging sein Statthalter, der an den Hof eilte und seinen Herren Treue schwor. Dann war die Reihe an Damiano d'Alemagna, mit dreißig Pferden. Alle waren bereit, in den Sold eines anderen Herrn zu wechseln. Camillo di Cosimo verschwand mit Tristanos Pferd Bucintoro und einer Truhe voller Zechinen. Ihr geht fort, ihr Feiglinge? schrie Tristano. Ich werde allein kämpfen. Denn ein Stier scheißt soviel wie tausend Fliegen.

Er blieb allein mit seinem verweiblichten sarazenischen Pagen, mit seinen im Brand gärenden Beinen, irreredend im Studierzimmer des Turms, allein mit seinen Alpträumen, die zu gemalten Gestalten geworden waren – oder zu echten Gestalten, Malerei oder Erinnerungen oder Fieberwahn. Verwirrt beobachtete er heimlich den fünften König (der Page hatte ihm irgendwann gesagt, daß sein Name Pyrenäus sei), der in einem quadratischen Turm, ähnlich dem, in dem er sich nun befindet, seine Gäste, die Musen, zu vergewaltigen versucht – schreiende, verzweifelte Jungfrauen; sie entkommen, indem sie schwerelos davonfliegen, und die Zeit in der Malerei ist ein Widerspruch: Während etwas geschieht, ist es schon geschehen, und der Körper des Königs liegt schon auf dem Gras zerschmettert – denn während die jungfräulichen Musen fliegen, wird ihr Verfolger niemals fliegen können. Er späht voller Grauen zum vierten König, der sich über einen (wehrlos in einem so typisch italienischen Bett schlafenden) schönen Jüngling mit Spitzbart beugt und im Begriff steht, ihn mit dem Schwert zu durchbohren und im gleichen Augenblick ein Luchs zu werden: ein König, der dabei ist, einen Mann zu ermorden – einen Gast? einen Gefangenen? er erinnert sich nicht mehr –, der ihm vertraut hat. Oh, allmächtiger Gott, jemand hat in seinen Gedanken, seinen Geheimnissen gelesen …

Löscht diese Gestalten aus, möchte er schreien, doch statt dessen späht er zum dritten König, ein monströser Vogel mit aufgerichtetem Kamm und einem übergroßen, wie eine Axt gekrümmten Schnabel, der sich vorstreckt wie eine Lanze und auf sein Opfer zielt: ein ätherisches Geschöpf mit dem Körper einer Nachtigall und einem Blutspritzer auf dem Gefieder, das seinem Schnabel ausweicht, die Flügel ausbreitet und sich in die schwarze Luft schwingt. Der unselige Vogel hat die starken Beine eines Kriegers mit goldenen Sporen und versucht, sich auch zum Flug zu erheben, aber wahrscheinlich wird er abstürzen – doch unterdessen hängt er – zwischen einer Welt und der anderen schwebend, nicht mehr Mensch, noch nicht Vogel, auch nicht gestorben, aber seiner Natur entsterbend – drohend über seinem Kopf. Tristano schließt die Augen und stöhnt. Von Schwindel ergriffen, meint er zu fliegen; er klagt, und ihm ist, als gebe er ein eintöniges Weinen von sich.

Fliegend, fliegend und stöhnend würde er Bastia verlassen, seinem geflügelten Pferd Bucintoro die Peitsche geben. Er befahl, ihn zu satteln, ihn mit goldenem Hafer zu füttern. Er faßte sich an die Nase, riß sich Haarbüschel von den Armen und von der Brust. Er hatte das Gefühl, Wolf, Luchs, Wiedehopf und Musenschänder zu werden. Er redete irre. Doch in den seltenen Momenten geistiger Klarheit sagte er sich, daß es schon Ende November war, und noch war kein Trompeter der Palaiologen gekommen, um ihn zur Kapitulation aufzufordern. Vielleicht, so dachte er, würden sie ihn zum Zeichen der Dankbarkeit vergessen. Sie taten so, als hätten sie ihn verurteilt, aber sie wollten auch nicht riskieren, ihn zum Feind zu haben. Noch ein wenig Zeit, um zu genesen, und alles würde sich richten. Wer fragt nach mir? schrie Boccadiferro. Niemand, mein Herr, erklärte der Page, der nicht von seinem Bett wich und – während er so tat, als versorge er ihn – aufmerksam den Wandteppich betrachtete: Im

Glauben, daß Boccadiferro ihn nicht sah, da er ihm ostentativ den Rücken zuwandte, hob er den Teppich an, bis die schreckliche Verwandlung des Wolfsmenschen zu sehen war. Antar rühmte den geflohenen Meister. Er hatte Gestalten von großem Wert gemalt, bis in die kleinsten Details ausgearbeitet. Er konnte feststellen, wie peinlich genau die Haare des Wolfs gemalt waren. Man konnte die struppigen Locken zählen. Der Meister, Pictor famosissimus ... Boccadiferro spuckte ein paar Beleidigungen aus. Er brüllte, man solle einen anderen Meister rufen, um diese schrecklichen Malereien mit einer neuen Putzschicht zu bedecken und seinen Schutzheiligen auf die dreieckige Wand des Kamins zu malen. Einen Schutzheiligen würde er brauchen, der todgeweihte Tristano. Er träumte von einem heiligen Bildnis, das in der himmlischen Welt zu seinen Gunsten einschreiten könnte. Er träumte von jemandem, der für ihn einschreiten würde.

Im Delirium verlangte er mehrmals vom Pagen, mit Alma sprechen zu können, und der Page tat jeweils so, als habe er den Befehl vergessen. Bis er ihm schließlich sagte, die göttliche Signora wohne nicht mehr in der Burg: Sie sei tot – oder besser, sie lebe eingeschlossen im Wachturm. Niemand konnte sie sehen noch mit ihr sprechen: Ihre einzige Verbindung mit der Außenwelt war ein Korb, den sie aus der Schießscharte herunterließ, wenn ihr danach war. Tristano lachte, lachte Tränen. Verrückt, sie ist immer verrückt gewesen, seine Schwägerin, aber jetzt hatte sie endgültig den Verstand verloren. Ich erlaube mir, das zu bezweifeln, Herr, verbesserte ihn Antar. Ich begebe mich jeden Tag zum Turm, um ihr Speisen zu bringen – ich habe so gehandelt, da ich glaubte, damit Eurem Wunsche zu entsprechen –, und nach dem wenigen zu urteilen, was ich begreifen kann, ist sie völlig bei Verstand. Die Welt ist ihr ein Greuel, und sie ist der Meinung, sie müsse sich vom Anblick der Menschen fernhalten.

Der Page fragte, ob er etwas für ihn tun könne. Er schien aufrichtig betrübt zu sein über das Unglück des Hauptmanns.

Er untersuchte mit betrübten Augen die Verbände. Leise, schüchtern, mit aufgerissenen schwarzen Augen stammelte er von Wunderheilungen, die Alma während seiner Abwesenheit vollbracht hatte, von außergewöhnlichen wundertätigen Fähigkeiten, die ihr alle zuerkannten. Sie hatte viele Leben gerettet – mit ihren Kräutern, vielleicht auch einfach nur mit dem Klang ihrer Stimme: Vielleicht könnte sie auch ihn retten, wenn er sie um Hilfe bitten würde. Ein Versuch kostete ihn ja nichts. Tristano schickte ihn brüllend fort. Er glaubte überhaupt nicht an die Echtheit und Wahrhaftigkeit von Almas Heilungen, Visionen und Prophezeiungen. Er, Tristano, kannte sie gut und wußte, daß es nur Klatsch der Weiber vom Lande war, Leichtgläubigkeit von zu jungen und zu hungrigen Mönchlein. Idiot! brüllte er und stöhnte dann wegen eines Stiches, der ihm durch das Bein fuhr.

Nächte in Fieber und Delirium, Nächte des Wachens und der Ohnmacht; entsetzliche Einsamkeit eines Menschen, der gegen seinen Willen im Begriff steht zu sterben – er, allein mit den Ungeheuern und seinem maurischen Pagen, der ihn mit schwarzen Märchen in den Schlaf wiegt; er, Kreuzritter und Konnetabel der Rosenritter; er muß sich die irren Reden jenes sarazenischen Jungen anhören, sein rohes Geplauder und die Prahlereien eines Kriegsheimkehrers, und sich heimlich daran erfreuen, da es die Zeit und die Gespenster vertreibt. Dunkle Nacht. All seine verlorenen Tage senken sich auf ihn herab wie ein Nebelschleier. Die Lampen qualmen. Mit scheinheiliger Stimme erzählt der Page zum tausendsten Male die Geschichte eines verbrecherischen Königs. Die Ruchlosigkeit jener Epoche war so groß, daß sie Zeus zu Ohren gekommen war. Unnötig, die Frevel aufzuzählen, auf die der König der Götter überall stieß: Was erzählt wurde, war nichts im Vergleich zur Wirklichkeit. Genug, Antar, schweig. Und der Page schwieg – doch dann, morgen oder in einer anderen Nacht, erzählte er weiter. Jener König war berüchtigt für seine Tobsucht, er war so böse, daß er selbst Zeus töten wollte. Ach, schweig, Antar, schweig. Er schenkt ihm sogar Goldmünzen, damit er an seinem Bett wache, mit dem Schwert in der Hand und bereit, jeden, der seinen Herrn bedroht, zu durchbohren. Antar wacht, die Luft, die er atmet, riecht nach Ruß, die Wand ist schwarz wie die Nacht. Tristano wird verrückt. Er ist gezwungen, sein irdisches Abenteuer zu überdenken, als stünde er gerade jetzt im Begriff, es zu beschließen, am Vorabend eines wirklichen Kriegs und eines wirklichen Ruhms. Wenn Karl die Krone des Königreichs Neapel erringt, wird Tristano über Tausende von Männern befehlen... Wenn Karl besiegt wird und die Krone des Königreichs Neapel nicht an sich reißt, wird Tristano über Tausende von Männern befehlen... Byzanz ist so nah, so nah. Dies ist der unwiederbringliche Augenblick, den die Geschichte der Welt beschert, damit ein einziges Reich entsteht, ein einziger Glaube, eine einzige Rasse, die das Volk Europas verbrüdert und in Frieden hält – von der Iberischen Halbinsel bis zum Bosporus, vom Nordpol bis zur Wüste. Diese Gelegenheit darf nicht versäumt werden, die Zeit kehrt nicht zurück.

Er will nicht sterben. Er will nicht. Ruft Alma und bringt sie her, ich will geheilt werden – befiehlt er. Das ist unmöglich, erklärt man ihm. Alma hat sich im Wachturm einmauern lassen und will den Turm nur tot verlassen – aber für die Welt ist sie schon tot. Nein, sie wird ihn heilen. Er ist der Herr über diese Ländereien, und der Wachturm, in dem Alma lebt, gehört ihm. Ich bin noch nicht tot! schreit er. Und solange ich lebe, darf sich niemand gegen mein Gesetz auflehnen. Man möge sie zu ihm bringen, die Widerspenstige. Aber Alma weigert sich, ihr Gefängnis zu verlassen, und das Sakrileg, die Mauer einzureißen, die sie vom Leben trennt, will niemand begehen. Die Frau ist die Braut Christi, und Christus liebt sie. Er hatte sie auserwählt. Er hat ihr seine Bilder und sein Wort gewährt. Man kann sie nicht ungestraft berühren. Sagt ihr, daß ich im Sterben liege, knurrt Tristano, ich überantworte ihrem Gewissen das Schuldbewußtsein, mich sterben zu lassen. Doch da Almas Gewissen durch den Gedanken an seinen Tod nicht ungünstig beeinflußt werden darf, war er gezwungen, sie in Gewahrsam nehmen zu lassen – durch den Pagen, der zu diesem Zweck von einer Truppe betrunkener Söldner begleitet wurde, die in der Hoffnung auf eine Belohnung den Hauptmann noch nicht verlassen hatten. Der kleine Page, ephebisch und dunkel und mit einer schwer bestimmbaren Grazie, ging stocksteif zum Turm, gefolgt von einer Truppe Bewaffneter, die Spitzhacken und Schaufeln statt Flinten und Kolubrinen schwenkten.

Tristano richtete sich mühsam zum Sitzen auf, stützte sich mit den Ellbogen auf das Federkissen: Sie war gewaltsam in die Burg gebracht worden. Man hatte sie fesseln müssen, denn sie weigerte sich, ihr Grab zu verlassen. Das erste, was Tristano sah, als sich die Tür des Studierzimmers öffnete und Alma hineingestoßen wurde, war – im Halbdunkel des Streiflichts, das durch das Fenster drang und auf der schwarzgemalten Wand in Brand geriet – eine seltsame, unkörperliche Gestalt – barfuß, hell gekleidet. Sie stand reglos zu Füßen der schwarzen Wand der Könige, durchscheinend, als sei sie vom Meister gemalt, mager und zweidimensional wie eine Zeichnung. Bewegungslos zwischen den Ruinen eines Gebäudes, das durch eine Explosion oder Bombardierung zusammengebrochen war: eine gotische Burg, von der nur ein zylindrischer Turm stehengeblieben war. Die Burg des dritten Königs, die Tristano jetzt mit Schrecken als seine eigene erkannte – der gleiche Grundriß, die gleichen Mauern, die gleichen Ziegelsteine. Zwischen den Ruinen jenes Gebäudes stand sie bewegungslos und erschrocken. Etwas Dunkles und Großes hängt drohend über ihr, die in einen weißen Umhang gehüllt ist und im Halbdunkel hervorsticht. In den vergangenen Tagen hatte Tristano mit dem schwarzen Alptraum dieser Geschichte leben müssen, die in ihrem abschließenden Höhepunkt erfaßt war und deren Hauptfigur aus dem Delirium eines entarteten Geistes oder aus der von einem Dämon geträumten Hölle getreten zu sein scheint. Er hatte lange die Gestalt des dritten Königs betrachten müssen – der im Unterschied zu den anderen vier Königen jedes menschliche Aussehen verloren hatte: Dem dritten König blieben nur die Beine, an deren Knöcheln vergoldete Sporen prangten, während der obere Teil des Körpers sich schon in den Körper eines Vogels mit einem großen Kamm und einem langen, wie eine Lanze vorgestreckten Schnabel verwandelt hatte. Und der Schnabel-Lanze-Phallus des dritten Königs war auf eine andere Hauptperson der Szene gerichtet, streckte sich ihr – weiß und leicht – wie eine Waffe entgegen. Wen verfolgt der König? Eine Frau – ein ätherisches Mädchen – in weißer Kleidung.

Alma rührte sich nicht. Sie blieb reglos stehen, an die Wand gepreßt, in der sie sich, wenn sie gekonnt hätte, am liebsten aufgelöst hätte. Hinter ihr brachte sich die gemalte Jungfrau in Sicherheit, indem sie einen Satz tat und die Arme bewegte: Ihre Brust, die sie entblößte, weil durch den Schwung ein Schleier des Gewands fiel, blutete. Bei ihrem Anblick würde man sagen, sie flog. Bist du es, Alma? schrie Tristano erschrocken. Mühsam stieg er aus dem Bett. Im Dunkeln sah er fast nichts – außer ihr, reglos – und mußte den Arm ausstrecken, im Leeren tastend. Sein großer und unförmiger schwarzer Schatten kletterte an der Wand empor.

7

Sie trugen ihn, auf einer schmucklosen Bahre liegend, mit seinen kostbarsten Waffen. Die Rüstung funkelte in den Sonnenstrahlen. Sein Familienwappen flatterte spöttisch. Eine rote Rose auf weißem Feld. Das Emblem des Todes, in dessen Zeichen einst die Rosenritter unter seiner Führung kämpften und töteten. Fleisch Fleisch. Töten töten. Die Bahre zog durch das Spalier der schweigenden Masse. Hunderte von Leuten, die von den Feldern und aus den Nachbardörfern gekommen waren, drängten sich im Hof der Burg, um der großen Zeremonie beizuwohnen; Hunderte von Neugierigen oder Gleichgültigen. Niemand beweinte einen gefürchteten und nie geliebten Mann, einen Mann, dessen Namen man mit gedämpfter Stimme aussprach und der in der Umgebung gleichbedeutend war mit ungerechten Steuern, zweifelhafter Rechtsprechung, Übergriffen und Jähzorn. Niemand von seinen Leuten war der Bahre gefolgt, nicht einmal der blutjunge Page, der ihm so ergeben zu sein schien. Manch einer tadelte seine Undankbarkeit. Der Henker ging dem Zug voran, der Abt des Klosters San Bernardino folgte ihm mit gesenktem Haupt. Die Novizen fröstelten in den Kutten. Aber sie waren alle gekommen: Die Mönche stimmten sogar einen Klagegesang an, unter dessen Klängen sie die Bahre in die Mitte des Hofes geleiteten, wo die Gehilfen des Henkers die letzten Nägel in die Bretter der Richtstätte einschlugen. Ein hohes Schafott, das noch nach Harz roch. An den umstehenden Bäumen hatte man gestern die letzten unseligen Kameraden Tristanos aufgehängt. Jeder an einem Ast. Körper, die vom Regen der Nacht durchweicht waren, weiß vom Rauhreif, durch die Todesstarre steif gewordene Figuren wie Holzskulpturen, schaukelnd im kräftigen Wind, der die Wolken hinwegfegte: Dem einen war das rote Beinkleid bis auf den Knöchel heruntergerutscht, ein anderer hatte heruntergelassene Hosen, einer links, einer rechts am selben Baum, sie bildeten mit dem Stamm ein trauriges Signal.

Sie hoben ihn zu zweit herunter. Sie nahmen ihm die Waffen ab, zogen ihm die festliche Rüstung, die eisernen Handschuhe und den Helm mit dem Familienwappen der Rose herunter, den er bei einem weit zurückliegenden siegreichen Turnier errungen – und den er seitdem aus Aberglauben und Eitelkeit nie ausgetauscht hatte. Tristano hatte nur noch das weiße Hemd an und die zinnoberroten Beinkleider, die über seinen geschwollenen Beinen aufgeschnitten waren. Alle bemerkten, daß der aufrührerische Feldherr an seinem letzten Tag die Farben der Palaiologen hatte anlegen wollen. Die Farben der Palaiologen von Byzanz, der Herrscher des Ostreichs. Einer stützte ihn von hinten, ein anderer von der Seite. Es herrschte ein fahles Schweigen in der Masse, kaum jemand atmete. Sie ließen ihn auf die Knie nieder und legten seinen Kopf auf den Holzblock. Die Klinge des Richtbeils blitzte in der Sonne. Der Abt murmelte einen eiligen Segen für den Sünder. Er hatte als letzter mit ihm gesprochen. Sie hatten ihn während der mit den Belagerern ausgehandelten Waffenruhe durchgelassen. Der Rosenkreuzritter hatte es abgelehnt, mit den Abgesandten des Markgrafen und dem Befehlshaber der Truppen zu verhandeln: Er hatte gesagt, er wolle nur mit Gott und seinen Vertretern sprechen. Doch er hatte nicht verhandelt, sondern in der Kapelle gebeichtet, während der Abt versunken auf den Altar starrte. Draußen weinte jemand. Der Abt rieb sich die steif gewordenen Hände. Die Trommeln schlugen ein feierliches Motiv. Jemand fragte, wo die Eingesperrte sei. Sie hätte zugegen sein und sich an dem, was mit ihrem Peiniger geschah, erfreuen sollen. Andere sagten, daß auch sie auf die Richtstätte hätte steigen sollen und daß die Palaiologen sie nicht hätten schonen sollen. Jemand rief lobpreisend: Lang lebe Markgraf Bonifatius – und die anderen schrien: Töten töten. Tristanos Kopf kippte auf dem Holzblock hin und her, und sie mußten ihn festbinden, damit er gerade blieb. Die Trompete ertönte, und der Henker stieg feierlich die dreizehn Stufen empor.

Sie starrten ihn neugierig an, den Henker Isidoro. Er war diese Art Hinrichtung nicht gewohnt. Normalerweise wurden Vagabunden und arme Teufel gehängt: Es war ihm niemals vorgekommen, einen Herrn hinzurichten. Der Kopf fiel nicht. Die Klinge grub sich zwischen den Schulterblättern ein. Beim Geräusch der splitternden Knochen wurde die Schwarze Frau, die sich in einer der hintersten Reihen unter die Zuschauer gemischt hatte, ohnmächtig. Dieser Mann hatte noch gestern, während das Gemäuer des Gebäudes unter den Einschlägen der Bombarden zitterte und die Ziegelsteine in Stücke sprangen, mit dem Pagen Antar Würfel gespielt und sich von ihr einen Krug Wein bringen lassen. Blutroten Wein. Die Klinge war so tief in den Körper eingedrungen, daß die beiden Assistenten dem Henker helfen mußten, sie herauszuziehen. Sie mußten die Klinge noch einmal schärfen. Trommelwirbel. Von den Bäumen fiel der Schnee mit dumpfem Schlag zu Boden. Das Warten zerrte an den Nerven. Töten töten, schrien die Leute, doch dann wurden sie des Anspornens müde. Isidoro zitterte, war rot vor Anstrengung und Scham. Es quoll kein Blut aus jenem gespaltenen Hals. Eine verächtliche Miene lag auf den farblosen Lippen. Der Henker wurde wegen seiner mangelnden Treffsicherheit ausgepeitscht. Aber er hatte viele Gründe zu seiner Rechtfertigung: Er hatte noch nie eine Leiche enthauptet.

Die Truppen, die die Palaiologen geschickt hatten, um Boccadiferro zu verhaften, waren auf verschlossene Burgtore und den verbarrikadierten Feldherrn gestoßen. Er hatte sich trotz des Ultimatums nicht ergeben: So hatte eine Belagerung begonnen, die fünf Monate dauern sollte. Die Soldaten des Markgrafen hatten Zelte errichtet und ihr Lager am rechten Ufer des Tanaro aufgeschlagen. Sie hatten vor, die Burg durch Aushungern zu erobern. Tristano hatte sich bis zum Tag zuvor verteidigt, hatte die Angreifer mit auf den Bastionen aufgestellten schadhaften Bombarden beschossen, hatte Kugeln aus Stein und Eisen abgefeuert und von unten Steine und Brandpfeile geschleudert – bis die Munition ausging und die Belagerten in der Burg von Bastia den Schlund der Steinschleuder mit aus den Wänden gerissenen Nägeln und aus den Rüstungen der Galerie gegossenen Kugeln von unklarer, einem Oval ähnlicher Form stopften. Die Lebensmittel waren nach dem dritten Monat ausgegangen, und die wenigen Soldaten, die sich mit ihrem aufrührerischen Herrn in der Burg verschanzt hatten, waren bis zum Äußersten abgezehrt – von Hunger geschwächt, Bluthusten und Siechtum anheimgegeben. Die dreihundert geliebten Hunde Tristanos waren geopfert worden. Als letzter der sanfte Zerberos, serviert mit Knoblauchsauce, Mandeln und Safran. In den Pferdeställen war kein Pferd übriggeblieben. Man hatte sie auf dem Exerzierplatz getötet, geschlachtet und verspeist. Mit Haut und Haaren gegessen: auch die Augen, die Antar so süß und gallertartig gefunden hatte, lecker wie Konfekt. In den letzten Tagen hatten die Belagerten Kakerlaken und Feldmäuse gedünstet, Eichhörnchenfell, Schuhsohlen und Holzspäne gekocht, Taubenfedern und Hundehaare, ins kochende Wasser Händevoll Erde und aus den Mauerritzen gerissenes Unkraut gemischt. Boccadiferro hatte die Gefangenen des Rundturms von ihren Ketten befreit und ihnen die Freiheit versprochen, wenn sie für ihn kämpften. Sie hatten es getan, diese ausgemergelten Gefangenen, die seit Jahren kein Licht gesehen hatten und nun statt der Freiheit den Tod fanden: Sie endeten aufgehängt an den Bäumen im Hof, als düstere Ruhmeskrone, hinter seiner Leiche auf der Richtstätte, Kameraden seiner längsten Reise. Vielleicht wäre er stolz darauf gewesen, Tristano: Er war wie ein orientalischer Souverän behandelt worden, man hatte ihm die Ehre einer bewaffneten Eskorte bei seinem Abstieg in den Tartaros gegeben. Sie blieben sechs Tage dort hängen, an den Ästen und zwischen den Blättern: bis sie als Beispiel für die Bauern und Fahrenden ausgedient hatten und von den Bastionen der Burg hinuntergeworfen wurden, wo das Wasser des Tanaro sie bis zum Po schleppte.

Tristano trat oft auf die Festungsanlagen und betrachtete die unter ihm wimmelnden feindlichen Fußsoldaten: Das war ein Anblick, der ihn erregte und ihn an die epischen Zeiten seiner Jugend erinnerte. Er stellte sich vor, daß sie die Mauren waren, die Rhodos erobern wollten, und er das letzte Bollwerk des Abendlands. Seine kleine Burg wurde zu einer edlen Insel, eingekeilt im türkischen Meer, umgeben von feindlichen Schiffen. Doch dann nahm die vorgestellte Realität eine solche Deutlichkeit an, daß die Umrisse der Dinge verschwammen: Die grünlichen Wellen des Flusses wurden eine Reede unterhalb der Klippen, die Federbüsche mit den Wimpeln, die auf den Zelten der Soldaten flatterten, wurden zu den Segeln der maurischen Schiffe, und dann identifizierte sich der Christ Boccadiferro mit seinem Opfer, der Geisel, dem Mann, der in diesen Jahren sein Ziel und seinen Traum dargestellt hatte, dem ehrgeizigen Rebellen, der ein Reich verloren hatte und mit dem Reich die Würde und die Zukunft: Er verwandelte sich in Djem. Und manchmal wußte er nicht mehr, ob er für sein eigenes oder für dessen Leben kämpfte. Djem, Djem, du wirst nicht in ihre Hände fallen.

Hin und wieder teilte er dem Truppenbefehlshaber der Palaiologen mit, daß er eine Waffenruhe wolle, um über die Kapitulation zu verhandeln, und sie wurde ihm zugestanden. Da die Waffenruhe nur eine Taktik war, um Zeit zu gewinnen, scheiterten die Verhandlungen. Sie wurden unterbrochen, wiederaufgenommen, erneut unterbrochen. Tristano wußte nicht, ob die Zeit – mit dem Näherrücken des Winters – sein Verbündeter oder sein Feind war. Er war von einer Schar mutloser und ausgehungerter Sträflinge umgeben, die aber für ihn sterben würden. Er hatte keineswegs aufgegeben und würde sich den Palaiologen nicht ausliefern. Sie würden ihn aus dem Fenster werfen oder im besten Fall auf der Richtstätte enthaupten, aber er hatte das Gefühl, wieder eine Zukunft zu haben: Die Krankheit hatte ihn nicht umgebracht, Gesundheit und Moral kehrten zurück, er konnte wieder laufen – er war schon andere Male zum Tode verurteilt worden, ohne jedoch je sterben zu müssen. Verurteilungen und Prozesse gehörten zu seinem Beruf. Verurteilungen werden getauscht und verhandelt, man wechselt die Front, beginnt von neuem. Wichtig ist, daß man im Tausch etwas anzubieten hat. Aber sein Gold und sein Schweigen würden die Palaiologen ohnehin bekommen, und wenn er tot wäre, sogar für immer. Nicht das Gold mußte er jetzt verkaufen, sondern seine Informationen, die Geheimnisse, von denen nur er Kenntnis hatte. Aber an diejenigen, die ihn belagerten, konnte er sie nicht verkaufen, und er wußte nicht, wie er aus dieser Situation herauskommen konnte: Aus der Burg fliehen, die von Tausenden von Soldaten umzingelt war, sich von den Bastionen hinunterstürzen, die sich in einer Höhe von etwa hundert Metern im Fluß spiegelten, wäre reiner Selbstmord gewesen. Deshalb versuchte er, einen Tunnel graben zu lassen, der aus den Geheimverliesen hinausführte und hinter dem Heer ans Tageslicht käme, zu Füßen des Wachturms. Aber es war ein titanisches Unternehmen, sich einen Weg durch den felsigen Hügel zu graben: Die Helfer kamen nur wenig mehr als zwei Meter pro Tag voran, und die Tage vergingen wie im Fluge. Aus Boccadiferros Gefängnis war noch niemand entflohen, und das wußte Tristano genau. Er mußte jemanden bestechen. Er mußte Köder auslegen und warten. Er mußte sich jemandem als Geisel anbieten, der ihn beschützen würde. Aber wem? Vom Fenster seiner Gemächer aus sah er die Feuer des Lagers und die dunklen Umrisse des Wachturms. Der nun leer war, weil er die Zauberin oder Hexe oder Einsiedlerin, die dort gewohnt hatte, in der Burg festhielt – Gefangene eines Gefangenen. Er holte sich wegen jeder nichtigen Kleinigkeit bei ihr Rat, als wäre sie eine Astrologin. Obwohl sie ihm nie die Art Antwort gab, die er erwartete, und in den Sternen seinen Untergang las. Was siehst du für mich, göttliche Alma? fragte er – und sie blickte ihm in die Augen und sagte: eine Blutspur. Und doch vermittelte ihm ihre Anwesenheit eine fieberhafte Vitalität. Er spürte, daß ein sicherer Schutz über ihm lag und daß er nicht besiegt werden würde, solange sie sich innerhalb der Mauern befand.

Die Soldaten, die ihn belagerten, hatte keine schweren Geschütze: Es war unmöglich, sie mitten im Winter zu transportieren, bei dem tiefen Schnee auf den Straßen. Nur Arkebusen, Kolobrinen und Bombarden von bescheidener Reichweite, die paradoxerweise den runden Gefängnisturm trafen und damit zur Befreiung der Eingekerkerten beitrugen. Tristano phantasierte von einem verrückten Ausbruch. Nachts mit seinem Pagen und einer Gruppe Beherzter. Pferde würden sie den Belagerern stehlen. Er hatte sich schon andere Male aus ähnlichen und sogar schlimmeren Situationen befreit, aus einer Belagerung nicht in einer Burg, sondern auf freiem Feld. Er hatte sich in ungestüme Flüsse und aufgewühlte Meere gestürzt; er hatte sich in Körben und Truhen versteckt, unter dem Bauch eines ungesattelten Pferdes. Sie hatten ihn dreimal angeschossen, zehnmal mit der Lanze durchbohrt: Sein Körper war voller Intarsien aus Narben, wie ein Herbstblatt. Er dachte auch daran, sich als Frau zu verkleiden und sich in Begleitung der göttlichen Alma zu entfernen. Die Soldaten hätten sicherlich nicht auf eine Frau geschossen, die alle für eine Botin Gottes hielten. Er hatte sie darum gebeten, und sie hatte geantwortet, daß sie ihn weder verraten noch ihm helfen werde, daß sie nicht seine Komplizin, aber auch nicht seine Feindin sein werde. Aber er entschloß sich nicht zur Flucht. Er wußte nicht, auf welchem Flecken dieser Erde er Zuflucht nehmen könnte, und fürchtete, daß sie ihn dann fangen würden, sobald er ohne seinen Talisman – die unergründliche Alma da Monforte – wäre.

Markgraf Bonifatius hatte ihn mehrfach zur Aufgabe aufgefordert. Beim letzten Male sicherte er ihm die einzige einem Manne seines Ranges angemessene Hinrichtung zu: den Tod nicht durch den Strick, sondern durch die Klinge. Ein Vorrecht, auf das er gut verzichten konnte. Er wollte in der Schlacht sterben. So sterben die Feldherren. Alma sagte, daß das eine Lüge sei und daß die Feldherren, wenn sie nicht von ihren Vorgesetzten (den Souveränen) oder von ihren

Untergebenen (ihren Statthaltern) vergiftet werden, oft alt und friedvoll sterben und von berühmten Malern so stark und schön auf Kirchenwände gemalt werden, wie sie nie gewesen sind, oder, in Bronze gegossen, auf den Plätzen der Städte gezeigt werden, im Sattel auf ihrem herausstaffierten Pferd und mit gezücktem Schwert, als wollten sie noch den letzten Feind bedrohen. Vielleicht wirst auch du, Tristano, einst für immer auf einem Bronzepferd auf dem Platz in der Stadt reiten, die du gegen ihre Feinde verteidigt hast. Das ist möglich, sagte er. Sie richtete selten das Wort an ihn, Alma. Den Blick immer. Ihr Blick durchquerte ihn, als existiere er nicht, als sei er durchsichtig wie ein Glasfenster. Aber diese Frau hatte seine Wunden geküßt und das Wasser aus der Wanne getrunken, in dem sie seine eiternden, im Brand gärenden Beine gewaschen hatte. Tristano sah sie lange schweigend an. Er kannte sie gut, Alma da Monforte.

Er hatte unter Dutzenden von Anwärterinnen eine Solaro auserwählt. Graf Faraone Solaro, bei dem sein Vater Schildknappe gewesen war, hatte zwei Töchter, geboren in derselben Stadt: doch die eine von der Gemahlin, die andere von der Geliebten. Die Geliebte war nicht weniger edel und nicht weniger reich als die Gattin, aber viel stärker geliebt: Um sie sich zu sichern, mußte er den Ehemann umbringen. Von den beiden Töchtern zog Solaro die uneheliche vor, und als ihre Mutter starb, faßte er noch mehr Zuneigung zu ihr: Er nannte sie seine Perle. Die rechtmäßige Tochter, Leonarda, war schweigsam, sanft und von freundlichem Aussehen; die zweite, Alma, lebhaft und geistreich: Sie hatte den gleichen willensstarken, launenhaften und überheblichen Charakter wie der Vater. Zur Zeit der Brautwahl achtete Tristano wenig auf die Geburt: Solaro hatte die uneheliche Tochter zu sich genommen, und seine Frau hatte beide Töchter des Ehemanns gemeinsam aufgezogen. Solaro hatte ihnen beiden eine Mitgift von vielen Dukaten gegeben. Die Uneheliche war sehr umworben: Sie war weniger anmutig als die Schwester, aber sie hatte etwas, was die andere nicht hatte und nie haben würde. Sie würde wie ihre Mutter werden – eine Frau, für die man sogar töten kann. Tristano, der immer ein weitsichtiger Mann gewesen war, wählte die andere.

Tristano kannte die Solaro-Schwestern, seit sie kleine Mädchen waren und er ein Kreuzfahrer, Diener Gottes. Er begegnete ihnen immer dann, wenn er nach Italien zurückkehrte. Leonarda und Alma, zart, die feinen Zöpfe um die Ohren gesteckt, sahen den jungen Priesterritter forschend und bewundernd an. Tristano war ein Mann der Kirche und des Krieges: Er vereinigte zwei so völlig unterschiedliche Welten in sich und war für sie das Symbol der Gerechtigkeit. Sie beteten ihn an. Alma, die zu der Zeit sieben war und lange kornfarbene Zöpfe hatte, beobachtete ihn verzaubert. Wenn er nach Italien zurückkam, waren die Solaros immer noch anziehender geworden und Tristano respektloser gegenüber den Gelübden, die er doch abgelegt hatte, wenn auch noch nicht in endgültiger Form. Er beachtete nicht mehr das Gelübde der Armut, auch nicht das der Keuschheit. Die Barmherzigkeit übte er mit Unterbrechungen aus, und seine wirtschaftlichen Interessen hatten ihn den Zweck vergessen lassen, zu dem er sich auf Rhodos festgesetzt hatte. Tristano war ein junger Mann, der nicht viele Worte machte: Er wußte nicht, was er zu jenen Mädchen sagen sollte, die immer weniger Kinder waren, immer weniger schüchtern und schweigsam. Er verstummte angesichts des stolzen und wilden Mädchens, das ihn mit seltsamen Augen aus flüssigem Bernstein, Luchsaugen gleich, unverwandt ansah. Alma war blond, hatte lange schmale Hände, eine aristokratische Haltung, ein indirektes und stolzes Lächeln. Oft machte sie sich über ihn lustig, weil Tristano – vielleicht wegen des zu engen Helms auf dem Schädel – schnell die Haare verloren hatte und wie ein greiser Jüngling aussah. Tristano wurde wütend und beschimpfte sie, sie hörte nicht auf, ihn zu reizen, und er nicht, sie zu beleidigen, bis Leonarda sanft Frieden zwischen ihnen stiften mußte. Aber je mehr sie einander beleidigten, um so mehr fühlte sich Tristano mit ihr verbunden: Und jedes Jahr, wenn er sie wiedersah, sagte er sich, daß er sie mit nach Rhodos nehmen und sie zu seiner Geliebten machen wollte. Doch als es an der Zeit war, eine Frau zu nehmen, heiratete Tristano Leonarda.

Er hatte enge Verbindungen zu den Ordensrittern gehalten und war in den schwierigen Tagen der Belagerung nach Rhodos zurückgekehrt, als Mann der Waffe: Vor den Toren des Arsenals von Koskirm und am Amboisetor errang er Achtung, Ehre und Ruhm. Bei seiner Rückkehr nach Italien gab man nach der Rettung der Insel für den christlichen Glauben ihm zu Ehren ein prächtiges Fest mit Feuerwerk. Seine Frau begleitete ihn im Triumphzug, und als er ihre Schwester unter den Gästen entdeckte, lief er auf sie zu und weinte vor Freude, sie wiedergefunden zu haben. Alma trug keine Zöpfe mehr, sondern hielt ihre langen Haare in einem perlenbesetzten Netz versteckt, das von einer Seidenkordel mit einem Diamanten auf der Stirn gehalten wurde. Als Tristano ihre Hand nahm und sich zum Gruß verbeugte, errötete Alma und murmelte ein verwirrtes Willkommen. Kurz darauf bat er seine Schwägerin in die Pferdeställe, um ihr das wunderbare rote Pferd zu zeigen, das er von der griechischen Insel mitgebracht hatte: Als sie allein waren, küßte er sie. Alma stieß ihn nicht zurück, und die beiden landeten im Heu. Das war schon in der Vergangenheit geschehen, im Spiel. Aber jetzt war Tristano kein Priesterpaladin mehr: Er war Soldat und Ehemann und wußte, was er von einer Frau wollte. Als er der – wenngleich leidenschaftlichen – Küsse müde wurde, die seine verfehlte Braut ungeschickt erwiderte, weil sie nicht küssen konnte und niemand es ihr beigebracht hatte, und als er ihren Rock hob, machte sie sich frei und zerkratzte ihm das Gesicht, vergrub ihre Nägel in seiner Haut. Sie kämpften wild auf dem gewendeten und gepreßten Heu: Aber Tristano war stark und ungestüm wie immer – und noch mehr, da er schon zu lange von dieser Alma mit den bernsteinfarbenen Augen träumte –, und sie war ein zartes Mädchen, das in den Sälen der Burgen aufgewachsen war. Es gelang ihm ohne allzuviel Mühe, ihre Handgelenke auf dem Heu und sie unter sich festzuhalten: Und hätte der Sattelknecht – der dem Kampf beiwohnte, ohne mit der Wimper zu zucken – nicht plötzlich mit Stentorstimme die Ankunft der Gäste angekündigt, so hätte er sie vergewaltigt.

Alma blieb bewegungslos liegen, Tristano erhob sich mit einem Ruck und versuchte vergeblich, sich wieder herzurichten: Man hörte schon die Schritte der Stallknechte und der Gäste. Steh auf, steh auf, brüllte er und schüttelte sie am Arm. Sie weinte und schrie, daß sie alles Leonarda erzählen würde; er zerrte sie hoch und betupfte sich die Kratzer im Gesicht, aus denen Blut rann und sein weißes Hemd befleckte. Bis es ihm endlich gelang, sie auf die Füße zu stellen. Er bemerkte, daß er ihre Ärmel zerrissen hatte und daß einer, der türkisfarbene, im schmutzigen Wasser der Tränke lag. Wenn du sprichst, sagte er und packte sie bei den Handgelenken, dann schwöre ich bei Gott, daß ich dir die Zunge abschneide. Er schob sie gegen die Stallwand, griff nach den Zügeln des Pferdes und ging den Gästen entgegen, um ihnen draußen zuvorzukommen. Das Pferd ist durchgegangen und hat mich aus dem Sattel geworfen, sagte Tristano zu den Gästen, die verblüfft auf das Blut auf seinen Wangen starrten. Niemand schien die offensichtliche Lüge entlarven zu wollen.

Er hatte sie jahrelang nicht wiedergesehen. Er führte Krieg. Er reiste. Lernte Städte und Herren, Königreiche und Kaiserreiche kennen. Leonarda hatte sich ein Bild ihrer Schwester schicken lassen, kaum größer als ein Auge, und Tristano stahl es ihr. Er trug es unter dem Kettenhemd, wenn er in die Schlacht zog, und war überzeugt, daß alle Wunden, die er sich zugezogen hatte, nur ihretwegen nie tödlich gewesen waren. Er haßte sie, wie er selten jemanden gehaßt hatte, und doch dachte er hartnäckig daran, Leonarda zu vergiften und sie zu heiraten. Wenn Alma in der Zwischenzeit geheiratet hätte, würde er auch ihren Mann vergiften. Er hatte es nicht getan, denn all das, was Leonarda ihm von ihr erzählte, und auch die Briefe, die Alma ihrer Schwester schrieb, nährten seinen Argwohn. Während sie heranwuchs, hatte Alma einen oberflächlichen Charakter enthüllt: Sie liebte Lieder, Musik, Feste und sonst nichts. Sie war zu lebhaft und fröhlich, und jetzt, da ihr Vater sie an den Hof von Casale geschickt hatte, in ein lebendiges Umfeld, kannte ihre Lebhaftigkeit keine Grenzen mehr. Es schien, daß sie sich Männern gegenüber recht freizügig benahm und daß viele ihretwegen den Kopf verloren. Er wollte sie vergessen: Aber nachts träumte Tristano von der Schwägerin und träumte vom Reitstall, in dem man ihn unterbrochen hatte. Seiner wirklichen Frau hatte er nichts vorzuwerfen: Obwohl er schon einige Männer getötet hatte – und seine Kaltblütigkeit in schwierigen Lagen hatte ihn sogar zu einem hochgeschätzten Mörder gemacht –, widerstrebte ihm die Vorstellung, die sanfte Leonarda umzubringen. Wenn sie krank war, hoffte er, sie würde durch Gottes Hand sterben. Aber er war nicht imstande, selbst zu ihrem Henker zu werden.

Er dachte mit Bedauern an Alma, das Mädchen mit feinen Zöpfen, das unbeweglich mitten im großen Salon stand, mit gesenkten Augen, aber doch lebhaft im länglichen weißen Gesicht. Sie lehnte wieder und wieder vorteilhafte Heiratsanträge ab. Es hieß, es sei wegen ihres ungestümen Charakters: Sie zog es vor, die Männer schmachten zu lassen und sie dann abzuweisen. Sie wartete auf den Prinzen dieser Welt und würde keinen Mann geringeren Ranges nehmen. Tristano vermutete andere Gründe für ihre Verweigerung und freute sich darüber: Er wollte sie zu seiner Geliebten machen und glaubte, daß auch sie nichts anderes wünschte. Doch am Ende des Jahres '83 heiratete Alma.

Als sie Witwe wurde, erlaubte er ihr, sich in Bastia del Garbo niederzulassen. Alma wollte der Familie ihres Mannes nicht nach Flandern folgen, und sie hatte keine eigene Familie mehr, zu der sie zurückkehren konnte. Leonarda und Tristano waren ihre nächsten Verwandten. Viel Klatsch ist darum entstanden. Unbegründete Verdächtigungen: Es waren so viele Jahre vergangen, und sie waren beide nicht mehr wie früher. Alma interessierte sich nicht mehr für die Liebe, und Tristano hatte alle Geliebten, die er wollte – jüngere, verführerischere und gesündere als sie. Auch Leonarda war damit einverstanden. Ja, sie war es sogar gewesen, die Tristano vorschlug, Alma ins Haus zu nehmen; sie hatte ihm versichert, daß sie eine vollkommene Burgherrin in Bastia sein würde. Tristano war stolz auf seine Siege und hatte lange Zeit davon geträumt, daß sie sähe, wozu der Mann fähig gewesen war, den sie verachtet hatte. Er wollte, daß die Türme seiner Burg ihr jeden Tag sagten, worauf sie verzichtet hatte, als sie auf ihn verzichtete. Doch die Leidenschaft hatte sich in Gleichgültigkeit verwandelt, dann in Unterwürfigkeit. Die neue Alma, fern, besessen von dunklen Elementen, deren so ersehnter Körper von unsichtbaren Geistern heimgesucht wurde, machte ihm angst. Da seine Ehe keine Frucht hervorgebracht hatte, hätte er sie gern gebeten, den Samen der Unfruchtbarkeit von ihm zu nehmen. Gleich nach der Hochzeit war Leonarda schwanger gewesen, doch das Kind war eine Frühgeburt und hatte nur wenige Stunden gelebt, die Mutter wäre bei der Entbindung fast gestorben und hatte viele Monate lang siech gelegen. Seitdem hat sie nicht mehr empfangen können, und weder Medizin noch Zauberei hatten das Wunder vollbracht, ihr die Gabe der Empfängnis wiederzugeben. Er wollte Alma um die Gnade eines Sohnes bitten, aber er hatte es nicht getan, weil es ihm wie eine Erniedrigung seiner selbst und seiner Männlichkeit vorgekommen wäre. Sie begegneten einander selten und hatten sich nichts zu sagen. Tristano wußte Dinge über die Schwägerin, die ihn verwirrten und bestürzten. Was für ihn Anfälle von schwarzer Galle und Fieberwahn waren, schienen für viele jedoch

Visionen und Ekstase zu sein, und so hatte auch sie es allmählich gesehen.

Tristano wußte nicht, wieviel all dies mit Religion zu tun hatte. Im Grunde seines Herzens dachte er: kaum etwas – aber er wagte es nicht zu sagen. Er war ein sehr religiöser Mann – oder glaubte wenigstens, es zu sein. Doch obwohl er ein glühender Paladin des Christentums gewesen war oder immer noch war und bereit, dem Traum der Wiedereroberung des Orients seine Zukunft zu opfern, lebte er in einer Welt, die von der Religion vor allem den äußeren Schein (spektakuläre Liturgien, durch Gewohnheit verschlissene Rituale) und die Ämter kannte – Titel wie alle anderen. Er war Freund von Kardinälen und Bischöfen, die nicht anders lebten als er und die weder friedlicher noch enthaltsamer waren. Außerdem war Alma nie eine besonders geistliche Frau gewesen. Sie hatte stets die Verderbtheit der Kirchenorden gehaßt und sich nach dem Tod ihres Mannes wütend der Aussicht widersetzt, sich in ein Kloster zurückzuziehen. Zwischen Mauern aus Prunk und Privilegien hätte sie nicht wirklich mit Gott leben können. Ach, diese Frau verstand er nicht, hatte sie nie verstanden. Hin und wieder kam Boccadiferro das Bild vom Reitstall wieder in den Sinn. Das Dach des Stalls aus dunklem, wurmstichigem Holz, das fuchsrote Fell seines Pferdes, die gleichgültigen Augen des Sattelknechts, der ihrem Kampf teilnahmslos beiwohnte. Wenn du sprichst, schneide ich dir die Zunge ab. Auch wenn er die Gründe für ihren Wahnsinn und ihr seltsames Leben nicht verstand, konnte er ihr Gesicht nie ohne eine Regung der Seele ansehen, und er wußte nicht, ob es Bewunderung, Wut oder Bedauern war. Vielleicht war es jahrelang vor allem Wut, aber in den Tagen der Belagerung war es vor allem Bedauern. Diese eherne und übersinnliche Frau wäre eine würdige Gemahlin für Tristano Boccadiferro gewesen.

Er hatte sich Gott, der Verteidigung der Schwachen, der Wallfahrer und der Kranken, des Heiligen Landes und des

Grabmals verschrieben; er glaubte, seinen Arm der Gerechtigkeit zur Verfügung gestellt zu haben, im Interesse eines höheren Plans. Deshalb hatte er die Karriere der Waffen eingeschlagen, deshalb hatte er gekämpft und getötet. Aber an seine Ritterideale erinnerte er sich kaum noch – sie waren mittlerweile in einem zähen Nebel wie aus Pech untergegangen. Wieviel Zeit war vergangen, und wie anders war jetzt Tristano. Er wußte nicht, wo und wann er sich zu verändern begonnen hatte. Doch plötzlich war nur noch Böses um ihn herum gewesen. Alles war Finsternis und Unordnung. Das Böse verfolgt mich, dachte er. Ich verbreite das Böse um mich wie eine unsichtbare Pest. Mein Schatten fällt auf alles, was in meine Nähe kommt, und auch auf sie. Oh, du Mächtiger unter den Fürsten, oh, großer Herr, vergib mir, wenn ich den Weg nicht mehr finde, aber meine Sünden sind alles, was mir noch geblieben ist.

Er hörte sie manchmal nachts beten und weinen. Sie kann ihn anrufen, soviel sie will, sagte ihm Antar, während sie im Salon mit dem Astragalus spielten, ihre Visionen haben sie verlassen. Boccadiferro sagte nichts dazu. Er lauschte dem Dröhnen des Hochwasser führenden Flusses im Tal und dem Stimmengewirr der Wachen. Seltsames Schicksal für Tristano Boccadiferro, im eigenen Haus belagert zu werden, als Feldherr ohne Heer, umgeben von falschen, gewaltsam eingezogenen Soldaten, in Gesellschaft einer Gemahlin, die nicht seine Gemahlin ist, ohne Fleisch auf den Knochen, und doch von einem Fleisch, das wie Feuer brennt, mit einem seltsamen Pagen ohne Ohren und einer Schwarzen Frau, schwarz wie die Nacht – einem Weib von niederer Rasse und doch der einzigen wahren Frau unter ihnen allen. Von allen Frauen der Welt waren ihm diese geblieben. Ist es wahr, fragte ihn Alma, während sie ihn mit den Augen fixierte, die hart waren wie Jaspis, ohne irgendeinen Ausdruck, nicht einmal von Entsetzen, ist es wahr, daß zu anderen Zeiten sein Lieblingsspiel das Spiel des Sarazenen war – das Zielscheibenschießen auf Feinde oder auf unbewaffnete Botschafter, die kamen, um über die Kapitulation zu verhandeln? Wer hat dir das gesagt, Madonna? Ist es wahr? Ja. Ist es wahr, daß er einmal die Gedärme eines Juden umgestülpt hat, um zu sehen, wo er das Gold versteckte, das er ihm geraubt hatte? Ja. Ist es wahr, daß er mit seinen eigenen Händen den Arzt und die Hebamme getötet hatte, die Leonardas Frühgeburt nicht zu verhindern vermocht hatten? Ja, sagte Tristano und wurde purpurrot. Wie hast du das tun können? Ich wollte einen Sohn. Und sie haben es verhindert. Die Kinder, sagte sie, werden nicht immer geboren. Ihr hatte Gott viele Kinder geschenkt, aber es war eine Nachkommenschaft ohne Tod und ohne Schmerz. Es war die Nachkommenschaft der Bilder, der Gefühle und der Worte. Aber Tristano war anders. Er hätte nur sein eigen Fleisch und Blut geliebt. Und es beängstigte ihn die Vorahnung, so zu sterben, unfruchtbar wie ein Stein, ohne etwas zu hinterlassen. Nein, bemerkte sie hart, etwas hinterließ er. Eine kurze Parabel, eine glänzende Blutspur.

Tristano aß allein zu Abend vor dem Kamin, mit dem reglosen maurischen Pagen hinter sich, an dem Tisch mit dem als Gericht aufgetragenen faserigen Pferdefleisch. Alma weigerte sich, an seinem Tisch zu sitzen und sein Brot zu essen. Sie ließ sich Wasser aus geschmolzenem Schnee und Brennnesseln aus dem Burggraben bringen. Sie bewegte sich ohne Furcht unter seinen Soldaten, Sträflingen und Mördern, die vielleicht verdiente Strafen verbüßten, und behandelte deren Wunden. Tristano verstand nicht einmal, wie sie es schaffte zu überleben. Sie lebt von Luft und Liebe, sagte Antar spöttisch. Doch in ihrer Anwesenheit wurde Antar lakonisch, nachdenklich; er durchforschte sie schweigend, und wenn sie sprach, hörte er gedankenversunken zu. Seltsamer Antar, dem er blind vertraut hatte und dem er nun – seit er ihn geschickt hatte, um sie aus ihrer Zelle zu holen – nicht mehr vertraute. Alma sagte ihm, daß er sich ergeben und das Leben seiner Männer verschonen solle wie das der anderen, derer, die er als Feinde ansah, die aber seine Brüder waren. Er sollte sie, Alma, gehen lassen. Gott würde ihm vielleicht vergeben, wenn er ihn um Vergebung bitten würde – wenn er im Innersten seines Herzens wirklich bereuen würde. Wenn ich ein Heiligtum auf dem Hügel bauen lasse, wenn ich es mit den kostbarsten Malereien schmücken lasse, wenn ich darin den größten Altar errichten lasse, glaubst du, daß mir dann vergeben wird? erkundigte sich Tristano nachdenklich. Nein, das glaube ich nicht. Ich hoffe, daß wenigstens Gott sich nicht bestechen läßt. Es war eine milde Jahreszeit. Sonnenschein im Burghof. Oder im Turmzimmer, wo das Licht die Wand vergoldete und Verbrechen und Verrat der Könige belebte.

In einer Nacht voller Wut und Fieberwahn rächte sich Tristano an der Welt und an dem Werk. Durch die Stille der Burg hallten Arkebusenschüsse, Explosionen, das rauhe Lachen eines Mannes, der verrückt geworden zu sein schien. Erschrocken eilten die Diener herbei, auch Alma, aber Tristano hatte die Tür verriegelt. Ein Schuß nach dem andern – und dann kamen nach einer tiefen Stille die Hammerschläge. Die Wände zitterten, als schüttele sie eine übermenschliche Kraft. Im Morgengrauen zeigte sich Antar ein schmerzliches Bild: Der Morgenstern mit verbeulten Eisenkugeln, der Stoßdegen, der zerbrochene Meißel, ein Dolch und eine lange Kampflanze lagen verstreut auf dem Fußboden, in einer Wolke aus Pulver und feuchtem Holz. Tristano war auf die Truhe geklettert, hielt den eisernen Morgenstern fest umklammert, wütete ganz außer sich auf den Gestalten der mordenden Könige, Verräter und Verbrecher, trieb die Zacken in ihre Körper und zerfleischte sie. Er hatte mit aller Kraft zugeschlagen, bis der Putz abzubröckeln begann und auf den Fußboden regnete, wie in einem Sturm aus Farben. Oh, Herr – murmelte der Page trostlos.

Trotzdem ertappte Tristano Alma häufig dabei, wie sie die Fresken des Meisters mit einem leidenschaftlichen Interesse untersuchte. Er überraschte sie, reglos vor der Ostwand stehend, wo der Maler eine der bestürzendsten und unheimlichsten weiblichen Figuren gemalt hatte: Eine Frau steht am Fenster eines Turms, gleichgültig gegen das wimmelnde Leben, das sie umgibt. Eine Frau, von der man nur das Brustbild erkennt: Sie hatte Hände aus Stein, Haare aus Marmor, die Schultern einer Statue – nur ihr Blick, überrascht und erschrocken, verriet, daß sie sich bewußt war, was ihr geschah, daß sie eine Frau war oder gewesen war. Wer ist das? fragte Tristano. Sie hieß Anaxarete. Sie war ein adliges Mädchen aus dem Fürstengeschlecht von Zypern. Sie verachtete die Liebe eines Freiers von niederer Herkunft und blieb seinen Aufmerksamkeiten gegenüber unempfänglich. Du hast gesiegt, sagte er zu ihr, wirst mich Lästigen endlich nicht mehr ertragen müssen. Ja, feiere frohe Triumphe! Freue dich, eisernes Herz! Wisse jedoch, nicht vor meinem Leben wird finden meine Liebe zu dir ein Ende, und es wird für mich sein wie zwiefach zu sterben. Nicht ein Gerücht, mein Ende zu künden, soll kommen zu dir … Ja, er lud sie zu seinem Begräbnis. Er erhängte sich. Während die grausame Anaxarete dem Schauspiel beiwohnte, verwandelte sie sich in eine Statue. Der Maler, fügte Alma hinzu, hat aber nicht den jungen Erhängten gemalt, und es ist auch nicht sicher, ob die Bahre, die durch die Straßen der Stadt getragen wird, die seine ist. Vielleicht – lachte Tristano – war er nicht der Meinung, daß man sich aus Liebe zu einer Frau aufhängen sollte, und hat das Finale geändert. Weißt du, sagte Alma ernst, man kann das Finale einer Geschichte nicht ändern. Nur daß es nicht der junge Mann war, der sterben mußte, sondern sie. Tristano verstand nicht, was sie sagen wollte. Er studierte die Gestalten.

Pictor famosissimus. Laut Alma hatte Tristano ein schweres Verbrechen begangen, als er das Fresko zu Tode verletzt hatte, weil Enrico da Soranos Ruhm wohlverdient war. Alma selbst hatte nicht geahnt, daß Enrico mit solch einer Kraft malen konnte. Daß seine Phantasie so grausam, so frei, so visionär war. Unbewußt machte sie sich Vorwürfe, daß sie es nicht begriffen hatte. Boccadiferro hatte nicht geglaubt, daß die Malerei im Studierzimmer irgendeinen Wert hatte, und war überrascht. Die einzige der Malereien, die er hätte retten wollen, war die, die er am genauesten mit Enrico abgesprochen hatte. In der Mitte der Ostwand. Sah sie das, Madonna Alma? Dort ist Tristano. Im Profil wie auf einer Medaille, weil er nicht für den Meister hatte posieren können. Er hatte ihm die Medaille geschickt, die Orvietino '89 geprägt hatte. Er war ziemlich ähnlich, fand sie das nicht? Tristano war damit zufrieden. Er sollte auch ihn, eigentlich vor allem ihn, in diesem Fresko abbilden, und das hatte er erfüllt. Die einzige Unsterblichkeit, die er sich bislang hatte erkaufen können und mit der er sich brüsten konnte. Im Entwurf, den Enrico ihm vorgelegt und dem er zugestimmt hatte, sollte Enrico Tristano viermal darstellen, einmal auf jeder Wand: auf einer Wand als Krieger in der Schlacht, auf einer als reicher und mächtiger König, auf einer als Retter der Welt, auf der letzten, pfff, er erinnerte sich nicht mehr. Alma sah sich lange eine qualmende, apokalyptische Katastrophenszene auf der Wand an. Eine Zeit, in der die Menschen solch ein Ausmaß an Verderbtheit und Barbarei erreicht hatten, daß die Götter zürnten und beschlossen, sie zu vernichten und die Erde mit der Sintflut zu überschwemmen. Da ist die im Wasser versunkene Stadt, da sind die Ruinen eines Tempels, Himmel, Wasser und Schlamm verschmolzen miteinander in einer Welt ohne Horizont. Ein Heer aus nackten Figuren, starr wie Statuen – ein steinernes Heer –, schien sich aus dem Schlamm hinter den Schiffbrüchigen zu erheben. Da ist der gerechte Mann, der gerettet werden wird, und er wird seine Belohnung bekommen. Die Götter gewähren ihm die Gunst ... die Gunst, ein neues Geschlecht zu zeugen. Ein Geschlecht, das aus den Steinen entsteht, hart und an Mühsal gewöhnt. Wie dasjenige, das aus mir hervorgehen wird. Tristano seufzte erregt. Enricos Malerei – so hatte Alma ihn in Versuchung geführt – wird dir das geben, was nichts dir geben kann, sie wird dir das geben, was du wünschst, und sie wird die Gunst des Himmels auf dich ziehen. Gleich und gleich gesellt sich gern, sie wird deinen geheimen Schmerz heilen. Du wirst der große Stammvater sein. Du wirst einen, zehn, hundert Söhne haben, Tristano, und dein Geschlecht wird ewig dauern. Enrico hatte sein Emblem in die Hände des Gerechten und in die seinen gelegt: eine Rose. Da, die Frau des Gerechten war… mußte Leonarda sein, nach dem Willen des Malers, aber ihr Gesicht hatte er noch nicht geschaffen.

Du weißt, wo Enrico da Sorano ist, sagte er zu ihr – nicht wahr? Du hast ihn dazu gebracht zu fliehen. Nein, antwortete sie. Der Meister wollte gehen. Ich habe ihm nur geholfen, seinen Weg zu finden. Man kann einen Künstler nicht gegen seinen Willen festhalten. Und auch einen Mann nicht. Man muß ihn zurückrufen. Er hätte es beenden müssen, das Fresko. Wo ist er? Ich kann es dir nicht sagen, Tristano. Eines Tages wirst du noch von ihm hören. Tristano wollte, daß man wegen der Malereien in seiner Burg über den Meister sprach, nicht wegen der Meisterwerke, die er vielleicht für einen anderen malen würde – wer weiß, wo. Dieser Mann verdankte ihm alles. Er hatte ihm eine Möglichkeit geboten. Er hätte nicht fliehen dürfen. Früher oder später hätte er ihn doch freigelassen. Man mußte ihn mit Gewalt zurückholen. Wie er sie zurückgeholt hatte. Meister Enrico wird nicht zurückkehren, sagte Alma.

Die Kanonenmündungen waren nun auf den quadratischen Turm gerichtet. Alle flohen aus dem Gebäude. Ein schwerer Schlag war dem Turm beigebracht worden. Die Decke des Studierzimmers hatte in beängstigender Weise gezittert, ein Balken war umgestürzt. Tristano befahl, die Decke abzustützen und den Balken so schnell wie möglich wieder an Ort und Stelle einzubauen. Nicht der Turm, der Turm nicht, der durfte nicht zerstört werden. Augurengemälde, prophetische Gemälde. Wenn diese Malerei überlebt, wird auch Tristano für immer leben. Aus ihm wird ein Geschlecht aus Stein hervorgehen, hart und an Mühsal gewöhnt.

Er hörte sie lange weinen: nachts und am Abend, wenn sie hinausging und er ihr begegnete, wenn sie wie eine Schlafwandlerin durch die verlassenen Säle irrte, auf dem Weg zur Kapelle. Er wäre gern ihr himmlischer Bräutigam gewesen. Wenn sie die Feuerflut überleben würde, wäre diese Frau die richtige Gemahlin für Boccadiferro, sie würde ihm einen Sohn schenken – ein Geschlecht aus Stein, hart und an Mühsal gewöhnt. Sie würde für ihn kämpfen. Aber sie hatte keinen himmlischen Bräutigam mehr und empfing keine geheimen Besuche mehr. Es war ein anderes Übel, das sie verzehrte. Deshalb hatte sie ihn nicht geheilt. Er genas nicht. Ihre Unreinheit hatte ihr jede Macht genommen. Deshalb würde ihn der Brand früher oder später wieder befallen, und die Gicht würde ihn töten. Aber er glaubte es nicht. Die Wunden auf den Beinen hatten sich geschlossen, der Geruch seines Fleisches war wieder der Geruch eines Lebenden: Und obwohl er noch humpelte, konnte er sich wieder Beinkleider und Gamaschen anziehen, konnte wieder gehen und seinen Truppen Mut zusprechen. Rette mich, Alma, du mein Engel, sagte er zu ihr. Du kannst es, rette mich. Ich kann nicht, sagte sie in der Stille der Kapelle, wo sie auf Knien betete und wo sie die ganze Nacht beten würde. Die Bilder sind dunkel … Er hat mich verlassen, sagte sie. Tränen liefen ihr über das Gesicht. Ein Gesicht von einem blendenden Weiß, wie aus Marmor, das seit zu langer Zeit kein Licht mehr gesehen hat. Warum betest du dann? Damit er wiederkehrt, flüsterte sie.

Tristano kniete neben Alma auf dem nackten Boden der Kapelle nieder. Es gelang ihm nicht, ein Gebet zu sprechen, und er ließ sich durch die Betrachtung ihres Profils ablenken, dessen Augen auf Enrico da Soranos Madonna gerichtet waren, die über dem Altar hing. Eine Madonna mit milchiger Hautfarbe, gekleidet in einen prächtigen Umhang aus Azzuritblau, so frivol und weltlich, daß sie nichts Heiliges hatte und ihre runde Brust tückisch entblößte. Sie konnte ihn nicht retten. Alma zitterte und schluchzte, und Tristano lehnte sich kraftlos an die Säule des Seitenschiffs. Ich weiß kein Gebet. Ich habe Geschmack und Geruch des Glaubens vergessen, und mein Herz ist ein zerfetztes Banner. Ach, meine Alma, hätte er ihr sagen wollen, ich bin der üppigen Jahre überdrüssig, trunken vom herben Wein der Eroberungen und Vergnügungen. Mein Herz ist ein verwüstetes Feld. Er wollte sie um Vergebung bitten für das Übel, das er ihr angetan hatte, wollte sich ihr nähern. Oh, meine Herrin der vergeblichen Tränen, leg deine Lippen auf meine Stirn, wie es einstmals meine Mutter tat, und laß mich so sterben. Aber Tristanos Seele war stumm wie sein Blick. Er rührte sich nicht und sagte nichts zu ihr: Als er auf Zehenspitzen die Kapelle verließ, bemerkte sie es nicht einmal.

Vom Abt, mit dem er verhandelte, verlangte Tristano vier Dinge. Daß Alma sofort in den Wachturm zurückgebracht würde und daß es keine üble Nachrede gäbe: Er hatte sie gezwungen, ihn zu pflegen, sie war nicht seine Komplizin gewesen, weder vorher noch nachher. Daß die Gefangenen nicht bestraft würden, denn sie hätten keine andere Wahl gehabt, als für ihn zu kämpfen, und seien an diesem seinem persönlichen Krieg unschuldig. Daß der Turm nicht zur Schmähung seines Namens zerstört würde, da er wertvolle Malereien enthielt – Kunst, ja. Daß auf sein Grabmal geschrieben würde: »Schweig. Hier ruht Tristano Boccadiferro, der nie ruhte.« Der Abt versprach, sein Möglichstes zu tun, damit seine Bedingungen akzeptiert würden. Auch wenn er ihm sagen zu dürfen meinte, daß der abtrünnige Herr von Garbo sich nicht in der Lage befinde, Bedingungen zu stellen. Und tatsächlich wurde keine seiner Forderungen erfüllt: Alma geriet in Verdacht, ihr Charisma wurde durch seinen Namen befleckt, ihre Tugendhaftigkeit bestritten, und ihre Gaben wurden verleugnet; die Gefangenen wurden erhängt; der Rebell bekam kein Grabmal, und seine Asche wurde in alle Winde verstreut. Nur der Turm wurde nicht eingerissen: Denn wenige Monate später, als der Krieg begann und die Franzosen in Italien einfielen, erinnerte man sich nicht mehr an jenen Befehl oder tat so, da sich die Burg – durch ihre strategische Lage – als nützlicher Vorposten für die Verbündeten erweisen konnte. Der Abt registrierte, daß Boccadiferro nichts für sich selbst verlangt hatte.

Tristano sah sie gemeinsam fortgehen, im Morgengrauen. Der in Gedanken versunkene Abt, Alma, die sich auf ihn stützte und sich unentwegt nach der Burg umdrehte. Er spürte, daß das Schlechte und das Gute, das sie einander zugefügt hatten, wechselseitig war. Als sie am Flußufer war, drehte Alma sich noch einmal um. Von den Bastionen aus schwenkte Tristano zum Gruß das Banner: weiß, mit einer gestickten roten Rose in der Mitte. Weiß und zinnoberrot. Die Farben des Byzantinischen Reiches, dessen Wiedergeburt er, der Geschichte zum Trotz, seine Niederlage geweiht hatte.

Es war eine endlose Beichte gewesen, die Tristano dem Abt ablegte. Er langweilte ihn mit seiner Erzählung einer eintönigen Reihe von Freveltaten. Überflüssige Verbrechen, ungerechte Gewalttaten, Jagd auf Frauen und Kinder. Piraterie. Unterschlagung kostbarer Waren, die er zu erhöhten Preisen weiterverkaufte. Betrug zum Schaden der Ungläubigen, die seinem Wort vertraut hatten. Geheime Händel mit oder ohne Wissen seiner Oberen, der Ritter im Namen Christi. Verstümmelung von Verletzten, bis zum Äußersten gedemütigte Feinde. Betrug, Verrat, Frontenwechsel. Kriegsverbrechen und Friedensverbrechen, die er auf dem Gewissen hatte und für die er büßen müßte, das wußte er. Doch es schien ihm, daß auf der Waage der Gerechtigkeit, mehr als alle anderen, das einzige Verbrechen zu Gewicht schlagen müßte, dessen er nicht schuldig war: das Verbrechen, das ihm die Gläubigen von Bastia vorwarfen und für das sie ihn – und sie – tadeln würden. Er hatte seine Schwägerin nicht vergewaltigt. Er hätte es tun wollen, weil ihm – außer dem Namen Gottes – nichts heilig war. Und gerade im Namen jenes Namens hatte er die schlimmsten Verbrechen begangen, ebendie Verbrechen, deren er sich anklagte. Und schließlich, hatte er, der Abt, sie jemals wirklich angesehen? Sie war eine Frau, die einen verbrannte. Sie hätte seine Gemahlin sein sollen, dann wäre das Leben anders verlaufen, für ihn wie für sie, ihre Umarmungen wären gesegnet gewesen. Aus Achtung vor dem Gewand, das ich trage… begann der Abt entrüstet. Es ist so überflüssig und abstoßend, sich die Sünden der Menschen anzuhören. Von den vielen Sakramenten, die er austeilen mußte, war dieses am demütigendsten. Um die Menschen zu achten – sagte Tristano bitter –, darf man weder Hure noch Spitzel sein, aber vor allem nicht Priester. Und ich bin auf meine Art alles zusammen gewesen.

Ich werde nie sterben, phantasierte Tristano, ich werde ein Geschlecht aus Stein hinterlassen, hart und an Mühsal gewöhnt – versteht Ihr, was ich sagen will? Ich spüre, daß Gott existiert und mich erhören wird. Gott existiert nicht, stöhnte der Abt, und Ihr seid der Beweis für seine Nichtexistenz, Hauptmann. Wie das? fragte Tristano verwundert: Pater, Ihr glaubt nicht? Der Abt erwiderte nichts. Ich weiß nicht, ob… fuhr Tristano fort, ich weiß nicht, ob ich das Licht wiedergefunden habe, flüsterte er. Aber gestern, ja, da hat es ein Zeichen gegeben – da war ihm auf ihr die Rose erschienen. Da hatte er, der Abt brauchte es ihm nicht zu glauben – und in der Tat glaubte er ihm nicht –, aber gestern nacht hatte er die Gewißheit, daß Alma da Monforte die Wundmale empfangen habe: Eine geheimnisvolle blutende Blume, eben eine Art Rose, auf der Brust, die ihm erschienen war, als er träumte, sich mit ihr zu vereinigen. Ein ungewöhnliches Wundmal, vielleicht wenig orthodox, aber deshalb nicht weniger göttlich, das ihn hatte zurückweichen lassen – ein unerklärliches Zeichen, das sie auf sich trug, Zeichen der Frau und ihres unfaßbaren Mysteriums. Nec ultra, Tristano. Nichts weiter.

Ein unheilkündender Nachtvogel hatte sich wohl in dem zerstörten Schornstein niedergelassen: In regelmäßigen Abständen stieß er seinen eintönigen Laut aus, der von Tod sprach. Tristano hatte die bedrohliche Rüstung angelegt, den Helm auf das Bett geworfen, und er drehte das Schwert in den Händen. Völlig verrußt stieg der maurische Page von der Leiter, die er in die Kaminhaube gestellt hatte, und schüttelte den Kopf. Er hatte nichts gefunden. Einerlei, sagte Tristano. Es wird ein Wiedehopf sein, Herr. Ja, kann sein, antwortete er. Der Page wollte die Kerzen anzünden, doch er hinderte ihn daran. Die Dunkelheit paßte besser zu seinem Gemütszustand. Der Page sprach ihm Mut zu, sagte, daß die Palaiologen ihn vielleicht begnadigen würden; er versprach ihm, nicht von seiner Seite zu weichen, da er ihm das Leben verdanke. Und wenn er einen Ausbruch versuchen wolle, so sei er dabei. Sie könnten sich nachts an einem Seil vom quadratischen Turm herablassen und in den Fluß springen. Der Fluß mündet in den Po und der Po in das Gebiet der Republik Venedig, und die Republik Venedig ist so nah am Reich des Sultans.

Kleiner Antar, wie jung du bist. Willst du mir endlich dein Alter sagen? Nein, Sire. Stellt Euch vor, daß ich zwei Jahre alt bin. Und daß ich zu leben begonnen habe, als ich Euch begegnet bin. Antar, sagte Tristano, während er das Kettenhemd über die Brust zog und sich in der Schlachtrüstung einschnürte, vergiß nie, was ich dir jetzt sage: Der geschickte Mann nutzt alles aus und übersieht nichts, was ihm eine zusätzliche Möglichkeit verschaffen kann. Der weniger geschickte Mann bringt durch Übersehen auch nur einer einzigen Gelegenheit alles zum Scheitern. Ja, mein Herr. Willst du immer noch ein

Krieger werden? Ich bin schon ein Krieger, Herr, antwortete Antar lächelnd. Ich trage den Namen eines tapferen Helden. Auch Tristano lächelte. Er war dem Pagen zugetan. Dann denk immer daran, daß du nie auf offenem Feld angreifen darfst und daß du dir immer den Fluchtweg freihalten mußt. Das war mein Fehler: Ich hatte die Gelegenheit, mich zu retten, und ich habe es nicht getan. Ich bin hierhergekommen. Aus der Burg Bastia kann man nicht entfliehen. Das wußte ich. Selbsteingenommenheit ist eine Dummheit, und zwar die unverzeihlichste. Unterschätze nie deinen Feind, dann wirst du keine Überraschungen erleben. Der Page hatte Tränen in den Augen, zog den Rotz in der Nase hoch und trocknete sich das Gesicht mit dem Samtärmel seiner Jacke.

Tristano erhob sich mühsam und zog aus der Truhe eine intarsiengeschmückte Kiste hervor. Sie war voller Dukaten. Die gehören dir, weil du mir gut gedient hast, sagte er zu ihm. Danke, Herr – murmelte Antar mit einer Verbeugung. Geh zum Truppenführer der Palaiologen und sag ihm, daß du mich verraten hast und ich es nicht bemerkt habe. Die Palaiologen werden dich nach Gebühr zu belohnen wissen. Sie werden aus dir einen Mann der Waffe machen. Einen Krieger. Der Page war überrascht. Er verstand nicht oder tat so, als verstünde er nicht. Was habe ich dir soeben gesagt? beharrte Tristano. Der geschickte Mann nutzt alles aus und übersieht nichts. Der weniger geschickte Mann übersieht eine Gelegenheit und bringt dadurch alles zum Scheitern. Ja, flüsterte Antar. Ich habe zwei Befehle für dich, mein Junge. Leg mein Herz in eine Vitrine: Übergib es dem Fürsten Djem, wenn du ihn eines Tages finden solltest. Sag, daß es ihm ein Mann schickt, der ihm ein Reich und den Tod schenken wollte. Und daß ich, sein Feind, unter allen sein wahrhaftester Freund war. Antar, verwirrt, wagte nicht einmal, ihn anzusehen. Bring Alma diese Perlenschnüre. Du mußt ihr sagen, daß ich jetzt weiß. Wir sind ein Geschlecht aus Stein. Was machst du? Weinst du? War er denn nicht zufrieden, der Page? War es nicht das, was er immer erträumt hatte? Nein, Herr. Ihr habt aus mir das gemacht, was ich bin, und dieses Leben befriedigt mich. Ich hätte es nie leben können ohne Euch. Ihr wißt, was mit mir passiert wäre. Ich bin ein Fremdling, vielleicht kenne ich deshalb die Dankbarkeit. Kleiner Page, welch seltsames Abenteuer ist das Leben. Ich bin ein gehaßter und gefürchteter Mann, alle würden mich gern töten – und doch will es keiner tun, heute. Aber wisse eins, Antar: Du wirst nie ein Mann werden, wenn du mich nicht tötest. Nein, Herr, sagte Antar und brach in Tränen aus, ich werde es nie tun. Du wirst es tun, Antar, und ich werde stolz auf dich sein.

Als Antar sich zur Zimmertür wandte, zog sich eine lange, leuchtende Blutspur über den Fußboden bis zur Tür. In diese Spur hatte er unvorsichtigerweise die Füße gesetzt, die jetzt – blutgetränkt – den kleinen Abdruck seiner Schuhe auf dem Boden hinterließen. Der Helm war wohl bei einer plötzlichen Bewegung heruntergefallen. Unschlüssig setzte der Page ihn Tristano wieder auf den Kopf. Das Kissen war rot. Von einem wunderbaren Rot, das nach wenigen Augenblicken nachdunkeln würde. Er hatte ihm mit einem einzigen Stich die Kehle durchschnitten. So und ohne Tränen über den Tod seines Hauptmanns und seiner eigenen Vergangenheit verließ der Page die Burg und verkaufte den toten Tristano an seine Feinde. Wenige Tage darauf bestätigte am Flußufer die Hand des Befehlshabers auf seinem Haupt, daß ihm die Schande der Geburt vergeben worden war: Während er senkrecht vor sich Tristanos Schwert hielt – mit Mühe, denn es wog viele Pfunde –, schwor er Markgraf Bonifatius die Treue und schwenkte das weißrote Banner der Palaiologen von Byzanz. Antar hatte glänzende Augen und eine ruhige Hand. Aber ihm war, als hörte er noch einmal seine Stimme, als sähe er wieder seinen großen kahlen Kopf, sein fuchsartiges Gesicht, sein tollkühnes Lachen. Also? sagte Tristano, während er sich den Helm auf den Kopf setzte, worauf wartest du? Tu, was du tun mußt, und tu es bald. Ich bin müde, ich will schlafen. Weißt du, was? Heute habe ich mich zum erstenmal in meinem Leben wirklich gelangweilt.

8

Es regnete in Strömen. Die Scheibenwischer des 2CV funktionierten nur in der langsamen Geschwindigkeitsstufe (wie im übrigen die ganze Kiste): Luisa lenkte und beugte sich vor, das Gesicht dicht an der Scheibe, auf der sie mit einer hektischen Bewegung der Hand einen kleinen Kreis freiwischte, durch den sie die Straße trotzdem nur sehr verschwommen erkennen konnte. Drago schwieg. Luisa hatte aufgehört, über die Vorzüge der langen Ruhezeit, die ihn erwartete, zu witzeln; sie erzählte ihm keine amüsanten Gefängnisgeschichten mehr: Sie wischte die beschlagene Scheibe mit der Hand frei und fixierte voller Sorge das nasse Stück Straße, das hinter der Windschutzscheibe immer wieder auftauchte und verschwand.

Zum erstenmal seit vielen Jahren dachte Drago an seinen Vater. Er hatte ihn nicht kennengelernt – nicht im Leben: Er hatte ein Photo gesehen (das einzige, das es noch gab: aufgenommen an dem Tag, als er lächelnd und keck als Funker in den Griechenlandkrieg zog; den Hinterbliebenen rief es seine dunkle Locke, seine munteren Augen, das waghalsige und kühne Lächeln in Erinnerung) und die zahlreichen Andenken, unter anderem das noch blutverschmierte Hemd, das er am letzten Tag trug. Drago wurde sechs Monate und drei Wochen nach seinem Tod geboren, deshalb hatte seine Mutter jenen Namen Postumo über ihn verhängt, der ihn für immer verfolgte. Auf den Namen seines Vaters, Roberto, und auch auf seinen Familienamen, Calligari, hatte er verzichten müssen. Nach Aussage einiger – im übrigen nicht besonders glaubwürdiger – Augenzeugen ähnelte er ihm wie ein Ei dem anderen: Aber Drago wußte, daß er nie jenes dunkle Haarbüschel und jenes waghalsige Lächeln gehabt hatte. Auch nicht mit zwanzig: Die Haare waren mit das erste, was er verlor – noch vor dem Verlust seiner Jungfräulichkeit und seiner Ehre. Jetzt – während er sich ins Gefängnis wie zu einer Art Hinrichtungskommando begab, das ihn für das, was er getan hatte, bestrafen würde, vielleicht auch für das, was er nicht getan hatte – schien es ihm wichtig zu wissen, ob sein Vater eine Ahnung von ihm gehabt hatte. Ob er gestorben war im Wissen, daß er existierte oder existieren würde. Ein Wort, eine Warnung, ein Traum. Ob er gestorben war und von ihm wußte oder ob er gestorben war, ohne sich auch nur vorzustellen, daß er aus einer unbekannten Galaxie, aus den Fluten der Zeit hier herabstürzen würde; ob er einsam und ohne Wissen von ihm gestorben war, der Sohn nur eine posthume Blüte wie in jenem rhetorischen Lied, das ihn doch immer bewegt hatte. Ob Roberto als Sohn seines Vaters oder als Vater seines Sohns gestorben war. Er hatte nie darüber nachgedacht und seine Mutter nie danach gefragt. Jetzt war sie tot, und er würde es nie erfahren.

Er wollte glauben, daß er – sei es auch nur für einen Moment – im Geist seines Erzeugers existiert hatte, denn er konnte sich nicht vorstellen, daß man erschaffen kann, ohne es zu wissen. Aber vielleicht ist ein Mann immer ein Adoptivvater – wie er es war. Für einen Mann beginnt ein Sohn seine Existenz ohne sein Bewußtsein, im Grunde ohne seinen Willen. Eine Mutter stellt vielleicht eine körperliche, natürliche Beziehung zu ihrem Geschöpf her: Aber für einen Vater ist diese Bindung nur kulturell, entsteht durch die Erfahrung, die Gewohnheit und ist deshalb nur eine nebensächliche Bindung. Ein Mann ist vielleicht nicht nötig für das Leben.

Seine Mutter war eine einfache Frau, ein gottesfürchtiges Mädchen vom Lande, das vor Roberto Calligari keinen Mann gehabt hatte und nach ihm keinen anderen haben würde. Sie waren nicht einmal verlobt: Sie war eine Bäuerin aus Bastia, und er hatte sie kennengelernt, als er in den Bergen war. Eine Liebe aus anderen Zeiten, Zeiten des Krieges und des Untergrundes. Seine Familie hatte lange gezögert, ihre Version der Geschehnisse zu glauben: Einige hatten sie davongejagt, da sie sie für eine Lügnerin hielten, die es nur auf ihr Geld abgesehen hatte; andere hatten ihr geglaubt und ihr Arbeit in der Schneiderwerkstatt eines Verwandten der Calligari verschafft – in Mantua eben, beträchtliche Kilometer von ihrer Vergangenheit entfernt –, damit sie in Würde und Anstand leben konnte. Sie hatten ihr geholfen, den Sohn studieren zu lassen, ihn im Priesterseminar unterzubringen, damit er unter der Kutte sein zweifelhaftes Recht auf das Leben verstecken und die Schuld seiner Geburt verbüßen konnte, indem er sich den Mitmenschen widmete. Luigina Drago war eine bescheidene, stille Frau. Sie hat nie geheiratet. Jenem unwiderstehlichen Burschen hatte sie alles geopfert: Ehre, Zukunft, sogar das Leben. Sie hatte ein verstümmeltes Leben gelebt, ohne je zu protestieren, ohne sich je aufzulehnen. Sie hatte alles hingenommen und alles ertragen – Leiden, Demütigung, Verzicht –, und Drago begriff nie, ob sie es tat, weil sie meinte, viel bekommen zu haben, da sie – wenn auch nur wenige Tage – an der Seite eines von der Grazie geküßten Menschen gelebt hatte, oder weil sie meinte, kein Recht auf irgend etwas zu haben. Ob sie es aus Überzeugung oder aus Gewohnheit tat. Aufgrund einer unglaublichen inneren Kraft oder aufgrund einer unglaublichen Passivität. Seine Mutter war die erste Frau in seinem Leben gewesen – und das erste Rätsel. Etwas in ihm sagte ihm, daß sie dem Partisanen, der so viele Sorgen hatte und einen Auftrag erfüllen mußte, nichts gestanden hatte.

Sein Vater war gestorben, ohne zu wissen, ohne sich ihn auch nur vorzustellen. Er war in dem Gedanken gestorben, nichts hinter sich zu lassen, nur eine Idee, einen Traum, ein Kreuz. Ein Gedanke, den er heute nicht ertragen konnte.

Luisa parkte an der Seeuferstraße, hinter dem Kastell. Darum hatte er sie gebeten. Es war erst zehn Uhr morgens, und der Tag, den er im Kommissariat würde verbringen müssen, kam ihm jetzt schon vor wie eine Ewigkeit. Sie gingen in eine Bar. Sie tranken noch einen Kaffee. Drago blätterte zerstreut in der Zeitung, die geöffnet auf der Eistruhe lag. Nirgends sprach man von ihm. Die Welt befaßte sich nicht mit Postumo Drago. Statt dessen war Fellini gestorben, und Milan hatte 3 zu 2 gegen Sampdoria verloren. Inter hatte gewonnen. Er bemerkte jedoch, daß der Barmann ihn anstarrte, und dachte, daß er ihn erkannt hatte. Vielleicht hatte auch Luisa das gedacht, denn sie hatte den Blick abgewendet und war rot geworden. Ihm schoß durch den Kopf, daß Luisa ihn vielleicht verachtete. Er konnte alles ertragen, aber nicht ihre Verachtung. In diesen Stunden war er nie auf den Gedanken gekommen, daß sie bereit sein könnte, alles Erdenkliche für ihn zu tun, ohne ihm jedoch ihre Achtung zu schenken. Vielleicht hatte sie ihn geliebt – er hatte ihr ja immerhin Jahre der Freiheit gegeben, hatte ihr ermöglicht zu leben, wie sie es wollte. Vielleicht war es nur Freundschaft, Dankbarkeit, Anerkennung; vielleicht wäre die Zukunft ähnlich wie die Vergangenheit, oder vielleicht wäre sie besser – aber deswegen hätte Luisa ihn nicht mehr geachtet oder geschätzt. Ihren Respekt und ihre Achtung hatte er für immer verloren. Vielleicht, und das war viel schlimmer, hatte er sie nie besessen. Luisa, sagte er mühsam – ich muß ein paar Schritte gehen.

Sie gingen langsam ins Zentrum. Beim Gehen plauderte Luisa, aber Drago hörte kein Wort von dem, was sie sagte. Vielleicht sprach sie von der Vergangenheit, vielleicht waren es nur Banalitäten. Er hörte ihr nicht zu. Er hatte sich bei ihr eingehakt. Luisa verströmte einen leichten und flüchtigen Duft, Bemühung und Melancholie – aber Drago dachte an seinen Vater. Er war im November 1944 gestorben, mit vierundzwanzig Jahren. Vor dem Krieg war er Student gewesen. Ein Junge aus guter faschistischer Familie – perfekt, nach dem Heiligenbild, das der Familienkatechismus der Mutter ihm aufgezwungen hatte: gut im Sport, gut im Studium, gut im Krieg, loyal, extrovertiert, mutig oder einfach nur leichtsinnig, was im Grunde die Quintessenz des Mutes ist. Sein einziger Fehler: ein etwas zu stürmischer Frauenheld. Er scheint neben Luigina noch viele Freundinnen gehabt zu haben. Er war als Offizier in den Krieg gezogen, aber nach dem 8. September hatte er sich einer Gruppe der Garibaldi-Brigade angeschlossen. Sie agierten auf den Hügeln der Langhe. Er wurde bei einer Razzia in dem Dorf verhaftet, in das er wegen eines Auftrags gekommen war – und vielleicht angesichts des fatalen Umwegs, der ihn das Leben kostete, um sich mit der heimlichen Verlobten zu treffen. In der Kaserne wurde er gefoltert – am Ende hatte er keinen einzigen Zahn mehr im Mund und keinen Nagel mehr an Händen und Füßen. Aber Roberto hatte nicht gesprochen. Nach einem Schnellverfahren wurde er erschossen. Als Toter wurde er vor den Mauern der Burg Bastia del Garbo aufgehängt. Seine Leiche schaukelte eine Woche lang an dem improvisierten Galgen, Sonne, Regen, Wind und dem Schnee jenes eisigen Novembers ausgesetzt. Sie hatten ihn ohne Schuhe und mit der auf der Brust geöffneten Jacke aufgehängt. Das blutbefleckte karierte Hemd hatten sie numeriert und inventarisiert, und nach dem Krieg gelang es jemandem, es Luigina Drago zu verschaffen. Als man Postumo für groß genug hielt, um die Wahrheit zu erfahren, erzählten ihm die Alten aus Bastia, daß seine Mutter jeden Tag an die Burgmauer ging. Sie war noch ein junges Mädchen, aber stark wie ein Fels. Niemand hat sie je weinen oder klagen sehen. Sie setzte sich auf einen Stein und betrachtete den im Wind schwankenden Körper. Wenn es dunkel wurde, ging sie nach Haus. Drago hatte diese Geschichte viele Male gehört, mit einer detaillierten Beschreibung der Landschaft, der Szene und der Stimmen (das helle Tannenholz, der moosbewachsene Felsen, das Gebüsch, die kahlen Bäume, die zerfallenen Mauern der Burg, in der die Deutschen sich einquartiert hatten, die Rufe der Soldaten, die die Neugierigen wegschickten, die Gebete, die Vorbeikommende flüsterten, die blauen Füße des jungen Getöteten, das Gesicht, das kein Gesicht mehr war, sondern ein heller Fleck, wie von Asche oder Schlamm). Und jetzt glaubte er, alles gesehen zu haben und selbst dabeigewesen zu sein. Er erinnerte sich an die Geschichte, als hätte er sie mit eigenen Augen gesehen. Im Grunde war er ja auch dabeigewesen. Und ist zu der Überzeugung gekommen, daß dies seine frühesten Erinnerungen waren.

Um Viertel nach elf gingen Drago und Luisa zum erstenmal am Kommissariat vorbei. Er sagte, daß er noch nicht bereit sei hineinzugehen – er war zu nervös, er mußte sich entspannen. Am Turm in der Via Cavour hing der Eisenkäfig hoch oben, wie eine Mahnung und eine Drohung. Der Macht. Der Gerechtigkeit. Sie waren ganz in der Nähe ihrer heimlichen Wohnung: Vom Bett aus hatten sie gemeinsam Tausende von Malen den leeren Käfig betrachtet. Heute jedoch waren weder er noch sie in der Lage, ihn anzusehen. Sie spazierten langsam, untergehakt wie ein beliebiges Paar, vor den Schaufenstern der Via Roma vorbei. Es nieselte. Schmuck, Bücher, ein Laden mit Ansichtskarten, Pizza zum Mitnehmen, belagert von Schulkindern, ein von Neonröhren beleuchteter Raum, in dem der Barbier niedergeschlagen auf einem leeren Sessel döste. Luisa ging in eine Drogerie und kaufte ihm eine Reisezahnbürste, eine Tube Zahnpasta, Zahnseide, ein Deodorant, zuckerfreies Kaugummi für die Streßmomente, ein Stückchen nach Lavendel duftender Seife. Für deine Reise, sagte sie mit einem sanften Lächeln und streichelte mit den Fingerspitzen über seine Wange. Sie war sehr lieb. Drago fühlte sich tatsächlich so, als sei er im Begriff, eine lange Reise zu unternehmen. Er sagte sich immer wieder, daß er das Gefängnis ertragen und sich wie ein Mann benehmen würde. Wer in den Gassen und auf der Straße gelebt hat, hält alles aus. Blickt immer nach vorn. Der Regen war jetzt stärker, und sie hatten den Schirm im 2 CV vergessen. Sie suchten unter den Bogengängen Schutz. Die Läden waren dunkel, altmodisch. Was guckst du? fragte Luisa.

Drago war stehengeblieben. Unwiderstehlich angezogen von dem leeren, staubigen Schaufenster des Barbiers BIAGIO. Auf dem Schild stand BIAGIO – DEIN BARBIER. Es war ein altmodischer Laden, fast ein archaisches Fundstück, mit einem altertümlichen Drehsessel, einem Fußboden aus vergilbtem Marmor von ärmlichem Aussehen, einem speckigen Sofa – altertümlich waren die feinen schwarzen Kämme auf dem Wandbrett, altertümlich die gelben, blauen und violetten Fläschchen mit Rasierwasser und Haarwasser. Altertümlich die scharfen Rasiermesser. Altertümlich auch der einzige Kunde, ein Rentner, dem der ebenfalls altertümliche Barbier Biagio sorgfältig die struppigen schwärzlichen Koteletten rasierte. Den sauberen, duftenden Laden eines Barbiers zu betreten war Dragos unerfüllter Kindheitstraum: Die Haare hatte ihm immer die Mutter mit der Schere geschnitten, nachdem sie ihm einen Topf auf den Kopf gesetzt hatte. In der Familie herrschte ein absoluter Widerstand gegen Barbiere. Gehen wir? sagte Luisa und zog ihn leicht am Ärmel. Drago rührte sich nicht. Der Laden roch nach unbekannten oder vergessenen Essenzen. Die Umschlagseiten von zwei völlig zerfledderten Zeitschriften blinzelten ihm von dem kleinen Tisch aus zu. Ärmliche Fläschchen standen aufgereiht auf den Regalen und verhießen wunderbare Tönungen. Drago sagte ihr, daß er sich heute morgen mit schlechten Klingen rasiert habe (sie solle nicht gekränkt sein, aber Frauen können nicht verstehen, was es bedeutet, sich zu rasieren), und angesichts der Tage, die ihn erwarteten, würde er wer weiß wie lange das Jucken der nachwachsenden Barthaare ertragen müssen: Er wolle hier eintreten. Wenn sie gehen wolle, solle sie sich keine Sorgen machen. Er werde sich schon im Kommissariat melden. Ich verspreche es dir, Luisa. Es waren nicht einmal fünfzig Meter von hier aus. Nein, sagte sie, ich warte. Zum zweiten Male innerhalb kurzer Zeit dachte er, daß Luisa sehr lieb sei und daß er großes Glück gehabt habe, ihr begegnet zu sein. Denn er konnte auf ihrem Gesicht den Wunsch lesen, nach Hause zu fahren – es ging ihr schlecht, und heute morgen hatte sie nur eine Prozac genommen –, aber trotz allem wollte sie ihn nicht allein lassen. Sie mißtraute ihm, sie ahnte seine Verzweiflung, gegen die nicht einmal sie etwas ausrichten konnte. So wie er nichts für sie hatte tun können. Sie hatten sich im falschen Moment wiedergetroffen. Arme Luisa: In jenem Moment empfand er ein unerklärliches Mitleid für sie. Er hätte Mitleid für sich selbst empfinden sollen, aber vielleicht hielt er sich dessen nicht für würdig. Er hatte auch das Gefühl, ihr ein Übel angetan zu haben, und begriff nicht, warum. Biagios Schere quietschte. Aber bitte, treten Sie ein, sagte der Barbier einladend, seinen Wunsch begreifend. Er lächelte, der altertümliche Biagio, in der Vorfreude auf einen unerwarteten Kunden. Drago stieg die Stufe hoch, ging um den Sessel herum und setzte sich auf ein klebriges Ledersofa. Luisa zögerte. Der Biagio aus dem Schild, Inhaber des Ladens, war ein älteres Männlein, dürr und flink wie ein Wiesel, und seine dichte tintenfarbene Haarpracht legte den Verdacht einer auffälligen Perücke nahe. Einen Moment nur, dann komme ich zu Ihnen. Drago blätterte zerstreut in den schmutzigen Zeitschriften auf dem Tischchen. Ein Silikonmädchen lächelte und leckte sich über die prallen Lippen. Das Bunny des Monats, Tracy, war am 5. Juli 1972 (Sternzeichen Krebs) in Kalifornien geboren, konnte sich der Maße 110-65-93 rühmen und trug BH-Größe 6. Tracy liebte Pizza mit Ananas, Skateboard und Rock'n'Roll, sie war nicht verlobt. Er blätterte auch die andere Zeitschrift durch, ohne hinzusehen. Es war eine jener Zeitschriften, die es nur zu geben scheint, um die Leerstellen des Lebens zu füllen, die Momente des Stillstands, die Einsamkeit der Wartezimmer, das vergebliche Warten auf einen Kassenarzt – diese Zeitausschnitte, die niemanden interessieren, in denen sich aber vielleicht mehr als in anderen das wahre Wesen der Dinge einnistet.

Dies war einer der Momente, in denen die Zeit abstürzt. Es geschah nichts, absolut nichts. Luisa wollte vielleicht hereinkommen, aber sie tat es nicht. Aus Diskretion. Sie war eine Frau, die an Diskretion gewöhnt war. Sie lief unter den Bogengängen auf und ab, mit dem in einer Plastiktüte verstauten Päckchen aus der Drogerie. Drago sah sie immer wieder auftauchen, mal hinter Biagios gestreifter (leicht schmutziger) Jacke, mal hinter der staubigen Schaufensterscheibe. Blond, zart, mit strahlenden Augen voller unausgesprochener Fragen. Augen der Enttäuschung und der Melancholie. Liebe Luisa. Drago betrachtete sich nur ungern in dem riesigen Friseurspiegel an der Wand gegenüber. Er sah einen runden, fast kahlen Schädel, auf dessen fleischigen Ohren zwei goldene Bügel lagen. Er machte sich beinahe gequält klar, daß er fast neunundvierzig war. Biagio seifte dem Rentner den Kopf ein, sanft, nur leicht mit den Fingerkuppen rubbelnd. Über den abstoßenden Geruch des speckigen Leders, der aus dem Sofa aufstieg, den ebenso abstoßenden Weingeruch, der aus dem Hinterzimmer drang, und den von Biagios leicht schmutziger Jacke legte sich ein angenehmer, altertümlicher Geruch von Sauberkeit, Seife und erfrischendem Haarwasser. Drago dachte wieder an seinen Vater. Er war ein junger Mann, Liebling der Frauen, herausgeputzt, eitel vielleicht. An dem Tag, an dem sie ihn faßten, hatte der Partisan Roberto eine fatale Unvorsichtigkeit begangen. An jenem Tag – vielleicht weil er sich mit Luigina treffen wollte, vielleicht mit einer anderen Frau – hatte er jedenfalls nach Ausführung des offiziellen Auftrags für die Brigade der Verlockung nicht widerstanden und war zum Barbier gegangen, in einen einfachen, schmutzigen und zugleich duftenden Barbierladen, der diesem hier vielleicht ähnelte. Es war eine Unvorsichtigkeit, aber keine allzu große, denn der Barbier galt als Sympathisant, und sein Laden in einer abgelegenen Gasse des Dorfes konnte als gefahrloser Hafen angesehen werden. Aber jemand hatte ihn verraten, denn genau vor dem Laden hielten die Militärwagen. Sie stiegen im Laufschritt aus. Der Barbier erzählte, daß er es nicht rechtzeitig gemerkt hatte: Er hatte nur ein paar schwarze Stiefel gesehen. Roberto hatte ihn in aller Eile gefragt: Gibt es einen zweiten Ausgang? Der Barbier hatte geantwortet: Nein. Roberto war unbewaffnet und in jeder Reaktion behindert: durch den Sessel, auf dem er saß, mit dem ordentlich in den Kragen gestopften weißen Brustlatz. So verhafteten sie ihn. Der Barbier war reglos stehen geblieben, unfähig sogar zu schreien. Er erinnerte sich nur, daß Roberto – während sie ihn wegzerrten – ihn dort stehen sah, wie versteinert, mit von den Fingern tropfendem Seifenschaum. Da hatte Roberto gelächelt. Mit jenem ungläubigen und enttäuschten Lächeln auf dem Gesicht hatten sie ihn weggeschleppt. Wenige Stunden später war er tot. Er war vierundzwanzig Jahre alt. Drago war im Schatten dieses mythischen und heroischen jungen Vaters aufgewachsen. Dem 1962 in einer öffentlichen Zeremonie auf dem Platz die goldene Medaille für militärische Verdienste verliehen und nach dem später sogar eine Schule benannt wurde. Unter dessen unheimlicher Faszination er immer gelitten hatte. Das Unnachahmliche nachzuahmen war seine Aufgabe und Pflicht als posthumer Sohn. Einen Schatten bis zur Verehrung zu lieben. Ihn mehr zu lieben als sich selbst, so sehr, daß er ihn schließlich mehr haßte als alles andere. Das Unnachahmliche nachahmen. So sehr, daß er mit knapp fünfzehn Jahren in die Partei eintrat, um seines Vaters Werk fortzuführen. Oder vielleicht, um es zu zerstören. Aber das waren andere Zeiten.

Der Kunde war aufgestanden. Biagio hatte kein Wechselgeld und war in den Nachbarladen gegangen, um einen 100 000-Lire-Schein zu wechseln. Ich komme sofort zurück, hatte er zu ihm gesagt und das Radio angestellt, vielleicht, um ihn nicht allein zu lassen. Das Radio sendete italienische Musik: Lory widmete das Lied ihrem Freund, weil sie heute zwei Monate zusammen waren. Luisa war wieder aufgetaucht. Postumo, sagte sie, laß uns gehen. Sie war bleich, so mager im Türrahmen, hinter ihr der dunkle Portikus und ein vom Regen wie durchlöchertes Stück Straße. Warum siehst du mich so an? schienen Luisas Augen ihn zu fragen. Aber er sah nicht sie an. Tu mir einen Gefallen, Luisa – sagte er zu ihr, aber es war fast ein Befehl. Hol das Auto und parke es hier in der Nähe. Dann bin ich nachher, wenn ich dort drin bin, sicher, daß du schon unterwegs bist. Aber nein, das ist egal, es steht gleich da hinten, wirklich, sagte sie unbekümmert. Laß uns gehen. So ist es sicherer, ich will dich nicht mit hineinziehen, beharrte Drago. Sie sprachen leise, weil der Rentner noch neben der Kasse stand und auf sein Wechselgeld wartete. Gut, wie du willst. Um zwölf hole ich dich ab. Warte auf mich, Postumo. Sie war schon fast draußen.

Luisa! rief er. Ja? sagte sie und blieb auf der Schwelle des Geschäfts stehen. Drago sah sie lange an. Er wollte sich ihre Züge und ihre Farben ins Gedächtnis einprägen, um sie so lange wie möglich bei sich zu haben. Der längliche Schnitt ihrer kastanienfarbenen Augen, die dunkleren Flecken, die um die Iris herum glänzten, die Falten am Mund, der rosige Ton ihrer Lippen. Er glaubt weder an das Paradies noch an die Hölle, auch nicht an die ewige Wiederkehr. Er würde nicht zurückkehren, um Luisa noch einmal zu umarmen. In jenem Moment wußte er, daß er sie nicht wiedersehen würde. Danke, flüsterte er. Warum sagst du das? fragte sie achselzuckend, ohne zu verstehen. Danke, sagte Drago noch einmal, hauchdünn. Er sagte noch einmal danke, als Luisa schon ahnungslos unter dem Bogengang verschwand. Drago erhob sich vom Sofa, legte die Hände an die Fensterscheibe: Er folgte ihr mit den Augen, bis er sie in der Menge der Passanten verlor. Luisa trug einen taillierten, glockenförmigen Mantel, der ihr bis an die Füße reichte. Einen Schal aus Pelz. Sie hatte die Haare mit einer elfenbeinernen Spange im Nacken hochgesteckt. In der rechten Hand hielt sie die Tüte mit den in der Drogerie gekauften Sachen. Die wollte sie ihm später geben.

Um zwölf kam Luisa zum Barbier zurück, wie sie es versprochen hatte. Biagio war nicht da, der Laden war geschlossen. Ein handgeschriebenes Schild hing an der staubigen Glastür mit der Aufschrift: KOMME GLEICH ZURÜCK. Luisa klopfte, aber Biagio war auch nicht im Hinterzimmer. Sie drückte die Nase gegen die Scheibe und konnte Scheren, Rasiermesser, Flakons, die armseligen Fläschchen mit den Tinkturen erkennen: Es war alles in Unordnung. Ein Haufen Haare lag um den Sessel herum, war noch nicht aufgefegt worden, und diese borstigen Haare, verlassen, dunkel und absurd, bildeten eine bedrohliche schwarze Welle auf dem Marmorfußboden.

Luisa entfernte sich, ging die Straße entlang bis zum Ende des Portikus, hin und zurück, sah in jedes Geschäft, um sich zu vergewissern, ob Postumo vielleicht in eine Bar oder Zigarren kaufen gegangen war. Er war nirgends zu sehen. Um Viertel nach zwölf tauchte Biagio träge und mit den Füßen schlurfend wieder auf. Er roch nach Wein. Und der Herr? fragte ihn Luisa, die allmählich unruhig wurde. Welcher Herr? erwiderte Biagio. Er hatte Mühe, die Worte zu treffen, weil er ein Gläschen auf nüchternen Magen getrunken hatte. Er war sehr alt und vertrug den Wein nicht mehr so gut: Der Kopf drehte sich ihm, und er mußte sich am Sessel festhalten. Der Herr mit der rechteckigen Brille, ein bißchen glatzköpfig, erklärte sie. Ach ja, der ist weggegangen. Wie, er ist weggegangen? Wohin ist er gegangen? Er ist gegangen. Ich habe ihn rasiert, und er ist gegangen. Aber hat er Ihnen denn nichts gesagt? Sie schrie beinahe. Hat er Ihnen nichts für mich hinterlassen? Nein, sagte Biagio, ich glaube nicht. Er hat mich bezahlt und ist gegangen. Wie es alle tun. War er aufgeregt? Nein, völlig ruhig. Ein sehr vornehmer Herr. Hat er Ihnen nichts für mich gesagt? Ach ja, er hat mir ein Trinkgeld von 10 000 Lire gegeben. Für mich, beharrte Luisa, hat er nichts für mich ausrichten lassen? Nein, nein, nein, sagte er und breitete die Arme aus. Er hatte das Gefühl, daß das Trinkgeld etwas mit der blonden Dame zu tun hatte, aber er wußte nicht mehr, was.

Luisa schluckte eine Tablette, um die Beklemmung zu mildern, die sie befallen hatte. Doch sie tat keinerlei Wirkung. Eine Viertelstunde lang klingelte sie über die Gegensprechanlage an der leeren Attikuswohnung, in der sie sich so oft getroffen hatten, inmitten der Dächer der Stadt – das Kastell der Gonzaga vor sich, den eisernen Käfig hinter sich, den Himmel über sich. Aber sie wußte, daß Postumo nicht dorthin gegangen war. Sie begann, nach einem Telephon zu suchen. Sie irrte zwischen der Bar, wo das Münztelephon außer Betrieb war, der Telephonzelle, die nur mit Telephonkarte funktionierte, dem Kiosk, der keine Karten mehr hatte, und dem Tabakladen umher, der aber in eine andere Straße umgezogen und geschlossen war. Sie irrte zwischen den Passanten umher und versuchte, sie zu überreden, ihr eine benutzte Telephonkarte zu verkaufen: Sie war bereit, den doppelten Preis oder auch den vollen zu zahlen. Aber sie sah nicht sehr vertrauenerweckend aus, ihre Hände zitterten, sie wirkte ganz außer sich, und keiner hörte ihr zu. Im Gegenteil, sie gingen ihr mit einer Geste des Entsetzens aus dem Weg. Um 12 Uhr 40 sagte ein Junge, der aus der Schule kam, daß er bereit wäre, ihr seine Karte zu leihen, aber es war doch ein Ortsgespräch, oder? Denn für ein Ferngespräch reichte es nicht, es waren nur noch knapp tausend Lire drauf. Erst in der Zelle merkte Luisa, daß sie Postumos Telephonnummer nicht wußte. Sie hatte ihn nie zu Hause angerufen. Sie ging zurück in die Bar, um im Telephonbuch nachzusehen, doch der Name Postumo Drago stand nicht drin. Es gab niemanden mit diesem Namen in der Stadt. Bei der Auskunft teilte ihr die freundliche Angestellte des Fernmeldeamts mit, daß es keinen Teilnehmer mit Namen Postumo Drago gab. Ihr fiel ein, daß Postumos Frau Ada hieß. Ada, Ada, Ada Maruccelli. Sie suchte ihren Namen: Den gab es. Sie wählte die Nummer und verwählte sich. Die gewählte Nummer existiert nicht, bitte legen Sie auf. Die gewählte Nummer existiert nicht, bitte legen Sie auf. Sie wählte noch einmal. Es war 12 Uhr 49.

Sie ließ es zweiundzwanzigmal klingeln. Postumo war nicht zu Hause. Luisa wußte mit unerschütterlicher Gewißheit, daß er vom Barbierladen nicht zum Kommissariat gegangen war. Er hätte nur die Straße zu überqueren brauchen. Aber er hatte es nicht getan. Entweder war er wieder geflohen, oder er war schon tot. Signora, geht es Ihnen nicht gut? fragte der Schüler, der ihr die

Karte geliehen hatte. Ein freundlicher Junge mit Sommersprossen. Postumo hatte sich umgebracht, ohne ihr ein Wort zu sagen. Sie hatte ihm zur Seite gestanden, heute nacht, sie hatte ihm alles gegeben, damit er den Mut fand, dem Leben und seinem Gewissen ins Auge zu blicken, die Würde, um das zu ertragen, was ihn erwartete; sie hatte ihm jeden Augenblick gewidmet, jeden Atemzug, er schien überzeugt zu sein, machte Pläne für die Zukunft, eine gemeinsame Zukunft, aber er hatte sie getäuscht, und sie hatte nicht verstanden, sie hatte nicht verstanden. Ich wußte nicht, ich wußte es nicht, stammelte sie. Der Schüler fragte sie, ob er sie nach Hause bringen solle. Nein, sagte Luisa, ich wohne nicht hier. Ihr war schwindelig, und sie bekam fast keine Luft mehr. Sie mußte sich setzen und hockte sich auf die Stufe eines Geschäfts, das gerade schloß. Sie lehnte sich mit dem Rücken an den halb heruntergelassenen Rolladen. 48 73 21, sagte sie zu dem Jungen. Ruf noch mal an, bitte. Laß es lange klingeln. Leg nicht auf, bevor er abnimmt. Der Junge ging zurück in die Zelle. Luisa sah, wie er die Nummer wählte, geduldig wartete und den Hörer auf den Telephonkasten legte: Er ließ es drei Minuten lang ununterbrochen klingeln. Dann hängte er ein. Er ist nicht zu Haus, Signora – sagte er untröstlich. Es tat ihm wirklich leid für die blonde Dame: Er hätte sich so sehr gewünscht, daß der Mann, den sie suchte, abnahm. Er glaubte an den Streit eines Liebespaars. Eine Herzenssache jedenfalls.

Luisa murmelte, daß sie die Polizei rufen müßten, aber sie wußte nicht, wie sie es erklären und was sie sagen sollte. Es war nur ein Gefühl, aber sie war sich sicher, daß sie sich nicht irrte. Ich wußte es nicht, ich wußte es nicht, wiederholte sie. Die Verkäuferinnen der Drogerie, wo sie die Reisezahnbürste und die anderen Geschenke gekauft hatte, gaben ihr ein Glas Wasser und fragten sie, ob sie ein Beruhigungsmittel brauche. Luisa sagte, daß sie schon eins genommen habe, sogar zwei. Sie hätte etwas Starkes gebraucht, etwas sehr Starkes. Sie wollte Azra anrufen, denn Azra hätte gewußt, was zu tun wäre. Sie war ein zähes Mädchen, sie verlor nie die Ruhe. Bei all dem, was hinter ihr lag, hatte sie nie die Haltung eines Opfers, einer Besiegten angenommen. Aber Azra hatte vielleicht das Hörgerät nicht eingesetzt, oder sie würde das Klingeln des Handys nicht hören. Sie ließ sie trotzdem anrufen, aber Azra nahm nicht ab. Ich wußte es nicht, ich wußte es nicht, stammelte sie. Sie schloß die Augen. Zwischen den Händen preßte sie die Plastiktüte mit den Schachteln: Zahnbürste, Zahnpasta, alles Nötige für eine lange Reise. Die Verkäuferinnen der Drogerie kamen wieder zu ihr. Sie hatten Azra Pehid ausfindig gemacht – die Batterien des Handys waren leer, sie war in der Bar von Bastia del Garbo. Am Telephon, im Geschäft. Der Schüler stützte sie und führte sie durch den Portikus. Als sie am Laden des Barbiers BIAGIO vorbeikam, bemerkte Luisa nur eben, daß er geschlossen war. Er hatte das Schild KOMME GLEICH WIEDER aufgehängt, handgeschrieben, hinter der Scheibe. KOMME GLEICH WIEDER. Aber Postumo würde nicht wiederkommen. Azra, stammelte Luisa, Azra? Luisa, what's up? Something wrong? Ich habe es nicht gewußt, ich habe es nicht gewußt... Are you ok? Is everything all right, Luisa? – sie schrie jetzt fast, beunruhigt. Luisa murmelte nur: Drago ist tot. Es war zehn Minuten nach eins.

Sieben. Acht. Neun. Er wollte das Telephonkabel aus der Steckdose ziehen, aber er hatte nicht den Mut dazu: Er wollte sich nicht bewegen. Er hatte Angst, daß er – wenn er jetzt aufstünde – nicht mehr den Mut fände, sich wieder auf den gepolsterten Stuhl zu setzen, über den Tisch gebeugt, dessen glänzendes Kristall ihm das sich verlierende Spiegelbild seines Gesichts zurückwarf. Zehn. Elf. Niemand konnte auf die Idee kommen, daß hier jemand im Hause wäre. Ada und Nayantara waren in Mailand, bei den Eltern seiner Frau. Zwölf. Dreizehn. Drago wußte, daß es Luisa war. Er wußte, daß Luisa ihn gefunden hatte, und verspürte einen Moment lang den unwiderstehlichen Drang, abzunehmen. Liebe Luisa, Schatten meines Lebens. Gott, wieviel Zeit haben wir vergeudet, wir zwei. Vierzehn. Fünfzehn. Er saß am Schreibtisch seines Arbeitszimmers: Er versuchte, seine Gedanken zu sammeln, um eine letzte Nachricht an seine Frau zu schreiben. Aber es sollte auch eine offizielle Botschaft sein, eine Art Testament: Er mußte nachdenken, die Worte abwägen, sichten, deuten, und dazu hatte er keine Lust. Er hatte keine Zeit mehr. Im übrigen hatte er der Welt so viele Dinge zu sagen, daß er nicht wußte, womit er beginnen und womit er enden sollte. Seit zwanzig Minuten starrte er auf das weiße Blatt, und kein Wort stieg ihm aus der Seele auf, nichts. Er biß auf dem zerklüfteten Ende des Kugelschreibers des Barbiers Biagio herum – in der Eile hatte er den Stift mitgenommen – und schrieb nichts. Wie sollte er die Bedeutung seiner Existenz in wenigen Zeilen zusammenfassen? Auch viele Zeilen würden nicht reichen. Um was zu sagen? Vergebt mir, ich habe Fehler begangen, ich bereue? Es gelang ihm nicht, diese Dinge zu schreiben. Nicht einmal, sie mit lauter Stimme auszusprechen. Er konnte sie in sich hinein flüstern, wie in einem inneren Monolog. Auf einem Bogen Papier mit Briefkopf klangen sie ihm zu feierlich, fast autoritär. Und es lag keinerlei Feierlichkeit in seinem besessenen Herumstöbern im Abstellraum auf der Suche nach einem Seil, keinerlei Feierlichkeit: nur eine grenzenlose Bitterkeit. Sechzehn. Siebzehn. Vielleicht fand er keine Worte, weil er der Welt einfach keine Botschaft mitzuteilen hatte. Er wollte keine Botschaft von sich selbst geben, von seinem Leben, auch nicht von seinem Körper. Er wollte sich auslöschen, verschwinden. Er wußte, daß er nichts hinterlassen würde.

Und das war richtig so. Weder ein Beispiel noch eine Moral, nicht einmal unverwüstliche Gefühle. Mobile Güter, Immobilien, Ländereien, Häuser, ein von vielen Stempeln beflecktes Parteibuch, Erinnerungen. Nichts. Nicht einmal die Burg gehörte ihm noch: Er würde nie die Malerei mit den leuchtenden Farben und den schrecklichen Erscheinungen sehen. Nie würde er erfahren, was sie wirklich bedeuteten und ob sie auch von ihm handelten. Achtzehn. Neunzehn. Zwanzig. Für Luisa hatte er einen einfachen Zettel geschrieben, aber das war ganz einfach, die Worte waren nicht einmal durch das Gehirn gegangen, sie waren direkt auf diesen Zettel gesprudelt, als hätte er sie vor Augen und spräche mit ihr. Einundzwanzig. In diesem Moment hatte sie ihn schon gelesen, deshalb ließ er es klingeln, klingeln, klingeln – Luisa, oh, Luisa. Zweiundzwanzig. Luisa, das letzte Tau, das ihn noch mit dem Ufer verband, hatte aufgegeben, und jetzt blieb ihm nichts mehr übrig, als zu sterben.

Er hatte sich ganz plötzlich entschlossen, in einem jener unbeweglichen und leeren Momente, in denen die Zeit kristallisiert und sich dehnt: Während Luisa unter dem Portikus auf und ab ging und er auf dem Sofa dem Hin und Her von Banknoten zwischen dem altertümlichen Biagio und dem altertümlichen Kunden zusah. Der Lokalsender im Radio brachte nur italienische Musik: Lory widmete das Lied ihrem Freund, weil sie heute zwei Monate zusammen waren. Genau in jenem Moment war ihm, als sähe er ihn auf dem Sessel sitzen. Mit dem hohen Fassonschnitt, den schwarzen Haaren, den nägelbesetzten Bergstiefeln, dem Halstuch und dem karierten Hemd – das seine Mutter später blutbefleckt wie eine Reliquie hütete. Er hatte ihn deutlich gesehen, jenen jungen Vater. Als wäre auch er in Biagios Laden gekommen und hätte zu rauchen begonnen, in Erwartung der gut belohnten Dienste des trägen, vielleicht zur Trunksucht neigenden Barbiers. Drago war erstaunt, als er erstmals eine unmittelbare und unwandelbare Wahrheit feststellte: Er war älter als sein Vater. Unendlich viel älter. Ich bin, sagte er sich, einer der wenigen Männer auf der Welt, denen das Unglück geschieht, fast das ganze Leben lang älter als der eigene Vater zu sein. Sein Vater war – und würde es für immer bleiben – ein junger Mann in der Blüte seiner Jahre, gefeit gegen Enttäuschungen, Niederlagen, Kompromisse. Er würde nicht Stück für Stück den Bodensatz der Dinge abkratzen müssen. Bei aller Tragik hatte er sogar Glück gehabt. Andere waren alt geworden und hatten ihre Träume, Hoffnungen, Utopien verfliegen sehen – oder schlimmer: vereitelt werden sehen. Und hatten bemerkt, daß sie für ein Land gekämpft haben, das ganz anders ist als das, was sie erträumt hatten, für schlechtere oder einfach nur schwächere Menschen. Andere hatten am Ende voller Nostalgie die schrecklichen Tage von Blut und Hunger herbeigesehnt, sogar den Kriegen und Barbareien nachgetrauert, die sie selbst begangen hatten – denn es waren Kriege und Barbareien, die in der unwiederbringlichen Zeit ihrer Jugend stattgefunden hatten. Wenn er nicht zum Barbier gegangen wäre und sein Schicksal überlebt hätte, dann wäre vielleicht auch Roberto Calligari sich selbst und seinem Leben gegenüber posthum gewesen – wie er. Er hätte sich schließlich mit banalen Schlachten herumgeschlagen, die in gewissem Sinn gefährlicher waren, als im Namen der Freiheit zum Gewehr zu greifen. Er wäre schließlich wie alle anderen geworden – unbedeutend, schäbig, egoistisch, vielleicht sogar unmoralisch. Er hätte Luigina verlassen, er hätte sie sicherlich nicht geheiratet, denn auch für ihn waren gewisse Frauen wenig mehr als ein heimlicher Zeitvertreib; er hätte das Gewehr vergraben, die Karriere des Vaters eingeschlagen und wäre nach und nach wie er geworden. Aber so war es nicht. Diesen jungen Vater hätte Drago seit jeher treffen wollen –

aber nicht heute, nicht heute. Auch auf dem Stuhl des Barbiers war Roberto fröhlich, er pfiff. Er war draufgängerisch und starrsinnig wie alle jungen Leute. Aber er wollte nicht mit jenem Herrn sprechen, der auch noch sein Sohn war. Er tat, als ob er ihn nicht kenne. Wer bist du? sagte er zu ihm. Ich kenne dich nicht. Luisa spazierte unter dem Portikus auf und ab, warf ihm dann und wann ihr besonderes Lächeln zu, fragend und melancholisch. Aber Drago sah sie schon fast nicht mehr: Die Augen halb geschlossen, den Kopf nach hinten gelegt, spürte er seine Adern. In seinen Schläfen pochte ein Summen, wie ein Hall – ein Rauschen von Leuten, die sprachen, von Leuten, die brüllten, sogar von Leuten, die schossen.

Und doch hatte er seinen Vater zutiefst gehaßt. Bis zwanzig war er von der Idee besessen, sich als des Helden und der Mutter würdig erweisen zu müssen, die auch um seinetwillen so viel erlitten hatte und für deren Leiden er irgendwie mit seinem Gewissen geradestehen mußte. Doch dann begann die Erpressung durch die Vergangenheit ihn zu ärgern: Er wollte nichts mehr von dem Partisanen und der Bäuerin Luigina hören. Er wollte sein eigenes Leben aufbauen; er hatte ein Recht darauf. Hinter der Verehrung und der tiefen Liebe zu jenem unbekannten Mann, der für ihn nie überflüssig, sondern so sehr notwendig gewesen war, nistete sich in Wirklichkeit ein unterdrückter und unsagbarer Haß ein: Er begriff immer noch nicht, wie es möglich war, den eigenen Vater gleichermaßen intensiv zu lieben und zu hassen. Er haßte ihn, weil er glaubte, daß die Geschichte ihm gegenüber großzügig gewesen war und ihm die Möglichkeit gegeben hatte, eine geknechtete Jugend mit kriegerischen Abenteuern zu befreien; sie hatte ihm die Möglichkeit gegeben, sich auf die richtige Seite zu stellen, als es – wenn auch nicht einfach – zumindest möglich war, zwischen Gut und Schlecht zu unterscheiden, zwischen Grauen und Hoffnung. Während die

Geschichte mit ihm ganz und gar nicht großzügig war. Ja, sie hatte ihm zugestanden, alles zu kaufen, was er wollte, sich ein kleines Reich aus Zahlen und Konten aufzubauen, denn die Welt hatte sich schnell verändert. Aber zu welchem Preis? Sie hatte ihn unter mittelmäßigen, berechnenden, gierigen Menschen heranwachsen lassen, die ihn wie giftiger Efeu umschlungen hielten – habgierige, heuchlerische, ungerechte Menschen, jederzeit bereit, ihm die Ohren mit Verdächtigungen und Versuchungen zu füllen, das Herz mit Verlangen, den Verstand mit Sorgen. Er war geradezu gezwungen worden, unter Millionären, Schiebern, Generälen, Besitzern von Stimmrecht, Ländereien, Frauen, Fabriken, ganzen Stadtvierteln, Stadthäusern mit Garten, Villen mit Schwimmbad, Booten und lächelnden Philippininnen zu leben. Das Dasein eines Mannes, der sich mit öffentlichen Dingen beschäftigt, ist nicht beneidenswert, sondern voller Haß, Mühsal und Sklaverei: Es gibt immer jemanden, vor dem man sich verbeugen muß, einen, den man bekämpfen muß, und einen, den man beleidigen und verleumden muß – Verdächtigungen, die man zerstreuen muß, Neid, keine echte Freundschaft, Versprechungen, die man umgehen muß, Geschenke, die man verteilen muß, ein Leben voller Täuschung, Eitelkeit und Lüge. Das einzige Ideal, das er von klein auf in sich genährt hatte, war die heftige, nachhaltige Überzeugung gewesen, seine materiellen Verhältnisse verbessern zu müssen: Und tatsächlich hatte er fünfzig Jahre lang nur an Geld gedacht, wie Luisa ihm vorgeworfen hatte. Er rechtfertigte sich, indem er sagte, er habe all dies für seine Tochter getan, da er immer der Meinung war, daß Kinder ein Recht hätten, reicher aufzuwachsen als ihre Eltern. Luisa hatte nie Kinder haben wollen, auch um sich ihrer nicht als Alibi für ihre Verfehlungen bedienen zu müssen. Nicht wegen der Kinder pervertieren wir unser Leben. Vielleicht hatte er wirklich geglaubt, all dies für

Nayantara zu tun, aber in Wirklichkeit hatte er es für sich selbst getan. Sicherlich nicht für die Gesellschaft. Er hatte den Staat immer wie ein Hotel angesehen – der Kunde hat immer recht und einen Anspruch darauf, höflich bedient zu werden. Er hatte also im Namen von nichts jede Niedrigkeit und jede Korruption akzeptiert, um seiner Tochter schließlich nichts anderes zu hinterlassen als einen Trümmerhaufen. Dann hatte er, mangels weiterer Argumente, Luisa gebeten, ihn nach Mantua zu begleiten. Denn dort hatte er in seinen besseren Jahren gelebt. Dort, bildete er sich ein, könnte er neu beginnen.

Junge, mein Vater, versuchte er sich zu rechtfertigen, indem er sich der einzigen Sache brüstete, die er ihm voraus hatte: die bittere Erfahrung der Jahre. Die Ideen vergehen wie die Menschen. Der Junge rauchte und blickte auf die Straße. Was sahen seine Augen? Vielleicht Frauenbeine auf orthopädischen Schuhen, vielleicht magere, blutjunge Soldaten. War es für diese Leute, daß er …? In diesen fünfzig Jahren, mein Vater, habe ich Generationen von Ideen zu Staub zerfallen sehen. Ich bewege mich durch den Schrott der toten Ideen: Sie treiben durch den Himmel wie bedrohliche Meteoriten, und wenn sie am falschen Ort fallen, können sie immer noch verletzen. Aber Roberto hatte weder gelächelt noch ihm zugehört. Die Erinnerung war blitzschnell abgespult: Bis sie ihn wegzerrten und der Junge in das Ladeninnere sah und dem Barbier mit jenem ungläubigen und enttäuschten Ausdruck zulächelte. Doch diesmal war es, als wäre Drago dabei. Ein eisiges, unbekanntes Gefühl überkam ihn: ein fast metaphysisches Gefühl der Scham. Er hatte den heftigen Wunsch verspürt, nichts mehr zu sein. Und dieser Wunsch, der im gleichen Moment, in dem er sich in seinem Kopf formulierte, nicht mehr eine Idee oder eine Intuition war – sondern schon Lüge und Ausflucht, Plan und Wirklichkeit –, machte ihn auf absurde Weise glücklich.

Er hatte Scham vor jenem imaginären Jungen empfunden, der ihm ähnelte und der vielleicht in gewisser Weise er selbst war. Es schreckte ihn nicht die öffentliche Demütigung, nicht einmal die Vorstellung, alles zu verlieren. Die Scham, die er gegenüber seiner Frau, seiner Tochter, seinen Gesellschaftern nicht empfinden konnte, oder gegenüber der anonymen Masse, die ihn aus den Zeitungen kannte und ihn beschimpft hatte, ihm ins Gesicht gespuckt hatte, als er zum erstenmal ins Kommissariat gegangen war – nicht einmal gegenüber Azra, die ihn bewunderte, weil sie ihn für einen wirklichen Mann hielt, und gegenüber Luisa. Von Luisa fürchtete er die Verachtung, aber er wußte, daß auch sie Fehler gemacht hatte und ihn nicht verurteilen konnte, es sei denn in einer Art, in der sie alle menschlichen Schwächen verurteilte: überlegene Nachsicht. Vielleicht erhob er sie zum Mythos, weil er beschlossen hatte, sie zu verlieren, aber er sah in ihr eine Art wohlwollende Madonna, Mutter von allen, von Heiligen und Sündern – und auch von ihm. In gewissem Sinn war es schon geschehen: Obwohl sie ihn verachtete, hatte Luisa ihn aufgenommen und ihm verziehen. Jetzt schämte er sich vor einem vor fast fünfzig Jahren gestorbenen Jungen, den er nie gesehen hatte. Dieser Junge hatte ein Recht darauf. Er hatte eine Woche lang geschaukelt, tot, am Galgen von Bastia. Er war auch für ihn gestorben. Auch wenn er nichts von seiner Existenz wußte. Und jetzt, während er darauf wartete, daß der altertümliche Biagio den altertümlichen Kunden verabschiedete und ihm mit dem Rasierpinsel das Kinn einseifte, wie er es vielleicht in jenem November '44 bei seinem Vater getan hatte, beschloß er, diesen Laden nur zu verlassen, um zu sterben – und daß dieser Tag, der 1. November 1993, der letzte seines Lebens sein würde. Ein Tag voller Regen und nebliger Unruhe. Tu mir einen Gefallen, Luisa, sagte er zu ihr – es war ein Befehl und doch voller Zärtlichkeit –, geh das Auto holen.

Der Barbier massierte ihm sanft die Schläfen, rubbelte ihm ganz leicht die Kopfhaut; er schamponierte und frisierte ihm die wenigen Haare. Dann seifte er ihn langsam ein, auf die alte Art, wie es schon seit langem niemand mehr tat: Er hatte seinen Kunden schweißgebadet gesehen, Anfang November, in einem feuchten Laden, an einem Tag mit eiskaltem Regen, und er hatte ihn gefragt, ob er sich nicht gut fühle. Aber Drago fühlte sich nicht unwohl. Er fühlte sich nackt. Hätte er gekonnt, so hätte er sich sofort mit Biagios Rasiermesser die Kehle durchgeschnitten, aber er hatte Angst, es könnte mißlingen, und er könnte gerettet werden. Er wollte nicht gerettet werden. Er wollte auch nicht beweint werden. Er wollte verschwinden. Keine Spuren hinterlassen, als hätte er nie gelebt. 8000 für den Bart, 12000 für die Haare. Er zahlte. Haben Sie einen Stift? fragte er erregt. Der Barbier reichte ihm träge einen Kugelschreiber. Ein Blatt Papier? Biagio hatte kein Papier, nur den Rechnungsblock. Auf eine Rechnung mit dem Kopf BIAGIO – DEIN BARBIER schrieb er hastig an Luisa: MEINE LIEBSTE FREUNDIN, ICH BIN DER SCHLECHTESTE UNTER DEN MENSCHEN. ALLES, WAS SIE ÜBER MICH SAGEN WERDEN, IST WAHR, ABER ICH BIN BESSER, ALS DU GLAUBST. ICH TRAGE DICH BEI MIR BIS ZUM LETZTEN MOMENT: ENTSCHULDIGE, DASS ICH NICHT VERSTANDEN HABE UND DASS ICH NICHT BLEIBEN KONNTE. LIEBES, SEI GLÜCKLICH. DANKE. POSTUMO. Er riß die Seite aus dem Block, faltete sie und steckte sie dem altertümlichen Barbier in die Tasche der speckigen gestreiften Weste. Er gab ihm 10000 Lire Trinkgeld. Das war alles, was er noch hatte, sonst hätte er ihm mehr gegeben. Die Signora mit dem langen Mantel, die blonde Signora, trug er ihm auf. Wenn sie zurückkommt, müssen Sie ihr den Zettel geben. Ich bitte Sie, vergessen Sie es nicht. Machen Sie sich keine Sorgen, brummte der altertümliche Biagio, während er

Schere und duftende Flakons wegräumte. Ich vergesse es nicht.

Er entschied sich für das Fernsehkabel. Etwas Haltbareres hatte er nicht gefunden. Er war weder groß noch beleibt, aber er wog immerhin über siebzig Kilo. In einem normalen Haushalt gibt es keine Plastikseile, erst recht keine Hanfseile. Dennoch gibt es in jeder Wohnung viele andere Instrumente, um sich den Tod zu geben. Mit Knoten kannte er sich aus, da er gern segelte. Er dachte noch einmal an seine Segeljacht, Djem II, die jetzt im klaren Wasser der Reede schaukelte. Im Hafen. Er stellte den Hocker in die Mitte des Arbeitszimmers und stieg hinauf, um das Kabel um den Balken zu schlingen. Er versuchte, das Kabel an den Balken zu binden, als das Telephon wieder klingelte. Er war fassungslos. So viel Hartnäckigkeit hatte er nicht von ihr erwartet. Es war ein Uhr. Er blieb bewegungslos auf dem Hocker stehen, mit erhobenen Armen, das Seil in den Händen. Er sah sein Spiegelbild in der glänzenden Glasplatte des Schreibtischs. Er sah sich selbst, Postumo Drago im blauen Anzug und mit Pünktchenkrawatte, elegant und verwirrt, mit einem Kabel um den Hals. Das Telephon klingelte und klingelte. Aber er wollte nicht mehr zurück. Er wollte gehen, jetzt, schnell. Leicht wie ein Blatt im Wind, sich wiegend, bis sein Gesicht unkenntlich würde – ein Fleck wie von Asche und Schlamm. Deshalb hatte er das Fenster geöffnet. Nicht damit sie hinein konnten, ohne das Schloß aufzubrechen, sondern um die dumpfe Kraft der Dinge hereinströmen zu lassen – Wind, Regen, einfach Luft. Er träumte von einer Hügellandschaft und vom Horizont. Er hatte nicht einmal abgeschlossen. Es regnete. Ein paar Regentropfen spritzten auf der Fensterbank. Ein Windhauch ließ vom Schreibtisch die weißen Blätter auffliegen, auf denen er nicht geschrieben hatte. Er zog das Kabel fest um den

Hals. Jetzt mußte er nur noch eine Bewegung machen. Eine einzige Bewegung: ein leichte Bewegung mit dem Bein. Er stellte sich vor, daß er in einem derartigen Moment wer weiß was denken würde, daß ihm wer weiß welche Offenbarung zuteil werden würde – aber es kam nichts. Er dachte nicht einmal mehr an seinen Vater, und auch der Schmerz darüber, ihn verraten und enttäuscht zu haben, auch der höchste Schmerz, für ihn nie existiert zu haben, weder in einem Gedankenblitz noch in einer Hoffnung, nicht einmal in seinem Namen, in dem, was er aufgebaut hatte – auch dieser Schmerz war verflogen. Er hatte nur den Wunsch, schnell zu machen. Auf der Wand gegenüber hing eine Photographie der zentralen Szene des Freskos der Ostwand. Die Wolken im Gemälde des Meisters trieben auf den Horizont zu. Er dachte, daß Ventura recht hatte. Das Gemälde sprach von etwas, was nach dem Schmerz zaghaft neu entsteht. Vielleicht vom reinen und einfachen Dasein. Die schmerzhafte und verzehrende Schönheit dessen, was ist – vergänglich, stets im Begriff, sich im Nichts aufzulösen, und deshalb ewig. Die Frau lächelte denn auch. Aber sie lächelte nicht ihm zu. Er war im Begriff, sich selbst zu negieren. Das Fresko sprach jetzt nicht mehr zu ihm. Jene Farben eines verrauchten Sturms, jenes Morgendämmerlicht gehörten ihm nicht an. Er war schon jenseits. Er trat. Unter ihm, aber schon sehr weit weg, kippte der Hocker mit einem leichten, dumpfen Schlag auf den Boden. Er schaffte es noch, sich in der Glasplatte seines Schreibtischs gespiegelt zu sehen: Einen Augenblick lang flammte er selbst in dem glänzenden Kristall auf – ein seltsamer Postumo Drago, bleich und bestürzt, von einer ungeheuren Kraft in die Tiefe gezogen. Ein dunkelblau gekleideter Fetzen, ein dunkler Schatten, der schwankte und schwankte. Eine Stimme in ihm sagte – beruhigend, väterlich –, sei ruhig, es ist gleich vorbei. Schaukelnd, schaukelnd war es ihm, als könne er noch das Kristall erkennen: Fast nahm er den Unterschied nicht wahr, aber der kaum merkliche Unterschied bestand weiterhin, denn während er versuchte, jenen so gleichen und so unterschiedlichen Zwilling wiederzufinden, sah er sich nicht mehr. Auf der glatten und leeren Glasfläche griff sein Bild nicht mehr, es war einfach nicht da, und da, ja, da bekam er Angst.

Südwand

Die Wunde und der Ruhm

1

Sie stehen in einer Schlange, gegeneinander gedrängt, zusammengepfercht im Vorzimmer der Villa von Poggioreale, und warten darauf, von Seiner Majestät dem König empfangen zu werden. Ein Riemenhersteller, ein Hundezüchter, der die namhaftesten Hundemeuten des Königreichs unter sich hat, der berühmte Meister Paganino, der Papageienhalter, der Fliesenbrenner, der Schreiner, der alles kann, ein Bildhauer, ein Steinmetz, Dutzende von Schneidern, ein Ausschmücker, ein Essenzenhersteller, ein Goldschmied – und unter ihnen auch Enrico. Gleich nach der Verabschiedung der Gesandten würde der König die bedeutenden italienischen Handwerker und Künstler, die Neapel schön und unnachahmlich gemacht hatten, im Saal empfangen. Er konnte sich an den erlesenen Dingen, die ihn umgaben, nicht satt sehen. An den Vögeln, Pfauen, Hasen und Rebhühnern, die sich im Park tummelten; an den Teichen, in denen Fische und Ruderboote schwammen; an den kleinen Tempeln und Hecken – aber auch an den Majolikaböden, den Wandteppichen, den Gedenkplatten, den Gemälden. Er wollte alles. Wenn sie bereit waren, für den Sieger zu arbeiten, würde er sie reich belohnen. Angeworben wurden Künstler von Ruf und auch bizarre Persönlichkeiten, von deren Unternehmungen der König begeistert war. Da war ein Ingenieur, der einen Brutkasten erfunden hatte, in dem zehntausend Eier gleichzeitig ausgebrütet werden konnten – und König Karl, der begeistert war von der Aussicht, die modernste Hühneraufzucht Europas zu besitzen, hatte Erfindung und Erfinder aufgekauft.

Die Emissäre der Franzosen hatten an alle Türen geklopft, auch an die Werkstatt von Meister Enrico da Sorano, der sich in einem Gebäude in der Via del Sole gegenüber der Pietrasanta niedergelassen hatte. Er hatte vier Räume auf ein Jahr gemietet, hatte aber beschlossen, in Neapel zu bleiben, und deshalb den Vertrag verlängert: Seine Geschäfte gediehen, er ertrank in Arbeit und mußte mittelmäßige Aufträge ablehnen. Vom König hatte Enrico vierzig Dukaten im Monat für seine Dienste verlangt, und seine Schatzmeister hatten ihm dreißig zugestanden. Er war unzufrieden, da er meinte, nicht die Achtung zu erfahren, die er verdiente, weil die Meister der Malerei fünfzig bekamen, die Handwerker zwanzig. Er, der Meister, Schöpfer der begehrten Schmuckfriese, würde einen Lohn bekommen, der nur um weniges großzügiger war als der eines Samtzuschneiders oder des Brutkastenerfinders. Aber nun war er hier, hatte seine Entscheidung getroffen und wollte nicht wieder weg: Er mußte sich zufriedengeben und gute Miene machen. Lang lebe der König, so hatte auch er vor einigen Monaten gerufen, mitgerissen von der feiernden und freudetaumelnden Menge: Lang lebe unser König.

Im Gedränge der engen Gassen Neapels hatte er nur von weitem einen violetten Fleck mit Lilien gesehen, den Emblemen der französischen Monarchie: Der Einzug des siegreichen Königs in die Stadt, die sich ihm ergab und sich ihm anbot, war freudig, und niemand hörte auf das anhaltende Dröhnen der Kanonen ganz in der Nähe. Erhabenheit, Großartigkeit, Achtung, sogar eine spontane Regung der Unterwerfung. Eine kindliche Erregung, Beifall und das unbekannte Gefühl, zu einer Gemeinschaft zu gehören – mit anderen Menschen ein Schicksal und eine Erfahrung zu teilen. Seit Monaten sprach man von nichts anderem als von König Karl: Er wurde als der Mann der Vorsehung betrachtet, von Gott gesandt, um Italien zu retten. Sogar der Himmel hatte ihm seine Gunst gezeigt: Ein glühender Komet erschien am Himmel, manch einer sah zwischen den Wolken musizierende Engel mit Flöten, Trompeten und Trommeln, Statuen schwitzten Blut aus, vergessene Madonnen weinten – überall geschahen Wunder. Und da ist er, endlich ist er gekommen. Doch als Enrico – nach stundenlangem Warten in der Villa, in der er wenige Monate zuvor für einen anderen Herrscher gemalt hatte – endlich dem verehrten Karl von Angesicht zu Angesicht gegenüberstand, war er enttäuscht.

Der König zeigte keinerlei Spur der göttlichen Vorsehung. Nichts kündete von seinem Auftrag, der Gunst der Sterne, seinem Schicksal. Sein klägliches Ziegengesicht drückte nicht einen Funken von Intelligenz aus. Er war kleinwüchsig, bucklig, hatte eine kränkliche Hautfarbe, große, helle Schafsaugen, formlose, dicke Lippen (die er – wenn er nicht sprach, also oft – halb geöffnet hängen ließ, wie um mangelnde Aufmerksamkeit und langsame Reflexe auszudrücken), eine riesige und äußerst banale Nase, für die die Bezeichnung Adlernase zuviel der Ehre wäre – denn der Adler ist der König der Raubvögel, und dieser Mann hatte nichts Königliches an sich. Er äußerte sich mit Mühe, verhaspelte sich, und während er mühsam Gunst und Geld versprach – euch allen, die ihr nunmehr »Schatz« des französischen Hofes seid –, zuckte seine rechte Hand in einem ununterdrückbaren Krampf.

Später musterte Enrico die marmornen Umrisse dieses unförmigen Mannes mit der großen Nase – der zehn Meter vor ihm in Fleisch und Blut gesessen hatte und eintönig stammelnd einer Schar von Schönschreibern Briefe diktierte; dann wandte er den Blick ab, um sich voller Hingabe der Arbeit zu widmen, für die er bezahlt wurde: den Knauf des Zepters und die Krone an der Statue zu vergolden. Dieses gedrungene und eitle kleine Scheusal war der Mann, der in weniger als sechs Monaten Italien erobert hatte. Der Beschluß, das Land zu erobern, und die Eroberung selbst hatten fast gleichzeitig stattgefunden, und niemand hatte ihn daran zu hindern vermocht. Enrico ging jetzt in der königlichen Villa ein und aus, schlemmte mit Fürsten, vergoldete die Statue eines Königs – und war doch unzufrieden mit sich selbst.

Er war vor zwanzig Monaten in Neapel an Land gegangen, im sengenden August des Jahres 1493. Er nutzte, so gut er konnte, seinen gewinnenden Charakter und seine Fähigkeiten, spielte in den Palästen und Gartenpavillons auf der Laute, und so gelang es ihm rasch – vor allem durch die Aushändigung des Briefs, den Alma ihm mitgegeben hatte –, sich bei einigen wichtigen Herren der parthenopeischen Stadt einzuschmeicheln und lohnende Aufträge zu erhalten. Er schloß Verträge, um ein Altarbild für das Kloster San Marcellino zu malen; eine Jungfrau Maria für die Familienkapelle von Madonna Aurelia – Gemahlin von Don Paolo Caviano – in der Kirche San Giovanni in Carbonara; einen heiligen Georg auf die Orgel von Santa Maria della Pietà für Don Marco Bartolomeo de Constabulis di Benevento; einige musizierende Engel, Putten und Friese in den Villen der tonangebenden Neapolitaner. Villen in Baia, in Antiniano, in Bacoli und sogar ein paar Dekorationen in den königlichen Villen, in der Duchesca und in Poggioreale, dem Stolz des Hauses Aragonien.

Neapel war die größte und chaotischste Stadt, in der er je gelebt hatte. Eine vor Leben sprühende, unberechenbare Stadt, in der zügellosester Reichtum niedrigstem Elend gegenüberstand. In ein und derselben Straße erhoben sich Paläste mit beeindruckenden Fassaden aus Rustikaquadern, die wie aus dem Füllhorn alle Schätze dieser Welt ausschütteten, neben baufälligen Hütten, vollgestopft mit in Lumpen gekleideten Bettlern. Es war eine fröhliche und libertinäre Stadt – wo in den Brunnen das Wasser den Brüsten einer nackten Frau namens Italia entsprang und aus den Genitalien zweier hämischer Putten floß, um dann das Becken zu füllen –, zugleich unglaublich fromm und abergläubisch: Man verehrte die Eingeweide von Heiligen, die in silbernen Reliquienbehältern gehütet wurden, die Haare der gesegneten Jungfrau, die letzten Tropfen Milch, die aus ihrer Brust gequollen waren. Eine fröhliche und verzweifelte Stadt, in der in regelmäßigen Abständen Unzufriedenheit ausbrach – in Form von wilden Plünderungszügen gegen diejenigen, die als unmittelbar Verantwortliche für Elend und Hunger ausgemacht wurden: der Korsar Bardella, die Marranen, die Türken, die Barone, die Soldaten, oft auch die Königsfamilie – deren Unbeliebtheit so groß war wie die absolute Macht, die sie ausübte. Sie alle waren zutiefst verhaßt, weil sie den Untertanen vorgegaukelt hatten, in einem unendlich reichen Land zu leben, während in Wirklichkeit die Schatzkammern leer und die Schulden erschreckend waren. Steuern, nichts als Steuern, fiel den Aragoniern dazu ein. Jeder König wiederholte das Verhalten des Vorgängers: Wenn er knapp bei Kasse war, zögerte er nicht, auf die ungerechteste und erfinderischste Weise Steuern einzutreiben. Nach einer Erdbebenkatastrophe fiel den Aragoniern nichts Besseres ein, als eine neue Personensteuer bei den Untertanen zu erheben, und zwar sogar für die Toten, die in jenem Erdbeben ihr Leben verloren hatten. Wenn ein Fürst käme, so sagte der Sekretär, und eine Linderung des Steuerdrucks und eine Verringerung der Ungerechtigkeit verspräche, würde sich dieses verzweifelte Volk ihm sofort in die Arme werfen. Wer dieser Fürst war, hatte man allerdings noch nicht begriffen.

Das Lachen war bitter, aber man lachte viel. In den gebildeten Zirkeln, in die Enrico bald eingeführt wurde, trug man fröhlich heidnische Verse vor, verspottete Klerus und Religion, und das in einer Atmosphäre völliger Illusionslosigkeit, die er mit der gleichen unbekümmerten Fröhlichkeit aufsog, mit der er lange und ziellos durch die Straßen der Stadt spazierte, das Gesicht der herbstlichen lauen Sonne zugewandt. Stundenlang konnte er sich in einem ununterbrochenen Fluß von Leben, Geschrei und Düften verlieren. Und gierig den Schlossern zuhören, wie sie ihre Schlösser anpriesen, die böse Menschen fernhielten, dem malerischen Scharlatan, der Fingernägel kaufte, den Dieben zusehen, die flink durch die Marktstände huschten, dem Barbier, der einer noch durchaus schönen Frau die faulen Zähne zog, dem seltsamen schwarzgekleideten Individuum mit den pechschwarzen Augen, das rittlings auf einem Rad saß und Messerklingen schärfte. Er musterte die zerschlissenen Hosen der Bauern aus Cava und die Bottiche, in denen frische Milch schwappte; er beobachtete die Glaser, die sich mit ihren in die Höhe gehaltenen glänzenden Scheiben durch die Menge schoben, den Berg von grünlichem Kupfer, den der Alteisenhändler auf seinem Karren feilbot. Wenn er in seine Werkstatt zurückkehrte, erinnerte er sich an alle und zeichnete sie eilig. Er vergaß die nordischen Nebel – und die Schuldgefühle, die ihn in den letzten Monaten gequält hatten. Er versöhnte sich mit dem Leben, der Sinnlichkeit und dem Fleisch. Frei und allein in einer heiteren und turbulenten Stadt, wechselte er von einer Liebe zur anderen, von der interessefreien Betrachtung seiner schönen Auftraggeberin zur mit stärkerem Interesse gepaarten Betrachtung einer erfahrenen Hure und einem zugleich ästhetischen und geschäftlichen Interesse für das fünfzehnjährige Gassenmädchen, das er als Modell für das Bild der Jungfrau für Aurelia di Caviano bezahlte – bis er bei einer kurzweiligen blonden Kurtisane strandete, die, ein paar Stufen tiefer, aber doch sehr ähnlich, eine Inkarnation seiner geliebten göttlichen und unberührbaren Geliebten war, und er begann sie regelmäßig zu besuchen und das auszugeben, was er anderswo verdiente. Seine Werkstatt arbeitete auf Hochtouren, er hatte nie in seinem Leben so viel gemalt: Aber die Malereien, die er während seines langen neapolitanischen Aufenthalts schuf, hatten weniger Dauer als sein Name. Endlich wurde er Meister genannt, endlich war er in der Lage, seine eigene Werkstatt zu führen: Er hatte drei Gesellen, zwei Hausangestellte und einen willigen, nicht unbegabten Gehilfen.

Zu Beginn muß er ein wenig Heimweh gehabt haben: Nur so lassen sich seine beharrlichen Versuche erklären, den Sekretär und dann König Alfons persönlich dafür zu gewinnen, daß sie sich für ihn am Palaiologenhof verwendeten, um die Aufhebung des über ihn verhängten Banns zu erreichen. Hatte Enrico Heimweh nach seinen unvollendeten Malereien oder nach etwas anderem? Einige Schritte in dieser Richtung – offensichtlich auf Betreiben des Staatssekretärs – unternahm die Kanzlei von König Alfons: Ende Januar '94 traf jedoch eine brüske Ablehnung von seiten Markgraf Bonifatius' ein. Während der Zeit, die das palaiologische Sendschreiben brauchte, um am Hof von Neapel anzukommen, starb der Markgraf. Enrico hätte sich an die Markgräfin wenden können: Maria erwartete ihn sicherlich und würde ihn wieder bei Hofe aufnehmen. Aber jetzt wollte Enrico nicht mehr fort: Er deutete das seltsame Sichkreuzen von Beschlüssen, die sich seiner Rückkehr widersetzten, als ein Zeichen des Himmels und vergaß Bastia – und sie.

Den Brief, den Alma ihm bei seinem Aufbruch übergeben hatte, überbrachte er sofort dem gebildetsten und mächtigsten Mann Neapels, dem Staatssekretär Giovanni Gioviano Pontano. Enrico war fasziniert von ihm und hätte nicht zu sagen vermocht, ob dieser Mann ihn durch seine Gelehrsamkeit, seine Intelligenz oder seine Macht verführt hatte. Der in einem verlorenen Dorf in Mittelitalien geborene Humanist hatte es verstanden, Herrschaften, Fürsten und Herzöge mit seinem Wissen, seiner List und seinem Geist zu beeindrucken. Er hatte aus seiner Welt einen Wundergarten und aus sich selbst sein eigenes Meisterwerk zu machen verstanden. Er war ein Genie der Intrigen, er war Politiker, Wissenschaftler, Philosoph, Astrologe, Kanzler, Diplomat, Militärstratege, Philologe, Gräzist, und er fand zwischen einem Auftrag und dem nächsten die Zeit für kleine Traktate über den Gehorsam, die Kraft der Seele, die Liberalität, die Großzügigkeit, die Pracht und andere ergötzliche Themen, für satirische Werke in Versen, kleine Dialoge, Poeme über den Anbau von Südfrüchten und Wettererscheinungen; für Erörterungen über die natürlichen Schönheiten des Golfs von Neapel und Baia und die nicht weniger natürlichen Schönheiten von Lepidina, Focilla, Terinna, Ermione und der wollüstigen Fanniella; für das Amt des Vorsitzenden der Akademie, die über den Geschmack bei Hof und anderswo bestimmte. Der legendäre Pontanus war Mittelpunkt des kulturellen Lebens der Stadt, und je mehr er mit ihm verkehrte und seine Zuneigung gewann, um so mehr wuchs in Enrico ein Traum: Er wollte ihm Entwürfe seiner in Bastia unvollendet zurückgelassenen Arbeiten vorlegen, ihn dafür begeistern – und ihn vielleicht dazu bewegen, einen Gönner für ihn zu finden oder selbst die Wiederaufnahme der Arbeit zu finanzieren. Ein derartiger Gemäldezyklus mußte seinen Beifall finden.

Der Sekretär war ein feinsinniger Latinist, aber auch er hatte, wie Enrico, einen Traum: sich der Poesie zu widmen, die er so sehr liebte. Er träumte davon, erotische Verse über seine literarischen, fiktiven oder wahren Lieben zu schreiben, verzehrende Verse für seine verstorbene rechtmäßige Gemahlin, Totenklagen für seine schönen verstorbenen Freundinnen, Loblieder auf seinen treuen Hund Asterione, mit dem man ihn oft auf einem Spaziergang durch den blühenden Garten seiner Villa in Antiniano antreffen konnte: er humpelnd, fast kahl, mit unter der hohen Stirn funkelnden blauen Augen, der Hund mit dem dichten Fell, pfeilschnell und zugleich wie ein Ungeheuer – mein Minotaurus, scherzte der Sekretär und kraulte ihm die Schnauze. Er schien niemandem so sehr zugetan zu sein wie jenem großen Hund, der zu nichts nutze war, nicht einmal zur Jagd. Poesie und Politik waren bisher in seinem Leben nicht zusammengekommen. Der Sekretär, so entdeckte Enrico schnell, dachte und träumte auf Latein, er kannte die Klassiker auswendig und konnte ihm die rätselhaftesten Verse deuten: Er war der ideale Auftraggeber, der, dem er in Bastia nicht begegnet war. Vielleicht hatte Alma ihn deshalb zu ihm geschickt.

Um den Staatssekretär von seinem Talent zu überzeugen, schickte ihm Enrico als Geschenk eine erlesene Truhe, die ihn wochenlange Arbeit gekostet hatte – auf der in einem winzigen und sorgfältigst gearbeiteten Rund eine der Szenen wiedergegeben war (beinahe identisch), die er dort oben geschaffen hatte: Orpheus, der, gefolgt von Eurydike, die Unterwelt durchwandert und sich anschickt, wieder den Sternenhimmel zu sehen, als er sich umdreht und sie gerade in dem Augenblick verliert, in dem er sie für immer hätte wiedergewinnen können. Der Sekretär, der eines Tages »über den irrenden und wegen der Gemahlin sodann in die Unterwelt absteigenden Orpheus« dichten würde, mußte diese Huldigung zu würdigen wissen. Diesem mit allen Wassern gewaschenen Mann, der intelligent war wie kein anderer, dem das Alter statt Frieden und Ruhe neuen Ehrgeiz, lebensprühende und unbezähmbare Vielseitigkeit beschert hatte, der sein Herz an die klassische Welt und die Seele an diese zeitgenössische Welt verloren zu haben schien, von der er alles intuitiv erfaßte und alles verstand, diesem Mann legte Enrico mit zitternder, aber inspirierter Stimme seine im gotischen Kastell des Nordens unvollendet gebliebenen Entwürfe dar. Der Sekretär beschränkte sich darauf, die Mähne des Hundes zu kraulen und Enrico mit seinen wäßrigen blauen Augen schweigend und forschend anzublicken.

Er gab keinen Kommentar zu Enricos Idee und lobte sie auch nicht. Die erste Arbeit, die er ihm anvertraute, war fast erniedrigend: den Vogelkäfig seiner Geliebten blau und gelb zu bemalen. Während er ihn bezahlte, merkte er streng an, daß er ein recht junger und zu unbekannter Maler war, um den Vergleich mit einem unsterblichen Dichter zu wagen, daß es ihm schien, er habe weder genügend Ruhm noch Atem, noch Kultur, um sich einem derartigen Unterfangen zu widmen. Die kleinen Dinge, die er ihm geschickt habe – Truhen, Tabletts, gemalte Geschichten auf Nußschalen –, wisse er wohl zu schätzen, sie zeugten von edlem Geschmack und von einer guten Hand: Er solle nur weiter solche Dinge machen, den Kanarienvogelkäfig schön bemalen und die großen Kathedralen den großen Meistern überlassen. Mein Herr, ich beabsichtige nicht, mich mit dem Dichter zu vergleichen, ich mache nur Figuren auf weißen Wänden. Der Sekretär verabschiedete ihn, versprach ihm Hilfe für einige weniger anspruchsvolle Arbeiten. Doch im Laufe der Monate, in denen er mit ihm verkehrte und ihn näher kennenlernte, spürte er, daß die Hartnäckigkeit des Malers keine Unbescheidenheit war, sondern Ehrgeiz – und diese Eigenschaft schätzte er nicht gering. »Hier in Neapel ist ein Maler aus Siena, der mir ein begabter junger Mann zu sein scheint…«, so schreibt er an einem Februarabend an einen seiner Briefpartner. Die Franzosen kamen und vernichteten Enricos Träume.

Anfangs war der Krieg nur eine hier und da aufgegriffene Unterhaltung gewesen: Mit Hilfe des Sekretärs war Enrico zum Pfleger der Antikenbestände und der Denkmäler sowie zum offiziellen Begleiter des aragonischen Hofs ernannt worden. Es kam häufig vor, daß er Gesandtschaften bei der Besichtigung der römischen Ruinen von Tripergole und Baia und von Ciceros Villa begleiten mußte. Er fühlte sich durch diese Aufgabe nicht herabgesetzt, ganz im Gegenteil: Ein ungeheures Ansehen fiel auf ihn. Während sie zwischen den antiken Steinen umhergingen, im Schatten der Bögen des Aquädukts, hörte er den Sekretär und die französischen Gesandten Bemerkungen über die allgemeine Unzufriedenheit und die Isolierung der aragonischen Könige machen. Der Krieg König Karls schien weit, so weit wie Bastia und so weit wie die Vergangenheit, doch in Wirklichkeit kam er mit wundersamer Geschwindigkeit näher. Die Franzosen hatten die Alpen überquert, ließen Turin hinter sich, waren schon in Florenz, und Florenz war französisch geworden. In Enricos verzauberte Welt drang immer häufiger der beängstigende Widerhall der Unternehmungen König Karls im Italienfeldzug. Neapel war in Aufruhr, der Hof in Erregung. Denn den Krieg führte Karl gegen den König von Neapel, ihm wollte er die Krone entreißen, auf die er Erbfolgerechte anmeldete. Am 21. Januar trat der verhaßte König Alfons – um die Krone zu retten – zugunsten des Herzogs von Kalabrien zurück. Enrico war bei seiner Freundin in der Nähe der Piazza della Sellaria, als Getöse sie aufschreckte: erregtes Geschrei, Lärm von zerbrechendem Glas, Gebrüll, Feuerschein. Seine Freundin teilte ihm gelangweilt mit, daß alles unter Kontrolle sei. Nur ein Plünderungszug gegen die Juden. Aber es war mehr. Enrico kam nicht bis zu seinem Wohnhaus durch. Die Menschen hatten sich in die Straßen ergossen, brachen die Türen der Häuser auf, in denen sich Juden und Marranen verschanzt hatten, rauften und stritten um Schmuckstücke und Münzen, um Möbel, Wandbehänge und Teppiche – erregt und lärmend stürmten sie in die königlichen Reitställe, stahlen Pferde, Geschirr, Decken, Trensen und lederne Sättel. In der Stadt herrschte Anarchie. Die Königsmutter, die Tochter, der Sohn des Papstes, Don Jofré Fürst von Squillace, seine Gattin sowie Don Federico suchten mit dem Rest des Hofstaats im Castel dell'Ovo Zuflucht, und Enrico wurde aufgefordert, ihnen zu folgen.

Es waren Tage des Wartens und der Sorge, in der Hoffnung, daß es dem aragonischen Heer gelänge, die Angreifer aufzuhalten. Da baten die Hofdamen – um nicht an die Geschütze König Karls und an ihre Männer im Krieg denken zu müssen – den musikalischen Maler, die Saiten der Laute zu zupfen, und lauschten seinem Gesang in einer angstbeladenen Stille. Doch der Vormarsch der Franzosen war unerbittlich. Die vereinzelten Nachrichten waren präzise wie das Bulletin einer Katastrophe. Die Angreifer sind in Valmontone, Ceprano, sie haben Monte San Giovanni erstürmt, den Garigliano passiert, es gibt keine natürlichen Verteidigungslinien mehr, sie sind in Capua, sie sind in Aversa, sie stehen vor den Toren Neapels. Es ist zu Ende. Am 22. Februar zieht König Karl VIII. in die Stadt ein, von der Menge als Retter beklatscht. Einige rufen: Benedictus qui venit in nomine Domini. Gesegnet sei, wer im Namen des Herrn kommt. Doch die meisten rufen: Brot! Brot!

Enrico hatte nie irgendein Interesse für den französischen Hof und für jenes Land. Er hielt sich – schemenhaft – für einen Italiener, und die italienische Halbinsel war das pochende Herz des Kontinents, das Land der Kunst und des Krieges. Der französische König war ein Barbar: Nach Italien kam man, um sich in Kunstgeschmack, Strategie und Macht zu bilden. Enrico hatte keinen Grund, über die Alpen zu blicken, und selbst am Hof von Casale, wo doch alles Französische geschätzt wurde – denn von Frankreich hing das Heil der kleinen Markgrafschaft ab –, hatte Enrico sich nie von den gallischen Sirenen verführen lassen.

Würde er einem Herrn oder einem Land die Treue halten müssen, so hätte er sein ganzes Leben lang den Orsini dienen müssen, den Feudalherren seines kleinen Dorfs, das verloren zwischen Buchenwäldern, von Wildschweinen wimmelnder Macchia und zerklüfteten Hügeln lag. Doch statt dessen hatte er im Alter von zwölf Jahren begriffen, daß er, wenn er wirklich Maler werden wollte, nicht in einem Kleinstaat bleiben durfte, der ihm weder Vorbild noch Hoffnung bot, und sich ausgerechnet in dem Staat niedergelassen, der der Erzfeind der Orsini war – in der Republik Siena, die seit Jahrhunderten ein Auge auf jenes Lehen geworfen hatte, das sich wie ein Krebsgeschwür an ihren Landesgrenzen eingenistet hatte und ihm Dorf um Dorf abtrotzte.

In Siena hatte er die Faszination der Regierungsbeteiligung und der politischen Unbeständigkeit entdeckt: Tugend, Schmerz und Wahnsinn jener seltsamen Sache, die man Demokratie nannte. Doch dann waren ihm auch diese Besonderheiten als Mängel vorgekommen, und das republikanische Siena war ihm zu eng geworden – eine unruhige Stadt, zerfleischt durch Parteienbildung, Zwietracht unter den Bürgern und Gewalttaten der verschiedenen Fraktionen. Pontanus sagte, Enrico sei in jenen Jahren wirklich Sieneser geworden: Er habe deren Unbeständigkeit und maßlose Liebe zur Zurschaustellung und Eleganz übernommen. Dante nannte euch eitel. Doch Enrico hatte es schließlich vorgezogen, sein geliebtes Siena zu verlassen. Und er hatte nicht gezögert, seinen ehemaligen Herren in Rom nachzulaufen und mehrfach in ihrem Palast unter dem Namen Enrico da Sorano vorstellig zu werden (seither hat dieser Name ihn nicht mehr verlassen): In Rom jedoch war die Konkurrenz gnadenlos, und es war ihm nicht gelungen, sich den Ruf zu erwerben, der es ihm erlaubt hätte, unter Beifall wieder abzureisen, in der Gewißheit, sich überall neuer Aufträge und Auftraggeber zu erfreuen. Er sah sich gezwungen, sein Leben mit Notbehelfen zu fristen, durch den Handel mit antiken Fundstücken, die er für wenig Geld den Schauflern der Bauhütten abkaufte und unter der Hand an ausländische Sammler veräußerte, oder indem er Fälschungen anfertigte oder für die Wallfahrer Heiligenbilder malte, die dann vervielfältigt und zu Tausenden auf den Ständen vor den sieben Kirchen unters Volk gebracht wurden: Doch das nächste Jubeljahr war fern, zu fern, und er hatte es eilig, sich durchzusetzen.

Und so hatte er sich demütig Madonna Clarice Orsini, der Gattin Lorenzos des Prächtigen, empfohlen. Durch ein gutes Wort von ihr war es ihm gelungen, sich in Florenz niederzulassen, in der Werkstatt eines bedeutenden Meisters: Eher als Schüler denn als Kompagnon hatte er jahrelang die Zeichnungen der großen Meister kopiert und die Schüler imitiert, die genialer waren als er. Doch da er auch in Florenz keinen Platz fand, hatte Enrico ungeduldig und unwillig, weil ihm seine Jugend davonflog, ohne daß sich Erfolg einstellte, von Ehrgeiz zerfressen, wiederum seine Utensilien zusammengepackt und war Mitte der achtziger Jahre nach Mailand gegangen, in eine Stadt, die in jenen Jahren als Hauptstadt des Geldes und des Überflusses galt. In Mailand hatte er sich damit begnügt, ein Gebüsch und eine Girlande im Ballsaal des Kastells der Sforza, die Kopfbedeckung einer Dame und den Besatz auf einem Pelz zu malen. Von Mailand aus war er wegen höfischer Angelegenheiten am byzantinischen Hof der Palaiologen von Casale gelandet, Griechen und Serben, die aus dynastischen Gründen franzosenfreundlich waren – und jetzt war er hier, bei den Todfeinden der Franzosen: zuerst bei König Alfons, dann bei Ferrante. Kurzum, er hatte sich vor allem anderen immer darum gekümmert, ein guter Maler zu werden. Für wen er malte, war ihm immer gleichgültig gewesen. Er hatte sogar für den Rosenritter Tristano, einen grausamen Mörder, gemalt – und vielleicht ausgerechnet für ihn seine besten Werke geschaffen.

Als sich zu Beginn des neuen Jahres in Neapel die Überzeugung festigte, die aragonische Monarchie sei am Ende und man könne dem von Gott geschickten König Karl keinen Widerstand leisten – seinen unschlagbaren Armeen mit ihrer hochmodernen und unfehlbaren Artillerie, gegen die die Minen und die Erfindungen des sienesischen Ingenieurs nichts ausrichten konnten –, begann Enrico sich mit dem Gedanken vertraut zu machen, sich den Franzosen zu nähern und sie auf der Straße zu empfangen, gemeinsam mit den Revolutionären, den Bettlern, Armen und Unzufriedenen, den Abenteurern und all denen, die von einer Wendung des Schicksals etwas zu erhoffen hatten. Während die Franzosen schon in der Stadt die Zelte aufschlugen und der neapolitanische Widerstand sich auf die belagerten Kastelle beschränkte, ließ der Hofstaat im Castel dell'Ovo eine Garnison von Soldaten zurück und schiffte sich auf einer der drei Galeeren nach Ischia ein, begleitet von zwölf kleineren Barken, die Edeldamen, Höflinge, Adlige, Diener, Kinder, Leibwächter, Kammerdiener, Köche, Hunde, Buchfinken und Truhen voller Seide und Schmuck an Bord nahmen.

Ischia, gebirgiges und blühendes Floß, Land der Agaven und des Schilfs, der Thermen und Vulkane – kommentierte ohne Bedauern der Sekretär. Im Morgenlicht stach die Insel scharf vom klaren Wasser des Golfs ab. Hinter Enrico erhoben sich die hohen Flammen des Arsenals, das der König hatte in Brand stecken lassen, um den Eindringlingen nichts Nützliches zu hinterlassen. Er hatte auch seine heißgeliebten Pferde geopfert, damit Karl sie nicht bekäme. Auch Enrico hätte sich auf den Booten der Damen und Höflinge einschiffen sollen. Doch er war von Zweifeln geplagt, und die Aussicht auf ein weiteres Exil lockte ihn keineswegs. Der Sekretär des Sekretärs Pontano reiste mit Hofstaat und König, aber Pontano selbst blieb. Warum sollte er sich dem Kontakt mit den neuen Herren verschließen? wird sich der gelehrte Politiker gefragt haben. Ich werde sie empfangen. Und das hatte er getan, er war König Karl entgegengegangen, der ihm für die Geste dankte – und ihn sicher, wenn er erst Herr über Italien wäre, reich belohnen würde. Enrico wußte nicht, ob er seinem Vorbild oder dem Vorbild seines Vorbilds folgen sollte. Noch eine berühmte Persönlichkeit des Hofstaats, Lippo Brandolini, Erzieher des Herzogs von Bisceglie, hatte nicht gezögert, aus dem Stegreif dem Sieger eine Oratio de laudibus Caroli VIII regis Francorum vorzutragen und sich damit auf der Stelle eine jährliche Leibrente von hundert Silberdukaten zu erwerben. Warum sollte sich der Maler weniger umgänglich als seine Auftraggeber zeigen? Aus Unsicherheit folgte er dem fliehenden Hof bis zum Hafen.

Aber er zögerte, sich einzuschiffen, schob sich ans Ende der langen Schlange von Troßwagen und Truhen, stolperte über eine endlose Reihe von Säcken, Kisten, Brettern, Tauen, Ballast, Balken und Ketten. Er, Enrico da Sorano, hatte sich nie als Mittelpunkt der Ereignisse empfunden. Er war ihnen immer gefolgt, hatte sie von weitem beobachtet. Irgend etwas hatte ihm immer gefehlt – das Talent, vielleicht auch das Glück. Als er in Rom lebte, haßte der Papst geschichtenerzählende Maler. Seinen Nachfolger, den Borgia-Papst, der die Geschichtenerzähler schätzte, hatte er nicht kennengelernt. In Florenz war es ihm trotz der Gunst von Madonna Clarice nie gelungen, sich die Ideen des geschlossenen Medici-Kreises zu eigen zu machen, und seine Malerei wurde als seltsam, beunruhigend und unzeitgemäß angesehen. In Mailand hatte er den düsteren Herzog nicht bezaubern können. In Casale ja, in Casale hatte er – dank der Serbin Maria – einige Jahre lang im Mittelpunkt der Aufmerksamkeit gestanden, aber in Casale entschieden sich nicht die Geschicke Italiens, und wer konnte die Malerei eines Künstlers aus Casale wertschätzen? Dort wartete man sogar für die Erhebung einer Steuer auf die Billigung Frankreichs. Arme Palaiologen, die gezwungen waren, den Nachbarn und den mächtigen Staaten zu schmeicheln, eingezwängt zwischen den Ambitionen ihrer Vergangenheit und der Schäbigkeit ihrer Zukunft. Zu Markgraf Bonifatius hatte Enrico einmal gesagt, daß die Palaiologen ihn an die Bewohner des mittleren Geschosses eines Wohnhauses erinnerten, belästigt vom Urin der Bewohner über ihnen und vom Küchengeruch aus dem Untergeschoß. Ach, hätte er doch nur geschwiegen! Der Markgraf hatte über seinen Scherz nicht gelacht.

Jetzt endlich wollte er sich auf die Seite der Geschichte stellen. Er wollte Bekanntschaft mit dem Sieger machen. Er wollte ihm jubelnd entgegengehen. Der Mann der Vorsehung und seines Schicksals. Er meinte dem Hof und dem König von Neapel, der ihn doch großzügig unterstützt hatte, nichts zu schulden. Jetzt hielt er sich wirklich für einen guten Maler, und wenn nicht der König, so hätte ihn ein anderer finanziert. Er würde dem Sekretär in jedem seiner Abenteuer folgen, war er doch überzeugt, eines Tages das große Werk für ihn und nur für ihn zu malen, und wäre er nach Ischia aufgebrochen, so hätte er sein Feind werden müssen. Im übrigen hatte er auch persönlichere Gründe für sein Handeln. Die Markgräfin von Monferrato war eine treue Verbündete des Königs von Frankreich, und wer konnte ihm besser als König Karl bei der Aufhebung seiner Verbannung und Verurteilung helfen, die nicht einmal der Tod seines Verfolgers Bonifatius gelöscht hatte? König Karl war vielleicht seine letzte Hoffnung, jemals, sei es auch in ferner Zukunft, in die Burg Bastia del Garbo – und vielleicht zu ihr zurückkehren zu können. Die drei königlichen Galeeren lichteten die Anker und entfernten sich auf dem neapolitanischen Meer, alemannisch-blau, wie in einer leuchtenden Malerei. Enrico da Sorano stieg selbstsicher den Hügel empor und mischte sich unter die jubelnde Menge, die den gesegneten König beklatschte. Lang lebe der König, rief er, lang lebe unser König.

2

Vor allem der Lärm: ein ununterbrochener Strom von gelben Taxis und blauen Autobussen, von Fußgängern im Zweireiher oder im Sari, mit Käppchen oder mit Rastafrisur, auf Rollerskates oder mit Diplomatenkoffer in der rechten Hand – ein elektrisierendes Gewimmel, das nicht einmal nachts zum Erliegen kommt. Der Fettgeruch, der in Wellen vom Hot-Dog-Stand an der Straßenecke kommt. Die rasendschnell ziehenden, vom atlantischen Wind getriebenen Wolken. Extremes Elend und wahrer Reichtum: keinen Meter voneinander entfernt ein rußgeschwärzter Penner und ein vom Absatz bis zur Haarspange gestyltes Mädchen, das in eine weiße Limousine steigt. Absolute Freiheit und ein rigoroser Puritanismus, der jene Freiheit unauffällig überwacht. Wenn er auf die Straße geht, umgibt ihn eine Landschaft aus spiegelndem Glas. Er selbst ist Teil des Schauspiels.

Er hat die Madonnen mit traurigen Augen auf mittelmäßigen Gemälden hinter sich gelassen, die großzügig irgendeinem Meister zugeschrieben wurden, häufig aber das Werk eines bescheidenen Schülers waren. Er hat Kardinäle, Intriganten, Fälscher und üppige Susannen aus dem 17. Jahrhundert und deren schlaffe und obszöne Nacktheit hinter sich gelassen. Jetzt kapriziert er sich zum Vergnügen auf zeitgenössische Kunst, verherrlicht die Kultur der Trümmer, des Abfalls und des Schocks, und dadurch wirkt er aktueller und somit kompetenter auch als Experte der Vergangenheit. Hinter sich gelassen hat er auch die Matineen und Soireen, die Feste, auf denen er um Mitternacht atemlos eintraf und ängstlich fragte: Ist Signora Corona schon fortgegangen? Hinter sich gelassen hat er den Streß, sich zu prostituieren und die borstigen Fittiche irgendwelcher Untersekretäre zu glätten. Den Lehrstuhl, den er in einer winzigen italienischen Universität nicht bekommen hat – in einer angesehenen Universität des Imperiums hat man ihn ihm angeboten, in der Cornell University von Ithaca, und seine Studenten aus aller Herren Länder sprechen nur eine universale Sprache, die der italienischen Kunst. Was hier drüben von Italien ankommt, ist kostbar und unbeschmutzt: Hier glitzert das verzehrende Licht von etwas Verlorengegangenem. Keine vergeudeten Jahre mehr mit Antichambrieren bei feindseligen Beamten und Megären, die in Büros von staatlicher Häßlichkeit vor sich hin vegetieren; keine Depressionen, Enttäuschungen, Demütigungen, Frustrationen mehr; keine Bürokratie, keine fehlenden oder nicht zuteilbaren Mittel mehr. Jetzt verkehrt Arsenio Ventura bei Madame de Turenne und Demian Hirst. Nicht mehr dieses kleine Land, in dem er zu ersticken meinte – wie eine alte Zeitung in einem Zugabteil vergessen. Die Ereignisse in jenem Land verfolgt er mittlerweile nur noch durch Erzählungen von durchreisenden Bekannten. What's up? fragen ihn seine neuen Freunde, während sie ihm die Parlamentsnachrichten zeigen, dieses bald komische, bald tragische, bald groteske Bulletin einer endzeitlichen Zersetzung. Jeden Tag wird jemand von einem Sockel der Macht und der Korruption gestürzt. Namen. Berühmte Namen. Minister, Staatssekretäre, Senatoren. Regierungen fallen,

Steine und Spucke gegen den mächtigsten Mann des Landes. Und weiter, Parteien verschwinden, andere wechseln die Farbe, wieder andere werden über Nacht gegründet, Symbole, Fahnen, Wahlkampf wie in der Nachkriegszeit – und unterdessen wird die messianische Erwartung einer Wiedergeburt gehegt.

In einer Entfernung von Tausenden von Kilometern denkt er ohne Bedauern, daß Italien sich auflöst, sich spaltet, sich zersetzt, daß niemand in Sicht ist, der die Lücken schließen könnte. Die Fehlstellen. Die Löcher. Italien ist kein Fresko, in dem Fragmente, Farbschuppen, Abblätterungen wieder zusammengesetzt werden können, die sich durch die Zeit und die Ereignisse abgelöst, aufgewölbt haben. Kein Kleber und kein Fixativ kann helfen. Es ist, als halte nichts mehr die Materie zusammen, aus der es besteht, als löse sich Tag für Tag ein Stück Erinnerung, Bewußtsein, Einheit von der Wand und lasse nichts als ihre Leere zurück – jedes Teil für sich und zusammen nichts mehr.

Auf dieser Seite des Ozeans war die Geschichte des Freskos von Bastia mit Interesse verfolgt worden. Man hatte Mr. Ventura Artikel, Kommentare und Reportagen gewidmet, und er hatte die Gelegenheit zu ergreifen gewußt. So war er am Ende des Semesters – anstatt die Vorlesungen für seine Studenten zu beenden – nach New York gekommen. Es lief alles dermaßen gut, daß er fürchtete, plötzlich aus einem Traum zu erwachen. Schade, daß man die Fresken nicht transportieren kann, sagte der göttliche Gordon, der lärmende Ölmagnat, der sich von ihm Gutachten zu seiner Sammlung erstellen ließ – sonst hätte man es kaufen können. Dragos Erben hätten es lieber in einem Museum gesehen als an einem Ort, der zwar dem Umfeld des elitären Tourismus geöffnet, aber doch recht unzugänglich war, war das nicht auch seine Meinung? Aber er denkt nicht mehr darüber nach, er hat darauf verzichtet, sich damit zu beschäftigen. Er hat die Untersuchungen aufgegeben, seinen Essay abgebrochen, hat Baltus und den Meister, alles – verlassen. Er hat das Material auf Diskette gespeichert. Aber es ist, als fürchte er, daß jene Diskette mit der nüchternen Aufschrift »BALTUS« neben den Informationen ein verheerendes Virus enthält, denn er hat sie nie in seinen PC eingeschoben.

Er lauscht dem Getöse, das von der Straße bis zum dreißigsten Stock dringt, dann schließt er die Doppelfenster. Doch für einen Augenblick läuft ihm etwas wie ein Kälteschauer über den Rücken. Er hat in Hunderten von Museen, Büchern und Archiven nach Spuren des Meisters gesucht. Er hat nichts gefunden, nicht einmal seinen Namen. Das Werk bleibt zweideutig und stumm, verrät nichts über seinen Autor. Das Fresko hütet sein Geheimnis. Aber hätte es denn Sinn, den Namen seines Meisters zu suchen? Was ist ein Name? Was sagt uns ein Name? Die Signatur eines Künstlers ist eine Falte des Gewands, eine Perspektive, ein Blatt, ein Lichtpunkt in den Augen seiner Gestalten. Die Szene der Südwand, zum Beispiel. Das war seine Signatur. Eine Szene, die wahrscheinlich schon oft erzählt und oft gemalt worden war – und doch jedesmal anders, jedesmal einzigartig. Der Meister hatte den Figuren kein erkennbares Attribut gegeben. Manchmal ist die Macht der Tradition und der Ikonographie stärker, als es die Auslassungen des Malers sind: Aber hier war es nicht so, und der junge Ritter, der sich auf seine Lanze stützt, hatte keinen Namen, ebensowenig wie das junge Mädchen im Wasser, das von einer mächtigen und dunklen Kraft geschändet worden war. Worum handelte es sich? Was war geschehen? Der Meister hatte eine Szene ohne Embleme und Symbole gemalt. Es war an ihm, dem Betrachter, diesen Gestalten einen Namen zu geben. Etwas mehr als einen Namen: einen Sinn. Doch er hatte es nicht getan.

Das Telephon läutet. Er nimmt ab. Aber die Verbindung ist gestört. In diesem Moment streift ihn flüchtig ein Gedanke an Luisa. Eine abstrakte Vorstellung, ohne Sehnsucht und Verlangen. Nur eine Vorstellung von ihr. Seit seiner Abreise hat er keinen Kontakt mehr mit ihr aufgenommen. Er hat nicht einmal nach Dragos Tod mit ihr gesprochen, hat auch nie den Wunsch verspürt, es zu tun. Er hat erfahren, daß die Arbeiten zu Beginn des neuen Jahres wiederaufgenommen wurden, aber sie wohnt nicht mehr in der Burg. Er wünschte, er wäre ihr nie begegnet. Doch manchmal, wenn er den Telephonhörer abhob, vernahm er ein Beben, ein durchdringendes Pfeifen, das durch die Drähte lief, und ein magnetischer Sturm wühlte die Leitung auf. Dann war er in Versuchung zu glauben, daß diese Interferenz eine Botschaft von Luisa war – aus einer anderen Welt kam, aus einem anderen Leben. Und er hielt den Atem an, drückte das Ohr gegen die Muschel, bis das seltsame Phänomen schwächer wurde und ihn allein ließ.

Er fragt sich, wo sie ist und was sie tut, in diesem Moment. In Italien muß es jetzt Nacht sein. Sie ist so weit weg, Luisa, daß er sich nicht einmal mehr richtig an ihre Augen erinnern kann. An Gefühle, auch an Worte, nicht aber an die Züge ihres Gesichts. Er hat vergessen. Key word, please, blinkt auf dem Bildschirm – und plötzlich, ohne zu wissen, warum, hämmert er mit den Fingern auf die Tasten. B.A.L.T.U.S.

»… zunächst ging es darum, eine Geschichte zu malen und sie in verschiedene Episoden zu gliedern. Tiefe, Dauer und Bewegung auf einer glatten, festen, undurchdringlichen Fläche zu erzählen. Die Zweideutigkeit mit einer Sprache zu erzählen, die auf Klarheit und Transparenz basiert, und die Zeit mit einer Sprache, die nur die Simultaneität kennt, kurzum, die Zeit in Raum zu verwandeln. Den Maler treibt

nicht die Idee an, einander überlagernde Geschichten zu malen, sondern er stellte sich eine ununterbrochene Darstellung vor: Er zeigt ein deutliches Interesse an der Organisation des Blicks in der offenen und fortlaufenden Struktur der Erzählung.

1. Es ging darum, Figuren und Gegenstände auszuwählen (und auszuschließen). Man sagt, daß eine Wand (eine Leinwand, ein Rahmen) der Spiegel der Welt sei – ein idealer, verzerrender, konvexer oder metaphysischer Spiegel: aber immer ein Spiegel, wie der Roman, von dem Stendhal träumte, Weggefährte des Romanschreibers. Aber ein Spiegel kann die ganze Welt nur durch Analogie und Synthese enthalten, und das, was er zurückwirft, fällt nicht irrtümlicherweise oder versehentlich in ihn, sondern aufgrund der Neigung des Spiegels. Also kann ich sagen, daß den Meister das Leuchtende und Funkelnde interessiert, wie auch das Dunkle und Verdorbene, die bedeutsame und heroische Geste wie die schmutzige und alltägliche. Deshalb finden wir auf diesen Wänden den eleganten Glanz der Waffen der Helden und die Poesie des weichen und strahlenden Fleisches der Heldinnen neben Stilleben aus häuslichen, einfachen Gegenständen, als wollte der Autor einen ›moralischen‹ Wert der Dinge selbst unterstellen – ein Stock, ein zerknittertes Stück Papier, eine Gabel, ein Musikinstrument.

2. Es ging darum, diese Gegenstände und diese Figuren im Raum darzustellen. Man könnte vielleicht in der Darstellung der landschaftlichen und architektonischen Szenerie einen Einfluß der sienesischen Malerei des 14. Jahrhunderts feststellen: Ich würde den Betrachter jedoch eher auffordern, bei dem üppigen Wuchern zahlloser Details zu verweilen – eine Unmenge von Hügeln und Tälern, Wäldern und Dörfern, von Höfen, Türmen, Zimmern, Möbeln, Flüssen, Straßen und Pfaden, Pflanzen, Tieren und Blumen, die in einer lyrischen Raumauffassung und zugleich mit der Klarheit tagtäglich beobachteter Dinge wiedergegeben werden: ein Pan-

oramablick vom Himmel aus, durch ein Fernglas, das jedoch auf das konkrete Alltagsleben gerichtet ist.

3. Es ging darum, die eigene Kultur und die eigene Geschichte zu verarbeiten. Ich verzichte darauf, die vom Meister übernommenen Einflüsse, die Quellen, die erhaltenen Anregungen im einzelnen darzulegen, und stelle fest, daß dies seinen Bildern eine unruhige und stechende Individualisierung verleiht, die aus scharfer Beobachtung der Dinge und Naturstudium entsteht und die einen ausgeprägten Naturalismus und einen körperhaften Sinn für das Plastische mit einer dekadenten, fast abstrakten, graphischen Eleganz verbindet. Ich stelle einen molekularen Blick auf die Dinge fest, der die Details und die exzessiven Annotationen ihrer jeweils individuellen Aspekte bis ins Unendliche multipliziert.

In technischer Hinsicht handelt es sich um einen Umgang mit dem Raum, der im Gegensatz zur typisch italienischen Raumauffassung steht, aufgrund seines synthetischen und strahlenden Charakters, der eher der flämischen Malerei nahesteht. Einfacher gesagt, es ist eine Malweise, bei der das Objekt in seiner Erscheinungsaktualität gesehen wird und die integrale Wiederaufnahme jedes Details notwendig wird, weil auch ein Grashalm nicht einfach ein abschweifendes naturalistisches Detail darstellt, sondern die Qualität des Bildes intensiviert, so wie die maximale Facettierung eines Diamanten dessen Wert steigert. Aus dieser Leidenschaft für die Dinge, für das Alltägliche und die Gegenwart leitet sich eine staubkörnchenartige Weltsicht ab: Die Realität löst sich auf, und die Geschichten der Menschen scheinen eine sinnlose Abfolge von Geschehnissen zu sein, die der Vernunft unzugänglich sind. Die Wirklichkeit ist ein wandelbares und vielfältiges Schauspiel, das mit Verwunderung, Erstaunen und Teilnahme zu betrachten ist. Die Gestalt des Mannes im Zentrum der Ostwand, der inmitten der ihn umgebenden Verheerung nicht weiß, ob er nach Abhilfe suchen oder seine Gefährtin betrachten soll, erscheint als das emblematische Bild eines Mannes, der zwischen Vernunft und Instinkt schwankt – als eine Unruhe des Seins, in der ich den besonderen Charakter seiner Kunst erkenne.

Der Betrachter seines Werks wird keine Hilfe finden beim Aufspüren seines Herzens, seiner Richtung, seiner Geschwindigkeit, seines Höhepunktes. Das Werk des Meisters ist ein unbeständiger Spiegel, in dem die Erzählung in ihrem ununterbrochenen Wandel keinen Fixpunkt mehr findet. Der Betrachter seines Werkes wird keinen bequemen perspektivischen Abstand finden, der den Blick im Sinne eines einzigen Augenpunkts vereinheitlicht, nach einem vom Verstand vorgegebenen Maß. Er wird statt dessen ein bewegliches und nahes Auge finden, das selbst durch den offenen Raum der Malerei irrt. Während ich mich in jenem Zimmer aufhielt, bin auch ich in alle Abgründe der mich umgebenden Landschaft eingedrungen, habe auch ich mich im Labyrinth verloren: Und am Ende glaube ich sagen zu können, daß das authentischste Kennzeichen des Meisters eben gerade die ständige Bewegung der Sichtachse ist. Er malt, als verändere er unablässig seinen eigenen Standpunkt. Es ist, als träfe auf die Wände des Zimmers das Strahlenbündel eines Leuchtturms, sich drehend und immer wieder etwas anderes beleuchtend: die Türme und die Burgen, die Paläste und die Tempel, die Flüsse und die Täler, die Städte, die Ritter, die Jungfrauen, die Krieger, die Ungeheuer, Zwittergestalten, die Götter, die geliebten Frauen. Beim Versuch, das ununterbrochene Voranschreiten der Imagination und des narrativen Rhythmus zu erfassen und zu wiederholen, springt das Auge von einer Wand zur anderen, ohne Rast und ohne Atempause, und am Ende schließt der Kreis sich nicht. Daraus entsteht beinahe ein Eindruck von Halluzination – als wäre dieses überfüllte und zuckende Fresko das fieberhafte Heraufbeschwören einer Welt, die ständig im Begriff steht zu entschwinden: erlebte Realität und gleichzeitig Traumvision, die von einem Moment zum anderen verfliegen kann; gerade als ob, genau wie die Figuren, die sich ineinander verwandeln, und genau wie in dem Leben, das sie darstellen, auch das Bild – das Zeichen – im Begriff stünde, sich in einer Metamorphose in die Wand zu verwandeln und sich aufzulösen …«

Die Worte verlieren sich auf dem bläulichen Bildschirm. Der Cursor blinkt und kann nicht auf die nächste Seite gehen, denn die Aufzeichnungen brechen hier ab: Seit über einem Jahr ist es ihm nicht gelungen, auch nur eine Zeile zu schreiben. Er streicht sich über die Wangen, auf denen ein ungepflegter Bart zu sprießen beginnt. Er verspürt ein Gefühl von Entmutigung. Seine Worte sind dumpf, sie sagen ihm nichts mehr. Es gelingt ihm nicht mehr, das Fresko zu sehen. Er hat vergessen.

3

Die Krone auf dem Kopf, das Zepter in der linken Hand, einen scharlachroten Umhang mit Hermelinbesatz auf den Schultern, den kaiserlichen Globus in der rechten Hand: So nahm König Karl Besitz von der Krone. Er zog zum zweiten Male in die Stadt, drei Monate nach dem ersten siegreichen Einzug, aber dieses Mal war es, um seinen Triumph in einer bis in die kleinsten Details einstudierten Inszenierung zu feiern – die Weihe seines dynastischen Rechts, seiner Macht. Er lächelte, blickte nach rechts und nach links: glücklich, weil er heute, am 12. Mai, seinem Traum die Krone aufgesetzt hatte. In der Kathedrale verflüssigte sich San Gennaros Blut zum Zeichen des Einverständnisses. Karl zog langsam und feierlich in die Stadt ein, zu Pferde, unter einem Baldachin, der von den mächtigsten Edelleuten Neapels getragen wurde, gefolgt von einer Ritterschar auf Pferden, die zur Feier des Tages violette Satteldecken trugen. Ein Trommelwirbel führte den Zug an. Unter den Rittern – mit Federbusch und Lilien wie alle anderen, eingezwängt zwischen Messer Paganini, dem berühmten Maler, und Messer Bogiano, dem Ingenieur und Erfinder des Brutkastens für zehntausend Küken – war auch Enrico. Er strahlte, schenkte den Zuschauern ein Lächeln, das zugleich Erstaunen und Stolz ausdrückte. Könnten ihn doch diejenigen sehen, die ihn ausgehungert, verachtet und verbannt haben. Könnten ihn doch diejenigen sehen, die ihn behindert, gequält und gedemütigt haben. Die Franzosen hatten ihn zum Ritter geschlagen. Sie nannten ihn jetzt Chevalier Henri. Zu beiden Seiten der Straße drängte sich die Menge – aber in einem seltsamen, skeptischen Schweigen.

Die Begeisterung der ersten Tage war schon verflogen. Der Retter rettete nicht, und jetzt warteten alle darauf, daß der König endlich zu regieren begänne und seine Versprechen hielte. Die Neapolitaner hatten sich erträumt, daß er die Steuern abschaffte und das ungerechte, drückende Steuersystem reformierte: Und jetzt musterten sie forschend – genauso enttäuscht wie Enrico – dieses Männlein, das selbst mit Zepter und Krone nicht wie ein Messias wirkte. Man machte abschätzige Bemerkungen über sein durch Pocken und Röteln vernarbtes Gesicht, seine verbogene Nase, sein eingefrorenes Lächeln. Dieses Volk, so schrieb besorgt einer der transalpinen Fürsten an seinen in Gallien gebliebenen Bruder, dieses Volk ist unbeständig und wankelmütig wie die Flamme, die für alles Neue, Sache oder Herrscher, entbrennt und schnell gesättigt ist. Es ist nicht schwierig, es zu erobern, sondern nach der Eroberung zu bleiben. Aber die Franzosen hatten nicht viel getan, um zu bleiben. Man warf ihnen vor, daß sie die Verdienste derjenigen nicht zu würdigen wußten, die ihnen geholfen hatten, und die von der alten Macht Verfolgten nicht entschädigten, daß sie die Ämter unter sich aufteilten und sich arrogant benahmen. Einmal warnte Enrico den Bourbonenbastard, während er ihn porträtierte: Wir Italiener sind ein unstetes Volk, das mehr erhofft, als es erhoffen sollte, und weniger erträgt, als es ertragen könnte. Wir hassen immer die Dinge, die wir vor Augen haben, und verlieben uns in die fernliegenden.

Im hinteren Teil des Triumphzugs hatte ein Fähnlein betrunkener Schweizer eine Rauferei mit dem dort ansässigen Volk begonnen. So etwas geschah immer häufiger. Das Zusammenleben war schwierig. Während die französischen Fürsten sich dank fortwährender Zuwendungen Respekt zu verschaffen wußten, benahmen sich ihre Soldaten wie ein Besatzungsheer in Feindesland, und den Neapolitanern – die sich für die erlittenen Gewalttaten schadlos halten wollten – kam nichts Besseres in den Sinn, als die Leichtgläubigkeit des Gebirgsvolks auszunutzen: Sie betrogen sie, bestahlen sie, machten sie mit Essigwein betrunken, vergifteten sie mit verdorbenem Fisch und faulen Miesmuscheln und ließen sie zerschunden und nackt in den von Abfall überquellenden Gassen liegen. Und die Schweizer konnten sich keine Gerechtigkeit verschaffen. Sie verstanden die Sprache nicht, litten unter dem Klima und sogar unter der Schönheit der Stadt und der Frauen. In die wilde Rauferei, die am Ende des königlichen Triumphzugs ausgebrochen war, wurden schließlich auch die Ritter verwickelt, die sich aufhalten ließen: Und der unvorsichtige Chevalier Henri, der den ihm zugewiesenen Reitknecht suchte, um ihm das Pferd zu überlassen und sich so schnell wie möglich davonzumachen, da er dieser pompösen Förmlichkeit überdrüssig war, die ihn an die Narrenmaskeraden im Karneval erinnerte, hatte plötzlich sein Pferd nicht mehr unter Kontrolle. Er wurde an einem Fuß mitgeschleift, schmerzhaft zu Boden geworfen und von einem Schweizer geprügelt, der ihn mit jemand anderem verwechselte. Er versuchte, alles zu erklären – Chevalier Henri, wiederholte er immer wieder, Henri: Doch je mehr er sprach, um so mehr waren jene Ausländer überzeugt, daß der falsche Edelmann genau der war, der sie gestern abend zu seiner

Hure gebracht und ihnen ihren Sold gestohlen hatte. Enrico war allein zurückgeblieben, während die Menge nach Hause ging und die Tür verriegelte oder schweigend, hoffnungsvoll und zugleich skeptisch dem Triumphzug folgte. Die gleißende Maisonne blendete im Staub der Straße, und niemand half dem italienischen Ritter gegen seine Verbündeten. Gegen die aufgebrachten Schweizer, die durch einen langen, aber leichten Krieg, den langen Frieden, durch diese Stadt voller Zauber und Hinterhalt gereizt waren. Die Lanzen funkelten. Und es waren nicht die höfischen, stumpfen Lanzen der königlichen Turniere. Enrico versuchte vergeblich, sich einen Weg zu bahnen, und stand schließlich mit dem Rücken an der Wand, die Spitze einer Lanze an der Kehle.

Plötzlich zerstreuten sich die Schweizer mit Verbeugungen vor einem Lanzenreiter. Sie flüchteten in die dunklen Gassen. Mein Herr, wem darf ich danken, daß er mir das Leben gerettet hat? fragte Enrico und trocknete sich den Schweiß von der Stirn. Der Lanzenträger stieg vom Pferd. Er war von kleiner Statur und trug eine glänzende Rüstung. Ein großer roter Federbusch prangte auf dem Helm. Erst da hob er das Visier. O Gott, flüsterte Enrico. Habt Ihr mich nicht erkannt? fragte jener enttäuscht. Doch, gewiß, ja. Du bist Tristanos Page: Antar.

Er war vom qualmenden Trümmerhaufen des Kastells Bastia aus mit den Soldaten des Markgrafen aufgebrochen. Im Hof verwesten noch die Kadaver der Erhängten. In Casale hatten sie ihm ein Pferd gegeben und ihn in die markgräflichen Truppen eingegliedert. Doch das eintönige und reizlose Leben der Soldaten einer Garnison, die nichts anderes im Sinn haben als zu essen, zu trinken, die Waffen zu putzen und das Pferd zu füttern, ermüdete ihn: Er, Antar, wollte kämpfen – er träumte von einem Abenteuer, von Schlacht und Befreiung. Als er vernommen hatte, daß der so ersehnte Krieg nicht mehr fern war, konnte er sich nur mit Mühe zurückhalten, um den Franzosen nicht entgegenzulaufen. Man sagte ihm, das sei nicht nötig, da die Franzosen ihm entgegenliefen: König Karl wurde für den 6. Oktober in Casale erwartet. Er kam, um seiner Verbündeten Maria Ehre zu erweisen und um sich das Geld aushändigen zu lassen, das sie – durch Verpfändung ihres Schmucks und ihrer Kleider – zur Deckung der Kriegskosten beschafft hatte. Der König hatte in der Hauptstadt des Monferrato nur drei Tage haltgemacht. Tage voller Musik und Lieder. Die Palaiologen schickten keine Soldaten in den Krieg, aber als der König wieder aufbrach, hatte Antar sich Karls Heer angeschlossen: Er war in jeder Hinsicht ein Mann der Waffe, und nicht der schlechteste unter den zweihundert Lanzen von Galeazzo San Severino. Denn einige italienische Hauptleute halfen den fremden Eindringlingen – und nachts herrschte im Lager ein Durcheinander aus Sprachen und Dialekten.

Der Italienkrieg war für Antar ein unvergeßliches Abenteuer. Er spazierte mit Enrico durch die Ruinen der Grabanlage der Agrippina, durch die Bäder von Baiae, an den Ort, wo – vor Jahrhunderten, Jahrtausenden – der Tempel der Jungfrau Diana gestanden hatte: Und während der Meister die Steine aus der Antike untersuchte und sich in seinem Album Notizen machte, erzählte Antar ihm vom Krieg, als wäre es ein Turnier gewesen, ein Lanzenrennen, in dem er sein Können unter Beweis stellte. Der König war für ihn der Held eines Ritterromans: ein feinsinniger Edelmann, der am Abend vor dem Schlafengehen, wo auch immer er war, sogar im Zelt eines Feldlagers, Rosen auf sein Bett streuen ließ. Er schmälerte nicht die wenigen wirklichen Zusammenstöße, die sie bestanden hatten, und verherrlichte mit kindlicher Freude das vergossene Blut, als wäre er sich der Bedeutung seiner Worte nicht bewußt. Die Plünderung von Fivizzano zum Beispiel: Er erinnerte sich noch an die Schreie einer Frau, deren Kind die Schweizer aus dem Fenster geworfen hatten. Aber es waren die Bewohner des Nachbardorfs, die sie zur Plünderung angestachelt hatten. Die Franzosen haßten die Italiener nicht so sehr, wie sich die Italiener untereinander haßten.

Antar hatte vor allem die Landschaften Italiens vor Augen, die er noch nie gesehen und nun sogar monatelang im Sattel seines Pferdes, mit der Waffe in der Hand und mit dem Ruf »Vive le roy de France«, durchquert hatte. Das toskanische Land, verzaubert wie in einer Malerei – grün, golden und silbern wie die Blätter der Olivenbäume, voller kleiner Dörfer; das turmreiche Siena; Viterbo, Bracciano. Vertraute Namen, geliebte Städte, die Enricos Herz entflammten und ihn dazu trieben, Antar mit einer Mischung aus Bestürzung und Bewunderung anzusehen. Im Kastell von Bracciano hatte endlich eine wilde Schlacht stattgefunden, aber die Franzosen hatten den Widerstand gebrochen. Der Lanzenreiter Antar war unter denen gewesen, die in die Räume der Burg einbrachen und die Geliebte des Papstes, Giulia Farnese, gefangennahmen. Ja, er brüstete sich sogar damit, er habe sie persönlich Montpensier ausgeliefert. Aber vielleicht war das eine Lüge. Was hat dir jene Frau getan? lachte Enrico. Aber Antar empfand kein Mitleid für die Frauen des Feindes. Die Frauen, sagte er, sind Beute. Kriegsbeute. Tauschware.

Eine abenteuerliche Reise durch Italien, die Sonne unbeweglich am Himmel eines milden Winters – und dann Rom, das antike und das neue Rom, auch geplündert, und geplündert die Häuser der Feinde. Auch in Rom, prahlte Antar, habe er dem verhaßten Herrn der Christen Schaden zugefügt: Er hatte den Einbruch in das Haus von Vannozza veranlaßt, der Mutter der päpstlichen Kinder. Denn er hatte mit Kreide das Kreuz auf das Portal gezeichnet und damit den Schweizern angegeben, wohin sie gehen sollten. Der kleine Aufschneider brüstete sich, zehn Männer und ein Mädchen getötet zu haben. Doch zuvor war das Mädchen auf die Straße gezerrt und vergewaltigt worden. Enrico erschauderte und machte sich auf den Weg zum Strand, wo sie die Ruderbarke erwartete, mit der Chevalier Henri in Begleitung seines jungen Freundes zur Inaugenscheinnahme der Ruinen fuhr. Während die Seeleute die Ruder ins Wasser schlugen, leuchteten Antars Augen in einem ironischen und wilden Lächeln. Es war nur eine Jüdin aus dem Ghetto, erklärte er achselzuckend – und um zu verhindern, daß sie ihre Schmach überlebte, hatte er sie aus Barmherzigkeit getötet, indem er sie mit der Lanze durchbohrte. Der ritterliche König Karl versuchte, die Gewaltauswüchse der Truppen einzudämmen, und hatte die Verantwortlichen am Fenster des geplünderten Palastes aufhängen lassen. Aber nicht den Lanzenreiter Antar. Seltsam, merkte Antar mit einem tückischen Lächeln an, unter den zweihundert Lanzern von San Severino hatten viele ihn als den Verantwortlichen für die Vergewaltigung der Jüdin genannt.

Je mehr die Franzosen sich Neapel näherten, um so mehr wurde das Abenteuer zum Eroberungszug und um so stärker schwoll die Armee an. Aufgebrochen waren sie mit 15000, und jetzt folgte ihnen eine ebenso große oder noch größere Schar: Abenteurer, Glücksspieler, Huren, Wahrsager, falsche Ärzte, vorgebliche Musiker, Räuber, Betrüger und Taschendiebe, gesetzlose Italiener jeder Partei und jeden Geschicks, die die Gewißheit des Sieges und der Beute wie auch die Hoffnung auf große politische Veränderungen aus allen Teilen Italiens herbeilockte. Antar verstand sie gut, er teilte ihre Hirngespinste und Verrücktheiten, die blinde Verherrlichung und die Sucht nach dem Erreichen des Ziels. Nach Neapel, nach Neapel. In der so fruchtbaren Ebene Terra di Lavoro hatten sie die ersten wirklichen Schwierigkeiten. Der Herzog von Kalabrien hatte auf dem Rückzug Häuser, Ernten und Lebensmittel zerstört, das Futter fürs Vieh verbrannt, die Saatfelder umgepflügt, die Brunnen mit Kalk gefüllt, die Wasserleitungen gekappt, die Häuser in Brand gesteckt: Sie zogen durch glühende Asche, durch eine gespenstische Landschaft, hungernd wie in der Wüste, auf die Fata Morgana Neapel zu. Deshalb hatten sie sich während der einzigen wirklichen Belagerung, die sie unternahmen, grausam verhalten. Der Burgherr von Montefortino hatte Verhandlungen abgelehnt und den armen Trompetern, die ihm das Angebot zur Aufgabe überbrachten, Nase und Ohren abschneiden lassen. Mit einem blutenden Schlitz mitten im Gesicht und zwei Fontänen an den Seiten waren die Trompeter ins Lager zurückgekommen. Antar wußte sehr gut, was das bedeutete. Auch ihm sind die Ohren gestutzt worden, früher einmal. Er wollte ihm die alte Wunde zeigen, aber Enrico wendete den Blick ab. Wie war das, damals? War es auch damals wegen eines Friedensangebots? Nein, sagte Antar finster, es war, damit ich nie vergäße, wozu die Christen fähig sind.

Und so – auch um die Trompeter zu rächen – kam es zu einem wildwütigen Angriff, und am Ende mußten alle Bewohner der besiegten Stadt über die Klinge springen oder wurden von den Stadtmauern geworfen. Antar zeigte ihm stolz fünf Kerben auf seiner Lanze. Eine für jedes seiner Opfer in Montefortino. Und welche Worte fand er, um ihm die Gefangenen zu beschreiben? Oh, sie hielten wichtige Persönlichkeiten als Geisel: welche Ehre für den Lanzenreiter Antar, die in Ketten gelegten Orsini zu versorgen. Gentile Virginio Orsini, hochmütiger, fanatischer Papist, und Niccolò, Graf von Pitigliano, Befehlshaber des aragonischen Heeres, arrogant und überheblich selbst in der Gefangenschaft.

Sie gingen auf das französische Lager zu, wohin Antar vor Sonnenuntergang zurückkehren mußte. In der Stadt wurde noch immer gekämpft. Die letzten Reste des im Castel dell'Ovo verschanzten aragonischen Heeres beschossen Zelte und Kanonen. Bestürzt ließ sich Enrico jene Namen zweimal wiederholen. Niccolò Orsini war sein Herr. Die Burgfeste, in deren Schatten er in Sorano aufgewachsen war, gehörte ihm. Wenn er wüßte, daß jetzt ganz in der Nähe seines Gefängnisses Enrico Zuccarelli Ritter seiner Feinde geworden war … Enrico hatte in Neapel seine früheren Beschützer wirklich zweimal verraten. Aber es war eine andere Geisel, die Antar am Herzen lag: Djem, der Bruder des Sultans, den der Papst an die Franzosen ausliefern mußte.

Welch unsagbare Erregung, vor jenem Fürsten mit dem Turban niederzuknien, der – edel und stolz, wie er war – sich anfangs nicht dazu herablassen wollte, den schmächtigen dunkelhäutigen Knappen anzusehen, der sich unter die wenigen Gefährten gemischt hatte, die ihm in den Jahren der Gefangenschaft noch treu geblieben waren. Doch Djems ereignislose Tage mitzuerleben hatte in Antar nur Melancholie ausgelöst. In den langen Jahren der Gefangenschaft war der Fürst mißtrauisch und neurotisch geworden, wie ein wildes Tier im Käfig. Jener Mann, der Schiffe, Paläste, Frauen und Königreiche besessen hatte, nannte nichts mehr sein eigen, abgesehen von seiner Person, und selbst über die konnte er nicht frei verfügen. Er konnte nicht einmal sterben. Er spielte Schach mit einem Affen, der türkische Kleidung und einen weißen Turban trug; er schrieb Verse auf Französisch und bemühte sich vergeblich, einem schweigenden Papagei beizubringen, ihm auf Türkisch auf seine Fragen zu antworten. Er schätzte nichts, trat die Diener, bis sie vor lauter Schlägen die Besinnung verloren, er interessierte sich für nichts, nicht einmal für die Mordversuche, die sich weiterhin um seine Person entspannen. Antar hätte ihm gern ans Herz gelegt, nicht den Fehler zu begehen, die Gegenwart für ewig zu halten. Die Zeit trocknet Ozeane aus und ebnet Gebirge ein. Früher oder später würde er in sein Land zurückkehren, und er würde als Sultan zurückkehren. Er mußte nur warten – Geduld haben, wo auch immer ihm beschieden war zu leben, und Kräfte sammeln, im Geist und im Körper, sich darauf vorbereiten, die Tage zu genießen, die ihn erwarteten. Doch Fürst Djem würde nie auf die Worte eines Jungen hören. Sie ritten auf Neapel zu, und er betrachtete die Hügel, die unablässig hinter dem Horizont verschwanden, ohne daß sich auf seinen Lippen irgendein Ausdruck abzeichnete. Er verbarg alles und gab seinen Kerkermeistern nie die Befriedigung, ihn klagen und protestieren zu hören. Mehrfach am Tag beteten sie, auf dem Teppich im Zelt kniend. Aber beide lebten schon zu lange unter den Christen und konnten nicht mehr die vorgeschriebene Richtung finden. Der Himmel war leer, die Unendlichkeit war leer, Gott versteckte sich, die Erde war ein Getümmel von Sterblichen, die an ihren Rändern umherirrten wie verlorene Sterne. Und nachdem sie vergeblich die Gestirne fixiert hatten, die fern und gleichgültig durch Italiens Himmel zogen, knieten sie in Richtung des Lichts irgendeines beliebigen Planeten nieder, als könnten sie auf keinen Fall die vorgeschriebene Richtung wiederfinden.

Der Fürst machte ihm Vorwürfe, weil er sich – statt für sein Volk zu kämpfen – in den Dienst der Franzosen gestellt hatte. Aber ich, antwortete Antar verwirrt, bin nicht mit den Franzosen gezogen, um mich an der Kriegsbeute zu bereichern, sondern um mich an den Aragoniern zu rächen. An den Aragoniern von Neapel, den Vettern jener anderen, die sein Granada erobert hatten und es jetzt nach und nach und ohne Aufsehen seinen Bewohnern unmöglich machten, dort zu bleiben, wenn sie nicht sich selbst und ihr Volk verleugnen wollten, so daß sie sich – zu einem endlosen Exil gezwungen – in aller Welt zerstreuten. Djem murmelte: Gottes Bote hat geschrieben, daß »das Paradies den Verbannten gehört«. Mit rotem Gesicht hätte Antar hinzufügen wollen, daß er nach Neapel aufgebrochen war, auch um ihn zu beschützen. So hätte es Tristano gewollt. Aber vielleicht war er mit den Franzosen gezogen, weil alles ihn nach Neapel zu führen schien: Während der Belagerung in Bastia hatte er eine Unterhaltung zwischen Alma und Tristano mit angehört. Tristano wollte, daß sie den Maler ausfindig machte, damit er zurückkehrte und die Fresken im Turmzimmer fertigstellte. Und sie bestritt zu wissen, wohin der Meister geflohen war. Tristano wettete, daß Alma ihn nach Neapel geschickt hatte.

Wohin sonst? Sie war nur eine Frau und kannte die Welt nicht. Aber in Neapel hatte sie gelebt, dort hatte sie Freundschaften, Bindungen, Schutz für ihn. Alma hatte es bestritten, aber Tristano war sich dessen ganz sicher. Ja, der Page hatte sich in den Kopf gesetzt, daß er ihn in Neapel treffen würde.

In Bastia hatte sich Antar oft neben Enrico gestellt, während er im Hof ein Pferd zeichnete oder die Form der Weidenblätter studierte. Antar war fasziniert von seiner Kunst. Neugierig und schweigend beobachtete er ihn, verschlang mit den Augen Skizzen und Vorlagen. Er wollte die Geschichten erfahren, von denen er besessen war, und hatte sie sich erzählen lassen. Wie viele vergewaltigte, getäuschte und geraubte Jungfrauen gab es in den antiken Phantasien seines Volkes! Europa, Io, Kallisto, Proserpina – wie viele von den Göttern, von einem Fluß, von einer dunklen Kraft vergewaltigte Jungfrauen! Es schien das Lieblingsthema der Dichter zu sein: Wieviel Freude hatten sie an jenen Fluchten und Gewalttaten! Vielleicht, so hätte Enrico ihm erklären wollen, weil es das Thema ist, das am besten die vergängliche Leidenschaft ausdrückt, in der sich schließlich Liebe und Verlangen auflösten. Eine brennende Beziehung, die Wunde und Befriedigung sät und Freiheit zeugt.

Antar hatte in den Räumen der Burg für ihn posiert, überglücklich, daß er das Kettenhemd tragen und die schwere Rüstung und die Sporen anlegen durfte. Enrico hatte ihm erklärt, daß er ihn als jenen jungen Ritter malen würde, dessen Geschichte ihn begeisterte. Ein Krieger mit schmerzlicher Vergangenheit, den kein Mann wird besiegen können und von dem besiegt zu werden jeder Mann sich schämen wird. Antar betrachtete zufrieden seine in den Notizbüchern skizzierten Züge und lächelte stolz, als Meister Enrico auf die Wand seine kriegerischen Umrisse übertrug, deren Vergoldungen ihm das Aussehen eines Paladins gaben. Ein freundlicher und zugleich gnadenloser heiliger Georg. Aber als er ihn gebeten hatte, nackt zu posieren, für den anderen Teil der Szene – Erinnerung oder Alptraum oder Scham des Kriegers –, hatte Antar es ungehalten abgelehnt. Er wollte nicht als eine entehrte Jungfrau gemalt werden. Als Frau, das sollte Enrico sich doch nur einmal vorstellen.

Antar führte ihn auf die Terrasse, von der aus die Franzosen den letzten Stützpunkt der Aragonier belagerten: Castel dell'Ovo. Enrico litt: Die Franzosen würden schießen, wohin es ihnen gerade in den Sinn kam, nur um so schnell wie möglich in die vom Hofstaat verlassenen Säle eindringen zu können. Dort drinnen habe ich einen schönen Fries gemalt, sagte er, zerstört nicht alles. Zielt auf die Mauern, nicht auf die Säle. Antar brach in Lachen aus: All deine Malereien, Meister, werden von Kanonen beschossen. Vielleicht existiert Tristanos Burg schon gar nicht mehr. Vielleicht wird von deinem großen Werk keine einzige Figur übrigbleiben. Deine Jungfrauen, deine Dichter und deine Frauen werden Staub sein, der sich über den Hügeln zerstreut. Er, Antar, träumte von Gold und Beute und von einer denkwürdigen Unternehmung. Er träumte davon, eines Tages zweihundert Lanzen zu befehligen. Von einem Reiterdenkmal mit gezücktem Schwert. Einem Krieger, den kein Mann wird besiegen können und von dem besiegt zu werden sich jeder Mann schämen wird. Von Zeit zu Zeit ein Kanonendonner. Die Franzosen schossen, und die Belagerten antworteten mit Arkebusen und Brandbomben. Dann erhoben sich Staubwolken und ein Geruch von verbranntem Schwefel. Geruch der Hölle, vielleicht. Ein erregender Geruch von Verderbnis und unlauteren Freuden. Antar fragte ihn, ob er mit dem Hof ziehen werde, wenn Karl nach Frankreich zurückkehrte.

Ja, sie würden in einer Woche aufbrechen. Er würde den Mietvertrag lösen, die Werkstatt schließen, die Gesellen entlassen müssen. Er hatte es noch nicht getan. Er hatte zuviel Arbeit gehabt, in diesen Monaten der Besatzung. Der König hatte ihn beauftragt, eine Liste aller bemerkenswerten Kunstwerke der Stadt zu erstellen, und Enrico hatte gehorcht. Er hatte sich jeden Tag zu archäologischen Studien zu den römischen Ruinen von Baia und Bacoli begeben, zu den Aquädukten, Bögen, Tempeln und Mosaiken, die zwischen dem Gebüsch und den neuen Häusern versteckt waren. Er hatte Kirchen und Kapellen besichtigt, Paläste und Villen. Er hatte gewissenhaft den antiken Marmor, Kapitelle, Statuen, Kleinkunst, Tafeln, Steinportale, Antependien und Madonnen aufgelistet. Er wußte nicht, zu welchem Zweck Karl die schönen Künste der parthenopeischen Stadt erfassen ließ. Er glaubte, daß der König die Kunst liebte. In Lyon und dann in Amboise wird Chevalier Henri dreißig Dukaten im Monat bekommen. Du wirst zufrieden sein, Meister, sagte Antar lächelnd. Seine schwarzen Augen leuchteten vor Freude, weil sie beide erhalten hatten, was sie erträumten und was in Bastia unmöglich schien. Ihre Träume verwirklichten sich zur gleichen Zeit. Sie hatten beide eine strahlende Zukunft. Enrico dachte an sein Freskozimmer. Eines der vielen unvollendeten Projekte seines Lebens. Nur in Friedenszeiten würde der Sekretär sich mit einem derartigen Projekt befassen können – doch wenn er Karl nach Frankreich folgte, müßte er schon wieder verzichten.

Er spielte bis spät in die Nacht Flusso mit Antar, auf einer Kanone sitzend, und beobachtete die Fackeln auf den Bastionen des belagerten Kastells, die einen Schimmer von rötlichem Rauch abgaben. In tiefer Nacht folgte er ihm in sein Zelt. Ein Zelt aus feinster rosenfarbener Seide, gemütlich, nach Aloe duftend. Enrico hatte mit einem Pagen geschlafen, aber nie mit einem Krieger, und er hätte nie gedacht, daß er einmal einen Brustharnisch, eine Gamasche umarmen und an seiner Brust eine Brust aus Eisen und das schwere und stechende Gewicht einer Rüstung spüren würde. In jener Nacht in Neapel entdeckte er zu seiner maßlosen Enttäuschung – während er Antars Körper aus seiner Hülle befreite –, daß der Krieger nicht das war, was er glaubte. Er fragte sich verwirrt, wieso er es nicht vorher bemerkt hatte, welche Blindheit ihm die Augen vernebelt hatte. Antar protestierte beherzt. War er nicht das, was der Meister jetzt begehrte? War er nicht sein maurischer Junge, bot er ihm nicht die gleichen glatten Gesäßbacken und das gleiche Vergnügen? Wurde seinem Verlangen dadurch nicht geschmeichelt, wurde seine Phantasie nicht befriedigt? Da sagte Enrico, ja, er müsse sich getäuscht haben.

4

Sie war Anfang November abgereist – gleich nach Dragos Tod. Es gab nichts mehr, was sie in Bastia hielt. Das Taxi, das sie zum Flughafen bringen sollte, wartete auf dem Vorplatz, aber Azra zögerte noch. Luisa mochte Begrüßungs- und Abschiedsszenen und die unvermeidlichen Tränen nicht: überflüssige Schleimspuren der Gefühle, pathetisches Getue, das manchmal die Leere maskiert und die Parodie ebenjener Gefühle ist, deren Fehlen es offenbart. Sie hatte es vorgezogen, sich so zu benehmen, als wäre nichts. Azra ging, und sie heuchelte Desinteresse, packte die Koffer, kniete vor dem Bett. Sie hatte Azras Anwesenheit in ihrem Rücken gespürt, hatte sich aber nicht umgedreht. Sie wollte nicht gerührt sein, wollte nicht weinen, wollte nicht, daß Azra glaubte, sie würde sie bitten zu bleiben. Sie stopfte die Kleider in den Koffer und bemühte sich, ihre Gefühle zu verbergen. Azra wußte, daß sie sie nicht wiedersehen würde. Wenn sie etwas begriffen hatte, dann war es, daß sich von einem Moment zum anderen sich alles ändern kann. Die Menschen kommen und gehen, und man findet jemanden wieder, den man verloren zu haben glaubte, und verliert, wen man gefunden zu haben glaubte. Der Taxifahrer hupte im Hof, und sie hatte nicht die richtigen Worte gefunden, hatte die Riemen des Rucksacks auf den grazilen Schultern zurechtgerückt, war die Treppen hinuntergelaufen und gegangen.

Als sie nach Bastia del Garbo gekommen war, sprach sie kein Italienisch. Sie sprach relativ gut Englisch, mit einem kantigen amerikanischen Akzent, den sie von ihrem Lieblingssender MTV hatte, dessen besessener Fan sie war. Für Luisa war sie vor allem anfangs ein feindliches Element gewesen. Und auch mysteriös, weil man von ihr nichts als den Namen wußte. Im Laufe ihres Zusammenlebens erfuhr sie, daß sie aus einer reichen mohammedanischen Kaufmannsfamilie stammte. Es gelang ihr nicht einmal, mit Sicherheit ihr Alter zu erfahren. Azra widersprach sich. Als sie ankam, behauptete sie, achtzehn zu sein – und so ließ sie es in die Dokumente schreiben; einige Monate später war sie erst siebzehn; im folgenden Jahr, als sie abreiste, war sie noch nicht einmal sechzehn.

Am Anfang starrte sie stundenlang in die Dunkelheit, die das Land verschluckte, und auf die Lampen, die in regelmäßigen Abständen auf dem Burgwall aufleuchteten. Sie wollte nie aus dem Kastell heraus. Offene Räume waren ihr ein Greuel. Schon den Hof zu überqueren, um zur Garage zu gelangen, schien eine übermenschliche Anstrengung zu sein. Als sie sich endlich dazu überreden ließ, blieb sie zunächst vorsichtig in der Diele stehen und überquerte dann verkrampft, fast rennend die Wiese. Sie durchforschte ängstlich den Hügel gegenüber, hinter dem Fluß, wo die Lichter eines Gutshofs funkelten. Sie mißtraute den Lichtern, den Scheinwerfern und den Schwertransportern, die krachend über die Landstraße rasten. Sie mißtraute allem und auch Luisa. Die sah sie nur lächeln, als sie sie in ihrem Zimmer dabei ertappte, wie sie in einem ihrer Kleider, das sie in der hintersten Ecke ihres Schranks aufgestöbert hatte, vor dem Spiegel auf und ab ging. Es war Luisas Hochzeitskleid. Gekauft auf dem Flohmarkt von Camden, Second hand oder sogar aus dritter Hand. Ein Modell der zwanziger oder dreißiger Jahre – wer weiß. Trotz ihrer männlichen Züge fühlte sich die sportliche Azra im perlenfunkelnden Samt vollkommen wohl. Wenn es dir gefällt, schenke ich es dir – sagte sie spontan. Ich brauche es nicht mehr.

Sie schlief pausenlos. Nachts, am Tag, immer, manchmal schlief sie ganz plötzlich ein – bei Tisch, am Steuer, überall, sogar während sie sprach. I'm asleep – sagte sie einmal zu Luisa. Von den Hügeln wurde nachts geschossen, deshalb hatte sie seit April kaum noch geschlafen. Der Psychologe sagte, es sei ein typisches Syndrom von Menschen, die eine Bombardierung erlebt haben. Ein nicht so sehr physiologischer, sondern eher pathologischer, psychotischer Schlaf. Ein Versuch, die Realität zu annullieren – zum Schweigen zu bringen. Wie geht es mit Azra? erkundigte sich Drago. Sehr gut, antwortete Luisa.

Aber Azra weigerte sich auch zu sprechen. Sie kommunizierte in keiner Weise mit ihr: Sie beschränkte sich darauf, sie mit lebhaften Augen neugierig anzustarren. Luisa hatte ein paar Tage gebraucht, um zu begreifen, daß das Mädchen zwar ein Trauma erlitten und Kommunikationsprobleme hatte, vor allem aber Hörprobleme. Nach der ärztlichen Untersuchung sagte man ihr, daß sie auf einem Ohr vollkommen taub war, auf dem anderen nahezu. Die Diagnose lautete: zerfetztes Trommelfell. Azra erzählte nie, was ihr passiert war. Aber sie erinnerte sich in allen Einzelheiten daran und erlebte die Szenen immer wieder, mehrmals am Tag, wie in einem Film, den sie nach Belieben ablaufen lassen konnte. Dann spulte sie ganz langsam die Bilder der Erinnerung ab, rekonstruierte die Szene, das Umfeld, das Geräusch, bis hin zur Stille am Ende. Die Stille, die sie monatelang verschlungen hatte. Doch es war eine private Vorführung, die sie mit niemandem teilen wollte, auch nicht mit Luisa. Durch das Schweigen schien sie ihr Trommelfell wieder in Besitz nehmen und die Welt daran hindern zu können, ihre Schwäche auszunutzen. Luisa erzählte sie nur, daß es ihr nicht mißfallen habe, taub zu werden in Sarajevo, weil sie dachte, daß sie so wenigstens die Bomben und das Pfeifen der Dumdumgeschosse nicht mehr hören würde. Es war eine verkehrte Welt, dort. Monatelang war das Dröhnen der Granaten und der Maschinengewehre so penetrant gewesen, daß sie es nicht einmal mit zugestopften Ohren vergessen konnte – und als es dann geschah, daß sie es nicht mehr hörte und sich die Stille eroberte, war sie nicht böse gewesen. Im Gegenteil, dank dieser Verletzung konnte sie weg. Wäre sie nicht verletzt worden, so hätten sich die Blauhelme ihrer nicht erbarmt und sie nicht hinausgelassen. Die Blauhelme brachten Menschen in ihren weißen Panzerwagen nur raus, wenn man sie bezahlte. Das hatte sie jedenfalls gehört. Und wenn sie nicht rausgekommen wäre, dann wäre sie jetzt vielleicht tot. Mehr als die Behinderung hatte sie die Umwälzung der Gefühle verletzt, die damit einhergegangen war. Während man sie in Sicherheit brachte und auf Hilfe wartete, hatte ein Mädchen sich über sie gebeugt. Dieses Mädchen, ihre beste Freundin, beneidete sie. Sie war verletzt, vielleicht würde sie sterben, sie hatte das Gehör verloren, und ihre Freundin beneidete sie. Eine sehr traurige Sache. Alles war verkehrt herum. Hier in Italien jedoch hätte sie gern wieder hören wollen. Die Stimmen, die Klänge, auch die Musik. Sie liebte Musik. Sie hatte Violine studiert und Akkordeon gespielt. Sie war auch in einem Fanclub von U2.

Da sie ihr kein neues Trommelfell kaufen konnte, wollte Luisa ihr wenigstens die Geräusche kaufen. Sie klapperte mit Azra alle HNO-Praxen im Piemont ab, auf der Suche nach einem Spezialisten, der ihr ein so empfindliches und starkes Hörgerät bauen könnte, daß es ihr zumindest zum

Teil die Klänge der Welt zurückbrächte. A present for you. Als Azra es anstellte und ihre Worte – Azra, you're welcome, merhaba, honey – hören konnte, war sie enttäuscht. Your voice – sagte sie. Ich hatte sie mir anders vorgestellt.

Von der Zeit in Sarajevo sprach sie nie, nur einmal erzählte sie dem Elektriker von den Scharfschützen, die in den Hügeln auf der Lauer lagen und jeden treffen konnten. An jedem Ort, in jedem Moment. Es gab keine Regel, und vorherzusehen, zu kalkulieren, zu berechnen war unmöglich. Nur der Zufall traf oder verschonte, wie beim Roulette. Einer der Sniper hatte ihren Bruder erwischt, vor dem Hotel Europa. Bevor es in Flammen aufging, hatte sie dort Zuflucht gesucht: Es war ein guter Platz. Ihr Bruder war Schauspieler im Kamerni Teatar, und sie waren an jenem Nachmittag auf dem Weg zu den Proben für ein Stück. Ein Musical. Es hieß HAIR. Als ihr Bruder fiel, hatte er ein Loch anstelle des Gesichts. Es war gefährlich, jene Straße zu gehen, aber sie taten es trotzdem, denn auf das Stück verzichten hieß kapitulieren – kein Mensch mehr sein, sondern ein Automat voller Haß und Angst. Ihr Bruder sagte: Schlimmer als der physische Tod ist der geistige Tod, der Tod der Seele ist der Tod der Hoffnung und des Vertrauens in die Menschheit. Sie hatten ihn im Garten von Freunden begraben, weil der Friedhof in einem zu weit entfernten Viertel lag, unmöglich dahin zu kommen. Das Grab war in die Luft gesprengt worden. Sie hatten ihn ein zweites Mal begraben – und es war wieder in die Luft geflogen. Schließlich war von ihm so wenig übriggeblieben, daß für ihn – er war ein Meter achtzig groß und hatte einen mächtigen Brustkorb – eine Kiste wie für ein Kind genügte. Aber sie sprach davon mit solch einer Gleichgültigkeit, daß der junge Elektriker dachte, sie wolle nur Eindruck auf ihn machen, und ihr nicht glaubte. Azra gewann daraus die allgemeine Überzeugung, daß niemand glaubte, was sie sagte – oder ihr jedenfalls nicht zuhören wollte. Ihr Mißtrauen wurde zum Verfolgungswahn. Sie warf allen vor, tauber als sie selbst zu sein.

Sie wollte nur vergessen. Sie nahm ihrer Vergangenheit und ihrem vorigen Leben gegenüber eine distanzierte Haltung ein, als ob all das sie nicht beträfe. Oft ging sie mit Luisa abends in die Bar von Bastia. Sie setzten sich abseits, und wenn die Fernsehnachrichten die desolaten Bilder der zerstörten Stadt brachten – das übliche beschwörende Bild von Trümmern, ausgebombten und rauchgeschwärzten öffentlichen Gebäuden, verbrannten Autos, zersplitterten Fensterscheiben, Staub und verkohlten Büchern in der maurischen Bibliothek –, dann verrückte sie den Stuhl und setzte sich mit dem Rücken zum Bildschirm. Dann war es Luisa, die unter Qualen jene Bilder anstarrte und dachte, daß Azras Freunde und Verwandte vielleicht noch in der Stadt waren, vielleicht unter Hunger litten, unter der Kälte eines erbarmungslosen Winters mit Temperaturen von zehn Grad unter Null, unter Mangel an Wasser, Licht, Gas, Nahrung; sie litten vielleicht unter Verlassenheit, Verzweiflung, Gleichgültigkeit und Tod, und Azra machte keine Anstalten, sich darum zu kümmern.

Aber es war nur ein gespieltes Desinteresse. Als die Rechnung des Mobiltelephons kam, das sie immer abgeschaltet hatte, wollte Luisa Widerspruch einlegen, doch man bestätigte ihr, daß der zu zahlende Betrag korrekt war. 5 213 000 Lire. Dutzende von Anrufen waren aufgelistet. Salzburg. Ljubljana. Klagenfurt. Split. Zürich. Ja, die Telephonate stammen von mir, bestätigte Azra. Sie sprach jeden Tag mit emigrierten, in den europäischen Städten verstreuten Bekannten. Sie suchte nach Nachrichten über diejenigen, die dort geblieben waren. Ob sie noch lebten. Ob sie tot waren. Ob sie verletzt waren. Sie hatte bleiben wollen, bleiben bis zum Ende – was auch immer geschehen würde. Sie wollte nicht fort. Man hatte sie gezwungen. Und jetzt konnte sie nicht mehr zurück.

Azras Eltern sind gestorben – auch wenn es nicht möglich war, herauszubekommen, wie oder wann. Ihre Tante mütterlicherseits war kurz vor dem Krieg nach Amerika geflohen. Sie lebte mit ihrem jüdischen Ehemann an der Westküste, sie war weitsichtiger gewesen als Azras Vater – der bis zum Tag vor der Belagerung sagte: Uns kann nichts passieren, seit vierhundert Jahren leben wir in Frieden zusammen. Aber als Luisa und Drago versuchten, den Namen jener Verwandten zu erfahren, um Kontakt mit ihr aufzunehmen, Azra die Reise zu bezahlen und sie zu ihr zu schicken, wollte Azra nicht sagen, wo sie wohnte. Ich will hierbleiben, wiederholte sie immer wieder.

Doch sie wollte weder studieren noch arbeiten. Sich nur amüsieren. Sie weigerte sich, zum Postamt zu gehen, das Geschirr zu spülen: Nach dem Abendessen ließ sie es mit Speiseresten im Spülbecken verkrusten. Sie wischte weder Staub, noch klopfte sie die Teppiche aus. Sie kaufte kein Futter für die Hunde, die vor Hunger schließlich blutrünstig wurden und mehrfach den Kranführer und die Arbeiter anfielen, die versuchten, sie mit vergifteten Bouletten zu töten. Sie fuhr in die Stadt, vergaß aber regelmäßig die von Luisa zusammengestellte Einkaufsliste und kaufte nur Nagellack in trivialen Farben, Henna, um sich die Haare zu färben, Ohrringe (um im Dorf in zu sein, hatte sie sich Löcher machen lassen, fünf Löcher in das rechte Ohrläppchen, drei in die linke Ohrmuschel, ein kleines in den Nasenflügel) und grellbunte Turnschuhe, die sie immer mit offenen Schnürsenkeln trug. Sie lockte allen, die in der Burg arbeiteten, Geld aus der Tasche, indem sie ihre Schuldgefühle ausnutzte. Sie rauchte eine Marlboro nach der anderen und verteilte die Kippen in den überquellenden Aschenbechern, aber auch auf dem Fußboden. Sie rauchte im Baltuszimmer, das voller Gefäße mit hochentzündlichen Lösungsmitteln war. Schließlich verursachte sie einen Brand, als sie mit einem brennenden Zigarettenstummel eingeschlafen war. Das war Ende Mai. Zum dritten oder vierten Mal in jenem Frühling hatte Luisa beschlossen, einen Entzug zu versuchen, und war seit einer Woche »clean«; Azra sollte sie überwachen und daran hindern, ihre Meinung zu ändern. Sie hatten furchtbare Tage miteinander verbracht. Azra stellte den Walkman an, preßte sich die Hörer gegen die Ohren und sah hin und wieder forschend zu Luisa, die von den Schlafmitteln benommen und vor lauter Schwäche völlig bewegungslos war. Das Laken fing Feuer – der Alkohol explodierte, die Fenster spuckten schwarze und gelbliche Flammen aus. Glücklicherweise war es Vormittag, und im Kastell arbeiteten Dutzende von Arbeitern. Sie kamen beide mit leichten Verbrennungen davon. Während die Arbeiter mit dem Feuerlöscher kämpften und Luisa schnell einen Geldschein zusammenrollte, um wenigstens ein bißchen Kokain zu ziehen – ungeachtet der fassungslosen Blicke ihrer Retter –, hatte Azra einen Nervenzusammenbruch, gefolgt von einem hysterischen Lachkrampf. Sie glaubte, ihr Haus stehe in Flammen – es war im vergangenen April in Drobinja abgebrannt.

Verwöhnt von Drago, der ihr die Taschen mit Geld füllte, machte Azra Luisa Vorwürfe wegen ihrer finanziellen Lage. Sie, sie war etwas anderes gewohnt. In Sarajevo hatte sie ein großes, neues Haus mit einem großen Garten mit uralten Bäumen, und aus den Fenstern sah man die Berge und nicht those fucking hills. Sie beklagte sich über die Gegend. Bastia del Garbo war nicht Rom oder Wien oder New York, und sie hatte in einer Metropole gelebt. Es war die most exciting Stadt der Welt, ihre Stadt, aber hier gab es nichts dergleichen – es gab keine Mischkulturen, hier waren alle Italiener, alle katholisch, alle von der gleichen Rasse. Sie konnte sich nicht an dieses Provinzloch voller Ignoranten gewöhnen, wo fast niemand Englisch sprach und alle nichts anderes taten, als an das nächste Fußballspiel zu denken und fernzusehen und beim Anblick verstümmelter Kinder vielleicht zu weinen. Für Azras Leben interessierten sie sich allenfalls, weil es in ihrem eigenen nichts Interessantes gab. Sie sahen sich die Geschichten der Kriegsopfer an, wie im Kino, wie im Zoo, um Schrecken zu empfinden und sich die Hände in Unschuld zu waschen. Wenn du das denkst, Azra, dann bitte ich dich zu gehen, sagte Luisa schließlich. Glaubst du, du hast ein Recht auf alles, weil eine Bande von Kriminellen dein Haus bombardiert hat? Da irrst du dich, weißt du? Ich halte deine Erpressungen nicht mehr aus. Wenn ich dir nicht gefalle, wenn Postumo dir nicht gefällt, such dir jemand anderen. Such dir eine andere Idiotin als mich, die lernt, dir Ćevapčići und den Rahat-lukum zu kochen... Ich, stell dir vor, wie blöd ich bin, hab dich wie eine Tochter behandelt, und du hast mich als deine Magd gesehen! Leck mich am Arsch, Luisa, brüllte Azra – du bist nicht meine Mutter, thank God you 're not my mother, ich bin erwachsen und brauche keine Mutter mehr, behalt doch dein Geld und deine Burg, ich will gar nichts von dir. Fuck you!

Im Verlauf der Monate nahmen Diebstähle, Beschimpfungen und Groll sprunghaft zu. Azra konnte sie, Luisa, nicht verstehen. Sie glich keiner der Frauen, die sie kannte. Sie beobachtete sie – manchmal mit Verachtung, manchmal mit uneingestandener Bewunderung. Sie bekam nie heraus, ob Luisa Sklavin von allem – und auch von sich selbst – war oder ob sie statt dessen – wie sie glaubte – wirklich frei war. Sie beobachtete sie beim Lesen, Malen und Schlafen. Im Frühling begann Luisa, die Anzeigen für Vermietung von Räumen zu studieren, denn sie wollte, wie sie sagte, ihre Kunstgalerie wieder eröffnen – IL SEGNO hieß sie –, aber Azra fragte sich, wie sie das machen wollte, vor allem mit wessen Geld. Luisa schnitt die Anzeigen aus, die sie vorher rot eingekreist hatte, und jene Anzeigen lagen wochenlang auf ihrem Schreibtisch herum und verstaubten, bis sie sie in den Ofen warf. Drago lieh ihr das Geld, das sie nicht mehr verdiente, aber Azra hatte sie nie über Geld diskutieren oder Geld verlangen hören. Einmal sagte Luisa, daß Geld ein schlimmeres Betäubungsmittel als Drogen sei. Sie sprachen selten miteinander, weil Luisa ihre Momente der Klarheit und der guten Laune für Arsenio, für Drago, für ihre Briefe und ihre Aquarelle aufhob. Weißt du, Honey, sagte sie in einem ihrer seltenen intimen Gespräche, das ist der Punkt. Ich bin nicht fähig, wirklich ein Gefühl zu erwidern, mich in der Liebe oder auf irgendeinem anderen Gebiet zu engagieren, weil ich zu große Angst habe, meine innere Freiheit zu verlieren. Ich kenne ihre Sprache, Grammatik und Zeichen nicht. Vielleicht ist es zu spät. Azra verstand nicht, was sie sagen wollte. Als sie in Bastia ankam, verkehrte Arsenio schon in der Burg, wie im übrigen auch Drago, der Luisa am Montagnachmittag besuchte – dreimal im Monat, nie an einem anderen Tag. Sie schlossen sich in ihrem Zimmer ein, während der Chauffeur in dem blauen Lancia wartete, der auf dem Vorplatz parkte; nach ein paar Stunden ging er wieder. Seit sie das Hörgerät besaß, konnte sie sie hören. Sie hörte auch Arsenio und Luisa. Arsenio brachte etwas absolut Neues nach Bastia: das Lachen. Er veranstaltete alles mögliche, damit Luisa sich amüsierte – er scherzte, imitierte ihre Bekannten und auch Luisas Posen. Er nahm nichts ernst, und mit ihm wurde alles erträglich – auch die Einsamkeit, der Krieg, der Tod. Luisa schien so ätherisch, so losgelöst von allem, Azra fand sie nicht einmal begehrenswert – mit ihrer unnatürlichen Blässe, der ungesunden Magerkeit und dem verlorenen Blick –, aber die beiden schienen besessen von ihr, schwirrten immer um ihr Bett herum und konnten sich nur schwer von ihr losreißen.

Azra empfand Zuneigung zu jenem kahlköpfigen Mann, der sie aus dem Flüchtlingslager geholt und sie behalten hatte, obwohl sie nicht die Frau war, die er ausgesucht hatte, und obwohl es in jener Schule Dutzende von Frauen gab, die für die ihr zugedachte Aufgabe besser geeignet waren. Er hatte sie bei der Hand genommen und sie aus jener halbzerfallenen, im Schlamm versinkenden Schule fortgebracht, die so weit weg von zu Haus war – von allem. Daran dachte sie, als er zum letzten Mal in die Burg gekommen war. Drago hatte sie an sich gezogen. Sie nahm den Geruch des Rasierwassers und der langen Reise auf seinem Anzug wahr. Sie hatte sich an seine dunkelblaue Jacke geklammert. Versprich mir, sagte Drago, versprich mir, daß du – was auch geschieht – bei Luisa bleibst. Sie wollte es nicht versprechen. Nein. Ich fühle mich nicht wohl mit Luisa. Sag so was nicht – meinte Drago müde –, Luisa betet dich an.

Aber Azra kannte Luisa so, wie weder Drago noch Arsenio sie je kennen konnten. Azra war es, die ohne Führerschein mit dem 2 CV fuhr und bei ihren Lieferanten einkaufen ging. Der einzige Einkauf, den Luisa ihr beigebracht hatte. Ein Dicker, der am Stadtrand von Alba wohnte, und eine neurotische Tante, die ein Fitneßzentrum in Cairo Montenotte hatte: Wenn sie nicht zu Haus waren, mußte sie stundenlang warten, denn sie konnte nicht mit leeren Händen zu Luisa zurück. Und wenn es ihr schlechtging oder ihre Hände zu sehr zitterten, dann zündete Azra die Kerze an und mischte den Stoff im Teelöffel. Luisa hatte ihr beigebracht, die Spritze zu füllen und zu saugen, bis Blut kam. Azra stand ihr in ihren Paranoiaanfällen und ihren Todesgelüsten bei. Bei ihren erfolglosen Versuchen aufzuhören, bei den anschließenden Krisen. Sie zählte die Stunden, und Luisas Körper war eine zuverlässigere Uhr als ihre eigene: Nach zwölf Stunden begann die Unruhe, nach achtzehn die Hölle. Sie bemühte sich, unbeteiligt und vernünftig zu bleiben – denn das war es, was Luisa, Drago und auch Arsenio von ihr erwarteten. Doch es gelang ihr nicht. Diese Sache war etwas Schonungsloses und nahm Luisa alles – auch das einzige, was ihr noch geblieben war: die Würde. Etwas, was ihren Körper aufwühlte, ihn verwüstete. Der Schmerz war so stark, daß Luisa sich zusammenkauerte, als wollte sie dem Angriff des Feindes eine möglichst kleine Oberfläche bieten – aber der Feind war sie selbst. Geh weg, Azra, flüsterte sie. Geh weg. Sie breitete die Decken über sie, befeuchtete ihre Lippen, wechselte die Laken, die triefend von Schweiß, Erbrochenem, Blut und Durchfall waren. Luisa hätte sie nie darum gebeten, aber sie hatte es getan, auch wenn sie es Drago nicht sagen konnte. Daran dachte sie an jenem Abend, und an die vielen Male, die sie an ihrem Bett gesessen hatte und Luisa sich an sie lehnte, zu schwach, um den Kopf zu heben, zitternd und stundenlang von heftigen Krämpfen geschüttelt. Und wenn sie Luisa an sich drückte und ihre Hände auf ihre Haut legte, dann spürte sie unter den Fingern die aufgewühlten Eingeweide sich aufbäumen und beben, als wimmelte es in ihr wirklich von Mäusen, Schlangen und Dämonen. Versprich es, Azra – drängte Drago. Er war müde, und er wollte zu Luisa gehen. An jenem Abend schien die ganze Welt Drago enttäuscht zu haben, und jetzt wollte nicht auch sie ihn noch enttäuschen. Ja, sagte sie zu ihm. Ja, wiederholte sie, mach dir keine Sorgen, ich bleibe bei Luisa.

5

Sein Name war nicht Antar, aber niemand – weder Tristano noch Alma, noch Enrico – kannte ihn unter einem anderen als diesem Namen, den er gewählt hatte und unter dem er eines Tages erinnert werden wollte. Niemand kannte sein Alter, denn Antar sagte allen, daß seine einzige Vergangenheit seine Zukunft sei. Sein unausgereiftes Gesicht und sein schmächtiger Körper verrieten jedoch, daß er höchstens fünfzehn oder sechzehn sein konnte. Bevor er ein blutrünstiger Krieger und Aufschneider wurde, war er ein Kriegsopfer. Denn damals war er, der später der Page Antar werden sollte, noch die halbwüchsige Tochter eines reichen maurischen Kaufmanns in Granada. Sie führte ein goldenes Leben. Hinter den Mauern eines prunkvollen Palastes, von Dienern umgeben und als Mädchen vor der Brutalität der Welt geschützt, hatte sie kaum bemerkt, daß ihre Stadt sich verändert hatte: daß die Souks verlassen waren und die Lebensmittel allmählich knapp wurden. Sie hatte nicht bemerkt, daß Granada starb, hatte nicht die Barackensiedlungen der aus dem Umland vertriebenen Flüchtlinge gesehen, nicht die kahlen Bäume des herannahenden Winters. Die Bäume, auf die in ihrem Garten die Schneeflocken fielen, waren noch grün. Nur hin und wieder hörte sie das Zischen der Geschosse und das Einschlagen der von den Feinden geschleuderten Steinblöcke. Die Menschen um sie herum waren ruhig. Sie warteten auf das Eingreifen des Mameluckensultans. Er würde seine Schiffe aussenden und Granada zu Hilfe kommen. Er würde es nicht fallenlassen. Das war unmöglich. Die Ankunft der Ägypter stand unmittelbar bevor.

Ihr Vater, der Kaufmann, hatte sich für den Frieden eingesetzt – das heißt für den Verzicht auf jede militärische Handlung gegen die Christen –, er hatte sich mehrmals mit den Feinden getroffen. Deshalb war er allgemein bekannt. Aber er mußte für seine Sonderrechte bezahlen und sollte seinen Status bitter bereuen. Im Dienst des Königs von Aragonien standen Hauptleute und Söldner aus ganz Europa. Antar kannte damals ihre Sprache nicht und erfuhr nie, welcher Nation die Rhomäer angehörten, die sie das Pech hatte zu treffen. Aber ihr Anführer war Italiener. Die ersten Worte, die sie von der Sprache lernte, die einmal ihre werden sollte, waren »Fleisch Fleisch« und »töten töten«. Alle sagten, daß das Italienische eine Sprache von süßem und musikalischem Klang sei, aber das empfand sie damals nicht so, und nachts träumte sie auf Arabisch – das war wirklich eine liebliche Sprache, ein Wiegenlied, ein einziger Zauber. Die Belagerung war für die Angreifer kaum weniger zermürbend als für die Angegriffenen, die sich in ihrer reichen Stadt verschanzt hatten. Die Mauren hatten sich ergeben. Ihre Herren hatten für ein Stückchen Land die Macht an die Aragonier verkauft und die Stadt ihren Feinden überlassen. Es war eine friedliche Übergabe. Am 1. Januar 1492 verließ der Kaufmann gemeinsam mit Vertretern der edelsten Familien Granadas im Morgengrauen die Stadt – als Bürge für die von Sultan und König unterzeichneten Vereinbarungen. Ein paar Stunden später, in tiefer Nacht, zogen die Soldaten in der Stadt ein, schweigend, geordnet – ohne Waffengeklirr. Die schlafenden Einwohner Granadas würden erst am nächsten Morgen merken, daß alles vorbei war und daß sie einen neuen Herrn hatten. Der seit langem mit Grauen erwartete Tag kam auf leisen Sohlen, im Zeichen allgemeiner Gleichgültigkeit, ja nahezu Zufriedenheit. Die Niederlage war wie ein Kanonenschuß mit feucht gewordenem Pulver. Nichts schien verändert. Kein Blut, keine Schüsse, keine Bekehrungen. Nur ein Banner, das am Fahnenmast gehißt wurde und ein anderes Emblem flattern ließ. Die fremden Soldaten zogen wie benommen durch die Stadt, von der sie so lange geträumt hatten. Ja, Granada war so reich, wie sie es gehört hatten. Und schön. Sie taumelten betrunken, lärmten und trieben sich vor den Toren der Alhambra herum, betäubt vom Haschisch und vom Frieden. Doch die Üppigkeit der Paläste war zu blendend für die Habgier der Männer, die seit Jahren von diesem Augenblick träumten und sich um den logischen Abschluß eines jeden siegreichen Krieges betrogen sahen:

Plünderung, Übermut, Beutezüge. So schien es ja gar kein Sieg zu sein.

Der Kaufmann war nicht im Haus, war nicht bei seinen Frauen und seiner Familie: Man hatte ihn nach Santa Fé gebracht, bis alles zu Ende wäre. Einige drangen in sein Haus ein, um sich ein paar Kostbarkeiten zu holen. Sie dachten, sie würden nicht auf Widerstand stoßen, doch die Diener des Kaufmanns widersetzten sich den Eindringlingen: Es kam zu einem raschen Kampf mit Säbelhieben, bis die Soldaten die Oberhand gewannen und den Wächtern die Kehle durchschnitten. In dem Augenblick waren sie durch die Rauferei so erregt, daß niemand sie mehr hätte zurückhalten können. Die Tochter des Kaufmanns hatte mit eigenen Augen zugesehen, wie sie in die reichen Gemächer eindrangen, die Christinnen befreiten, die bis zu dieser Nacht ihre Zofen, ihre Sklavinnen gewesen waren, und wie der Anführer der Bande – Orden, sagten sie – bei einem unvergeßlichen Zielscheibenwerfen ihre Brüder ermordete. Es war ein Spiel, das der Hauptmann sehr liebte. Er nannte es das »Sarazenenspiel«.

Er wählte dafür vier oder fünf Unglückselige aus. Auf ihre Gesichter malten die Soldaten mit flüssigem Pech zwei schwarze Kreise: einen auf die Stirn und einen um die Lippen herum. Die Familie des Kaufmanns, erschrocken vom Eindringen der bewaffneten Männer, begriff nicht, was geschah. Dann wurde einer von ihnen, der Sohn des Kaufmanns, in den Patio geführt und an den Kirschbaum neben dem Brunnen gebunden: Vor den Körper banden sie ihm einen Lederschild und gaben ihm in die freie Hand eine Holzkugel, mit der er sich verteidigen und den treffen konnte, der ihn traf. Normalerweise spielte der Hauptmann das Spiel mit einer Puppe aus Lumpen und Stroh mit Dolch und Holzschild. Er konnte und durfte nur in einen der mit Pech gemalten Kreise treffen. Woanders zu treffen wäre unehrenhaft für ihn gewesen.

Der Hauptmann trug auf dem Helm das Emblem der scharlachroten Rose, das auch in der Mitte seines weißen

Banners prangte. Er wiegte die Lanze in der Hand, ließ dann die Zügel des Pferdes locker, gab ihm die Sporen, galoppierte einige Male um den Baum herum und spielte bis zum Überdruß mit den Bewohnern des Hauses, die einer nach dem anderen seine Sarazenenpuppe wurden. Doch jetzt war es eine Puppe aus Fleisch und Blut, die sich bewegte, kämpfte, stöhnte. Die schwarzen Kreise zu treffen war ein Beweis großer Geschicklichkeit. Wenn der Hauptmann den Schild träfe, würde die Puppe losgebunden und freigelassen werden. Der Hauptmann stieß die Lanze, während das Pferd galoppierte. Er zielte aus einer gewissen Entfernung und warf nur ein einziges Mal: Die Zielscheibe konnte sich verteidigen und ihn auch treffen. Es schien kein unmögliches Unterfangen zu sein, und die Angehörigen des Kaufmanns hofften, sich retten zu können. Der erste Sarazene wurde auf der Stirn getroffen, genau in der Mitte des Kreises aus Pech. Seine Hand umklammerte noch die nutzlose Holzkugel. Der zweite, der Diener des Vaters, auf der Wange. Der Hauptmann mißbilligte den Stoß seufzend, aber als man den Diener losband, war er schon tot. Dann wurde einer nach dem anderen zwischen den Lippen getroffen, es fielen der jüngste Sohn, die Vettern, die Frau. Als ein paar Tage darauf der Kaufmann in sein Haus zurückkehrte und es leer vorfand, stürzte er sich in den Brunnen, weil er den Tag, an dem seine Glaubensbrüder einen Kontinent, seine Herren eine Stadt und er alles verloren hatte, nicht überleben wollte. Es dunkelte schon, als der Hauptmann – des Vergnügens überdrüssig und durch den Beutezug befriedigt – genug gespielt zu haben meinte und vom Pferd stieg. Er hatte siebenmal ins Schwarze getroffen und zweimal daneben. Er war ein großer Lanzenwerfer.

Die blutjunge Sarazenin hockte auf den Majolikakacheln im Patio und wartete darauf, daß sie an die Reihe kam. Der Hauptmann war müde und wollte keine Zeit mehr verlieren: Auf sie warf er die Lanze nicht mehr. Er war zu sehr damit beschäftigt, die Reichtümer des Kaufmanns zu verladen und im Schutze der Dunkelheit aus der Stadt und ins Lager zu schaffen: Dreizehn Truhen hatte er mit kostbarem Tuch, Seide, Samt, gemmenbesetzten Gold- und Silberstoffen, Teppichen, Statuetten, Majolika, Keramikkrügen, Elfenbein, Münzen, elfenbeinernen Olifanten füllen lassen – lauter Schätze, die später die Säle seiner Burg schmücken würden. Und während der Hauptmann die Maultiere mit den Kostbarkeiten belud, schleppte ein Haufen betrunkener, durch das Lanzenspiel erregter Soldaten die junge Sarazenin in den Garten. Hier bemächtigten sich ihrer die Männer von Jacopo Cocito. Jacopo war die rechte Hand des Hauptmanns geworden, da er ihm vor knapp einer Woche das Leben gerettet hatte und dafür mit einer Beförderung belohnt wurde: Jetzt befehligte er hundert Berittene.

Hundert Soldaten bildeten im Patio des Kaufmanns einen undurchdringlichen Kreis, in dessen Mitte die Sarazenin verzweifelt umherlief und in einer Sprache, die die Soldaten zum Lachen brachte, ihre Mutter anrief, deren Körper im Schnee schon steif wurde – und jedesmal, wenn sie versuchte, sich gegen einen von ihnen zu werfen und sich eine Bresche zwischen den Lanzen, den Rüstungen und den kräftigen Armen der Soldaten zu schlagen, stießen diese sie schreiend, lachend, pfeifend in die Mitte zurück. Die Sarazenin gab sich nicht geschlagen, nahm immer neuen Anlauf und versuchte, die Aufmerksamkeit des Hauptmanns und ihrer Sklavinnen zu erregen – die nun frei waren, sich um ihre Befreier scharten und an ihre Zukunft dachten. Jeder Versuch endete mit einem Lanzenstreich auf ihren Kleidern, die in Fetzen herabfielen und sie nicht mehr bedeckten. Olivfarbenes, unreifes Fleisch einer sarazenischen Jungfrau. Die ehemaligen Sklavinnen weinten, und die hundert Berittenen von Cocito lachten. Hundert Pferde für Cocito und für die Tochter des Kaufmanns. Er, Cocito, ritt auf seinem Pferd durch den Schneematsch vor den Säulen des reichen Kaufmannshauses hin und her, mit einem um den Kopf gewickelten Zendelschleier und einer grünen Fahne auf der Schulter, eine Parodie auf den in den niedergeholten Halbmond gehüllten maurischen Heerführer: Seine Soldaten warteten auf ihn. Cocito stieg vom Pferd, und die Soldaten ließen ihn durch. Die Sarazenin streckte ihm ihre Kehle entgegen, sie wollte getötet werden. Ach, warum nur hatte der Hauptmann die Lanze nicht auch auf sie geworfen, unter dem Kirschbaum? Wenn es das Paradies des Islam gibt, dann wäre sie jetzt schon dort, inmitten kühlen Wassers und lieblicher Gärten, und nicht länger in diesem Dämonensabbat. Erbarmen, flehte sie. Cocito nickte und trat zur Seite. Die ersten Sterne gingen unter. Der Himmel hatte eine zarte Rosenfarbe. Die Sarazenin floh barfuß durch den Schnee: Er sah ihr zu, wie sie lief, bis ihr die Luft ausging und sie stolperte. Dann folgte er ohne Eile ihren deutlichen Spuren. Spuren von kleinen nackten Füßen auf dem hellen Schnee. Er ging ihr nach, ohne auf die Pfützen zu achten, die seine Gamaschen durchnäßten, und da die Sarazenin immer noch kämpfte, sich auf allen vieren vorwärtsschleppte und weiter zu fliehen versuchte, zog er das Schwert, und während er ihren sich windenden Körper zwischen seine Knie klemmte, schnitt er ihr mit einem glatten Streich das rechte Ohr ab. Die Sarazenin schrie, gleichermaßen vor Schmerz wie vor Angst. Der Hieb gegen das linke Ohr ging fehl und brachte ihr einen tiefen Schlitz hinter der Schulter bei. Wütend warf Cocito das Schwert fort, zog den Dolch heraus und schnitt ihr das Ohr mit der kurzen, schärferen Klinge ab – und da die Sarazenin aus vollem Halse schrie, stopfte er ihr das Ohr in den Hals, damit sie zu brüllen aufhörte.

In den Schnee geworfen und wie festgenagelt im Schlamm und im Wasser, das ihre Haut und ihre mit Blut, Schlamm und Erde verstopften Ohrmuscheln aufweichte, zerquetscht durch das Gewicht jenes muskulösen, riesigen Mannes, der mit der grünen Fahne wie ein Drache oder eine Echse aussah, das Gesicht in Schnee und Matsch gedrückt, hörte das Mädchen keinen Laut mehr, aber jedesmal, wenn es ihr gelang, den Kopf zu heben, sah sie ihr rosiges abgeschnittenes Ohr im Schnee liegen und etwas dahinter Cocitos Lanze. Ihr Gesicht lag im Schnee, bis die vom Frost brennenden Augen nichts mehr erkannten und der vom Feuer geblendete Schnee mit den Blutstropfen zu einer Traumvision verschwamm – und der Himmel hat dort unten eine zartrosa Farbe. Sie erstickte fast an ihrem eigenen Ohr und an Blut und Schlamm und Wasser und Schnee, war leichte Beute für Cocito, dem sie als Ranghöchstem des Kampfverbands als erstem gebührte: dann nacheinander Beute seiner hundert Kavalleristen. Das unvergeßliche Sarazenenturnier verdiente es, in die Geschichte einzugehen und unter den Heldentaten der Rosenritter genannt zu werden. So verewigte der Dichter aus dem Gefolge des Ordens die Nacht der Einnahme Granadas mit einem Poem in Oktaven, das er im Lager aus dem Stegreif dichtete: »Der hundertste Kavallerist der sarazenischen Jungfrau«. Die Possen des Dichters, seine scharfsinnigen Sprüche und seine Intelligenz vergnügten den Hauptmann sehr.

Am folgenden Morgen war das Haus des Kaufmanns in Stille gehüllt, die verwüsteten Zimmer waren ein Steinbruch aus bemalten Majolikas, der Patio ein Lager von betrunkenen und schlafenden Kriegern. Die Sarazenin – eine Puppe aus Lumpen, schwarz von Blutergüssen, geschwollen, ausgeweidet, ein einziger Klumpen aus Blut – wird für tot gehalten und auf den Karren geworfen, auf dem die unter Strohballen versteckten Leichen fortgeschafft und dann auf Befehl des Hauptmanns verbrannt werden sollten, damit sie nicht als Tote die Krankheiten und die Pest verbreiteten, die sie als Lebende verbreitet hatten. Aber vor allem sollten sie schnell verbrannt werden, damit nicht entdeckt würde, was geschehen war. Der Schildknappe, der den Scheiterhaufen anzünden sollte, bemerkte, daß die Sarazenin noch atmete. Er schleppte die zerfetzte Puppe an den Füßen auf die andere Seite des Lagers, zu den Schätzen – denn Kriegsbeute war auch jene zerlumpte und zermalmte Puppe, die eines Tages, falls sie überleben sollte, verkauft werden könnte. In Genua waren die sarazenischen Sklaven sehr begehrt, und jedes Adelsgeschlecht hatte mindestens einen. Oder vielleicht würde sein verehrter Hauptmann sie behalten. Er umgab sich gern mit Sklavinnen, die er in den Ländern, in denen er gekämpft hatte, erobert oder von besiegten Feinden geerbt hatte. Tscherkessinnen, Berberinnen, Mameluckinnen: Er fand Gefallen an der Vielfalt – das hatte er bei den Sultanen gelernt. Die Sultane hatten eine unwiderstehliche Schwäche für Christinnen. Auch Mohammed al-Fatih. Auch Djem. Sie liebten die weißen Prinzessinnen.

Der Hauptmann des Rosenritterordens fürchtete, daß die Nachricht von den Auswüchsen der vergangenen Nacht, in der er alle ihm gegebenen Befehle übertreten hatte, über die hohen Mauern der Kaufmannsvilla nach außen dringen könnten. Er wußte, daß seine Auswüchse und die seiner Getreuen keine Vergebung finden würden. Die Stadt hatte sich ja ergeben, um eben solches zu vermeiden, und kein einziger Schuß war in jener Nacht gefallen. Als er seinen Männern nun gegenüberstand, war er deshalb wütend und fest entschlossen. Er mußte seine Autorität wiederherstellen, seine undisziplinierten Getreuen zur Ruhe bringen und ein Exempel statuieren. Mit großen Schritten durchmaß er das Feldlager. Er wollte die Verantwortlichen des barbarischen Unternehmens. Alle schwiegen, starrten auf den unfruchtbaren Schnee, der den Boden der reichen und für die Eroberer unzugänglichen Stadt bedeckte. Mit hauchdünner Stimme berichtete ihm der Poet, daß das Mädchen, das er verschont hatte, von Jacopo Cocito gefoltert worden war, mit der Gewißheit, daß der Hauptmann dem Mann, dem er sein Leben verdankte, verzeihen würde. Der Hauptmann aber erwürgte mit seinen eigenen Händen Cocitos Leutnant sowie Cocito selbst und wischte sich anschließend die Hände an der Rüstung ab. Daraufhin wandte er sich dem Dichter zu, ließ sich das Poem vortragen, klatschte Beifall und machte ihm Komplimente wegen seiner Fähigkeit, zu jedem Thema Verse zu machen – einer Fähigkeit, die belohnt werden müßte –, und erwürgte auch ihn. Dann befahl er, die drei Leichen, in eine grüne Fahne gewickelt, an seinem Zelt aufzuhängen, und ließ sie dort als Mahnung für alle verwesen, bis die Krieger nach einigen Tagen die Zelte abbrachen, zum Hafen von Almuñécar zogen und sich nach Genua einschifften. Eure Losung, brüllte er, als er die Parade abnahm und das Banner schwenkte, sei: Die Rosenritter kämpfen für mich und für die mystische Blume der Jungfrau Maria – und aller Jungfrauen der Welt.

Bevor er Granada verließ und nach Italien zurückkehrte, wo ihn eine lange Ruhezeit in seiner Burg erwartete, rief der Hauptmann die Sarazenin ohne Ohren und ohne Ehre zu sich, gab ihr die Freiheit zurück und bat sie, einen Wunsch zu äußern, den er erfüllen werde. Die Schmähung, die ich erlitten habe, drängt mich zu einer außergewöhnlichen Wahl, Herr, antwortete sie, verbeugte sich und setzte ein Knie auf den Boden: Etwas Derartiges nicht noch einmal erleiden zu können. Macht, daß ich keine Frau mehr bin, dann werden all meine Wünsche erfüllt sein. Er zögerte leicht, Tristano Boccadiferro, denn er glaubte, sie nicht zufriedenstellen zu können. Er war in der Lage, ihr einen Ehemann zu suchen, ihr eine reiche Mitgift zu geben, ihr ein Schiff zu bezahlen, das sie nach Afrika, nach Ägypten oder in den Maghreb bringen würde, oder wo auch immer es noch ein Volk von Mauren gäbe, er konnte sie in die Obhut eines christlichen Ordens geben – er konnte eine Nonne aus ihr machen, eine Braut oder eine Flüchtige: Aber dieses, wie sollte er das bewerkstelligen? Sie war als Frau geboren, die Sarazenin, und eine Frau würde sie ihr Leben lang bleiben. Die Sarazenin blickte ihn forschend mit ihren pechschwarzen Augen an, ohne Tränen und ohne Demut, und war schon keine Frau mehr. Sie war ein verstümmelter und stolzer Junge, der von ihm Gerechtigkeit verlangte. Ihr Wunsch war schon erfüllt. Da gab Tristano Befehl, die Sarazenin neu zu kleiden und diesen mutigen Jungen als seinen Pagen anzusehen. Wer auch immer den Pagen kränke, der kränke ihn, den Hauptmann, und werde dafür mit dem Leben bezahlen.

Tristano hatte nie Grund, seine Entscheidung zu bereuen. Der mutige Page ohne Ohren leistete ihm den Treueeid und diente ihm mit Eifer und Achtung. Er bekehrte sich zur römischen Kirche, ließ sich vom Feldkaplan taufen und sprach ohne zu zögern die Formel, die ihn zum Christen machte. Er lernte, mit Stockdegen und Arkebuse umzugehen, lernte die Sprache und die Bräuche des Ritterordens – für den Hauptmann, für die Jungfrau Maria und für die Jungfrauen, die wir verehren – und fiel in den folgenden Monaten durch seine Ergebenheit auf. Auf der langen Rückreise war er an seiner Seite, und da er gebildet und von adliger Familie war, blamierte er ihn nicht am Hof von Casale, wo Tristano ruhmbedeckt eintraf, um dem Markgrafen seine Gaben darzubringen und von dem denkwürdigen Triumph zu erzählen. Er wurde sogar sein zuverlässigster Diener. Während Tristano an den anderen oft zweifelte und fürchtete, daß sie ihn gegen Geld verraten würden, war er sich des Pagen immer sicher. Antar verachtete Männer, die sich für Geld verkauften. Deshalb hatte der Hauptmann ihn nach Bastia del Garbo mitgenommen und ihn dort zurückgelassen, als er wieder aufbrach: damit er die Umbauarbeiten und seinen Wohnsitz überwachte. Wenn der Page ihn hätte töten wollen, hätte er es tausendmal tun können, während er unbewaffnet schlief, aber er hatte es nicht getan – im Gegenteil, er wachte über ihn und kostete als erster die Speisen, um sich zu vergewissern, daß sie nicht vergiftet waren. In Bastia bewegte sich der Page zwischen kostbaren Möbeln, Diademen und Teppichen, die er gut kannte, da sie bis vor wenigen Monaten die Zimmer seines Elternhauses in Granada geschmückt hatten, und niemand konnte sich vorstellen, was er dachte, wenn er auf dem Thronstuhl mit den Lederintarsien und den bestickten Kissen saß, der seinem Vater, dem Kaufmann, gehört hatte.

Tristano war dem Jungen zugetan, und aufgrund dieser unerhörten Sonderstellung wurde Antar von den Burgbewohnern und der Dienerschaft aufs höchste geachtet. Man hatte den Verdacht, daß Tristano, der ohne Erben war, den Pagen zu seiner rechten Hand und seinem Leutnant machen und ihn mit einer seiner Nichten verheiraten wollte. Antar bekräftigte die Vermutungen mit einem nachsichtigen Lächeln. Die Dienerinnen folgten ihm mit liebevollem Blick. Diesem so jungen und kecken Pagen vertraute Enrico seine Briefe an Tristano an, zu ihm begab sich der Abt mit der Bitte um Geld für das Kloster, und er selbst bewegte sich schließlich in seiner Umgebung, als sei er ein Bewohner des Orts und ein Auserwählter.

Niemand in Bastia hatte je den geringsten Zweifel an seinem Geschlecht gehabt, nicht einmal der Maler, der ihn mehrfach gemalt hatte. Enrico fühlte sich gleichermaßen angezogen und beunruhigt durch das olivfarbene Gesicht des Jungen und seinen kugelrunden Kopf, der zwischen den Haaren keine Ohren zeigte. Doch im Laufe der Monate im Kastell hatte der Page begonnen, sich in einer gelinde gesagt verwirrenden Weise zu benehmen. Er hatte sich die Haare weit über das zulässige Maß wachsen lassen. Er färbte sie: oder besser, er versuchte, sie zu blondieren, und wusch und rubbelte sie mit starker Bleichlauge, mit Asche und Schwefel, die er aus Almas Truhen stahl. Er bestäubte sie mit Talkum, damit sie geschmeidig wurden. Er enthaarte sich die Augenbrauen mit dem Schindmesser. Und rasierte sich die Stirn und weißte sich die Hände mit Senf und Iris. Er verstärkte seine Hüften mit Watte, polierte die Zähne mit Salpeter, besprühte sich mit weiblichen Essenzen und Balsamen, trug bizarre, zwei Fuß hohe Pantinen.

Wenn Alma in den geheimen Garten oder zu mystischen Gesprächen in Enricos Werkstatt ging, schlich sich der Page in ihre Gemächer. Er stöberte in der Wäsche und in den alten Truhen, putzte sich heraus und bewunderte sich im Spiegel. Er kleidete sich als Braut, mit den Juwelen, die Alma am Tag ihrer Hochzeit getragen hatte. Auf den Kopf setzte er sich einen Turm Flitterwerk aus schwarz gewordenem feinem Gold, übersät mit Karfunkeln, Ballasrubin und Granat, mit vergoldeten Troddeln, Bändern, Perlen und Ketten, und Armbänder in feinster Goldschmiedearbeit hoben sich auf seinen dunklen Armen ab. Er teilte die Haare in zwei Strähnen und flocht sie zu in einem seidigen Zopf, wie glatte und glänzende Seide. Er bewunderte sich wie berauscht, bis ihm die Tränen kamen. Aber nicht der Meister bewunderte den so herausgeputzten Pagen, sondern Alma, die ihn in ihrem Zimmer überraschte. Doch sie rief weder um Hilfe, noch verspottete sie ihn. Was macht Ihr? fragte sie ihn erstaunt. Antar löste den Zopf und setzte sich verschämt die Kappe auf die Haare. Alma sagte, wenn ihr Schmuck ihm gefiele, solle er eines Tages ihm gehören. Er könnte ihn seiner Braut schenken. Ihr hatte er kein Glück gebracht, ihre Ehe hatte nur kurz gedauert.

Der Page hatte nie zuvor einen Maler kennengelernt. Man hatte ihn gelehrt, daß die Malerei eine satanische Kunst sei, der teuflische Versuch, sich mit dem Schöpfer zu vergleichen und dessen Macht an sich zu reißen. Er sah Enrico stundenlang beim Malen zu, bot sich an, ihm die Mineralien für die unmöglichsten Farben aufzutreiben, brachte ihm Gewürze und verschaffte ihm auf Kredit Kräuter und Edelsteine; er half ihm bei der Vorbereitung der Destillierkolben für das Einschmelzen, half ihm, den Jaspis im Mörser zu zerstampfen, wählte für ihn Modelle unter Boccadiferros widerstrebenden Dienerinnen und auch unter den noch heftiger widerstrebenden Gefangenen des Turms und den anmutigsten Novizen des Klosters San Bernardino. Man erzählte sich, daß der Maler so sehr nach Liebe dürstete, daß er auch Jünglinge nicht verschmähte, stimmte das? Und was dachte er über ihn, Antar? Fand er ihn wirklich so schaurig? Ein Mohr, aber vielleicht doch nicht so sehr Mohr, er hatte nur als Kind zuviel Sonne bekommen – und die Ohren, na ja, die sind gar nicht so wichtig, die Ohren. Er hatte nach der Verstümmelung – im Gegensatz zu dem, was man meinen könnte – ein äußerst feines Gehör entwickelt: Er konnte in großer Entfernung das Rascheln eines Blattes hören. Die Ohren, wie alle Fleischfortsätze des menschlichen Körpers, müssen ein Überbleibsel aus einer früheren, archaischen und überholten Form der Schöpfung sein. Ein Fehler, den der Schöpfer eigentlich beheben wollte. Eine Vergeßlichkeit. Überflüssige Fortsätze, die zum Abfallen bestimmt sind. Wie der Schwanz. Und vielleicht auch die Nase.

Und der Zipfel? lachte Enrico, keineswegs überzeugt. Wird der Mann eines Tages auch ohne den auskommen? Sicherlich, erwiderte Antar und versteifte sich. Wenn der Schöpfer seine Schöpfung wieder zur Hand nehmen wird, dann wird das der erste Fortsatz sein, den er dem menschlichen Körper nehmen wird. Er ist nur Quelle für Unordnung, Blindheit und Schmerz. Enrico bekreuzigte sich erbarmungsvoll: Er hoffte, an jenem Tag bereits auferstanden zu sein. Wenn ihn sein glatter Kopf wirklich so abstieß, beharrte Antar, könne er ihm ja zwei Ohren aus Lehm machen. Er erlaubte ihm, das zu tun, und würde sie auch anlegen, wenn er es wollte. Meister Enrico konnte doch Holz, Wachs, Schnee, Eis und sogar Stein formen. Er könnte zwei Ohren formen, um Antar zu verschönern, dem die Ohren für immer entrissen worden waren. Der Meister hätte Antar seine Schönheit wiedergeben können. Der erstaunte Enrico begriff nicht, worauf der Page hinauswollte, und fürchtete, in eine Falle gelockt zu werden, mit diesen scheinbar dunklen, in Wirklichkeit aber völlig klaren Vorschlägen: Antar versuchte, ihn zu verführen, und war durchaus geschickt darin. Enrico hatte eine – kurze und gefährliche – Schwäche gehabt, und der Page hatte sich erfreut darüber gezeigt. Einige Zeit später hatte Enrico mit Schrecken und Bedauern erfahren, daß im Kerker der Palaiologen, gerade in dem Turm, in dessen Schatten er jeden Morgen spazierenging, einige alte und harmlose Päderasten schmachteten, und hatte es sogleich bereut, sich so leichtfertig kompromittiert zu haben. Das Land von Bastia war kein Fürstenhof, und die griechische Pädagogik wurde scharf verurteilt.

Nur eine Person schüchterte Antar ein: Alma. Er verabscheute diese asketische und strenge, verrückte und einsame Frau, seit er in Bastia war, besonders aber nach der Ankunft des Meisters. Er war eifersüchtig auf ihre Sonderrechte, ihr Charisma, ihre Autorität. Und auch auf ihre so blindwütig negierte, so unbesiegbare Weiblichkeit. Der Page kannte ihre furchtbaren Kämpfe. Denn er war es, der in jenem Frühling, der zum »Frühling des Meisters« werden sollte, ihre Brandwunden behandelte, die sie sich jeden Morgen mit Wachs beibrachte, nachdem sie die Nacht bei ihm verbracht hatte. Antar riet ihr, die wunde Haut mit einer Salbe zu bestreichen, um die Schmerzen zu lindern. Alma lehnte das ab. Sie wollte ihren Schmerz nicht lindern, wollte ihn vielmehr vergrößern, und sie öffnete die Wunden mit neuem glühendem Wachs. Antar war zufrieden, als die Maurer den Kalk auf die Ziegelsteine auftrugen, mit denen die Tür zum Turm geschlossen und sie von der Welt und vom Leben getrennt wurde, und er haßte Tristano, weil er jene Ziegelmauer einreißen ließ, ohne sich auch nur zu fragen, ob er einen Frevel beging.

In den langen Tagen der Belagerung sagte Tristano zu ihm: Diese Frau soll für dich, der du mein Diener bist, das sein, was sie für mich ist, die Herrin – eine zu schützende Ikone, der gedient werden muß. Und wenn ich nicht mehr sein werde, wirst du ihr Ritter und Paladin sein und sie gegen ihre Feinde verteidigen. Und davon wird es dann viele geben, und ich werde nicht da sein, um ihr zu helfen. Ja, mein Herr, hatte Antar geantwortet. Aber seine Gefühle ihr gegenüber waren eher verworren und quälend. Er musterte aufgewühlt ihr marmorfarbenes Gesicht und ihre vom Messer verwüsteten hellen Haare: Und jetzt, wo alle aus Bastia flohen und sie in den riesigen Räumen der Burg allein zurückblieben, hatte er das Gefühl, sie zu verstehen und sie nicht mehr zu hassen. Auch Alma wollte keine Frau sein, und auch sie hatte die Metamorphose nicht bis zum Äußersten vollzogen. Sie standen beide erst am Anfang des Wegs. Doch Alma war trotz allem dem Ziel näher als er.

Fra Agosto de Tortona fragte sie, warum sie den Pagen, der ihr keine Achtung entgegenbrachte, nicht bestrafte. Ich liebe ihn, antwortete Alma einfach. Wie den Sohn – oder die Tochter –, die ich nicht haben werde, und ich hätte gern, daß er mich auf die gleiche Weise liebt. Mit ebendiesen Worten wird der Mönch in Almas Biographie, die er für den Dominikanerorden verfaßte, Antar kurz erwähnen: Die Einsiedlerin hatte in der letzten Zeit – velut cum filio, wie einen Sohn – einen herzensguten Jungen bei sich, der ihrer durch das Fasten und die Visionen angegriffene Gesundheit die nötige Behandlung zukommen ließ. Im Zimmer des Freskos überraschte Antar sie oft unbeweglich vor den Malereien. Enrico da Sorano hatte – aus Demut oder im Gegenteil aus einem grenzenlosen Stolz heraus – keinem der Männer, die er gemalt hatte, seine eigenen Züge verliehen. Sie aber suchte auf der Wand nach seiner lockigen, wilden Haartracht, nach der geraden, stolzen Nase, den himbeerfarbenen Lippen und dem lebhaften Blick, glaubte, ihn überall zu sehen, und streifte mit den Fingern über den krausen Putz. Und Antar spürte das brennende Wachs in seinem eigenen Fleisch.

Bevor er fortging, überbrachte er ihr die Perlenschnüre, wie er es Tristano versprochen hatte. Alma wollte ihn umarmen und sagte ihm, daß sie sich wegen seiner Jugend sorge. Sie sah einen Fürsten kommen, der den Samen des Ruins und der Veränderung aller Dinge in dieses Land bringen würde. Veränderung von Staaten, Umsturz von Königreichen, Verwüstung von Dörfern, Gemetzel in den Städten, neue Kleidung, neue Bräuche, neue Kriegsführung, neue Krankheiten – und die Welt wird nie mehr sein wie zuvor. Er, der schmächtige Page, durfte nicht daran teilnehmen. Sie bat ihn, die Waffen abzulegen und bei ihr zu bleiben. Sie könnte ihn Mönch werden lassen oder Drogist. Sie könnte ihn ihre Geheimnisse lehren. Sie träumte davon, aus dem wilden Jüngling ihren Erben zu machen, denjenigen, der ihre Botschaft übernehmen würde. Ihn, und nicht die Mönche des Klosters, die zu unwissend und zu dogmatisch waren. Einen freien Geist, so wie sie frei war. Ich bin nicht, was Ihr glaubt, sagte Antar verwirrt. Aber daß Antar nicht das war, was er zu sein behauptete, interessierte Alma nicht im geringsten. Auch sie war nicht das, was sie erstrebt hatte zu sein, und ein jeder versucht, auf der langen Reise des Lebens sich selbst zu erobern. Die Vollkommenheit ist göttlich – dem Menschen ist nur der Weg gegeben, und die Niederlage.

Die Zeit wandelt die Menschen, Antar, drückt sie vor allem zu Boden und verwandelt sie in das, was sie nie hätten werden wollen. Nur wenige werden das, was sie zu sein erstrebten. Du bist nicht immer Antar gewesen, und ich bin nicht immer Alma gewesen. Ich habe eine Frau gekannt, die du nicht kennst. Sie hatte mein Herz und mein Gesicht, aber sie war nicht ich. Ich trauere ihr nicht nach. Ich weiß, daß sie ein dummes Geschöpf war, voller Eitelkeit und Hochmut. Ich weiß, daß sie schön war und daß sie ihre Schönheit mißbrauchte. Sie hatte eine schlanke, feine und elegante Figur, lange silberfarbene Haare und alabasterne Haut. Sie war lebhaft, tanzte, trug Verse vor, hatte Geist und schätzte alle, die noch mehr Geist hatten als sie. Sie kannte nichts als Launen, Schmeichelei und Gleichgültigkeit. Mit dreiundzwanzig war sie noch nicht verheiratet und niemandem verlobt. Sie hatte in den vergangenen Jahren viele Anträge mit ebenso vielen Ablehnungen beantwortet, da sie einen schwierigen und abweisenden Charakter hatte: Sie wollte keinen Ehemann, der nicht ebenbürtig zu sein schien. Von ihrem Vater, dem Grafen Solaro, hatte sie die hochfahrende Art, die Arroganz und die Überzeugung geerbt, von großen Heldinnen aus dunkler Vorzeit abzustammen. Deshalb träumte sie von einem Prinzen mit großem Namen und gab sich mit keinem anderen zufrieden. Sie kannte sehr wohl die Schwächen der Männer, und es gefiel ihr, sie hervorzulocken. Nicht sich daran zu erfreuen, sondern sie hervorzulocken. Ein Schwefelhölzchen anzünden und es dann verglimmen lassen. Eine Zeitlang war sie am Hof von Casale auch Edelfräulein von Bonifatius' erster Frau, der Markgräfin Elena di Penthièvre, gewesen, und weißt du, warum sie weggeschickt wurde? Weil die Männer sich für ein Lächeln von ihr gegenseitig erdolchten. Sie wurde nach Haus zurückgerufen, und da ist etwas in ihr zerbrochen. Ihr Körper lehnte sich gegen sie auf, oder ihre Seele lehnte sich gegen ihren Körper auf. Das wüßte ich jetzt nicht zu sagen. Sie schloß sich in ihre Gemächer ein, folgte ihren Bildern, lauschte ihren Stimmen. Sie wollte von Musik und Liedern nichts mehr wissen. Alle glaubten, daß sie behandelt werden müßte. Als hätte sie ein Fieber oder eine andere Krankheit. Sie wurde in die Thermen von Acqui gebracht, in kochendes Wasser getaucht und geräuchert. Aber sie war nicht krank, Antar. Die Ärzte rieten zu einem gesünderen Klima und schlugen ihr vor, Ort und Landschaft zu wechseln. Im geheimen Familienrat beschloß man, sie mit Gioanne Galatea zu verheiraten, einem jungen Bankier aus Chieri, der in Italien eine Bank eröffnen und in das Königreich Neapel umsiedeln wollte. Sie traf sich mit Gioanne, begriff, daß er der einzige war, der ihr Mann werden konnte, und heiratete ihn. In jenem Augenblick begann Almas Leben. Doch vielleicht durfte auch jene zweite Alma nicht für immer dauern, und morgen wird eine dritte Frau über sie lachen. Wenn du bei mir bleibst, Antar, werde ich nie von dir verlangen, für das zu zahlen, was du gewesen bist, sondern ich werde dir helfen, das zu werden, was du sein willst.

Antar hörte ihr überrascht zu. Er wußte nicht, was er sagen sollte, und hatte vielleicht nicht einmal verstanden, warum sie so mit ihm sprach. Er sah sie forschend aus den Augenwinkeln an, auf die Lanze gestützt. Die Belagerung hatte Alma verändert. Äußerlich war sie nicht anders: Sie war weiterhin noch die ätherische und unfaßbare Frau, die er kennengelernt hatte. Aber der Turm reichte ihr nicht mehr. Sie träumte von unendlichen Räumen, von Meeren, Straßen, Ozeanen, Horizonten; sie sprach davon, sich wieder auf den Weg zu machen und eine Wallfahrt nach Jerusalem zu unternehmen. Würde er, Antar, mit ihr kommen? Ihre Bilder kamen nicht zurück, und sie wollte nicht mehr warten. Sie wollte sie suchen, überall, und sie diesmal verdienen. Wenn der Bräutigam nicht zu Alma zurückkehrt, wird Alma ihn auf den Straßen der Welt suchen. Doch welchen Bräutigam Alma suchen wollte, hatte Antar nicht begriffen, und vielleicht wußte Alma es selbst nicht. Der Bräutigam, den ich suche, sagte sie gedankenverloren, ist der Sohn der Morgendämmerung. Es ist immer, im langsamen Nachlassen der Finsternis, der verlorene Traum des Wanderers in der Tiefe der Sümpfe.

Nein, antwortete Antar. Er nahm ihren Vorschlag nicht an. Er wollte weder Visionär noch Drogist, noch Wallfahrer werden. Und vor allem wollte er niemandes Sohn sein. Er war frei. Alma dachte, der Page wiche ihr aus, weil ihre Verheißungen und Visionen, seit Tristano sie befreit hatte, in Verruf geraten waren. Niemand hörte mehr auf ihre Worte. Antar machte sich im Sattel seines weißen Fohlens auf den Weg. In jener Nacht, in der Dunkelheit des Turms, im Schweigen des Tals, in einer Vorahnung von kommendem Regen und verlorener Freude, lernte Alma die Einsamkeit kennen.

Mein Junge, beharrte Enrico, während sie im rosigen Licht schwebten, das durch die Seide des Zeltes drang, darf ich dich wenigstens jetzt, wo niemand uns hören kann, mit einem

Frauennamen ansprechen? Du hast mir einmal gesagt, daß dein Antar die schöne Abla liebte, laß auch mich dich Abla nennen, während ich die umarme. Nein, schrie Antar und stieß ihn von sich, niemals. Nur weil ich einmal mit dir Liebe gemacht habe, willst du Herr über mein Leben werden?

6

Er schließt die Datei. Ein zerstreuter Blick in den Terminkalender. Rezension der Ausstellung »Frank Auerbach. Neue Werke« in der Marlborough Gallery per Modem an die Zeitung schicken. Mittwoch im Metropolitan. Artikel für Flash Art bis Freitag. 192 Zeilen für die Beschreibung der verwirrenden »Steine aus Fleisch« von Aura Rosenberg – Skandalkünstlerin aus New York, die den weiblichen Körper von den verbrauchten Kategorien des Sexuellen und des Schönen befreien will. Wie spät ist es? Verdammt, klar, daß er sich bei diesem ohrenbetäubenden Lärm nicht konzentrieren kann. Aus dem Wohnzimmer dringt in voller Lautstärke die repetitive Musik von MTV. Azra begreift nicht, daß andere Menschen keine Gehörprobleme haben. Was er schreibt, macht sie neugierig, scheint ihr aber nicht wichtig zu sein. Als wäre es ein Spiel. Sie beobachtet alles, was er tut, mit latenter Mißbilligung. Sie sieht ihm argwöhnisch bei seinen Verrenkungen vor dem Spiegel zu, ohne die Bedeutung zu verstehen, die er einem Anzug von Ralph Lauren beimißt. Er ist ihr lieber, wenn er am Sonntagmorgen mit ihr an der Riverside joggen geht und völlig außer sich hinter ihr her keucht. Wenn es regnete oder schneite – also oft, solange der Frühling und das Hoch sich noch nicht in der Stratosphäre festgesetzt haben –, verbrachte sie endlose Tage zu Haus, wie versteinert auf dem Sofa vor dem Fernsehen, auf dem immer der Videoclip-Kanal lief.

Arsenio steht auf und wirft einen Blick ins Wohnzimmer. Unbeweglich auf dem Sofa, den Blick starr auf den flimmernden Bildschirm gerichtet, über den die Farben zucken, ist Azra ein Denkmal der Langeweile, der Einsamkeit, des Nichts. Night falls on Manhattan, heißt es in einem Lied. Und so ist es. Die Lichter in den Fenstern gehen eins nach dem andern an und flimmern wie ein Gemurmel in den dunklen Flächen der Wolkenkratzer auf der anderen Straßenseite. Azra sitzt immer noch unbeweglich. Vielleicht ist sie eingeschlafen. Wie klein sie ist, mein Gott. Ein Meter fünfzig. Wie ein Jockey. Es ist schwierig, sich mit so einer Kreatur eine körperliche Intimität vorzustellen. Sie zieht mit ihm durch die Ausstellungen und Konferenzen in den Städten der Vereinigten Staaten, hört sich seine Vorträge an, beschwert sich über die für ihr Gehör zu schwach eingestellten Lautsprecher. Aber bei mildem Wetter widmet sie sich ihrer Lieblingsbeschäftigung und verschwindet am frühen Morgen auf dem Rennrad: Sie strampelt durch den Park, durchkreuzt die Insel bis Battery Park und fährt über die Lower East Side zurück, bis ganz hoch zu den Mietskasernen von Harlem. Ihm gefällt das nicht, dieses Herumvagabundieren auf dem Sattel eines futuristischen Rennrads durch die verrufenen Viertel der Stadt, aber er kann sie nicht daran hindern. Auch weil er ihr das futuristische Fahrrad geschenkt hat. Er wußte, daß Azra es sich wünschte, und wollte Schicksal spielen – die Wünsche eines Mädchens erfüllen, das keine Wünsche mehr hatte. Man hat nicht viele Gelegenheiten im Leben, um die eigenen Wünsche zu erfüllen: und fast keine, um die der anderen zu erfüllen. Er war mit Luisa in die Fabrik gefahren, und gemeinsam hatten sie das Modell ausgesucht. Es hatte ihn mehr als zwei Millionen Lire gekostet, mit Helm, anatomischem Sattel, Kohlefasergestell, Pedalen ohne Rücktritt, fünfzehn Gängen, Feldflasche, Speichendreieck und so weiter – alles

Nötige und auch das Überflüssige: Er hatte ohne Diskussion bezahlt. Azra hatte sich für das Bianchi-Rad noch nicht einmal bei ihm bedankt. Sie war mit hochrotem Gesicht zu ihm gekommen, hatte ihm auf die Schulter geschlagen und ihn mehrmals unbeholfen am Arm gestoßen.

Hin und wieder – wenn das Taxi an der Ampel steht und Rauchwolken ausstößt, wenn er auf dem Weg irgendwohin hinten sitzt und in der New York Times blättert – meint er, sie zu sehen, Azra, inmitten der Autos, mit dem Mundschutz vor den Lippen, dem roten T-Shirt und dem gelben Helm. Aber die grüne Ampel und das Schrillen der Hupen entreißen ihm sofort wieder diese Epiphanie der Jugend. Und er weiß nichts von ihr, bis sie bei Sonnenuntergang mit den platinblonden Haaren, die ihr jeden Tag länger auf die Schultern fallen, schmächtig und in die Brust geworfen, unter dem fragenden Blick des betreßten Portiers am Eingang des Palastes in der Madison Avenue nach Hause kommt, sich in ihr Zimmer schleicht und die Tür schließt.

Das Schlafzimmer ist sehr geräumig, vielleicht weil hier vor Arsenio eine Familie wohnte und die Matratze für Eltern, Kinder und Hunde reichen mußte. Die Familie ist umgezogen, und das Bett ist geblieben. Monumental und zu groß für ihn allein. Es ist ein Bett in mittelalterlichem Stil, auf einem hohen Bettkasten und von Teppichen mit Arabesken und geometrischen Mustern umgeben. Azra hat auf die Musik verzichtet, den Fernseher ausgeschaltet und ist ins Schlafzimmer gekommen. Sie trägt eine Baseballmütze mit dem Schirm nach hinten: Sie legt Wert darauf, der Mode zu folgen, Azra, obwohl sie meist die furchtbarsten Banalitäten übernimmt und ihr die Geheimnisse des Sich-gut-Kleidens entgehen. Nichts zu machen. Ich will CNN hören, Arsenio. Samra sagt, daß sie jetzt vielleicht wirklich angreifen. Arsenio setzt sich aufs Bett und bindet sich die Schnürsenkel auf. Die hören wir nachher, die Nachrichten, Kleines. Aber nein, Tante Samra ist sich sicher, daß die Nato wirklich kurz vor dem Eingreifen steht. Sie sind über Gorazde geflogen. Sie sind kurz davor, sie zu bombardieren. Was meinst du, stimmt das? Arsenio löscht das Licht. Du wirst sehen, diesmal greifen sie ein, sagt er, nimmt sie bei der Hand und hält sie fest, weil sie sich ihm entwindet. Heute, spätestens morgen. Glaubst du das wirklich? flüstert Azra. Unbeeindruckt zieht er ihr das T-Shirt aus. Voller Filzstift und Schlamm. Ja, Sweetie, an irgend etwas muß man doch glauben. Aber ich glaube an nichts mehr, wendet Azra ein. Sie ist zu sehr in ihren Gedanken gefangen und kann sich nicht auf zwei Dinge gleichzeitig konzentrieren. Er sitzt auf dem Bett und zieht sie an sich, aber sie leistet Widerstand, schnaubt, macht sich steif. Sie denkt immer noch an die Nato, wer weiß. Arsenio schlägt die Tagesdecke zur Seite und streckt sich auf den Kissen aus. Azra legt sich neben ihn und lächelt. Jetzt scheinen die Nachrichten sie gar nicht mehr zu interessieren. Vielleicht hat sie sie vergessen.

Er schämte sich dafür wie für eine Schuld – ein unauslöschlicher Fleck. Abträglich seinem Ruf als feinsinniger Frauenkenner und der örtlichen Moralvorstellung. Jedesmal, wenn er sich daran erinnerte, wie es angefangen hat, würde er am liebsten den Film stoppen und eine andere Geste vollziehen, ihr vielleicht großmütig die Hände drücken – wie er es im Krankenhaus von Ceva getan hatte, vor langer Zeit – und die Geschichte anders verlaufen lassen. Aber das war nicht mehr möglich. Er saß auf dem Teppichboden, im Erker der kleinen Villa, die die Cornell University ihm zur Verfügung gestellt hatte. Er fand sie seltsam, Azra. Nicht attraktiv, nur seltsam. Sie hatte sich die Haare wachsen lassen und gefärbt, jetzt war sie platinblond. Dennoch blieb die Frisur altmodisch. Sie kleidete sich sorgfältig, aber ihr Geschmack verriet ihre Verwirrung, ihre Einsamkeit, ihre entgleiste Identität. Sie wirkte nicht wie eine praktizierende Mohammedanerin, die sie – wie sie gesagt hatte – werden wollte, auch nicht wie eine Studentin. Sie wirkte nicht einmal wie eine Frau. Sie trug ein weißes Maurerunterhemd mit aufgegangenen Nähten. Vielleicht hätte auf den stattlichen Formen einer Frau der Kontrast zwischen dem rüden Kleidungsstück und der Weiblichkeit des Körpers einen heftigen erotischen Reiz ausgelöst. Aber auf Azras mageren Schultern hing das Unterhemd schief und entblößte den knochigen Rücken und eine nicht vorhandene Brust. Sie trug Hosen mit Elefantenbeinen und einem Muster aus kackfarbenen Blumen, dazu ein graues aufgeknöpftes Überkleid, dessen Farbe nicht mit jenem Braun harmonierte – aber diese Zusammenstellung begeisterte offensichtlich ihren geheimen Geschmack. Er hatte sie lange angesehen. Schmächtig, gerade, schwarz, ein dünner und unerbittlicher Strich. Das entschlossene und junge Fleisch von Azra strömte etwas Heftiges und zugleich Kindliches aus, jenes absolute Fehlen von Moral, dessen nur die Kinder fähig sind: eine der kindlichen Natur eigene Grausamkeit – das stürmische Brodeln des Lebens. Azra war überrascht gewesen. Vor allem überrascht.

Er hatte sie am JFK-Flughafen abgeholt, vor knapp drei Stunden, hatte sich hinter der Glastür in der Ankunftshalle in der fließenden Menge versteckt, zwischen erregten Boy-Friends, beleibten Eltern, die auf ihre vom College heimkehrenden Kinder warteten, und für den Thanksgivingday gerüsteten Familien. Er tat so, als sei er zufällig da. Die American Airlines von Seattle war schon gelandet. Die Passagiere kamen schubweise heraus. Ich weiß nicht, was ich zu ihr sagen soll. Was soll ich einem tauben Mädchen erzählen? Wenn ich bisher – selten genug – mit ihr gesprochen hatte, waren wir an der Oberfläche der Worte geblieben und hatten das Gespräch abgebrochen, sowie es beunruhigende Themen streifte. Welchen Eindruck hatte Italien auf sie gemacht? Gar keinen. Wie kam sie mit Sanacore zurecht. Well, she's nice. Äh, wollte sie in Italien bleiben? Nein. Wohin wollte sie dann? So weit weg wie möglich. Weg von was? Von allem. Warum? Gefiel ihr denn Europa nicht? Sie wußte nicht, was dieses Wort bedeutete. Für sie existierte Europa nicht. Als sie auf dem Flughafen auf ihn zukam – winzig, lächelnd, fast niedlich in dem dunklen mohammedanischen Umhang –, hatte sie ihm die Hand entgegengestreckt und geflüstert: Ciao, Arsenio! Ihre Hand war anders als die Hand, an die er sich erinnerte. Glatt, duftend und weiß.

Und wenn es herauskommt? Die Sache ist in jeder Hinsicht falsch, unkorrekt und sogar kriminell. Eine höllische Nacht voller Gewissensbisse und Genuß. Das hat sie sicher nicht von dir erwartet. Sie war nicht deshalb nach Ithaca gekommen, sondern nur, weil unter den 248 Millionen Menschen, die die Vereinigten Staaten bevölkerten, Arsenio Ventura der einzige war, den sie kannte. Bei all dem, was sie durchgemacht hat, ist das erste, was du tust – das. Wer bist du denn? fragte er sich immer wieder und wälzte sich auf dem Bett mit der weichen Matratze, weich wie ein Sumpf. Schämst du dich nicht? Wie konntest du dich an so einem jungen Mädchen vergreifen? Niederträchtig. Schuft. Dieb, Vampir. Ein Zwerg von vierzig Kilo, mit einem Hörgerät, das hinter ihrem Ohr hängt, und einem hochgeschobenen Unterhemd, das einen wattierten Büstenhalter Größe 1 entblößt. Du hättest mit ihr zur Studentenaufführung vom Theaterkurs gehen sollen, wie du es versprochen hattest. Das hättest du tun sollen, aber du hast es nicht getan. Im Gegenteil, um sicherzugehen, allein mit ihr zu sein, hast du Frau Woo drei Tage Urlaub gegeben. Und dann war es unmöglich wieder rückgängig zu machen. Azra hantierte an dem Gerät herum, das zu summen begonnen hatte. Morgen mußt du zu deiner Tante zurück, Azra, hatte er zu ihr gesagt. Du kannst wirklich nicht bei mir bleiben. Sie hatte nicht geantwortet. Ein penetrantes Summen, immer stärker, bis sie sich das fast unsichtbare Röhrchen aus dem Gehörgang riß und das reaktionslose, nunmehr untaugliche Ding auf den Nachttisch legte.

In einer eisigen Morgendämmerung hatte er ihr zugesehen, wie sie hinter der Hecke auf den Sattel stieg, die Pedale um die kleinen Schuhe band und am See entlangrauschte, zusammengekauert auf dem futuristischen Rennrad, auf dem dreieckigen anatomischen Sattel wie auf der Lauer, den Blick starr auf den vereisten Asphalt gerichtet, den Kopf zwischen die Schultern gezogen, die Muskeln der Unterarme gespannt, die dünnen Beine durch die glänzende Rennfahrerhose geschützt, mit dem unter dem Kinn geschlossenen gelben Helm. Diese entschiedene Kreatur, die über den Asphalt glitt und im Zickzack zwischen den Autos hindurchfuhr, war nicht mehr die stumme und grollende Azra, die er in Bastia del Garbo kennengelernt hatte: Sie war etwas Ledernes, Unbeugsames.

Aus Angst, sie könne ihr Geheimnis verraten, spionierte er ihr unruhig nach, belauschte ihre unverständlichen Unterhaltungen mit ihrer Tante. Er überwachte ihre Freundschaften und war zufrieden, als er das enge Ambiente der Universität verließ, um nach New York zurückzukehren: Dort kannte sie niemanden und verkehrte nur mit ihm – der im übrigen immer außer Haus war, zur Arbeit oder zum Vergnügen, sie allein ließ und nicht wußte, was sie in seiner Abwesenheit tat. In der ersten Zeit bekam er nicht heraus, ob sie zufrieden war. Ob ihr Geheimnis für sie eine Quelle des Glücks oder gar des Leidens war. Und er wußte nicht, wie er es herausbekommen konnte. Azra hatte ihre Haltung ihm gegenüber nicht verändert. Sie war immer noch die brüske und rätselhafte Azra, die mit einem leeren Rucksack und einem Rennrad als einzigem Gepäck die Vereinigten Staaten durchquert hatte, um zu ihm zu kommen. Bei Samra und Mordohaj in Seattle war sie nur wenige Wochen geblieben: gerade lange genug, um die Reise nach Ithaca zu organisieren. Ithaca: In Bastia del Garbo erzählten Restauratoren und Architekten, daß Ventura, der Schönling, einen Lehrstuhl in Amerika bekommen hatte, wer hätte das gedacht! Hello, erinnerst du dich an mich? Ich bin die Bosnierin von Luisa.

Sie schlief unter dem Fenster, zwischen Bergen aus Schallplatten und Turnschuhen, in einem Durcheinander aus Papier, Socken, Krümeln, schmutzigen Hemden. Sie hatte von Luisa Sanacore eine entwaffnende Tendenz zum Chaos übernommen. Sie hatte ihre Kleidung zwar gefaltet, bewahrte sie aber in einem Schrank auf, in dem sich mit der gleichen Zufälligkeit Fahrradschläuche, das Englischlexikon, Notenblätter und Formulare des Einwanderungsbüros ansammelten. Sie schlief beim Licht der am Fußende des Bettes brennenden Nachttischlampe. Trotz oder vielleicht wegen ihres widerspenstigen Charakters hatte Arsenio schließlich eine Art Zuneigung zu ihr gefaßt. Dieses knochige Bündel, das zusammengerollt unter den Decken schlief, war das enttäuschte und gedemütigte Mädchen, das ein glücklicher Irrtum, eine unvorhersehbare Umleitung in seine Hände gelegt hatte, damit er ihm half, erwachsen zu werden. Und er hatte es nicht getan. Er hatte es nicht getan.

Das Fahrrad war mehr als ein Zeitvertreib: ihre Berufung vielleicht. Eine Art Glaubensbekenntnis, aber das hatte er erst nach und nach begriffen. Sie erzählte ihm immer von harten und weniger harten Gängen, von Kilometern, von siebenprozentigen Steigungen und Gefällen, von der Notwendigkeit, einen Herzfrequenzmesser zu besitzen, von der individuellen Belastungsgrenze – ihm, der sich für Leistungssport so viel interessierte wie ein Schmetterling für Aufwinde. Und wenn Wetterunbilden eine Ausfahrt unratsam erscheinen ließen, machte Azra aus dem Training eine Ehrensache und verschwand eingepackt wie ein Astronaut im Central Park. Manchmal nahm sie die entgegengesetzte Richtung, fuhr aus der Stadt hinaus und fraß sich Kilometer um Kilometer durch das Umland. Sie radelte durch eine endlose, zerstreute, rundum beschäftigte Gegend. Niemand am Straßenrand, der sie anfeuerte und ihr applaudierte. Sie stieß nur auf Tausende von Reihenhäusern, dann hinter Hecken versteckte Villen, wieder Reihenhäuser, schließlich Wohnwagen, Blechbaracken, wieder Villen, dann fensterlose Gebäude, funktionelle Supermärkte aus rotem Ziegelstein, Autoverleiher, Industrieruinen, Sägewerke, Schrottplätze, Geleise, saubere Rinderfarmen mit weißen Zäunen, Tankstellen zwischen den Fahrbahnen, einsame Straßenschilder, die die Existenz von Dörfern verkündeten, gespenstische Häuserklumpen – und dann nichts, die amerikanische Landschaft, leer, endlos, bis der Horizont den weißen Himmel aufsog. Sie kam halb erfroren wieder zurück. Im Frühling meldete sie sich zu einem Amateurrennen in New Jersey und wurde siebte. Nach dem Rennen wurden sie gemeinsam photographiert. Auf dem Photo saßen sie auf einem spitzen Meilenstein – oder vielmehr, er saß auf dem spitzen Meilenstein, sie auf seinen Knien. Azra, noch außer Atem vom Rennen, hielt die Finger der rechten Hand zum Victory-Zeichen hoch; Arsenio, ungewohnt entspannt, hatte einen Arm um ihre Taille gelegt und sah sie mit Wohlgefallen an. Zu Azras Unglück war es ein Rennen für männliche Amateure, und sie wurde disqualifiziert, weil sie unter dem falschen Namen von Kenan Ramić angetreten war. Auf der Rückfahrt nach New York erklärte sie ihm, daß Kenan Ramić kein erfundener Name, sondern eine wirkliche Person war. Ein Freund ihres Bruders. Ein Amateurradrennfahrer, der für die Olympiamannschaft Jugoslawiens fuhr. War sie in ihn verliebt? Wer weiß. Sie war damals noch zu klein, um das zu begreifen. Im Krieg hatte Kenan beide Beine verloren, und als sie auf den Hügeln um Bastia del Garbo einmal eine Mannschaft beim Training sah, hatte sie sich in den Kopf gesetzt, Rennrad zu fahren – auch für ihn.

In Ithaca hatten sie ein ihrer Umgebung entsprechendes Alltagsleben geführt. In der Vorstadtvilla hackten sie im Garten, mähten den Rasen, grillten Steaks auf dem Barbecue. Sie schnitten Artikel aus, die über den Golden Boy der italienischen Kunst sprachen – der in Amerika jetzt fast eine Berühmtheit war: Wenn man eine Stellungnahme zu einem pseudokünstlerischen Thema brauchte, wurde er interviewt. Azra sammelte gierig die Rabattpunkte, um die begehrten Preise zu ergattern, die mehr oder weniger berühmte Markenfirmen als Anreiz für treue Kunden anboten. Den Packungen von Tiefkühlkost, den Senf- und Ahornmarmeladegläsern und sogar dem Heftpflaster entriß sie mysteriöse Erkennungszeichen: Schmetterlinge, Schleifen, Sternchen. In der Zeit, in der sie bei ihm lebte, erkämpfte sie sich Töpfe, Kocher, Plastikuhren, einen Kompaß, eine Garnitur Gläser, ein paar nicht zueinander passende Bestecke, einen Bräter, ein Paar Rollerblades und einen goldenen Schlüssel, der die Möglichkeit eröffnete, einen 1959er Cadillac beim Autohändler von Ithaca zu gewinnen. Aber als Arsenio den goldenen Schlüssel im Zündschloß des Cadillac drehte, blieb der Motor stumm.

Wenn sie trotz des kalten atlantischen Herbstes und des Dauerregens mit dem Fahrrad ausfuhr, wartete er stundenlang auf sie: Er saß auf der Veranda des Häuschens und betete mit einem Kloß im Hals, daß sie nicht von einem Truck überfahren oder von einem Auto in den Straßengraben geschleudert worden war. Azra, isoliert von der Welt, ohne Geräusche und ohne Klänge, in einem feindlichen Universum. Bis sie … kam. Auf den dünnen Reifen balancierend, auf einem zerbrechlichen und fast transparenten Gestell, kam sie sicher und unerbittlich am See entlang – ein roter Klecks, der neben dem dunklen Wasser rinnt. Am Anfang der Straße steigt sie ab. In Ermangelung von Besserem trocknet sie sich die Stirn mit dem Handschuh und hinterläßt auf der Haut einen Abdruck von Kettenschmiere und Staub; sie atmet einige Male tief durch, ergreift dann – ohne um sich zu blicken – den Lenker und schiebt das Rad in die Garage. Azra! ruft er. Azra! Sie kann ihn ohne Hörgerät nicht hören und dreht sich nicht um. Azra! Azra! Sie sieht sich um, bis ihr Blick auf die Veranda und Arsenio fällt, der, in eine dicke Jacke gemummt, verwirrt und ungekämmt ist. Er sieht komisch aus, und sie lächelt. Er ist so viel größer als sie, und wenn er sie umarmt, muß er sie fast vom Boden hochheben.

Am Samstag gingen sie wie alle anderen zum Koreaner einkaufen, lieber aber in den riesigen Megamarkt, der sich in einem nebligen Winkel der Ebene erhob, ungefähr dreißig Kilometer außerhalb der Universitätsstadt: Er kündigte sich mit der schrillen Farbe des Ziegelsteins und der immer blinkenden Leuchtschrift im Bodennebel an. Azra liebte den Star Market. Und das ganze Drumherum: den blechfunkelnden Parkplatz, die Einkaufswagen, die Glastüren, die sich öffneten, wenn man auf eine Fläche oder einfach nur in Erscheinung trat, die Preisschilder, weiß mit schwarzer Schrift, das betäubende Geplauder, das vom niedrigen Dach widerhallte, das mechanische Surren der von den Computern verschluckten Kreditkarten, die die Kassen ersetzten, das Quietschen der Gummiräder der Einkaufswagen auf dem Linoleum. Der Star Market war eine universelle Fabrik des Existierenden, die die Lust an der Poesie des Katalogs befriedigte, den die Geistesgestörten und die barocken Schriftsteller so lieben, mit ihrer Gier, die Welt zu benennen.

Im Star Market gab es alles: vom Fleisch von Kängu-ruhs, Krokodilen und anderen vom Aussterben bedroh-ten Arten bis zu kalifornischen Äpfeln, von norwegischen tiefgefrorenen Fischen bis zu Brillen für Weitsichtige, von Inkontinenzwindeln bis zu australischem Wein. Arse-nio las die Einkaufsliste vor, Azra schob den Wagen: Sie schnupperte an der Ananas, wog die Spargel, wählte das Gemüse aus wie auch Produkte, deren Zweck und Funk-tion ihr verborgen blieben, die sie aber wegen der schönen Verpackung, der exotisch klingenden Namen, der Farben und der auf die Schachtel gedruckten Zeichen anzogen. Katzenfutter Yams, weil die Packung lila und die auf dem Etikett abgebildete Katze weiß wie ein Segel oder eine Wolke war; Tampons Tampax mini, weil auf der Schachtel ein anzügliches zylindrisches Weiß und ein rosa Streifen waren; Präservative mit Erdbeergeschmack, weil fuchsien-rot auf schwarzem Grund. Katzenfutter, Tampax mini und Präservative stapelte Arsenio geduldig im Abstellraum, in der Hoffnung, daß sie eines Tages schließlich gebraucht würden – wer weiß. Azra hatte eine krankhafte Vorliebe für das Überflüssige. Für das, was niemand haben will, wie zum Beispiel Toilettenpapier aus rosa Krepp, das mitt-lerweile aus der Mode ist und in den dunklen Ecken des Gebäudes herumliegt, wo niemand je danach suchte. Arsenio trägt Kleidung von Cerruti oder Hugo Boss, gelockerte Krawatte, Sonnenbrille mit Gaultier-Gestell, Dreitagebart; Azra ist hektisch und aufgeregt, mit moham-medanischem Umhang und umgedrehter Baseballmütze: Sie schwebten an den Regalen vorbei und sammelten im Wagen Gegenstände von seltsamer Form, drehten immer wieder ihre Kreise durch die Gänge. Sie bildeten ein bizar-res Paar und blieben nicht unbemerkt. Azra ertrug es nicht, in der Schlange zu stehen, und ignorierte sie naiv oder mit listigen Tricks. Sie schob ihren Wagen vor, drängte sich kurz vor der Computerkasse in die Schlange, überholte Dutzende von nervösen Hausfrauen und löste dadurch wildwütige Streitereien aus, wenn Arsenio nicht rechtzeitig dazu kam. Wenn er herbeieilte, war sie schon von einer Meute empörter Kunden umgeben, denn durch ihre Schuld hatte die nächste Stunde auf dem Parkplatz begonnen, time is money, bezahlte er ihnen etwa die Parkgebühr? Ich mag nicht Schlange stehen, sagte Azra, ohne die Fassung zu verlieren. Drüben war es gefährlich, Schlange zu stehen. Da warst du ein leichtes Ziel. Wehrlos. Ja, ich weiß, flüsterte Arsenio – das hast du mir schon gesagt, Kleines. Er wollte sie nicht allein lassen, verloren in den Vorstadtwüsten des Staates New York. Aber Azra liebte den Supermarkt, und ihm drehte sich der Kopf bei dieser öffentlichen Zurschaustellung von Reichtum, dieser Flut unnützer Waren, diesem Fieber von Ausverkauf und Sonderangeboten, die ihm das Gefühl gaben, selbst zum Verkauf und Ausverkauf zu stehen. Und wenn sie aus einer Laune heraus darauf bestand, anstelle von Frau Woo einzukaufen, so ließ er sie gehen. Azra bummelte drei Stunden oder länger im Star Market herum. Manchmal kaufte sie ihm eine gräßliche Krawatte in berauschendem Gelb oder in flammendem Orange, die er normalerweise nie tragen würde, die er aber doch anlegte, um ihr zu zeigen, daß er ihre Aufmerksamkeiten schätzte. Azra überreichte ihm die Geschenke nie direkt, weil sie dann verlegen werden würde. Er mußte sie an den unausdenklichsten Plätzen finden, versteckt im Badezimmerschränkchen oder unter dem Autositz. Keine Frau hatte ihn je so geliebt.

An einem Februarnachmittag ruft Frau Woo ihm zu, daß ein Beamter des Sheriffs am Telephon sei. Ist er Arsenio Ventura? fragte eine ungeduldige Stimme. Ja, das bin ich, ist etwas passiert? Kennen Sie eine gewisse Ezra Pihaid?

Natürlich kenne ich sie, ist ihr etwas passiert? Was ist passiert? Es geht ihr doch gut? Hallo? Sie werden gebeten, sich unverzüglich zur Geschäftsführung des Star Market in Bentham West zu begeben. Als er das Büro betritt, sitzt Azra auf einem Sessel, von zwei Polizisten bewacht. Das herausgerissene Röhrchen hängt traurig hinter ihrem Ohr, ihr Gesicht hat sich zu einer unergründlichen Grimasse verzogen. Ihre Augen schossen Pfeile von Verachtung und getretener Würde ab. What's happened? fragt er, aber die Geschäftsführerin des Star Market fällt über ihn her. Sie ist erregt, verärgert und völlig verständnislos. This girl is a thief. Sie ließen sie schon seit einiger Zeit beobachten. Sie kam regelmäßig. Ihr gefällt es – erklärt er leicht ärgerlich –, sich die Dinge anzusehen. Er ist Professor an der Cornell University, murmelt der Bedienstete. Dieses Mädchen kam mit verdächtiger Häufigkeit, sie wurde überwacht und schließlich in flagranti erwischt. Die hauseigenen Telekameras bewiesen alles. Sie hatte in keiner Weise kooperiert, wußte er, daß diese Diebin nicht einmal ihren Namen sagen wollte? Sie hatten den Professor ausfindig gemacht, weil er in Ithaca bekannt war, und so hatten sie sie identifiziert. Arsenio mußte sich zusammenreißen, um nicht zu lachen. Er wußte, wie schwierig es war, Azra ein Wort zu entreißen, wenn sie nicht sprechen wollte. Sie war so hermetisch geschlossen, Azra. Auch für ihn war es schwierig, ihre Gedanken zu deuten. So verkrochen in ihr verächtliches Schweigen, in ihre totale Weigerung, die Anstrengungen anderer Menschen zu verstehen, in ihren Spott über ihre Schwächen und ihre Schäbigkeiten –, war sie eine fremde, unbeugsame Kreatur, und nicht einmal ihr Schweigen gab etwas preis. Übrigens wurde sie von der amerikanischen Bürokratie in den Einwanderungsformularen »alien« genannt, nicht von dieser Erde.

Ich wollte sie nur wegtun, weil sie mich ansah, mischte sich Azra ein, danach hätte ich sie wieder zurückgelegt …

Es war alles gefilmt worden, Azra Pehid war festgenommen worden – sie würde angezeigt und aus den Vereinigten Staaten von Amerika ausgewiesen werden. Signora, ich weiß nicht, was sie gestohlen hat, aber ich bin sicher, sie wollte es nicht. I'll pay for everything, wiederholte er in aller Ruhe, the assistant knows me, I come here often. Mit Unbehagen wandte er den Blick von dem winzigen Wesen. Azras freche Selbstsicherheit hatte im übrigen – vielleicht wegen der drohenden Ausweisung und damit Trennung von ihm – Sprünge bekommen, und jetzt schnieft sie und reibt sich die Augen mit dem Ärmel. Hinter der Fensterfront liegt leer und eisig der Parkplatz. Die Pfützen sind gefroren, die Straße von einem Licht überflutet, daß die Augen schmerzen, in der dünnen Luft schweben ein Geruch von nassem Asphalt und Abgasen und ein leichter, diffuser Duft von Schnee. Those foreigners, they come and they think they can do whatever they want. Das ist widerlich. Azra stammelt, sie hatte nicht die Absicht, dem Wachmann weh zu tun. Da die Direktorin keinerlei Verständnis zeigt, versucht Arsenio, sie mit etwas Schmeichelei zu erweichen. Sehen Sie, sagt er, das Mädchen hat es schwer gehabt. Versetzen Sie sich doch mal in ihre Lage. Stellen Sie sich vor, Sie haben ein schönes Haus, schöne Kleider, alles, und von einem Tag auf den anderen nichts mehr. Hierherzukommen, all die schönen Dinge zu sehen, das gefällt ihr einfach. Yes, I realized it, knurrt die Direktorin. Sie ist neu auf ihrem Posten, reizbar und übereifrig. Sie mustert ihn lange, betrachtet mit kaum verhohlenem Argwohn seinen Schauspielerbart und seine gelbe Krawatte. Sie findet ihn nicht sehr vertrauenerweckend, er hat etwas Arrogantes, leicht Dreistes an sich, was ihn ihr verhaßt macht.

Sie beschließt, die Fremde in die Polizeistation zum Sheriff bringen zu lassen. Wenn Arsenio es richtig verstanden hat, so besteht – abgesehen von dem noch nicht quantifizierten Schaden an der in den Regalen ausgestellten Ware und Blutergüssen auf Wangenknochen, Unterleib und Kinn des Wachmanns – das von Azra begangene schwere Verbrechen in folgendem: Diebstahl einer Sonnenbrille mit Spiegelglas im Wert von 9,99 Dollar. 9,99 Dollar. Todernst und flüsternd erklärt ihm Azra, daß sie wie immer durch die Gänge ging und sich die Sachen betrachtete, aber dann hatte die Brille sie angesehen, und sie hatte sie wegnehmen müssen, da hatte der Mann begonnen, sie zu verfolgen, und er war bewaffnet. Er hatte eine Pistole in der Hand. Er wollte dir nichts tun, Kleines, flüstert Arsenio und fährt ihr durch die Haare. Er wollte nur in deine Tasche sehen. I didn't want to scare her – erklärt der Wachmann erregt, während er sich die blutigen Wangen abtupft –, but she started running. She was taking off, when I caught her, she attacked me, kicking, biting, scratching me. She racked me. Er wollte auf mich schießen! brüllt Azra, ganz rot im Gesicht – er wollte mich erschießen! Arsenio schämt sich für Azras platinblondes Haar, für ihre karminroten Fingernägel, ihren Strawberry-Lippenstift und auch für sich selbst. Er gibt sich Mühe, den Polizisten Mike O'Neill anzulächeln, zieht seine Kreditkarte heraus und bedrängt die Direktorin, sie zu akzeptieren. Am Ende des Semesters reisen wir ab, es sind nur noch drei Tage. Haben Sie doch Verständnis. I'll pay for everything. Everything. Er hatte eine Pistole, und da… da habe ich mich versteckt – erzählt Azra weiter, immer erhitzter –, das Regal ist umgekippt. Es ist auf mich gefallen. Ja, Kleines, ich habe verstanden.

Eine ganze Zeitlang, später, wird jedesmal, wenn er die Tür zum Abstellraum aufmacht und ihm Hunderte von Dosen mit Katzenfutter Yams auf den Kopf fallen, Azra da sein, und er wird den Eindruck haben, sie im Wohnzimmer sitzen zu sehen, wie hypnotisiert vor dem MTV-Kanal. Und dann sieht er sie wieder, klein, gejagt, allein, wie sie verzweifelt durch die Regalreihen des Star Market flieht und mit aller Kraft gegen den Feind kämpft – bis sie zu Boden fällt und auf der Stelle einschläft. Und ihn auf der Rückfahrt – noch benommen vom Kampf und der Müdigkeit, mit grünlichen Streifen der Blutergüsse und Ketchupspritzern auf den Wangen – fragt: Wo warst du vorher, Arsenio? Wo warst du?

Es ist ein uraltes Bett, mit quietschenden Federn und einem Kopfteil, das bei jeder Bewegung gegen die Wand knallt. Dieser hohle und harte Ton, eine Art dumpfer Schlag, wie wenn jemand an eine unsichtbare Tür klopft, fast wie die Erscheinung eines Gespenstes, tutum, tutum, bezaubert und amüsiert sie, und ebenso bezaubert und amüsiert sie das immer klagendere Quietschen der Federn und die Sinfonie aus Gluckern und Reiben und der Mischung der Klänge wie von Wasser und zugleich von Laub, die ihre zusammengeschweißten Körper von sich geben: Und dann drückt sie fester und schaukelt, drückt und schaukelt und blickt auf die nackte Wand, auf der nichts ist. Arsenio bemüht sich, kein Geräusch von sich zu geben, und schließt die Augen. Er bewegt sich langsam: Er begreift nicht, daß es vor allem die Geräusche sind, die ihn mit ihr vereinen. Er schämt sich für die Geräusche, mehr als für die Bewegungen. Azra wirkt verspannt, orientierungslos, sie folgt ihm nicht. Er hält sie fest und zieht sie mit den Armen an sich, denn sie scheint immer anderswo zu sein, ohne Konsistenz, unfaßbar, immer auf dem Sprung, sich zu entfernen, zu fliehen, mit einem Abstand, der nicht nur ein leerer Raum zwischen Körpern ist, sondern ein Verschwinden, eine endgültige Auflösung.

Danach, wenn Azra aufsteht und sich schnell wieder anzieht, verschüchtert, ohne ihn anzusehen, fragt er sich oft, ob Azra wenigstens in diesen Momenten für einen Augenblick bei ihm und nur bei ihm ist. Ihm würde eine

Geste reichen, ein albernes oder auch komisches Wort, irgendein Signal, das ihm zeigen würde, daß Azra – wenn auch versunken in eine ganz persönliche Galaxie – bei ihm ist. Azra starrt weiter die nackte, weiße Wand über dem Kopfteil des Bettes an, bekommt eine Gänsehaut und achtet darauf, daß die Klänge der Federn, der Flüssigkeiten, des Atems, der Körper, des unsichtbaren Laubs und Wassers zusammenstimmen, sich zu einer rhythmischen, konstanten, unendlichen Musik verknüpfen. Jetzt drückt und schaukelt sie, drückt so stark, daß er nach Luft schnappt, die Lippen auf das Kissen gepreßt. Er fühlt sich zerfließen, leicht, ein Hauch aus Luft und Dampf, ein Schauder vor Kälte und Vergnügen, völlig eins mit den bewußtlosen Zellen seines Körpers, mit den Tropfen des Bluts. So vielleicht muß sich Azra fühlen. Azra weiß vielleicht nicht mehr, daß sie existiert, sie weiß, daß sie nur existiert, wenn sie in die Ferne treibt, geliebt von ihm. Denn auf seine Art liebt er sie. Genau so wie sie ist, unerreichbar, abwesend, schon verloren.

7

Die Abreise war auf den 20. März festgesetzt – acht Tage nach den Krönungsfeierlichkeiten für Karl VIII., König des Mezzogiorno. Nachdem die italienischen Potentaten das träge Erstaunen überwunden hatten, mit dem sie seinem Triumph beigewohnt hatten, sammelten sie sich und knüpften neue Bündnisse. Die Liga stellte ein beeindruckendes Heer auf: Wäre Karl in der Stadt geblieben, so hätte man ihn in Süditalien eingepfercht, und der Rückweg nach Frankreich wäre ihm versperrt gewesen. Zur Verteidigung seiner Eroberungen mußte er im übrigen von jenseits der Alpen Geld, Hilfe und Soldaten auftreiben. Er würde eine Besatzung von siebentausend Berittenen und fünftausend Fußsoldaten in der Stadt zurücklassen: Die anderen fünfzehntausend – Ritter, Fürsten, Fußsoldaten, Bogenschützen und Höflinge – brachen mit ihm auf. Auf die Abreise mit den Franzosen bereiteten sich auch Chevalier Henri und Lanzenreiter Antar vor, der keine Geisel mehr zu bewachen hatte: Djem war zwei Tage nach Karls Einmarsch in die Stadt gestorben.

Man stritt noch über die Ursachen der so plötzlichen Krankheit, die ihn getötet hatte. Daß er an Bronchitis oder an Wundfieber, an Lungenentzündung oder an vulgärem Durchfall gestorben war – wie die offiziellen Depeschen verlauten ließen –, glaubte niemand. Vielleicht hatten ihn Bajasids Meuchelmörder gefunden, vielleicht hatte der Papst ihn vergiftet, bevor er ihn an die Franzosen auslieferte. Noch einmal wurde der ahnungslose Djem in einen Strudel aus Geld und Ehrgeiz gerissen, und diesmal bezahlte er mit dem Leben. Als er merkte, daß er am Ende war, rief er seine treuesten Männer zu sich, Sinan-Beg, Aias-Beg, Jelab-Beg, und trug ihnen auf, ihr Möglichstes zu tun, damit sein Körper nach Konstantinopel gebracht würde. Die Ungläubigen – seien es die Franzosen, der Papst, die Aragonier, die Palaiologen – durften ihn nicht noch als Toten benutzen, wie sie ihn als Lebenden benutzt hatten: als Strohpuppe, als bloßen Vorwand, um gegen die Brüder des Islam Krieg zu führen. Sein letzter Wille war die Versöhnung im Namen der roten Fahne und des zunehmenden Mondes, vor allem im Namen dessen, dem wir alle angehören. Djem phantasierte, wurde ohnmächtig, lag im Delirium, sagte aber in völliger geistiger Klarheit einen Vers aus dem Koran auf: »Wir gehören Allah, und zu ihm kehren wir zurück.« Antar schwor, daß er sich nicht vom Papagei des Fürsten trennen würde, bevor er dem schweigsamen, irritierenden Vogel nicht beigebracht hatte, diese letzten Worte Djems zu sprechen.

König Karl gab sich mit dem Tod seines Gefangenen nicht zufrieden. Obwohl das Glück sich von ihm abwandte, glaubte er immer noch, daß er nach Neapel den Kreuzzug einleiten und Byzanz erobern würde. Er befahl Djems Dienern, so zu tun, als wäre nichts geschehen, und Antar und die anderen hielten sich noch drei Tage lang in den Sälen des neapolitanischen Kastells auf, in dem der sterbende Fürst untergebracht war, trugen auf glänzenden Silbertabletts vorgetäuschte, aber verlockende Gerichte auf, ließen dem Kranken besorgte, aber vorgetäuschte Behandlung zukommen – unterdessen suchten sie nach einer Möglichkeit, Sultan Bajasid die Nachricht zu überbringen. Denn eben in diesen Tagen schien sich Tristanos großer Traum zu verwirklichen.

Neun Monate zuvor, zu Beginn des italienischen Feldzugs, war Karl nicht nur an den kleinen Hof Casale gekommen, um Marias Juwelen und die Ehrenbezeigungen des Monferrato entgegenzunehmen. Er war auch gekommen, um sich mit den Palaiologen über die bevorstehende Eroberung des Orients abzusprechen. Und Costantini Arniti verließ im Auftrag der Palaiologen und der Franzosen Italien und segelte gen Albanien mit der Aufgabe, einen Aufstand anzuzetteln und Bajasid im Namen des Sultans Djem zu stürzen. Doch auch nach erfolgtem Aufstand wäre Djem die Marionette anderer geblieben, denn die Franzosen und die Byzantiner würden im Orient herrschen, sicherlich aber nicht er. Doch wenn es herausgekommen wäre, daß Djem schon tot war, so wäre der Plan gescheitert, bevor er überhaupt begonnen hatte. Arniti segelte gen Albanien, am Horizont tauchte die Felsenküste auf, und er sah schon im Traum die palaiologische Fahne auf der Kuppel der Hagia Sophia flattern. Aber die Geschichte ging aufgrund einer Verspätung noch einmal andere Wege.

Der Verbündete der Palaiologen, der unentschiedene Erzbischof von Durazzo, der den Aufständischen Waffen bringen sollte, spielte auf Zeit, zögerte und verschob die Abreise: um wenige Stunden nur, zu viele aber für die Eile der Geschichte. Und unterdessen – auf dem Bett hingestreckt, von seinem Schicksal aufgesogen, in dem alles entwich: Konstantinopel,

Rhodos, das Mittelmeer, das Piemont und Frankreich, Orte, die er gegen den Wind und gegen seinen Willen durchquert hatte, die Gefängnisse des Berry, von Rom und Neapel, seine Ehefrauen, sein Sohn Murad, den ein nicht weniger trauriges Schicksal als das seine erwartete, und sein furchtbarer Bruder Bajasid, aufgesogen von allem, vom Nichts, unfähig, selbst seine letzten Freunde zu erkennen – starb Djem. Der Aufstand im Balkan fand nicht statt, und Costantino mußte verkleidet und besiegt in Otranto Zuflucht suchen. Während er gen Norden floh, dachte er vielleicht wieder an jenen anderen Träumer, dessen Vernichtung er befohlen hatte, weil er den gleichen Traum geträumt hatte – mit Verspätung, zur falschen Zeit, gegen den gedankenlosen und unerbittlichen Rhythmus der Geschichte. Die Palaiologen, die Herren der Welt, werden – und selbst das nicht mehr sehr lange – nur über ein Gebiet herrschen, das nicht größer ist als die Insel, auf der sich ihr Feind, und zugleich ihr möglicher Verbündeter, ahnungslos seinen Kerkermeistern ausgeliefert hatte.

In Neapel wurde die makabre Komödie abgebrochen und die Nachricht vom Tod der Geisel verbreitet. Djems Leiche wurde einbalsamiert: Wer weiß, ob man sie noch gebrauchen könnte. Bevor Antar mit dem französischen Heer Neapel verließ, wollte er ein letztes Mal von jenem Fürsten ohne Frieden Abschied nehmen. Er trat an den Katafalk heran, der schweigende Papagei hockte auf seiner Schulter. Er streichelte Djems geschminkte Leiche, berührte seine Adlernase, den Spitzbart, die dunklen Locken, die vom seidenen weißen Turban beherrschte Stirn. Oh, du Fürst in der Verbannung – murmelte er –, sie wollten dich zwingen, dein Land an die Franzosen zu verkaufen, aber die rote Fahne, auf der sich der zunehmende Mond und der weiße Stern vermählen, wird die Kuppel der Hagia Sophia nicht verlassen, wird noch jahrhundertelang flattern, sich im klaren Wasser spiegeln und Europa bedrohen. Du wirst der schwarze Spiegel Europas sein, das Zeichen seiner Schwäche und seines Scheiterns.

Als er hinausging, setzte er den Papagei auf den Rand des Sargs, damit er bei seinem Herrn wache. Der Papagei blieb teilnahmslos hocken. Am Tag von Djems Tod hatte Antar ihm die Federn – eine nach der andern – schwarz bemalt. Die Farbe begann sich nun abzulösen. Auch du – dachte er – legst schon die Trauer ab. Djem war nun wirklich und für immer tot. Vier Jahre später übergaben die Aragonier (die das Königreich Neapel und das Kastell, in dem der Fürst in seinem Sarg schlief, zurückerobert hatten) Djems Leiche endlich dem Bruder. Desgleichen die Dinge, die Djem in Europa Gesellschaft geleistet hatten: Der Papagei – durch ein unerwartetes Wunder, auf das Antar stolz gewesen wäre – krächzte dem fassungslosen Bajasid den Vers aus dem Koran vor. Wir gehören Allah, und zu ihm kehren wir zurück.

Antar, der nun ohne Auftrag war, wurde vorgeschlagen, die Waffen abzulegen und die rechtmäßige Gemahlin eines Meistermalers zu werden. Werde meine Abla, mein kleiner Junge – flüsterte Enrico. Ihn erwarte ein Leben der Ehefreuden und Muße in Frankreichs Burgen, in denen sie beide Reichtum finden würden. Doch Antar lehnte mit einem Lachen ab. Was er in einem anderen Leben gewesen war, konnte er nicht wieder werden – und selbst für das schöne Lächeln von Enrico da Sorano würde er nicht umkehren. Antar war jetzt ein Krieger.

Auch Enrico mußte sich noch von jemandem in der Stadt verabschieden. In der Dämmerung, als die Sonne schon im Meer des Golfs versank, suchte er den Sekretär Pontano auf. Es war ein wehmütiges Treffen, das die gleiche rosige Farbe trug wie der Himmel, der zwischen den Pinien verblaßte. Meister, sagte der Sekretär gedankenversunken, wie schnell dunkelt doch die Welt, die stirbt. Die stirbt? Warum sagt Ihr das? meinte Enrico lächelnd – sie wandelt sich. Eine Veränderung ist immer lichterfüllt. Aber es gibt keinen Wandel ohne Verlust, Meister. Der Sekretär blickte in die Ferne und sah die Zukunft näher, als sie war. Er hatte sich in bezug auf König Karl getäuscht. Der, der vor weniger als drei Monaten als Mann der Vorsehung galt, der vom Himmel geschickt und dessen Bestimmung es war, Italien zu regieren und ihm seinen alten Glanz wiederzugeben – König, Kaiser, neuer Christus des goldenen Zeitalters –, war ein Schwächling und Versager, der nie in diesem Land hätte herrschen können. Bei seinem Aufbruch ließ er eine zusammengestückelte Regierung zurück, die nicht überleben werde: Nach und nach werde sie die Unterstützung verlieren, viele würden sich den Aragoniern wieder annähern und deren Rückkehr und die Wiederherstellung der alten Macht erflehen. Solches zu tun hatte im übrigen auch er vor. Die anderen italienischen Staaten würden nicht zulassen, daß der König seine Besatzungstruppen behielt, sie würden sich verbünden, um die fremde Garnison zu verjagen. Danach würden sie sich vielleicht wieder spalten, aber erst einmal hätten sie zu einer vorläufigen Einheit gegen ihn gefunden. Und der König würde nicht überleben. Wenn sie ihn nicht bei einer Verschwörung oder in jener großen Schlacht töten würden, die seinem Krieg bisher gefehlt hat, würde er politisch sterben. Er würde dorthin zurückkehren, von wo er gekommen war, und noch jahrelang von diesem Italien träumen, das sich in ihn verliebt und das er ohne Blutvergießen erobert hatte, das nun mit der gleichen unvorhersehbaren, blinden Inbrunst die Liebe zu ihm wieder verloren hatte und ihn jetzt seinem Schicksal überließ. Ein anderer hätte vielleicht, in einer anderen Konstellation der Gestirne, das Schicksal auf seiner Seite gehabt, aber die Zeiten waren noch nicht reif, und König Karl war gescheitert. Er würde sich noch lange an den Tag erinnern, an dem er in Neapel eingezogen war, beklatscht vom Volk, unter der Begeisterung aller und unter einem Himmel in Alemannisch-Blau. Enrico fragte den Sekretär, ob er es bereue, sich für ihn kompromittiert und seine früheren Herren verleugnet zu haben, denen er doch alles verdankte.

Meister, hör mir gut zu. Seine Majestät hat seine Minister gemacht, aber nicht mich, denn ich habe mich selbst gemacht. Auch hat er mir nichts gegeben, sondern ich war es, der zuerst dem König und dann seinem Sohn gegeben hat. Mein Ansehen bestand nicht nur darin, daß ich ihr Minister war, sondern daß ich von mir aus so war, daß ich mir Ansehen und Achtung erworben habe. Ich will nichts von ihnen. So spricht ein freier Mann, sagte sich Enrico. So hätte auch er dem Markgrafen schreiben sollen: Nicht du gabst mir die Begabung, und du wirst sie mir auch nicht nehmen können, Herr. Die Aragonier können nichts gegen mich ausrichten: Sollen sie nur zurückkehren, ich erwarte sie – fuhr der Sekretär fort. Aber, so fügte er ohne Bitterkeit hinzu, er bezweifle, seinen früheren Status wiedererwerben zu können. Er war zu berühmt und war zu sehr gerühmt worden, um öffentlich bestraft werden zu können, aber seine Strafe werde die grausamste Folter für einen Mann der Macht wie ihn sein: der Ausschluß und das Schweigen. Ich werde meinen Geist üben, sagte er seufzend, ich werde mich um meine Villa und meinen Garten kümmern und die geistigen Vergnügungen kultivieren.

Ich bin froh, Euch lächeln zu sehen, sagte Enrico. Ich bin alt, antwortete der Sekretär. Meine Schläfen sind wie die Federn der Schwäne, aber das Weiß der Haare hat nicht das Feuer des Herzens gelöscht, wie der Schnee auf dem Vesuv nicht das Feuer löscht, das in seinen Eingeweiden brennt. Meine Frau erwartet ein Kind, ich habe Kinder und Kindeskinder, ich habe meine paradiesische Villa, ich habe meine Erinnerungen und meine Poesie. Die wird mir niemand, auch kein König, nehmen können. Ich weiß, sagte Enrico und ließ seinen Blick über die kahlen Wände der Villa schweifen. Pontano würde ihm nie das große Werk für die Villa in Antiniano finanzieren können.

Er riet ihm, die Stadt nicht zu verlassen. Nicht den Franzosen zu folgen, sondern zu bleiben. Gewiß, wenn die Franzosen, wie es vorherzusehen war, bald verjagt würden und die alte Macht wiederhergestellt werde, dann würde eine Zeitlang niemand dem Ritter König Karls Arbeit geben. Alle würden nur diese Tage eines Frühlingswahns vergessen wollen. Aber wenn er sich als ein freier Mann erweise, dann würden sie ihn als solchen ansehen, und niemand würde ihn daran hindern zu malen. Nein, ich breche auf, antwortete Enrico. Ich bin Chevalier Henri, sie bezahlen mir dreißig Dukaten, ich male einen König und speise bei Hof und reite auf die Jagd, und auf all dies will ich nicht verzichten. Er verbeugte sich und ging rückwärts zur Tür, mit der Mütze in der Hand, zum Zeichen der Ehrerbietung. Enrico, sagte der Sekretär. Er hatte ihn nie bei seinem Namen genannt, und Enrico blieb erstaunt stehen. Dies ist der Brief, den Alma mir geschrieben hat. Nimm du ihn und urteile, ob du gut gehandelt hast. Du hättest nicht fortgehen sollen, mein Freund. Du kannst bis über die Säulen des Herkules gelangen, du kannst bis nach Indien reisen und die Wilden malen, und du würdest keine Frau finden wie sie. Welch ein verworrenes Labyrinth ist das menschliche Herz. Enrico nahm verwirrt den Brief. Er hatte nicht mehr an Alma gedacht, seit er an Land gegangen war. Auf dem zerknitterten Papier erkannte er ihr aufgebrochenes Siegel. Der Sekretär kraulte Asteriones Mähne. Er warf dem Hund eine Stoffpuppe zu und beobachtete ihn, wie er freudig wedelnd mit der Puppe zwischen den Zähnen zurückkam.

Er hatte sie, Alma, vor über zehn Jahren kennengelernt. Ihr Mann, Messer Gioanne Galatea, war eine Zeitlang sein Bankier gewesen. Er war sehr reich: Seine Bank hatte Niederlassungen in Flandern, in Douai und Brüssel, Gent, Antwerpen, Valenciennes und Quesnoy. Er war ein sanfter und höflicher junger Herr, aber sein Aussehen war abstoßend. Die Pocken, die ihn in zartestem Alter heimgesucht hatten, hatten ihn entstellt und seine rechte Gesichtshälfte verunstaltet. Das rechte, von der Krankheit befallene Auge war geschwollen, runzlig wie eine Nuß und für immer geschlossen: Wimpern und Augenlider waren fest miteinander verwachsen. Im übrigen war er so fromm, daß er sich der Jungfrau Maria geweiht hatte und anscheinend in keiner Weise mit dem Fleisch einer Frau zu tun haben wollte. Frauen stießen ihn ab – diese wechselhaften Kreaturen, Ursache von Verletzungen und Gelächter und so verdorben, daß sich keine fände, die ehrenhaft sei. Er hatte seine Meinung erst geändert, als er Alma Solaro kennenlernte. Ich habe mich lange gefragt, wieso sie, die jeden hätte heiraten können, Meister – denn sie war edel und reich, hatte Verstand und war schön, auch wenn ihre Schönheit mehr in ihrer Grazie und ihrem Geist lag als in dem, was man gemeinhin unter dem Wort versteht –, ich fragte mich also, warum sie unter so vielen Männern ausgerechnet Gioanne Galatea genommen hatte. Aber das Räderwerk des menschlichen Herzens ist so kompliziert, daß es manchmal unmöglich ist, seinen Mechanismus zu verstehen. Galateas Geschäfte erfuhren hier in Neapel einen raschen Niedergang, weil die politischen Wirren, die das Reich erschütterten, auch seine Bank erschütterten. Als mit der Verschwörung der Barone gegen den aragonischen König der Krieg ausbrach, suchten die Galatea Zuflucht in einem Landsitz in der Nähe der Bäder von Baia, die Almas Gesundheit sehr förderlich waren. In ihrem Haus verkehrte die fröhliche neapolitanische Gesellschaft, die sich häufig und gern zu den Bädern begab. Die Galatea standen im Ruf, religiös, aber nicht bigott zu sein und viel Sinn für Schönheit zu haben. Ihre Säle waren mit erlesenem Geschmack eingerichtet, jeden Abend wurde Musik gehört, wurden Verse vorgetragen. Madonna Alma wurde die Prinzessin von Baia genannt. Ein Politiker von keineswegs unbekanntem Ruf reimte zu seinem Vergnügen vor Freunden Verse aus dem Stegreif, besang sie als seine Muse und forderte sie auf, nicht zu grausam zu sein.

Jener Mann – das wirst du begriffen haben, Meister – war ich. Wie oft kam sie, um in dieser meiner Villa spazierenzugehen, Madonna Alma, zwischen diesen Myrten, Zitronenbäumen, Orangenhainen, Zedern und Rosmarinbüschen. Die ausgelassenen Glyzinien kletterten an der Pergola empor. Sie stützte sich auf meinen Arm, und wir gingen zum Belvedere, von wo aus man auf den Golf blickt. Genau hier, wo wir jetzt sind. Der Anblick raubte uns den Atem, wir verstummten und atmeten den Duft des Flieders, der auf der Mauer wuchs. Sie war eine reine Frau, Meister, ich habe nie eine Frau wie sie kennengelernt. Viele machten ihr den Hof, und sie antwortete allen: »Messere, eine wahre Liebe fordert zwei Bedingungen: daß man nur eine Sache liebt, und die für immer.« Meister, es war nicht der Ehemann, diese »Sache«, die sie liebte.

Messer Galatea starb im Jahr '88, ohne daß sie ihm den Sohn geschenkt hätte, den seine und ihre Verwandten erwarteten. Sie hätte es im übrigen auch gar nicht gekonnt, da sie einander nie beigewohnt hatten. Die Eheleute hatten sich abgesprochen und ihre Familien getäuscht. Beide wollten sich die Jungfräulichkeit des Körpers erhalten. Die Jungfräulichkeit des Gemüts, Meister, ist im Laufe des Lebens viel schwieriger zu retten. Alma löste für eine Handvoll Dukaten die Bank aus, die am Rande des Bankrotts stand, verkaufte die Villa in Baia, die Möbel, die Gemälde, die antiken Statuen, Kleider, Bücher, alles, was ihr noch geblieben war, um die lange Reise zu finanzieren: Und eines Morgens im April '89, allein und rein, wie sie gekommen war, schiffte sie sich auf einer Galeere ein und kehrte nach Hause zurück.

Enrico sagte nichts. Er dachte nichts: er hatte keine Meinung zu dem, was er gehört hatte. Von Alma erinnerte er nicht einmal die Augenfarbe – nur die Stimme. Ihre Stimme, die sich im Dunkel ihres Zimmers verlor. Er umklammerte mit den Fingern das zerknitterte Blatt Papier mit ihrer verblaßten, eleganten Handschrift. Ich muß gehen – sagte er. Er sah ihn lange an. Der Sekretär kraulte Asterione, und der Hund leckte ihm die Hände. In den letzten Tagen war Pontano gealtert. Seine Augen waren tief zwischen den geschwollenen Lidern versunken, die Haut war gerötet und faltig. Ein müder Mann stand dort auf dem Belvedere und musterte ihn ohne Lächeln: Aber er hatte keinerlei Absicht, sich der Zeit, der Niederlage, dem Tod zu ergeben. Im Gegenteil. Die Erinnerungen an bessere Tage schienen seine in der Zeit, die er ironisch die »französischen Monate« nannte, angesammelte Melancholie zerstreut zu haben. Seine Augen leuchteten zwischen den geschwollenen Lidern. Meister Enrico, weißt du, was ich ab morgen tun werde? Hier rundherum wird endlich Stille herrschen. Ich werde Verse schreiben. Ich habe bisher nie die Zeit gehabt, mich wirklich der Literatur zu widmen. Ich bereue es, meine Muse vernachlässigt zu haben. Endlich werde ich für mich selbst und nicht für die Könige leben.

»Prächtiger Mann, liebster Freund«, hatte Alma an Pontano an dem Tag geschrieben, an dem sie die Brücke überschritt und sich im Turm einmauern ließ. »Wenn ich wüßte, daß es Frucht des Vergessens ist, so würde ich aufs bitterste bedauern, daß Ihr mich vergessen habt, aber da ich dessen eingedenk bin, daß die vielen Ämter, die Euch Euer Herzog übertragen hat, Euch so viel zu tun geben, daß Euch die Zeit fehlt, mir zu schreiben, nehme ich es nicht nur nicht übel, sondern bin ihm höchst dankbar, da ich Euren Wert kenne. Wie dem auch sei, möge es Euch gefallen, Euch auch inmitten der Ämter an mich zu erinnern und zu bedenken, daß ich Euch immer gut war, denn manches Mal scheint mir beim Anblick Eurer Bücher Eure Anwesenheit aus ihnen zu entspringen. Die Liebe, die ich für Messer Enrico da Sorano, den Maler, hege, drängt mich, im Verein mit dem Vertrauen, das ich in Euch lege, Euch den besagten Maler anzuempfehlen, denn er ist einzigartig in seiner Kunst, und Euch innigst zu bitten, ihm aufgrund Eurer Menschlichkeit und aus Achtung für mich Eure Güte zu gewähren und ihn in besonderem Wohlwollen zu halten, was ich sehr zu schätzen wissen werde. Und darum bitte ich Euch so sehr, wie es auf Erden nur möglich ist, denn, wie ich sagte, ich liebe besagten Enrico mehr, als ich mein Leben liebe. Gezeichnet: Alma Galatea da Monforte. Am Pfingsttag 1493.«

8

Die Leitung des Kimbell Art Museum hat mir so um die hunderttausend Dollar angeboten – teilte er ihr in einer schwülen Abenddämmerung im Juli endlich mit, als es unmöglich wurde, das Geheimnis noch länger zu hüten. Er keuchte und vertraute darauf, daß die Anstrengung und die Notwendigkeit, mit ihr Schritt zu halten, ihm detailliertere Erklärungen ersparen würden. Sie liefen seit einer Stunde den Central Park rauf und runter, im Slalom zwischen Rollschuhläufern und Kinderwagen. Das Seewasser war ein in rotes Licht getauchter Teich. Cool, that's great! war ihr Kommentar. Sie blieb plötzlich stehen und strahlte. Ja, that's great. In Fort Worth, Texas, gibt es viele Museen und viel Geld; das Museum, von dem ich spreche, ist ein wunderschönes Gebäude, entworfen von einem berühmten Architekten. Sie haben eine prächtige Gemäldegalerie: italienische Meister wie Fra Angelico und das Beste der europäischen Malerei... El Greco, Caravaggio, de La Tour. Und es ist noch Platz da. Jetzt brauchen sie jemanden, der die Bilder findet – der sie auswählt und kauft. Und wo, das? fragte Azra, mit einem aufkommenden Verdacht. Er antwortete nicht – aber es war klar, es ging darum, nach Europa zurückzugehen. Wenn man Europa nur erwähnte, fiel Azra in einen narkotischen Schlaf.

Es war ein Angebot, das er nicht ablehnen konnte. Doch als der Museumsdirektor – schon vor einiger Zeit – mit ihm Kontakt aufgenommen hatte, hielt ihn etwas davon ab, seine Begeisterung zu zeigen. Der Denkmalpfleger Lajolo sagte über Arsenio, daß er für alles Talent habe, außer für sich selbst. Er hatte sich durch zündende Ideen, explosive Artikel und vierzigseitige Essays eine Karriere aufgebaut – aber er hatte nie ein Buch geschrieben. Er begeisterte sich für einen verkannten Künstler, und kaum war es ihm gelungen, einen interessanten Fall daraus zu machen, verliebte er sich schon in den nächsten. Er folgte immer der Idee des Augenblicks. In seinem Geist alterten die Ideen, bevor sie aus dem Kokon der Intuition geschlüpft waren. Arsenio wußte, daß Lajolo recht hatte. In seinem ganzen Leben hatte er es immer vorgezogen, seine Ideen, auch wenn er es gekonnt hätte, nicht in die Wirklichkeit umzusetzen. Ein gescheitertes Projekt – sei es ein Werk, eine Ausstellung, ein Buch, eine Aktion oder eine Liebe – schien ihm die Zukunft viel stärker verändern und beeinflussen zu können als eines, das vollzogen und realisiert worden war. Doch in der letzten Zeit hatte er alle seine Träume verwirklicht: Nichts zog ihn in Richtung Zukunft. Es war das Baltuszimmer, das ihn zurückrief.

Say no, forderte Azra ihn auf, we don't need money. Er antwortete nicht, und ihr Gesicht verfinsterte sich, sie beschleunigte den Lauf und hängte ihn am Fuß der Steigung ab. In den letzten Monaten hatte sie sich verändert, Azra. Sie hatte die finstere und beleidigte Miene abgelegt, die sie in Anwesenheit Erwachsener und auch in seiner stets aufsetzte. Sie lacht oft und schallend. Ihr ästhetisches Gefühl macht Fortschritte, aber nicht in der Richtung, die er hoffte. Nach Abschaffung der Baseballmützen versteckt sie ihre Haare mit der unorthodoxen Farbe unter dunklen Tüchern. Sie ist immer entschlossener, streng praktizierende Mohammedanerin zu werden und die Tradition ihrer Vorfahren wiederzuentdecken: Sie sieht sich – ohne etwas zu verstehen – einen Satellitenkanal von Qatar an, blättert in einer Broschüre, in der ein Flüchtling dazu auffordert, zu den Wurzeln seines Volkes zurückzukehren. Aber es gelingt ihr nicht, all dies mit Arsenio und ihrer Rennfahrerei zu verbinden. Und erst recht nicht, ihn zu bekehren, was ein notwendiger Schritt wäre, damit ihre Beziehung in die göttliche Ordnung der Welt einträte. Bestenfalls entreißt sie ihm das Versprechen einer standesamtlichen Heirat. Ansonsten ist sie wie immer. Sie bewegt sich wie immer – mit schroffen, fast männlichen Bewegungen – und lächelt wie immer, verstohlen und argwöhnisch. Er, der weiß, daß er für ihre peinigenden Qualen verantwortlich ist und sich deshalb schuldig fühlen müßte, ist statt dessen stolz darauf. Manchmal steckt er sich das Gummiröhrchen des Hörgeräts ins Ohr und dreht am Rädchen. Wenn Azra spricht, überfallen ihn schrille, verzerrte Klänge. Aber sie hört es wahrscheinlich anders. Sie werden oft für Vater und Tochter gehalten – und er gibt sich keine Mühe, das abzustreiten. Azra wirkt im übrigen jünger, als sie ist, auch weil sie mit ihren formlosen Kleidungsstücken in die pompöse Madison Avenue eingezogen ist, während er sandfarbene, rauchgraue, hellbeige, havannabraune, cremefarbene, kirschrote Anzüge mit leichtem Knitterlook ausführt. Sie wirken wie ein geschiedener Vater und seine Tochter, die er nur einmal im Jahr sieht und die ihm aufgrund des fehlenden Umgangs nicht gleicht. Er hat ein starkes Vatersyndrom entwickelt. Er ist ihr gegenüber krankhaft beschützend geworden – ängstlich und eifersüchtig. Er hebt ihre Vorzüge hervor, bestreitet ihre Mängel.

Er unterschrieb noch am selben Abend den Vertrag, in den stickigen New Yorker Geschäftsräumen des Museums. Die Lichter der Stadt waren wie Tropfen am Horizont – wie pulsierende, matte Kometen. Er brachte es nicht fertig, Azra zu ihrer Tante zurückzuschicken, und brachte es auch nicht mehr fertig, sie zu berühren. Seit einiger Zeit paßte er sich nachts der Form dieses winzigen und zermarterten Körpers an und strich mit den Fingerspitzen über ihre Narben. Er versprach ihr, sie zu heiraten. Sie will ein Zigeunerfest mit Geigen, Liedern und weißen Schleiern. Es wird das Fest ihres Lebens sein, denn sie wird nur ein einziges Mal heiraten. Das sind Dinge, die man nicht wiederholen kann. Nein, so etwas kann man nicht wiederholen, Azra. Aber er versicherte ihr, daß sie früher oder später aufs Standesamt gehen würden. Das hatte er ihr immer dann gesagt, wenn Enttäuschung und Skepsis ihr spitzes Gesicht verhärteten. Er hatte nicht die geringste Absicht dazu. Draußen vor den Geschäftsräumen war die Straße verlassen. Die Scheinwerfer eines Taxis, ein Licht wie ein Säbelhieb, die männliche Melodie des Motors, ein Reifenquietschen. In großer Ferne ein nerviges Kathodensummen. Die Leuchtreklamen der Restaurants auf der anderen Seite der Straße verbreiteten gleißende Helligkeit. Italien schien weiter entfernt als Azra.

Die letzten Tage in Manhattan. Er hatte noch tausend Dinge zu erledigen – tausend Dinge und wenig Zeit, um sie zu tun. Auf einer Soiree bei der Verlagsleiterin von Thames & Hudson – während sich die üblichen Diskussionen über die üblichen Probleme bei der Zuschreibung der üblichen umstrittenen Gemälde entzündeten, während er seine Meinung zum Ausdruck brachte (die wie üblich, auch aus einer Lust an Polemik und Respektlosigkeit, im Gegensatz zur Meinung aller anderen stand), während man also über die Dinge diskutierte, mit denen er sich seit Jahren befaßte und mit denen er sich für immer befassen wird – war er plötzlich mit einer Italienerin ins Gespräch gekommen, deren Namen er anfangs nicht verstanden hatte. Sie hatte von der neuen Denkmalpflegerin Savarese erfahren, daß die Restaurierungsarbeiten in Bastia im November abgeschlossen sein würden. Ja, sie wußte, er werde im Herbst beschäftigt sein – Ventura wurde der europäische Emissär des Kimbell Art Museum von Fort Worth, das wußten alle –, aber warum schrieb er denn nicht endlich das Buch über den Meister? Er mußte doch noch viel unausgewertetes Material haben. Es könnte zur Eröffnung erscheinen. Und sie würde es veröffentlichen. Sie war die Verlegerin Costa. Sie hatten sich schon kennengelernt, im Hause von Mimì Sanacore. Ach ja, verzeihen Sie mir – stammelte Arsenio. Genau diese Frau hatte oft so getan, als kenne sie ihn nicht. Sie hatte zum Beispiel seinen kurzen Beitrag im Journal of Art gelesen. Er war interessant, warum hatte er den Gedanken nicht vertieft? Welchen Gedanken? fragte er, da er sich überhaupt nicht mehr daran erinnerte. Die Interpretation der Südwand! Ah, ja. Irgendwo – wer weiß schon noch, wann – hatte er einige süßliche Betrachtungen über die seltsame Funktionalität der Feuchtigkeitsschäden und der Farbablösung auf den Szenen der Südwand geschrieben. Die Gestalten auf jener Wand waren verwüstet und verletzt, und der Angriff der Zeit wiederholte die Verletzung der Geschichte. Jetzt kommt ihm das banal vor – Ruskinscher Schrott. Die Theorie des Alptraums – beharrt die Verlegerin überaus bewandert. Das war eine Idee von Luisa: Ihrer Meinung nach war die Szene, die der auf die Lanze gestützte Ritter melancholisch betrachtete, ein Alptraum. Er hatte die Idee weiterentwickelt. Er hatte den Stich von Bernard Salomon aus dem Band von 1557 zitiert und – da dort mehr oder weniger die gleichen Elemente auftauchten, die der Meister im Baltuszimmer gemalt hatte (die Kutsche, die Mägde, die Gewalt auf dem Wasser) – die Hypothese aufgestellt, daß das Thema der Szene eine wenig bekannte und selten gemalte mythologische Figur war: Caenis/Caeneus. Doch in jenem Stich war die anschließende Inkarnation der Figur gestrichen, und das Opfer war dazu bestimmt, auf ewig seine Unschuld zu sühnen. Der Meister dagegen – auch wenn er eine ungewohnte expressive Gewalt des Ausdrucks wählte, die die Ereignisse nicht andeutet, sondern sie in ihrem Geschehen darstellte – filterte sie durch den Blick des Ritters. Der seine eigene Niederlage betrachten kann, ohne zu unterliegen – ja sogar über die unbesiegbare Kraft nachdenken kann, die er aus ebenjener Niederlage gewonnen hat. Eine interessante Anregung, schmeichelt ihm die Verlegerin. Eine schöne Frau, im übrigen. Es ist ein Glück, daß die Frauen das Ambiente erobern. Unter Direktorinnen, Denkmalpflegerinnen, Galeristinnen und Malerinnen fühlt man sich wie im Garten eines Harems. Machen Sie sich wieder an die Arbeit, Ventura, besuchen Sie mich, sowie Sie zurück sind.

So begann der Gedanke an Luisa durch seine Tage zu geistern. Seine Stimmung änderte sich unmerklich. Er wurde schweigsam, störrisch, reizbar. Monatelang hatten Azra und er nicht ein einziges Mal Luisas Namen ausgesprochen. Als hätte sie für beide nie existiert. Verleugnete Frau, Tabufrau, deren Namen sie selbst aus Versehen nicht nannten. Sie war eine Anspielung, die in beiden etwas Unvollendetes auslöste, etwas, was halbfertig liegenblieb, bevor es zu etwas werden konnte. Nach und nach begann er beim Abendessen, zwischen Pommes frites und Hamburger, beiläufig Fragen zu stellen, die Luisa betrafen. Er wollte, daß Azra von ihr sprach. Daß sie die Leere von Monaten, von Jahren des Schweigens füllte. Azra wich aus, sprach von einer anderen Frau als der, an die er sich erinnerte oder die er gekannt hatte. Er wußte nicht, was aus ihr geworden war. Auch Azra wußte es nicht. Er wollte ihre Stimme hören, und plötzlich zischten Klangsplitter, vibrierend. Luisas Lachen. Die bedeutungslosen Worte. Das Flüstern. Das Schweigen. Wenn sie ihn mit dem Helm auf dem Kopf musterte. Stöhnen, Schreie, Flüstern. Alles vibrierte und verlor sich nach und nach. Und dann verfolgte ihn der Eindruck, ihre Stimme zu hören, unter den Fingerspitzen ihre Gänsehaut zu fühlen. Sogar ihr so gewöhnlicher Name verfolgte ihn – Luisa, Luisa, und ihm war, als hörte er ihn im Geplauder seiner schnatternden Schülerinnen oder bei Leuten, die mit lauter Stimme in Telephonzellen sprachen. Als ließen alle aus irgendeinem geheimnisvollen Grund das Wort Luisa in ihr Reden einfließen. Ihm war, als lese er jene drei Silben in Zeitungsartikeln, Reklameschildern, Kreuzworträtseln. Um dann enttäuscht festzustellen, daß die betreffende Frau in dem Artikel der Sensationsnachrichten Louise hieß, daß auf der Karte, die ihm eine gewisse Martina Parodi (wer zum Teufel ist das?) geschickt hatte, LURISIA stand, daß im Kreuzworträtsel das Schlüsselwort, das so gut in die Kästchen paßte, Louisiana war. In New York verströmte eine betagte Nachbarin einmal Luisas Parfüm. Er folgte ihr zwei Häuserblocks lang, in eine süße Wolke gehüllt, bis sie in FRED THE HAPPY DOG ging und er wie blöd auf dem Bürgersteig zurückblieb, ohne ihren Duft und ohne sie. Er hatte das Bedürfnis, die drei Silben ihres Namens aus dem Munde anderer zu hören, und da niemand von ihr sprach, grub er in der Bibliothek ein Buch von Tieck aus, »Das Märchenschloß«, nur weil die Hauptfigur Luisa heißt: Und wenn er diesen Namen in den Zeilen las, verspürte er eine verzehrende, heimliche Freude. Aber alles, was er für sie empfunden hatte, war verschwunden und hatte einen Ballast aus Nostalgie und Bedauern hinterlassen.

Von der Brüstung seines Balkons aus betrachtet er die vom Wind zerzausten Bäume im Central Park. Um fünf hat er eine Verabredung mit Lajolo. Unter ihm wimmelt eine frenetische Stadt – und neben ihm, mit einem Cola-Strohhalm zwischen den Lippen und dem Walkman auf den tauben Ohren, hört Azra Rap-Musik. Sie verströmt den leichten und unwiderstehlichen Zauber der Jugend.

Er geht zurück ins Zimmer und bindet sich die Krawatte. Verrenkt vor dem Spiegel malt sich Azra blauen Schatten auf die Lider.

Der ehemalige Denkmalpfleger erwartet ihn auf einem Sofa im East Room der Pierpont Morgan Library, mit einem Stock in den Händen. Seine beleibte Figur läßt fortgeschrittenen Verfall und erdrückendes Unglück durchschimmern. Er sitzt vor einem Exemplar der Gutenberg-Bibel, vor den Evangelien und einer erlesenen Sammlung seltener Bücher, und sein törichtes Lächeln läßt vermuten, daß er sie nicht mehr zu schätzen weiß. Bis vor wenigen Monaten war Lajolo mit seinen siebzig Jahren, seinem patriarchalischen weißen Bart, der Pfeife zwischen den Lippen noch ein vitaler Mann mit dem Charme eines bejahrten Casanova gewesen. Arsenio stellt ihm Azra nicht vor, die unbemerkt in das Museum schlüpft. Warum hast du mich nicht eher besucht? fragt Lajolo. Er wußte, daß der Exdenkmalpfleger, der sich in diesem Frühling vorzeitig pensionieren lassen mußte, in der Stadt war: Aber er hatte nicht den Wunsch gehabt, ihn wiederzusehen. Du bist wirklich unverbesserlich, mein Junge, kommentiert Lajolo und blickt ihn forschend an. Ich bin kein Junge mehr, würde er gern sagen. Ich bin Professor der Cornell University, seit kurzem Emissär, verantwortlich für eine der bedeutendsten Sammlungen der Neuen Welt, für ein Neues Museum – das mag paradox klingen, ist es aber nicht. Dir ist das nie gelungen. Du hast dich in deine Händel verstrickt, hast an deinem Sessel geklebt und hattest den Eindruck, die Welt zu beherrschen. Du wolltest mehr: Du hofftest, Minister zu werden. Darauf rechnetest du. Du hast dich abgeplagt, damit das geschähe. In der Zeitung hast du erklärt, wie sehr du auf das Neue vertraust, du, der du geboren warst, um das Alte zu erhalten.

Azra geht unschlüssig in Morgans Arbeitszimmer umher, bis sie reglos, wie hypnotisiert vor dem Maurenporträt von Tintoretto stehenbleibt. Lajolo hat sie nicht erkannt. Er hat ihn nicht einmal nach Luisa gefragt. Dabei war er einer ihrer Verehrer. Er besuchte sie oft. Sie saßen gemütlich vor dem Ofen, schlürften Barolo, und Luisa rauchte, während Lajolo sich bemühte, die Unterhaltung in Gang zu halten. Arsenio war überzeugt, daß der Denkmalpfleger eine unerwiderte Leidenschaft für sie hegte. Jetzt – während sie zwischen den roten Damaststoffen und dem funkelnden Silber spazierten, die der Finanzier Morgan zur Befriedigung seines ästhetischen Sinns gesammelt hatte, zwischen den Gemälden, Deckendekorationen und Kaminen, die den Alltag der Renaissancefürsten begleitet hatten und die er nun hier, im Herzen von Manhattan, in seinem Palast eines modernen Fürsten haben wollte – erinnerte er sich nicht einmal daran, daß jene Luisa, der er geduldig den Hof gemacht hatte, je existiert hat. Hin und wieder dreht Azra sich um und sieht sie an. Na ja, eigentlich könnte er sie tatsächlich heiraten. Wenn er sie heiratete, dann würde er ihre Jugend heiraten. Lajolo ist erregt, seine Hand zittert, und er beginnt seinen Gedankengang immer wieder von neuem. Ich will dir etwas sagen, mein Junge. Ich weiß, es ärgert dich, wenn man dich so nennt, aber ich habe dich kennengelernt, als dir noch kein Bart wuchs. Sie können zu mir sagen, was Sie wollen, Professor. Tu, was du willst, triff deine Entscheidungen, aber denk immer daran, daß man nicht zweimal lebt. Er nimmt ihn beim Arm und begleitet ihn zum Fahrstuhl. Azra tritt heran und hebt Lajolos Stock vom Boden auf. Meine Jugend, kristallisiert in diesem Rennfahrer mit dem Körper eines Jockeys.

Du tust gut daran, nach Italien zurückzugehen, sagt der Exdenkmalpfleger und unterbricht ein peinliches Schweigen. Er stützt sich mit all seinem Gewicht auf seinen Arm und schleppt sich zum Exit. Es gibt viel zu tun, weißt du? Er schüttelt den Kopf. Ich kehre nicht deshalb zurück, Professor. Kannst du dich noch erinnern, wie du die Kunstwerke für das Amt für Denkmalpflege katalogisiert hast? beharrt Lajolo. Du verdientest 300 000 Lire im Monat. Bedenke, daß seitdem nichts oder fast nichts getan wurde – und vieles, alles, muß von jetzt an gemacht werden. Die Dinge ändern sich. Er zuckt gelangweilt mit den Achseln. Das Gestammel des Exdenkmalpflegers geht ihm auf die Nerven, sein Gedächtnisschwund irritiert ihn, er kann es kaum erwarten, das Museum zu verlassen, und verspürt keinerlei Nachsicht. Gib das Baltuszimmer nicht auf, bittet Lajolo. Baltus? Das war der größte Mißerfolg meiner Karriere.

9

Er hatte ihn nicht gefunden. Nur einen Augenzeugen, der behauptete, ihn gekannt zu haben. Nach dem, was Don Michele Guerrini – in den Jahren der Restaurationszeit Sekretär des Bischofs von Mondovì, aber zur Zeit des Italienfeldzugs Pfarrer in Bastia del Garbo – in seinen Memoiren erklärte (posthum 1844 veröffentlicht, einigen Philologen zufolge jedoch nicht authentisch), zeigte Baltus eine aggressive Verachtung für die monarchistischen und katholischen Institutionen. Er war ein leidenschaftlicher Jakobiner, behauptete aber, dem alteingesessenen baltischen Adel anzugehören. Er erzählte, daß er in einem geknechteten Land ohne Freiheit und Unabhängigkeit aufgewachsen sei und nach dem Ausbruch der Revolution zur Waffe gegriffen habe. Er hatte keine andere Heimat als die, die alle aufgeklärten Europäer als die Heimat der Freiheit ansehen sollten. Nach dem Grund für seinen seltsamen Namen gefragt, sagte er, daß sein Geburtsname Vladas Algimantas Baltušaitis sei, Fürst von Želva. Aber er hatte auf den Titel und seine zahlreichen Namen verzichtet und ließ sich von allen – von Trommlern, Generälen und auch von Madame di Beauregard – einfach Baltus nennen. Dennoch, so merkt der Autor der Memoiren verwundert an, sprach der Balte Baltus ziemlich schlecht Russisch und Polnisch und überhaupt kein Litauisch. Als er ihn bat, ihm seine Muttersprache beizubringen, verfaßte Baltus ein Wörterbuch und eine Liste von Sätzen. Jahre später entdeckte der Pfarrer, daß jene Wörter überhaupt keine Bedeutung hatten. Baltus hatte sie erfunden. In der Armee hatte Baltus die Aufgabe zu schreiben. Besser hatte er seine Funktion nie erklärt. Vielleicht setzte er Militärbulletins und die Korrespondenz auf. Doch er mußte etwas mehr als ein Schreiber gewesen sein.

Er war groß, bleich, dunkelhaarig. Der Fürst des Aufgehobenen Turms, oder so ähnlich. Er wußte alles. Oder tat so, als wüßte er alles. Archäologie, Naturphilosophie, Hermetismus, Poesie. Und was er nicht wußte, wollte er begierig lernen. Er hatte ein wunderbares Gedächtnis und äußerste Aufmerksamkeit für alles, was ihn umgab. Er war faszinierend. Er war jung. Er war ein Feind und doch kein Feind. Madame di Beauregard behandelte ihn mit Zuvorkommenheit, weil sie davon träumte, ihn gegen ihren Ehemann einzutauschen. Ein Offizier gegen einen Offizier, und jeder seinem Leben wiedergegeben. Nur deshalb? Madame di Beauregard verbrachte viele Stunden im Zimmer des Verletzten. Baltus las Romane und Gedichte. Baltus schrieb. Im Sommer begann er, die ersten mühsamen Schritte in den wenigen Quadratmetern des Zimmers zu tun. Im Herbst bewegte er sich schon zerstreut durch die Säle des Kastells und hörte Madame di Beauregard beim Cembalospielen zu. Er lernte bei Madame Italienisch, hörte sich die Erörterungen des Verwalters über Weinbau an und entwickelte einen Plan für den Bau einer Straße, die die Durchfahrt schwerer Wagen durch das Tal ermöglichen würde. Er erfand mathematische Gleichungen, wagte die ersten gymnastischen Übungen im Hof. Seine Gesundheit besserte sich. Er war noch schwach. Er gestand, mit dem Gewehr weniger geschickt zu sein als mit dem Gänsekiel. Seine Vorgesetzten sagten ihm, er müsse genesen und noch Geduld haben. Er geduldete sich allzusehr, merkt der Pfarrer boshaft an. Über zwei Jahre blieb er in Bastia del Garbo. Dann wurden die Franzosen durch Suworow geschlagen und traten den Rückzug an – es war wie ein Dammbruch: Das Piemont wurde von den Österreichern besetzt. Plünderung, Raub, Gewalttaten auf dem Land, und die Franzosen wurden von den Bauern verjagt und verfolgt, im Namen Gottes und mit dem Ruf »Es lebe der König«. In Bastia del Garbo trifft die Nachricht ein, daß Tiberio di Beauregard an der Spitze der Husaren heimkehre. Die Bauern von Bastia wollen den fremden Offizier steinigen – der für sie Jahre der Schinderei und des Leidens verkörpert – und verlangen von der Marquise, ihn auszuliefern. Sie lehnt ab. Doch als die österreichisch-russischen Truppen von Suworow ankamen, war Baltus verschwunden. Carlotta behauptete, er sei geflohen. Alles, was von ihm blieb, vergessen im Zimmer, in dem er gelebt hatte, war ein Fernrohr.

Verschwunden. Ist es möglich, daß ein Offizier, Feldadjutant des Generalstabs der französischen Armee, sich aus der Geschichte verdrücken kann, ohne eine Spur zu hinterlassen? Wie ein Gespenst zwischen den Ablagerungen seiner Zeit verschwindet? Ist es möglich, daß man nicht herausfinden kann, ob er es ist oder ein anderer Baltus, der die Schatztruhen, Napoleons Beutestücke aus Ägypten, nach Paris begleitet? Die verschiedenen Baltus', die in den turbulenten Jahren Napoleons auftauchen und verschwinden, unterscheiden sich von dem, auf den er in Bastia del Garbo gestoßen zu sein meinte. Es ist ein Kaufmann, ein Sammler, ein Dieb, ein Spion. Wenn er es ist, dann ist sein Leben eine ständige Bewegung, ein atemloser

Wettlauf, eine unablässige Verkleidung, ein Schlüpfen von einer Maske in die andere, von einem Körper in den anderen. Der Krieg ist für ihn eine Gelegenheit, eine Reise, ein Theater. Er durchquert das in Flammen stehende Europa mit der Energie eines ewig Dreißigjährigen und mit der Weisheit von einem, der tausend Leben gelebt hat. Er versteckt sich, taucht wieder auf, wird vom Schweigen verschlungen, kommt wieder an die Oberfläche und verschwindet von neuem. Mit jedem Tag, der vergeht, ist er immer weiter entfernt von Bastia – und doch zugleich anwesend.

Ich habe ihn verloren. Der Mann, dessen Namen dieses Zimmer trägt, ist abwesend. Das ist mittlerweile eine Gewißheit. Anfangs habe ich gedacht, er sei die perfekte Romanfigur. Er hatte alles dazu. Die fatalen dreißig Jahre, den exotischen Namen, den Hintergrund einer aufgewühlten Zeit. Sogar die Frau, die stolze und zerbrechliche Carlotta, seine Krankenschwester, sein Schutzengel, zerrissen von widersprüchlichen Leidenschaften. Stendhal-Epoche, Stendhal-Helden. Liebe und Macht. Der ewige Konflikt zwischen Gefühl und Ehrgeiz, die zeitlose innere Welt und die Welt der Geschichte und des Wandels. Baltus, der aus dem Turm flieht und sich dem Heer wieder anschließt. Der Carlotta jahrelang schreibt und ihr verspricht zurückzukommen. Geheime Briefe, die von einem glücklichen Schriftsteller gefunden werden. Briefe, die den Wirbel der Kriege, den Zusammenbruch der Reiche, den Wandel der Staaten und des Schicksals überleben. Den Wandel. Leidenschaftliche Liebesbriefe, Briefe von Verlangen und Nostalgie, von Hoffnung und Zukunft. Briefe voller Kleinigkeiten und Banalitäten – erhabener und alberner Dinge, Armseligkeit und Größe, wie in allen Liebesgeschichten. Tiberio Morand di Beauregard lebt das Leben eines Ausgewanderten, Ausgebürgerten, eines Soldaten auf Lebenszeit, und Carlotta fraternisiert mit den Franzosen, den Präfekten des Tanaro und den Offizieren, die sich im Kastell niedergelassen haben. Wie sonst ist ihr Verhalten zu erklären. Sie stellt sich gegen alle – ihre Familie und die Familie des Ehemannes. Die anderen Morand emigrieren, irren von Land zu Land, auf der Flucht vor Napoleons Siegeszug, verkriechen sich im fernen Sardinien mit ihrem König im Exil, doch sie rührt sich nicht weg von Bastia del Garbo, pflegt Umgang mit den Franzosen, nimmt an ihren Festen teil, erhält von ihnen das Nutzungsrecht für einen Flügel der Burg. Das erklärt sich nur mit Baltus. Er wacht über sie. Beschützt sie. Aus der Nähe und aus der Ferne. Unsichtbar folgt er ihr Tag für Tag. Sie kann nicht zu ihm, und er bringt es fertig, zu bleiben, wo er nicht ist. Vielleicht, wenn der Krieg zu Ende ist... Aber es gibt Kriege, die länger als ein Menschenleben dauern. Gekämpfte oder unsichtbare Kriege.

Aber Baltus war nicht seine Romanfigur: Es war eher umgekehrt. Es war Baltus, der unbemerkt seine Schritte lenkte. Baltus war sein Autor. Er hatte sich seinem Griff entzogen. Alle Informationen, die er über ihn gesammelt hatte, haben ihn ihm kein Stück näher gebracht. Er hatte Spuren gesucht, Lebensfragmente, Beweise; hatte Experten in napoleonischer Geschichte befragt, Experten in baltischer Heraldik und Ahnenforschung. Heute hatte Lajolo ihm in der Pierpont Morgan Library ein Dossier von einem Dutzend Seiten übergeben, die Frucht seiner jüngsten Nachforschungen. Seiner Meinung nach gab es einen Baltus, der weder Fürst noch Offizier war. Er war ein Schwindler. Ein Betrüger. Ein Lügner und Verführer. Er war mehrfach angezeigt worden. Verurteilt nie. Man warf ihm vor, die Leichtgläubigkeit anderer zu mißbrauchen. Das Vertrauen und den guten Glauben seiner Mitmenschen. Er behauptete, jemand zu sein, der er nicht war. Er eignete sich widerrechtlich Berufe und Leben an.

Er erzählte erfundene Geschichten. Aber Arsenio wollte gar nicht herausbekommen, ob das wirklich »sein« Baltus war. Er will ihm nicht »begegnen«. Sein Baltus hat sich aus dem Zimmer und aus der Geschichte davongemacht und den Schatten eines Romans zurückgelassen, den er nicht gelebt hatte. Er hatte keinerlei Absicht zurückzukehren, am Ende seiner Abenteuer, am Ende seiner Odyssee durch die Welt. Er hatte die Absicht, sich zu verlieren. Sich zu verstecken und sich suchen zu lassen. Existieren und niemand sein.

10

Während sie auf die U-Bahn warten, die sie nach Hause bringen wird, fixiert Azra mit starrem Blick die Reklametafeln, die die Wände der Haltestelle überziehen. Der Bahnsteig ist menschenleer, nur ein Obdachloser schläft auf den Plastikstühlen. Mrs. Azra Ventura. Azra braucht Aufmerksamkeit und Berührung. Aber Arsenio kann an nichts anderes denken. Die Gedächtnisstörung, die in Lajolo die Erinnerung an Luisas Existenz gelöscht hat, funktioniert bei ihm nicht, und er hat ein unsinniges Verlangen, sie wiederzusehen. Ihm ist, als sei ohne sie alles, was er gelebt hat, richtungslos, wie ein Mosaiksteinchen, das keinen Platz findet. Erzählbarkeit ist ein Grundbedürfnis des Lebens. Er würde gern die verstreuten Fäden der Ereignisse dieser letzten Jahre neu ordnen, jedem Fakt seinen Platz und seinen Sinn finden. Aber die Unordnung ist nicht nur nicht kleiner geworden – sondern im Gegenteil, mit jedem Tag gewachsen. Die einzigen Sicherheiten, die er gewonnen hat, haben ein negatives Vorzeichen. Wenn er in den letzten Tagen abends nach dem Essen am Computer arbeitete und das einzige Geräusch, das er wahrnehmen konnte, das Ticken der

Tasten war, erstaunte ihn die Einsamkeit seiner Wohnung: Die erleuchteten Fenster des Wolkenkratzers gegenüber schienen ratlos das Zimmer zu durchforschen, in dem er – vor dem bläulichen Bildschirm sitzend – zu denken versuchte, die Gedanken sich jedoch unruhig herumtrieben, wie Patienten im Vorzimmer eines Arztes, dem sie nicht mehr vertrauen. In jenen Momenten hätte er gewünscht, daß auch für ihn und für Luisa der Moment käme, in dem sie aufhören würden, sich in der Umgebung herumzutreiben, und endlich beginnen würden. Aber es ist ein Projekt mit Verspätung, und er wird mit ihr nicht mehr den Faden der Gegenwart aufnehmen können. Ihr Roman ist unterbrochen worden, als hätten sie vor der Zeit die Kladde weggeworfen – und jetzt waren sie beziehungslos zurückgeblieben und tappten auf der Wand herum, im Leeren, ohne zu wissen, welches ihr Schicksal sein würde. Er suchte keine Lügen, keine Entschuldigungen oder Vorwände. Er hätte die Zeit anhalten und zurückgehen wollen, nur das: an dem Punkt, an dem sie sich unterbrochen hatten, wieder beginnen, als wäre nichts geschehen. Alles andere waren Umwege, die nur dann eine Bedeutung hatten, wenn sie dazu dienten, sie wieder zusammenzuführen. Aber aus einem Umweg und dem nächsten baut sich schließlich eine andere Geschichte auf.

Azra saß neben ihm, am Rand der Bank im letzten Wagen der U-Bahn, deutlich zu sehen im Halbdunkel, mit angeschaltetem Hörgerät. Das Baltuszimmer ist im November fertig. Er wird in Italien sein, im November. Ich habe die Wohnung gekündigt – sagte er zu ihr, während er mit den Fingergliedern knackte –, am 10. September spätestens muß ich abreisen. Einige Minuten – Grand Central, Lexington, 56th Street, Hunter College – schwelgt er in der Idee seiner triumphalen Rückkehr nach Bastia del Garbo. Luisa Sanacore ist Teil des Traums. Er ist der Gesellschaft Azras, ihres muskulösen Körpers, des summenden Hörgeräts überdrüssig, ist es leid, brüllen und schweigen zu müssen. Er will noch einmal im Baltuszimmer sein – wo er stundenlang keinen Ton hörte, außer dem samtenen, gedämpften Atem, der aus dem Fresko zu kommen schien. In den letzten Tagen lagen sie nebeneinander, bei zugezogenen Vorhängen, draußen die ersten Regengüsse. Vielleicht hatte Azra ihm gefallen, weil sie zu Luisa gehörte und weil Luisa etwas von sich in ihr gelassen hatte. Etwas, was sie verloren hatte, indem sie es ihr schenkte.

Und ich? schreit Azra, ungläubig. Mit vor Angst gebrochener Stimme und spitzem Gesicht versucht sie, seine Antwort zu verstehen, von der ihre Träume und uneingestandenen Hoffnungen abhängen. Kann ich mit dir kommen? Maybe, sagt er und meint es ehrlich. Maybe. Hinter den Fensterscheiben des Waggons steht auf einem Werbeplakat SHOW ME THE WORLD. ALL OF EUROPE IN LESS THAN A WEEK – call 212-888.5123. Ein Flötenspieler versucht, ihn mit einer abgestandenen Melodie zu betören. Neben ihm sieht Azra ihn forschend an. Sie würde gern in seinen Gedanken lesen können, aber er läßt sich nicht entziffern. Er nimmt ihre Hände, wie er es immer tut.

Vor einigen Wochen kam Azra mit Verspätung nach Hause. Er hatte schon drei Stunden auf sie gewartet. Die Nervosität wurde zur Beklemmung, dann zur Angst, schließlich zur Wut. Er ging mit seinen Phantasien von Verrat, Flucht, Verlassenwerden – seine Gefühle auf sie übertragend – in ihr Zimmer und durchsuchte ihren Rucksack. Azra war mit einem fast leeren Rucksack nach Ithaca gekommen. Ich habe alles in Italien gelassen, hatte sie zu ihm gesagt. Sie war gegangen, wie sie gekommen war: mit nichts. Sie hielt sich bereit, um immer wieder von vorn zu beginnen, ohne den Ballast der Vergangenheit. Wer einmal flieht, lautet ein Sprichwort in ihrem Land, wird wieder fliehen. Wird immer fliehen.

Er hatte nichts Interessantes gefunden. Einen Teddybären, den ihr die Soldaten geschenkt hatten, ein Tagebuch voller infantiler Sätze, die nicht zu einer Azra Ventura paßten, sondern zu einem unreifen Mädchen (I LOVE U2, Bono is the best, und so weiter), ein Polaroidphoto von Luisa – Nahaufnahme. Der Photograph mußte sie, Luisa, sehr lieben, denn nie hatte er sie so strahlend gesehen. Auf der Rückseite standen in Azras unsicherer Handschrift zwei Wörter geschrieben, die ihn schockierten: »Mummy Sankore«. Es waren auch zwei Zeitungsseiten da. Aus dem Daily Mail und aus Nice Soir herausgerissen. Vom 21. Oktober 1992. Sechs Wochen vor Azras Ankunft in Italien. Die Bildunterschriften waren identisch. THE SLAUGHTER OF THE INNOCENTS. LE MASSACRE DES INNOCENTS. Azra war auf der Mitte der Seite abgebildet. Man hatte sie photographiert, als sie mit dem Tod kämpfte – auf dem Asphalt, von Bombensplittern zerfetzt, mit blutüberströmtem Gesicht und zerrissenen Kleidern. Zu Anfang begriff er nicht, warum, aber Azra lag im Wasser. Überall war Wasser, das einen reflektierenden Film bildete. Hinter ihr war unscharf und unbeweglich ein Soldat der internationalen Streitkräfte zu erkennen – und noch weiter hinten, wie in Wartestellung, der plumpe Umriß eines Panzerwagens. Rundherum lagen seltsame Gegenstände. Besonders unerklärlich war ein altertümlicher Kinderwagen, völlig verrostet, umgekippt, in geringer Entfernung von ihrem Körper. In der Zeitung wurde nicht von Azra gesprochen. Es gab keinen Bericht über das Geschehen, keinen Kommentar, keine Chronik der Ereignisse. Man hatte nur eine Photographie eingefügt, um damit die Aufmerksamkeit auf wesentlich bedeutendere Nachrichten und Ereignisse zu lenken, als es die Agonie eines Mädchens auf einer Straße in Sarajevo war. Das Treffen der Mitglieder des internationalen Komitees. Die Kommentare zu dem Treffen. Die Androhung von Sanktionen. Die Stellungnahmen der Politiker. In der Bildunterschrift stand nur ein Name. Der Photograph nannte das abgebildete Mädchen mit einem anderen Namen als dem ihren: SELMA NADAREVIĆ. Arsenio betrachtete das Bild immer weiter, bis es ihm vor den Augen verschwamm, bis er Azras Schritte im Flur der Wohnung hörte. Es war ganz eindeutig sie, er konnte sich nicht irren. Azra existierte nicht, Azra war Selma Nadarević. Sie war Selma Nadarević gewesen, früher. Azra Pehid – so erfuhr er lange Zeit danach – war der Name der Witwe, die Drago erwartete. Die Frau wollte lieber, daß das Mädchen – eine entfernte Verwandte – die Stadt verlassen konnte, und war selbst geblieben.

Als Azra, wenn auch nur kurz, wieder hinausgeht, sieht er sich das Photo noch einmal an. Nach und nach ist er in der Lage, jedes Detail zu verstehen. Jedes anfangs absurde Detail kehrt an seinen Platz zurück und enthüllt den Grund seiner Anwesenheit. Es gelingt ihm, die Szene mit der halluzinatorischen Klarheit seiner eigenen Erinnerung zu sehen. Er nimmt den Geruch der Trümmer und der Menschen wahr. Er sieht die zerfledderte, sich bewegende Schlange, die sich im Schutze eines ausgebombten Gebäudes bis zum Wasserlaster hinzieht. Er hört das Geplauder der Mädchen in der Reihe, die sich die Wartezeit, die Langeweile und die Angst vertreiben – und über ein Lied mit dem Titel One sprechen. Wovon es handelt, verstehe ich überhaupt nicht. Hast du es auch gehört? Wie denn? Es gibt doch keinen Strom! Zwei Frauen reden über Schnecken. Eine hat einen Korb voll davon. Escargots, sagt sie lachend – für die Franzosen ist das eine besondere, ja, sogar teure Delikatesse. Er sieht den Lastwagen – die riesigen schwarzen Reifen auf einem Teppich aus zerbrochenem Glas. Die Scherben glitzern wie die Oberfläche des Meeres. Er hört den Klang der Haubitzen. Er kann sie voneinander unterscheiden, wie sie, und wie sie kann er sie erkennen. Wie sie kann er ihren Klang, ihre Flugbahn und Gefährlichkeit ausmachen. Ihre Richtung erraten. Er weiß genau, ob er laufen, sich bücken, einfach weitergehen oder in den nächsten Unterstand flüchten muß. Er sieht eine lange Reihe von bizarren, für den Transport bestimmten Vehikeln. Ein Skateboard. Eine Karre aus einem Brett und Fahrradreifen. Eine noch kalkbespritzte Maurerschubkarre. Dann ein Kinderwagen, einer von denen, die vor dreißig Jahren in Gebrauch waren. Mit einem Verdeck aus dunkelblauem Leder und einem völlig verrosteten Eisengestell. Azra steht genau da, neben dem Kinderwagen. Sie hat gerade ihre Fünf-Liter-Kanister mit Wasser gefüllt und versucht, sie aufzuladen. Sie sind schwer, aber sie ist es gewohnt. Sie will es allein machen. Sie braucht keine Hilfe. Sie ist starrköpfig, Azra. Sie ist ein starkes Mädchen. Er schreit – geh zur Seite, geh weg da. Aber er ist nicht bei ihr, trotz allem, und Azra kann ihn nicht hören, und deshalb rührt sie sich nicht vom Fleck. WO WARST DU VORHER, ARSENIO? WO WARST DU?

Deshalb hat sie den Treffer nicht gehört. Der richtige Treffer, der, der für dich bestimmt ist, hat einen Klang, den du nicht kennst. Das Wasser sprudelt aus den aufgeschlitzten Kanistern und überschwemmt sie. Das kostbare Wasser versickert im Boden, und nach und nach färben sich die Pfützen rosa. Übrig bleiben nur der umgekippte Kinderwagen, wie eine leere Hülse, das helle Leuchten des Wassers und der Glasscherben, die den Asphalt bedecken, und ihre aufgeschlitzten Kanister, ein paar Meter weggeschleudert – und als letztes der Himmel, der dort unten nach dem Vorbeifliegen einer Rakete einen Moment lang eine leicht rosenfarbene Tönung annimmt.

Du würdest das Mädchen gern beschützen. Du würdest es gern, bist aber nicht fähig dazu. Sie lehnt den Kopf gegen das staubige Fenster des Waggons und riskiert ein Lächeln. Wir gehen zusammen nach Italien – sagt er abschließend und kategorisch. Die Türen schließen sich wieder. Er liest hinter den Scheiben, dort draußen, 77th Street. Look, Arsenio, das war unsere Haltestelle! Sie sind nicht ausgestiegen, und jetzt fährt der Zug in einen Tunnel und zieht sie mit sich in die Dunkelheit.

Westwand

Schlachten und Niederlagen

I

Die durch den Aufbruch der Franzosen flirrende, von Troß und Gepäck entstellte Stadt hatte sich verwandelt. Es herrschte eine unwirkliche Ruhe. Jetzt, da die fremden Fürsten abgereist waren, hatten sich auch die Barone des Königreichs in ihre Villen zurückgezogen. Einige Zeitlang wollte sich niemand sehen lassen. Die Gärten waren verschlossen, die Feste abgesagt, die Banketts ausgesetzt. Auf den Straßen eine mondlandschaftliche Stille, die Fensterläden der Paläste geschlossen. Die französischen Wachsoldaten gingen mit langsamen Schritten und blickten sich unablässig um. Enrico hatte in seinen letzten Stunden in Neapel noch tausend Dinge zu erledigen: Er fühlte sich müde, unendlich müde. Er wurde seinen Verpflichtungen nicht mehr gerecht. Er hatte Befehl erhalten, alles auf die Troßwagen zu laden, was er liebevoll inventarisiert hatte, König Karl nahm all die schönen Dinge mit, die zu schätzen Enrico ihn gelehrt hatte. Marmorstatuen, Kapitelle, Gemälde, Madonnen, Einlegearbeiten, Kassettenfelder, Giebel, Münzen – alles. Ich bin müde, ich bin müde, sagte er sich immer wieder. Dafür bin ich nicht Chevalier Henri geworden. Er zischelte mit dem Tapetenmacher Fagot. Wandteppiche des Meisters Rogier van der Weyden, Bücher mit Miniaturmalereien aus der Bibliothek des Edlen, aus denen der Sekretär Pantano ihm vor Monaten vorgelesen hatte, Porträts von Edelmännern und Edeldamen, die er gut kannte. Wir werden diese Schätze aus dem hintersten Italien in das Herz Frankreichs bringen, wiederholte Fagot, und Enrico nickte und trocknete sich das Gesicht mit dem Handrücken. Dafür bekomme ich die dreißig Dukaten. Um diese Schätze zu bewachen, um sie in ein Land zu bringen, das nicht ihres und auch nicht meines ist. Er sah den Gärtner von Poggioreale mit dem Riemenmacher und Bogiano lachen. Auf den Troßwagen stapelten sich Käfige, in denen es von vor Angst durchgedrehten Vögeln wimmelte, von Papageien in tausend Farben, die aus allen Teilen der Welt stammten – sogar aus Westindien. Der Neger Geronimo schlug auf die Käfige. Gebt Ruhe, sagte er. Hunde aller Rassen, aus den besten Rudeln Neapels, den berühmtesten Zuchten der Aragonier, die bellten, kläfften, sprangen und jaulten, weil sie jemand aus dem hintersten Italien in das Herz Frankreichs bringen wollte. Welch lange Reise erwartete uns. Wie weit entfernt ist Amboise, Chevalier Henri. Dreißig Dukaten im Monat, um diesem ziegengesichtigen Tropf zu huldigen. Diesem ziegengesichtigen Tropf hast du deine Kunst und dein Talent verkauft. Der Organist und Priester gab ihm – von Amboise träumend – einen Klaps auf die Schulter, und Enrico fühlte sich völlig erschöpft.

Am Abend vor der Abreise suchte er zum Trost seine blonde Freundin auf, die er wegen des Kriegers Antar vergessen hatte. Doch er klopfte vergeblich an ihre verriegelte Tür. Die Nachbarn sagten ihm, sie sei vor einigen Tagen gestorben, mit schwärenden Pusteln – einer seltsamen Krankheit ohne Namen, die auch ihn heimsuchte, die er aber nicht für so schlimm gehalten hatte. Er fühlte sich nicht krank, und doch hatte er – wenig größer als eine Linse – einen kleinen eiförmigen, harten, rosenfarbenen Knoten entdeckt, der jeden Tag etwas größer wurde, und zwar ausgerechnet auf den Hoden. Er eilte zum Apotheker, um ihm den seltsamen Gast seiner Genitalien vorzustellen, und der blickte ihn forschend und mit einem resignierten Lächeln an: Ja, er kannte seinen Fall, die Linse würde wachsen und wachsen, würde schwären und zu bluten anfangen… Viele französische Soldaten waren an ebendiesem Übel gestorben, das genau in der gleichen Weise begonnen hatte. Er wußte nicht, wie er ihm helfen sollte. Es war die Epidemie einer furchtbaren unbekannten Krankheit, die gnadenlos niedermähte, wer davon befallen war. Eine Krankheit der Liebe, des Geschlechtsverkehrs. Fünftausend von den achttausend Schweizern, die in der Stadt eingetroffen waren, lagen jetzt in den Gemeinschaftsgruben des Friedhofs. Neapelkrankheit nannten sie es. Oder Franzosenkrankheit. Krankheit der aus Granada verjagten und in der ganzen Welt verstreuten Juden, die ihre Pest verbreiteten. Auf jeden Fall: Krankheit der anderen. Meine Krankheit, wiederholte Enrico für sich. Er ging wie trunken hinaus, bückte sich dann im Halbdunkel der Werkstatt mit heruntergezogenen Hosen, um ängstlich die verkrustete Linse auf seinem Penis zu untersuchen.

Vor Angst kreischende Papageien, bellende Hunde aller Rassen. Im Spiegel, den er in seinem schon verladenen Gepäck fand, bemerkte er, daß ein weiterer Knoten, wenig größer als ein Fingernagel, seinen Mundwinkel rötete. Wenn ihm schon jemand sein Todesurteil verlesen mußte, so hatte er gedacht, würde er es mit tragender, zerknirschter Stimme tun, nicht mit dem resignierten, schicksalsergebenen Lächeln des Apothekers. So war es also? Auch er würde also diese Frühlingstollheit nicht überleben. Es lag ein geheimnisvolles Gift in dieser Stadt voller Zauber und Fallen, und er hatte es nicht begriffen. Und doch kamen ihm diese geröteten Linsen nicht gefährlich vor. Und schon gar nicht tödlich. Nachts schloß er kein Auge. Durch seinen erregten Geist wirbelten die überraschenden Worte aus Almas Brief. »Die einzigartige Liebe, die ich für Messer Enrico da Sorano, den Maler, empfinde …« Und sie, im Halbdunkel ihrer Gemächer so nah, so nah. Er fühlte sich müde, empfindungslos, alle Muskeln schmerzten, und es gelang ihm nicht, die Lider offenzuhalten: Sie waren geschwollen, die Lider, und schwitzten Blut. Ich liebe besagten Enrico mehr, als ich mein Leben liebe. Dutzende von Linsen, hart und bösartig, breiten sich auf dem kostbarsten Teil seiner Männlichkeit aus. Er verband sich die Augen mit einer leichten Binde, beauftragte den Gesellen, seine Gemälde den neapolitanischen Auftraggebern auszuhändigen und das ihm geschuldete Geld einzuziehen. Seine Lider waren blutende Geschwüre. Er schloß die Werkstatt, räumte die gemieteten Räume aus, nahm ein paar Heller für den Schreibtisch und die beim Juden verpfändeten Möbel ein, entließ die Diener. Es war ihm, als fliehe er aus dieser Stadt wie vor dem Tod, der ihn zu packen versuchte. Zuletzt verabschiedete er sich von seinem Gehilfen: Es stand ihm frei, ihm zu folgen oder sein Geschick von dem seinen zu lösen. Er konnte ihm eine Zukunft am Hof von Amboise anbieten. Dreißig Dukaten auch für ihn. Der Gehilfe blieb.

Die Franzosen würden auf dem Rückweg die gleiche Strecke zurücklegen, die sie schon in der entgegengesetzten Richtung eingeschlagen hatten. Rom, Siena, die Toskana, die Apenninen, das Monferrato, wo sie freien Durchgang hatten, schließlich Asti, der französische Brückenkopf. Der Marsch würde in geringer Entfernung an Sorano vorbeiführen, und Enrico könnte vielleicht zum Sterben in die Hütte seiner Familie zurückkehren, die im Weinberg auf dem Hang des Hügels lag. Er war wie besessen vom Gedanken an Zerfall und Tod, als er mühsam – durch das Gewebe der Gaze, die seine Augen vor dem starken Lichtschein schützte – die Vorhut beobachtete, die Neapel mit Trommelwirbel und Fanfarenjubel verließ. Sie gingen als Sieger, doch der Sieg war brüchig.

Er verließ Neapel an einem hellen, fast sommerlichen Morgen: Vor zwei Jahren war er in der Stadt eingetroffen, an Bord eines Schiffes voller kostbarer Stoffe und Seide, an die Brüstung gelehnt wie ein seefahrender Eroberer, aber allein und ohne alles, abgesehen von dem in das Hemd genähten Brief der Frau, von der er sich getrennt hatte; er verließ die Stadt als Chevalier des Königs von Frankreich, geehrt und belohnt, aber auf einem wackligen Holzkarren liegend, blind, vom Fieber verschlungen, übersät von geheimnisvollen Wunden und Pestbeulen, die er unter dem Umhang versteckte, aus Scham und damit der Wagenlenker ihn nicht verließ. Durch den Verband atmete er mühsam: Er hatte die verfluchten Knoten auch in der Nase. Der Kopf glühte, die Drüsen am Hals waren nußgroß geschwollen, die Haut gerötet und von Ekzemen überzogen, als hätte er das heilige Feuer, der Wagen rüttelte ihn hin und her auf dem holprigen Pflaster; doch bevor sie aus den Toren hinausfuhren, riß er sich die Binde von den Augen und sah für einen Augenblick lang die friedlichen und vertrauten Umrisse der Villa des Sekretärs. Er dachte voller Bitterkeit, daß auch jener, wie der Sekretär dieses Unternehmens, nicht überleben würde. Sie hatten beide die falsche Seite gewählt. Der Sekretär bezahlte dafür, indem er vielleicht das wurde, was er zu sein erträumte – ein Dichter. Und er, der so gern auf die gleiche Weise bezahlt hätte – endlich ein Maler werdend –, was war er geworden? Ein Schatzräuber. Dafür hast du, Enrico, nicht in den Villen von Baia gegraben, dafür hast du nicht die Wandteppiche von Rogier bewundert. Und vielleicht werden dich die Franzosen, wenn du tot bist, in einen Graben kippen, und ihre Schätze werden ohne dich nach Amboise gelangen. Er, der liebreizende Enrico, sollte an einer Soldatenkrankheit, einer schmutzigen Freudenhauskrankheit sterben? Krankheit des Vergnügens oder der Schuld. Wenn das der Preis für das Vergnügen war, das er in den Armen der Frauen dieser Stadt gefunden hatte, so war er hoch. Und er wußte nicht, welche ihn angesteckt hatte. Die Blonde im Pelz, vielleicht auch der Lanzenträger Antar. Ihre so unterschiedlichen, so gegensätzlichen Gesichter, keines von beiden wahrhaft schön, schwebten über ihm, zeigten sich an allen Fenstern und folgten ihm wie der Schatten dieses sonnigen Morgens, der auf den langsam durch die breite Straße der Stadt fahrenden Wagen fiel. Sterben wegen des Vergnügens, eine Frau umarmt zu haben. Nie mehr würde er diese weißen Häuser sehen, die massiven Kastelle, auf denen die violette Fahne mit den Lilien flatterte, die von Gärten umgebenen Villen, in denen er die besten Jahre seines Lebens zurückließ.

Umgeben von fremdem Stimmengewirr, vom Rattern der Kanonenräder auf den holprigen Straßen Italiens, lag er unter dem Zeltdach, diesem schwachen Schutzschirm gegen die Sonne, zerbrochen und blutend, voller Pusteln auf Lippen, Händen, Lidern, Geschlecht und After, und wußte nicht einmal, wo er war. Vor einigen Tagen hatten sie Siena verlassen, doch hatte er nicht nach Hause zurückkehren wollen. Wenn er die Stadt auch einmal zur Heimat gewählt hatte, so war sie es seit zu vielen Jahren nicht mehr. Er war nicht einmal sicher, ob er Amboise entdecken und die Schätze für den König inventarisieren wollte. Die Erinnerung an die göttliche Alma hatte während seines langen Deliriums konkrete Formen angenommen: Er stellte sich ihre kühlen Hände auf den schwärenden Wunden vor, ihre heilenden Kräuter, ihre wundertätige Stimme. Sie, die Leben und Hoffnung rettet. Er dachte an Alma, während ihn in einer erzwungenen unendlich langen Nacht Stunden des Schmerzes und der Bewußtlosigkeit verschlangen und er sich fragte, was für Gefühle denn er für sie empfunden hatte. Ein widerstehliches Verlangen, eine flaue Achtung. Im Halbschlaf, im Fieber dachte er jedoch heftiger an sie. Es waren stechende Gedanken, die die Prosa der Gefühle, die er für sie genährt zu haben meinte, in eine stürmische neue Musik verwandelten. Er bereute nicht, abgereist zu sein und dieses Abenteuer erlebt zu haben, aber er wollte zurückkehren – und wenn er sterben sollte, so wollte er in jenen Räumen sterben, in denen er seinem Schicksal näher denn je gewesen war. Der Karren schüttelte und rüttelte ihn über die holprigen Straßen Italiens: Er reiste in Gesellschaft Almas, seines unvollendeten Werks und seiner Krankheit. Antar hatte ihm ein Feldbett besorgt, eine Matratze aus Gänsefedern, ein Kopfkissen und saubere Verbände; auf dem Wagen hatte er einen luftigen Baldachin mit seidenen

Vorhängen anbringen lassen, um ihn gegen die Sommersonne zu schützen, und von seinem Schildknappen ließ er ihm Wasser bringen. Antar, Abla, mein Junge, bist du mein Tod? Oder bin ich deiner?

Antar ritt neben ihm, auf seinem Streitroß, strahlend vor Jugend und Gesundheit; hin und wieder blickte er forschend in den Schatten der Vorhänge, um sicherzugehen, daß er noch nicht tot war. Sie bangten alle um das Schicksal des Malers und wußten alle über seine Krankheit Bescheid. Mit leiser Stimme erkundigten sie sich nach seinem Zustand. Er schläft, er ruht, er redet irre. Er ist stark, der Maler, zu verliebt in das Leben, um aufzugeben. Borstige Soldatengesichter mustern ihn und berichten, daß er noch atmet. Der König ließ ihn durch seinen Astrologen untersuchen, und der las in seinen Sternen noch viele Jahre der Malerei und des Leidens. Leben, jedenfalls. Ich muß nach Bastia, phantasierte Enrico, in Bastia gibt es jemanden, der mich retten kann. Doch der Astrologe übergab ihn dem Arzt aus dem Gefolge des Königs: Der wiederholte untröstlich, daß diese seltsame, furchtbare Krankheit völlig neu sei und daß alle bewährten Mittel sich bisher als erfolglos erwiesen hätten. Dennoch gab er Antar zwei Fläschchen Quecksilber, denn manch einer behauptete, Quecksilber mildere die Leiden des Übels von Neapel und lasse die Wunden vernarben. Doch niemand wollte ihn damit einreiben, so tat Enrico es selbst, bestrich Haut, Hände, Gesicht mit flüssigem Quecksilber: Er brachte es auf dem Kocher zum Sieden, atmete die giftigen Dämpfe ein, hustete und lag stundenlang wie leblos da. Meine Instrumente, meine Werkzeuge? fragte er hin und wieder. Was hat er gesagt? fragte Antar seinen Diener, dem er befohlen hatte, keinen Augenblick von ihm zu weichen. Er will, daß seine Laute nicht durchgeschüttelt und daß auf seine Rahmen aufgepaßt wird. Er legt uns seine Werkzeuge ans Herz. Die Raspeln, Feilen, Bleifedern, den Farbenkasten. Sonst nichts? Doch, er fragt nach einer Frau. Er beschwört sie, ihn nicht zu verlassen.

Verbrennt mein Zimmer, mein Meisterwerk, das ich unvollendet gelassen habe, weil ich es nicht zu beenden wußte, schwärzt mit Rauch und Feuer jene armseligen Formen, die ich durch meine Flucht vernachlässigt habe. Oh, ja, hört mich an, ich bitte euch darum. Hat der Meister etwas gesagt? Nein, sein Mund ist ein Geschwür voller Beulen, und er kann nicht sprechen. Legt ihm einen frischen Verband auf die Stirn, benetzt seine Lippen mit Wasser. Niemand darf es sehen, es ist nicht fertig. Flammen auf seinem Körper, in seinen Augen und auf seinem Geschlecht, und Flammen im Turmzimmer. Der Putz kräuselt sich wie eine Buchseite, Figuren brennen knisternd wie Laub: Nach der Farbe die Asche und das Schweigen der Jahrhunderte auf mir, der ich der Meister der Liebe war. Der Krieg, sagen sie, die Bomben und das Kanonenfeuer. Die Balken im bemalten Zimmer fielen herab, die Wände zitterten. Oh, ja, zerstört den Turm, zerbröckelt die Mauern. Doch deine Kanonenmündungen, Markgraf, haben mich verschont. Du bist tot, du bist Fleisch für die Würmer, ich halte durch, ich bin noch hier. In meinem strauchigen letzten Land habe ich wochenlang gezeichnet, und mir war, als könnte ich nie zum Ende kommen. Ich kämpfte mit der unendlichen Materie und war zu schwach. Und ich bin allein aufgebrochen, habe das Meer überquert und habe hier unten nie wiedersehen können, was ich gemacht habe, nicht einmal mit dem geistigen Auge, nachdem die Sonne in Neapels wimmelnden Straßen untergegangen war. Ich weiß nicht, was ich gemalt habe. Ich kann mich nicht erinnern. Nachts quält mich im Dunkeln die Vorstellung eines Gesichts, das ich gern ändern würde, einer Bewegung, der ich nicht die endgültige Drehung habe geben können, einer Szene, die ich nicht so geschaffen habe, wie ich es hätte tun wollen, und der ich jetzt – aber erst jetzt – die richtige Kraft zu verleihen wüßte. Ich kann mich nicht erinnern, weder an das, was mir genommen wurde, noch an das, was ich verloren habe.

Staub, Sommer, Dürre, und sie tragen ihn, sie tragen ihn in das Herz Frankreichs. Haltet an, haltet an. Was ist das für ein Lärm ringsum? Beulen, Schüttelfrost und Schweiß. Unversöhnlich steht über ihm die Sonne. Alma hat mir das unterbrochene Werk eines skandalösen, frivolen und unmoralischen Dichters zum Geschenk gemacht. Eines Dichters, dessen goldenes Leben durch den Bannspruch des Herrschers – eines Herrschers, der glaubte oder glauben machen wollte, ein Gott zu sein – und durch das Exil zerstört wurde. Aber ich wußte nichts. Ich habe es nicht begriffen. Es waren Seiten voller Leben und Verlangen. Voller Fleisch und Gewalt. Ich habe mich nie gefragt, warum. Die Nacht, bei ihr, und das war alles. Der Tag, bei mir, und das war alles.

In der Ferne hatte er geglaubt, daß Alma ihn mit ihrem Geschenk ermahnen und ihn lehren wollte, wie traurig – allein, vergessen, ohne Familie und ohne Gegenwart, gerettet nur durch die Nachwelt, die aber nicht tröstet – die Dichter der Liebe sterben. Und er hatte schweigend, zerstreut, lustlos wie ein schlechter Schüler die Worte des Sekretärs angehört und über jenes Schicksal gelacht, das nicht seines war. Gelacht über seine Geschichte, seine Ernüchterung, seine Entbindung und seine Verurteilung, über sein gebrochenes Leben, sein so trauriges Exil unter Menschen, die nicht seine Sprache sprachen, sein Werk nicht kannten und es nicht zu würdigen wußten. Aber jetzt, wo die Zeit von Bastia verloren und verschwommen war, in unbeständigen Erinnerungen, jetzt, wo die entschwundene Alma wie die letzte Erscheinung eines Lebens aufleuchtete, das er nicht hatte leben wollen, jetzt färbte sich im Delirium des Fiebers und der Dunkelheit das Land, in das Bonifatius ihn verbannt hatte, diese strauchige Wüstenei, die seinen langen Winter verschluckt hatte. Verbannt in ein Niemandsland. Du, da oben nur ein Parasit, anderswo ein Herr… Gefangen im quadratischen Turm, der seine Träume besiegelte, im abgelegenen Kastell, in dem er seine Tage vergeudete, in seinen hartnäckigen und unmöglichen Gedanken, sein verrückter Traum, sie zu sehen und mit sich zu nehmen. Sie sehen, lieben und nehmen – schrieb Ovid, wann immer am Horizont der Erzählung eine schöne Frau auftauchte –, das bedeutete ein und dasselbe. Gefangen zwischen den weißen Wänden, die er nicht mit Fresken zu bemalen vermocht hatte. Wie gern würde er jetzt – während die Räder über die holprigen Straßen Italiens ruckeln, während die Dunkelheit ihn verschlingt, während der Schmerz ihn verwirrt – die wenigen Werke, die er geschaffen hat, wiedersehen; wer weiß, wie sie ihm nach so langer Zeit vorkommen würden, ob er stolz sein könnte. Ihn quält der Gedanke, daß er jene Tage verdient hatte, nicht weil er von Schaden, sondern nur weil er überflüssig gewesen war. Ein leichtfertiger Maler von Jagdszenen und Märchen. Ach, warum habe ich in jenen Tagen nichts Bedeutendes gemalt? Ich hätte Anspruch auf meine Schuld und meine Zeichnungen erheben müssen, denn sie hätten meinem Leben Bedeutung gegeben, und hätte es mich auch ewiges Exil, Krankheit, Einsamkeit, sogar den Tod gekostet. Ich habe die leeren Stunden gezählt und bin am Flußufer spazierengegangen. Das Exil hat mich vernichtet. Ich habe geweint, gefleht und mein Leben verleugnet. Ich konnte nicht mehr malen, und meine matte Flamme ist erloschen.

Auf der Reise sterben, unter fremden Soldaten, mit Geschwüren, bis zur Unkenntlichkeit entstellt: Sie werden dich in Seide kleiden, und jemand wird dich beweinen. Doch was hinterläßt du, fröhlicher Enrico? Nur ein paar Bilder und Banner, Theaterkulissen, das weiß-rote Wappen der Palaiologen, die Friese, den goldenen Untergrund für die Altarbilder deines Meisters, die Engel, die Girlanden für die Festsäle, Tristanos Jagd, die du nicht einmal selbst entwerfen wolltest (du hast aus dem Gedächtnis Pisanellos Jagd nachgemalt, die du im Palast der Visconti in Pavia gesehen hattest), und den goldenen Knauf an der Statue eines Königs … Ich kann mich nicht erinnern. Ist es Alma oder ist sie es nicht: der Schatten, der in der Dunkelheit auftaucht und verschwindet – und hier neben mir sitzt? Sie werden einander schließlich wiederfinden, in irgendeiner Zeit und an irgendeinem Ort, sie beide, denn Enrico hat Alma die Erregung beigebracht, mit dem Leben zu spielen, über den Ruin und auch den Tod zu lachen, und sie hat ihm die Lust an der Flamme gezeigt, die in das Fleisch eindringt, und am Eisen, das sich in die Zunge gräbt – und niemand kann es wissen, außer dem Meister, den sie in ihre Geheimnisse eingeweiht hat. Jetzt weiß er, warum Alma ihm den Roman schenken wollte – und mit dem Roman sich selbst. Damit das Exil ihn nicht zerstört und ihn nicht vernichtet. Denn seht, wenn ich auch ohne Heimat, ohne meine Freunde und mein Haus bin, wenn sie mir auch nahmen, was sie mir nehmen konnten, so habe ich doch mein Talent behalten, und ich benutze es: Über mein Talent hat der Fürst keine Macht gehabt. Ach, ja, meine Seele, würde er ihr gern sagen, ich werde das malen, was ich versprochen habe und wovon mich die Tollheit eines Frühlings abgebracht hat. Das Fresko ist das einzige Kind, das wir haben. Ich komme zurück, und der Heimweg ist mit Nägeln, nicht mit Münzen gepflastert. Flammen, Hitze, und es ist Tag geworden. Laß mich nicht allein hier, ich weiß nicht einmal, wo ich bin. Doch schon haben ihn die Quecksilberdämpfe betäubt, und es ist wirklich nicht sie, die Gestalt, die sich über seinen von Wunden bedeckten Körper beugt und leise dem edlen Medicus zuflüstert – Messer, der Meister verläßt uns.

Die Liga wacht über den langsamen Marsch des Königs. 40 000 Verbündete warten im Norden auf dieses siegreiche Heer, das immer mehr einem geschlagenen Heer gleicht. Venezianer, Mailänder, Aragonier, der Papst: sie könnten jeden Augenblick angreifen. Stumm und feindselig ist das Land, das sie durchqueren, im langsamen Marsch, als trügen sie all ihre Bestrebungen zu Grabe. Und doch ist es dieselbe Straße, die sie vor neun Monaten unter Beifall und flatternden Fahnen beschritten haben. Neun Monate, um einen Traum zu empfangen und tot zu gebären. Sie marschieren schweigend, unter der unversöhnlichen Sommersonne, in ihren schweren Rüstungen. Eine endlose Reihe von Karren und Schätzen. Der Feind ist überall, auf jeder Lichtung rechnen sie damit, Banner und Standarten zu erblicken und die Hörner zu hören, die zur Schlacht rufen. Unter dem Baldachin kann Enrico mit den verbundenen Augen die sich wandelnde Landschaft nicht sehen, die gleichgültigen, hinter Mauern verschlossenen Städte, die Bauernhäuser, aus denen die Tiere fortgeschafft wurden; er kann nicht die zackigen Umrisse der immer näher rückenden Berge erkennen; er kennt nichts als den Schweiß, der seine feuchten Glieder bedeckt, und den Schmerz, der ihn verblödet und wie ausgeleert zurückläßt, seine Krankheit und seine Hoffnung. Göttliche Alma, betet er – er, der seit Jahren nicht gebetet hat –, göttliche Alma, Signora, Enrico kehrt zurück, und du, empfange ihn mit einem Lächeln und verzeih ihm, wenn er der Versuchung der Welt nicht hat widerstehen können. Die Welt lag vor mir, grenzenlos, und unser Zimmer schien mir so klein, meine Freundin.

Hufgeklapper, anspornende Rufe und ein fremdes Lied. Italien ist so lang und Frankreich fern, und fern sind auch die verbündeten Staaten des Nordens. Weit weg auch Bastia, wohin er nun als Sieger zurückkehren könnte, da alle wissen, daß der Maler nun Chevalier des französischen Königs ist, dessen Vasallen die Palaiologen sind. Bonifatius ist tot, und Maria schätzte ihn – vielleicht sogar zu sehr. Auch König Karl schätzt ihn, diesen kranken Maler, der verrückt genug ist, auf einem Feldbett mit Baldachin der Armee zu folgen. Die Madonna, die Enrico auf einem kleinen Tafelbild aus Pappelholz gemalt hat, ist seine Lieblingsmadonna, und vor ihr kniet er im Zelt, das ihm als Kapelle dient, und betet jede Nacht. Er betet auch für die Gesundheit des edlen Malers, der seinen König mit Lautenspiel und Gesang unterhielt und dessen Stimme ihn begeisterte. Tagsüber reitet er, umgeben von zweitausend Soldaten der Garde, aber nur die Schweizer halten ihm die Treue. Die Italiener desertieren und lassen sich vom Heer der Liga anwerben. Antar hat den Platz seines Herrn eingenommen und befehligt fünfzig Soldaten; der Marschall von Gié vertraut diesem ehrgeizigen und unerschrockenen Jüngling und nimmt ihn in seine Garde der Tollkühnen auf: Sie ziehen mit hundertsechzig über die Apenninen, gefolgt von fünfhundert Deutschen, erobern die Burgen am Wege und machen halt auf der Ebene von Fornovo, um zu warten, bis der Großteil des Heeres zu ihnen stößt. Aber Antar wartet nicht, er reitet zurück, überquert noch einmal, nur in Begleitung seines erschrockenen Dieners, die Berge und macht auf dem Paß halt. Unten am Fuße der Berge sieht er eine im Schlamm versinkende endlose Menschenschlange.

Zum erstenmal nach vielen Wochen hatte er sich aufgerichtet. Die Geschwüre waren zugewachsen, das Fieber gesunken, die roten Flecken auf der Haut verschwunden. Eine Heilung oder ein Wunder. Er spürte, daß der Tod, der in den letzten Tagen ständig bei ihm Wache hielt, ihn verlassen hatte. Eine höhere Macht stand ihm zur Seite: Er wußte nicht, was es war, aber sie würden ihn nicht mit den anderen verseuchten Schweizern am Fuße dieser Berge begraben. Zu achttausend waren sie aufgebrochen, und wenig mehr als hundertfünfzig hatten die Neapelkrankheit überlebt. Er würde nicht sterben, er war hier, an einem heißen Julimorgen, unter dem Baldachin: Der Karren war stehengeblieben, er spürt das heftige Zittern der Räder auf den Steinen der Straße nicht mehr. Er zögert noch, sich die Binde von den Augen zu nehmen, aus Angst, nichts mehr um sich herum zu erkennen: Denn von den fünf Sinnen ist das einzige, worauf er nicht verzichten kann, das Augenlicht. Schließlich bewegt er die Lider und öffnet ein wenig die Augen. Wie viele Farben hat doch die Welt. Wie gelb sind die strohigen Haare der Schweizer, wie glänzend ist das Metall der Lanzen, die

Seide des Baldachins ist smaragdgrün, amarantrot der Überrock des französischen Ritters, der ihn begleitet, gelborange seine Decke, blaß, nur leicht rosa seine Haut, ultramarinblau der Himmel über ihm.

Sie sitzen fest am Fuße der Apenninen: herb, wild und unüberwindlich. Vor sich konnten sie keine Straße erkennen, es gab keinen Pfad zum Passo della Cisa: nur eine dichte Wildnis aus Bäumen, Dornengestrüpp, Gebüsch, spitzen Felsen – und hoch oben über dem Gipfel die sich auftürmenden Wolken, die der Wind gen Osten trieb. Auf dem Hinweg hatte die Flotte die Geschütze über das Meer gebracht, aber jetzt? Würden sie die vierzehn schweren Kanonen und alles andere zurücklassen müssen? Aber ohne Kanonen ginge das Heer des Königs einer sicheren Niederlage entgegen.

Nein, er bemerkte sofort, daß sie keinerlei Absicht hatten, die Kanonen zurückzulassen. Monsieur de La Grange, Kommandant der Artillerie, und Monsieur de La Trémoille trieben mit Geschrei die Soldaten an. Die einen mähten mit dem Schwert das Gebüsch nieder, andere spalteten mit dem Spaten die Felsen, wieder andere schaufelten Erde, um Löcher aufzufüllen und eine Art Straße zu bauen. Die ersten Soldaten begannen, durch Steine und Unterholz hochzuklettern und mit bloßer Muskelkraft die Kanonenkugeln hinaufzutragen. Zentnerschwere, wunderbar runde Eisenkugeln: Sie ließen sich an keiner Seite packen. Die Lippen der Männer brannten vor Durst, aber die Schläuche im Troß waren leer, und im trockenen Gestein gab es keine Quellen: Aus Tonkrügen verteilten die Marketender Wein. Die Schweizer hatten zwei lange Reihen gebildet, Hunderte von Männern hatten sich zu zweit nebeneinander auf dem Hang des Berges verteilt und feuerten sich gegenseitig in ihrer schleppenden und unverständlichen Sprache an. Mit beiden Händen hielten sie das Seil, stemmten sich brüllend gegen den Berg, gingen in die Knie und zogen. Die Adern, die wie ein Spinnennetz ihre glänzenden Muskeln überzogen, schienen zu bersten. Die

Kanonen hatten sich kein Stück bewegt, sie standen wie festgenagelt auf den Brettern, am Fuße der Berge. Welch verzweifeltes Unternehmen war das. Welchen großen Dichter hätten diese Soldaten verdient. Enrico lief zu seinem Karren zurück, von dem der Wagenlenker alles herunterwarf, was er für überflüssig hielt. Er zog die Laute aus dem Lautenkasten. Kletterte durch die Büsche hoch, schwitzend und stolpernd. Er stellte sich an die Spitze der langen Reihe und begann, eine seltsame und dunkle Musik zu spielen, eine Serenade für sie alle und auch für sich: So feuerte er sie an, die Berge zu überschreiten und alle nach Haus zu bringen. Dort oben hockte er auf einem moosbewachsenen Felsblock und spielte Laute, und beim Klang seiner Laute zogen alle zugleich am Seil, und unter der Julisonne dahinschmelzend, trunken von Wein, Müdigkeit, Heimweh, Hitze und Verlangen, schleppten sie Schritt für Schritt die riesigen Kanonen dem Gipfel entgegen, für die gestern fünfunddreißig Pferde nicht genügt hatten. Die Laute spielte und spielte, und jene Männer bahnten sich einen Weg nach Hause. Jetzt hatte sich ein hünenhafter Soldat mit goldenem Bart an das Ende der Schlange gestellt und antwortete der Laute mit seiner Flöte, und zwischen den Klängen des einen und denen des anderen war es eine einzige Fuge, ein Folge von Rufen und Stimmen. So sah Antar aus der Ferne Enrico: Schwarzgekleidet, verschwitzt, blaß wie ein auferstandener Aussätziger, mit langem Bart, die Laute in den Schoß gedrückt, zog er durch die Kraft der Musik das Tonnengewicht der Kanonen hinter sich her.

Sie schlugen das Lager am rechten Ufer des Tanaro auf. Am gleichen Flußufer, etwas weiter vorn, erwarteten sie im Schutze der Gräben und der eilig gebauten Unterstände 40 000 Soldaten der Liga: Die Schlacht – wochenlang aufgeschoben wegen der Unsicherheit, die unter den feindlichen Befehlshabern herrschte, und wegen des Zusammenpralls unterschiedlicher Strategien, Mächte, Eroberungsträume –

würde nun unvermeidlich sein. Es war ein ideales Schlachtfeld, eine breite, offene Ebene zwischen zwei durch den Fluß getrennten niedrigen parallelen Hügelketten: Um sich nach Norden zu wenden, mußten die Franzosen den Fluß überqueren und auf das linke Ufer wechseln. Der Zusammenstoß stand unmittelbar bevor, aber Monsieur Philippe de Commynes wurde dennoch zum Verhandeln geschickt. Der König forderte, kampflos zu passieren. In der Ebene wogten die Zelte der Verbündeten in der Windbrise. Ein Meer aus Gold vibrierte im Licht.

Die Stunden vergingen. Die Soldaten waren erschöpft durch die Anstrengungen. Der Abstieg vom Passo della Cisa war, wenn das überhaupt möglich ist, noch anstrengender gewesen als der Aufstieg. Das Gewicht der Kanonen schob die langen Soldatenreihen talwärts, und sie mußten sich wie Ochsen ins Joch spannen und mit ihrem Körper und ihrem Gewicht Widerstand leisten. Auch Enrico hatte sich ins Joch gespannt, vor seinen Karren, auf dem die Kisten mit seinem Werkzeug schwankten und rutschten: Sie waren genauso schwer wie er. Der Kampf hatte zwei volle Tage gedauert. Bei jedem Loch lief er Gefahr, ins Tal gezerrt zu werden, und das wäre eine traurige Musik gewesen, der Klang des Holzes und der Knochen, die gegen die Felsen geschmettert würden. Er fühlte sich genauso stark wie die Schweizer, und wie sie und noch heftiger als sie sehnte er sich nach Hause. Jetzt waren sie in der sonnenglühenden Ebene, erschöpft und hungrig: Während sie durch das Tal marschierten, an Burgen und Bauernhäusern vorbei, hatten sie nicht gewagt, den Proviant anzurühren, aus Angst, er könnte vergiftet sein. Er lief durch das Lager auf der Suche nach einem Schluck Wasser. Er war überzeugt, wieder Fieber zu haben, und ihm war, als fühlte er auf der Haut, wie in einer schlimmen Halluzination, jene harten und bösen Linsen und jene roten Flecken, die sich auf seinem Körper ausbreiteten. Er faßte sich unentwegt an den Nacken, tastete Achseln und Ohren ab. Seine Drüsen waren wie Pfirsichkerne, Mandeln, Kastanien. Die Krankheit wird nie heilen. Wann werde ich frei sein? Die beiden Fläschchen Quecksilber haben nicht gereicht – sie sind jetzt fast leer –, er muß sich noch mehr davon besorgen. Aber wo? Er wußte, daß dort unten hinter den verfallenen Häusern die Straße nach Castel San Giovanni und Tortona abging. Und von Tortona war Bastia del Garbo nur wenige Tagesreisen entfernt. Doch nie war es so weit und unerreichbar gewesen.

Die Franzosen erzählten sich flüsternd, mit Angst und Schrecken in der Stimme, vom Treiben der von den Venezianern auf den albanischen und dalmatinischen Bergen angeworbenen Stratioten. Wilde, die den Toten den Kopf abschnitten und ihn auf die Lanze gespießt den Heerführern brachten. Die Venezianer zahlten einen Dukaten für jeden Kopf, und der Markgraf von Mantua hatte zehn Dukaten für den ersten französischen Kopf gezahlt, der ihm ausgehändigt wurde: Den Stratioten, der ihn brachte, hatte er auf den Mund geküßt. Aber da Köpfe nicht sprechen können, gaben sich die Stratioten damit zufrieden, irgendeinen beliebigen Kopf auf die Lanze zu spießen – und niemand, weder die Bauern der Gegend noch die Italiener im Gefolge des Königs, konnte sich sicher fühlen. Enrico stellte sich mit völliger geistiger Klarheit in einem heftigen Farbenwirbel seinen vom Rumpf getrennten und einem Krieger überreichten Kopf vor. Der Kopf eines Malers ist nur einen Dukaten wert. Der Kopf des göttlichen Orpheus nicht einmal das. Da ergriffen ihn wieder die Gedanken an den Verfall. Morgen würde der schöne Enrico sterben und zerfleischt werden. Sterben: in einem Krieg, der nicht seiner war, mißverstanden von allen, er, der weder Franzose noch Italiener war, sondern immer und überall nur Maler. Sein Lockenkopf zu Füßen eines Feldherrn. Armer Orpheus, wer wird morgen deine Musik hören, wer wird sich um deine Leinwände kümmern, wer um deinen Farbenkasten. An welchem Ufer wird dein Lächeln stranden, wem wirst du deine Kunst bringen? Er hätte heute nacht auf das andere Ufer gehen sollen, heute nacht im Schutze der Dunkelheit. Aber wie sollte er den Fluß überqueren, ohne seine Instrumente und den Farbenkasten zurücklassen? Niemand würde auf den leichtfertigen Meister der Liebe schießen. Aber Enrico wußte nicht mehr, was er auf die Wände der Burg gemalt hatte, und fürchtete, seinen eigenen Tod gemalt zu haben.

In jener Nacht regnete es in Strömen. Ein Juligewitter ging auf Hunderte von Zelten nieder, löste die Verankerungen, zerriß den leichten Stoff, prasselte auf die Kanonen, näßte das Pulver und ließ alles im Schlamm versinken. Donner erschütterte das Lager, Blitze zuckten durch den dunklen Himmel und beleuchteten ihn taghell. Die erschrockenen Soldaten brüllten, sie glaubten, es seien Signale, die sie zur Schlacht riefen, und stürzten davon, um sich die Helme aufzusetzen: Aber es war nur falscher Alarm. Niemand konnte schlafen. Der ungewohnte Regen, der auf die Erde peitschte, schien ein Vorzeichen der Niederlage zu sein. Bei Morgengrauen, nach einer Nacht mit unruhigen Träumen voller Katastrophen, spazierte Enrico zwischen den stillen Zelten hindurch. Er hörte einen Gesang aus dem Zelt kommen, das als Kapelle diente. Es war der König, der die Messe hörte. Er kam an dem Zelt vorbei, in dem seine früheren Herren, die Orsini, schmachteten. Er wußte nicht, Enrico, daß in wenigen Stunden Gentile Virginio und Niccolò, Graf von Pitigliano, im Schutze der allgemeinen Verwirrung ausbrechen würden: Es kam ihm nicht einmal ein Gebet für das Schicksal seines alten Souveräns über die Lippen. Die Schweizer legten die Waffen an. Jemand ließ die Trommeln wirbeln. Die Trompeter liefen aufgeregt im Lager umher. Der Bourbonenbastard ließ sein Streitroß satteln und klopfte ihm das gestirnte Maul. Enrico war ein großer Bewunderer von ihm gewesen, und er verbeugte sich. Der Bastard lächelte. Und in jenem Lager – als die Vorhut und die Artillerie schon den Fluß überquerten, als die dreihundertfünfzig französischen und Trivulzios italienische Lanzen, die Bogenschützen, die Leibwachen und die Fußsoldaten auf dem Flußbett in Schlachtstellung aufmarschierten – verabschiedete sich in der Morgendämmerung Enrico von Antar.

Antar ritt auf einem weißen Roß, trug auf dem Kopf den glänzenden Helm und an der Seite das Schwert. Über der Rüstung trug er eine kurzärmelige Jacke, grün und violett, übersät von kleinen in Gold gestickten Sternen, wie der Harnisch seines Pferdes: Von nahem sahen die Sterne ein wenig wie Mondsicheln aus. Zieh nicht in den Kampf, sagte Enrico zu ihm, bleib bei mir und bei den Frauen. Denn die Italiener würden heute gewinnen. Sie waren 40 000 und die Franzosen 10 000, und sie kämpften ohne einen Grund. Die anderen – wir, also, sagte Enrico mühsam: die Italiener – kämpfen vielleicht auch für die Freiheit. Antar lächelte. Ich bin ein Krieger, sagte er, und heute werde ich mir Ehre machen. Enrico fürchtete um das Leben dieser undefinierbaren Kreatur, die in Neapel sein Geliebter gewesen war – oder er seine Geliebte, das wußte er nicht mehr. Sie waren weit weg, jene Tage. Eine Frühlingstollheit. Geh nicht zurück nach Bastia del Garbo, sagte Antar zu ihm. Die Frau, die du suchst, gibt es nicht mehr. Ist sie tot? schrie Enrico. Die du suchst, ist tot, eine andere Alma ist die, die dich nicht erwartet. Er wollte ihm nicht erklären, was er damit meinte. Es war keine Zeit mehr zum Sprechen. Schon saßen alle im Sattel, schon hatte die Vorhut von Trivulzio und Angilbert de Clèves den Fluß überquert. Die Diener, die Knappen, die Pagen, die berittenen Bogenschützen zogen vorüber. Enrico ließ die Zügel von Antars Pferd los. Wenn ich lebe, sagte Antar, wird der König mich zum Hauptmann machen. Wenn ich sterbe, so male mich auf die Wände der Burg, wie ich kämpfe. Ja, sagte Enrico. Adieu, mein Freund. Er war gerührt, und er (oder sie) wischte ihm mit der Degenspitze die Wangen trocken. In deiner Geschichte stirbt Caeneus nicht, der Krieger, der eine Frau gewesen ist, sagte Antar mit einem Lächeln. Das hast du mir erzählt. Die Götter – oder der Dichter? – verwandeln ihn in einen Vogel, und bevor er getötet wird, schwingt sich jener unbesiegbare Krieger in die Lüfte, steigt aus dem Haufen von Waffen und Geröll auf, und niemand wird ihn besiegen können. So, frei und leicht, wird auch Antar wieder auftauchen. Das war nur ein Märchen, mein Junge, sagte er zu ihm, und du bist zu jung. Bleib bei mir, ich werde mit den Frauen gehen, mit dem Troß, dem Gepäck und dem Schatz des Königs. Niemand wird uns etwas antun, und in wenigen Wochen werden wir zu Haus sein. Wie – lachte Antar zweideutig –, wenn nicht einmal du an deine Märchen glaubst, wie soll dann je ein anderer an dich glauben? Es ertönten schon die Trompeten. So wird Antar wieder auftauchen, Meister, mein Freund – sagte er und gab seinem Roß die Peitsche. Er sah sie zum letzten Mal, im Sattel auf ihrem weißen Pferd, über dem Boden schwebend, leicht und nach vorn gebeugt, in einer Wolke aus Staub. Das Signal wurde gegeben: Die Schlacht hatte begonnen.

2

Aus der schwarzen Wand, der trauernden, nächtlichen Fläche, von Felsen gerahmt, aus der Höhle, Urhöhle, Uterus der Phantasie und des Gedächtnisses, aus dem finsteren Hintergrund, auf dem der Morgen nicht mehr dämmert, steigen die sich gegen den glänzenden Horizont abzeichnenden Gestalten wie aus dem Nichts auf, aus der Erinnerung einer barbarischen Vergangenheit, aus der Zeit, aus der Gegenwart, die die mythische Schlacht zwischen Kentauren und Lapithen mit ihren Neuerungen (Armbrust, Gewehre, Kanonen, moderne Rüstungen) unterwandert, und aus der Zukunft, die die gewollt sichtbaren Retuschen der Restauratoren zeigt. Die Kämpfenden steigen aus Rauch und Staub auf, aus der Angst und aus einer Vision, die schon Erinnerung ist, nur einen Augenblick dauert, und alles ist schon geschehen. Sie ergießen sich von rechts und links, die einen gegen die anderen, wie eine große Welle, auf ein imaginäres Zentrum des Zusammenstoßes zu, mit gesenkten Lanzen, reitende Krieger und galoppierende Pferde; die Oberfläche kräuselt sich, und es ist schon nicht mehr möglich, eine Ordnung, einen Plan, eine Zeichnung zu erkennen, es ist nur flüssiges und brodelndes Magma aus Körpern; die Explosionen lassen den Boden erzittern, Steine werden in die Luft geschleudert, weiche Erdbrocken, Schlammspritzer; gestürzte Pferde strecken ihre starren Beine gegen den Himmel, ein Wirbel aus Feuer und Rauch, und die Schlacht breitet sich über das imaginäre Zentrum aus. Der König und seine Garde sind nur ein Farbfleck unter vielen, der vom Pferd geworfene Feldherr wird von einem finsteren Soldaten niedergetrampelt, und alle scheinen ziellos zu rennen, widersprüchlichen Befehlen zu folgen, verschluckt von Gewühl, Anarchie und Chaos, sie klumpen sich zu kleinen Gruppen zusammen, zerlaufen sogleich wieder, klumpen sich von neuem zusammen, und das Auge sieht nichts als Blitze, Bewegung, Fragmente von Szenen, die vielleicht eine Logik und eine Abfolge haben, die aber in der Schlacht, im Zusammenprall, im Galopp, in der Angst nichts als Lichter und Glieder sind, Bewegung und Stille. Dort unten, an den Hängen des Hügels, funkelt das geschenkte, geraubte, zurückgelassene Gold, leuchten die flammenden Banner, verschmolzen mit der Nacht und dem ersten Schimmer einer Feuersbrunst, die Truhen liegen ringsum verstreut, offen, umgekippt, geplündert, auf dem Boden glänzen zwei goldene Pokale, vergessen oder dem Räuber aus den Händen gefallen, hingestreckt auf einer leeren Kiste liegt ein Diener mit durchgeschnittener Kehle, schneeweiße Figur zwischen den blutigen Samt- und Taftstoffen, es wird noch um eine Kiste Goldmünzen gekämpft, einer hat einen funkelnden Kandelaber ergattert, ein anderer betrachtet verständnislos ein Meßbuch mit Miniaturmalereien, weiß nicht, was er damit machen soll, und hebt den Arm, wie um es fortzuwerfen; auf dem Boden liegen Wandteppiche, Schabracken, Banner; man streitet sich um Gegenstände, die im Rauch funkeln, man verfolgt einander, man flieht, eine ungeordnete Flucht von festlich gekleideten und unbewaffneten Gruppen im Gebüsch des nahen Waldes. Unter den Fliehenden sind vor allem Frauen mit zerzausten blonden Zöpfen und Musikanten, die noch vor kurzem, wer weiß jetzt noch, wann, zum Fest aufgespielt haben, der Flötenspieler ist in den Schlamm gefallen, und dort unten haben die galoppierenden Pferde die Laute zertrampelt, die Saiten hängen stumm am zerbrochenen Griffbrett, die Erde bebt und dröhnt, aber in der Mitte hat der Zusammenstoß schon stattgefunden, die Welle hat sich an Körpern, Rüstungen und Köpfen gebrochen und baut sich wieder auf, die Oberfläche kräuselt sich, alles geht weiter, geschieht von neuem, zum erstenmal und für immer, und dann können Episoden, Personen, Handlungen nichts anderes als einander verfolgen, sich gegenseitig aufheben, behindern, verschmelzen, und es ist eine Folge von Gesten, Waffen, Figuren im Vordergrund, ein Wald aus Hufen, Gamaschen, Lanzen, Armbrüsten und Rammspornen, hier zeigt ein frecher Kentaur sein glänzendes Vierbeinerhinterteil und dort der an der Schläfe verletzte Trompeter das unreife Profil eines Straßenjungen. Und es kämpfen Helden, Könige, Fürsten, Hauptleute, ein wildwütiges Gewühl, ein Zusammenprall von Lanzen, Schwertern, Speeren, Krummsäbeln, Äxten, bebendem Eisen; Geschrei und Gewieher; ein Wuchern von schrecklichen Wunden, zerschmetterten Gesichtern, verstümmelten Nasen, Eingeweiden, Hirnspritzern, Haarbüscheln und erbrochenen Zähnen; ein einsames Auge auf einem Stein scheint die grausamen Taten zu betrachten, die immer und immer wieder vollbracht werden, die blutigen Greuel des Krieges, die sich ausbreitende Zerstörung, ineinandergeworfene, einander verachtende Völker, die versuchen, einander zu zerstören, zu vernichten, auszulöschen, als Besiegte zu verspotten. Raserei, Grauen und blutrünstiger Wahnsinn: Die Pferde bäumen sich auf, dort sind sie schon gefallen, zertrampelt, Blut läuft über Rüstung und Helmschmuck, über die zottige Brust und die Beine der Ungeheuer, es leuchten die Morgensterne, Dolche, Schilde und das bleiche Fleisch der Männer, aber auch die Ungeheuer haben ein menschliches Antlitz, und ihre Gesichter sind nicht weniger bleich und gequält, und manchmal lassen sich Menschen und Kentauren nicht unterscheiden, sind ineinander verkeilt, Glieder gegen Glieder, mit dem gleichen wilden oder zarten Ausdruck in den Augen. Auf dem dunklen Untergrund entzünden sich phosphoreszierende Farben – einige besondere Bilder kommen an die Oberfläche, behaupten sich und gehen im Durcheinander unter: von einem beteiligten und gequälten Blick erfaßt. Der herrschende Farbton ist rot, hier heller, matter, gleichsam bereit, sich der Erde anzupassen, dort wie höllische, golden flackernde Flammen, hier dunkler Blutfleck um den reglosen Körper eines Kriegers, dort verschütteter Wein, Blut, das aus der Flanke eines Pferdes rinnt, aus der Kehle eines Helden, aus der Nase eines Furchtsamen, der dem Gemetzel zu entfliehen trachtet, sich hinter einem Felsen versteckt und sich erstaunt die blutverschmierten Hände an der Hose reinigt, wer weiß, ob es sein Blut oder das eines anderen ist, rostfarbenes oder leuchtendes Blut, Blut, das nicht entzückt und nicht begeistert, und keine Freude erregt der Anblick jenes auf dem Bauch liegenden Kriegers: Aus dem Knäuel von Körpern und aus der Dunkelheit taucht nur sein Gesicht auf, ein Gesicht ohne Augen, denn eine Lanze hat sie ihm soeben ausgestochen, seine Augen, die nun zum Teil an der Lanze haften, zum Teil auf den Bart rinnen, baumelnd an einem dünnen Faden hängen, dünn wie sein Leben, über sein Gesicht laufen Tränen, die Tränen von Verwirrung, Bedauern und Schmerz zu sein scheinen, und über dieses Gesicht rasen Füße, Hufe und eiserne Sporen, die die für den Krieg geschmückten Pferde antreiben, und andere verfolgte

Krieger, andere Figuren fliehen, und kurz dahinter fällt einer, schon ohne Helm und ohne Schutz, von hinten getroffen, und ein anderer hat nicht gemerkt, daß er in eine Schlucht gestürzt ist, und ein Pferd mit menschlichem Oberkörper galoppiert davon, geritten von seinem Feind, andere, die ohne Waffen sind, kämpfen mit allem, was sie finden – mit Bäumen, Zweigen, Stöcken, mit den Händen, Körper gegen Körper, ein gewalttätiges Knäuel aus Gliedern, Tritten, Schlägen, Bissen und Spuckefladen. In der Ferne hat jemand Feuer gelegt, die rotleuchtenden Flammen stoßen einen schwarzen, öligen Qualm aus, die Welt steht in Flammen, es gibt weder Anfang noch Ende, die Schlacht dehnt sich aus, quillt über, verbreitet sich – und hier vorn, wo der müde und übersättigte Blick schließlich gezwungenermaßen verweilt, gerade in der Ecke, wo die Wand abknickt und Gewalt und Tod auf die angrenzende Wand, und immer weiter, bis ins Unendliche überzulaufen scheinen, ist ein Krieger allein geblieben: An den Rand der Schlacht gedrängt, von seinen Leuten abgeschnitten, von denen ihn jetzt Fluß und Schlamm, Schlucht und Wasser trennen, ist er umzingelt worden, die Beine der Feinde bilden einen dichten Zaun, die Hufe scharren, die Lanzen funkeln, alles, was wir von diesem Krieger sehen, ist das Gesicht – und dieses Gesicht kennen wir, es ist das Gesicht eines jungen Mannes, der einstmals, in einem anderen Leben, eine Frau war, es ist das Gesicht des bleichen Ritters mit dem Schild unter dem Arm, der sich selbst auf der Südwand betrachtet, es ist das Gesicht einer zermalmten, verletzten und vergewaltigten Jungfrau in der Pfütze – oh, welch eine Riesenschmach, scheinen die dunklen Gesichter der Feinde zu schreien, die ihn umgeben, uns überwindet ein Feind, der nur ein halber Mann ist! Felsen, Stämme, schleudert die Berge auf ihn, und treibt die Seele, die zähe, ihm aus mit geworfenen Wäldern! Wald erdrück ihm den Schlund: Und so haben die Feinde ihre Wut gestillt, und der junge unbesiegbare Krieger liegt auf der Erde, unter der

Bäume Gewicht, vom mächtigen Berg begraben, ein Berg aus Schlamm, Bäumen, Stämmen, ein Gewicht, das ihn töten müßte, wie die Wunden, die niemand seinem Fleisch hat beibringen können – zermalmt ihn, zerstört diesen Mann, der nicht einmal ein Mann ist –, und sie haben ihn zermalmt und begraben, den jungen Krieger, und jetzt ist er bleich auf der Wand, der Atem geht ihm aus, die zerquetschten Lungen bekommen keine Luft mehr, sein Gesicht ist erdfarben, ausdruckslos die Augen, die nun ohne Blick sind, reglos die auf der Erde liegenden Hände, und es ist der schmerzhafteste unter allen Toden, dieser Tod in der rechten Ecke der Westwand, wo die Schlacht sich beruhigt und zum Stillstand zu kommen scheint, und er ist nicht einer unter vielen Toten, dieser junge Mann mit den dunklen Augen, gefallen und dem Kampf erlegen: Eine Elegie auf die Tapferkeit und auf die Jugend ist sein maurisches Gesicht, aus dem die Farbe mit jedem Pinselstrich entweicht, eine Totenklage ohne Worte ist sein Todeskampf, dem wir ohnmächtig beiwohnen, aus größter Nähe, und schon suchen die Augen des Betrachters zwischen den Felsen und Steinen und dem Schlammhaufen, der ihn erdrückt und tötet, nach dem fuchsroten Vogel, in den, wie einige glauben, der unbesiegbare jungfräuliche Krieger sich verwandelte, der sich dann leicht in die reglose Luft aufschwang und im Fluge aus seinem sterbenden Körper aufstieg – aber da ist nichts, da oben, der Maler hat den fuchsroten Vogel nicht gemalt, er hat ihn vergessen, es findet sich keine Spur von ihm auf der dunklen Wand, auf dem Sterbenden liegen nur Stämme, Steine, Moos und Schlamm: Die Augen verschleiern sich, der junge Krieger öffnet die Hand und läßt die Lanze fallen – und alles beginnt zu weichen, dort oben, in der rechten Ecke der Wand, wo die unendliche Schlacht sich vollzieht und sich verleugnet.

3

Als er aus dem dichten Unterholz tritt, ist das erste, was er von der Hügelkuppe aus sieht, der Fluß – trübe und angeschwollen nach dem nächtlichen Unwetter. Wasser, das kein Wasser zu sein schien, sondern gurgelndes und unberechenbares Magma. Die Strömung riß Stämme und Lanzen, Fohlenkadaver, Schilde und Banner, die auf der schlammigen Wasseroberfläche trieben und verschlungen wurden, um weiter vorn wieder aufzutauchen, mit sich hinunter in die Ebene, die sich unendlich bis zum Horizont erstreckte, fruchtbares italienisches Land (als die Schweizer es vom Paß aus sahen, hatten sie fast unter Tränen geschrien: Lombardie, Lombardie, Dieu mercy!). Die Farben blinkten im flüchtigen Licht der Dämmerung. Enrico stürzte hinab, das Herz klopfte ihm in der Kehle, er rannte, stolperte, keuchte: er hatte den vielleicht trügerischen Eindruck, verfolgt zu werden. Die Adern pochten ihm an den Schläfen, er hatte kaum noch Luft für den nächsten Schritt, das Herz war wie eine Kugel aus glühendem Blei, die Füße verletzt durch die spitzen Steine am Hang, das Gesicht vom Dornengestrüpp verkratzt, Staub in den Augen und in den Lungen, der Mund ausgedörrt – und er rannte auf die Ebene zu, stolpernd, keuchend, durch Gestrüpp, Zweige, Büsche und hohes Gras, allein und ohne Gepäck, sogar ohne seinen Quersack und die Kiste mit seinen Schätzen, die ihm in der Verwirrung nach dem Angriff auf den Troß entrissen worden waren.

Eine wahllose Plünderung, ein sinnloses Getümmel. In der Ebene wütete die Schlacht, zischte das Artilleriefeuer, jagten einander Stimmen, Schreie, antreibende Rufe und Stöhnen – und der Tod schien weit weg: und doch nahe bei ihm. Sehr nahe hatte er gesehen, wie die achtzig Knappen niedergemetzelt wurden, die über ihr Hab und Gut wachen sollten, wie die Stratioten für eine leere Kiste starben, in der sie Goldmünzen wähnten, denn das hatten ihre Hauptleute sie glauben gemacht, um sie zum Kampf zu überreden. Er wußte nicht, was geschehen war, er folgte dem Gepäck, dem Schatz des Königs: Man hatte sie auf die Höhen geschickt, weil man glaubte, daß sie dort oben sicher seien. Er folgte der langen Reihe der Troßwagen, der Kisten, der seidenen Zelte; er folgte dem Zug der Frauen, den Huren, Mägden und Sklavinnen, dem Bildhauer, den Mönchen, den Schneidern, dem Gärtner, dem Goldschmied, dem Organisten, dem Essenzenhersteller und dem Alabasterdrechsler; er folgte den Hunden, den zehntausend in einem einzigen Brutkasten aufgezogenen Küken, den vor Angst kreischenden Papageien, die in den Eisenkäfigen flatterten. Er folgte dem Flötenspieler und dem Hofnarren, und plötzlich wurden sie von hinten angegriffen.

Hauptmann Odet? riefen alle, Hauptmann Odet? Aber sie hatten ihn verloren, den Hauptmann, der über die Nachhut wachen sollte. Alle hatten heute etwas verloren. Es war niemand da, um sie zu verteidigen, nur die Knappen des Königs. Doch eigentlich hätte jemand da sein müssen. Vielleicht waren sie verraten und die Befehle absichtlich nicht befolgt worden. Das war schwer herauszufinden. In der Ebene war der Zusammenstoß äußerst heftig gewesen. Die Lanzen waren zerbrochen, Pferde und Reiter gefallen, eine Staubwolke hatte sich erhoben, in der kaum noch Glieder und Körper zu erkennen waren – ein wildes Gewühl, in dem Stockdegen und Morgenstern durch die Luft wirbelten. Man kämpfte mit Bissen, mit Tritten, mit Pferdehufen. Mit dem Haß, vielleicht. Die Verbündeten hätten den Fluß überschreiten, das französische Heer verfolgen, den König töten und endgültig und ohne jeden Zweifel die Schlacht gewinnen sollen. Um auf diesem Sieg ein gemeinsames Bewußtsein und eine gemeinsame Zukunft zu gründen. Doch auf der anderen Seite des Flusses war – ohne Bewachung – der Schatz geblieben. Und so waren die Italiener schließlich zurückgekehrt. Zu ihnen.

Seine auf dem Hügel überfallenen Gefährten waren keine Soldaten, sie hatten nicht einmal eine Arkebuse. Es waren –

erschrockener noch als er, orientierungsloser, keuchender, zerrissener noch als er – die Frauen, und mit ihnen die Marketender, die Abenteurer, die dem Heer folgten, ein Volk von fünftausend Flüchtlingen, die sich auf den Hügeln diesseits des Flusses in Sicherheit bringen wollten und sich nun zerstreuten, sich trennten oder sich zusammenrotteten und einander suchten, die einen verließen das Gepäck, die anderen stürzten sich darauf, um die Verwirrung auszunutzen und sich ihrerseits mit der Beute davonzumachen. Schreiende Frauen klammerten sich an seinen Hals, folgten ihm, flehten ihn an. Alle schienen nur eine einzige Gewißheit zu haben: Sie würden sich nicht gefangennehmen lassen, heute. Das war keine der üblichen Schlachten in Wartestellung: Dies war die erste Schlacht einer neuen Art der Kriegsführung. Um zu töten. Enrico begriff nicht, was geschah, er wollte es nicht begreifen, er wollte ihre Schreie, ihre Angst nicht hören. Er war von der Menge nach hinten gedrängt worden, fand sich unter bedrohlichen und unbekannten Fratzen wieder. Was tust du hier bei diesem Pack, Enrico da Sorano? Waren das deine Leute? War dies dein strahlendes Schicksal? Eine der Kurtisanen der Fürsten versprach sich ihm, wenn er ihr helfen würde, lebend da herauszukommen. Was ist passiert? fragte er. Bringen wir uns in Sicherheit, antwortete die Frau. Sie haben uns angegriffen.

Alles hatten sie genommen, sogar das Zelt des Königs, sein Banner, seinen Helm, sein Paradeschwert (mit dem er am Tag seines Triumphs in Neapel Einzug gehalten hatte), die heiligen Reliquien, die Wandteppiche, die Tapisserien; genommen hatten sie die Ornamente des tragbaren Altars aus der Wanderkapelle, die er im Zelt aufbaute und in der er noch heute morgen – bevor er in der Überzeugung, unschlagbar und unsterblich zu sein, in der kurzärmeligen weiß-violetten Jacke mit den goldgestickten Kreuzen von Jerusalem kühn sein Pferd bestieg – den göttlichen Schutz erfleht und die Messe gehört hatte; genommen hatten sie seine Siegel und auch das Porträt des Dauphins. Aus dem Gepäck der Fürsten nahmen die Italiener und dann auch die Stratioten die Marmorstatuen, die Kapitelle, die mit Gold eingelegten Möbel, die Porphyre, das Tafelgeschirr in Gold und Silber, die ziselierten Salzfässer, die mit Miniaturen illustrierten Bücher aus der Bibliothek des Edlen, die Frauenporträts, Karten aus dem Archiv, geheime Dokumente, die für viele Herren der anderen Seite, die auf mehreren Hochzeiten tanzten, kompromittierend waren, und Geld, viel Geld, mindestens 200 000 Dukaten, Edelsteine, Saphire, Diamanten, Perlen und sogar eine platzraubende Kanone. Und vor allem hatten sie die Gemälde und die Insignien genommen, die er selbst vor weniger als einem Monat angefertigt hatte. Er hatte sich durch jenen Auftrag so geehrt gefühlt, Enrico. Als er sie dem König übergab, war es ihm, als sei seine lange Reise endlich zu Ende. Er war nahezu mühelos der Maler eines wirklichen Hofs und eines wirklichen Königs geworden. Jetzt mußte er mit ansehen, wie die Gemälde und Insignien, die ihn Mühe, Liebe und Leidenschaft gekostet hatten, von Hand zu Hand gingen, zu Boden fielen, zertrampelt, zerrissen, dann wieder umkämpft und verspottet wurden – Beutestücke und Diebesgut, seine Gemälde, die noch gestern Ehre und Ruhm für viele waren, und vor allem für ihn. Er hatte die Kiste mit den Farben in den Händen eines Stratioten gesehen, der nicht einmal wußte, was es war, und mit der Zungenspitze daran leckte, um sie zu prüfen, und da sie nach Gift und Metall schmeckten, stopfte er sie in seinen Sack und galoppierte davon, auf der Suche nach kostbarerer Beute. Er hatte keine Vorstellung, der Stratiote, wie wertvoll jene zu Pulver zermahlenen Farben waren, was es einen Maler kostete, sich Lapislazuli zu verschaffen, oder Indigo und Bergblau, Irisgrün, Bleiglätte ... Und während er floh, hatte er seine Laute gesehen, zertrümmert durch die Pferdehufe, die Saiten stumm am zerbrochenen Griffbrett. Keine Noten mehr, keine Musik mehr, die stärker als Kanonen war, heute schießen die Kanonen mit eisernen Kugeln, und die Musik schweigt. Er hatte sie nicht verteidigt, seine Instrumente und seine Farben, und hatte nicht versucht, sie sich zurückzuholen; er war mit den Frauen geflohen, mit dem Gärtner und dem Riemenmacher, dem Hofnarren und dem Dichter. Er hatte sich im Gebüsch versteckt, und dann, als die Frau und der Narr ihm zur Last wurden und seinen Lauf hemmten, hatte er sie zurückgelassen. Er hatte von weitem das Piepsen der zehntausend sich selbst überlassenen Küken gehört, die sich wie eine weiche gelbe Welle über Gras und Steine ergossen, das Kreischen der Papageien und das Kläffen der Hunde, die in die Ebene flüchteten, die Schreie und die Schüsse und den Kanonendonner; er hatte durch die Bäume hindurch Wolken aus Erde und Blättern, aus in den Himmel geschleuderten Steinen aufsteigen sehen. Grauer, tiefer Himmel, als ob dieser Tag nicht beginnen wollte – die Sonne war heute nicht aufgegangen. Und er hatte nicht einmal seine persönlichen Dinge verteidigt, denn er wollte nicht für eine Tischdecke sterben, für eine Schabracke, drei Paar Samtärmel, ein Wams, ein Paar Sporen, einen Kopfkissenbezug, einen Pelzmantel, ein Paar Damasthosen, einen Ring, einen Porphyrblock zum Anreiben, einen Chalzedon, einen Eisentiegel, drei Brennkolben, zwei Zangen, elf Raspeln, ein paar Feilen, einen Bohrer und eine Bohrwinde, Scheren, Meißel, einen Lederbeutel mit grüner Tempera und einige Skizzenbücher. Du mußtest ohne Heimat und ohne Familie zurückbleiben, ohne Besitz und Hab und Gut, ohne Freunde und ohne Geschäfte, ohne Gefährten, ohne Heer, ohne Fahne. Sogar ohne dein Handwerkszeug – nacktes Auge nur, ohnmächtig, aufgesperrt, Zeuge schon verflogener Ereignisse.

Auf dem Schlachtfeld war jetzt alles ruhig. Eine unwirkliche Stille schwebte über der Ebene. Er sah weder Furt noch Heer, und die Dunkelheit breitete sich weiter aus. Hinter dem Hügel war der Tag nur noch ein roter Nebel, der immer schwächer wurde und sich der Finsternis ergab. Am Ufer war der Boden schlammig, nachgiebig, voller Steine, der Taro brodelte, und Enrico wußte nicht, wohin er gehen sollte: Er wußte nicht, ob er versuchen sollte, den Fluß zu überqueren, um sich wieder denen anzuschließen, die bis heute morgen die Genossen seines Abenteuers (des Unglücks oder Glücks) gewesen waren, oder ob er umkehren und sich unter die anderen – Italiener wie er – mischen sollte, die müde von der Anstrengung schliefen und unter denen er morgen leicht unbemerkt bleiben würde. Er wußte nur, daß auf der anderen Seite des Flusses die Straße war, daß jene Straße ihn nach Bastia zurückbringen würde – denn dorthin, nur dorthin wollte er. Dorthin, wo ihn die Malereien erwarteten, die er nicht gemalt hatte, und die Frau, die er nicht gehabt hatte. Aber jetzt wußte er nicht, ob die Hochwasserwelle schon vorbei war oder ob sie noch kommen mußte; ob es besser wäre zu warten oder sein Glück zu versuchen; ob er sich blindlings hineinwerfen, schwimmen und die Überquerung versuchen sollte, trotz Strömung, Strudel und der Schwäche nach den letzten beiden Hungertagen, an denen er bitteren Saft aus dem Gras gesogen und das faule Wasser eines Teiches getrunken hatte; ob er weiter talwärts nach der Furt suchen sollte – denn eine Furt gab es, das hatte man ihm gesagt, und auf dem linken Ufer wäre er vielleicht in Sicherheit. Er wußte nicht, wo die Freunde und wo die Feinde waren, ob er noch Freunde oder Feinde hatte, ob das ganze Universum nicht mittlerweile nichts anderes als eine Steppe aus Blut war, jeder Schatten sein Mörder, ob jemand ihn töten würde, weil er ihn mit dem Soldaten verwechselte, der er nicht war, während er unbewaffnet auf der Kiesböschung eines unbekannten Flusses umherirrte, ob die Schlacht zu Ende war oder ob sie vielmehr anderswo weiterging und er sich in das Auge des Wirbelsturms stürzte, indem er Geschehnissen folgte, die ihm immer vorauseilten und sich ihm verweigerten.

Über einen halb im Wasser versunkenen Körper stritten zwei Soldaten: Es waren Italiener, er erkannte sie am vertrauten Klang der Stimme. Sie stammten aus der gleichen Gegend, in der er geboren war, und heute hatten sie mit dem Ruf Orso, Bär, für die Orsini gekämpft. Sie sahen ihn, nahmen aber keine Notiz von ihm. Sie stritten sich um das Hab und Gut eines Toten. Einer bemächtigte sich der Waffen, setzte sich den Helm mit dem weißen Federbusch auf, der andere des Schmucks, den die Leiche trug. Da die Ringe sich nicht von den geschwollenen Fingern ziehen ließen, schnitt der größere Soldat sie mit dem Schwert ab. Enrico huschte weiter, im Schatten. Unbewaffneter Flüchtling, der du nicht einmal deine Bilder verteidigt hast. Ekel überkam ihn. Ekel vor der Flucht, vor dem Tod, vor der Vernunft, vor dem eigenen Leben. Deine Pinsel sind Kriegstrophäen, deine Farben Beutestücke, deine Skizzen zerknülltes Papier, und du hast sie nicht verteidigt.

Zwischen den Büschen am Ufer schleppte sich ein Mann auf allen vieren vorwärts, preßte die Hand gegen die von einem Säbelhieb aufgeschlitzte Seite. Es war einer der hünenhaften Schweizer von König Karl, einer von denen, die zum Klang seines Lautenspiels die schweren Geschütze über die Apenninen gebracht hatten, über diese Berge ohne Pfade und ohne Bäche, über diese so ungastlichen Steilhänge. Es war ihm sogar, als kennte er ihn, auch wenn das unmöglich war, denn jene Soldaten sahen sich alle ähnlich – blond, groß, robust, benommen von der Sonne Italiens, von seinen Frauen, von seinen tiefen Meeren. Er rief um Hilfe, weinerlich, aber Enrico ignorierte ihn. Doch dann kehrte er um, aus Angst, vom nächsten Schatten, auf den er stieß, getötet zu werden, folgte ihm durch das Gebüsch und riß ihm die Lanze aus den zitternden Händen. Sie war schwer, die Lanze – und Enrico hatte bis dahin noch nie eine in die Hand genommen. Er hatte aber Lanzen gemalt: leuchtend, prächtig und funkelnd auf den Wänden der Burgen der italienischen Fürsten. Und genau so, leuchtend, prächtig und funkelnd, war ihm der gemalte Krieg vorgekommen. Jetzt war er bewaffnet, Enrico da Sorano. Er wollte fort von diesem Schlachtfeld. Er wollte nach Hause. Wenn Bastia sein Zuhause war und nicht sein endgültiges Exil.

Er fand die Furt. Er ging über das Wasser, aber ohne Wunder. Er schritt über glitschige Steine, breitete Arme und Lanze aus, um das Gleichgewicht zu halten. Das Wasser reichte ihm bis an die Knöchel, dann bis zur Taille. Kaltes Schlammwasser durchweichte die Seidenhosen. Weiter flußaufwärts hatte jemand versucht, es ihm gleichzutun, und wurde von der Strömung fortgerissen: Er hörte sein flehentliches Rufen ganz in der Nähe, aber nur einen Augenblick lang – und er hätte ihm ohnehin nicht geholfen. Er blickte nach vorn. Ihm war, als warte am anderen Ufer ein bewaffneter Krieger, zu Pferde, entschlossen, ihm den Weg zu versperren. Er nahm deutlich den fuchsroten – unheimlichen – Schimmer seiner Rüstung oder seiner Waffen wahr. Ein Krieger von kleiner Statur, ohne Helm, mit dunklen Haaren. Ihm war, als wäre es Antar, und er lächelte bei dem Gedanken, daß sein sarazenischer Page, Freundin oder Freund seiner glücklichen Tage, heute sein Unternehmen vollbracht hätte und ihm heil und lebend entgegenkäme. Antar! rief er. Aber da war niemand, die Umrisse waren der Schatten eines Banners, das noch in der Erde steckte und im Wind wogte.

Er war über eine versteckte Unebenheit gestolpert. Das Hindernis, das ihn zu Boden geworfen hatte, war eine glänzende runde Kanonenkugel. Er stand mühsam wieder auf, trocknete sich die Hände an der Hose. Die war an mehreren Stellen zerrissen, zerfetzt vom Dornengestrüpp, von den Stacheln und auch von den Schwertern. Enrico aus Schlamm und Blei, Lockenkopf, der nur einen Dukaten wert ist und noch schön fest auf den Schultern steckt. Da war sie, die Kanone: Die glänzenden Umrisse ragten zwischen Gras und Steinen wie eine Drohung hervor. Man hatte sie zurückgelassen, sie war zu schwer, um auf der Flucht mitgeschleppt zu werden. Wer floh und wovor? Der König mit seinen Fürsten war der Verfolgte. Die Italiener, die ihn verfolgten, wurden von den Verfolgern verfolgt. Die Verfolger verfolgt von den Versprengten. Der höllische Fluß, der sie alle mit seinem schlammigen Wasser verfolgte und mit seiner bevorstehenden Hochwasserwelle bedrohte – Gedröhn und Getöse wie ein ungeduldiges Stöhnen. Enrico verfolgt durch seinen Schatten, seine Angst, seine Krankheit, sein Schicksal und sich selbst. Eine zaghafte Helligkeit beleuchtete das Schlachtfeld. Es war der Mond, der hinter dem Hügel aufging. Ein zerstreuter Mond, bleich, wie angewidert. In der Luft lag ein Geruch von Eisen, Blut und Salpeter. Die Abenddämmerung setzte die überflüssigen Rüstungen in Brand, metallische leere Hülsen, die zwischen den Steinen und dem spärlichen Gras liegengeblieben sind. Welch eine Stille, Enrico. Ein unsichtbares Band aus Sturmhauben und Stoffetzen, Metallbeschlägen, Sporen, weggeworfenen Schilden, verlorenen Hufeisen fliehender Pferde – ein Band aus Spuren führt ihn in der hereinbrechenden Dunkelheit.

Das schwarze Pferd lag auf der Seite, der Bauch aufgeschlitzt, die roten Eingeweide quollen auf die Steine, die starren Beine ragten in die hereinbrechende Nacht. Sein großes Auge war schon verschleiert. Sterbende Kreatur, von einer anderen Spezies oder von meiner, auf dem Schlachtfeld verlassen – sogar vom Tod verlassen, der dir nicht zur Hilfe kommt. Als das Pferd ihn in der Nähe spürte, wieherte es. Ich bin nicht dein Herr. Ich habe nie ein Pferd besessen. Ich bin kein Fürst, nur ein Maler ohne Farben, jetzt. Er wollte weitergehen, war aber stehengeblieben. Das dunkle Auge fixierte ihn, das große Lid war halb geöffnet. Mit keuchender Flanke, mit glänzendem Fell, schweißgebadet. Verstümmelte, leidende Kreatur, die ihn anfleht, seinen Schmerzen ein Ende zu setzen. Er legte eine Hand auf den feuchten Rücken. Die gespannte

Haut pochte und verkrampfte sich. Da war jemand. Jemand, der sich mit schwerem Schritt hinter ihn geschleppt hatte. Enrico bemerkte nichts, nur ein Zittern von bewegter Luft und einen Zipfel der Jacke, die ihm entrissen wurde. Er drehte sich unversehens um und wirbelte die Lanze. Lanze, die du nicht einmal halten kannst, die deinen Arm krümmt und deine Hand zittern läßt. Aber der Mann war gefallen. Und da traf er ihn am weichsten Punkt des Halses, mehrere Male, mit der Klinge, von der Seite – bis der sich nicht mehr bewegte.

Jetzt starrte er, Enrico, auf den gestürzten Koloß, dessen Gesicht sich schon entfärbte in der fahlen Blässe, die den Tod ankündigt. Er hob die Lanze auf und beugte sich über den leblosen Körper, der ihm vertraut und zugleich ungeheuerlich war. Er berührte vorsichtig seinen Arm. Einen Augenblick lang wünschte er, daß er sich bewegte, wieder aufstünde und im Schatten verschwände, aus dem er gekommen war. Doch dann wünschte er, daß er reglos liegenblieb, wo er war – gekrümmt, besiegt. He? flüsterte er, he? Er empfand eine makabre Freude. Er rannte, brüllte, wirbelte die Lanze durch die Luft, die ihm leicht geworden war, rannte durch das Sumpfland im Dämmerlicht, schrie vor Freude und Entsetzen. Dann sah er sie. Auf dieser Seite des Flusses, auf der steinigen Böschung, zwischen Schilfrohr und Gebüsch – der erste lag mit dem Gesicht im Schlamm, das Blut, das aus seinem Körper auf die umliegenden Steine rann, hatte eine schon rostfarbene Blüte gemalt. Diese dunklen Schollen, die er im schlammigen und regennassen Gras für Felsen gehalten hatte, waren in Wirklichkeit die Toten.

Tote, über deren noch nicht erstarrte Körper das Wasser des Taro schwappte und zum letztenmal die stolzen Federbüsche ihres Helmschmucks bewegte; Tote, die von toten roten Pferden erdrückt wurden, deren Harnisch und grün-violette oder silberne Schabracken, von Wasser, Schlamm und Blut durchweicht, immer noch ihre Privilegien zur Schau stellten; Tote, die von Lanzen durchbohrt waren, von Kanonen zerfetzt, von einem Morgenstern zerschmettert; Tote, mit denen niemand Erbarmen hatte; Tote zwischen ringsum verstreuten Innereien, Zähnen und Haarbüscheln; enthauptete, entstellte oder nur leicht vom Schmerz gezeichnete Tote; Tote mit verschränkten Händen für ein ungehört gebliebenes Gebet, Tote mit geöffnetem Mund für die letzte Drohung, das letzte Flehen, die letzte Beleidigung; Tote, die einander fremd waren, gemeinsam gefallene, noch miteinander verklammerte Tote, Tote mit der Lanze in der Hand oder unbewaffnet, Tote, die im Rücken getroffen und vom Gewicht des eigenen Pferdes erdrückt wurden; Tote, in deren letztem Blick noch die Überraschung liegt, der Haß, die Pein, die Verwirrung, die Angst, die unermeßliche Angst; Tote mit dem Gesicht eines Kindes, eines Wirts, eines Bauern, eines Bergmanns, eines Schreiners, eines grimmigen Berufskriegers; Tote, die gekommen sind, um im Namen ihres Herrn ein Land zu erobern, andere, die für zwanzig Soldi gekommen sind, tot die Fremden, die vor weniger als neun Monaten das Land durchquert hatten und in deren Gedächtnis sich der sonnige Sommer und die lieblichen Hügel eingeprägt hatten, tot ihre Henker, die gewaltsam in den Dörfern des lieblichen Landes ausgehoben worden waren; tot die Herren des Krieges, die auf ihren Lehen und Burgen erwartet wurden, die fünfzehnjährigen Fahnenträger, die Bogenschützen, die Gepäckdiebe und die reichen Fürsten Frankreichs, die Venezianer und die wilden Stratioten aus den albanischen Bergen – die Bulgaren, Griechen und Dalmatiner, die gekommen waren, um eine Schlacht zu kämpfen, deren Ziel sie nicht kannten, die aber beim Ruf »Tötet sie! Tötet sie!« die Zügel lockerten, den Pferden die Peitsche gaben und den Boden beben ließen – tot die Markgrafen von Mantua und die Fußsoldaten mit den großen Händen, tot die Trompeter, die Brückenbauer, die Offiziersburschen, die Sattelknechte, die Kanonenschützen, die

Feldherren und die Pagen mit den zarten Wangen … Eine riesige Steppe aus verlorenen Leben, aus Schuldigen und Unschuldigen, Opfern und Mördern – Erde zu Erde, Asche zu Asche. Erbarmen, Herr, mit ihnen und mit mir selbst, ich war – oder glaubte zu sein – nur ein Maler. Ich konnte es nicht verhindern, vielleicht es mir vorstellen.

Es regnete auf den geschwollenen Fluß, auf die Toten, die zu beerdigen erst am nächsten Morgen vielleicht jemand kommen würde, es regnete auf Enrico, der auf der Steppe aus Toten kniete, unfähig zu beten; es regnete auf das Lager der Soldaten, wo Feuer angezündet und Zelte errichtet werden, wo erjagtes Wild gegrillt wird, wo man wacht oder schläft, sich auf den nächsten Gewaltmarsch vorbereitet oder auf die nächste Verfolgungsjagd in diesem unversöhnlichen italienischen Juli – und alle sind überzeugt, gesiegt zu haben, heute, am 6. Juli am Ufer des Taro. Besiegt ist der König an dem Tag, an dem er doch endlich die große Schlacht bekam, der er durch ganz Italien nachgejagt war – verloren hat er seine Eroberungen, seinen Ruhm, seinen Traum, und er ist gezwungen, auf einem beliebigen Pferd zu fliehen, ohne Insignien, ohne Standarten, vom Regen verfolgt, fast verkleidet als einer, der er nicht ist, über Nebenstraßen, durch die Provinz dieses Landes, das ihn verführt und das die Liebe zu ihm schnell wieder verloren hat; besiegt die anderen, gespalten und geschwächt, unfähig, die unwiederbringliche Gelegenheit zu nutzen – wie oft werden sie die Hauptleute anklagen: Warum habt ihr ihn nicht gefangengenommen? Ein gefangener König ist mehr wert als ein toter König. Ja, warum haben sie ihn nicht gefangengenommen? Hat vielleicht jemand Verrat geübt? Hat vielleicht jemand es vorgezogen, sich statt auf einen König auf das reiche Gepäck und die Schätze zu stürzen, die auf dem Weg ins Herz Frankreichs waren? Besiegt auch Enrico, der heute den Krieg von nahem gesehen hat, den Krieg, von dem er über Büchern und Romanen geträumt hat, die ihn wie ein edles Spiel der Helden erzählen, in dem

Gott den Treuesten beisteht, so wurde er gemalt und bewundert auf den Wänden von Burgen und sogar von Kirchen.

Unter Tränen ging er weiter, fürchtete bei jedem Schritt, unter jenen Körpern den leichten Körper des sarazenischen Pagen zu entdecken, und jeder Haufen aus Zweigen und Laubwerk, jeder Haufen aus Schilden und Stämmen und Steinen läßt sein Herz bluten. Wie oft hatte der Page gebeten, daß er ihm die Geschichte der Jungfrau Caenis erzählte, die zum unbesiegbaren Krieger Caeneus wurde. Im Fluge werde ich aufsteigen, fuchsroter Vogel von einer Spezies, die du nie gesehen hast. Er ging durch die namenlosen Körper, mit der Angst, daß Antar darunter sein könnte, sein Page ohne Ohren, den er gesucht und verfolgt und herausgefordert und heute gefunden hat, auf diesem Feld der Ehre. Antar ist überall, in jedem Stoffetzen, den Wind und Regen aufwirbeln, in jeder Blutkruste, in jedem gefallenen weißen Pferd. Junge Freundin, die du dein Schicksal hast ändern wollen – und wenn das Leben kein Buch ist, bist du vielleicht anderswo und galoppierst mit erhobener Lanze deiner Zukunft entgegen? Regen prasselt auf die durchweichten Erdschollen, kommt in Strömen herab, überschwemmt das Land, und es regnet immer noch, es regnet und regnet …

4

… es regnet und regnet und regnet. Die Wettervorhersage für das Wochenende: *stark bewölkt und bedeckt in Nord- und Mittelitalien, mit Niederschlägen im Nordwesten, starke Regenfälle auf der Riviera di Ponente und im Piemont. Nebel fast überall, aber nicht sehr dicht. Temperaturen im Anstieg. Samstag, den 5. November 1994, geht die Sonne um 7.07 auf und um 17.06 unter.* Sätze, die er zerstreut überflog, während er nach oben blickte, um die Wolken zu erforschen, die durch den Himmel rasten, und den prasselnden Regen, der immer noch auf die Straßen peitschte. Sätze einer gewöhnlichen Wettervorhersage, der nichts anderes zu entnehmen war als die Erwartung schlechten Wetters. Die Regionalnachrichten rieten von der Benutzung der betroffenen Provinzstraßen ab. Aber die Vernissage war seit Wochen vorbereitet, und es war zu spät, um alles abzusagen. Die Gäste schwärmten schon durch die Säle.

Blondierte, dauergewellte, kahle und geglättete Köpfe – unter denen der überraschende Kopf von Arsenio Ventura auf- und untertaucht, der die Locken gebändigt hat und einen Zopf zur Schau stellt, einen dornigen Stachel, der auf seinen Schultern tanzt. Ein letzter Hauch seiner deutlich ermatteten Jugend ist diese verlogene Frisur eines Künstlers, eines demonstrierenden Studenten, des ewigen Jungen. Erfüllt vom Wahn der Allmacht: Das maßlose Interesse, das sich auf ihn gestürzt hat, ist ihm zu Kopf gestiegen. Er hält hof. Er frohlockt, strahlt ein tückisches Lächeln aus. Er ist gekommen, um den Applaus entgegenzunehmen. Die Säle sind brechend voll. Ein unbeschreibliches Gedränge. Er windet sich zwischen vom Schicksal gestraften Trägern schlapper, feuchter Hände, zwischen unechten Küssen, konventionellem Lächeln und Verbeugungen hindurch. Überall ertönt das Wort Ventura! Der als Joker gekleidete Kellner hüpft mit einer überraschenden Pirouette zur Seite, und sie stehen einander in wenigen Metern Entfernung gegenüber. Ein Leuchten flammt in seinen Augen auf, sein Mund dehnt sich zu einem Lächeln. Er schafft es nicht schnell genug, einen Schritt in ihre Richtung zu tun, da flattert sie schon davon und dreht ihm den Rücken zu. Wirklich schlimm, so etwas habe ich noch nie gesehen, fährt die Baronin Serbi fort, die Präsidentin der regionalen Delegation der FAI. Sie aber hat den Faden verloren und begreift nicht mehr, worüber sie spricht. Ach so, vom schlechten Wetter. Von diesem unnatürlichen Regen. Man spricht von nichts anderem, heute abend. Das bringt Glück für die Eröffnung, kommentiert der Ehemann: nasse Braut, glückliche Braut. Wer heiratet? Du, Luisa? mischt sich der arthritische Rubbiera ein, nimmt sie beim Arm und zieht sie zum Buffet, wo vorgekostete, aber dennoch besorgniserregende Renaissancegerichte angeboten werden. Probieren geht über Studieren.

Gemästete Drosseln, Forelle mit Mandeln gefüllt und mit Rosinen und Aniszucker überstreut, mit Ingwer und Kaneel farcierter Fasan, Turteltaubeninnereien, Pfauenbraten mit Nelken und Vanille, gepfefferte Mandeln, Geschlinge von Tauben mit Leber, Milz, Herz und Lunge, Birnen mit Safran, überbackener Quark, Marzipan. Luisa hat nichts davon probiert, aber nicht aus Mangel an Neugier. Sondern weil ihr Magen wie in einem Krampf verschlossen ist. Man mußte sich paarweise präsentieren: Die Singles hatten sich eine Begleiterin oder einen Begleiter suchen müssen. Um denselben Teller und dieselbe Tasse zu benutzen, wie man es jetzt anscheinend tat. Doch sie ist allein gekommen. Die Kellner (deren Renaissancekostüme wohl bei einem Theaterfundus ausgeliehen waren, denn sie verströmten einen unverwechselbaren muffigen Geruch) servierten Magenbitter. Sie heiratet also endlich wieder. Wer ist der Glückliche, wenn ich fragen darf? Sie hat nicht die Kraft, es zu bestreiten, zu erklären, daß es ein Mißverständnis war. Sie hat nicht die Kraft, um Konversation zu machen und gesellig zu sein, aber auch nicht, um sich den ganzen Abend zu verstecken und Arsenio Ventura aus dem Weg zu gehen. Sie nickt zerstreut und folgt aus reiner Trägheit Rubbiera, der sie zu dem kleinen Orchester führt. Sechs junge Leute vom Konservatorium, bewaffnet mit Laute, Viola, Harfe und Schlagzither, gekleidet wie in den neunziger Jahren des 15. Jahrhunderts, mit enganliegenden Samthosen und der gepolsterten Muschel, die

die peinliche Wölbung des Geschlechts versteckt. Sie fragt sich beklommen, wer wohl die Idee hatte, die Vernissage in eine Maskerade zu verwandeln. Jemand, der die Atmosphäre von damals erschaffen wollte. Als reichten ein paar qualmende große Kerzen, ein paar vibrierende Klänge und ein paar Stoffetzen, um eine verflogene Welt zurückzuholen.

Neun Monate nach dem vorgesehenen Übergabetermin, nach Beendigung der Restaurierungsarbeiten, hatte die Firma die Burg von Bastia del Garbo dem italienischen Staat übergeben, dem Dragos Erben sie vermacht hatten, damit er guten Gebrauch davon mache. Die Beamten des Kultusministeriums diskutierten darüber, ob sie einmal im Monat oder einmal im Jahr für das Publikum geöffnet werden sollte und was in der übrigen Zeit mit der Burg geschehen sollte: ein Forschungszentrum, ein Museum, eine Schmiede zeitgenössischer Kunst? Es schien, als sei sie, Luisa, jahrhundertelang abwesend gewesen, dabei war es gerade erst ein Jahr her, seit sie fortgegangen war. Die Rückkehr in die Räume, in denen sie gelebt hatte, löste einen schmerzhaften Strom der Erinnerungen aus. Überall waren Spuren ihrer Vergangenheit – Überbleibsel von Drago, Trümmer der mit Arsenio gelebten Tage. Das Baltuszimmer war die Schatztruhe ihrer gemeinsamen Vergangenheit und hatte die darin gefangenen Schatten gehütet.

Arsenio hält den Weinkelch in der rechten Hand und belehrt eine Schar großzügiger Dienerinnen der schönen Künste, Mitglieder archäologischer Gesellschaften, lokale Gelehrte, angesehene Journalisten der Kulturredaktionen der Zeitungen, Freimaurer, Mäzene, Prinzessinnen, Kunsthistoriker, Politiker, Galeristen, aufstrebende Künstler und Universitätsprofessoren, die sich bis hierher bequemt haben. Er erträgt alles stoisch. Die Musik, den Muff, die Maskerade, Luisa Sanacore, die ihm Blicke eisiger Verachtung zuwirft, die Perücke des Rektors, ein paar krizia- und pradagestylte Hühner. Er führt einen seiner typischen teuren Anzüge im Knitterlook vor, dazu eine chaotische blaue Krawatte voller Spritzer und Kritzeleien, wie ein Bild von Pollock. Wie seltsam, sie hatte ihn anders in Erinnerung. Vielleicht hatte ihr Gedächtnis ein mystifiziertes oder durch die Gefühle versüßtes Gesicht bewahrt, vielleicht aber hatte er sich im Laufe der Jahre wirklich verändert: Seine Züge sind schlaffer geworden, seine Gestik ist fahrig, seine Anzüge haben Farben, die sie sich nie hätte träumen lassen, und unmögliche Muster. Sie hatte ihn athletisch und hager in Erinnerung, und jetzt findet sie ihn kurzatmig und unangenehm fleischig. Aber er ist von Frauen umgeben, wie immer. Von den jüngsten. Von den ältesten. Den letzteren macht er Komplimente und zwinkert den ersteren zu. Arme Azra. Wer weiß, wo er sie versteckt hat. Alle wissen, daß er mit ihr gekommen ist. Es scheint, er habe sie im Hotel eingeschlossen. Sie sind vor fast einem Monat gekommen. Er zeigt sie niemandem. Er sagt allen, daß er allein hier sei. Azra ... sie hätte Lust, sie wiederzusehen, aber das wäre keine gute Idee. Er unterbricht sich plötzlich und dreht sich blitzartig um, fängt ihren Blick auf. Er hat bemerkt, daß ich ihn ansah, und hat gelächelt. Sein Lächeln hat sich nicht verändert. Einnehmend. Frech. Als wäre nichts geschehen. Als hätte sie nicht von Fremden erfahren müssen, daß er nach Amerika gegangen war. Er hat nicht einmal den Mut gehabt, sie anzurufen, ihr einen Brief zu schreiben. Eine Nachricht, ein paar Zeilen. Nichts, absolut nichts. Er war nicht einmal gekommen, um seine Sachen abzuholen. Er hatte den Kamm, die Seife, die Zahnbürste, auch den elektrischen Rasierapparat bei ihr gelassen. Monatelang hat sie den Rasierapparat angeschaltet, weil jenes Geräusch, jenes Geräusch ... Sie wußte, daß sie ihn hier treffen würde. Deshalb hatte sie überlegt, nicht zu kommen und die Einladung des Amts für Denkmalpflege auszuschlagen. Doch im Grunde hat es keinerlei Bedeutung. Sie mußte dabeisein – wegen des Freskos, für Drago, für sich selbst. All dies war einmal wichtig gewesen. Aber zu viele unausgesprochene Dinge liegen zwischen ihnen, und seit sie den Mantel im Vestibül abgegeben hat, vermeidet sie sorgfältig, ihm zu begegnen.

Schrille Renaissancemusik. Zwei Jungfrauen stürzen sich in gefällige Verbeugungen, die in einen Hüpfer münden. Aufgewühlt vom Alkohol, mit den schweren Speisen im Magen, diskutieren die Gäste besorgt über die Situation. Wäre es nicht besser, wenn wir alle nach Hause gingen? Es ist ein Wolkenbruch. Ein echter Wolkenbruch. Luisa hält sich abseits, malträtiert ihren Ring. Sie dreht ihn und dreht ihn, läßt ihn über den Finger rutschen. Die Stimmen werden immer lauter und immer verzerrter. Jemand spricht mehrfach nacheinander die Namen FILIPPINO LIPPI SODOMA PINTURICCHIO aus. In der Nähe von FilippinoLippiSodomaPinturicchio. In der Nähe von. Der Meister. Während sie versucht, durch die Tür zu schlüpfen, läuft sie dem heiseren Monsignor Grassini in die Arme. So, Sie sind also Guidos Tochter: Ich kenne ihn gut, Ihren Vater. Und Guido hat also wieder geheiratet und hat zwei Kinder. Sie versucht, sich von dem wortreichen, monsunartigen Geschwätz des Aufdringlings zu befreien, der nach Safran und Verdauungsschwierigkeiten riecht. Wir haben kein gutes Verhältnis zueinander – schneidet sie ihm das Wort ab und legt ihm freiwillig das Schlechteste der Sanacore auf den Tisch –, ehrlich gesagt, wir hassen uns und sprechen seit fünfzehn Jahren nicht mehr miteinander.

Am anderen Ende des Raums greift sich Arsenio ein Glas vom Tablett. Er leert es in einem Zug, und der Inhalt hinterläßt einen schalen Nachgeschmack im Mund. Er hat zuviel getrunken. Die piemontesischen Weine hauen dich um. Er muß dem mit etwas Salzgebäck abhelfen. Von wegen, kein Salzgebäck, nur Pfauenbraten. Sein Kopf ist leer. Nervös, ja. Er ist seltsamerweise nervös. Es wird ihre Anwesenheit sein. Er wollte unbedingt, daß sie kam. Er wollte sie mit ihr sehen, die Malereien. Auch der Meister hätte sie mit der Person sehen wollen, die ihm die Kraft gegeben hatte, sie zu entwerfen, eher als mit dem, der sie ihm bezahlt hatte. Die Maler lassen niemanden in ihre geheimen Werkstätten, sondern feiern mit ihren Freunden und Frauen das Ende der Arbeiten. Und trotz der »heftigen unwetterartigen Niederschläge« ist Sanacore gekommen, in einer elektrisch aufgeladenen Atmosphäre von Gewitter und Meteoren – erinnerst du dich, Luisa, wieviel Zeit vergangen ist? Drei Jahre, vier Wände, neunzig Figuren, hundertsechzig Quadratmeter Farbe... Und sie ist dort hinten, orientierungslos, und wickelt sich eine Haarsträhne um den Finger. Das erste, was ihm auffiel, als sie plötzlich im Saal erschien: der Rollkragenpulli aus Kaschmir – mit kurzen Ärmeln! Also ist es vielleicht wahr, daß. Er kann den Blick nicht von ihr wenden. Wer weiß, wo sie die Schuhe kauft. Sie muß eine Pythonschlange zertreten haben, und die schuppige Haut ist an ihren Absätzen hängengeblieben. Ein Samtrock, lang, bis auf die Knöchel. Hauteng, zeichnet die Flanken und alles andere ab. Alles andere! Keine Handschuhe. Ihre langen schmalen Finger, die die unschuldigen Haare malträtieren. Was könnte er zu ihr sagen, um das Eis zu brechen? Wo anfangen? Beim Wetter? Bei der Gesundheit? Du siehst gut aus. Wirklich gut. Aber wie kann man so etwas sagen. Die Worte würden überflüssig, speichelleckerisch, ja sogar schädlich klingen. Er wendet den Blick von Luisa, und die Furcht befällt ihn, daß, abgesehen von einigen gemeinsamen Erinnerungen – die jetzt noch glühend und strahlend sind, mit der Zeit aber immer matter würden –, sie nichts mehr verbindet und daß sich ein Abgrund aus Fremdheit zwischen ihnen aufgetan hat.

Das Baltuszimmer ist fertig. Nachdem alle Übermalungen und der Staub abgenommen und die Risse geschlossen sind, hat das Fresko seine lebhaften Farben wiedergefunden, seine Lichter, seine Schatten, sein Gold und seine Horizonte: Es ist ein barbarisches und musikalisches Delirium aus Körpern, Landschaften und Städten, die das Auge herausfordern, sich in den offenen Hintergründen zu verlieren, in der Ferne zu versinken. Ein Delirium aus Farben, in dem sein Schöpfer eine Anthologie alles Existierenden hatte schaffen wollen. Alles zu malen, nicht um es zu imitieren, sondern um es zu besitzen. Auch wenn sich die Enzyklopädie des Lebens, die der Meister auf die vier Wände bannen wollte, sich schließlich als unerschöpflich erwiesen hatte und im Zustand der Hypothese stehengeblieben war: Die Restauratoren hatten nur die Ablagerungen und die Leere herausarbeiten können, die jene Körper, Blumen, Bäume, jene entworfenen und entschwundenen Figuren hinterlassen hatten. Sie hätten die Gerüste abbauen müssen, die das Zimmer verstellten, aber man hatte sie für die Besucher stehengelassen. Fresken haben den Nachteil, daß sie nicht in Augenhöhe und im richtigen Licht an die Wände eines Museums gehängt werden können, wo man sie bequem betrachten kann, und auch eine Ansichtskarte eignet sich nicht. Die Fresken klettern in schwindelerregende Höhen, berühren die Decken, sind eingekeilt zwischen Wänden, verschwimmen dort, wohin ihnen das Auge nicht folgen kann: Auch sie scheinen zu fliehen, wie die Figuren, die in den hölzernen Himmeln über ihnen verdunsten, und es ist unmöglich, sie alle zugleich zu erfassen. Es bleibt nichts übrig als zu rotieren, sich in der Mitte des Zimmers um sich selbst zu drehen oder sie wie ein Buch zu lesen: von links nach rechts, langsam – und immer wieder von vorn.

Darf ich dir beim Hochsteigen helfen, Luisa? Er reicht ihr seine Hand. Danke, ich kann das allein. Das Hochklettern wird durch den engen Rock erschwert. Doch schließlich gelingt es ihr, auf das Gerüst zu gelangen, und er kommt ihr mühelos nach: Er scheint ihr etwas sagen zu wollen, aber man sieht, daß er die Worte nicht findet, denn er verharrt im Schweigen, mit einem unentschlossenen Ausdruck auf den Lippen. Seltsamerweise ist er an diesem so lange erwarteten Abend wie entladen, leergepumpt. Wenn er eine Arbeit begann, wußte er immer, daß er sich auf eine mehrjährige Reise begab, die mit einem allmählich nachlassenden Enthusiasmus unternommen wurde, von Fallen, erzwungenen Stockungen, Kämpfen mit der Materie und mit sich selbst gesäumt war und sich am Ende oft auf eine kalkulierte Routine reduzierte: Deshalb wußte er bei Beginn einer Gutachtertätigkeit nie, ob der Tag, an dem er sie abschließen würde, für ihn ein Tag der Befreiung oder des Triumphes sein würde. In diesem Fall war es beides. Freude darüber, daß er etwas vollendet hatte; Melancholie, weil er sich von einem Werk trennen mußte, dem er Jahre seines Lebens gewidmet hatte – und dessen Figuren und Farben, Gespenster und Hypothesen vertraut geworden waren; Bitterkeit, weil er die Arbeit vielleicht hätte besser machen können; und Befriedigung, weil er auf jeden Fall alles gegeben hatte, was er zu geben hatte. Monate und Jahre der Schlachten, des Nachdenkens, der Zweifel, der manchmal schmerzlichen Entscheidungen: Denn in dieser Auseinandersetzung zwischen den verschiedenen Geisteshaltungen, zwischen Vernunft und Gefühl liegt die Tragik der Kunst – und die seine.

Die Besucher strömen immer noch auf die Bretter. Die zuerst Gekommenen verweilen vor dem Fresko, andere drängen nach, die Stangenkonstruktion schwankt, es wird eng. Arsenio wird gegen Luisa gedrängt und sie gegen das Gestänge, und alle beide fast gegen die Wand. Wenn sie allein wären, würde sie ihn vielleicht ohrfeigen und mit ihren Beschimpfungen überhäufen. Wie oft hat sie sich welche ausgedacht und sie niemandem entgegengeschrien – vielleicht sich selbst. Bis sie es sogar müde war, sich den kindlichen Moment der Rache, der Genugtuung vorzustellen, bis sie auch die Verzweiflung und den Schmerz aufgebraucht hatte, und jetzt ist in ihr nur ein Schatten geblieben, wie ein Riß. Auf dem Gerüst entbrennen Diskussionen. Jeder will seine eigene überflüssige Meinung zum Ausdruck bringen. Die einen sehen Affinitäten mit Antoniazzo Romano, andere mit Piero di Cosimo, andere wieder mit Neroccio de Landi oder Bartolomeo della Gatta – ein Karussell aus Namen und immer unwahrscheinlicheren Hypothesen. Sie kann es nicht einmal ansehen, das Fresko. Sie ist so verwirrt. Wuchernde Szenen, auf denen sie heute abend den Blick einfach nicht festhalten kann. Spanzotti, Jacquerio, Macrino d'Alba, Gandolfino da Roreto. Was haben die jetzt damit zu tun? Nichts, vielleicht: Doktor Ventura? ruft von unten der Photograph. Ein Schnappschuß für den Katalog. Er lehnt sich über das Gestänge, und da sie zurückweichen will, hält er sie fest und legt ihr einen Arm um die Taille. Klick. Noch ein Photo. Er stellt sich dem Ritus gern zur Verfügung. Ja, es gefällt ihm. Es ist sein großer Tag.

Du bist sehr photogen, Arsenio, lobt sie ihn stichelnd. Schade, daß du völlig unnatürlich bist. Du setzt dich in Pose. Ich habe das Photo gesehen, das du den Zeitungen überlassen hast. Das Kinn auf die Hand gestützt – wie der *Denker*. Gräßlich, laß dir das sagen. Guck doch nur mal, wie du dich anziehst. Was ist das, eine Krawatte, oder hat dir jemand aufs Hemd gekotzt? Er geht auf die Provokation nicht ein und auch nicht auf die Beschimpfungen. Im Gegenteil, er lächelt, erleichtert, weil sie plötzlich miteinander reden, mit der Natürlichkeit und der Vertrautheit von jeher – zankend, wie früher. Nebeneinander, neun Meter über dem Fußboden, auf den Brettern des Gerüsts, umrahmt von Blüten und gewundenen Efeuzweigen, von vertrockneten Spinnen, Heroen und Heroinen, im gekühlten Baltuszimmer, mit elektronischer Klimaanlage, hoch oben über dem Zimmer und der Welt, weit weg von der Welt und von allem anderen, sind sie selbst zu Figuren auf der Flucht geworden, auf einem leuchtenden Putz – festgenagelt an der Mauer, gefangen in einer einzigen Geste. Warum habe ich sie nicht gebeten nachzukommen? Sie wäre mir gefolgt. Ich war dazu nicht in der Lage. Ich wollte das Risiko nicht eingehen. Ich habe die halbe Welt durchquert, um vor ihr zu fliehen, und die andere Hälfte, um sie wiederzufinden. Mit dem Ergebnis, daß ich ihr weder entkommen bin noch sie gefunden habe – im Gegenteil, jetzt habe ich sie endgültig verloren. Er kann den wahren Grund nicht fassen, aus dem all dies geschehen ist. Es muß eine Verknüpfung widriger, seinen Wünschen widersprechender Begebenheiten gewesen sein – als wären sie in einem Traum geschehen, deren Ablauf er nicht ändern konnte, oder in einem Buch, das ein anderer geschrieben hatte und dessen Handlung ihn enttäuschte, so daß ihm nur die Wahl blieb, das Buch beiseite zu legen oder sich mit jenem Finale zufriedenzugeben. Als seien – oder seien gewesen – auf den Wänden des Baltuszimmers alle, die eine Bedeutung für seine Gegenwart und auch für seine Vergangenheit haben. Alle waren da, und sie beide waren die einzigen, die keine gemeinsame Szene hatten. Sie waren dazu bestimmt, sich auf der gleichen Wand gegenüberzustehen, in den gleichen Farben – und sich auch anzusehen, getrennt durch große, in neutralem Farbton ergänzte Fehlstellen –, und sich nie treffen zu können.

Ich habe dich überall gesucht – sagt er in einem zerknirschten Ton, der ihr sofort falsch, übertrieben vorkommt. Er vertieft sich darin, Luisas zu einer unnormalen

Härte verzogenes Gesicht zu durchforschen, und lächelt sie an: Es ist ein vages Lächeln, ein bißchen nachdenklich, weil es ihm nicht gelingt, sich vorzustellen, was sie denkt. Im Ernst. Ich wußte nicht, wo du warst, niemand konnte mir sagen, wo du gelandet warst. Ich wollte dich einfach wiedersehen. Und warum? Sie bewegt ihren Ellenbogen, um ihn abzuschütteln, aber das Prinzip der Undurchdringbarkeit der Körper ist nach wie vor gültig, und sie kann sich keinen Schritt von ihm entfernen. Bist du noch böse auf mich? Das ist nicht der richtige Ausdruck. Das kann man doch nicht so banalisieren. Böse! Ich liebte dich, du Arschloch. Ich habe dich wirklich geliebt. Sie werden auf den Brettern weitergedrängt und starren auf die durch die Scheinwerfer entweihten Figuren auf der Wand – die aus einem jahrhundertelangen Schweigen erwacht sind, um sich jetzt allen zu zeigen. Unbekannte, die in ihrem Nacken atmen, Tritte gegen das Schienbein, Ellenbogenstöße in die Seite, aufdringliche Füße, Körperkontakt, kantige Knochen, erhitzte Gesichter, hoch oben über dem Boden, Arsenio steht eng an sie gepreßt, während er gegen den Schwindel kämpft: Er hat die Schwelle der Freundlichkeit schon weit überschritten. Aber ihm kommt die Situation günstig vor, und er insistiert. Wo hast du dich versteckt? Ich habe dich wirklich gesucht, ich habe alle nach dir gefragt. Ich habe sogar deine Schwester angerufen. Tatsächlich? Ach komm, Unsinn. Das ist nicht der richtige Moment, um so eine Rede aufzutischen. Die Gerüste schwanken unter dem Gewicht der Besucher. Es gelingt ihr, durch eine unerwartete Lücke zu schlüpfen, sie gleitet zum anderen Ende des Gerüsts und erreicht unter Schwierigkeiten und mit Hilfe des bemühten Aufsehers den Boden. Dringendes, unwiderstehliches Verlangen nach einer Zigarette.

Sie steckt sich eine Chesterfield an. Natürlich darf im Baltuszimmer nicht geraucht werden, deshalb öffnet sie das Fenster und lehnt sich hinaus. Sie stützt sich mit den Ellenbogen auf die Fensterbank und bläst den Rauch in den Nebel, in die Dunkelheit. Es regnet. Regnet. Regnet. Sie durchforscht die Straße, dort unten. Du solltest mit dem Rauchen aufhören, weißt du? sagt Arsenio, der sich an dasselbe Fenster lehnt. Rauchen schadet der Gesundheit. So viele Dinge schaden der Gesundheit. Mir hast du geschadet, mehr als alles andere. Aber das sagt sie ihm natürlich nicht. Ringsum lebhaftes Geplauder, ein Wespennest aus Stimmen, die einander nachjagen und überlagern, nur sie beide haben sich nichts zu sagen. Gib mir eine Zigarette, komm. Sie ist überrascht und reicht ihm die Zigarette, die sie gerade raucht. So bleiben sie schweigend stehen und starren auf die in der Dunkelheit leuchtende Glut und auf den Regen. Es ist ein seltsamer und trauriger Abend. Vielleicht ist es wegen des Wolkenbruchs, vielleicht wegen des bizarren und kalten Lichts der Scheinwerfer, vielleicht wegen ihres gemeinsamen Wissens darum, daß sie sich nie wieder dort treffen werden, wo sie sich verloren haben.

Die Besucher steigen unter Knarren von den Gerüsten herab. Mit ihnen verfliegt ein Geruch von Pelz, Mottenkugeln und weiblichen Düften. Auf dem Programm steht eine Rede. Der Denkmalpfleger, der Restaurator und Professor Ventura werden die Geheimnisse des Freskos lüften. Grüppchenweise begeben sich die Gäste gefügig ins Nebenzimmer. Die Stühle füllen sich, die Techniker hantieren mit den Mikrophonen, dem Lautsprecher, dem Diaprojektor. Aber er rührt sich nicht. Er zieht an Luisas Chesterfield, preßt die feuchte Zigarette zwischen die Lippen, folgt mit dem Blick den Rauchschwaden, betrachtet den Platzregen – und auch sie. Das Funkeln ihrer dunkelgescheckten, kastanienbraunen Augen, die geschwungene Linie ihres Mundes, mit einem zartrosa Lippenstift nachgezogen. Den perlmuttfarbenen Nagellack. Am Ringfinger glänzt ein goldener Ring. Jemand löscht die Scheinwerfer, dämpft die Lampen, schaltet die Elektrizität aus, und das Zimmer fällt in Dunkelheit. Alles ist bewegungslos. Holzbretter, Stahlbalken, Leitern, die bald abgebaut werden. Ein in den Kamin geworfenes Knäuel Isolierkabel. Alles steht kurz vor dem Ende. Vielleicht wird er sie wirklich nicht wiedersehen, und diese – so melancholische und unvollendete – Begegnung ist wirklich ihre letzte. Ach, wenn er die Rede nicht halten müßte, würde er zu ihr sagen, daß sie gehen sollten, sofort. Irgendwohin. In irgendeiner Lichtung parken, sie an sich drücken, vom Regen, der über das Blech rinnt, in den Schlaf gesungen. Luisa Sanacore. Bist du mit dem 2 CV hier? fragt er. Ja, antwortet sie. Kann ich mit dir kommen, nachher? Da, er hat es gesagt. Er hatte es nicht so geplant, nicht sofort, aber er hat es gesagt. Aber ich fahre nirgendwohin, wendet sie erstaunt ein. Ich komme trotzdem mit dir, Luisa. Zu dir nach Haus. Aber ich habe kein Haus, das habe ich dir doch gesagt. Ich bin vor zwei Wochen aus der Klinik gekommen.

Sechs Monate – auf den Tag genau. Keine Telephonanrufe, keine Besuche, keine Briefe, als einzig erlaubtes Laster: Zigaretten, Radio, Schreibpapier. Wie Hausarrest. Sie war schon ’83 da gewesen, ’86 und ’88. Die Zyklen der Geschichte. Im selben Zimmer, in der Nr. 9 im ersten Stock, zum englischen Rasen hin. Hinter dem Fenster die erholsame Landschaft, auf die sie auch in den Momenten der Depression, der Trostlosigkeit – der Kapitulation – den Blick heften konnte. Jedesmal die gleichen Rituale, das gleiche Warten, die gleiche Hölle. Dieses Gefühl der Leere, ihr umhertappender Körper, die Trägheit der immergleichen Stunden, die Gedanken, die, von jedem Zweck gelöst, im Nichts umherschweifen. In der Unwirklichkeit der Schlafmittel, in der Paranoia der Entwöhnung durchlebt sie noch einmal alle Abhängigkeiten, denen irgend jemand sie entrissen hat. Mit der Zeit hat sie begriffen, daß man ohne alles auskommt – und ohne alle. Auch ohne sich selbst. Im Verlauf der Jahre ändert sich nichts in ihr drinnen, die Verwandlung ist draußen. In den Dingen, in den anderen. Es wechseln die Krankenschwestern, es wechseln die Einrichtungen, auch die Techniken. Jetzt gibt es, wenn man zustimmt, auch Akupunktur. Sie stimmte zu und verbrachte Stunden auf der Couch, gespickt mit Nadeln auf ihren Körpermeridianen – auf der Suche nach einer endgültigen Anästhesie, die sie dem Schmerz, dem Denken, der Welt zu entziehen vermocht hätte. Auch der Psychologe ist ein anderer, die Mannschaft der Therapeuten – sogar der Oberarzt. Nur die Putzfrau im ersten Stock ist noch dieselbe. Sie heißt Solveig und erinnert sie an ihre Kinderfrau. Sie hätte sie gern gebeten, in ihr Zimmer zu kommen, damit sie den Kopf auf ihre dicken, krampfadrigen Beine legen und so einschlafen könnte. Aber wer weiß, was jene Frau gedacht hätte, und sie hat sie nie darum gebeten. Signora Sanacore – hat der Psychologe zu ihr gesagt, als sie zum letzten Gespräch kam –, heute sage ich Ihnen etwas Kontraproduktives für uns. Versuchen Sie, unsere Adresse zu vergessen. Versprechen Sie mir das? Ich verspreche nie etwas, hat sie geantwortet. Es funktioniert nicht, es funktioniert nie. Dieses Mal hat sie ein scharlachrotes Kreuz auf den Kalender gemacht. Beim letzten Mal war es der 28. April gewesen. Das ist eine lange, lange Zeit. Zu lange. Ihr war, als würde sie sterben, anstatt neu und besser geboren zu werden. Sie ist dieselbe wie vorher, außerdem noch ohne das, was sie am meisten liebt auf der Welt. Und was bleibt? Sie hatte vollkommene Tage erlebt. Was auch immer sie ihr sagen mögen, was auch immer sie selbst aus ihrem Leben machen will, das wird sich nicht ändern. Sie können ihr das Gehirn verpflanzen, doch das wird sie immer denken. Sie denkt es auch jetzt. Es ist nicht zu Ende. Es ist wie eine Pause.

Eine Unterbrechung. Ein Sprung. Ein Intervall zwischen einem Ende und einem neuen Anfang. Es ist wie mit gewissen Lieben. Wenn man sie mit illusionslosen Augen betrachten könnte, schiene es unmöglich, daß man ihnen so viel Bedeutung beigemessen hat. Aber wenn wir sie mit unseren durch Angst, Enttäuschung und Einsamkeit verschleierten Augen betrachten, dann dauern sie ewig. Unser Körper, unsere Vernunft, etwas in uns ist immer bereit, in der Hoffnung auf das Beste das Schlimmste zu verzeihen und das Schlechte im Tausch gegen das wenige Gute, das daraus hervorgehen wird. Selbst wenn es nur eine einzige bessere Stunde, nur ein besserer Augenblick wäre. Arsenio schnippt die Zigarette in die Dunkelheit, und einen Moment lang folgen sie mit dem Blick der glühenden Flugbahn des Stummels, der in Richtung Tanaro segelt. Plötzlich umarmt er sie. Er drückt sie kräftig an sich, legt seine Lippen auf ihre Schulter. Es ist eine freundschaftliche und hoffnungsvolle Umarmung. Das keusche Vorspiel eines Kusses. Er hat sich überhaupt nicht verändert. Ausflüchte, Küsse und Lügen. So löst er alles.

Professor Ventura? Verwirrt und unschlüssig spricht ihn die Sekretärin an. Ähh, es ist alles vorbereitet. Man wartet nur auf Sie, um zu beginnen. Wenn Sie dann kommen wollen... Ich komme sofort – knurrt er genervt. Blöde Ziege, konntest du nicht eine Minute länger warten? Wer weiß, ob ich noch eine Gelegenheit haben werde. Ich war im Begriff, sie zu küssen, ich war. Alles hatte sich gegen ihn verschworen. Das leere Zimmer, unser Fresko, die Gefühle, die Vergebung. Wer weiß, was sie damit sagen wollte, mit dieser Geschichte vom Schlechteren und Besseren. Vielleicht, daß mir eine zweite Chance gegeben wird. Es ist nicht zu Ende. Ich fühle es. Die Tage, die sie die vollkommenen Tage nennt, hat sie mit mir geteilt. Das Blatt wenden: Das haben wir beide geschafft, mit viel Mühe – aber wir sind hier, immer noch. Er löst sich widerwillig aus der Umarmung, bereitet sein Gesicht auf den öffentlichen Auftritt vor, der ihn erwartet. Sie strahlt ein Lächeln aus, das er nie vergessen wird, richtet ihm den Jackenkragen und zieht ihm den Knoten der Krawatte nach.

5

Ich war immer von dem Gedanken besessen, daß auch Kunstwerke sterben müssen. Daß ihr Verweilen in der Zeit provisorisch ist. Ja, und genau das war es. Dieses üppige Kunstwerk, das der Maler begonnen hatte, indem er es mit einem stolzen Fries umrahmte, vermittelt ein dekadentes, besitzergreifendes Gefühl des Todes: diese Verherrlichung des Lebens, der heftigen und freizügigen Lieben ist im Grunde eine Elegie auf die Vergänglichkeit des Lebens, der Macht, der Schönheit, und auch auf die Zerbrechlichkeit des Künstlers. Wenn der Lockenkopf des Mannes, der am Ufer des Meeres gestrandet ist, Orpheus gehört, so wird seine Ermordung nicht beschrieben, das Verbrechen ist schon geschehen – und seine Leier ist in den Wellen versunken.

Jemand hat das Fresko gewollt, jemand hat es gefunden, der Meister hat es ersonnen und gemalt, ich müßte seine Zitate entziffern, die Huldigungen erschließen, das Arsenal seiner Werkstatt aufdecken, sehen, was er gesehen hat, und seine Erinnerungen in Erinnerung rufen. Sie haben vorhin gesehen, welche Mythen der Meister zu malen beschlossen hat. Farbenwechselnde und unmögliche Identitäten, Verrat, Täuschung, Verlassen, Mißbrauch, Zufall, Schicksal, göttliche Strafen, Leiden und Tod. Die goldenen Fäden des Spinnengewebes verbinden die Frau aus Marmor, die verlorene Frau und die Einsamkeit des Königs, den jungfräulichen Soldaten, die Kentauren und die Krieger, das Gelingen und die Niederlage, die Stadt und die Ruine, die Kunst und das Leben und die Schiffbrüchigen im Sumpf.

Offene Fragen habe ich noch viele. Mit Gewißheit kann ich sagen, daß der Meister das Fresko von oben begonnen hat und daß er als erstes die Ornamente gemalt hat, dann die Figuren, als letztes den Sockel; unklar ist dagegen, ob das Fresko vollendet wurde. Die wissenschaftlichen Analysen zeigen, daß einige Figuren durch Zeit und Gewalttaten des Menschen ausgelöscht wurden, daß einige Szenen jetzt unlesbar und einige Geschichten verlorengegangen sind: Doch andere sind nie gemalt oder nie vollendet worden. Ich glaube, daß der Meister nach Bastia zurückgekehrt ist und die Arbeit wiederaufgenommen hat: Aber am Ende hat er sie abgebrochen. Er konnte oder wollte dieses Werk nicht abschließen. Vielleicht, weil man nicht abschließen kann, was dazu bestimmt ist, offen zu bleiben. Meine Schlußfolgerung ist sehr einfach: Der Meister hat die Metamorphosen malen wollen.

Sie werden sagen, daß die große Zeit der Metamorphosen-Malerei im 16. Jahrhundert begonnen hat. Ich werde Ihnen antworten, daß Ovids Buch zu allen Zeiten verbreitet war, und auch im abseits gelegenen Kastell Bastia del Garbo konnte es ein Exemplar gegeben haben. Solch ein Erfolgsbuch konnte jeder besitzen, in jeder Form, eine Luxusausgabe, eine volkstümliche Ausgabe, eine lateinische. 1470 druckte eine typographische Anstalt in Mondovì die Heroides und die Episteln, die Amores und die Ars amandi. Vielleicht auch die Metamorphosen. 1497 wurden schon illustrierte Ausgaben in Vulgärlatein gedruckt.

Ein Kompendium der klassischen Mythologie, eine märchenhafte Galerie aus Spiegeln und Wandlungen, Archetyp des Romans und seine Negation. Poem, Enzyklopädie, Kaleidoskop – in den Metamorphosen verflechten und überlagern sich zu einem unentwirrbaren Knäuel Phantasie und Philosophie, Rhetorik und Epik, Weisheit und Leichtigkeit, Geschichte und Erotik. Der Streit über die Authentizität der philosophischen Auffassungen des Autors wurde nie gelöst. Ich habe mir diese Frage nicht gestellt. Ich war immer der Auffassung, daß einer, der flucht, ein bewegendes Gebet schreiben oder die verzehrendste jungfräuliche Madonna malen kann – und der frommste Mönch vielleicht die kälteste und lebloseste.

Zur Zeit des Meisters wurden die Metamorphosen von vielen als eine zweite Bibel angesehen: Denn auch in diesem Buch werden Unschuldige von Vätern geopfert, auch hier gibt es den Turm von Babel der rebellischen Giganten, die versuchen, zum Himmel aufzusteigen, und die Sintflut. Einige deuten die heidnischen Mythen in christlicher Lesart: Die Sintflut ist die Vertreibung aus dem Paradies, der Beginn eines Weges zu Gott durch die Wechselfälle der Erlösung. Kurzum, eine weltliche Bibel. Ich finde keinen großen Gefallen daran, über die Bedeutungen zu reden. Ich liebe die Gemälde, die sich für immer hinter ihren verlorenen Deutungsschlüsseln verstecken. Die, die niemals Gefangene ihrer Bedeutung werden. Deshalb ist mir die Renaissance am liebsten, mit ihren Gemälden, die eifersüchtig ihr Geheimnis hüten. Es sind Bilder ohne Titel, die mir immer wie Kommentare vorkamen, mit denen sie nur eine vage Verbindung haben und die sie oft vernichten. Ich träume von Welten, die nichts anderes bedeuten als sich selbst, die keine Kopie der unsrigen sind. Die Metamorphosen sind nur ein Buch. Ein unendliches Reservoir von Geschichten und Verwandlungen, Triumph der Imagination, Verherrlichung der schöpferischen und innovativen Kraft der Kunst, offen für die Geschichte der eigenen Zeit, deren Hoffnungen und Verblendungen sie widerspiegelt.

Ein letzter Punkt noch. Ich habe nicht herausgefunden, wo zu Tristanos Zeiten die Tür des Baltuszimmers war. Ich frage mich, wo der Beginn und wo das Ende des Freskos ist. Die Metamorphosen haben einen sicheren Ausgangspunkt und ein sicheres Ende: der Beginn der Geschichte der Menschen und die Erscheinung des letzten Gottes auf der Erde. Sie werden eröffnet mit dem Chaos, entwickeln sich in einer freien Assoziation von Geschichten durch die Zeit der Menschen und Götter und kommen zum Abschluß mit der Metamorphose des zum Stern gewordenen und im Himmel aufgenommenen Cäsar, als Hommage an den herrschenden Souverän und seine Familie. Ebenso, dachte ich, hätte auch der Meister seine Arbeit mit einer Huldigung an seinen Auftraggeber abgeschlossen und ihm und seinem Geschlecht eine heilbringende Funktion zuge-

schrieben. Die Röntgenaufnahmen der großen Szene auf der Ostwand stützen diese Annahme. Aber der Meister hat den anfänglichen Entwurf modifiziert, und ich frage mich, ob es noch so ist und ob die apokalyptische Überschwemmung das Ende des Freskos ist – ob das die Gegenwart ist.

Ich habe immer geglaubt, daß die Gegenwart die verfallene, verwaiste Zeit des Verlustes, der Entfernung, des Fehlens von Mittelpunkt und Ursprung sei. Vielleicht ist es aber die Zeit der Erinnerung, des Zuhörens, der Entzifferung und des Heraufbeschwörens. In meinem Beruf erlaubt der Originaltext (wie für manche Schriftsteller ein von Motten zerfressenes wiedergefundenes Manuskript) keine unmittelbare Lektüre, sondern er bedarf der Dienste eines Übersetzers, dem gewisse Freiheiten verziehen werden. Die Restaurierung, deren Ergebnisse wir heute abend bewundern und beklagen, besiegelt den Triumph der Zeitlosigkeit. Indem sie eine Brücke zwischen Vergangenheit und Gegenwart schlägt, greift sie die Ordnung der Chronologie an, damit diese sich auflöst und der Vergangenheit, Gegenwart und Zukunft die Möglichkeit der Reversibilität gibt.

Zu Beginn, als ich die ersten Spuren der Malerei untersucht habe, stand ich vor den Trümmern eines Freskos, das ich nicht verstand. Ich hatte keinerlei Elemente für einen Beginn. Ich stand vor einem zerstörten Rätsel, einem Puzzle, das zusammengesetzt und gleich darauf in alle Ecken des Zimmers verstreut wurde. Hier und da tauchten aus dem Dunkeln, aus der Feuchtigkeit, aus dem Chaos Augen und Mähnen auf, Körper und Wunden, Mißgeschick in Frieden und Krieg, Geschicke von Leidenschaft und Liebe – alles verworren, ohne Sinn, ohne Form. Ich mußte die Teile zusammensetzen und die Geschichte rekonstruieren, die Geschichte des Freskos, des Malers und all derer, die im Fresko und im Umfeld des Freskos gelebt hatten. Die erste Regel eines Puzzles verlangt, für alle Stückchen einen Platz zu finden, ohne Zwischenräume zu lassen. Die zweite will, daß das Ganze einen Sinn hat: Selbst wenn zum Beispiel ein Pferdefuß perfekt zwischen die Wolken paßt, so muß man ihm doch einen anderen Platz zuweisen. Findet man nicht für alle

Teilchen einen Platz, verstößt man gegen die erste Regel des Puzzles; die Vermengung von Erklärungen, die sich im Raum der gleichen Untersuchung auf unterschiedlichen Ebenen bewegen (Malerei und Geschichte, Malerei und Wissenschaft, Kunst und Biographie), verstößt gegen die zweite Regel. Deshalb hatte ich am Anfang vor, die Ebenen schön auseinanderzuhalten: auf der einen Seite die dokumentarischen Untersuchungen über das Leben der in dieses Werk verwickelten Personen (der Maler, der Auftraggeber, eine Frau, wenn es sie gab – und ich hoffte, daß es eine gab –, das Thema oder Sujet, die Symbole), um daraus den Zusammenhang herzustellen; auf der anderen Seite die wissenschaftlichen Analysen, um den materiellen Untertext zu rekonstruieren. Am Ende würde sich das Fresko sozusagen von allein zusammensetzen und erklären. Doch im Laufe der Zeit habe ich bemerkt, daß es nicht so einfach sein würde, weil das Fresko kein auseinandergenommenes Puzzle ist, das in Stücke zerschnitten wurde, nachdem es ersonnen wurde: Im Gegenteil, es ist im gleichen Moment zerfallen, in dem es entworfen wurde, und ich stand vor der Aufgabe, zu versuchen, eine ideelle Einheit zusammenzusetzen, die nie existiert hat, und den Pferdefuß mit dem Meer zu kombinieren, provisorische Lösungen zu akzeptieren und Räume, Leerstellen, Lücken zu lassen, die nie gefüllt werden würden: Und erst jetzt, am Ende von allem, in mir selbst eines der fehlenden Stücke zu erkennen – und vielleicht das wichtigste.

6

Der Turm war auf Anordnung der Gemeinde abgesperrt worden, in ein rostiges Eisengitter gezwängt, das schon von Landstreichern mit Gartenscheren aufgeschnitten und übertreten worden war. Die Tür war mit zwei kreuzweise angebrachten Brettern vernagelt. Ein verblichenes Schild besagte: EINSTURZGEFAHR. AMT FÜR DENKMALPFLEGE DER PROVINZ CUNEO.

Auf der Straßenböschung konnten sie nicht bleiben. Das Wasser folgte ihnen – kaltes, zähes Wasser, eine brutale Strömung, die sie zurückriß. Von Panik ergriffen, warf er sich mit der Schulter gegen die Tür, um sie aufzubrechen. Im Erdgeschoß war ein Sumpf, in den das Wasser schon eindrang, hohes Gras und ein abgestandener Geruch von Feuchtigkeit, Urin, Unrat – ein Geruch von Moder und Mäusen. Und Gegenstände, die seit langem dort herumlagen, sogar eine verdreckte Matratze und ein Campingkocher. In einer Ecke konnte man mit Mühe eine steinerne Wendeltreppe erkennen. Er hatte Angst, wollte es sich aber nicht anmerken lassen. Es ist nicht wie im Kino, scherzte er und unterdrückte ein Stöhnen vor Schmerzen: Ich glaube, ich habe mir die Schulter verrenkt. Und wenn die Treppe nicht hält? Und wenn die Stufen einbrechen? Luisa kramte das Feuerzeug hervor. Wer mich liebt, der folge mir, war sein Kommentar – aber natürlich folgte er ihr. Sie gingen langsam vorwärts: Die Stufen waren an mehreren Stellen unterbrochen, bei jedem Schritt liefen sie Gefahr, ins Nichts zu stürzen.

Die Treppe drehte sich immer weiter und führte nirgendwohin. Bei der fünfundvierzigsten Stufe war eine Schießscharte – dahinter ahnte man nur die Nacht. Aber die hatten sie schon seit einiger Zeit überwunden. Wir haben Glück gehabt, wiederholte Arsenio sarkastisch. Man muß die Dinge von der richtigen Seite sehen. Weißt du, was der Koran sagt? Es kann geschehen, daß das, was wie ein Unglück scheint, sich als dein Glück enthüllt, und umgekehrt. Denn Gott weiß, und ihr wißt nicht. Ich weiß nur, daß wir in diesem Moment auch ganz woanders sein könnten, in Sicherheit – sagte sie.

Statt dessen waren sie, nachdem alle anderen fort waren, zwei oder drei Stunden in Luisas regengepeitschtem 2 CV geblieben, unter den Bäumen auf dem Burghof. Eine Begegnung, die unter einem kalten Stern stand – und doch konnten sie sich nicht entschließen, sich zu trennen, da sie wußten, daß sie sich nicht wieder treffen würden, weder hier noch anderswo, und starrten auf das verworrene Labyrinth aus Wassertropfen an der Windschutzscheibe. Bis Finsternis sie verschlang: Das Elektrizitätswerk mußte ausgefallen sein. Allein im Auto, wie in der ersten Zeit, während die Sintflut auf das Dach prasselte und an den Fenstern herunterrann.

Er dachte an Azra, an das Hotel. Er hätte ihr nicht erlauben dürfen, in diesen Wochen mit ihm zu kommen. Er hätte sie in Rom lassen sollen. Azra hatte nie etwas von ihm verlangt und hatte bekommen, was keine Frau vor ihr bekommen hatte: seine Zeit, sein Vertrauen, seine Freundschaft. Sie wollte ihn begleiten, heute abend. Aber er nahm sie nie mit. Ich bleibe nicht lange. Azra hatte ihn forschend angesehen, ohne ein Wort hinzuzufügen. Gott, wie sie ihn angesehen hatte. Er fühlte sich wie durchbohrt. Sie hat an dich geglaubt, und die Enttäuschung wird furchtbar sein. Er hatte nicht gedacht, daß er sich so lange mit Luisa in der Burg aufhalten würde. Nicht so, jedenfalls. See you, hatte Azra zu ihm gesagt. Als er aus dem Zimmer 213 ging, war er, bevor er die Tür schloß, stehengeblieben: Sie lag bäuchlings auf dem Bett, mit einem Bleistift im Mund, und hatte das Laken um die Beine gewickelt. Es tat ihm leid, daß er sie getäuscht hatte. Luisa rieb mit dem Mantelärmel über die Fensterscheibe. Im Rückspiegel ertappte er sie bei ihrer nahezu unmerklichen Geste, sich die Arme um den Körper zu schlingen. Da startete Luisa den Motor und fuhr den Abhang hinunter. Sie würde ihn zum Enterprise bringen. Was sie betraf, so wußte sie nicht, wohin sie gehen würde. Darüber hatte sie noch nicht nachgedacht. Die Landstraße war leer. Niemand war in so einer Nacht unterwegs. Die Sicht war so schlecht, daß sie hinter der Windschutzscheibe die Motorhaube des 2 CV kaum erkennen konnten. Das Wasser war wie eine Mauer.

Die Brücke über den Tanaro brach mit einem dumpfen Krachen zusammen, kurz nachdem das Auto hinübergefahren war. Eine Welle schwarzen Wassers warf sich gegen sie – während das Auto über den überschwemmten Asphalt schlitterte wie ein Wagen beim Autoscooter. Sie hatten nichts bemerkt. Sie drehte sich um und sah, wie die Brücke unter dem Druck des Wassers explodierte, als hätte eine Bombe sie getroffen. Der Motor hatte zu qualmen begonnen und stieß Dampfwolken aus. Der bescheidene Fluß, normalerweise ein vertrautes dunkles, trübes Band, war jetzt eine maßlose Flut, die das Land überschwemmte und Baumstämme, Zweige, Strommasten und sogar einen riesigen Bagger mit sich riß – den Bagger von der Baustelle der Burg! Dunkles Wasser – durchgedrehtes Wasser, das seinen Weg nicht findet, überflutet alles und umspült schon die Kotflügel des 2 CV. Arsenio schaffte es, die Wagentür zu öffnen, indem er sich mit seinem ganzen Körpergewicht dagegenstemmte; sie sprangen heraus, während der vom Wasser hin und her gestoßene 2 CV sich um dreißig Grad drehte und das Gefälle hinabrutschte.

Zum Kastell konnten sie nicht zurück, weil die Brücke nicht mehr da war, das Dorf war zu weit weg, und sie hätten es nie erreicht – vielleicht wenn sie liefen, ja, wenn sie liefen und die Abkürzung über den Hang nähmen, den Hügel hochkletterten, aber da gab es keinen Pfad, es war dunkel. Der 2 CV rutschte unerbittlich talwärts – ein Floß, das in der Strömung trieb. Es gab keine Häuser im Umkreis. Sie durften nicht den Kopf verlieren. Sie mußten so hoch wie möglich steigen. Im Dunkeln zeichneten sich deutlich, leicht bedrohlich die Umrisse des Wachturms ab. Er war nur wenige Meter entfernt. Zu nah am Flußufer. Ein Turm, der schon seit dem 16. Jahrhundert baufällig war, der nur auf eine günstige Gelegenheit wartete, um einzustürzen. Sie zog sich die Schuhe aus, weil sie mit ihren galaktischen Absätzen Mühe hatte, aus dem Schlamm herauszukommen.

Stufen, Stufen, Stufen, nur eben beleuchtet durch das matte Licht eines Feuerzeugs, geborstene Stufen, an mehreren Stellen zerbrochen, von Flechten und Unkraut bewachsen, fehlende Stufen, während ihr die Luft ausgeht und hinter ihr Arsenios Atem immer keuchender wird. Sie hielt die kleine Flamme in die Höhe. Ich glaube, ich habe mir die Schulter gebrochen – sagte er noch einmal. Ein Klagen und zugleich ein Protest. Weiter hoch, weiter hoch, denn das Dröhnen des Wassers war ohrenbetäubend nahe. So nahe. Sie verbrannte sich die Finger, ließ das Feuerzeug fallen. Auf den Knien suchten sie nach dem Licht. Ihre Hände berührten sich. Da ist es. Noch weiter – bis sich oben, ganz oben eine runde Zelle auftat. In den Ritzen zwischen den grob behauenen Steinen wuchs Moos. Das Dach mußte allerdings schon vor langer Zeit eingestürzt sein: Auf dem Lehmboden, der an mehreren Stellen eingebrochen war, wuchsen eine Akazie, schon voller Blätter, und dichte Brennesselbüschel. Sie dachte sofort, daß der Fußboden ihr Gewicht nicht tragen würde. Dreißig Meter würden sie kopfüber in die Dunkelheit stürzen. Er nahm den Schal ab und legte ihn ihr schützend auf die Haare. Es war eine abgestandene Freundlichkeit, aber sie hätte nicht darauf verzichten wollen.

Arsenio rief mit dem Handy im Hotel an, aber er bekam keine Verbindung – vielleicht funktionierte auch sein Apparat nicht mehr. Lebloses Magnetfeld. Es ist etwas Schlimmes passiert, wiederholte er. Luisa hätte ihn beruhigen müssen, aber sie war die am wenigsten geeignete Person, um jemanden zu beruhigen: Sie hatte nie die passenden Worte, nicht einmal Lügen zu improvisieren vermocht. Sie war sich ziemlich sicher, daß dem Hotel Enterprise etwas zustoßen konnte, da es auf dem Damm des Flusses, weniger als hundert Meter vom Ufer entfernt, auf einem lehmigen Untergrund stand – ein architektonischer Mordanschlag, dieses Hotel. Irgendwie, uneingestanden, wünschte sie sich das sogar, und sie war ihm keine Hilfe. Im Gegenteil, sie wollte nicht einmal denken – als könnte jemand sogar ihre geheimsten Gedanken hören, als nähmen selbst die nichtgedachten Gedanken schließlich Einfluß auf die Wirklichkeit. Sie malte sich mit einer gewissen erbarmungslosen Geistesschärfe aus, was zwei Stunden später tatsächlich geschehen sollte: das Restaurant überschwemmt, die Eingangstür vom Wasser eingedrückt, die Möbel verwüstet, die Dunkelheit, die Angst, die verwirrten Hotelgäste. Allein auf der Welt zurückbleiben, mit ihm. Davon hatte sie lange Zeit geträumt. Allein, um alles noch einmal von vorn zu beginnen – das ganze Leben vor sich und keine Vergangenheit. Sie würden nicht die gleichen Fehler machen, sie würden die Fallen vermeiden, die Klippen umschiffen. Aber um einen romantischen Moment mit diesem frivolen, eitlen und verlogenen Mann zu erleben, hatte sie auf den Weltuntergang, auf nichts Geringeres als die Sintflut warten müssen. Sie machte ihre Erfahrungen immer nur in katastrophalem Sinn. »Zerstörerische und selbstzerstörerische Tendenzen« nennen es ihre Psychoanalytiker. Du akzeptierst die Welt nicht und möchtest sie zerstören. Zwanzig Jahre lang hatte sie nichts anderes getan. Arsenio bleich und verstört im Lichtschein eines Feuerzeugs, mit nassen Haaren. Als sie ihn zum erstenmal sah, hatte sie gedacht, diesen Mann hätte ihr der Himmel geschickt. Daß sie ihn lange Zeit gesucht hätte, ohne ihn zu finden. Was für eine Idiotie. »NOS DUO TURBA SUMUS« – hatte er einmal gesagt. Wie soll man das übersetzen? Wir zwei sind die ganze Bevölkerung, die noch übrig ist? Zu viele Wörter.

Wir zwei sind alle, wie Quasimodo übersetzt hat? Wir zwei sind eine Menge? Und jetzt ist die Welt plötzlich leer – wir zwei sind die Welt, so würde ich es übersetzen, wir zwei, du und ich –, aber sie hätte an jedem anderen Ort sein wollen, nur nicht hier, und nicht mit ihm.

Eine Nacht voller Kälte und Regen, voller Schweigen und Versäumnisse. Sie wichen der Angst aus, indem sie sich Banalitäten erzählten. Über nichts sprachen, um nicht über sich sprechen zu müssen. Die Topographie des Museums von Fort Worth. Die Techniken der Akupunktur, die Verteilung der vierzehn Meridiane auf dem menschlichen Körper. Das Geheimnis des Glücks, das für einige im Gleichgewicht liegt, für andere im Recycling dessen, was verschwendet werden muß. Dann werden die Worte zu einem fast unhörbaren Flüstern. Dunkle Pfützen breiten sich unter ihnen aus. Es regnet immer noch, unablässig. Das Rauschen des Wassers wird von Stunde zu Stunde ohrenbetäubender. Sie zittert vor Kälte; er wartet, daß sich, mit Hilfe von Regen und Dunkelheit, das alte Einverständnis zwischen ihnen wieder einstellt – er wartet in der Stille, allmählich entspannt sich sein schmerzender, verspannter Körper, und er lehnt den Kopf gegen die Wand, unendlich müde. Und befriedigt von dieser Stille, diesem Schweigen. Es kommt ihm echt vor, nicht eingeschmuggelt wie die Worte. Die Worte, die er nicht ausgesprochen hat, kannte Luisa. Alles sagt ihm, daß hier oben im Turm etwas für immer verloren ist – und daß etwas zurückkommt, und er weiß nicht, was, in welcher Form und zu welchem Zweck. Ob das, was verlorengegangen ist, unermeßlich und unersetzlich ist oder ob das, was kommen wird, unendlich viel größer und stärker sein wird. Es liegt ein Risiko in dieser dichten, dunklen, schwebenden Luft. Er gleitet in den Schlaf, den Kopf an Luisas Schulter, während seine Gedanken sich in jenem

Labyrinth aus Versprechen, Hoffnungen und Lügen verlieren.

Eine Nacht aus Wasser und Wolken. Luisa fröstelt und zieht sich den Schal auf dem Kopf zurecht. Er atmet langsam, Arsenio, mit leicht geöffnetem Mund. Sie sieht ihn an, während er träumt, und fragt sich erstaunt, ob dieser bleiche, unnatürlich feiste, zerknitterte Mann wirklich der ist, für den sie monatelang synthetische Alkaloide, Drogen in Kapseln, Tropfen, Pillen und Spritzen, Fasten, Krämpfe, Tränen, emotionale und intellektuelle Anästhesien auf sich genommen hat – und wie das möglich gewesen ist. Sie könnte schwören, daß jetzt sein Anblick, seine Nähe und sogar der Körperkontakt mit ihm keinerlei Gefühl in ihr auslösen: nur die Hülle der Gefühle, die sie empfunden hat und die sie erhalten zu müssen glaubt, um sich nicht von der Feststellung zerstören zu lassen, daß von all dem, was sie erlebt hat, in Wirklichkeit nichts als eine Staubflocke geblieben ist. Und während sie dabei verweilt, die Falten zu betrachten, die von Arsenios Augen zu den Wangenknochen ausstrahlen, fragt sie sich erstaunt, wieso sie sich in den Kopf gesetzt hat, daß ausgerechnet dieser Mann, und nur er, ihr Leben hätte verändern sollen – als ob die Kraft der Anwesenheit, der Wille und das Gefühl eines anderen Menschen ihre Widersprüche lösen oder verändern oder vereinfachen und auf magische Weise auflösen könnten. Ihr ist kalt, und ein ständiger Schauer durchläuft ihren Körper. Sie hält die Flamme des Feuerzeugs hoch, bis sie sich die Finger verbrennt.

Das war Almas Zelle. Hier hat sie gelebt, die eingeschlossene Frau, über die sie vor Jahren, als sie in die Burg kam und bevor alles begann, eine verwirrende Heiligenlegende gelesen hat. Aber jetzt sah sie nur einen geschlossenen Raum, dreißig Meter über dem Fluß und dem Leben der anderen. Dieser kreisförmige Raum sah nicht aus wie eine Kerkerzelle. Sie kannte sie, die echten Gefängniszellen. Achtzehn Monate mit bedrückenden, abbröckelnden Wänden, ohne einen Moment der Intimität, der Einsamkeit, der Stille. Unter ständiger Sichtkontrolle – das Gegenteil von dem, was man sich vorstellt. Auch die Funktionen des Körpers gehören dir nicht mehr, sind öffentlich, Gemeineigentum, gleichgültig. Jene Kerkerzellen sind immer rechteckig: Die Ecken schließen sich unerbittlich, und die Decke lastet auf dir wie der Deckel eines Sargs. Aus welch schwindelerregender Höhe – Himmel, Gipfel, Berg – hatte diese Frau versucht, das Elend der Menschen zu betrachten; welche Perspektive eines Vogels, einer Feder oder einer Wolke, welche Leichtigkeit und welchen Abgrund hatte sie gesucht, um sie zu betrachten. Ihr war, als würde sie alles verstehen, von Alma. Auch warum sie, nachdem sie in der Welt gelebt – und alles erlebt – hatte, zurückkehren und hier hinauf wollte. Weil sie sich der Illusion hingab, daß diese vollkommen kreisförmigen, wunderbar kreisförmigen Wände ein Abbild der Perfektion wären.

Sie fühlte, wie sie versank und ihr Kopf sich drehte, vielleicht aus Müdigkeit. Oder vielleicht, weil die Natur, um das Gefühl des Schwindels, des Fallens und alles dessen, was damit einhergeht, auszulösen, das Prinzip des Kreises gewählt hat. Die Derwische drehen sich, wenn sie in Trance fallen. Die Erde dreht sich um sich selbst, und die Erde dreht sich um die Sonne, die Galaxien hüllen sich um einen Kern, und das Universum hüllt sich um den Ursprungspunkt. Das Gefühl, in einen Strudel gezogen zu werden, läßt den Menschen noch mehr außer sich geraten als das Gefühl, aus der Höhe zu fallen. Der Kreis ist die vollkommene Form – und Sichdrehen das vollkommene Gefühl. Vielleicht fixierte Alma diese Mauern, die um ihren verstörten, fiebernden, glühenden Körper wirbeln, bevor sie aus der Tiefe ihrer selbst die Stimme eines anderen heraufbeschwören. Vielleicht ließ sie sich in den Strudel ziehen, sank in den Abgrund, ging unter, fiel, stürzte zugleich in die Leere, in die Unendlichkeit, in den Kreis. Sie stürzte in die Leere, in den Traum, in die Zeit und in sich selbst.

Die Kälte nagelt dich am Fußboden fest. Das Blut pocht schwach in den Venen. Das Herz zögert, die Seele kühlt ab. Du liegst ausgestreckt, reglos – und kein Ton dringt zu dir, kein Schritt von dort unten: nur das langsame Tropfen des Regens. Wie lange schon steigt niemand die Treppen hoch, um dich um ein Wort zu bitten? Wie lange schon überschreitet niemand die Brücke, die zu dir führt. Ein transparenter Bogen im noch regenfeuchten Himmel könnte nicht unzugänglicher sein. Wenn du die Bilder erwartetest, dann sind diese Bilder nicht gekommen; wenn du eine Stimme erwartetest, so hat diese Stimme nicht zu dir gesprochen; wenn du erwartetest, gefunden zu werden, so bist du nicht gefunden worden und wirst verloren sein; wenn du erwartetest, daß die wie eine Feuerkugel rotierende Zeit dir jemanden bringen würde, so schließt der Kreis dich ein, und nicht einmal dieser Jemand wird kommen. Die Wände werden dein Nichts einsperren, und mit Steinen gepflastert werden die Wände deines Herzens sein. Wenn es die Freiheit ist, die du anrufst, wenn es das Ende der Reise ist, das du auf dem nackten Fußboden liegend suchst, so wird es nichts als ein Flüstern in der geträumten Metamorphose der Dinge sein, und dein Körper löst sich nicht auf, dein Erscheinungsbild hält stand, dieses Bündel aus Venen, von Mäusen zerbissenes Fleisch. Endlose Agonie, grausame Einsamkeit der sich auflösenden Seele und des überdauernden Körpers, oder des sich auflösenden Körpers und der überdauernden Seele, denn wo versteckt sich der Ursprung von allem? Stille, die keine menschliche Stimme brechen kann, endgültiges Eis. Warum verachtest du das Wasser und das Kraut und die Blätter und alles, was Kraft gibt und Leben? Wie lange schon verweigerst du, was dich auf den Beinen halten könnte, sogar das Blut fließt aus deinem Körper ab, als wolle es dich verlassen – seit Monaten verlierst du Blut, ein ununterbrochener Strom rinnt aus deinem Körper auf den Fußboden, erstarrt im Winter und verbindet sich unauflöslich mit dem Boden, macht dich zu einem Bestandteil des Fußbodens, du selbst bist Fußboden, bist Blut, das du anhalten wolltest, mit dem Kleid und mit den Händen stillen wolltest, das dir die Finger gewärmt und sie rot gefärbt hat, bist der Hunger, der dich hindert, aufzustehen und dich zu ernähren. Wie viele Stunden, Tage, Wochen, Monate liegst du schon so, reglos, zusammengerollt, die Arme an die Brust gedrückt, um nicht die schwache Wärme deines Körpers zu verlieren, umarmst dich selbst, wie um dich daran zu hindern zu entschwinden, und auf dir liegt die schwere Decke, und die rauhe Wolle verletzt deine Wangen. Legionen von Mäusen haben sich, vom Hunger getrieben, endlich entschlossen, vom Dach herabzusteigen, du hast gespürt, wie sie über den Fußboden liefen, an deinen Haaren schnupperten und sich dann wieder entfernten, hartnäckig gegen den Gitterrost schlugen und in einem sinnlosen Fluchtversuch vergeblich am rostigen Eisen nagten, wie sie dann zurückkamen, aufgeregt piepsten, immer frenetischer, sich wie wimmelnde Ameisen um deine Füße herum sammelten, auf deine Beine und deinen Körper stiegen, unter die Wolldecke, unter dein Kleid schlüpften. Du hast gespürt, wie sie auf dir herumliefen, deinen reglosen Körper beschnüffelten und ratlos flohen, weil du nach nichts riechst, du hast keinen Geruch, du riechst nicht wie die anderen Körper, das andere Fleisch, du riechst nach nichts, weil du nicht in deiner Hülle bist – und dann hast du gespürt, wie sie zurückkamen, hungrig, und ihre dünnen Schwänze kitzelten deine kalte Haut, und die Nähe hat dich erschauern lassen, du hast ihre Zähne gespürt, wie sie nagten, an dir nagten. Knabbernd und knabbernd entrissen sie dir Fleischfetzen, und du hast nicht die Kraft gehabt, sie zu verjagen, deine Haut öffnete sich, weitete sich, zerfaserte, etwas schiebt sich in dich hinein, keilt sich ein, durchdringt dich, und du hast nicht die Kraft gehabt, sie zu verjagen. Du wirst unter schwarzen Mäusen und goldenen Spinnen sein ... War es dies, also? Nur dies? Du hast gespürt, wie die Zähne der Mäuse sich in dein lebendes Fleisch eingruben und wie ihre Barthaare auf deiner Haut zitterten. Du hast gespürt, wie dein Blut auf den Boden tropfte, reichlich tropfte und dann gerann. Bis du aufgehört hast, die blutenden Füße, die Beine, den zerbissenen Körper zu spüren. Sie kamen jede Nacht wieder, dir zum Fest, und am Ende erwartetest du sie, das Quieken der Mäuse tröstete dich, und ihr gesättigtes Kommen und Gehen leistete dir Gesellschaft. Sie sind jede Nacht gekommen, bis du aufgebraucht bist und nur noch milchfarbene Knochen und das Grauen übrigbleiben und sogar die Mäuse geflohen sind, und da bist du wirklich allein gewesen, und als dir nichts mehr bleibt, weder Bilder noch Worte, noch Glauben, noch Liebe, noch das Verlangen, anderen nützlich zu sein, und auch nicht die Eitelkeit, anders und auserwählt zu sein, weder bevorzugt noch geliebt, nur dieses unendliche Fallen, dieses Treiben, dieser unvollkommene Kreis – da merkst du, am Rande der Finsternis, daß du genau das so sehr gesucht hast: Leben, und nichts anderes, hieß mit Gott vereint zu sein, und nichts anderes brauchte man als das Leben, denn der Schmerz, der Haß, der Verrat, das Böse, die Fleischeslust, der Überdruß an der Geschichte, das Funkeln der Träume, der Rausch des Todes, all dies ist Gott, gegen seinen Willen – und da öffnest du die Augen und lächelst. Und so kommen sie eines Morgens, da du schon zu lange nicht auf die Stimmen derer antwortest, die dich immer noch suchen, öffnen das Gitter und finden dich nicht: Du bist immer noch hier, aber du wirst nie mehr gefunden werden.

Er hob ruckartig den Kopf. Bin ich eingeschlafen? murmelte er und öffnete die Augen, erstaunt, weil eine fahle

Helle die Zelle beleuchtet. Es dämmerte. Seine Muskeln und Knochen schmerzten, er war durchnäßt, und seine Hände waren eiskalt. Die Schulter spürte er schon gar nicht mehr. Wenn es möglich ist, auf einem steinernen Sitz, vom Regen durchnäßt, an der Seite seiner geheimen und dunklen Lebensgefährtin zu schlafen: er hatte es getan. Und er hatte auch noch von ihr geträumt. Oder vielleicht war sie es auch nicht. Es war die Braut von der Ostwand. Den Grund für das Pentiment, die Korrekturen, die der Meister selbst an seinem Werk vorgenommen hatte, hatte er bisher nie begriffen. Das Pentiment, der Reuezug: Welch ein passendes Wort haben die Kunstkritiker gewählt für die Modifikationen der Maler, für ihre Palimpseste, die Varianten, die die Materie für uns verwahrt. Jetzt wußte er es. Luisa kauerte mit dem Rücken an der Wand und zitterte vor Kälte. Geht es dir gut? Sie ist tot, sagte sie, jene Frau ist tot.

Mit dem anbrechenden Tag begann anstelle der Erlösung eine lange Agonie. Sie froren und hatten Angst: er wegen Azra, die um diese Zeit aufgewacht war, ihn nicht neben sich gefunden hatte und wußte, daß er die Nacht mit einer Frau verbracht hatte; und sie wegen all dessen, was aus ihnen beiden geworden war, und auch wegen jener Frau, die sie heute nacht hatte sterben sehen. Verwirrt und aufgewühlt, sah sie sich selbst wie von einer lichtbrechenden Illusion ergriffen, sah schwarze und gefräßige Mäuse und fühlte, daß etwas in ihrem Fleisch sich zusammenzog und zitterte, und sie wußte nicht mehr, ob eine Frau träumte, Luisa zu sein, oder ob Luisa träumte, eine andere zu sein. Legionen von ausgehungerten Mäusen, flirrende Schwänze, weiße und scharfe Zähne. Humpelnde Mäuse, die gebrochene Flügel hinter sich her zu schleppen schienen – Fledermäuse.

Um sieben Uhr lehnte sich Arsenio aus dem Turm heraus und nahm eine unwahrscheinliche Mondlandschaft wahr: ein Meer ohne Gestade, in dem sich glänzende Flecken aus Öl und Benzin ausbreiteten. Das Wasser umspülte die Schießscharten des Turms. Als er versuchte hinunterzusteigen, um für Luisa vielleicht einen trockenen Platz zu finden – sie hatte offensichtlich hohes Fieber –, stellte er fest, daß die Stufen dem Druck des Wassers nachgegeben hatten. Er wußte nicht, wie er ihr sagen sollte, daß sie nicht mehr hinunter konnten. Der Fußboden war löcherig, voller Pfützen. Sie mußten sich mit größter Vorsicht bewegen. Er kam zurück und setzte sich neben sie, nahm ihre Hände, blies auf sie, um etwas Wärme abzugeben. Es wird alles gut – versuchte er, sie zu beruhigen –, sie werden kommen, um die Brücke zu kontrollieren, und dann werden sie uns finden. Um acht, als der Dunst sich hob und weniger unsichere Perspektiven eröffnete, tauchte die Silhouette der Burg auf. Der ununterbrochene Zinnenkranz, die vier unversehrten Türme. Für einen Augenblick dachte er, daß das Amt für Denkmalpflege zufrieden sein konnte. Die Konsolidierungsarbeiten waren nach allen Regeln der Kunst ausgeführt worden, das Dach hatte gehalten. Trotz Regen, Hochwasser, Katastrophe: das Baltuszimmer hatte keinen Schaden genommen. Es war eine schwache Befriedigung, heute morgen.

Es regnete immer noch. Er hatte seine Handschuhe an einen Zweig der Akazie gehängt, einen Fahnenzweig, den er dann als Notsignal auf den Ziegeln des Turms hißte. Sie mußten sie sehen, die schwarzen Handschuhe, und tatsächlich, sie sahen sie. Der Militärhubschrauber schwebte zum erstenmal gegen Mittag über dem Wachturm. Daß man sie gesehen hatte, war sicher, denn der Hubschrauber begann über ihnen zu kreisen und blies die Handschuhe von der Akazie und die Blätter von den Zweigen. In der Klappe meinte er das vertrauenerweckende Gesicht eines Soldaten zu erkennen. Der schien etwas zu sagen, aber natürlich konnte er ihn nicht verstehen. Er machte Zeichen, und

Arsenio hatte den Eindruck, er wolle ihm mitteilen, daß sie voll besetzt waren (Verletzte, vielleicht hatte jemand einen Infarkt erlitten, Leute mit Unterkühlung?), sie würden so bald wie möglich zurückkommen. Keine Angst, es ist alles unter Kontrolle. Der Turm hielt, das Wasser begann abzufließen, das Schlimmste war überstanden.

Arsenio wußte nicht, was er tun sollte, und konnte auch nichts tun. Er beschränkte sich darauf, voller Angst den grauen Himmel anzustarren. Mir ist kalt, sagte sie, mir ist kalt. Er dagegen war trotz der Kälte schweißgebadet. Luisa hatte sich jetzt ausgestreckt und den Kopf auf seinen Schoß gelegt, und er wagte nicht einmal, ihr Gesicht zu streicheln. Die Zeit verging oder stand still, und niemand kam, um sie zu holen – dort oben, unter einer Glocke aus Nebel, aus der eine graue Polyphonie herüberwehte. Sie liegen jetzt auf der durchweichten Erde, durchweicht auch sie, von Regen, Schlamm und Schweiß, die sich auf der Haut vermischen – er mit dem Rücken an die Akazie gelehnt, die rechte Hand auf ihre gepreßt; in einer verheerenden, sternenkalten Stille, die nur leicht vom Brodeln des Flusses unterbrochen wurde. Allein, aber nicht zusammen, in der Stille eines leeren Universums, ohne Gnade, in einer Welt, in der niemand mehr ist, stundenlang allein, in der Stille der verwüsteten Erde und des Himmels, in dem der Hubschrauber nicht auftaucht, allein und nicht zusammen, bis das Licht wieder gedämpfter wird, die Wolken sich heben, der Nebel sich verdichtet und man in der Ferne endlich das Brummen des zurückkehrenden Hubschraubers ahnt.

Fliegen, am Gewinde hängend, in schwindelerregender Leere schwankend, in einer Höhe von hundert, zweihundert Metern, kreisend, weil das Seil sich um sich selbst aufgedreht hat, durch die Leere wirbelnd, über dem Sumpf schwebend, über dem Bedauern und den Gewissensbissen – so vielleicht fühlte sich Alma, als sie ihren Körper verließ und zerfloß, in ihrem Körper und außerhalb ihrer selbst, an einen anderen Ort gesogen, an einen anderen Ort, und wenn sie bis heute nacht immer gedacht hatte, daß sie mit jener einsamen, immateriellen und göttlichen Frau nichts gemeinsam hatte, daß sie ganz anders war, eine ruinierte und schlecht gelungene Kopie, nicht einmal eine Person, niemand, nichts, Körper von etwas anderem und von Abwesenheit, so schien sie sie jetzt nicht nur zu verstehen, sondern sie zu besitzen: sie vielmehr zu sein. Fliegen, am Gewinde hängend, kreisend und schwankend, weil man es noch nicht schafft, sie an Bord zu hieven, weil man sie auch nirgends absetzen kann – so fliegen sie, während der Hubschrauber den unermeßlichen, endlosen grauen Sumpf überquert, an einer stählernen Nabelschnur hängend, über das überschwemmte Land, über die dunkle und imposante Silhouette der Burg, die einmal Drago gehört hat, über eine Wüstenei aus Trümmern, einen glänzenden Wasserspiegel, auf dem hin und wieder der blaue Fleck des Hubschraubers auftaucht – die summenden Flügel machen sie taub, die Gurte drücken und drücken sie gegen ihn: Holen Sie uns zusammen hoch, hat er gebrüllt, das geht nicht, haben sie geantwortet, aber ich kann sie nicht allein lassen, hat er gesagt – nicht mit dir und nicht ohne dich, Arsenio, das ist es im Grunde immer gewesen. Hin und wieder, wenn der Nebel sich lichtet, erkennt sie dort unten, aber blaß und fast farblos – unendlich weit weg, wie etwas Verlorenes – eine Art verblichene Landkarte. Ihre Welt ist reduziert auf eine zweidimensionale Karte, auf eine Graphik von obskurer Bedeutung, auf die halb ausradierte Zeichnung auf einer Wand. Das abstrakte Gitternetz der Strommasten, das unverständliche Kreuzen elektrischer Leitungen, dünner Kabel, die nur wenig dunkler sind als der Schlamm, die pointillistische Häusergruppe, das runde Gekräusel der Hügel. Sie erkennt auch undeutlich die bewegungslose Starrheit des Hubschrauberhecks. In diesem Moment hätte sie nicht zu sagen gewußt, ob sie aufbricht oder zurückkehrt, ob sie still steht oder in Bewegung ist, innerhalb des Kreises oder außerhalb.

Über eine schwarze Lagune fliegen, wie eingeschnürt in ein unsichtbares Netz – der Dichter würde sagen: das goldene Netz des Vulcanus, der sie miteinander überrascht hat, heute nacht, die unvorsichtigen Liebenden –, an einem Faden hängen, der aus Stahl ist, von unten aber dünn aussieht, zu schwach, um sie beide tragen zu können. Es ist wahr, es ist nicht der Traum, der es zu sein scheint – es ist dies, heute, es ist dies, was der Erde zugestoßen ist, die sie immer verlassen wollte und auf der sie statt dessen ihr Exil gesucht hat: versteckt fast, weil sie sie von allem weit entfernt gehalten hat, auch von sich selbst; es ist dies, was den toten Tieren geschehen ist, die das Wasser mit sich reißt, dunkle Pferde mit dichter Mähne, Hühner zwischen Wolken aus Federn und Gänse mit langem leblosem Hals – STOP 100 m, dies ist die Vision, die ihr beschert ist –, umgekippte Autos, verformtes Blech, herausgerissene Geländer, Gitter, Fenster, Haustüren, Jalousien, Gasflaschen, Traktoren und Straßenschilder, GEFÄHRLICHE KURVEN auf 4,5 km, dämonische schwarze Hunde mit sechs Beinen auf einem Tankstellenschild, umgefallene Reklametafeln, die dem Himmel WELCOME IN THE WINELAND zubrüllen, Erste-Hilfe-Kästen und versiegelte Giftfässer, Plastiksäcke, Leitplanken, Büsche, Bäume, Antennen, Fernseher, Torrone- und Panettoneschachteln, Sektflaschen, Bücher, als hätte das Füllhorn sich über die Erde ausgeschüttet – das ist die Vision, die ihr beschieden ist, ihr, die sie immer mit der Erde verankert war, ihr, die nichts anderes wahrgenommen hat als den verborgenen Aspekt der Dinge und der Menschen, ihre dunkle Seite, Luisa glühend vor Fieber, Luisa aus Staub, Erde und Schlamm – jetzt zeigt sich ihr eine Welt aus Wasser und Luft, eine urzeitliche Welt aus Wolken und Dampf, auf der ein undeutlicher Nebel schwebt, wie ein Windhauch, ein Atem, ungeschaffene Welt, graues und einförmiges Universum aus Überfluß und Verschwendung, Apokalypse des Endes oder Beginns, wirbelndes Chaos – *vor dem Meere, dem Land und dem alles deckenden Himmel zeigte Natur in der ganzen Welt ein einziges Antlitz. Chaos ward es benannt: eine rohe gestaltlose Masse, nichts als träges Gewicht und uneins untereinander, Keime der Dinge, zusammengehäuft in wirrem Gemenge, da war noch die Erde nicht fest, und war das Wasser nicht flüssig, fehlte der Luft das Licht…* – eine Welt aus Stille, in der sich jetzt wieder die Sonne zeigt und einen Sonnenstrahl aussendet, dem der Hubschrauber kühn entgegenfliegt.

7

Landschaft aus Wasser und Klage. Schlick, schuttgesprenkelt. Verkrustete Erdschollen, paradoxe Atolle aus skelettartigen Büschen, Trümmerhaufen, Schlamm, aus dem der herbe Geruch von Tod und Erdöl aufsteigt; auch die Erde hat ihre Farbe verloren, grau wie Mondstaub. Dunkel, unterbrochen durch abgestürzte Erdrutsche, taucht hin und wieder starrsinnig das Band der Straße auf. In der reißenden Strömung treiben Wälder aus Zweigen und der blonde Kopf einer Puppe, wogendes Holz und ein karierter Plastikball. Der Hochspannungsmast scheint das Gewimmel der orangefarbenen Regenjacken ratlos zu beobachten. Dort unten beim Kraftwerk versucht jemand fieberhaft, die Verbindungen wiederherzustellen. Aber mit wem? Und um was zu sagen? Auf der Böschung des Walls ist ein grauer Schrotthaufen, Gegenstände, die jemandem gehört haben, die zu etwas gedient haben und jetzt dort herumliegen, auf der Böschung des Walls, in einem hoffnungslosen Knäuel des Todes. Eine Waschmaschine, ein aufgequollenes Kalb, das jeden Moment zu platzen scheint, ein absurderweise unversehrter weißer Teller mit gelbem Rand, ein Kühlschrank ohne Tür, ein einem unbekannten Reisenden entrissener Hartschalenkoffer, ein Rasenmäher, eine Gießkanne, ein Kofferradio, ein kaputtes Sofa.

Um den Haufen herum war ein emsiges, stummes Gewimmel von einem Dutzend Gespenster mit Handschuhen und Regenjacken. Seelen aus Schlamm. Ein zaghafter, milchiger Spalt erkämpfte sich eine Bresche in die bleiernen Wolken. In der Ferne ächzte der Motor eines Baggers. Jemand schrie: weiter, weiter. In durchsichtige gelbe Plastikumhänge gehüllte Frauen mit durch die Müdigkeit, durch die ungleiche Schlacht mit dem Schlamm gezeichneten Gesichtern sahen zu: In ihren Augen waren keine Tränen, nicht einmal der Schatten einer Illusion, aber auch keine resignierte Ohnmacht – ihre Augen zeigten im Gegenteil den dumpfen, hartnäckigen Willen der Überlebenden, neu anzufangen. Die Freiwilligen versuchten, die »Gegenstände« vom Schlamm zu trennen, aber es war ein vergebliches Unterfangen. Der Haufen ähnelte ironischerweise einer Collage von Schwitters. Landschaft aus Wasser und Klage.

Auf dem Fahrradgestell, wenn auch fast nicht mehr zu sehen, stand noch der Markenname. Verblichene Klebebuchstaben prangten schüchtern auf dem einst himmelblauen Lack: BIANCHI. Sie haben erklärt, es handele sich um ein hellblaues Rennrad BIANCHI, sagte der junge Carabiniere bürokratisch und zeigte auf das Relikt. Aber Arsenio schüttelte den Kopf. BIANCHI. Die werden jedes Jahr zu Tausenden gebaut. Wie viele hellblaue BIANCHI-Rennräder kreisten auf den Hügeln, bevor … Es ist nicht IHR Fahrrad.

Das Gestell mit nüchterner, kühner Komposition maß 55 mal 55,5 Zentimeter. Das Gestänge, Columbus Tsx, Gruppe Shimano Dura-Ace, vielleicht Stahl, vielleicht Titan, wer weiß, daran konnte er sich nicht erinnern, bildete ein elegantes Trapez. Leichtes, zerbrechliches, substanzloses Schiff, das von den Wellen des Nichts hin und her geworfen wurde. Nicht einmal drei Kilo Widerstand gegen das Strömen der Flut. Die Bremskabel waren gerissen und standen jetzt ab, entwurzelt, hart geworden durch den Schlamm. Die Pfütze zu seinen Füßen spiegelte seine unruhige Gestalt, warf ihm seine gefütterte Regenjacke und seine barbarischen Gummistiefel unversehrt zurück, unversehrt auch seinen spastischen Ausdruck, unversehrt seine Beklemmung.

Der Flite-Sattel mit dem eingebauten Antivibrationssystem, das die Unebenheiten des Untergrunds ausgleicht, Chagrinleder auf dem harten Plastik, ein männliches Dreieck, wenig geeignet für die kompakten Gesäßbacken eines Mädchens, hing in der Luft, leicht nach links gebogen. Jemand – oder eine starke Belastung, ein unnatürlicher Druck – hatte ihn verdreht. Im Tiefflug, ganz nahe, kam der soundsovielte Hubschrauber vorbei. Ein Wirbel der Flügel, ein heftiger Wind, der ihm den Schal fortriß – und schon entfernte sich das mechanische Insekt, um zu überfliegen, zu photographieren, anderswo andere Schäden, andere Geschichten, andere Ruinen zu durchleuchten. Die Nabe. Die Gabel, unversehrt – die Chromteile verkrustet. Azra würde diesen Anblick nicht ertragen, sie legte viel Wert auf Pflege. Nie ein Staubkörnchen. Nie ein Spritzer, nie ein Fleck, nie ein Kratzer auf ihrem kostbaren Fetisch. Das Hinterrad ist nicht mehr rund, hat jede Form verloren, erschreckend zerknautscht, die dünnen Speichen sind zerbrochen. Der Michelin-Reifen – er war neu, noch mit perfektem Profil – gnadenlos schlaff. Das Vorderrad war verschwunden: Die beiden symmetrischen Stangen der Gabel ragten bedrohlich in die Leere. Das Fahrrad lag auf der Seite. Der junge Carabiniere versuchte vergeblich, ein Niesen zu unterdrücken. Alle sahen ihn an, als hätte er geflucht. Entschuldigung, sagte er.

Die Pedale – Look Kohlefaser Pp 196 mit schnellem Ausklinkmechanismus – standen still, die eine steckte halbvergraben in der Erde, die andere ragte aufrecht gegen den bleiernen Himmel, der die gleiche schlammige Farbe wie die Erde, die Dinge, die Gesichter hatte. Keine Spur von den phosphoreszierenden Strahlern. Das ist NICHT ihr Fahrrad... Azra kann kein Rad ohne Rückstrahler besteigen. Ich würde sie ohne die auch nicht fahren lassen, ich habe zuviel Angst vor den Lastern. Diese Dreiecke und die auf das Rad montierte Scheibe sind hell wie Scheinwerfer. Sie zeigen die Anwesenheit des Radfahrers an. Es hat keine Rückstrahler, sagte er abschließend. Seine rauhe Stimme mit dem so unnatürlichen Tonfall berührte ihn unangenehm. Es waren seit heute morgen vielleicht seine ersten Worte. Der Feuerwehrmann hatte den Helm abgenommen und einen neutralen Blick auf den Mann vom Zivilschutz geworfen. Auf dem Blatt Papier prangte ihr Name in Großbuchstaben – AZRA PEHID. Für den traurigen Ritus der Identifizierung hatten sie versucht, die Eltern herbeizuholen – aber sie hatten sie natürlich nicht ausfindig gemacht. Und dann war dieser Mann aufgetaucht. Er hatte sich als ein »Freund der Familie« vorgestellt.

Erkennen Sie es nicht? Aber es stimmt mit Ihrer Beschreibung überein. Ein Rennrad BIANCHI, himmelblau – wiederholte der Mann vom Zivilschutz geduldig. Der junge Carabiniere nickte. Ihm war kalt, seine Zehen begannen wieder zu kribbeln; er hatte nicht einmal gefrühstückt. Er war erschöpft, seit drei Tagen hatte er nicht geschlafen und konnte es kaum erwarten, seine Schicht zu beenden und in die Kaserne zurückzukehren: Doch dieser wortkarge ungekämmte Mann schwieg immer noch, und es war ihm, als könnte er ein spöttisches Lächeln nicht verbergen. Er ging immer wieder um das Fundstück herum, als erwarte er, daß es von einem Moment zum anderen verschwände, eingeäschert durch seinen Blick, oder wieder auferstünde, mit einer strahlenden Verwandlung im Morgennebel. Ein Rennrad BIANCHI. Farbe: hellblau. Die Freiwilligen hatten es aufgestöbert, zwischen Bergen aus Schutt – den Jungs müßte man ein Denkmal setzen, sie arbeiten wie Sklaven. Sie wollten nichts dafür: nur hin und wieder eine heiße Schokolade. Schaftstiefel, Schaufeln und einfache Besen, sonst nichts. Das Fahrrad hatten sie wenige Kilometer von der gemeldeten Zone entfernt gefunden. Die Leiche des Radfahrers konnte nicht weit entfernt sein. Sie suchten die Umgebung ab. Die Schaufelbagger dort unten wühlten die Erde um, sie waren ihretwegen gekommen. Er hoffte, nicht auf Schicht zu sein, wenn sie sie finden würden, sieben Tage nach der Katastrophe. Der junge Carabiniere war noch keine drei Monate im Dienst und hatte sich noch nicht an die makabren Anblicke gewöhnt. Er hatte schon einiges gesehen, in diesen Tagen. Aber diese Azra Pehid war ein Mädchen. Neunzehn Jahre – wurde gesagt. So alt wie er. Sie war das neunundsechzigste Opfer. Oder die letzte Verschollene. Die einzige, die man noch nicht gefunden hatte. Es war jemand von der Lokalzeitung gekommen, um die Geschichte mit etwas Kolorit anzureichern. Er hatte Erkundigungen eingezogen, und der Carabiniere hatte ihm berichtet, was er wußte: AZRA PEHID, geboren in Sarajevo – vielleicht 1975; letzter bekannter Wohnsitz: Via di Monserrato, Rom, bei Professor Ventura, dem bekannten Kunsthistoriker. Um das Interesse der Leser an der Tragödie wieder anzufachen. Wenn nicht jeden Tag etwas Neues herauskommt, spricht in einer Woche niemand mehr von der Katastrophe, von den Toten, von den Schäden. Es ist unglaublich, wie schnell die Leute sich heutzutage an Nachrichten sättigen. Heute waren die ersten Seiten im Corriere von der Demonstration in Rom gegen die Regierungspolitik belegt. Eine außergewöhnliche Demonstration, die wichtigste der Nachkriegszeit. Jemand prophezeite den schnellen Verschleiß der Regierungszeit. Die Meldungen von der Überschwemmung mußte man im Lokalteil suchen, auf Seite sieben.

Die Kette hatte ihren gefetteten schwarzen Glanz verloren und rief nicht mehr jenen so vertrauten Geruch von Fett und liebevollen Schmierungen wach. Sie war grau. Vollkommen grau. Arsenio erschauderte. Aus der überschwemmten Ebene stieg ein Geruch von Diesel, faulem Wasser und Verwesung auf. Der unverwechselbare Geruch des Todes. Die Haken für die Feldflasche. Leer. Azra fährt nie ohne ihre Feldflasche. Sie ist eine, die mit beiden Füßen auf dem Boden steht – weise, ja, ein anderes Wort fällt mir nicht ein, sie ist unabhängig, will niemandem zur Last fallen. Wo bist du, Azra? Sag mir, daß die Helfer mit dem Schlauchboot gekommen sind, um dich zu holen, oder daß sie dich an einer Seilwinde haben fliegen lassen, daß sie dich in irgendeinem Auffanglager untergebracht haben, sag mir, daß sie dir eine Decke und eine Suppe gegeben haben, daß du dich nicht mit mir und Luisa in Verbindung setzen konntest, weil du es gar nicht versucht hast, du willst uns bezahlen lassen für das, was wir dir angetan haben, und du strafst uns mit diesem Schweigen – aber du bist da, heute, sitzt auf einer Matratze in einer Schule oder schaufelst vielleicht Schlamm mit den Jungs aus dem Dorf und lachst, wenn du daran denkst, wie sehr wir dich suchen. Ich verzeihe dir den Bubenstreich. Aber vergib du Luisa, und vergib mir, Azra. Nein, er schrie beinahe und schüttelte den Kopf. Sie wäre nie ohne ihre Feldflasche gefahren.

Die Freiwilligen konnten seinen Blick nicht mehr aushalten. Wer weiß, wer das war, dieser Mann mit dem weißen Schal. Er konnte der Vater sein, aber er war nicht der Vater. Er sah nichts. Nur ein hellblaues Bianchi-Rennrad ohne Rückstrahler und ohne Feldflasche. Signore, rief der Mann vom Zivilschutz, am Ende seiner Geduld, was reden Sie von einer Feldflasche! Versuchen Sie sich das doch einmal klarzumachen, eine Wasserflut, eine Druckwelle, die Eisenbahnschienen, Strommasten, Straßenüberführungen, dreistöckige Häuser aus Beton zerbröckelt hat … Das ist NICHT ihr Fahrrad.

Ein fast neues Fahrrad, auf dem grauen Wall, in einem Meer aus Schlamm, aufgestiegen aus Wasser, Nebel und Tod, eine apokalyptische Ruine, anachronistisch, mit jenem vollkommen heilen Sattel, mit jenem Lenker, den die Arme nicht mehr führen werden, mit jenem grazilen Gestell, das seine geometrische Schönheit nicht verloren hat, mit jenem Rad, das keine Pedale mehr antreiben wird, zerbeult durch die unzeitgemäße Begegnung mit einem unbekannten Hindernis. Genauso ist in fernen Zeiten ein Lava- und Schlammregen auf die Einwohner von Herculaneum niedergegangen und hat ihre Häuser, Gemälde, Ölkrüge, Ringe, Armbänder und sogar ihre Gesten in unsere Hände gelegt – die wir sonst nie kennengelernt hätten. Vielleicht hat so vor Jahrhunderten und Jahrtausenden ein Schneesturm auf den Alpen einen einsamen Jäger ergriffen und uns seinen Schmuck, seine Waffen, seine schmalen Glieder, seine langen Haare, seine Zähne, sogar seinen letzten Gesichtsausdruck – von Überraschung und Stolz – übergeben. Vielleicht hat so noch früher ein Erdbeben, ein Seebeben, ein Meteor in den Steppen einen umherschweifenden Dinosaurier überrascht, nur um uns die grandiose Hypothese seiner Wirbelsäule, seinen Unterkieferknochen und seinen einzigartigen Abdruck zu schenken. Vielleicht ist so eine müde Schnecke schließlich auf einem Stein eingeschlafen – um uns unversehrt, großartig und perfekt die fossile Form ihrer Spirale zu hinterlassen. Vielleicht hat so ein Insekt sich niedergelassen, sich ergeben und der Gefangenschaft eines Bernsteintropfens ausgeliefert – um uns, von weither, das ewige und verzehrende Zeichen seines Todes zu schicken.

Der Mann mit dem weißen Schal weinte. Einfach so, plötzlich, ohne Vorankündigung. Er trocknete sich die Tränen nicht, putzte sich nicht die Nase, suchte nicht nach einem Taschentuch – der Anblick eines erwachsenen Mannes, der weint, ist immer unerträglich. Er weinte und strich mit den Fingern über den verkrusteten Lenker. Niemand sagte etwas, es herrschte plötzlich eine allgemeine Spannung. Auch das düstere Ächzen des Baggers schwieg. Dort unten, unter den Bäumen hatte man die Motoren abgestellt. Der Mann vom Zivilschutz schloß seufzend die Akte. Er drehte sich zu seinen Kollegen um und machte ihnen ein Zeichen mit den Augen. Der junge Carabiniere reichte ihm ein gnadenlos zerknülltes Taschentuch, aber Arsenio bemerkte es nicht. Er weinte und strich mit den Fingern über den verkrusteten Lenker. Alle standen wie versteinert um jenes himmelblaue Relikt herum, das eine Gegenströmung nach dem Schiffbruch aus den Weiten eines unsichtbaren Ozeans ans Ufer geworfen hatte. Es ist ihr Fahrrad.

Es tut mir leid, Signore … Fassen Sie Mut, sagt der Mann mit der nötigen, aber antiseptischen Betrübnis, mit der man der Trauer anderer begegnet. Der junge Carabiniere dachte an jene Jahreszahl – 1975. Die freiwilligen Helfer dachten an die schmächtige Radfahrerin. Der Mann mit dem weißen Schal war jeden Tag zu ihnen gekommen: Er fuhr von Dorf zu Dorf, von Feld zu Feld. Oft begleitete ihn eine schwarzgekleidete blonde Frau. Sie stapften durch den Schlamm, gingen in den Amphibienfahrzeugen,

Schlauchbooten und Hubschraubern ein und aus. Allen sagte er immer wieder das gleiche, stellte die gleichen Fragen. Diesen Mann hatten sie von Tag zu Tag mehr verfallen sehen, jetzt hatte er einen ungepflegten Bart und tiefe Ringe unter den Augen, wie sie trug auch er Gummistiefel, und seine gefütterte Regenjacke war grau von Schlamm – er hatte die schmächtige Radfahrerin auf jedem Meter der Straße gesucht. Er hatte mit dem Spaten zentnerweise Schutt geschaufelt, hatte die verfluchte Erde geschaufelt und umgegraben, um das Mädchen zu finden, bis seine Hände bluteten. Seit sechs Tagen tat er nichts anderes, als allen ein Photo von ihr zu zeigen: den Feuerwehrleuten, den Soldaten, den Polizisten, den Freiwilligen, den Menschen aus diesem und anderen Dörfern. Es war ein persönliches Photo, das einzige, das er besaß, er hatte es aus der Brieftasche geholt und durchgerissen, aber von der beseitigten Person war eine Hand geblieben, die sie um die Taille hielt: Die schmächtige Radfahrerin saß auf den Knien eines Mannes, der seinerseits auf einem spitzen Meilenstein saß, und sie lachte, streckte dem Objektiv Zeigefinger und Mittelfinger zum Zeichen des Sieges entgegen. Wohin bist du denn nur gefahren? Warum bist du an jenem Abend ausgefahren? Warum? Der Feuerwehrmann dachte an nichts. Ein Rennrad Bianchi, Baujahr '92, hellblau. Gestänge Columbus Tsx.

Zwischen den Bäumen dort unten, wo der Bagger den Schlamm durchwühlte, hatte sich ein Auflauf gebildet. Viele fuchtelten mit den Armen. Freiwillige und Soldaten, Frauen in Regencapes und die Militärärzte liefen herbei. Und Krankenträger kamen mit einer leeren Tragbahre. Sie zeigten auf etwas. Der junge Carabiniere rannte fort. Auf dem Rennradgestell war, mittlerweile unleserlich, noch der Aufkleber. Sie hatten ihn zusammen am Flughafen aufgeklebt, vor der Abreise nach Italien. Für Fahrräder muß man im Flugzeug ein reguläres Ticket haben: Sie reisen zwischen Koffern und Souvenirs, und die Eigentümer müssen sie kennzeichnen, um sie bei der Ankunft wieder in Besitz nehmen zu können. Später hatte Azra ihn nicht mehr abnehmen wollen. Zur Erinnerung an die gemeinsam erlebten Tage, für den Fall, wenn alles vorbei wäre. Das war alles, was blieb: eine schmierige, zerfranste, durchsichtige Papierschicht. Und keine chemische Formel, keine Alchimie, keine Technik, nicht einmal ein Wunder konnte das verschlissene Farbband der Schreibmaschine reversibel machen, auf der jemand die Geschichte ihrer gemeinsamen Tage schrieb. Zumindest nicht in der Zeit, die ihnen beschieden war. Ach, nimm den Hut ab, knie nieder. Du wartest nicht auf mich, du hast mich verlassen. Er wußte, warum sie gefahren war, an jenem Abend. Er wußte, wohin sie wollte – schmächtig, leicht, mit wirbelnden Beinen, atemlos, mit dem Herzen in der Kehle, so weit weg vom Ziel. Ja, ja, es ist ihr Fahrrad.

Du tratest in die Pedale auf deinem hellblauen Bianchi, auf den dunklen und vertrauten Straßen, die unsere Leben vereint und jetzt getrennt haben, Azra, eingepackt wie ein Astronaut, die Stirn unter der roten Wollmütze vergraben: Am Ende des Gefälles hast du vorsichtig zu bremsen versucht und bist nach etwa hundert Metern zum Stehen gekommen, bevor du in die Hauptstraße einbogst – du hast angehalten, hast einen Fuß auf die Erde gestellt und dir die Augen getrocknet; der nasse Asphalt im Gewerbegebiet bildet unter den Scheinwerfern, die die in der Landschaft schlafenden Industriehallen überwachen, störende Reflexe, die dir in den Augen brennen. Du trittst vorsichtig, läßt die Hallen hinter dir, und die Kreuzungen, die Straßenschilder, Kilometer um Kilometer nur Straße – dann kommt ein langes Stück gar nichts, keine Lichtspuren, keine Scheinwerfer von Autos, denen du folgen könntest, niemand kommt vorbei; du trittst in die Pedale, immer erstaunter darüber, daß du dich an einem Samstagabend im November nicht vor den Rennfahrten rivalisierender Cliquen schützen mußt, die von einem Dorf zum anderen ziehen – als du noch hier lebtest, bist du Freitag und Samstag abends nie Fahrrad gefahren, weil du Angst vor jenen Möchtegernpiloten hattest: Und doch bist du Samstag ausgefahren, Azra, es war eine andere Samstagnacht, eine Mondlandschaftsnacht, als hätte eine Katastrophe die Welt entvölkert, und nur du weißt von nichts, oder als wärest du – anstatt auf den wohlbekannten Straßen deiner Welt zu fahren – aus Versehen in eine parallele Dimension gerutscht, wo es keine Menschen gab und wo ihre vier Räder noch nicht erfunden waren, auf diesem Planeten war noch nicht einmal der Mensch erfunden – in der irrealen Stille hörst du in der Ferne als einzige beruhigende Gesellschaft ein Dröhnen, ein Brummen, das aus dem Tal aufsteigt – in dem versunken zwischen Büschen und Geröll der Fluß fließt; aber es ist ein seltsames Dröhnen, und zeitweise kommt es dir vor, als käme es aus den Eingeweiden der Erde: Die absolute Einsamkeit der Novembernacht macht dich unsicher, jetzt hast du fast Angst und möchtest zurückfahren, die steile Steigung zum Hotel schreckt dich nicht, wir erschrecken dich, wir zwei, Azra, und da, nein, du bist nicht zurückgefahren; du radelst weiter, in unsicherem Gleichgewicht, schlitternd, weil die zu dünnen Reifen auf dem glitschigen Asphalt nicht fassen, und in einer engen Kurve bist du ausgerutscht – das Fahrrad ist dir aus der Hand geglitten und gegen die Leitplanke gefahren: Du bist vom Sattel geflogen, gefallen, mit dem Kopf gegen einen Meilenstein geschlagen und warst wie betäubt, du hast das Hörgerät verloren und es im Dunkeln, im Regen nicht gefunden – du bist wieder auf den Sattel gestiegen, aber der Lenker war verbogen, die Speichen zerbrochen, du hast dich langsam auf den Weg gemacht, humpelnd und das Fahrrad schiebend, wolltest einen vorbeifahrenden Laster um Hilfe bitten, und als in der dichten Dunkelheit plötzlich ein riesiger weißer Lastzug mit ausländischem Nummernschild aufgetaucht ist, bist du mitten auf der Straße stehengeblieben, wolltest mit den Armen winken, du stelltest dir schon vor, wie du dich dort hochhievtest, in die Sicherheit, weg von Schmerz, Regen, Dunkelheit, Einsamkeit, das Fahrzeug verlangsamte, du konntest sogar ganz deutlich im Führerhaus den Fahrer erkennen: roter Schnurrbart, dunkler Rollkragen, eure Blicke haben sich gekreuzt, du wolltest ihn anhalten, du wolltest, hast es aber nicht getan, weil das Leben dir einen tödlichen Haß auf weiße Lastwagen ins Herz gesenkt hat – man hat dir weh getan, und du hast es ihnen noch nicht verziehen –, einen Moment lang hast du gedacht, du würdest das Bianchi-Rad auf den Hänger laden und dich zum Bahnhof bringen lassen, oder zum Flughafen, oder auch anderswohin, nur weit weg von hier – wer einmal flieht, flieht wieder, flieht immer –, warum hast du ihn nicht angehalten? Du hättest feststellen können, wie freundlich Lastwagenfahrer meist sind, aber du hast ihn nicht angehalten, und der riesige weiße Lastzug hat dich überholt und dich mit schmutzigem Wasser bespritzt … Du gehst lange durch die Nacht, Azra, tappst umher, denkst, daß es trotz des Regens eine zauberhafte Nacht war: Die Straße vor dir funkelte wie eine metallische Lagune, du gehst lächelnd weiter, bist wieder heiter, ruhig, aber das Metall zieht sich zurück wie eine Fata Morgana, und als du es endlich erreichst, verwandelt sich die Überraschung in Enttäuschung – kein wohlwollender Mond, kein strahlender Zauber bewirkt diesen metallischen Glanz: Die Straße ist ein See, das Metall ist Wasser, eisiges Wasser, das deine Knöchel packt und in die Wolle der Strümpfe dringt – es ist dunkel, Azra, nur am Ende der Stichstraße, an der Einmündung in die Hauptstraße, meinst du die Lichter eines Dorfes zu erkennen, du fragst dich, ob du das Fahrrad zurücklassen und zu laufen anfangen solltest: Dann hast du gesehen, wie der Fluß die Straße überflutet, eine Wand aus schwarzem Wasser, das sich reißend talwärts stürzt, über die Grasböschung fließt und Relikte und Geröll ausspuckt, ein Baumstamm treibt ab und bleibt hängen, wird weitergezerrt, strandet wieder und versperrt die ganze Straße: So hast du, fast weinend vor Kummer, das Fahrrad – ach, hätte ich es dir nur nie gekauft – an ein Straßenschild (ACHTUNG! GEFÄHRLICHE KURVEN 4,5 km) gekettet und hast zu laufen begonnen, du läufst, Azra, stolperst über die Pfützen, versinkst in Tümpeln aus schwarzem Wasser, das sich immer weiter ausbreitet, du läufst und stößt gegen Zweige, Steine, Bäume und Büsche, gegen die Kilometersteine und Leitplanken, du hoffst auf ein Auto, aber es kann kein Auto mehr kommen, weil die Straße jetzt unterbrochen ist – wir waren so nah, Azra, so nah –, und unter Schmerzen läufst du humpelnd durch die Einsamkeit, durch die völlige Dunkelheit, und die Hosen kleben dir an den Beinen, und die Schuhe bleiben im schlammigen Boden hängen, und du hast die Wollmütze verloren, und die Haare kleben am Schädel, du läufst keuchend und verlierst an Geschwindigkeit und Leichtigkeit, du bist schwer geworden, plump, läufst völlig außer Atem und siehst nichts mehr vor dir, hörst nur hinter dir ein immer stärkeres Röcheln, das dir auf den Fersen ist, du läufst, und in die verkrampften Lungen dringt kaum noch Atem, die Luft kommt nicht mehr durch die blockierte Kehle, bleibt an den aufgerissenen Lippen hängen, du keuchst, ein stechender Schmerz durchzieht deine Rippengegend, und du wärest am liebsten stehengeblieben, wenn du nicht instinktiv, unfehlbar begriffen hättest, daß du das nicht durftest, du läufst, auch wenn du nicht mehr weißt, ob du noch der Straße folgst oder auf einen Pfad geraten bist, der nirgendwohin führt – denn jetzt versinken deine Schuhe, deine Beine in einem schlammigen Sumpf, aus dem du dich nur mit unermeßlicher Mühe befreien kannst, und du hast keinen Halt mehr, und manchmal läßt auch du dich fast fortreißen wie jener Baumstamm, der immer vor dir war und den du jetzt aus den Augen verloren hast – und hin und wieder, wenn du dich wie wild gegen das Wasser stemmst, findest du für kurze Augenblicke den Boden wieder, klammerst dich an einen tiefhängenden Zweig oder an ein Gebüsch, und das Gebüsch wird gemeinsam mit dir fortgerissen, als hätte es keine Wurzeln und läge nur lose auf der Böschung, du läufst, aber dir geht die Luft aus, und das Atmen ist schmerzhaft, immer schmerzhafter, du läufst gekrümmt, gepeinigt von den Stichen, und am Ende willst du nur noch stehenbleiben, dich an einem Pfahl, einem Baum, einem Straßenschild festklammern – aber die Reklametafel ist umgefallen, und also läufst du und keuchst und kommst zu einem anderen vertrauten Schild, das Werbung für die Schönheiten der Gegend macht und den Touristen sagt WELCOME IN THE WINELAND – auch dieses Schild schwimmt, falsch herum, umgerissen, und jetzt willst du stehenbleiben, verloren in der Dunkelheit, im Wasser, in der Einsamkeit, in der Stille, aber du kannst nicht, unter deinen Füßen ist nicht mehr der Asphalt und ist nicht mehr die Straße, die Strömung reißt dich mit, überschwemmt dich, das Wasser dringt dir in Ohren, Nase und Mund, und du hast das Hörgerät und die Fahrradschlüssel verloren, du suchst nach irgend etwas, nach einem Halt, einer Stütze, einem Zweig, aber gemeinsam mit dir fallen auch die Bäume, das eiserne Brückengeländer bricht, am Hang lösen sich die Metallgitter gegen die Erdrutsche, und in der Nacht geben moosbewachsene Felsblöcke und ganze Wälder nach, du hast jeden Sinn für die Richtung und den Ort verloren, du drehst dich, gehst unter, tauchst dann und wann wieder auf, holst Luft, tappst herum, treibst, gehst unter, schießt wie ein Stück Holz durch das Wasser, das dir bis zum Hals steht, dir ständig ins Gesicht spritzt, und es ist nicht mehr Wasser, sondern eine klebrige und schwere Flüssigkeit, voller Erde, die nach Metall schmeckt, nach Waschmittel, Pestiziden und Erdöl, du treibst, gehst unter, ruderst, durch die Dunkelheit irrend, in der Einsamkeit, in der Stille, und du hast das Hörgerät verloren, und Panik packt dich, du läßt dich tragen, auf dem Rücken, ruderst mit Armen und Beinen, richtest zeitweise den Kopf auf, und der Schmerz in den Rippen läßt nach, und auch die Stiche in der Seite und in den Lungen, und du atmest tief, bis du plötzlich einen weiteren trügerischen Lichtschein erkennst: das Schimmern der Leitplanke, nein, genauer gesagt ein schwarzweißer Pfeil, der dich aus der Lähmung, der Apathie, der Resignation reißt, der Pfeil zeigt eine gefährliche Kurve an, das Hindernis unterbricht die rasende Fahrt, das Wasser schleudert dich gegen den riesigen Pfeil, du knallst dagegen, ertrinkst fast, bist wie zerschlagen, kaputt, zertrümmert, schnappst nach Luft, erstickst, aber schließlich klammerst du dich an der wundervollen Leitplanke fest, und trotz der Schmerzen in Schultern, Rücken, Armen, Kopf hast du dich in Sicherheit gebracht, das Wasser schießt gegen die Kurve und strömt ins Tal, und du bist zum Stehen gekommen und bist dort geblieben, mit den verkrampften Händen in den nassen Handschuhen, während das schwarze Wasser rundherum strömt und die bei dem stillen und verrückten Rennen aufgetauchten Gespenster ins Tal trägt, Alteisen, verrostete Pfähle und Gerippe von Pappeln, Metallgitter und Straßenschilder. Du klammerst dich an der Leitplanke fest, kletterst auf den Grat, wie ein Reiter auf einem metallischen Streitroß, zitternd, zähneklappernd, weinend, wartest darauf, daß jemand dich holt – denn wir würden dich sicherlich suchen, wir konnten nicht zulassen, daß du nachts, allein, bei diesem Regen mit dem Fahrrad unterwegs warst, bei diesem Regen waren auch wir unterwegs, im Dunkeln, suchten dich, riefen deinen Namen, auch du mußtest uns rufen, brülltest, um dich bemerkbar zu machen, aber wie im Alptraum kam deine Stimme nicht heraus, oder vielleicht konntest nur du sie nicht hören, weil du das Hörgerät verloren hattest, und du bleibst deiner Unterwasserstille ausgeliefert, deine steifen Hände bluteten, das Wasser hat dir die Schuhe und einen Strumpf fortgerissen, und der nackte Fuß im Wasserstrudel erstarrt, bis du sogar vergißt, daß du einen Fuß hast, die Leitplanke zittert wie von einem Erdbeben geschüttelt, sie zittert, aber sie gibt dem Hochwasser nicht nach, erträgt es, der Zementpfeiler hält dem Wasser stand, dem Ansturm, dem wilden Brüllen, wie eine Mole unter dem Druck der Wellen, du mußtest nur festgeklammert bleiben, alles würde vorbeigehen, aber du wußtest nicht, wie lange es dauern würde und ob es dir gelingen würde durchzuhalten, die Hände taten dir weh, die Schultern, der Rücken, das Bein (das andere, das im Wasser, existierte nicht mehr), dir war kalt, eine Kälte, die in das Fleisch sticht, es steif, empfindungslos, fremd macht, es einschlafen läßt, und die durchweichte Regenjacke, der Pullover, die Hose werden schwer und ziehen dich hinunter ins Tal. Und das Wasser drückt immer stärker, in deiner Unterwasserstille kannst du dich nicht einmal mit dem Knirschen des Metalls, den Schlägen, den Brüchen, dem Brodeln des Wassers trösten, du spürst nicht mehr die Hände und nichts von deinem Körper – aber du erträgst und hältst durch, der Tag bricht an, um dich zu retten, das Licht wird kommen, du hast bemerkt, daß die Finsternis sich irgendwo lichtet, es fehlte nur noch wenig, das Wasser stand still, war fast bewegungslos nun, wie eine Lagune, und bald würde alles vorbei sein, du fandest die letzte Kraft, um dich zu halten, starrsinnig wartetest du auf die Morgendämmerung und hieltest durch, verloren im Dunkeln, im Wasser, in der Einsamkeit, in der großen Stille, in der du dich verirrt hast und nicht einmal jenes letzte Geräusch gehört hast, Azra, das langsame Abrutschen des Hügels zum Wasser hin, zum Tal, zu dir, und Baumstämme und eine Lawine aus Pflanzen, Steinen, Bäumen und Schlamm haben dich erdrückt und begraben, der Atem ging dir aus, die zerquetschten Lungen bekommen keine Luft mehr, die Augen verschleiern sich, und alles beginnt zu weichen, dort unten.

Er war allein zurückgeblieben. Alle standen am Damm des Flusses. Er sah undeutlich, im kompakten Grau, den Farbfleck ihrer Körper, die Dampfwolken ihres Atems. Signore – sagten zwei der jungen Männer, denen er immer wieder das Photo gezeigt hatte, und nahmen ihn am Arm –, setzen Sie sich. Sie hatten gerötete Augen. Ein Sperling pickt auf den verkrusteten Schlammschollen herum, hüpft weg, kommt zurück. Es ist kein Sperling, es ist ein Vogel mit rostbraunem Gefieder: Er scheint gewichtslos zu sein und schwingt sich, mit den winzigen Flügeln flatternd, in die drückende, reglose Luft auf, löst sich vom Schlamm, in dem seine leichten Füße keinen Abdruck hinterlassen haben, umflattert ihn und die Jungen, hält sich in respektvollem Abstand, stößt ein kämpferisches Kreischen aus und fliegt dann in langsamem Flug davon. Wohin gehen Sie denn? fragt ihn das Mädchen. Er rannte, Arsenio, versank mit den Gummistiefeln im Schlamm, strauchelte durch den stygischen Sumpf, rannte keuchend auf das dichte Grüppchen zu, sie drängten ihn zurück, gehen Sie, sagten sie, zu Ihrem eigenen Wohl, gehen Sie, jemand riß ihn am Arm, jemand zerrte an den Falten seiner Regenjacke – laßt mich durch, brüllte er, laßt mich.

Zu Füßen des Baggers war nur ein graues Gemisch aus Zweigen, Blättern, Rinde, Bäumen, Erde, Steinen. Aber aus dem Gemisch ragte – in der gleichen toten, grauen, fast grünen Farbe – die winzige Sohle eines Schuhs hervor. Ich werde im Fluge auferstehen, mein Freund. Was haben wir dir angetan, Azra. Sie versuchten, ihn aufzurichten, rüttelten ihn sanft. Er hatte sich niedergekniet. Was haben wir dir angetan. Oh, vergib uns, vergib uns, Gott, laß einen Blitz auf mich niederfahren, jetzt, denn ich verdiene es nicht aufzuerstehen. Signore, kommen Sie mit, ich bitte Sie. An den Schultern weggeschleppt, mit den Augen zum grauen Himmel, zur grauen Erde. Es hatte wieder zu regnen begonnen. Regen, der auf die Regenjacke und das Gesicht trommelt, der vertraute Regen von gestern. Trauriger, fremder und ferner Schatten, der du uns den Rücken wendest und dich auf den Weg machst, so vielleicht ein Insekt in einem Bernsteintropfen, Azra... Der Regen, der die Dämme bricht, überschwemmt die Provinzstraße, dringt in deinen Helm, durchweicht die Kleider, löst die Knochen auf, dringt in die Erde, bis die ihn nicht mehr aufnehmen kann und ihn abweist – der Regen, der auf ihre grazilen Schultern, auf ihr Gesicht, auf das Metall der Leitplanke fällt, wo sie wartet, daß der Sturm vergeht, und der Regen, der zum Strom, zur Flutwelle, zum Ozean wird: Die Tropfen prallen von den Händen ab, die Wellen brechen sich an ihrer Rettungsinsel, und der Hügel löst sich auf, Schollen verletzter Erde, Bergrutsch aus Bäumen und Steinen.

Die Verdammung ist vielleicht diese feuchte, schwere Wolke, die auf alle herabsinkt, die noch da sind. Der gefräßige Regen, der die Pfützen füllt und am Regenschirm der Frau abgleitet, die reglos vor dem Trümmerhaufen steht. Arsenio erhob sich wieder und drehte der kleinen Gruppe den Rücken zu, die sich um ihn herum versammelt hatte. Stolpernd stieg er den Damm wieder hinauf. Der letzte Lastwagen machte das Licht an, fuhr mühsam los, und die Frau blieb allein auf der holprigen Straße zwischen den verdorrten Bäumen. Der Regen, der die Formen verschwimmen läßt und den Blick trübt. Von weitem schien es ihm fast, als glitte ein kaum merkliches, melancholisches Lächeln über ihre Lippen. Auf der gleichförmigen Wasserfläche, dem unendlichen Sumpf der Überschwemmung, der die leblose Farbe des Schlamms hatte, leuchtete der weiße Mantel von Luisa wie die Helle des Morgens – ein warmer, fast glühender Fleck. Ein Flügel aus Licht flammt auf in der überschwemmten Welt. Als er bei ihr ankommt, sagt sie nichts und macht ihm Platz unter dem Regenschirm. In einer vom Regen durchfurchten Stille machen sie sich auf den Weg zum Unterstand. Das Wasser strömt zur Ebene, überschwemmt die trostlosen Ländereien Italiens. Fleisch, Erde, Kleider, Diesel, Holz, Metall werden alles eins – Schlamm, leblose formlose feste kompakte Materie.

8

Nach der Sintflut schwebt ein bläulicher Dampf in der Luft, der sich zu einer stehenden Wolke aus Feuchtigkeit verdichtet. Es hat aufgehört zu regnen. Das Wasser sickert in die Erde, die es langsam wieder aufnimmt. Vom triefenden Gebüsch fallen Tropfen auf den Stamm. Der vom Blitz verkohlte, gespaltene Stamm ist nur noch ein schwarzer Streifen. Das Flußwasser ist trübe, aufgewühlt, die Welt ist eine Lagune, in der die Landflächen Schiffbruch erlitten haben. Es gib keine Tiere, nur zwei Eisvögel stoßen schrille Töne aus – aber vielleicht ist es für diejenigen, die ihn verstehen, ein Gesang –, flattern mit den Flügeln und fliegen in Richtung Horizont davon. Wie in einem Sog zum Horizont flieht auch ein Zug dunkler, zerfaserter Wolken. Die Nacht entfernt sich vom Wasser, das – wie geronnen – silbern funkelt. Da, da ist das Licht: Die Sonne wird gleich aufgehen.

Das Pentiment von Enrico da Sorano ist die dichte Temperamasse, die er barmherzig über die große Szene auf der

Ostwand streicht, um die Gesichter der Hauptfiguren, ihren Ausdruck, ihre Gesten, ihre Stellung im Raum und also in der Zeit auszulöschen. Er will sie jetzt ändern: Er will das Gesicht des Mannes und ihr Gesicht verändern, er will, daß beide auf dem gleichen Flußufer sind und daß das Wasser sie nicht trennt; er will nicht mehr, daß sie zu ihm blickt, sondern in die Zukunft, außerhalb von Raum und Zeit seines Werks; er will das Vorzeichen von Wolken und Licht ändern, er will, daß die Zelle des Tempels dunkel ist und daß kein Schimmer das Licht der Wahrheit verbreitet – nur das dunkle Grün von Moos und Flechten, denn das Orakel schweigt, und seine Stimme ertönt nicht und wird ihnen keine Ratschläge geben: Die Zukunft werden sie allein aufbauen müssen. Deshalb macht er das steinerne Heer weicher – die neuen Männer, die sich schon hinter ihnen erheben – und läßt es im Schlamm versinken: Er will die Schiffbrüchigen allein lassen, will innehalten, kurz bevor die Welt sich wieder mit unseresgleichen bevölkert.

Enricos Pentiment ist die Paste aus Elfenbein und weißem Pigment, die er dort aufträgt, wo vorher Pyrrhas neutrales und bedeutungsloses Gesicht war – aber es ist auch in einem weiteren, absoluten Sinn Reue für das, was er getan hat, und noch mehr für das, was er nicht getan hat, und was er nicht wiedergutmachen kann, weil die Handlung in der Zeit angesiedelt ist, und jene Zeit ist vergangen. Das Bild des gelebten Lebens mag vielleicht nicht gefallen, aber es ist schon verkauft und wird nicht zurückgegeben. Er hat einen Maler kennengelernt, den sie »den Verrückten« nannten: Der zog durch ganz Italien, auf der Suche nach seinen Bildern, die in einer kleinen Kapelle, an einem privaten Altar oder auch in einem Schlafgemach hingen, und unter dem Vorwand, noch seine Unterschrift oder ein fehlendes Detail anbringen zu wollen, verunstaltete er sie. Man hat ihn in ein Hospiz gesteckt. Enrico würde heute gern jener Verrückte sein und durch Italien ziehen, auf der Suche nach dem einzigen Werk, das er nicht finden kann, um es zu zerstören. Das Pentiment ist auch der unsagbare, geheime Schmerz, der ihn seit seiner Rückkehr begleitet und ihn nicht verläßt – und ihn vielleicht nicht verlassen wird, bevor er nicht fertig ist. Wenn er mit all dem fertig werden kann, oder wenn er das Werk einfach nur verlassen wird, weil er es nicht mehr verbessern kann oder nicht weiß, wie er es noch verwandeln soll: und wenn er es aus Hunger, Müdigkeit oder Vertragsgründen gehen lassen muß.

Seit Jahren arbeitet er an diesen Figuren. Die Welt ringsum ist verändert, und er ist hier, immer noch. Heute, wenn die Sonne hinter den Hügeln von Bastia untergegangen sein wird, wenn auch die letzte Kerze im Halter geschmolzen sein wird, oder spätestens in der Dämmerung morgen früh, wird er seinen Pinsel aus der Hand legen müssen, das Holzgerüst, auf dem er sitzt, abbauen, seine Farben, seine Kocher, seinen Mörser, seinen Brennkolben wegpacken müssen. Morgen wird er gehen müssen: Seine Zeit in Bastia ist abgelaufen, und vielleicht ist das richtig so. Wäre er ein Dichter, so ließe er dieses sein provisorisches Manuskript, das ihn nicht befriedigt, verbrennen. Aber er ist kein Dichter, er ist nur ein Maler. Er weiß, daß das, was er sucht, nicht gefunden werden wird, doch was er gemacht hat, ist schon genug. Und seine Worte sind Farben, die die Zeit verändern wird, Teilchen aus Licht, auf die sich unaufhörlich der Staub legt, und er will weder einen Scheiterhaufen noch das Gegenteil, eine Wasserfläche, so weit das Auge reicht, bis das Meer keine Grenzen mehr hat: weder Feuer noch Wasser – sondern Wind, der in Böen durch das offene Fenster hereinkommt. Und Erde, die hier und da auftauchen soll – nackt, grau und trostlos –, nach der Sintflut.

Nach Bastia kam er an einem Tag voller Wind. Er blies aus Norden, in Böen, die die Asche in den gelöschten Feuerstellen aufwirbelten. Es war ein ungewohnter Wind, ein Wind von Frieden und zugleich von Sturm. Nach der Schlacht war er wochenlang durch das Land geirrt, hatte Grenzen, Mautstellen und Zollpunkte passiert, hatte bewaffneten Männern und Halunkengesichtern das verschlissene Dokument gezeigt, mit dem er in Boccadiferros Burg geschickt worden war – Mandat der Verbannung, das jetzt Begleitbrief der Freiheit war; er war gewandert, von Hunger getrieben, ohne Gepäck, ohne Werkzeuge und ohne Geld, in einem Sicherheitsabstand neben der Straße, auf der die Franzosen nach Norden zogen, mit denen er nicht mehr reiste. Er beobachtete sie von den Hügeln aus: Kurz hinter ihnen folgten die Soldaten der Liga. Er floh vor zwei Heeren, vor seiner Vergangenheit und auch vor seiner Zukunft; er hatte nur ein Ziel: seine Malereien. Die Metamorphosen, denen ein wirkliches Ende fehlte – denn während er sofort gewußt hatte, wo er anfangen mußte, hatte er noch nicht die richtige Art und Weise gefunden, um jene Sarabande aus Flucht und Rückkehr abzuschließen.

Es fehlten ihm die Apotheose und die Gegenwart. Und vor allem auch sie, sein geheimes und nichteingestandenes Ziel. Er war allein. Am Ende, nach dem vielen Irren durch die Welt hatte er keinen Schüler, keine Frau, keinen Sohn. Er hatte einen Herrscher gefunden, einen Vertrag, eine Arbeit: Und vor jener Zukunft, die doch sein ganzes Streben war, hatte er Angst bekommen. Er wurde von seinem Schatten verfolgt – von seinem Scheitern oder vielleicht von seinem Triumph. Er ging, mit einer völlig unverständlichen Sinnwidrigkeit, die er denn auch niemandem außer sich selbst erklären konnte, an den einzigen Ort, an den er nicht hätte zurückkehren dürfen: an den Ort seiner Relegation, seiner Verbannung. Der Ort seiner Verbannung – das hatte er begriffen, während er blind auf seinem Baldachin durch das lange Land reiste – war auch der Ort seiner Freiheit, der einzige, an dem er je wirklich frei gewesen war. Das war die Bedeutung von Almas Worten, der Worte, die sie – lapidar und geheimnisvoll – in ihren endlosen nächtlichen Gesprächen fallenließ. Das war ihre gemeinsame Verbannung. Das wußte er jetzt, und er hätte es ihr gern gesagt. Er hatte begriffen, was sie meinte, als sie vom Fallen sprach, von Fremdheit, von Verzweiflung. Damals klangen ihre Worte für ihn faszinierend, aber leer. Gegenstandslos. Es schienen ihm phantastische Märchen zu sein. Er war ein zu leichtfertiger Mann, der seinem Glück zu sehr vertraute. Er kehrte verändert zu seinen Malereien zurück: vielleicht nicht unbedingt als ein besserer Künstler, sicherlich aber als ein anderer Mensch. Er kehrte auch zu ihr zurück. Sie sagte: Im Geist liegt der Weg zur Erlösung. Er hatte nicht begriffen, daß Alma nicht im wörtlichen Sinn sprach, daß sie Satanael, das Böse, das Fleisch sagte, um von allen verstanden zu werden. Aber wenn das Exil gemeinsam ist, so hätte er ihr sagen wollen, dann ist es vielleicht möglich, auf der Erde wenigstens den Weg zur Erlösung zu erkennen. Ihn nicht zu verlieren, aber ihn zu suchen. Er nährte jetzt eine glühendere und heftigere Liebe zum Leben als zuvor.

Vom kahlen Gipfel des Hügels aus erkannte er die mächtige Masse von Boccadiferros Burg – die nach der Belagerung eingerissenen Mauern, den geschleiften Mittelbau, den aufragenden runden Turm, der auf der Höhe des ersten Stocks gestutzt war, den viereckigen Turm, in dem ihn seine Wände erwarteten: O Gott, ohne Dach, aber er steht noch; dann erkannte er den Glockenturm des Klosters San Bernardino und schließlich den Wachturm, der sich im trüben Wasser des Flusses spiegelte. Den vom Hochwasser angeschwollenen Fluß, in dem sich schnelle, dunkle Wolken spiegeln, die sogleich vom Wind verjagt werden. Es sah alles genau gleich aus. Alles ohne Bewegung. Obwohl die Welt in jenem Jahr durchgerüttelt worden war und die italienischen Staaten mehrfach die Herren gewechselt hatten. Die Markgrafschaft wurde nicht mehr vom alten Moralapostel Bonifatius regiert. Er war tot, sein unbeugsamer Augustus, der Verantwortliche für seine Verbannung und sein Unglück, und wenige Tage nach seiner Rückkehr sollte auch Maria Branković sterben.

Sie, Maria, hatte gegen die Schwindsucht gekämpft, seit sie als Braut an den Hof von Casale kam. Und schließlich hatte sie den Kampf verloren. Sie hatte jahrelang auf den Tod des Ehemanns gewartet, vielleicht sogar seit dem Tag ihrer Hochzeit; vielleicht hatte sie, die junge und schöne Prinzessin ohne Reich, für seinen Tod gelebt – und als Bonifatius gegangen war, hatte sie nichts mehr davon gehabt. Sie hatte nicht über sein zerstückeltes Reich regiert, Maria, sondern war ihm wenige Monate später gefolgt. Angeblich auch wegen des Kummers, daß der große Plan, ihr Land zurückzuerobern, gescheitert war. Wenn Enrico nach Casale gegangen wäre, hätte er sich darum bewerben können, das Grabmal zu entwerfen oder wenigstens die Trauerbanner, um seiner früheren Förderin eine letzte Ehre zu erweisen. Hätte er sie nicht kennengelernt, wäre sein Leben anders verlaufen: Er hätte nie die Metamorphosen gelesen, nie das Fresko gemalt, nie die göttliche Alma getroffen. In wenigen Tagen wird die Herrschaft von Guglielmo beginnen, einem zwölfjährigen, von Vormund und Beratern umgebenen Jungen. Von Ränken, byzantinischen Intrigen, Machtkämpfen – und er, Enrico, wird von Costantino Arniti, Marias Onkel und Regent von Monferrato, die Erlaubnis zur Wiederaufnahme der Arbeiten erhalten. Enrico ist wieder zu Ehren gekommen, tot sind alle seine Feinde. Chevalier Henri.

Doch er kam hierher, zu den windgepeitschten, kahlen Hügeln, auf die Insel von Garbo, dem letzten Vorposten Italiens – und hatte dies dem Schloß Amboise vorgezogen. Wenn es das war, was Alma sagen wollte, als sie davon sprach, seine Pinsel auf dem Scheiterhaufen der Eitelkeit zu verbrennen, so hatte er sie verbrannt. Aber er würde nicht aufhören zu malen. Das nicht. Außerdem hätte auch Alma das nicht gewollt. Auf der Kiesstraße, die neben dem Tanaro verläuft, bemerkte er undeutlich ein feierliches Gewimmel; beim Näherkommen erkannte er einen Zug, der sich in Richtung Burg bewegte und einem hohen weißen, vom Wind geneigten Banner folgte. Der Karren rüttelte einen Sarg aus armseligen Kastanienbrettern hin und her. Keine Eiche, keine Bilder und Huldigungen. Er bekreuzigte sich für jenen armen unbekannten Toten. Am Ende des kurzen Zuges erkannte er die weißen Kutten der Dominikaner des Klosters San Bernardino. Doch in den letzten Monaten hatte er sich an den Tod gewöhnt und beachtete ihn kaum.

Bonifatius war tot, und tot war auch Maria von Serbien, und Enrico da Sorano, gefeiert vom König von Frankreich, Chevalier, war ein freier Mann. Und als freier Mann arbeitet er im Kastell, noch nicht einmal unter der wachsamen Kontrolle des Statthalters der Festung, der sich wundert, daß der Maler – gerade als er wieder ein freier Mann geworden war und im Schloßpark von Amboise hätte reiten und Hasen und Hirsche jagen und jeden Ort zu seiner Heimat hätte machen können – in sein früheres Gefängnis zurückgekehrt war. Der Regent Costantino ließ Hab und Gut des toten Boccadiferro auflisten, und die Räume der Burg dröhnten vom Kommen und Gehen der Frachtleute: Sie verpackten Wandteppiche und Silber, entwendeten alles, was nicht als markgräflich registriert war – und auch das, was als Besitz der Palaiologen inventarisiert worden war. Aber ich, sagte Enrico, bin zurückgekommen, um meine Arbeit zu beenden. Der Statthalter, der ihn im Waffensaal empfing, verstand nicht. Sie trafen sich nach langer Zeit wieder, und keiner von beiden war mehr der, an den der andere sich erinnerte. Der Statthalter war ein fetter, durch das Glück verjüngter Mann der Waffe, der sich den Titel Sire del Garbo und die Privilegien der Boccadiferro verleihen lassen wollte; Enrico ein durch den Erfolg verunsicherter Mann, der seine wunderbare Redegewandtheit verloren hatte, den Statthalter von oben bis unten musterte und immer wieder starrsinnig sagte: Ich will den Vertrag einhalten und die Arbeit beenden, die mir in Auftrag gegeben worden ist. Der Statthalter – wäre es nach ihm gegangen – hätte seinem Antrag nicht stattgegeben. Er hatte immer wenig Sympathie für diesen samtenen Stutzer gehabt, der plappernd wie ein Weib durch Almas spartanische Kammern schwirrte, der grauenvolle Höllen malte und Madonnen, so unzüchtig wie Huren. Er verstand außerdem sein »großes« Werk nicht. Er mochte seine ausufernden und phantastischen Geschichten nicht, seine erschreckenden und abstoßenden Ungeheuer, die sich wandelnden Formen, das klare und bedrohliche Zeichen der Unbeständigkeit aller Dinge. Aber der Regent Arniti hatte befohlen, den Meister zu empfangen und als den Ehrenmann zu behandeln, der er war.

Enrico betrachtete entsetzt die Figuren, die einander auf den Wänden jagten: Es waren diejenigen, die er vor Jahren auf die Vorlagen gemalt hatte, und doch waren es andere. Er hätte viele Fragen stellen wollen, aber nicht diesem Mann. Er würde sie Alma stellen. Wer weiß, ob es ihm wirklich gelungen war, Alma in der marmornen, blonden, beliebigen Frau zu malen, die sich im Turmfenster zeigte. Der Statthalter kritisierte sein großes Werk. Für ihn war es schief und ohne Symmetrie. Die Symmetrie war grundlegend für ihn. Symmetrie ist Harmonie, also Ordnung, also Wahrheit. Das ist möglich, mein Herr, antwortete Enrico, aber gerade deswegen ist sie höchst gefährlich. Es ist sozusagen eine endgültige Form. Geschlossen in sich selbst, vollkommen, und also steril. Form der Niederlage und des Todes. Es war nicht das, was ich suchte. Und dann, fuhr der Statthalter fort, ohne ihm zuzuhören, schienen ihm diese Gemälde, diese Geschichten mit den düsteren Farben und den aufgeregten Bewegungen wenig modern zu sein. Wenig klassisch, wenig zelebrativ und – en passant – zu unmoralisch für das Studierzimmer eines Herrn. Da ereiferte sich Enrico, und das Blut schoß ihm ins Gesicht. Mein Herr, sagte er, es reichen ein Schwert und ein kurzer Augenblick des Wohlwollens eines Eurer Oberen, um einen Mann wie Euch zu erschaffen, aber es braucht mehr als dreißig Jahre, um einen Mann wie mich zu formen, und nicht immer gelingt es.

Der Statthalter hatte keine Lust mehr, über Ästhetik zu räsonieren. Wenn der Regent Arniti einverstanden war, sollte Enrico tun, was er nicht lassen konnte. Wer weiß, was aus dem Zimmer werden würde. Nach den Plänen der Palaiologen sollte das Kastell Kerker für die großen Verbrecher werden. Hochverräter und Staatsfeinde würden sie hierher schicken. Es würde der Ort werden, in dem sie ihn selbst eingeschlossen hätten, aber Enrico hatte sich ein anderes Schicksal geschaffen. Er überließ anderen das Gefängnis und das Unglück: Für sich wählte er die Kunst, die Malerei, die Farben und das Leben. Er sagte, er müsse das Fresko beenden, deshalb war er zurückgekehrt. Ein Werk kann nicht beurteilt werden, bevor es abgeschlossen ist. Ihm war, als hätte er nicht mehr viel Zeit. Er begann mit der neuen Malerei auf der Westwand, die er völlig weiß gelassen hatte. Er malte die große Szene der Schlacht – die so ganz anders verlaufen war, als er sie sich vorgestellt hatte.

Alma wohnte nicht mehr im Turm. Als er gegen Abend am Fluß entlangging, fand er den Eingang nicht mehr vermauert vor. Als er mit klopfendem Herzen oben ankam, war das Eisengitter herausgerissen, das sie von den anderen trennte, und ihre Zelle war leer. Da war nur in der Ecke ein runder Baumstumpf: der Holzklotz, den sie als Kissen benutzt und auf dem sie die Zunge festgenagelt hatte, mit der sie zu ihm gesprochen hatte. Enrico dachte einen Moment lang, daß sie anderswo sein könnte: Antar hatte ihm mitgeteilt – es war eigentlich das erste, was er ihm sagte, als er ihn in Neapel getroffen hatte –, daß Alma nach der Belagerung ihre Tür nicht wieder mit Ziegelsteinen hatte zumauern lassen. Sie plante den Aufbruch, wartete nur darauf, daß ihr Gesundheitszustand es ihr erlaubte, sich auf den Weg zu machen. Welch seltsamer Apostel von wer weiß welchem Glauben war jene Frau: Die einen hielten sie für rein und vollkommen, die anderen für ein Werkzeug der Unordnung und Verderbtheit. Aber trotz allem, was während der Belagerung geschehen war und worüber noch immer geklatscht wurde, hatte Alma ihren Platz in der runden Zelle im Turm wieder eingenommen, und ebendeshalb war ihr kein Prozeß gemacht worden. Aufbrechen, Alma, um wohin zu gehen?

Er war zu spät gekommen. Während er durch den verlassenen Turm streifte, wurde ihm mit absoluter Sicherheit klar, daß sie aufgebrochen war, ja – aber nicht zu JENER Reise: Der klägliche Sarg, den er bei seiner Ankunft gesehen hatte, war der ihre gewesen. Die Begegnung, der er durch die vom Krieg zerfleischte italienische Halbinsel entgegengestrebt war, würde nicht stattfinden. Sie lag im Dunkeln, unter einer Marmorplatte, im Fußboden der Kirche, Alma. Er hätte sich vielleicht für sie freuen sollen, weil sie seit jeher diese verrückte Überzeugung hatte, daß es nur im Tod die vollständige, vollkommene und unmittelbare Befreiung vom Schmerz geben würde. Das und nur das erstrebte ihr übersteigerter Wille zur Vollkommenheit und Überwindung des Bösen: Er war sicher, daß das für sie der Grund war, nach ihrer Rückkehr in den Turm ohne zu zögern ihre Schuld öffentlich zu bekennen, die in den Augen der anderen unverzeihliche Sünde geworden war – und sie sogar zu übertreiben, denn vor allem sie selbst verzieh sich nicht ihre Unvollkommenheit. Aber er, Enrico, glaubte nicht an den Tod und glaubte nicht, daß sie jetzt frei war – er beweinte sie verzweifelt, die reine und andere Frau, die er nie gehabt hatte, und ging in ihrer Zelle auf und ab.

Der Wind drang durch die Schießscharten und wirbelte Staubwolken auf. Alma liebte den Wind. Hauch, Geist, tröstende Stimme. Aber für Enrico war sie der Wind. Ihre Worte. Wenn er das Feuer war – immerwährendes, magmatisches, vulkanisches Brodeln, bald schlummernd, bald ausbrechend –, so war Alma die Luft. Er würde ihr nie sein Werk zeigen können, wie er es jetzt machen würde, jetzt, wo das Leben ihm mehr als vorher ein Auftrag und eine Pflicht zu sein schien, eine Mühe und eine Freude, die er gern mit ihr teilen würde: Er würde sie nie überzeugen. Wenn sie tot war, wie er untröstlich glaubt, war sie verdammt zu Buße und Seelenwanderung. Sie würde vielleicht zurückkehren und zurückkehren und zurückkehren, aber er würde ihr nie mehr begegnen – und sie, Alma, würde nie erfahren, daß sie gegen ihren Willen seine Muse für ihn gewesen war. Muse und Idee, Wort und Versprechen, Asche und Wind, Kompaß und Heimat.

Sie hatte sich selbst verhungern lassen: Damals prägte jemand das Wort »Endura« für den freiwilligen Tod durch Askese. Drei Tage vor Enricos Rückkehr, die sie prophezeit und lange erwartet hatte, bis sie selbst des Wartens müde geworden war. Am 17. August, in ihrem Gefängnis der Lüfte, offen und doch versiegelt, in dem sie beschlossen hatte, lebend zu sterben. Von ihrem Tod weiß man nur, daß er, sosehr er auch herbeigerufen wurde, spät kam und daß die Visionärin Alma da Monforte nach Monaten der Agonie verschied, unter grausamen Qualen, die sie mit bewundernswertem Mut und mit Heiterkeit auf sich genommen und ertragen hatte. Unter anderem spricht ihr Biograph rüde von einem Blutfluß, der ununterbrochen aus ihrem Körper strömte und in den Wintermonaten um ihren Körper herum gefror und sie mit dem Boden verschweißte. Am Ende hatte sie vollkommen auf Nahrung verzichtet, und ihr Körper hatte sich gleichsam aufgelöst. Es war der reine Geist, ein Engel – schreibt er, aufrichtig bewegt und mit Anteilnahme –, was sich von der Materie und vom Leben löste. Die Visionen hatten sie verlassen: Er konnte nur eine wiedergeben, die sich in der Morgendämmerung ihrer letzten Tage eingestellt hatte und von widersprüchlicher Bedeutung war. Es war ein Traum, in dem ihre Seele sich von allem entblößte, nackt zurückblieb und sich im gleichen Augenblick auflöste, in dem sie sich demütig auf ihre Rückkehr vorbereitete. Fra Agosto berichtet, daß sich am Tag ihres Todes eine außergewöhnliche Lichterscheinung ereignet habe: Das große Licht eines

Kometen oder eines Meteors erleuchtete das Tal taghell, ging dann hinter den Hügeln unter und ließ einen schneidenden weißen Lichtstrahl hinter sich, der dann langsam verflog.

Die spirituelle, die reine Alma, die vollkommen werden wollte, starb zu früh – nach Ansicht eines Mannes – und zu spät – nach Ansicht aller anderen. War sie schon zu Lebzeiten umstritten (Anspielungen auf Feindseligkeiten ihr gegenüber tauchen sogar in der Heiligenvita von Fra Agosto auf), so gewannen nach ihrem Tode ihre Verleumder die Überhand. So bleibt von dem glühenden Leben dieser rätselhaften und überirdischen Frau außer dem Memorial von Fra Agosto ein brutaler Autopsiebericht, erstellt am 14. September 1495, wenige Wochen nach ihrem Tod. Die Verfechter von Almas Heilig- oder Seligsprechung drängten darauf, ihre Tugenden und ihre Wunder empirisch zu beweisen: vor allem das letzte, das unmißverständlich bezeugte, daß Alma da Monforte eine zweite Maria gewesen war, von der Vorsehung auserwählt, um ein Vorbild und ein Beispiel der Keuschheit und Enthaltsamkeit für alle Frauen und Ehefrauen zu verkörpern. Am Tage nach ihrem Tod, sagten sie, quoll reinste Milch aus ihrer Brust. Milch im wörtlichen wie im allegorischen Sinn (Milch des Wissens, der Wahrheit, spirituelle Nahrung der Gemeinschaft etcetera). Ihre Verleumder zweifelten aber daran, und um dem Klatsch und der Volksverehrung einer so zweideutigen und gefährlichen Figur wie der adligen Einsiedlerin ein Ende zu setzen – die mit großer Wahrscheinlichkeit eine Häretikerin und den Gerüchten im Volk zufolge eine Ehebrecherin war –, verlangten sie einen wissenschaftlichen Beweis: Kurzum, sie forderten eine Leichenschau, um über die vorgebliche Unverderbtheit des Körpers und das Vorhandensein von Milch in den Brustdrüsen Klarheit zu erhalten. Almas Grab, das schon zum Ziel einer beginnenden Wallfahrerbewegung geworden war, die, wenn sie wuchs, der armen Gemeinde Bastia Wohlstand bringen könnte, wurde geöffnet: Die Leiche wurde exhumiert, seziert und peinlich genau analysiert. Der Spruch der Experten war salomonisch.

Laut Aussage von vier Anwesenden – unter ihnen ein Kanoniker, ein Dominikaner (vielleicht Fra Agosto selbst) und zwei nicht genauer bekannte Personen, Carlo Olgiato und Corrado da Mondovì – erwies sich die Frau, deren Leiche wunderbarerweise unverwest war, als Jungfrau, und ihre Brüste waren tatsächlich von Milch geschwollen. Nach Ansicht der anderen (darunter ein Philosoph, ein Arzt und ein Legat des Dominikanerordens) war der Befund dagegen klar und endgültig: »… und besagter Körper wurde aufgefunden und war verwest und übelriechend und jene Brust gefüllt mit Fäulnis, obwohl besagter Kanonikus meinte, jene Fäulnis sei Milch.« Bezüglich des anderen für die Heiligsprechung der Frau und für die Überprüfung der Verleumdungen wichtigen Details – nämlich die während der Ehe und späterhin während der Belagerung auf wunderbare Weise bewahrte Jungfräulichkeit – wurde vermerkt, daß das Hymen unversehrt war und daß dies als endgültiger Beweis der Jungfräulichkeit von Alma da Monforte angesehen werden mußte. Welch trübes und makabres, den trügerischen Befunden des Körpers ausgeliefertes Ende für eine Frau, die ihre irdische Hülle immer abgelehnt hatte.

Er hat Stunden zwischen den Wänden des Zimmers verbracht und war nicht allein. In diesen Räumen, zwischen diesen Mauern, meine Seele, hast du mich mir entdeckt und ich dich dir. Jede Nacht eine Geschichte. Eine verglüht auf drei Seiten, eine andere windet und verliert sich im Raum und in der Zeit, bricht sich, verdoppelt und verdreifacht sich, wie reflektiert vom Wasser des Brunnens, in dem Narzissus sich betrachtet und verliert. Das Buch zersplittert sich und setzt sich wieder zusammen. Alma las im Gehen, aber manchmal setzte sie sich auf die Steine, und er saß neben ihr. Ihr Gemach im zweiten Stock des Turms wurde einer Klosterzelle immer ähnlicher, ohne eine zu sein: Es war nur ein immer leerer werdendes Zimmer, dessen Wände so weiß wie Papier waren. Alma wollte kein Bett mehr, keine Baumwollmatratze und keinen Strohsack: nur den nackten Fußboden und einen Holzklotz als Kissen, sie wollte keine gepolsterten und lederüberzogenen Stühle mehr, weder Bänke noch Thronsessel, noch Hocker, noch Teppiche, noch Truhen, noch Kamin, noch Kohlebecken, und auch nicht den Bettwärmer mit dem silbernen Deckel. Die Verse verketteten sich miteinander, eine Geschichte mit der anderen – und ketteten sie beide aneinander.

Sie lasen von Fluchten, von Gewalttaten, von schnellen und oberflächlichen Liebschaften, die nur nach Befriedigung verlangten, um zu verlöschen, von verbotenen und rechtmäßigen, von leichtfertigen oder tiefen Leidenschaften, von Verzauberungen und Grausamkeiten. Alle verfolgten einander, Zeile für Zeile, ein Vers folgt dem anderen, eine Form verfolgt die, in die sie sich verwandelt, eine Geschichte die, die ihr auf den Fersen ist, die Nacht den Tag und der Tod das Leben – und es fliehen vor allem geliebte oder begehrte Frauen, und ihren entfleuchenden Umrissen stellen Männer und Götter nach. Auch sie eilten, und am meisten eilte Alma: Sie liest schnell, häuft Sätze und Worte aufeinander, bis ihr der Atem ausgeht und sie langsamer werden und wieder Atem holen muß, und während sie schweigt und innehält, scheint sie fast eingeholt und genommen und besessen zu werden, auf dem Sand oder im Himmel, hier oder anderswo – und dann beschleunigt sie wieder, und die Seiten fliegen, es fliegen die Geschichten, die Landschaften, die Formen: bis sie schließlich, in tiefer Nacht schon, erschöpft und keuchend das Schweigen zwischen einem Wort und dem nächsten wachsen läßt und dann plötzlich das Buch schließt und Enrico verabschiedet. Am nächsten Tag, so sagte ihm der Page Antar, hatte sie sich mit der Flamme die Haut bis aufs nackte Fleisch geschält. Sie nahm das eben aus dem Ofen geholte Brot und preßte es sich kochend heiß zwischen die Schenkel, bis die Vulva wie eine mit Schwefel bestreute Wachsfackel glühte.

Eine Seite nach der anderen, und nach und nach beginnen die Worte einander zu überlagern, der Raum zieht sich allmählich zusammen, und die Linien verschwimmen. Enrico nähert sich ihr, späht in das Buch, möchte vorauseilen, der Geschichte zuvorkommen, deren Spuren er nur mühsam erfaßt, wenn sie zu Ende ist, und zugleich möchte er innehalten, diesen Moment des Vergnügens und des Vergessens ins Unendliche verlängern, und zugleich zurückgehen, damit diese Nacht ewig sei und das Buch nie zum Ende komme. Er selbst verkürzt die Freude, die ihm ihre Anwesenheit bereitet, damit sie länger währe, und reißt ihr das Buch aus den Händen, damit sie es nicht eilig hat, es zu beenden: Wohin willst du so schnell? Eile nicht so, Alma, halt inne. Enricos von Gips und Mennige verschmierte Hände. Am Tag darauf legt Alma in der dampfenden Küche die Hand, die ihn berührt hat, in die Pfanne mit dem ausgelassenen Speck. In der Nacht hält er das Buch und beobachtet die Worte, die aus ihrem Mund hervorblühen: Die vom flüssigen Speck verletzte Hand sieht Enrico in ihrem Schoß liegen. Wenn sie liest, führt er sein Gesicht nahe an ihres – damit sie nicht laut werde und leise murmele, nur für ihn; und wenn auch sie näher kommt, ist ihm beinahe, als berühre er ihre Worte. Und währenddessen blättert er die Seiten um und betrachtet sie forschend, und sie ist nicht mehr Alma, sie ist alle Gestalten, die sie heraufbeschwört und die jetzt dort hinten aufgetaucht zu sein scheinen, im flackernden Licht der Lampe – lachende und nackte Gestalten, die sie ansehen und flüstern. Und als sie gewahr werden, daß er sie bemerkt hat, bedecken sie sich das Gesicht mit dem Arm – und ziehen sich errötend und verschüchtert in den Schatten zurück, verschwinden in den Poren der Wand, in den Fugen der Ziegelsteine und in den Rissen des Putzes. Bist du es, Ovid, hast du sie mir geschickt, damit ich lächle, wenn ich ihnen begegne – oder bist du es,

Alma, die du dich versteckst? Quo properas? Wohin eilst du? Lauf nicht, lauf nicht, Alma. Bleib stehen.

Wenn Alma in die Seiten dieses antiken Buchs schlüpfen könnte, wenn sie zwischen diesen Zeilen laufen würde, wenn sie eine Person dieser Geschichten wäre, eine der Diana ergebene Jungfrau oder eine jungfräuliche Waldnymphe, so würde sie ihm schnell entfliehen, ihm vorauseilen über Steilhänge, Felsen, Flüsse; sie würde um die ganze Erde laufen und sich nicht von seinem Bitten rühren lassen – und nur um sich nicht einholen zu lassen, würde sie sich in Tränen, in eine Quelle, in fließendes Wasser auflösen oder sich zu einem empfindungslosen Stein, Marmor, wildem Felsen verfestigen. Wenn die Welt wäre, was sie nicht ist, wenn die Götter noch auf der Erde wandelten und sich noch in Sterbliche verlieben würden – wie es Alma auf irgendeine Weise immer noch glaubt –, dann wäre sie eine Klippe oder eine Statue. Und er ein verliebter Gott, oder ein Mann, dem es weder durch Taten noch durch Schönheit oder Worte gelänge, sich des Begehrten zu bemächtigen. Wäre er eine Person aus jenem Roman, so würde er ihr ein furchtbares Märchen erzählen, um sie zu überzeugen, daß das Böse nicht da ist, wo sie es wähnt, und daß da, wo sie es nicht wähnt, statt dessen die Freude ist, die einzige Freude, die uns beschieden ist – und der Worte überdrüssig würde er sie dann im Wasser, auf dem Sand, in der Luft, in den Flüssen und auf dem Gras nehmen. Aber sie entflieht ihm, ohne sich auch nur zu bewegen, sie entkommt ihm, ohne Wälder, Felsen und Sturzbäche nötig zu haben. Sie verweigert sich ihm mit einer absoluten und schon fast tödlichen Unbeweglichkeit. Und er verfolgt sie mit der gleichen unbekümmerten Leichtigkeit wie jene verschwundenen Götter, die gestorben sind, wie alle Götter sterben, und seine Gefühle sind weder tiefer noch dauerhafter. Könnte er morgen aufbrechen, so würde er sie für eine andere Gestalt vergessen – aber er konnte nicht aufbrechen, er konnte nicht.

Nur während sie liest und eilt, bis ihr der Atem ausgeht, begreift Enrico, daß Alma, seit er gekommen ist, nichts anderes getan hat, als ihn zu fliehen. Und wenn sie ihn flieht, hat sie Angst, erreicht und genommen zu werden. Genau so: Die eherne Alma, die diamantene Alma, die befiehlt und verfügt, flieht ihn, erschrocken wie die widerspenstigen Nymphen, verfolgt, bedrängt – und er ist ihr auf den Fersen, unerbittlich, kommt immer näher: Und jetzt, Nacht für Nacht, wenn sie keine Stimme mehr hat, um ihn zu fliehen, und im Begriff ist, das Buch zu schließen, ist ihm beinahe, als hätte er sie gefangen. Aber es ist genau wie bei den Gestalten, von denen sie ihm vorliest: Wenn er (nachdem er ihr über Wiesen, Meere und Horizonte, durch Epochen und Königreiche nachgelaufen ist) sie packt, sie an sich drückt und sie auf Gesicht und Mund küßt, ihr in die Brust und in die Kehle beißt, ist ihm, als drücke er Marmor, Quellwasser, ein Nichts, als verliere er sie statt dessen wirklich: Und er findet sich im Dunkeln wieder, auf den Treppen, fröstelnd und ohne sie.

Acht Wochen lang sagte Alma sich immer wieder, daß sie ihn entfernen, ihre heimlichen Treffen beenden mußte: Doch sie gingen weiter, Kapitel um Kapitel, eilten und flohen, trafen sich, um sich zu trennen. Sie verweigerte Brot und sogar Wasser. Komm, flehte sie, komm. Und er kommt – aber nicht wie ein Donner, sondern wie ein Flüstern. Er spricht mit der Stimme von Enrico da Sorano und kennt neue Worte. Oh, meine Seele, leuchtender du als Blätter des weißen Ligusters, blühender du als Wiesen und schlanker als ragende Erlen, blanker als Gras und munterer du als ein zierliches Böckchen, glatter als Muscheln, die stetig die Wellen des Meeres geschliffen, höher willkommen als Sonne im Winter, als Schatten im Sommer, glänzender du als Eis und süßer als zeitige Trauben, weicher du als der Flaum des Schwans und geronnene Milch. Wilder du auch als ungebändigte Stiere, härter als älteste Eichen und trüglicher du als die Welle, zäher als die Weidenruten und weißer Reben Geranke, minder beugsam als hier die Felsen, jäher als Bergstrom, stolzer als der gepriesene Pfau und schärfer als Feuer, rauher als der Dornbusch, tauber als Brandung und weniger mild als getretene Viper... Noch flüchtiger du als Wind und geflügelter Lufthauch... Er kommt mit der Dunkelheit, Enrico, duftend nach Moschus aus Indochina, lässigen Schritts und erhobenen Hauptes, als könnte er von dort unten, an die rauhe Mauer gelehnt, auf Zehenspitzen neben der Tür, entdecken, wo sie in Wirklichkeit war.

Höchste Achtung bringe ich Euch entgegen, Signora. Wenn Ihr wollt, da das Buch nun beendet ist und Ihr Euer Versprechen gehalten habt, werde auch ich das meine halten. Auch wenn die Worte sich selbst Lügen strafen und bitter sind, wenn sie nichts anderes sagen, als was sie sind. Enrico verbeugt sich und geht mit dem Buch unter dem Arm hinaus. Als der Klang seiner Schritte in der Stille der Burg verhallt, wirft sich Alma bäuchlings auf den Fußboden, legt auf den Baumstumpf, der ihr als Kissen dient, die Zunge, mit der sie ihm tagelang jene Geschichten von Liebe und Flucht vorgelesen hat, und nagelt sie fest, indem sie sie mit der Spitze eines Eisens durchbohrt, bis der zerfetzte Nerv vor Schmerz betäubt ist, der Blick sich verschleiert und sie sich der Finsternis anheimgibt. Ja, hat sie ihm in einem Hauch geantwortet, ich will nie wieder mit Euch sprechen. Wenn ich die Rechte, den Namen, den Körper, die Ehre, die Seele verloren habe, wird es wenig sein, die Worte zu verlieren. Ich will mein Schweigen bewohnen. Meine Freundin, dein Schweigen ist unerträglich, und ich werde nicht mehr deine Worte hören. Ich würde alle Musik der Welt geben, um noch einmal deine Stimme zu hören.

Das Blutrot hat er selbst hergestellt. Er hat beim Drogisten Quecksilber und gemahlenen Schwefel gekauft, hat beides in einer Karaffe verschlossen, auf den Brenner gestellt, das Feuer angezündet, mit einem Dachziegel das Hitzeventil verstopft und gewartet, bis der Rauch rot wurde, dann hat er das Feuer gelöscht und alles abkühlen lassen. Er ist Alchimist geworden, Enrico, weil er die Farbe nicht bei den Mönchen kaufen will oder weil er fürchtet, mit unreiner Ware betrogen zu werden, die sofort schwarz werden könnte. Aber auch, weil er es jetzt für die erste Pflicht eines Künstlers hält, sich seine Farben selbst anfertigen zu können – nur so wird das, was er schaffen wird, vom Anfang bis zum Ende wirklich sein Werk sein. Die zu kristallinen Krusten geronnene Farbe hat er mit sauberem Wasser angerieben, hat den Pinsel eingetaucht und sie auf der Wand aufgetragen, ist dann mit Schellack darübergegangen, den er, um mehr Glanz zu erhalten, mit seinem Urin vermischt hat – und jetzt sind Zinnoberrot und der rote Lack schon trocken auf der Wand mit der großen Schlacht. Sie haben sich in einer glasigen und mineralischen Härte mit dem Putz verbunden. Niemand wird der Westwand des Turmzimmers je das Blut der Verletzten nehmen können. Sie trieft von Blut, diese grausame Wand – auf der sich ungläubig, wie verloren, die beiden von gegenüber spiegeln: die Schiffbrüchigen des Parnaß. Aber ein Zimmer hat vier Wände, der Blick dreht sich ununterbrochen, und nach der Nacht kommt die Morgendämmerung, und nach dem Tod zeigt sich zaghaft wieder das Leben.

Er weiß nicht, wer diese seine Gestalten sehen wird; er weiß nicht einmal, ob die Schlacht so geworden ist, wie er sie gewollt und sich im Geiste vorgestellt hatte. Der Zusammenstoß der beiden Welten hätte ein Symbol für den Sieg der Zivilisation über die Barbarei sein sollen, der Kultur über die Kraft: Das ist die Bedeutung der Episode, die er für sein Fresko gewählt hat. Aber niemand kann jetzt noch sagen, ob der sterbende Kentaur barbarischer ist als der auf allen vieren kriechende Lapithe, der ihn getötet hat oder ihn beim Sterben beobachtet. Er hat beide aus der Nähe gesehen, nicht von einem erhöhten Standpunkt aus wie von der Tribüne eines Turniers: Er hat sich in das Gemenge gestürzt, sich zwischen

Hufe und Leichen geworfen, zwischen Verletzte und Sterbende, zwischen Lanzen und Degen: Er hat die Perspektive abgeschafft, sich mitten in die Ereignisse gestellt, die er gemalt hat. Das ist das Gesicht des Krieges: kein ehrenhaftes Abenteuer, keine Parade schöner Ritter in Bronze, auch kein höfisches Turnier, wie der König glaubte und wie er selbst glaubte – sondern ein wahlloses Gemetzel, in dem sich alle aufeinander stürzen und »tötet sie, tötet sie, à la gorge, à la gorge« schreien, in dem sogar ein Maler wie er – der nie etwas anderes in die Hand nahm als feine Eichhörnchenpinsel – einem Gefallenen eine Lanze entreißt, sie in weiches Fleisch treibt und einem Menschen beim Sterben zusieht – und in seinen Augen ist kein Mitleid und auch keine Freude, sondern ein seltsamer, unsagbarer Stolz: Es ist Krieg, kurzum, und der Krieg hat diese harte und glasige Farbe, der Krieg ist rot.

Mit einem dünnen Pinsel mit sehr weichen Borsten hat Enrico da Sorano auch sich selbst gemalt. Die Idee ist nicht neu: Oft spiegelt sich der Maler in einer seiner Kompositionen – fast nie in der Rolle des Protagonisten, die dem zukommt, der ihn bezahlt, oder den biblischen Heiligen, mit denen er sich nicht zu vergleichen wagt und mit denen er sich auch nicht identifiziert. Wir finden ihn angeschnitten oder im Profil, kniend, am Rande der ruhmreichen, tragischen oder bukolischen Ereignisse, und er beschränkt sich darauf, mit erstauntem, ratlosem und fast skeptischem Lächeln zuzusehen: Manchmal ist er ein kleiner Amor, der sich an eine Girlande in der dunkelsten, obersten Ecke der Kuppel einer Kirche klammert, ein Dämon oder ein Sünder, ein Höfling oder ein Zeuge, der sich dem Betrachter zuwendet, um dieses sein außergewöhnliches Sein inmitten des unendlichen, fernen Existierens der Dinge und der Menschen zu verkünden – Mittler zwischen der Zeit und uns, der es ermöglicht, daß die Szene jetzt wieder geschieht und uns mit in das Geschehen zieht, in das Bild, in die Kunst.

Er ist der, der er sein muß: Man braucht ihn nur zu suchen, und der Maler wird da sein, unvermeidlich, und er beobachtet uns mit einem argwöhnischen Lächeln. Wer weiß, wie viele unerkannte Maler in den Kuppeln der Kirchen lächeln, uns betrachten und bedauern wegen der Eile, mit der wir ihre Arbeit liquidieren, wegen der Blindheit, die uns den Blick vernebelt, wegen der Zersetzung der Bilder, die wir in den Augen haben. Warum malen sie sich, die Maler? Aus Eitelkeit, um dem Laster des Sichspiegelns nachzugeben, um die Rolle des Mittlers zwischen dem Alltäglichen und der Ewigkeit zu spielen? Aus feierlichem Stolz oder um mit dem eigenen Gesicht zu signieren? Vielleicht aus einem anderen Grund. Wenn sie sich für immer verabschieden, hinterlassen sie eine Wache. Es ist, als hinterließen sie eine eigene treue Emanation, eine Kopie, einen Teil von sich bei dem Werk, von dem sie sich nicht trennen wollen und von dem sie sich in der Tat nicht trennen: Er bleibt da, um es zu bewachen, der Maler, verkleidet als Soldat, als Amor, Höfling oder als einer der Heiligen Drei Könige – er bleibt dort, im Schatten, um es zu beschützen.

Doch dieses Mal hat Enrico sich nach seiner Rückkehr als ganze Figur gemalt, im Mittelpunkt der Szene, in der Rolle des Protagonisten. Er hat seine dunklen, lockigen Haare, seine kecke Nase und seine Hautfarbe dem Schiffbrüchigen des Parnaß gegeben: Er hat sich mit der Silberspitze auf rosa getöntem Papier gezeichnet. Und mit Feder und Aquarellfarben. Er hat sein Spiegelbild in einem konkaven Spiegel studiert, den er an die Staffelei gehängt hatte, er hat sich koloriert und sich dabei den gehetzten und doch ungebändigten Gesichtsausdruck vorgestellt, den er gehabt haben muß, als er nach der Schlacht durch die Ebene irrte, zu allem entschlossen, um zu überleben und seine Gefährtin wiederzufinden.

Schon trocken ist auch die neue Pyrrha – seine blonde, zerbrechliche Pyrrha mit den schmalen Händen. Kein Modell hat für diese Frau posiert, die bedeutendste, die er je gemalt hat. Er hat nicht die Mädchen aus dem Dorf, auch nicht die anmutigsten Kammerfräulein der Burg gewollt, weil keine das Bild überdecken durfte, das er im Geiste bewahrte. Wie viele Tage hat er gezeichnet und ausgelöscht, noch einmal gezeichnet auf Papier, Federn weggeworfen, weil sie zu hart waren, und Pinsel, weil sie zu grob waren; wie viele Tage hat er das Papier mit einer Nadelspitze auf den Linien ihres Körpers durchlöchert, hat dann ihre Züge auf die Wand durchgestaubt und auf dem weichen Putz feinsten Kohlestaub hinterlassen – und ihre Umrisse geritzt und leicht gelöchert, ganz sanft. Niemand wird je wissen, mit welcher Geduld Enrico dieses Gesicht gezeichnet hat, das Kinn schattiert, die Nase schraffiert, die Umrisse der Augen profiliert, die Wimpern, die Lippen; mit welcher Sorgfalt er die Unterlippe schattiert und die Frisur retuschiert hat, das Alabasterweiß und das helle Ocker vorbereitet hat, damit ihre Haut leuchtend sei, die langen und zerzausten Haare, jedes einzeln gemalt, und hier und da, damit sie im Licht funkeln, Plättchen reinen Goldes eingelegt hat. Mit welcher Liebe er sie schließlich auf die Wand gebracht hat, damit sie die Geste vollführt, die sie vollführen muß – die Steine des Lebens hinter sich werfen –, und wieder zu leben beginnt: damit sie für immer dort bleibt, mit ihm. Vielleicht ist sie nicht Alma, diese blonde, sanfte Pyrrha, weißgekleidet, die die Stimme des Gottes gehört hat, den Stein hat fallen lassen und das Leben ausgesät hat: Sie ist eine noch junge Frau, voll von Vergangenheit, von Schmerz, aber auch von Kraft, Zeit und Zukunft – es ist die Alma, die er geträumt hat.

Jetzt ist es dunkel, und nicht einmal die hundert Kerzen, die im Zimmer funkeln, können den Raum beleuchten. Es riecht nach Feuchtigkeit und nasser Tempera, nach Destillierkolben und Verbranntem. Das ist der Geruch der Freskomalerei auf den Mauern. So anders als die Staffeleimalerei. So mühsam. Es ist, als male man auch mit dem Körper, mit den Schultern, mit den Armen, mit dem schmerzenden Rücken, mit den Lungen, die Wasser und Dampf einatmen. Aber gerade deshalb gefällt es ihm jetzt, mehr als es ihm je gefallen hat. Sein Vater sagte ihm: Die Kunst ist eine schwierige Sache, Enrico, und sie ist nichts, wenn sie keine Mühe kostet.

Als letztes setzt Enrico seine Unterschrift, taucht den Pinsel in die Tusche: In einem langen, verschnörkelten Rollwerk schreibt er ohne Stolz und ohne Scham, weil er nichts anderes getan hat, als was er tun mußte: ENRICUS SORANIENSIS PINXIT: MCCCCLXXXXVII. Er sieht sich nicht um, sieht nichts an, nicht einmal sie: Er wüßte nicht zu beurteilen, was er gemacht hat. Er weiß, daß er nie mehr nach Bastia del Garbo zurückkehren und die, die er verloren hat, nie wiedersehen wird. Enrico und Alma werden nicht das rettende Floß besteigen und werden nicht am Gipfel des Berges anlegen und nicht gemeinsam den Schiffbruch überleben, der sie getrennt hat. Nicht in diesem Leben, in dem er die tausend Meilen des Märchens zurückgelegt hat, um am Ende eben hierhin zurückzukehren. Das Unglück ist jetzt verflogen, nicht aber der Schmerz; der bleibt, in einem unerforschten Winkel seines Herzens – aber da ist ein Gefühl von Sieg, nicht von Vergeblichkeit, nicht von Eitelkeit: Da ist der Anspruch, gesagt zu haben, und auch von ihr gesagt zu haben.

Vivam. Ich werde leben. Dieses Wort zeigt sich als letztes von Tausenden und Abertausenden auf dem Weißen, auf dem Nichts. Mit diesem Wort verabschiedet sich Ovid von seinem Werk und seinen Lesern. Mit Stolz schreibt er: Habe vollbracht nun ein Werk, das nicht Jupiters Zorn, das nicht Schwert noch Feuer wird können zerstören und nicht das gefräßige Alter. Setze der Tag, dem nur ein Recht auf den Leib hier gegeben, wann er nur mag, ein Ziel meinem flüchtigen Dasein: Ich werde doch mit dem besseren Teil meines Selbst mich über die Sterne heben auf ewig, und unzerstörbar wird bleiben mein Name. Es wird mich lesen das Volk, und für alle Jahrhunderte – ist etwas Wahres am Wort der Seher – im Ruhme werde ich leben. Das gleiche könnte Enrico nicht sagen. Es ist ein Anspruch, an den er nicht einmal denkt. So fern sind die Tage, in denen er mit Arachne unterzeichnete. Seine Gehilfen bauen das Verdeck und die bis zur Decke reichenden Gerüste ab, räumen das Zimmer leer, nehmen die Leitern fort. Er sieht sich um, wie betäubt. Er ist müde, todmüde. Ein derartiges Werk wird er nicht mehr erschaffen. Das ist seine absolute, trostlose Gewißheit. Oder vielleicht wird mit der Zeit etwas, was jetzt aus ihm entwichen ist, wiederkehren. Aber es kann auch sein, daß es nicht zurückkehrt und daß er vielleicht tausend Jahre lebt und das Feuer nie wiederfindet, mit dem er jene Gestalten gezeichnet hat, die Liebe, mit der er Pyrrhas elfenbeinerne Haut und ihren Mund gemalt hat. Enrico empfindet jetzt nur eine maßlose Müdigkeit. Schlafen. Schlafen auf einem Karren, der von lahmen Gäulen gezogen wird, die die staubige Straße zum Meer entlangholpern. Sein Ziel ist Amboise, wenn sie ihn noch erwarten, wenn dort unten seine Karriere wieder beginnen oder sich beschließen soll wie seine Tage – sonst wird ihn das Schicksal anderswohin tragen, und sein Weg wird wieder eine Gabelung, eine Umleitung, eine Rast finden. Auf jeden Fall, das Leben.

Der gemalte Quadrant der Uhr mit der kleinen goldenen Ädikula, die der Herrscher unten auf der Konsole hat anbringen lassen, sagt ihm, daß es zu Ende ist. Der Moment ist gekommen, um sich von diesen Zimmern und von dem alten Enrico zu verabschieden, der in Bastia bleibt, um ein leeres und geheimes, von Gespenstern und Toten bevölkertes Zimmer zu bewachen. Oder vielleicht ist es im Gegenteil nur der Beginn. Die Formen werden sich wandeln, die Zeiten werden sich wandeln, und Tempera, Steine und Blumen werden wieder zu Fleisch werden. Die Nacht ist vergangen, bald wird es Tag sein. Es ist nur für einen Augenblick, aber durch das offene Fenster dringt ein schneidender weißer Lichtstrahl herein und bricht sich auf der Ostwand, dort, wo sich die zerfallene Mauer des Tempels erhebt, und ergießt über die beiden Gestalten einen geflügelten Schatten aus Licht. Es ist eine Illusion, ein Zufall aufgrund der nach Osten ausgerichteten Lage des Zimmers. Das hatte er nicht bedacht, aber jetzt beachtet er es. Es ist richtig, daß es so ist. Und während seine Gehilfen auf den Vorplatz hinuntergehen und auf den Karren Hausrat, Truhen und den Koffer mit den Goldmünzen laden, mit denen man seine Arbeit gut bezahlt hat, bleibt er im Zimmer. Er ist noch nicht fertig. Da ist eine letzte Sache, die er tun muß – ein Detail. Aber wie ihm jener Flame in Neapel gesagt hatte, besteht die Kunst vor allem – wenn nicht ausschließlich – aus Details. Der Putz ist trocken. Da kann man nichts machen, so malt er in Mezzosecco-Technik und malt als letztes das Licht, das er heute gesehen hat oder glaubt gesehen zu haben: Ein schneidender weißer Lichtstrahl bricht sich auf der Mauer des zerfallenen Tempels und ergießt über die düstere Szene der Katastrophe eine Morgendämmerungshelle. Jene beiden fangen doch schließlich von neuem wieder an: Sie sind in Sicherheit, oder gerettet. Es ist Zeit zu gehen, rufen sie ihm zu, die Soldaten haben die Brücke für ihn herabgelassen. Einen Augenblick, sagt er, einen Augenblick noch. Er taucht den Pinsel in die helle Paste. Florentiner Weiß für einen Flügel aus Licht, das in der überschwemmten Welt aufflammt, während die Wolken zum Horizont ziehen. Als Enrico zum letzten Male aus seinem Zimmer und seiner Malerei hinausgeht, dämmert der Morgen.

Baltus 1797

Aus der Truhe, die seit dem Tag seiner Ankunft verschlossen war, kommen die Höhenkarten der Provinz zum Vorschein, das Siegel, der Siegellack, ein kaputtes Tintenfaß, Gänsekiele, Federn und Griffel, Pergamentblätter für die Depeschen, der Patronengurt, die Muskete, ein Etui mit dem Rasiermesser und allem Notwendigen zum Rasieren, zwei Würfel und sogar ein Paar Stiefel. Aber nicht das Fernrohr, das er sucht. Und doch muß es da sein, es muß.

Pourquoi avez-vous besoin d'une longue-vue, Monseigneur le Prince, pourrais-je vous le demander? fragt lächelnd und erstaunt Madame di Beauregard. Ihre gescheckten Augen funkeln hinter dem Plissee des Fächers. Es wirkt seltsam auf ihn, sich Monseigneur nennen zu hören. Und erst recht Prince. Er verdient weder die eine noch die andere Anrede, er hat sie sich angeeignet wie eine alte Fahne, die niemand mehr zu schwenken wagt. Er hat die Titel aus dem Schlamm aufgelesen, das ist alles. Er hat sie gefunden. Baltus steht mit einem Ruck auf, umklammert das kostbare Instrument mit der Hand. Ich muß in die Ferne sehen, antwortet er, bläst über die verstaubte Linse des Okulars und poliert sie mit dem Handschuh: très loin, Madame. Baltus geht mit den Augen nahe an das Objektiv heran und richtet das Fernrohr auf sie. Die zarte Silhouette seiner Gastgeberin macht einem verschwommenen weißlichen Fleck Platz, in dem sich ihre Züge und dann auch der Stoff ihres karierten Kleids auflösen. Hinter dem Fenster dagegen wiegen sich grün und leicht, bewegt von einem sanften Wind, die Wipfel der

Bäume. Ach, das ist genau das Richtige. Das Fernrohr vergrößert bis zum Dreißigfachen. Nicht ein Detail wird ihm entgehen.

Das letzte Mal hatte Baltus das Fernrohr auf dem Gipfel des Hügels, kurz vor dem Abstieg nach Ceva, aus dem Futteral geholt. Das wird er nie vergessen. Seine Zukunft – mit einem dünnen schwarzen Rand – war ein perfekter Kreis, eine unermeßliche und fruchtbare Ebene, in der sich silberne Rinnsale, Bäche, Flüsse und Ströme schnitten. Im Mittelpunkt seiner Zukunft war der Tanaro, aber in jenem Moment kannte er seinen Namen noch nicht. Er war nur eine Schlange aus Licht. Ketten von schnee- und eisbedeckten Bergen umgaben jene unermeßliche Ebene: Sie hätten eine Barriere sein sollen, ein Bollwerk, hinter das eine andere Welt zurückzudrängen war – aber so war es nicht, und er war mit dem Aufklärertrupp schon da, auf dem Gipfel des Hügels, das Auge gegen die Linse gepreßt, das verheißene Land so nah.

Heute dagegen durchforscht er mit dem kostbaren Instrument, das in den Schlachten und auf den langen Wegen Risse und Kratzer bekommen hat, die Wände des Turmzimmers und die Figuren, die jemand vor langer Zeit dorthin gemalt hat. Sie ist so zerbrechlich, so empfindlich, die Malerei, daß er sie heute morgen im Übereifer fast zerstört hätte. Ja, genau so war es. Aus Unerfahrenheit, Unreife, Leichtfertigkeit. Er ist auf einer wackligen Sprossenleiter hochgeklettert und hat mit den Fingern die gotischen Buchstaben berührt, die oben an der Ostwand zu erkennen waren, oben links. Er wollte sie verstehen und hat sie – weil er sie aus zu großer Nähe betrachtet hat – zerstört: eine Reihe eingeritzter Buchstaben wie in einer verschnörkelten Schriftrolle. Sie waren schwarz gewesen, doch es war nur ein rußfarbener leichter Staub übriggeblieben. Und jetzt nur der konkave, leere Schatten.

Baltus bleibt in der Mitte des Zimmers stehen und richtet das Fernrohr nach oben. Er dreht sich mehrmals um sich selbst, immer schneller, bis die Bilder sich zu einem sinnlosen Kaleidoskop zerstückeln – und dann reicht er es galant Madame. Seit Tagen zuckt durch seine Gedanken eine einzige Frage, auf die er keine Antwort findet. Was soll er mit der Malerei machen? War es ein Geschenk oder ein Fluch, sie zu entdecken? Ein Glück oder ein Unglück? Sie sind so verletzlich – schon das bloße Atmen ruiniert sie. Wenn sie so bleiben, so nackt, ohne den Schutz der Tünche, die sie gegen die Feuchtigkeit und den Regen schützt, der durch das aus den Fugen geratene Dach eindringt, dann werden sie nicht einmal einen Monat überdauern. Was mit der Signatur passiert ist, war unverzeihlich. Sie war unvollständig und unleserlich, gewiß, aber ein paar Buchstaben waren noch da. ..RI..S S..A...NS.S: Etwas Ähnliches hat Baltus in seinem Tagebuch notiert, mit dem Plan, es genauer zu studieren und vielleicht zu verstehen, was es hieß. Jetzt ist oben links nichts mehr. Was von einem Namen geblieben war, ist ihm zwischen den Fingern zerbröckelt.

Alles scheint im Begriff zu sein, zu Staub zu werden. Die Nordwand trägt noch die Zeichen einer Verheerung – einer Verstümmelung, die den ursprünglichen Entwurf zerstört hat. Eine einzige Szene hat überlebt, irreal und märchenhaft auf der schaurigen schwarzen Wand. Und auch der Mann, der allein ist mit seinem Reichtum, seiner sinnlosen Macht und seinem Ruhm, ist im Begriff zu entschwinden. Aber Baltus hat den Eindruck, daß er ihn beobachtet – daß er gerade ihn beobachtet –, und wendet ihm den Rücken zu. Er muß schnell eine Entscheidung treffen, denn er wird nicht mehr lange in Bastia del Garbo bleiben. Er kann es nicht noch länger hinausschieben, sich der Kommission der Savants wieder anzuschließen. Die Weinlese geht zu Ende, in wenigen Monaten wird auch das Jahr '97 beendet sein. Wicar und Kreutzer, Morin und Gerli haben ihm mehrfach geschrieben. Der Kadaver Italien hat nur noch einen schwachen Lebenshauch. Die Bärenhaut ist schon abgezogen, übrig bleiben nur die Krümel. Er muß sich beeilen, Baltus, um sie zu erreichen, denn sonst wird er nichts als Fossilien finden, versteinerte Fische, Papyrus und verblichene Manuskripte. Außerdem redet die Dienerschaft zuviel, und die Priester, mit denen Carlotta sich umgibt, glauben allmählich, daß sie beide etwas verstecken. Sie haben keine Ahnung, was. Madame di Beauregard gibt ihm das Fernrohr zurück und sieht ihn verstohlen liebevoll an. Aber Baltus bemerkt es nicht.

Am einfachsten wäre es, die Fresken abzunehmen und nach Paris zu schicken. Aber man konnte sie nicht so ohne weiteres in eine Kiste stecken und auf dem Rücken eines Maultiers über die Alpen bringen. Fresken sind nicht wie die kleinen Fundstücke der Naturgeschichte, die Monge begeistern und deren sich im übrigen die Barbets nach dem Angriff auf die Hügel in der Provinz Cuneo bemächtigt haben. Und dann: Gibt es überhaupt ausreichend entwickelte Instrumente, damit die Operation des Abtragens ohne Schaden durchgeführt werden kann? Es scheint, als habe die Abnahme der Fresken von Pompeji und Herculaneum katastrophale Folgen für die Malerei gehabt, die jetzt wie verwelkt ist. Und selbst angenommen, es gäbe moderne Instrumente und Techniken, was ist, wenn die Fresken nicht gefallen? Was wird dann mit ihnen geschehen? Der Zeitgeschmack ist so ganz anders. Baltus kennt ihn gut, den Geschmack seiner Zeitgenossen, und in gewisser Weise teilt er ihn. Er wüßte nicht zu sagen, ob es schlechter Geschmack ist, auch wenn es oft so scheint. Es ist ein lärmender und oberflächlicher Geschmack. Heute werden Choreographien für Volksfeste ersonnen, und man schätzt Werke für Menschenmassen, einfache und klare Linien für die ignorante Menge – und dieses Werk ist so wenig versöhnlich, es flüstert eher, als daß es schreit, seine Wahrheit ... Was es aussagt, wüßte er nicht zu sagen. Wem könnte es gefallen, dieses Werk? Und wozu sollte es dienen? Da sind nur Männer, Frauen, Ungeheuer, Blut, Kinder. Sie können keine Vorbilder sein, weil sie keine edlen oder beispielhaften Taten vollbringen. Sie wären kein visueller Genuß, weil sie nicht beruhigend wirken und auch ihre Schönheit keinerlei dekorative oder ästhetische Funktion übernimmt. Das Fresko ist kein Selbstzweck, sondern spricht von etwas anderem. Aber wovon, wüßte er nicht zu sagen. Er könnte Wicar und Kreutzer von dem Fund benachrichtigen: Sie müßten in Rom in der Akademie sein oder unterwegs in Mittelitalien. Er könnte das Fresko so gut er kann beschreiben und auf Anordnungen warten. Anordnungen jeder Art. Er müßte sie dann nur noch ausführen. Aber die Idee gefällt ihm nicht. Monsieur Monge wird die Fresken für platzraubend und schwierig zu transportieren halten: Vielleicht wird er nur einen Teil ausschneiden wollen – eine Szene, gewiß die auffälligste –, aber diese Figuren sind ohne Bedeutung, wenn sie voneinander getrennt werden. Sie finden ihre Berechtigung in den Verweisen, die die Wände miteinander verbinden, in den Kontrasten und Ähnlichkeiten, die die Augen drängen, sich ununterbrochen auf der Oberfläche dieser nie ruhenden Welt zu bewegen. Das Detail läßt sich nicht einzeln erfassen: Nur im Bezug, nur im Gesetz, das es an alle Dinge bindet, überdauert es und hat Wert.

Wenn er schreibt, wenn er die Kommission informiert, wird das Fresko abgenommen, verpackt, zerschnitten und fortgebracht werden. Es wird die Landvilla eines Generals schmücken oder die eines Maréchal oder eines anderen, der sich in diesem Krieg hervorgetan und es verstanden hat, darauf seine Karriere aufzubauen. Seine Pflicht ist genau das. Seinen Vorgesetzten zu schreiben und ihnen das Fresko zu überlassen. Was auch immer sie damit zu tun beschließen. Auch es zu zerstören. Aber das ist nicht die Pflicht des Werks. Dieses Werk hat keine Pflicht, und es kann ihm keine auferlegt werden. Es muß weder dem Staat noch der Armee, noch der Konvention, noch den Konsuln dienen, denn das wäre die Negation der Kunst. All das überläßt Baltus den substanzlosen Werken, den mittelmäßigen, die vorgeben, mit ihrer überflüssigen Existenz dem Wohl des Staates und der Gemeinschaft zu dienen. Baltus dagegen kann und will nützlich sein, deshalb hat er sich anwerben lassen. Er hat die Kunst dafür aufgegeben, weil sie ihm in den stürmischen Tagen überflüssig vorkam; er hat seine Vergangenheit, seinen Namen ausradiert, ist ein Niemand geworden, ein Offizier mit einem Splitter im Kopf und Gewehrkugeln in den Knochen. Seiner Pflicht nicht nachkommen und alles laufenlassen. Zulassen, daß alles weitergeht, als wäre nichts geschehen. Die ungebildeten Hausdiener von Madame überzeugen, daß man die Wände mit einer neuen Tünche überdecken muß und daß das, was er unbedingt sehen wollte, nicht der Mühe wert war. Madame wird tun, was er ihr sagt. Aber er ist diesen Figuren jetzt begegnet und kann nicht einfach Plan, Ort, Zimmer wechseln. Madame di Beauregard schließt die Fenster, das Glas klirrt, der Schatten auf dem melancholischen Gesicht des Ritters der Südwand wird länger.

Was soll ich mit alledem machen? Ich bin dieses Geschenks nicht würdig. Nur aus Zufall ist es in meine Hände gelangt. Kann ich mir die Entscheidung anmaßen, es existieren zu lassen, es zu verderben oder zu vernichten? Sein Blick liegt wie gefesselt auf der Westwand, die ganz und gar von der Darstellung einer todbringenden Schlacht, eines wilden Zusammenstoßes bedeckt ist. Es ist eine trauernde schwarze Wand, aus der Erinnerung und der Vorstellung geboren, aus der Gewalt und dem Tod. Ihm ist, als befände auch er sich zwischen jenen Pferden und jenen Kämpfern – und als wäre er vor Monaten, verletzt wie einer von ihnen, aus der Wand in die so viel komfortablere Existenz des Kastells von Bastia gerutscht. Es wird eine endgültige Schlacht ausgetragen auf dieser Wand. Thematisch feiert die Malerei den Sieg eines zivilen, gebildeten und modernen Volks über ein raubtierhaftes, anarchisches, feiges Volk. Die einzigen, die vor einigen Tagen das Fresko in Augenschein genommen haben, General Kitzberg und sein Bursche Millet, die in Bastia auf der Durchreise waren, haben die Szene genau so interpretiert. Die Überlegenheit eines Volks, die Legitimation einer Idee und einer Geschichte gegenüber der anderen. Kitzberg zum Beispiel verachtet die Italiener, seiner Meinung nach gibt das Fresko mit der Niederlage der Kentauren sie ausgezeichnet wieder – da haben wir es, besiegt dieses feige, abergläubische und verwerfliche Volk. Millet dagegen fand, die Kentauren ähnelten den Türken, und schwor, deren bestialische Züge und unzüchtige Ruchlosigkeit wiederzuerkennen. Und wenn Kitzberg und der treue Millet auch durch einen dummen Zufall gestorben sind, Opfer der Sorgfalt eines Wachpostens, der sie nicht erkannt hat, als sie von einer Erkundung in dunkler Nacht zurückkamen, könnte auch ein anderer die Schlacht aktuell finden und das darin lesen, was die Malerei dagegen zu sagen verweigert. Doch der Sinn der Malerei liegt immer in den Augen dessen, der sie betrachtet. Und die Bilder sind so doppeldeutig.

Cela ne me plaît pas, murmelt Madame, wendet den Blick von den Barbareien des Krieges ab, läßt ihn über die freundlicheren Figuren der Ostwand streifen, bis er auf der zentralen Szene innehält. Es ist die Szene, die Schweigen und Aufmerksamkeit erfordert, denn hier scheint das Fresko zur Ruhe zu kommen. Alles ist unbeweglich – aber es ist keine endgültige oder tödliche oder eingefrorene Unbeweglichkeit. Alles ist wie im Begriff, neu zu beginnen. Es ist, als betrachte man die Zeit in ihrem Sein, in ihrem Sich-Zusammenziehen und Sich-Annullieren, in ihrem Abstürzen. Die Dämmerung kommt in einer schwebenden, leicht hypnotischen Atmosphäre. Wie ein Präludium oder wie nach dem Fall, dem Schlaf, dem Nichts – ein langsames, noch betäubtes, unbekümmertes Wiedererwachen. Es ist der Augenblick, der dem Regen folgt, dem heftigen Prasseln, dem Guß. Es ist der Moment, in dem sich aus dem Unbestimmten etwas löst, in dem etwas erzeugt, geschaffen, geboren wird. Deshalb fällt dieser Moment am Ende mit der einzigen Zeit zusammen, die vergeht: die Zeit, in der der Künstler ebendiese Gegenwart erschafft.

Man könnte neue Malereien ausführen lassen. Die Doppeldeutigkeiten würden eliminiert werden. Es gäbe keine Möglichkeit zum Mißverständnis. Es wären einfachere, unmittelbarere, klarere Malereien. Alle könnten sie verstehen. So sollte die Malerei sein, oder nicht? Ist sie nicht geboren, um allen die Wörter zu erhellen, die nicht alle lesen können? Ist sie nicht geboren, damit das WORT gesehen werde und gemeinsam sei? Aber ist denn nur dies das Ziel der Kunst? Das Volk sucht in ihr Schönheit oder Wahrheit und Weisheit. Aber das sind zusätzliche Ornamente, die mühelos zu haben und mit wenigen Kupfermünzen zu kaufen sind. Zu Beginn war die Malerei für alle und gehörte allen. In den offenen Kapellen, in den Kirchen, freie Stätte für Sünder und Gläubige. Warum sollte das heute anders sein? Sollte man diese Schätze nicht von den Wänden der Burgen und der Privathäuser abnehmen und sie allen zur Verfügung stellen, damit alle sie betrachten und verstehen können? Doch ihnen allen würden sie nicht gefallen. Sie wüßten nicht, was sie damit anfangen sollten, und würden sie am Ende zerstören. Ah, Madame, murmelt Baltus, je ne suis pas digne du cadeau que j'ai reçu. Je ne suis qu'un écrivain. Un imposteur. Aucun de mots que j'écris n'est de moi. Mais mon Prince, antwortet sie schmollend, während sie sich bei ihm einhakt und ihn sanft mit ihren behandschuhten langen Fingern umklammert, vous m'aviez promis que vous auriez fait quelque chose de ce château, vous vouliez lier votre nom à cette chambre, et gagner quelque miette de gloire. Madame – antwortet Baltus nachdenklich – non la gloire mais mon plaisir a toujours été mon but.

Die Zeit. Ich könnte an die Zeit glauben. Ich könnte glauben, daß der leere Abgrund des Nichts unter der Zeit und unterhalb der Zeiten sich plötzlich schließen wird; die Zeit, die immer weiter fließt, in jedem Moment Ziel und zugleich Beginn, die ununterbrochene Zeit, die Zeit zerstört, was mittelmäßig ist, und gibt dem Äußersten Wert. Die Zeit, die abwesend ist in diesen Bildern und doch in ihnen lebt und arbeitet.

Die aufgehende Sonne trifft auf die brüchige weiße Wand: Ein schneidender Strahl von Licht zerschellt an der gräulichen Mauer und schafft einen hellen, warmen, fast glühenden Fleck – einen Flügel aus weißem Licht, und das Licht ergießt sich über die leblose Wand und entflammt sie. Das Licht wird von dem sich erhellenden Gesicht der Frau reflektiert. Sie hat zugestimmt. Es ist ihr festes Bewußtsein, etwas, was sie mit allem, was sie umgibt, versöhnt: mit der Natur, der Geschichte, den Menschen, der Zeit und dem Tod. Sie nimmt das Risiko auf sich, akzeptiert es. Das Risiko der Gegenwart, des Lebens, des Widerspruchs und der Rückkehr. Überzeugt nun, bleibt auch der Mann unbeweglich. Da lächelt sie. Und so, in diesem Moment, hat der Maler sie festgehalten.

In diesem Augenblick nimmt Baltus' Plan Gestalt an. Die alten Bilder zudecken. Sie schützen, oder sie für immer verstecken. So können sie, wenn sie bedeutend sind, gerettet werden – und in einer fernen Zukunft vielleicht wiedergefunden werden. Ja, er wird auf den vier Wänden des Zimmers etwas Prunkvolles, Intensives und Heftiges auftragen lassen. Er wird über diese stummen und heute unhörbaren Worte seine Worte und seine Tage malen.

Rom, 1995–97

Danksagung

Ich danke Vera Hartman, der erfolgreichen »Jägerin« versteckter Fresken, deren Verdienst die Auffindung des Freskos der Angelucci in der Landkirche von Mevale ist, für die Informationen, Erinnerungen und Konsonanzen; den Bibliothekaren, den Archivaren, den Katalogisierern der Kunstwerke, den Visionärinnen, den Rennradfahrerinnen, die über Italiens Straßen zu fahren beginnen, den wertvollen Freunden Emanuela und Steven, Paola, Silvia und der unbekümmerten Maria, der eines Nachts eine Decke auf den Kopf fiel, und all denen, die manchmal gegen ihren Willen ein Fragment ihres Lebens und ihrer Erfahrung in die Bücher anderer einbringen. Und schließlich Ottobono da Sorano, dem Meister von Johannes Mazzuchus; Enrico Mazzucco, der nicht mit mir verwandt ist, oder vielleicht doch, wer weiß: Er lebte und malte fast vollständig verlorengegangene Miniaturen und Fresken im 15. Jahrhundert in der Langa von Mondovì und hat mich zu dieser Geschichte inspiriert; meinem Vater Roberto, dem ich – einer seiner Komödien, die nie aufgeführt wurde – die Idee des jugendlichen Partisanenvaters verdanke – Trugbild und Bewußtsein unserer Gegenwart, was er im Guten und im Schlechten auch für mich geworden ist; und Luigi Guarnieri, der dieses Buch gelesen hat, als es noch ein magmatischer Strom aus Wörtern und Bildern war, und ohne den es vielleicht noch immer ein solcher wäre.

Inhalt